Achevé d'imprimer par RODESA
en août 2015
pour le compte de France Loisirs, Paris

Numéro d'éditeur: 82187
Dépôt légal: septembre 2015
Imprimé en Espagne

Table des matières

Michel David

MENSONGES SUR LE PLATEAU MONT-ROYAL

**

La biscuiterie

Roman historique

ÉDITIONS FRANCE LOISIRS

Édition du Club France Loisirs,
avec l'autorisation des Éditions Hurtubise.

Éditions France Loisirs,
123, boulevard de Grenelle, Paris
www.franceloisirs.com

Maquette intérieure et mise en pages : Folio infographie

ISBN : 978-2-298-10338-0

Au cœur de toute joie
La peine en partage
S'est incrustée.

Alma de Chantal
Miroirs fauves

Les principaux personnages

Famille de Jean et Reine

Jean : journaliste âgé de 33 ans, marié à Reine (ménagère de 32 ans) et père de Catherine (12 ans), de Gilles (9 ans) et d'Alain (8 ans)

Famille Bélanger

Félicien : postier âgé de 64 ans, marié à Amélie (ménagère âgée de 59 ans) et père de Lorraine (35 ans, épouse de Marcel Meunier, plâtrier de 37 ans, et mère de Murielle, 6 ans), de Jean (33 ans) et de Claude (couvreur âgé de 27 ans et mari de Lucie Paquette, ménagère de 25 ans)

Bérengère Bélanger : mère de Félicien, âgée de 88 ans

Rita et Camille Bélanger : sœurs de Félicien

Famille Talbot

Yvonne : propriétaire de la biscuiterie familiale, veuve de Fernand Talbot, âgée de 66 ans et mère de Lorenzo, 43 ans, d'Estelle (ménagère de 39 ans, épouse de Charles Caron, dentiste de 40 ans, et mère de Thomas, 13 ans) et de Reine, 32 ans

Voisins et amis

Blanche Comtois : amie de Jean

Joseph Hamel : rédacteur en chef du *Montréal-Matin* et patron de Jean

Gina Lalonde : amie de Reine

Adrienne Lussier : vendeuse à la biscuiterie Talbot et voisine d'Amélie et Félicien

Omer Lussier : frère d'Adrienne, il partage l'appartement de la rue Brébeuf avec sa sœur.

Rachel Rancourt : petite amie de Lorenzo

Prologue

La voix sirupeuse de Tino Rossi chantait *Besame mucho* à la radio. Reine fredonnait l'air tout en disposant les couverts sur la table de cuisine. Une bonne odeur de jambon cuit au four se répandait dans la pièce. Jean leva la tête de son journal pour la regarder durant un court moment. Il ne pouvait que constater que sa jeune femme, enceinte de deux mois, surmontait admirablement le deuil.

Son père, Fernand Talbot, n'avait jamais pu quitter l'hôpital Hôtel-Dieu après son attaque d'apoplexie survenue un mois et demi auparavant. L'homme âgé d'une cinquantaine d'années s'était éteint au début de la semaine précédente et on l'avait enterré trois jours plus tard.

— T'as mis une assiette de trop, fit-il remarquer à sa femme en lui montrant une troisième assiette sur la table.

— Non, j'ai invité ma mère à souper.

— En quel honneur ? lui demanda le jeune journaliste.

— Parce que ça me tentait, dit-elle sur un ton abrupt qui ne laissait place à aucune discussion.

Jean Bélanger connaissait assez bien sa femme pour savoir qu'elle agissait rarement de façon désintéressée. Or, c'était la première fois qu'elle conviait quelqu'un à leur table depuis leur mariage. Il se leva et alla se planter devant la porte donnant sur la galerie arrière de leur appartement de la rue Mont-Royal, situé au deuxième étage de l'immeuble appartenant maintenant à sa belle-mère. Une petite neige folle tombait en cette fin d'après-midi du mois de décembre.

Au moment où il allait se rasseoir, on frappa à la porte d'entrée. Il alla ouvrir à Yvonne Talbot. La grande femme à l'air impérieux pénétra dans l'appartement et lui tendit distraitement une joue pour qu'il l'embrasse. Fait inusité, sa belle-mère portait son manteau noir à col de renard alors qu'elle demeurait à l'étage juste au-dessous.

— Bonsoir, madame Talbot ! la salua son gendre. Dites-moi pas que vous gelez chez vous au point d'être obligée de mettre un manteau ?

— Non, j'ai voulu aller jeter un coup d'œil à la biscuiterie avant de monter, expliqua Yvonne, un peu essoufflée d'avoir dû monter deux volées de marches.

— Je suppose que madame Lussier fait ça bien.

— On dirait bien, reconnut sa belle-mère sans grand entrain et en lui tendant son manteau qu'elle venait de retirer. En tout cas, tout était en ordre dans la biscuiterie et elle se préparait à fermer.

— J'espère, m'man, que vous lui avez pas laissé les clés ? intervint Reine qui venait de les rejoindre au bout du couloir.

— Bien non, ma fille. Ça aurait pas été normal que la vendeuse ait les clés du magasin.

— En tout cas, Adrienne Lussier a eu l'air de bien se débrouiller tout le temps que votre mari a été hospitalisé, lui fit remarquer Jean en suivant les deux femmes qui se dirigeaient vers la cuisine.

— C'est vrai que j'ai pas encore eu à me plaindre, reconnut la mère de Reine. Mais j'ai bien de la misère à m'habituer à me retrouver toute seule dans un aussi grand appartement. Mon Fernand me manque bien gros.

— Estelle et Charles vous ont offert d'aller rester chez eux, à Saint-Lambert, lui rappela sa fille.

— Il en est pas question, fit sa mère d'une voix tranchante en prenant place dans l'unique chaise berçante de la pièce. J'ai pas l'intention de devenir la gardienne à temps plein de leur petit. Je suis pas encore assez vieille pour ça.

— Je disais ça pour vous, m'man, reprit aussitôt Reine, qui sentait qu'elle abordait un sujet délicat.

— Je le sais, Lorenzo aussi m'a offert son aide. Mais ton frère a pas l'air de vouloir venir rester avec moi.

Jean ne dit rien, mais il se doutait bien que son beau-frère célibataire entretenait une relation suivie avec Rachel Rancourt, une femme qui était séparée de son mari, et qu'il n'avait pas envie de retomber sous la coupe de sa mère.

Reine invita son mari et sa mère à passer à table et les servit avant de venir prendre place à son tour en face de son invitée. Encore une fois, tout au long du repas, le maître des lieux se rendit compte que sa belle-mère s'adressait presque exclusivement à sa fille, comme elle l'avait toujours fait. Il finit par manger en silence, se bornant à écouter les deux femmes parler du vide laissé par la disparition de Fernand Talbot, des parents venus aux funérailles de ce dernier et de l'approche de la période des fêtes.

Au moment du dessert, Reine déclara de but en blanc :

— Il va tout de même falloir que vous preniez une décision pour la biscuiterie, m'man.

Cette remarque de sa femme, en apparence anodine, fit dresser l'oreille au jeune homme de vingt et un ans. Il comprit alors la raison de l'invitation à souper de sa belle-mère. Son intuition ne l'avait pas trompé, la présence de madame Talbot ce soir ne pouvait s'expliquer que si son épouse pouvait en tirer quelque profit. Et voilà, elle s'intéressait à la biscuiterie…

— Quelle décision ? lui demanda Yvonne en déposant sur la soucoupe sa tasse de thé.

— Voyons, m'man. Vous savez bien que la biscuiterie marchera pas toute seule. Vous pouvez pas laisser une étrangère s'en occuper. En plus, madame Lussier est là juste depuis quelques mois. Il faut quelqu'un qui s'y connaisse derrière le comptoir pour voir à tout, et surtout pour passer les commandes aux fournisseurs.

— Je le sais, reconnut Yvonne Talbot.

— Vous le savez, m'man, mais vous avez pas l'expérience qu'il faut. Vous avez jamais voulu descendre en bas donner un coup de main à p'pa, lui rappela Reine sur un ton qui n'était pas dénué de reproche.

— Parce que ça m'a jamais intéressée, se défendit la veuve.

— Moi, je sais ce qu'il faut faire, prétendit la jeune femme enceinte. Oubliez pas que j'ai travaillé cinq ans à la biscuiterie. Je connais tous les fournisseurs et le prix de tout ce qu'on vend.

— C'est pour ça que je compte sur toi, annonça Yvonne.

Un mince sourire de satisfaction apparut sur le visage de sa fille. Jean se douta immédiatement de ce qui allait suivre.

— Comme ça, vous avez pas l'intention de vendre tout de suite ? demanda Reine.

— Non.

— Vous faites bien, m'man, l'approuva-t-elle.

— Au fond, j'ai pas le choix, finit par avouer Yvonne Talbot, un ton plus bas. J'ai calculé que j'avais besoin du revenu de la biscuiterie encore deux ou trois ans au moins. Si je la vends, je vais être obligée de vendre la maison avec. À ce moment-là, j'aurai pas le choix de payer un bon loyer au nouveau propriétaire.

— C'est vrai ce que vous dites là, fit Reine d'un air pénétré.

Jean avait de plus en plus envie d'intervenir dans la conversation qui se tenait devant lui, comme s'il n'avait pas été là, et il dut faire un effort méritoire pour continuer à se contenir.

— Même si j'ai jamais tenu le budget de la maison, je sais encore calculer, poursuivit Yvonne Talbot sur un ton suffisant.

— Parlant de calculer, m'man, j'ai pensé à quelque chose, dit sa fille.

— À quoi ?

— Qu'est-ce que vous diriez de me donner la gérance de la biscuiterie ? Je pourrais m'en occuper comme il faut et vous me donneriez un salaire, comme si j'étais une employée.

— Là, je… commença à dire sa mère.

— Dans deux ou trois ans, je pourrais vous la racheter et l'affaire resterait dans la famille Talbot. Je suis certaine que c'est ce que p'pa aurait voulu, conclut la jeune femme sur un ton triomphal.

— T'es bien fine, Reine, mais je pense pas que ce soit la solution à mes problèmes. Ce serait pas normal que toi, en famille, tu sois prise à t'occuper de la biscuiterie pendant que je m'ennuierais à l'étage au-dessus. Non, j'ai décidé autre chose.

Sur ces paroles, le visage de Reine se crispa, passant rapidement du sourire triomphal à la vive déception.

— Quoi ? fit-elle.

— À partir de demain matin, c'est moi qui vais m'occuper du commerce que ton père m'a laissé.

— Mais vous avez jamais fait ça, m'man, dit Reine d'une voix acide qui laissait clairement sous-entendre que sa mère ne pouvait pas accomplir cette tâche.

— Je suis pas folle, ma fille. Je sais compter et je suis capable de consulter les papiers de ton père pour faire affaire avec les fournisseurs. Je vais apprendre. Madame Lussier va être capable de me donner un coup de main et toi-même, tu viens de me le dire, t'es prête à m'aider quand je serai mal prise.

Dès ce moment, Reine sentit le tapis lui glisser sous les pieds. Elle ne pouvait que constater que sa mère avait été plus rusée qu'elle. Elle prit alors un air buté avant de déclarer :

— Là, m'man, je suis pas sûre de pouvoir vous aider bien gros quand le petit va être arrivé.

— Si c'est comme ça, je vais me débrouiller sans toi, affirma Yvonne en feignant d'ignorer la déception évidente de sa fille.

— Vous avez pas peur de perdre de l'argent ? lui demanda la jeune femme. Vous savez, une ou deux mauvaises commandes, et vous pouvez manger tous les profits d'un mois, ajouta-t-elle pour noircir le tableau.

— Je m'en fais pas trop pour ça, rétorqua sa mère avec un mince sourire. De toute façon, inquiète-toi pas, si tu peux pas m'aider quand je serai mal prise, ton frère m'a offert de venir me donner un coup de main n'importe quand.

Le repas prit fin dans une certaine morosité et Jean profita de ce que les femmes parlaient de desservir pour s'esquiver dans le salon.

Moins d'une heure plus tard, Yvonne Talbot prit congé et descendit chez elle. Après avoir fermé la porte derrière sa mère, Reine pénétra dans le salon et alla prendre place dans le fauteuil libre. Le fait qu'elle n'avait pas allumé la radio à son entrée dans la pièce en disait long sur son état d'esprit. Jean la regarda, elle avait son visage fermé des mauvais jours, ce qui ne l'empêcha nullement de lui dire ce qu'il pensait de son comportement.

— Tu penses pas que t'aurais pu m'en parler ? lui demanda-t-il sur un ton égal.

— Aïe ! Tu sauras que j'ai encore le droit d'inviter chez nous qui je veux, fit-elle, l'air mauvais.

— Je te parle pas de l'invitation à ta mère, mais de ton projet de devenir gérante de la biscuiterie.

— J'avais pas d'affaire à t'en parler, ça te regarde pas, laissa-t-elle sèchement tomber.

— T'as du front tout le tour de la tête, Reine Talbot ! s'emporta-t-il à son tour. T'oublies une chose : t'es ma femme. Si t'avais l'intention de mener ta vie comme tu l'entendais, t'avais juste à rester fille et à pas m'obliger à te marier le printemps passé, ajouta Jean qui avait encore en mémoire le mariage précipité que lui avait imposé sa femme.

Le visage de Reine pâlit à ce rappel de la façon dont elle était devenue une Bélanger.

— Tu comprends rien, reprit-elle. Si Lorenzo commence à se mêler de la biscuiterie, c'est à lui que ma mère risque de tout laisser quand elle va s'apercevoir qu'elle est pas capable de s'en occuper.

— Puis après ? demanda Jean.

— La biscuiterie, c'est à moi qu'elle doit la donner, rétorqua Reine avec une assurance désarmante. J'ai travaillé là durant des années et…

— Et t'as été payée par ton père pour le faire, la coupa son mari. Moi, je comprends ta mère, poursuivit-il. Quand on est revenus de notre voyage de noces, t'as dit à ton père que tu voulais plus travailler au magasin parce que t'étais enceinte. Ben là, c'est la même chose. T'attends un petit et ta mère s'en souvient.

— J'aurais ramassé mon argent et j'aurais voulu qu'elle me vende le magasin dans deux ou trois ans, quand j'aurais eu assez d'argent, conclut la jeune femme avec rage en frappant à mains ouvertes sur les bras de son fauteuil.

— Là, ta mère a décidé de se débrouiller toute seule. En deux ou trois ans, il va couler pas mal d'eau sous les ponts et les choses peuvent changer, se sentit obligé de dire Jean, pour rassurer tout de même un peu sa femme.

— Mais chanceuse comme je suis, je vais me ramasser avec rien.

Reine, le visage fermé, se leva, sortit du salon et se dirigea vers sa chambre à coucher. Son mari devina que cette soirée marquait le début d'une longue bouderie dont sa mère allait faire les frais. Il haussa les épaules en signe d'indifférence. Il y était déjà habitué.

Les mois, puis les années passèrent. À la surprise générale, Yvonne Talbot avait pris la relève de son mari à la biscuiterie sans trop de problèmes et sans avoir recours à l'aide de l'un ou l'autre de ses enfants. La transition s'était faite en douceur. Pour le plus grand dépit de Reine, sa mère s'était parfaitement entendue avec Adrienne Lussier, la vendeuse, voisine de ses beaux-parents Bélanger, qui lui avait succédé derrière le comptoir.

Après avoir accouché de Catherine en juillet 1948, l'épouse de Jean Bélanger eut un premier fils, Gilles, en octobre 1950, puis un second, Alain, en avril 1952. À la suite de cette troisième naissance, la jeune femme de vingt-cinq ans avait déclaré sur un ton sans appel que c'était assez et qu'elle ne voulait plus d'enfant. D'ailleurs, chacune de ses grossesses avait donné lieu à des scènes pénibles, qui laissaient croire que Reine n'en avait souhaité aucune.

— Tu sauras que je suis pas une poule pondeuse ! avait-elle jeté à la figure de son mari peu après la naissance d'Alain. Je passerai pas ma vie en famille à pleine ceinture ! C'est fini, F-I-N-I. Fini, tu m'entends ?

Bon gré mal gré, Jean avait dû accepter sa décision et les moyens qu'elle lui avait imposés, même si l'Église catholique les réprouvait clairement. Dans ce domaine, Reine n'était pas particulièrement scrupuleuse. Les menaces des flammes de l'enfer brandies par les prêtres en confession ne l'empêchaient guère de dormir. Rien de bien étonnant chez une telle « catholique à gros-grain », comme l'aurait sans aucun doute affirmé sa belle-mère si elle avait su.

— C'est facile pour eux autres de nous dire de pas empêcher la famille, avait-elle déclaré à son mari sur un ton outré en parlant des prêtres, ils en ont pas d'enfants, eux, et ils savent pas ce que ça coûte de les nourrir et de les habiller. Moi, je me mêle pas de leurs maudites affaires au presbytère, ben eux, ils viendront pas me dire ce que j'ai à faire chez nous.

Tout avait été dit. À compter de ce jour, il n'avait plus jamais été question d'agrandir la famille Bélanger.

Toutefois, cette décision n'avait pas empêché la jeune mère de famille de donner à ses trois enfants une éducation religieuse minimale qui se limita à leur apprendre la prière du soir et à les emmener à la messe le dimanche et les jours de fête. Jean ne s'en était pas davantage mêlé, estimant qu'il s'agissait là de la tâche d'une mère.

Cette façon d'élever des enfants finit cependant par inquiéter la grand-mère Bélanger, la mère de Jean, une femme profondément religieuse. Quand Catherine avait fait sa première communion, Amélie n'avait pu s'empêcher de mentionner à son fils, hors de la présence de sa bru :

— Ça me surprend pas mal, mon garçon, que tu donnes pas plus l'exemple que ça à tes enfants. C'est pas comme ça que je t'ai élevé.

— Pourquoi vous me dites ça, m'man ? s'était étonné Jean.

— Je te dis ça parce que je te vois jamais avec eux autres à la récitation du chapelet à l'église au mois de mai, à la procession de la Fête-Dieu ou même une fois de temps en temps aux vêpres. Si tu les amènes jamais à l'église, ils apprendront pas à y aller tout seuls, avait-elle ajouté sur un ton réprobateur qui affichait du même coup son éducation et ses convictions catholiques très ancrées.

Jean avait cependant bien senti que sa mère visait plus sa femme que lui.

— On les amène à la messe tous les dimanches, m'man, s'était-il défendu, mal à l'aise.

— C'est pas assez, avait-elle tranché. Il faut que tu les habitues à aller plus souvent à l'église. Mais pour ça, il faut que tu leur donnes l'exemple, avait répété Amélie sur un ton sentencieux.

Assis à l'écart dans sa chaise berçante, son père, Félicien, n'avait rien dit, mais tout dans son comportement semblait approuver les paroles de sa femme. Jean s'était bien gardé de rapporter les paroles de sa mère à Reine, sachant que la situation n'était pas près de changer.

En 1954, Yvonne Talbot avait procédé à d'importantes transformations à la biscuiterie en la dotant d'un comptoir réservé à la vente de chocolats et surtout d'une belle enseigne lumineuse rose et bleue. Le magasin avait dorénavant un air pimpant propre à inciter la clientèle à en franchir la porte.

— Mais c'est bien des dépenses ! lui avait fait alors remarquer sa fille cadette, comme si elle devait assumer une partie des coûts de ces changements.

— C'est vrai, avait alors reconnu sa mère, mais j'ai pas le choix. Tous les magasins autour sont en train de se moderniser. Il faut que je suive.

Le printemps suivant, lors de la rencontre familiale du jour de Pâques, la propriétaire de l'immeuble annonça aux siens qu'elle allait remplacer toutes les vieilles fenêtres en bois de la maison par de nouvelles fenêtres en aluminium qui faisaient maintenant fureur dans le monde de la construction. Reine avait dû cacher sa désapprobation parce que son mari, son frère Lorenzo et son beau-frère, Charles Caron, avaient approuvé chaleureusement la décision. Elle avait cependant laissé éclater sa mauvaise humeur en rentrant chez elle quelques heures plus tard.

— Veux-tu bien me dire ce qui t'a pris de féliciter ma mère de changer les fenêtres de la maison ? avait-elle demandé, furieuse, à son mari. Si ça a de l'allure de jeter l'argent par les fenêtres comme ça !

— C'est son argent et elle a le droit d'en faire ce qu'elle veut, se contenta de répondre Jean.

— Bien oui, c'est brillant encore, cette idée-là ! Tu vois pas qu'elle va se dépêcher d'augmenter notre loyer quand ça va être fait et que c'est nous autres, les niaiseux, qui allons payer pour ces dépenses-là.

— Je te ferai remarquer qu'on paye le même loyer depuis sept ans et que ta mère nous a jamais demandé une cenne d'augmentation, avait pris la peine de préciser Jean pour ainsi signifier clairement à sa femme que leur propriétaire n'abusait pas tellement.

— C'est normal, je suis sa fille, avait laissé tomber Reine avec une mauvaise foi flagrante.

— Ben oui, mais elle a pas à nous faire la charité, avait-il rétorqué. Oublie pas qu'avec les nouvelles fenêtres, l'appartement va être pas mal plus facile à chauffer l'hiver, et que ça va être fini le temps des persiennes et des fenêtres doubles. En plus, elle ajoute de la valeur à l'immeuble en faisant ça.

— Ça fait rien, s'était entêtée sa femme. Si elle continue à gaspiller comme ça, il nous restera plus rien quand elle va partir.

— Mais rien ne l'oblige à te laisser quelque chose, lui avait fait remarquer Jean, stupéfait que l'on puisse être calculateur au point de compter sur le décès d'un parent pour s'enrichir.

— C'est pas son argent, c'est de l'argent laissé par mon père, avait conclu Reine. C'est notre héritage qu'elle dilapide.

Yvonne Talbot avait procédé aux rénovations annoncées et n'avait exigé qu'une augmentation très modérée du loyer de l'appartement occupé par les Bélanger.

— Qu'est-ce que je t'avais dit ? s'était écriée Reine après le départ de sa mère venue faire signer à son gendre un nouveau bail.

— C'est son droit, s'était-il limité à lui répondre en haussant les épaules, afin de couper court à cette discussion, car l'augmentation n'avait, à ses yeux, rien d'exagéré.

Le jeune père de famille avait laissé sa femme à sa mauvaise humeur et s'était réfugié dans le salon, peu désireux de faire l'arbitre entre sa belle-mère et sa femme.

Si Jean Bélanger avait cru être mieux accepté par la famille Talbot après le décès de son beau-père, il avait dû rapidement changer d'idée. Le fait qu'il soit le seul homme résidant dans l'immeuble ne lui avait pas conféré une plus grande importance aux yeux d'Yvonne Talbot. Pour cette dernière, il était demeuré l'étranger sans grand avenir qui avait mis sa fille enceinte avant le mariage. Elle ne lui avait apparemment pas plus pardonné le fait de provenir d'une simple famille d'ouvriers que de l'avoir obligée à organiser un mariage en catastrophe pour cacher le scandale. À aucun moment, elle ne lui avait été reconnaissante d'avoir évité un scandale par un mariage de raison, et encore moins de lui avoir donné trois beaux petits-enfants.

Toujours aussi hautaine, la sexagénaire avait repoussé systématiquement toutes ses offres de lui venir en aide. Il la soupçonnait même d'avoir encouragé en sous-main sa fille cadette à limiter le nombre de leurs enfants. Quoi qu'il en soit, la disparition de son mari n'avait rien changé dans leurs rapports. Yvonne Talbot l'évitait le plus possible et ne l'invitait chez elle avec sa femme et ses enfants que lors des réunions familiales incontournables, à Pâques et durant les fêtes de fin d'année. Lorsqu'il passait devant la vitrine de la biscuiterie et qu'elle le voyait, elle se bornait à lui adresser un brusque signe de tête de reconnaissance. À la longue, il avait fini par faire de même.

— Telle mère, telle fille, disait-il parfois. Aussi chaleureuses l'une que l'autre.

Avec le temps, les jeunes époux trouvèrent un *modus vivendi* pour vivre ensemble sans s'affronter quotidiennement. Comme dans beaucoup d'autres ménages, chacun accumulait ses griefs et rongeait son frein en silence jusqu'à ce qu'une crise particulière lui permette d'exprimer clairement ses reproches à son conjoint. En de telles occasions, tout se déroulait comme si le trop-plein de rancune accumulée faisait tout exploser.

Ainsi, dès les premières années de son mariage, Jean apprit très rapidement que sa femme ne lui pardonnait pas plus son manque d'ambition que la vie, à son avis trop modeste, qu'il la condamnait à mener; ce qui n'était pas sans le faire sourciller, car c'était bien elle qui l'empêchait de dépenser le moindre sou.

Par ailleurs, lui-même ne parvenait pas à accepter sa sécheresse de cœur, son mauvais caractère et son avarice un peu sordide. Il ne comprenait pas qu'elle soit incapable de la moindre générosité, même à l'endroit de ses propres enfants. Elle n'était ni une mauvaise épouse ni même une mauvaise mère, non. L'appartement était bien tenu et elle cuisinait bien. Les enfants ne manquaient de rien. Le problème était qu'elle semblait tout faire à contrecœur, comme si elle était insatisfaite de la vie qu'elle menait.

S'il s'était habitué à ne plus attendre des marques de tendresse de la part de sa jeune femme, il déplorait qu'elle en prive ses enfants. De toute évidence, elle préférait régner sur eux par la crainte plutôt que par la douceur. « On n'est ni mieux ni pires que ben du monde marié que je connais », se disait-il parfois, résigné, pour s'encourager lorsque le couple traversait une tempête.

Il ne lui venait jamais à l'esprit d'envisager une séparation, même dans les pires moments. À cette époque, il n'était pas question d'abandonner son foyer et de mettre ainsi en jeu l'avenir de ses trois enfants.

Lorsque le couple franchit le cap de la trentaine, les crises se firent plus rares, comme si chacun des partenaires avait finalement renoncé à changer l'autre. Mais, après une longue accalmie, les derniers mois de l'année 1959 allaient apporter certains bouleversements dans la famille Bélanger.

Chapitre 1

Bérengère

— Où sont tes frères ? demanda Jean à la jeune adolescente qui venait d'apparaître à ses côtés.

— Je viens de les voir dans le fumoir, p'pa. Mon oncle Claude vient de leur payer une liqueur.

— Amène-les dans le parc en face, ma grande. Assoyez-vous sur un banc proche du trottoir, là où c'est éclairé. Il fait trop chaud pour rester en dedans. De toute façon, on est à la veille de partir.

Catherine accepta la mission sur un signe de tête et Jean regarda son aînée se diriger vers l'escalier qui permettait d'accéder au fumoir du salon funéraire. La jeune fille, qui avait fêté son douzième anniversaire le 31 juillet précédent, avait un visage délicat encadré par une épaisse chevelure châtaine qu'elle tenait de sa mère et éclairé par des yeux bruns brillants, un signe distinctif qu'on retrouvait plutôt chez les Bélanger.

En cette mi-août 1959, les Montréalais étouffaient littéralement sous un soleil de plomb. Depuis plusieurs jours, le mercure oscillait autour de 90 °F et la chaleur humide et écrasante enlevait toute envie de bouger. Dans le salon funéraire, l'odeur des fleurs ne faisait qu'ajouter à l'atmosphère suffocante, même si le gérant de l'endroit avait ouvert les portes et les fenêtres pour aérer.

Les années n'avaient guère marqué Jean Bélanger. À trente-trois ans, son visage énergique surmonté d'une élégante chevelure brune attirait toujours le regard des femmes qu'il croisait. De taille moyenne, il était solidement charpenté et n'avait pas encore commencé à s'empâter.

Lorsqu'il tourna la tête, il aperçut son père sur le pas de la porte, en train d'ouvrir son porte-cigarettes. Il fit quelques pas pour aller le rejoindre.

— Il y a pas grand monde à soir, laissa tomber le fils de la défunte.

— C'est un peu normal, p'pa, grand-maman avait quatre-vingt-huit ans. En plus, elle avait pas beaucoup d'amis. À part sa famille, on peut pas s'attendre à ce que ben des gens viennent la voir.

— C'est sûr, approuva le facteur de soixante-quatre ans, qui était tout de même déçu de la petite foule.

— En plus, on est au dernier soir. Ceux qui voulaient la voir sont déjà venus. Ils vont peut-être revenir pour le service, demain matin.

Félicien hocha la tête. Il avait de la peine à imaginer sa vie sans les remarques acides de sa vieille mère qui ne ratait jamais une occasion de donner son opinion sur tout ce qui se passait dans la famille.

Bérengère Bélanger avait surpris tout le monde par sa longévité. Cette femme fragile, dorlotée par ses deux filles infirmières depuis le décès de son mari survenu vingt-deux ans auparavant, avait survécu à la plupart de ses contemporains malgré tous les petits maux qui l'avaient accablée. Certaines mauvaises langues ne s'étaient pas gênées pour laisser entendre que Dieu hésitait à la rappeler à ses côtés parce qu'il ne tenait pas du tout à supporter son caractère acariâtre plus longtemps que nécessaire. Quoi qu'il en soit, la vieille dame était décédée paisiblement au début de la semaine, dans son sommeil. Ses filles, Rita et Camille, l'avaient trouvée sans vie le lundi matin. Tout s'était passé comme si elle avait décidé elle-même que son cœur avait assez battu.

— Elle est partie comme un petit poulet, avait déclaré une cousine.

— Elle a été chanceuse jusqu'à la fin, avait conclu sa vieille interlocutrice d'une voix envieuse.

— Le salon ferme dans un quart d'heure, je pense qu'on va y aller, nous autres, finit par dire Jean à son père en écrasant son mégot de cigarette sur le trottoir. On va revenir demain matin pour le service. Claude m'a dit tout à l'heure qu'il était pour vous ramener à la maison.

— C'est ça. On se voit demain dans ce cas.

Jean rentra dans le salon funéraire et chercha sa femme des yeux. Il la découvrit assise seule, à l'écart, près de l'une des fenêtres ouvertes. À son maintien, il était visible que la jeune femme de trente-deux ans ne manquait pas d'assurance et qu'elle aurait été très séduisante si un sourire avait éclairé plus souvent son joli visage. Sa chevelure soigneusement coiffée et ses grands yeux bleu-gris attiraient autant le regard que les traits réguliers de son visage.

Il remarqua que Reine avait pris soin de s'asseoir loin des femmes de sa famille. Cela ne l'étonnait pas. Le temps lui avait appris qu'elle semblait plus à l'aise en compagnie des hommes.

Il sourit à sa mère, en grande conversation avec ses tantes Rita et Camille, avant de s'approcher du cercueil dans lequel reposait sa grand-mère. Il s'agenouilla un instant sur le prie-Dieu, fixant sans le voir le chapelet en cristal de roche enroulé autour des mains osseuses et tavelées de la défunte. Durant un court moment, il pensa à la longue vie qu'avait connue la vieille dame qui reposait devant lui. Inexplicablement, il lui revint une remarque formulée par son oncle Corbeil le jour de la Saint-Sylvestre, l'année précédente. Le retraité de la Vicker's avait alors dit en blague à sa sœur Amélie, en parlant de Bérengère Bélanger :

— Batèche, arrête de lui souhaiter une bonne santé à chaque jour de l'An ! Tu vois ben que ta belle-mère te prend au mot. Elle va finir par t'enterrer.

— Pas si fort ! lui avait ordonné la mère de Jean, scandalisée par de tels propos. Si Félicien t'entendait, ça lui ferait de la peine.

Jean se releva et repéra son frère Claude en train de parler avec sa sœur Lorraine et son mari, Marcel Meunier. Il s'approcha du trio en même temps que Lucie, la femme de son frère.

— T'oublies pas que tu ramènes p'pa et m'man, dit-il à Claude. Moi, je pars tout de suite. Le salon est à la veille de fermer et les enfants sont fatigués.

— Pas de problème, je les oublierai pas, répondit le jeune homme qui avait desserré sa cravate et enlevé son veston qu'il portait maintenant sur un bras.

Âgé de vingt-sept ans, Claude Bélanger était un peu plus grand que son frère aîné et apparemment plus costaud. Sa figure allongée et marquée par plusieurs petits accidents de travail le faisait ressembler à son père. À la fin de ses brèves études, le cadet de la famille était devenu couvreur, même si sa mère l'avait supplié de choisir un métier moins dangereux.

— C'est une *job* de fou, ça. Tu vas finir par tomber et te tuer, lui avait-elle répété maintes fois, angoissée.

— C'est pas plus dangereux qu'autre chose, m'man.

— Pourquoi tu deviens pas facteur comme ton père ?

— Jamais de la vie, avait-il plaisanté, ça, c'est dangereux. Je pourrais tomber dans un escalier, me casser une jambe et rester infirme pour le reste de ma vie. Au fond, m'man, vous avez juste à prier pour moi pour que je tombe pas d'une toiture, avait-il ajouté en plaisantant.

« Il a une tête de cochon, comme tous les hommes Bélanger », avait conclu sa mère.

Trois ans plus tôt, le fils cadet d'Amélie et de Félicien Bélanger avait quitté le nid familial pour convoler en justes noces avec Lucie Paquette, l'unique fille d'une famille de sept enfants de la rue Gilford. Selon ses parents, Claude avait eu la main heureuse parce que sa jeune femme était la bru idéale. Dotée d'un bon caractère sans égal, Lucie semblait être la gentillesse même et ne rechignait jamais à rendre service autour d'elle. En somme, elle possédait toutes les qualités propres à la faire détester par Reine, qui sentait qu'elle supportait mal la comparaison avec la nouvelle venue dans la famille Bélanger.

Personne ne demanda à Jean pourquoi sa femme se tenait à l'écart. On la connaissait bien dans la famille. Son air revêche ne lui attirait guère de sympathie et l'on avait tendance à fuir sa compagnie lorsque c'était possible.

Cette vérification faite auprès de son frère, Jean se dirigea vers sa femme qui venait de s'éponger le front avec un mouchoir tiré de son sac à main.

— Bon, est-ce qu'on s'en va enfin ? demanda-t-elle en se levant. On crève ici dedans.

— Oui, on y va, répondit-il. Veux-tu saluer quelqu'un avant de partir ?

— Pourquoi ? laissa-t-elle tomber. C'est à peine si on m'a parlé depuis qu'on est arrivés, répondit-elle sur un ton sec.

— Si tu souriais un peu plus, ça donnerait peut-être le goût au monde de te parler, lui fit-il remarquer.

— Laisse faire. J'ai rien à leur dire, fit-elle en s'avançant déjà vers la sortie.

Jean salua son père de la main avant de la suivre.

— Où sont les enfants ? demanda Reine en posant le pied sur le trottoir.

— De l'autre côté de la rue, dans le parc, répondit-il en se mettant en marche à ses côtés.

Une bouffée de chaleur mêlée à l'odeur des gaz d'échappement des voitures les saisit à la gorge. L'air chaud et humide leur tomba sur les épaules comme une chape de plomb. Jean adressa un signe à Catherine, assise de l'autre côté de la rue, en bordure du parc, en compagnie de ses deux jeunes frères. Tous les trois se levèrent, se rendirent au coin de la rue et traversèrent au feu vert pour venir rejoindre leurs parents qui s'étaient immobilisés près de la Pontiac 1952 brune. Les portières furent déverrouillées et les vitres abaissées.

— Attendez que l'air chaud sorte un peu du char avant de monter, ordonna le père de famille.

Cinq minutes plus tard, Jean fit signe aux siens de monter à bord de la Pontiac et il démarra. La voiture venait à peine de se mettre en route qu'Alain, du haut de ses huit ans, se plaignit d'être obligé de toujours s'asseoir entre Catherine et Gilles.

— Pourquoi je suis pas sur le bord de la fenêtre, moi ? demanda-t-il. Je suis toujours poigné pour être au milieu et j'ai jamais d'air.

— Parce que t'es le plus petit, répondit son frère de neuf ans.

Catherine ne dit rien et se contenta de se glisser sur la banquette afin de lui céder sa place près de la fenêtre. Jean vit le petit manège par le rétroviseur et eut un sourire. Sa fille était de nature généreuse et il ne se passait guère de jour sans qu'il s'en rende compte. Il regarda sa femme qui, elle, ne se préoccupait pas de ce qui se passait derrière.

— Sais-tu qu'on n'a pas vu un seul Talbot au salon, lui dit-il pour lui faire remarquer que leur présence aurait été appréciée.

— Je vois pas pourquoi ils seraient venus, rétorqua-t-elle sur un ton indifférent.

— Par sympathie pour nous autres. Moi, quand ton père est mort, j'ai passé les trois jours au salon, même si c'était pas de ma famille, précisa-t-il, acide. Il me semble que ta mère, ta sœur et ton frère auraient pu faire l'effort de se déplacer, juste par politesse.

— Ils ont dû se dire que c'était juste ta grand-mère.

— Ben oui… laissa-t-il tomber sur un ton désabusé.

Le journaliste regretta alors d'avoir entamé cette discussion. Après treize ans de mariage, il aurait dû savoir qu'il était inutile de faire une remarque sur la famille de sa femme. Les Talbot appartenaient à une race particulière qui n'avait rien en commun avec le bas peuple. On ne pouvait pas s'attendre à ce que la plupart d'entre eux songent à venir offrir leurs condoléances au mari de l'une des leurs. S'il avait prolongé la discussion, Reine aurait probablement ajouté que sa mère ne pouvait quitter la biscuiterie un vendredi soir, que sa sœur Estelle n'avait pu venir en ville parce que son mari, dentiste à Saint-Lambert, recevait des clients ce soir-là et que son frère Lorenzo devait livrer des commandes de produits Familex à l'extérieur de Montréal.

Le reste du court trajet se fit en silence. Même si le soleil était couché depuis près de deux heures, l'air s'engouffrant dans l'automobile ne rafraîchissait pas les passagers.

Jean Bélanger eut la chance de trouver un espace de stationnement presque au coin de la rue Brébeuf, à quelques dizaines de pieds de l'appartement où habitaient encore ses parents. La plupart des galeries des maisons d'un ou deux étages de cette rue paisible étaient encore occupées par les locataires à la recherche d'un peu de fraîcheur. Il verrouilla les portières de la vieille Pontiac après que les siens furent descendus de l'auto et il suivit sa femme et ses enfants sans se presser jusqu'à la maison qui appartenait toujours à sa belle-mère. Avant de pousser la porte du 1225, rue Mont-Royal, il jeta un coup d'œil à la vitrine de la biscuiterie voisine située au rez-de-chaussée de l'immeuble et éclairée par des néons roses.

En cette fin de soirée, les passants avaient pratiquement déserté les trottoirs de cette rue commerciale. Il n'y avait que le flot habituel de véhicules, entravé par un autobus qui venait de s'immobiliser au coin de la rue pour laisser monter quelques usagers.

Avant d'escalader la double volée de marches de l'escalier intérieur qui allait le conduire chez lui, au second étage, Jean leva les yeux, encore peu habitué à la disparition de tous ces fils électriques qui tissaient comme une toile au-dessus de la rue à l'époque des tramways bruyants et inconfortables. La veille, il avait écrit un court article pour le *Montréal-Matin* annonçant aux Montréalais qu'avant la fin du mois, soit le 30 août prochain, le dernier tramway allait disparaître à jamais des rues de la métropole. Il secoua brusquement la tête et entreprit de monter à l'étage. Au passage, il nota l'absence de tout bruit dans l'appartement habité par Yvonne Talbot.

À son entrée chez lui, ses deux fils avaient déjà reçu l'ordre de leur mère de se mettre au lit et Catherine était en train de se verser un verre de citronnade dans la cuisine.

— Où est ta mère ? lui demanda-t-il en retirant son veston.

— Dans la salle de bain. Elle veut prendre un bain.

Le père de famille poussa la porte de la chambre de ses fils. Il leur souhaita une bonne nuit avant de revenir dans la pièce voisine. Il retira ses souliers, prit une bouteille de Pepsi dans le réfrigérateur et alla s'asseoir sur l'unique galerie de l'appartement située à l'arrière et donnant sur la ruelle et les hangars. L'endroit bruissait des conversations tenues par les voisins assis également à l'extérieur pour profiter de la petite brise que procurait la soirée. Il pouvait voir la lueur rouge des cigarettes allumées sur les galeries à l'arrière des maisons de la rue De La Roche. En étirant un peu le cou, il aurait pu vérifier si son frère Claude et sa femme étaient déjà revenus puisqu'ils demeuraient à l'étage de l'une de ces maisons de la rue voisine.

Il alluma une cigarette et décida de ne rentrer dans l'appartement que lorsqu'il se sentirait prêt à être vaincu par le sommeil. Il faisait encore chaud. Le bruit d'une chaise déplacée sur la galerie à l'étage inférieur lui apprit que sa belle-mère était là. Il ne se donna pas la peine de se pencher au-dessus du garde-fou pour la saluer.

Quelques minutes plus tard, il entendit la porte de la chambre de sa fille se refermer et l'appartement devint silencieux dans son dos. Il savait que sa femme demeurerait un long moment à tremper dans la baignoire. C'était le moyen qu'elle utilisait le plus souvent pour combattre la chaleur.

Tant mieux, lui aussi avait besoin d'un peu de solitude, pour mieux réfléchir, de son côté, au problème qui le préoccupait depuis le début du mois. Le décès de sa grand-mère ne pouvait tomber à un pire moment. Il sentait qu'il allait devoir prendre une décision importante au sujet de son emploi au journal avant la fin du mois, qu'il le veuille ou non.

Journaliste au *Montréal-Matin* depuis un peu plus de douze ans, Jean Bélanger avait acquis de l'expérience en même temps qu'une plume efficace, grâce à la tutelle exigeante d'Antoine Fiset, son rédacteur en chef. Au fil des années, sa situation au journal s'était progressivement améliorée et il avait gagné la confiance de son patron. Jusqu'à tout récemment, il avait l'impression de faire partie du petit cercle de journalistes chevronnés et dynamiques et il était même convaincu que le quotidien pouvait difficilement se passer de ses services.

Tout avait soudainement basculé au début du mois de juin quand Olivier Marchand, son mentor depuis son entrée au journal, avait abandonné le journalisme écrit pour un emploi au service d'un groupe de périodiques français. Le grand journaliste, spécialiste de la politique provinciale, avait annoncé sa décision le soir même où les employés du quotidien montréalais fêtaient le départ à la retraite d'Antoine Fiset.

Quand il avait appris la nouvelle, Jean s'était mis à rêver au poste que quittait son ami Marchand. Il s'était alors empressé d'isoler le chroniqueur dans un coin de la salle où se déroulaient les festivités.

— On peut dire que t'es chanceux de pouvoir aller vivre à Paris, lui avait dit Jean d'entrée de jeu.

— Tu peux pas savoir comment, avait répliqué Olivier Marchand en riant. Mais tu sais pas la meilleure. J'ai failli avoir un poste au service des nouvelles de Radio-Canada. Il y a pas mal de brasse-camarade depuis la grève des réalisateurs le printemps passé. Il paraît même que Radio-Canada va retirer *Point de mire* de l'horaire pour se venger de René Lévesque parce qu'il s'est mêlé de la grève. Je me suis laissé dire qu'il va peut-être y avoir d'autres têtes qui vont rouler.

— C'est ce que je dis, t'es chanceux, avait répété Jean, très envieux. Mais moi, je reste, avait-il poursuivi, et ta *job* de chroniqueur des affaires provinciales m'intéresse pas mal. Est-ce que tu pourrais pas demander au remplaçant de Fiset de me la refiler avant de partir ?

— Ben là, je sais pas trop, avait dit Marchand d'une voix hésitante en se grattant la tête.

— Tu sais à quel point la politique provinciale m'a toujours intéressé, avait insisté Jean. Ça fait une éternité que je croupis aux affaires municipales. Il se passe jamais grand-chose d'intéressant. Les élections vont avoir lieu seulement dans quinze mois et elles sont presque jouées d'avance. On est sûrs que Jean Drapeau va écraser Sarto Fournier qu'on veut plus voir à la mairie.

— Pauvre vieux ! avait fini par dire un Marchand compatissant. Tu sais qui prend la place de Fiset à partir de demain ?

— Non.

— Joseph Hamel. C'est à lui que j'ai remis ma démission cet après-midi. Il a jamais pu me sentir depuis qu'il travaille au journal. T'imagines un peu comment il accepterait que je te propose pour me remplacer ?

— Je comprends.

— Ce serait le meilleur moyen de jamais avoir le poste que tu veux. Pour moi, t'es mieux de passer par Fiset avant qu'il vide les lieux. S'il y en a un qui a du poids pour influencer ton nouveau patron, c'est bien lui. Ils sont comme les deux doigts de la main. Mais perds pas de temps. J'ai entendu dire que Fiset va vider son bureau dès demain avant-midi et ça me surprendrait que tu le revoies au journal après ça. Moi, j'ai déjà ramassé mes cliques et mes claques et j'ai pas l'intention de revenir, avait-il annoncé en retrouvant un large sourire.

— Tu vas nous manquer, avait dit Jean, désolé de le voir partir.

— Si t'arrives pas à avoir ma *job* au journal, t'as juste à aller poser ta candidature à Radio-Canada ou même à Télé-Métropole. On dit partout que ce poste-là va entrer en ondes dans une quinzaine de mois, au début 1961. Il va certainement chercher des journalistes expérimentés pour sa salle des nouvelles.

— C'est possible, avait répondu Jean, mais j'aimerais mieux rester au journal et m'occuper de ta chronique de politique provinciale.

— Attention, l'avait mis en garde son ami. Je veux bien croire que le temps de Duplessis achève, mais quand tu tiens cette chronique-là, tu peux jamais oublier que le journal appartient à l'Union nationale et tu peux pas écrire ce que tu veux. Je te garantis que parfois, la plume nous démange de critiquer ce qui se fait dans la province…

Jean Bélanger avait suivi le conseil de Marchand et avait guetté le passage de l'ex-rédacteur en chef du journal le lendemain avant-midi pour obtenir un court entretien. Il n'avait pas eu à se démener puisque le nouveau retraité s'était fait un point d'honneur d'aller saluer personnellement, avant de partir, chacun de ceux qui avaient travaillé sous ses ordres durant tant d'années.

Évidemment, le journaliste de trente-trois ans s'était empressé de lui demander d'intercéder auprès de son remplaçant pour qu'il lui confie la rubrique tant désirée.

— Tu tombes bien mal, lui avait déclaré rapidement Antoine Fiset. Hamel vient de donner le poste de Marchand à Paul Tremblay.

— Mais ça fait même pas un an que Tremblay est entré au journal, avait-il protesté.

— Peut-être, mais Hamel a confiance en lui.

— Comme ça, j'ai aucune chance d'avoir la chronique, même si j'ai bien plus d'expérience que le jeune ? avait demandé Jean, révolté par cette injustice.

— Tu peux toujours aller le demander et essayer de discuter, mais ça me surprendrait que ton nouveau rédacteur en chef revienne sur sa décision.

— J'en reviens pas, avait-il laissé tomber, dépité par la nouvelle.

— Hamel est humain et il a ses têtes, l'avait prévenu Fiset, la main sur la poignée de la porte.

— Mais je lui ai jamais rien fait, moi, avait-il protesté, surpris par la remarque.

— Non, mais dans sa tête, tu étais peut-être un peu trop près de Marchand et tu sais à quel point ils s'aimaient pas tous les deux. Marchand a dû apprendre entre les branches la nomination de Hamel et c'est probablement pour ça qu'il s'est trouvé de l'ouvrage ailleurs. En tout cas, tarde pas trop pour rencontrer Hamel, avait conseillé le nouveau retraité en arborant un sourire contraint. Tu vas bien voir.

L'après-midi même, Jean avait obtenu un rendez-vous avec Joseph Hamel, un petit homme sec dont les verres de lunettes étaient épais comme des culs de bouteille. Jean n'avait eu aucun accrochage avec celui qui avait longtemps été le bras droit d'Antoine Fiset, mais il ne l'avait jamais trouvé particulièrement sympathique non plus. Il lui avait toujours paru cassant et peu ouvert à la discussion.

Dès les premiers instants de la rencontre, il se rendit compte que son accession au poste de rédacteur en chef du journal avait rendu l'homme encore plus déplaisant. À son entrée dans le bureau vitré, Hamel avait à peine quitté des yeux l'article qu'il était en train de corriger en arborant un air contrarié. Il ne lui avait même pas offert de siège. Il s'était limité à écarter légèrement son fauteuil de son bureau.

— Bon, qu'est-ce qu'il y a ? lui avait-il sèchement demandé. Fais ça vite, j'ai de l'ouvrage par-dessus la tête.

Sans dire un mot, il avait écouté Jean lui expliquer brièvement ses raisons de demander la chronique tenue durant plus de dix ans par Olivier Marchand. Dès qu'il avait prononcé le mot « justice », le nouveau rédacteur en chef avait regardé ostensiblement sa montre et levé une main pour signifier à son vis-à-vis qu'il en avait assez entendu.

— La justice a rien à voir là-dedans, avait-il déclaré abruptement. C'est une question d'efficacité. Toi, t'es bon dans les affaires municipales et c'est pour ça que je te laisse là. Le jeune Tremblay a du potentiel et il va être capable de faire encore pas mal mieux que ce que Marchand faisait. As-tu un autre point à discuter ? ajouta tout aussi vite le nouveau rédacteur en chef.

Soufflé, Jean n'avait rien trouvé à ajouter.

— Si c'est comme ça, oublie pas la réunion des membres du Parti civique à soir. Il paraît que Drapeau a trouvé d'autres candidats de prestige pour les élections de l'année prochaine.

Son sort était certes réglé au journal. Il allait rester aux affaires municipales tant et aussi longtemps que Hamel serait en poste, et cette perspective ne lui plaisait guère. Les semaines suivantes, il aurait pu finir par se faire une raison et se dire qu'il était au moins respecté dans son champ de compétence, mais il n'en fut rien. À la mi-juillet, son nouveau patron l'avait fait venir un lundi matin dans son bureau pour lui présenter un jeune homme nommé Michel Parenteau.

— J'aimerais que tu lui montres le métier, lui avait-il ordonné sur un ton qui ne souffrait pas la contestation, après avoir prié Parenteau d'attendre quelques instants à l'extérieur. Amène-le partout avec toi et présente-le à ceux que tu rencontres d'habitude.

— Mais c'est qui, ce jeune-là ? avait-il demandé.

— C'est un stagiaire, s'était borné à répondre Hamel en lui faisant signe qu'il pouvait disposer.

À compter de ce jour, tout avait semblé soudainement clair à Jean Bélanger. Il avait reçu le mandat de former son successeur, celui qui allait lui voler son emploi quand Hamel le jugerait prêt à prendre sa place. Cependant, il s'était bien gardé de lui révéler quelles étaient ses sources, afin de préserver son réseau, qu'il avait mis des années à constituer. Si Parenteau le suivait dans tous ses déplacements, il lui parlait le moins possible et le laissait se débrouiller. Comme ce dernier avait reçu l'ordre d'écrire un article sur les mêmes sujets que son tuteur, Jean s'abstenait de le conseiller et le laissait remettre ses articles à Hamel sans les corriger.

— Je trouve que tu fais pas grand-chose pour l'aider, s'était emporté le rédacteur en chef quelque temps plus tard, en fait deux jours avant le décès de Bérengère Bélanger. On dirait que tu lui apprends rien.

— Je suis pas professeur, avait répliqué Jean, à qui la moutarde commençait à monter au nez. Je suis pas payé pour former des étudiants en journalisme. S'il est pas doué, j'y peux rien. C'est pas moi qui suis allé le chercher.

— Je t'ai pas demandé de le former, mais de l'aider, avait rétorqué Hamel en assenant une claque sur son bureau. Et tu le fais pas !

— Peut-être qu'un autre, au journal, pourrait s'occuper de lui, avait-il suggéré, comme s'il ignorait que son patron rêvait d'en faire son remplaçant.

Là-dessus, pour une fois, Jean n'avait pas attendu que Joseph Hamel lui signifie la fin de l'entretien. Il avait quitté son bureau en claquant la porte derrière lui. C'était fini, il n'allait pas attendre les bras croisés qu'on lui montre la sortie pour quitter le journal. Même s'il lui en avait beaucoup coûté, il avait pris la décision de se chercher du travail ailleurs le jour même.

— Hamel est pas content de toi, avait-il déclaré au jeune Parenteau en entrant dans le cubicule qu'ils partageaient depuis trois semaines. Ça fait que tu vas rester ici cet après-midi et recommencer ton dernier article.

Sans plus d'explications, il l'avait planté là et avait quitté les bureaux du *Montréal-Matin*. Il régnait une telle chaleur à l'extérieur de l'immeuble du journal qu'il avait eu la tentation de rentrer chez lui en montant dans sa vieille Pontiac. Pendant un long moment, il était demeuré assis derrière le volant, incapable de se décider.

Finalement, il avait mis le moteur en marche et avait pris la direction de l'ouest de la ville pour aller proposer ses services au journal *La Presse*. Comme il était maintenant assez connu dans le milieu, il avait été reçu plutôt cordialement chez un concurrent de son employeur, mais on lui avait tout de même laissé bien peu d'espoir de lui offrir un emploi à court terme.

À sa sortie de l'imposant édifice, le jeune père de famille avait décidé de se rendre rue Saint-Sacrement, aux bureaux du journal *Le Devoir*. À cet endroit, l'accueil avait été passablement moins chaleureux quand il avait révélé être journaliste au *Montréal-Matin*. Responsable de l'embauche pour un journal d'obédience ouvertement libérale, son interlocuteur ne voyait pas très bien l'intérêt d'engager un journaliste qu'il jugeait à la botte de Duplessis, comme il ne s'était pas privé de le lui dire. Jean l'avait remercié du bout des lèvres avant de quitter l'endroit.

Persuadé d'avoir fait chou blanc dans sa quête d'un nouveau travail, il était retourné à sa voiture dont il s'était empressé d'abaisser les vitres. Un rapide coup d'œil à sa montre lui avait appris qu'il avait encore le temps d'aller poser sa candidature ailleurs avant le dîner. Mais à la porte de quel journal pouvait-il aller frapper ? Ce fut à ce moment-là qu'il se rappela les paroles de Marchand au sujet de Radio-Canada.

— Pourquoi pas ! avait-il dit sans grand enthousiasme en mettant son moteur en marche.

Il avait pris la direction de l'ancien hôtel Ford du boulevard Dorchester, immeuble occupé par Radio-Canada.

En stationnant sa voiture à proximité du siège de la société d'État, il avait regretté durant un court instant de ne pouvoir compter sur le parrainage d'Olivier Marchand. Tout aurait été beaucoup plus facile si ce dernier avait choisi de travailler pour Radio-Canada plutôt que pour des périodiques français. Puis, il s'était dit que son ancien confrère au journal n'aurait probablement pas pu faire grand-chose pour lui venir en aide puisqu'il n'aurait eu pratiquement aucune influence auprès du bureau du personnel.

Il avait poussé la porte de l'édifice sans se faire de grandes illusions et on l'avait orienté vers le bureau du personnel. Impressionné par le cadre, il n'en avait pas moins rempli une demande d'emploi et posé sa candidature au service des nouvelles. L'employée l'avait invité à prendre place dans la petite salle d'attente au cas où le directeur du personnel voudrait le rencontrer.

Pendant son attente, Jean avait décidé de poursuivre sa recherche d'emploi durant tout le reste de la semaine. D'une façon ou d'une autre, il lui fallait trouver autre chose, il n'avait plus le choix. Il allait faire le tour de tous les hebdomadaires et peut-être même accepter un travail de pigiste. Puis, si rien ne fonctionnait, il irait jusqu'à postuler à Télé-Métropole, le futur poste de télévision privé, dès qu'il entendrait dire qu'on y engageait du personnel.

Il avait dû attendre près d'une heure, puis le directeur du personnel lui avait accordé une courte entrevue. Au moment où Jean avait cru que l'homme allait le congédier avec une vague promesse de le contacter plus tard s'il y avait une ouverture, ce dernier avait appelé sa secrétaire et l'avait priée de le piloter jusqu'au bureau du directeur de l'information.

Arthur Lapointe s'était montré agréable et plutôt intéressé par ses services, sans toutefois préciser à quel titre. Il l'avait longuement interrogé sur son expérience de journaliste. Finalement, ils s'étaient séparés sur une poignée de main et l'homme avait conclu leur entretien en lui disant qu'il lui donnerait probablement des nouvelles avant la fin du mois. Jean avait considéré ces paroles comme une promesse si encourageante qu'il avait cessé de chercher un autre emploi, persuadé que Radio-Canada allait l'embaucher dès l'automne.

Le jeune père de famille sursauta légèrement en entendant des pas derrière lui dans la cuisine. Tournant la tête, il aperçut sa femme qui venait de quitter la salle de bain.

— Je m'en vais me coucher, lui annonça-t-elle en s'approchant de la porte moustiquaire. Essaye de pas me réveiller quand tu viendras te coucher.

— C'est correct.

Il aurait aimé pouvoir lui raconter les difficultés qu'il rencontrait au travail ainsi que sa décision de quitter le journal, mais il savait qu'elle ne lui aurait prêté qu'une oreille distraite et n'aurait pas compris qu'il abandonne une paye respectable par fierté. Pour elle, l'important demeurait qu'il rapporte régulièrement de l'argent à la maison et que rien ne vienne mettre en danger le budget serré qu'elle gérait depuis leur mariage.

Il eut un demi-sourire au souvenir du jour où, sept ans auparavant, il était revenu à la maison au volant de sa première voiture. Au journal, plusieurs confrères se moquaient de lui depuis quelques mois parce qu'il était le dernier reporter connu, disaient-ils, à se déplacer encore en tramway et en taxi.

Peu à peu, il en était venu à envisager la possibilité d'acheter une automobile. À vingt-sept ans, il ne voyait pas pourquoi il n'en possèderait pas une. Cela rendrait son travail plus facile et lui permettrait de transporter sa petite famille quand le besoin s'en ferait sentir. En réalité, à l'époque, la perspective de conduire une voiture l'excitait. Il possédait un compte en banque bien approvisionné, grâce à la somme qu'il continuait à prélever sur son salaire chaque semaine, à l'insu de Reine évidemment. Il pouvait donc s'offrir le luxe de posséder une automobile.

Quelques jours plus tard, le hasard avait voulu que Jérôme Ouellet, un confrère, décide de faire l'acquisition d'une voiture neuve. Il lui avait acheté sa vieille Dodge 1948 bleue sans rien y connaître et, surtout, sans savoir conduire. Son unique condition fut que Ouellet vienne stationner la Dodge dans la rue Brébeuf, près de Gilford, où elle demeurerait jusqu'au jour où il pourrait la piloter.

Ensuite, il s'était empressé de suivre des cours de conduite sans en parler à qui que ce soit. Deux semaines plus tard, en possession de son permis de conduire, il avait réservé une surprise de taille aux siens. Un vendredi soir, après le souper, il avait insisté pour que sa femme et ses trois enfants viennent faire une promenade. Parvenu près de la Dodge, il avait déverrouillé les portières et les avait invités à prendre place dans le véhicule en feignant la plus grande indifférence.

— Mais qu'est-ce que tu fais là ? lui avait demandé Reine, estomaquée.

— On s'en va faire un tour dans mon char, avait-il déclaré en contournant le véhicule pour prendre place derrière le volant.

— Comment ça, ton char ? À part ça, tu sais même pas conduire, avait-elle ajouté, toujours debout devant la portière ouverte, côté passager.

— Inquiète-toi pas, j'ai appris, avait-il simplement dit pour la rassurer.

Puis, vint la vraie question :

— Mais où est-ce que t'as pris l'argent pour payer ça ? l'avait-elle questionné, soupçonneuse, en se décidant enfin à s'asseoir sur la banquette et en refermant la portière.

— J'ai pas eu à débourser une cenne, avait-il menti. C'est le journal qui l'a acheté. Ils trouvent que ça va leur revenir moins cher de me payer ce bazou-là que de rembourser tous les taxis que je prends pour travailler. Ils ont même payé mes cours de conduite. Qu'est-ce que tu dis de ça ?

Il avait soigneusement préparé son mensonge à l'intention de sa femme. Cette dernière lui laissait si peu d'argent de poche chaque semaine qu'elle n'aurait jamais cru qu'il puisse réunir la somme nécessaire à un tel achat.

— Et qui va payer le *gas* ? avait-elle demandé, toujours suspicieuse.

— Le journal, avait-il affirmé encore une fois pour éviter de se lancer dans une grande explication avec sa femme, en mettant le moteur en marche.

Il se souvenait parfaitement à quel point les trois enfants, entassés sur la banquette arrière, avaient été excités à la perspective de faire une balade en auto. Lui, les mains moites rivées sur le volant, avait roulé durant plusieurs minutes dans les rues les moins achalandées du quartier. Il était alors un conducteur encore trop peu expérimenté pour goûter les plaisirs de la conduite automobile. Durant tout le trajet, Reine n'avait pas ouvert la bouche.

— On dirait que t'es pas contente qu'on ait enfin un char ? lui avait-il fait remarquer, un peu dépité de son manque d'enthousiasme, au moment où il verrouillait les portières.

— Je suis contente, avait-elle finalement reconnu sans sourire. Ça va être pas mal utile.

Lorsqu'il avait troqué la Dodge pour une Pontiac plus récente, deux ans auparavant, il lui avait servi les mêmes mensonges avec un égal bonheur… Mais s'il quittait le *Montréal-Matin*, il allait devoir inventer une autre fable pour expliquer pourquoi il conservait une voiture qui appartenait, du moins le croyait-elle, au journal. Il verrait bien si jamais cela se concrétisait. Peut-être pourrait-il avancer que l'automobile vieille de sept ans représentait un cadeau de départ du journal ?

Au fond, il devait reconnaître que Reine, si soupçonneuse soit-elle, était passablement naïve dès qu'il n'était pas question de son argent. Cependant, dans ce dernier domaine, elle était intraitable et il fallait l'acculer au pied du mur chaque fois qu'il fallait procéder à une dépense. Ouvrir son porte-monnaie semblait lui causer une souffrance presque physique. Il en avait été ainsi quand il avait fallu la convaincre de remplacer le poêle à huile par une cuisinière électrique quelques années auparavant. Pour l'installation d'une ligne téléphonique, cela n'avait guère été plus facile.

Pour éviter cette dernière dépense, Reine avait toujours déclaré que c'était inutile puisqu'on pouvait toujours aller téléphoner chez sa mère ou même à la biscuiterie en cas de besoin. Jean avait eu beau arguer que tout le monde avait maintenant le téléphone et qu'il en avait besoin pour son travail, sa femme se cramponnait à sa décision.

— Là, ça va faire ! avait-il éclaté un beau matin. J'ai besoin du téléphone pour mon ouvrage et j'ai pas l'intention d'aller quêter chez ta mère chaque fois que j'ai un coup de fil à donner. J'ai demandé à Bell de venir installer le téléphone cette semaine et tu vas laisser entrer les installateurs, tu m'entends ?

— C'est un gaspillage !

— Je m'en sacre ! s'était-il emporté. T'es mieux de t'arranger pour pas les retourner à la porte, l'avait-il même menacée, à bout de patience.

Il en avait été quitte pour une semaine de bouderie. Toutefois, il avait gagné un appareil téléphonique suspendu au mur de la cuisine et sa femme n'avait pas été la dernière à s'en servir. Avec Reine, toute dépense devait être réfléchie trois fois plutôt qu'une, et encore là le consentement était rarement accompagné d'un sourire. Mais Jean y était désormais habitué.

Maintenant, la situation était passablement plus grave. Il s'agissait de son avenir et de celui des siens. Il sentait le tapis lui glisser de plus en plus sous les pieds au journal et il attendait avec une impatience difficilement réprimée des nouvelles de Radio-Canada. Il lui semblait que chaque jour qui passait l'éloignait un peu plus du poste rêvé à la société d'État.

En entendant le raclement d'une chaise chez sa belle-mère, à l'étage au-dessous, il se dit qu'il était temps d'aller se coucher. Il quitta sa chaise et pénétra dans l'appartement en prenant bien soin de ne pas faire de bruit en refermant la porte derrière lui. Il alla mettre son pyjama, suspendu, comme d'habitude, au crochet fixé derrière la porte de la salle de bain. À sa sortie de la pièce, il hésita un bref moment entre aller s'étendre sur le divan, dans le salon, ou rejoindre Reine dans leur chambre à coucher. Cependant, à la pensée des courbatures dont il hériterait après une nuit passée sur le divan inconfortable, il opta pour son lit, même si l'idée d'y rejoindre sa femme, d'une humeur massacrante aujourd'hui, ne l'enchantait guère.

Il entra dans la chambre sur la pointe des pieds sans allumer la lumière. Il remonta le mécanisme de son réveille-matin, puis s'allongea sur le lit dans le noir après avoir repoussé la légère couverture inutile. Même s'il faisait encore passablement chaud malgré l'heure tardive, il s'endormit rapidement aux côtés de sa femme.

Chapitre 2

Le testament

Le lendemain matin, Jean fut réveillé par les roulements du tonnerre. Soulevant la tête, il jeta un coup d'œil à son réveille-matin. Il indiquait sept heures moins le quart. Il faisait étrangement sombre vu l'heure. À ses côtés, Reine ouvrit les yeux sans toutefois esquisser le moindre geste indiquant une intention de se lever.

— Qu'est-ce qui a fait ce bruit-là ? demanda-t-elle d'une voix ensommeillée.

— Ma grand-mère te répondrait que c'est le diable qui charrie de la pierre, répondit-il en bâillant. C'est le tonnerre. On dirait qu'on va enfin avoir un peu de pluie.

— Si ça peut rafraîchir.

— Il faut se lever, lui dit-il. Il est déjà presque sept heures et le service est à neuf heures et demie.

— Je pense que j'irai pas au service, fit-elle. Je suis allée passer deux soirs au salon. Me semble que c'est bien assez.

— Mais tu peux pas faire ça, s'insurgea Jean en s'assoyant dans le lit.

— Je vois pas ce qui m'en empêcherait, dit-elle d'une voix mordante. Ta grand-mère pouvait pas me sentir et elle s'en est jamais cachée.

— Ça va faire de la peine à mon père que tu sois pas là pour l'enterrement de sa mère.

— Il le remarquera même pas.

— Dans ce cas-là, lève-toi quand même pour aider à préparer les petits. Eux autres vont venir.

Jean quitta le lit et, avant de sortir de la chambre, alla jusqu'à la fenêtre. Au moment où il écartait les rideaux pour mieux constater le temps qu'il faisait, un éclair zébra le ciel et un violent coup de tonnerre sembla ébranler les vitres. Il laissa retomber les rideaux et prit la direction de la salle de bain pour se raser et faire sa toilette. Quand il quitta la pièce quelques minutes plus tard, Reine avait eu le temps de dresser le couvert pour le déjeuner, mais les enfants étaient encore couchés.

— T'as pas réveillé les enfants ?

— Penses-tu que c'est bien raisonnable de les amener là à matin avec le temps qu'il fait ? lui demanda-t-elle en débranchant la bouilloire électrique.

Il ne se donna pas la peine de lui répondre. Il alla réveiller Catherine, puis ses deux fils en leur demandant de venir déjeuner.

— S'il mouille et qu'ils gaspillent leur beau linge, qui est-ce qui va être encore poigné pour leur en payer du neuf ? fit sa femme en lui versant une tasse de café.

— Moi, comme d'habitude. À ce que je sache, il y a personne d'autre dans cette maison qui rapporte de l'argent, non ? rétorqua-t-il sur le même ton.

— Allez faire votre lit avant de venir manger, ordonna-t-elle à sa fille et à ses fils au moment où ils entraient dans la cuisine.

Ensuite, Reine se tut, l'air buté. Elle se leva de table pour allumer la radio et prépara trois tasses de chocolat chaud destinées aux enfants. Catherine et ses frères revinrent dans la pièce les uns après les autres, quelques instants plus tard.

— Mangez des céréales, leur dit sèchement leur mère, mais exagérez pas sur le lait.

Dès qu'il eut fini de manger ses rôties, Jean se leva de table, se versa une seconde tasse de café et prit la direction de la galerie. Malgré l'heure matinale, il faisait déjà chaud. Le ciel plombé était traversé par des éclairs, mais la pluie n'avait pas encore commencé. Brusquement, le tonnerre roula à l'ouest. Au moment même où il s'assoyait sur sa vieille chaise berçante en bois, les premières gouttes de pluie se mirent à tomber. En quelques secondes, ce fut le déluge. La pluie se transforma en un véritable rideau opaque et elle se mit à tambouriner sur le toit du hangar. L'orage était si violent qu'il avait peine à voir de l'autre côté de la ruelle. Il dut même reculer sa chaise près du mur pour ne pas être éclaboussé.

Un peu plus tard, Catherine vint rejoindre son père sur la galerie pour regarder tomber la pluie.

— On part à neuf heures moins quart, lui dit-il.

— On va être prêts, p'pa, fit l'adolescente. On a déjà fini de manger. J'attends juste que Gilles sorte de la salle de bain pour aller me brosser les cheveux.

Peu après, le jeune père de famille rentra dans la maison et retrouva sa femme dans leur chambre à coucher, en train de remettre de l'ordre.

— T'es sûre que tu veux pas venir? lui demanda-t-il dans un dernier espoir de la convaincre d'assister aux funérailles de sa grand-mère.

— Non, t'auras juste à dire à ton père que j'y suis pas allée parce que je filais pas à matin.

— Et tu t'imagines qu'il va croire ça?

— Qu'il le croie ou pas, c'est pas important, trancha-t-elle en contournant le lit pour étendre la couverture.

Il haussa les épaules et endossa son veston. Il alla ensuite chercher son imperméable suspendu à la patère du couloir avant de s'armer d'un parapluie.

— Prenez le grand parapluie noir, dit-il à ses enfants, et attendez-moi au pied de l'escalier. Sortez pas dehors tant que je serai pas revenu avec le char. Attendez que je klaxonne avant de sortir.

Sur ce, il dévala les deux volées de marches. Lorsqu'il ouvrit la porte au pied de l'escalier, il se rendit compte que la pluie violente avait chassé la plupart des passants des trottoirs de la rue Mont-Royal. Il ouvrit son parapluie et se précipita vers la rue Brébeuf où il avait stationné sa Pontiac la veille. Il déverrouilla fébrilement la portière et se glissa à l'intérieur du véhicule après avoir refermé son parapluie, en maudissant le temps exécrable. Maintenant, il fallait que son automobile y mette du sien et accepte de démarrer. Depuis qu'il en avait fait l'acquisition, il n'avait pu faire autrement que de constater que la Pontiac était particulièrement sensible à l'humidité et refusait obstinément de démarrer un matin sur deux lorsqu'il pleuvait.

Il eut de la chance. Sa voiture démarra sans problème. Il actionna les essuie-glaces, remonta la rue Brébeuf jusqu'à Gilford et descendit Chambord jusqu'à Mont-Royal avant de venir s'immobiliser devant la biscuiterie Talbot au moment où sa belle-mère pénétrait dans son magasin. Il allait klaxonner pour signaler son arrivée à ses enfants quand quelqu'un ouvrit à la volée la portière avant de la Pontiac, côté passager.

— Je suis ben content de pas être arrivé trop tard, déclara Lorenzo Talbot en se glissant aux côtés de son beau-frère. Je voulais téléphoner chez vous à matin pour savoir où était chanté le service de ta grand-mère, mais la ligne était en dérangement. Ça fait que j'ai pris une chance de venir avant que tu partes.

— Où est ton char ? lui demanda Jean, une fois la surprise passée.

— Derrière le tien. Je suis arrivé en même temps que toi.

— Monte avec nous autres, lui proposa-t-il, heureux de constater qu'au moins un Talbot s'était dérangé pour la circonstance.

— Où a lieu le service ?

— À l'église Saint-François-Solano, rue Dandurand.

— Je pensais que ta grand-mère restait dans l'ouest de la ville ?

— Oui, sur Saint-Urbain, reconnut Jean, mais elle avait demandé à mes tantes que son service soit célébré là parce qu'elle est restée longtemps dans cette paroisse-là.

— Est-ce que tu vas aller au cimetière après ?

— Il va bien falloir.

— Moi, je pourrai pas. Je dois être chez Familex à la fin de l'avant-midi. Ça fait que je vais me contenter de te suivre. Où est ta famille ?

— Attends une seconde. Tu vas voir arriver les enfants, lui annonça Jean.

Sur ces mots, il donna un petit coup de klaxon. Aussitôt la porte palière voisine de celle de la biscuiterie s'ouvrit pour livrer passage aux trois enfants serrés sous le parapluie noir tenu par Catherine. Ils s'engouffrèrent dans le véhicule. Ils découvrirent avec plaisir leur oncle Lorenzo sur le siège avant.

— À l'eau, les canards, plaisanta ce dernier en se tournant vers eux.

— Ma tante Rachel est pas avec vous, mon oncle ? lui demanda Catherine, qui avait un faible pour l'agréable compagne du commis voyageur.

— Elle est dans le char, en arrière, répondit Lorenzo. Là, je vais vous suivre jusqu'à l'église. Retiens ton père pour qu'il prenne pas son tacot pour un char de course, ajouta-t-il avec le sourire.

— Il y a pas de danger, intervint Jean. C'est déjà un miracle que ma bagnole ait voulu démarrer à matin avec la pluie qui tombe.

— Au fait, où est passée ma sœur ?

— Elle file pas à matin, se borna à répondre Jean.

Le frère de Reine secoua la tête d'un air entendu avant d'annoncer en ouvrant la portière :

— Bon, on se retrouve à l'église.

Lorsque Jean arriva devant l'église aux deux clochers de Saint-François-Solano quelques minutes plus tard, la pluie était beaucoup moins violente, mais le vent s'était levé, apportant enfin une fraîcheur bienvenue. En compagnie de ses trois enfants, il attendit Lorenzo et sa compagne et tous s'empressèrent de pénétrer à l'intérieur du temple. Une vingtaine de personnes à peine s'étaient regroupées à l'arrière, attendant l'arrivée du corbillard qui devait transporter la dépouille de Bérengère Bélanger.

Catherine alla embrasser sa grand-mère et ses tantes Lorraine et Lucie pendant que Jean saluait son frère et son beau-frère à qui il présenta Lorenzo et Rachel.

— Je suppose que p'pa est dans la limousine avec ses sœurs ? demanda-t-il à sa mère après l'avoir embrassée sur une joue.

— Oui, ils devraient pas tarder, répondit Amélie en replaçant machinalement une mèche de cheveux de son petit-fils Alain.

La mère de Jean salua Rachel et Lorenzo qu'elle avait déjà rencontrés en quelques occasions et feignit de ne pas remarquer l'absence de sa bru. Un jeune prêtre de la paroisse, accompagné d'un porte-croix et de deux servants de messe, apparut à l'arrière de l'église. Les conversations se transformèrent en chuchotements.

— Ils arrivent, déclara soudain Claude qui venait de pousser la porte pour regarder à l'extérieur.

En fait, le corbillard venait de s'immobiliser au pied du parvis et quatre porteurs vêtus de noir prirent place à l'arrière de l'imposant véhicule. Une énorme Cadillac noire s'était arrêtée derrière. Félicien Bélanger en sortit en compagnie de ses sœurs, Rita et Camille. Tous les trois attendirent que les porteurs soulèvent le cercueil en chêne contenant les restes de leur mère et les suivirent à l'intérieur de l'église. La bière fut déposée sur un chariot drapé de noir qui fut poussé lentement dans l'allée centrale. Le prêtre, précédé de ses servants de messe et du porte-croix, le suivit et la maigre assistance l'imita.

La cérémonie funèbre ne donna pas lieu aux crises de larmes assez habituelles dans ces circonstances. Elle fut d'une sobriété exemplaire. Chacun des participants était conscient que la disparue avait vécu une belle et très longue vie et qu'elle était partie sans trop souffrir. Dans une courte homélie, le célébrant prononça quelques paroles propres à consoler les membres de la famille et les amis. À la fin de la messe, il bénit encore le corps avant que les porteurs ne s'emparent du cercueil et le poussent sur le chariot vers la sortie.

À l'extérieur, la pluie n'avait pas encore cessé et c'est un maigre cortège de cinq voitures qui accompagna Bérengère Bélanger à son dernier repos au cimetière Notre-Dame-des-Neiges. La traversée de la ville se fit tout de même assez rapidement et les membres de la famille Bélanger, plus ou moins bien protégés par des parapluies, se regroupèrent autour de la fosse au-dessus de laquelle les porteurs venaient de déposer le cercueil. On récita une courte prière avant que Félicien signale à ses sœurs qu'il était temps de se retirer.

À la sortie du cimetière, Amélie fit savoir aux personnes présentes qu'elle les attendait à la maison pour dîner. Avec l'aide de Lorraine et de Lucie, elle avait préparé un buffet la veille. Elle rejoignit son fils Jean au moment où il se dirigeait vers sa voiture en compagnie de ses trois enfants.

— Où est passée ta femme ? lui demanda-t-elle, comme si elle remarquait seulement à cet instant l'absence de sa bru.

— Elle était pas dans son assiette quand elle s'est levée à matin, m'man, mentit-il.

Sa mère fit un gros effort pour ne pas formuler une remarque désagréable. Elle garda le silence un court instant avant de poursuivre.

— Je veux que tu viennes manger à la maison avec les enfants, exigea-t-elle. On n'a pas préparé tout ce manger-là pour rien.

— Reine va nous attendre pour dîner, prétexta-t-il mollement.

— Elle va comprendre, ton père a besoin d'être entouré aujourd'hui, ajouta-t-elle en désignant Félicien du menton alors qu'il était en train de parler à ses deux sœurs.

— Vous auriez pu demander à Reine de venir vous donner un coup de main à préparer le buffet hier soir, dit-il à sa mère dans une dernière tentative de faire mieux accepter l'absence de sa femme. Elle y serait allée avec plaisir.

— Je le sais bien, dit Amélie sur un ton peu convaincant, mais il était tard quand on est sortis du salon, et à cette heure-là je suppose qu'elle devait s'occuper des enfants. La fille de Lorraine était gardée par sa grand-mère et Lucie a pas d'enfant. Toutes les deux, ça les dérangeait pas de venir m'aider. Quand on arrivera à la maison, t'auras juste à envoyer un de tes petits chercher leur mère. Qu'il lui dise de venir manger avec nous autres.

Jean ne put faire autrement que d'accepter l'invitation de ses parents. Cependant, il n'avait pas été dupe des raisons avancées par sa mère pour ne pas avoir fait appel à Reine pour participer à la confection du repas. Elle était si peu appréciée dans la famille Bélanger qu'on avait préféré se passer de son aide. En tout cas, c'était ainsi que sa femme allait l'interpréter. Il était presque certain qu'elle allait refuser de venir le rejoindre chez son père.

À l'arrivée des voitures rue Brébeuf, la pluie avait enfin cessé. Il ne tombait plus qu'un crachin. On pouvait même voir des lambeaux de ciel bleu. Tout était détrempé, mais l'air était sensiblement plus frais. Jean envoya Gilles prévenir sa mère qu'elle était attendue chez grand-mère pour le dîner. Ensuite, il monta l'escalier extérieur qui conduisait chez ses parents en compagnie de Catherine et d'Alain.

Au moment où Amélie déverrouillait la porte, la limousine du salon funéraire s'immobilisa le long du trottoir pour laisser descendre Félicien et ses deux sœurs. On entra dans l'appartement et on s'empressa d'ouvrir toutes les fenêtres qu'on avait laissées fermées en partant pour éviter que la pluie pénètre à l'intérieur. Pendant que les femmes déposaient sur la table les sandwichs aux œufs et au jambon préparés la veille ainsi qu'un généreux gâteau, les hommes avaient disposé des chaises autant dans le salon que dans la cuisine.

Finalement, aucun étranger à la famille n'avait accepté de se joindre au repas et les membres du clan Bélanger se retrouvaient entre eux.

— C'est de valeur qu'on ait dû aller au cimetière, déplora Amélie au moment où chacun commençait à garnir son assiette, je suis certaine que Lorenzo Talbot et son amie seraient venus manger avec nous autres. Parce que là, on n'est pas ben nombreux pour tout ce qu'il y a sur la table.

— Il devait aller travailler, m'man, lui expliqua Jean. Mais j'ai vu madame Lussier et Omer à l'église. Pour moi, elle a dû demander à ma belle-mère un congé pour venir.

— Va donc sonner à côté pour voir s'ils sont chez eux, lui suggéra-t-elle. Dis-leur qu'on les attend pour manger.

Félicien adressa à sa femme un regard entendu. Il était évident qu'ils auraient trouvé plus normal qu'Yvonne Talbot ait été présente aux funérailles plutôt que sa vendeuse, mais tout commentaire était bien futile.

À l'instant où le journaliste sortait de l'appartement de ses parents, son fils Gilles revint.

— M'man est couchée et elle dit qu'elle a un gros mal de tête, dit-il à son père.

— C'est correct, tu peux aller rejoindre les autres.

Jean dut sonner plusieurs fois à la porte voisine avant qu'on l'ouvre. Il leva la tête et découvrit Omer Lussier, debout sur le palier du second étage.

— Est-ce que ta sœur est là ? lui demanda-t-il.

— Non, elle est partie travailler, répondit le quinquagénaire.

— Est-ce que ça te tente de venir manger avec nous autres ? l'invita Jean.

— OK, répondit le plus simplement du monde Omer.

Le frère d'Adrienne Lussier descendit pesamment l'escalier intérieur, tout heureux à l'idée d'aller s'empiffrer. Depuis de nombreuses années, c'était un habitué de la maison parce qu'Amélie, mue par la charité chrétienne, ne ratait jamais une occasion de lui donner un morceau de gâteau, une pointe de tarte ou des biscuits. Elle ne s'était jamais plainte d'Omer, même s'il était un voisin parfois un peu malcommode à cause de la déficience intellectuelle dont il souffrait.

Omer pénétra chez les Bélanger à la suite de Jean et s'empara de l'assiette que venait de préparer la maîtresse de maison à son intention. Lorraine lui tendit un grand verre de cola et lui indiqua une chaise où il pouvait prendre place. Jean vit que ses enfants étaient assis aux côtés de l'épouse de son frère Claude. Il ignorait ce que Lucie leur racontait, mais cela avait l'air de les amuser.

— On dirait que ta femme a le tour avec les enfants, fit-il remarquer à son frère, qui venait de s'asseoir près de lui.

— Tu peux pas savoir à quel point elle aimerait en avoir, murmura le cadet des Bélanger.

— Ça va venir. Il faut pas vous inquiéter, voulut le rassurer Jean. Ça fait juste trois ans que vous êtes mariés.

— Presque quatre, le corrigea le couvreur.

— P'pa, ma tante dit qu'il y a deux beaux programmes pour les jeunes à la télévision le soir, dit Alain, qui venait de se matérialiser près de son père.

— Quels programmes ? demanda-t-il distraitement.

— *La boîte à surprises* avec Guy Sanche et *Le grenier aux images* avec André Caillou, répondit Lucie, qui venait de s'avancer vers les deux frères. Remarque que je sais pas si c'est pas trop enfantin pour Catherine, mais je suis certaine que Gilles et Alain aimeraient beaucoup ça.

Jean allait dire qu'il n'avait pas encore de téléviseur à la maison, mais son frère le devança.

— Laisse donc les jeunes venir jeter un coup d'œil un soir. C'est pas ben tard, je pense que c'est à l'heure du souper. Ils risquent pas de se perdre en chemin, on reste de l'autre côté de la ruelle.

— Ça me surprendrait que Reine accepte qu'ils aillent vous achaler en pleine heure de souper pour regarder la télévision.

— Si Lucie les invite, tu peux être certain que ça dérange pas.

— Ça me ferait plaisir qu'ils viennent, intervint la petite femme blonde aux yeux bleus. Inquiète-toi pas. Tes enfants mangeront tout de même pas la bourrure de mes fauteuils. S'ils essaient de faire ça, je les inviterai plus, ajouta-t-elle en prenant une grosse voix pour faire rire les enfants.

À la fin du repas, Amélie remplit une assiette de sandwichs qu'elle remit à Omer en lui demandant de l'apporter chez lui pour sa sœur.

— Manges-les pas, prit-elle la peine de lui préciser. C'est pour Adrienne, quand elle viendra souper.

— J'ai plus faim, madame Bélanger, affirma son voisin, sa grosse figure lunaire illuminée par un large sourire.

Pendant que les femmes remettaient de l'ordre dans la cuisine, les hommes allèrent fumer sur la galerie. À un certain moment, Marcel Meunier rentra dans l'appartement et attira sa femme dans le couloir pour lui dire quelques mots. Quand il revint sur la galerie, il semblait de mauvaise humeur. Debout dans son dos, Claude adressa une mimique qui en disait long à son frère.

Lorraine, leur sœur aînée, n'avait vraiment pas eu de chance dans ses amours. Édouard Lacombe l'avait fréquentée durant trois ans avant de disparaître quand leur père lui avait demandé de clarifier ses intentions. Ensuite, il y avait eu le grand Christian Dupriez, chef cuisinier de son état. Malheureusement, le jeune Français avait été pris du mal du pays un an et demi après son arrivée au Québec, et il était retourné chez lui sans proposer le mariage à la jeune fille de vingt-cinq ans. Enfin, deux ans plus tard, son jeune frère, Claude, lui avait présenté Marcel Meunier, un plâtrier célibataire qu'il côtoyait assez souvent sur les chantiers de construction. Âgé de trente ans, l'homme de taille moyenne compensait une chevelure châtain clairsemée par une petite moustache rectiligne qui lui conférait un air plutôt conquérant. Au demeurant, il s'était rapidement montré un amoureux attentif et délicat, veillant soigneusement à séduire aussi bien les parents de la jeune fille que la jeune fille elle-même. Un an et demi plus tard, il avait demandé à Félicien Bélanger la main de sa fille. Après le mariage, le jeune couple s'était installé dans un petit appartement de la rue Mentana, à faible distance des autres membres de la famille Bélanger. Puis, une année plus tard, Lorraine avait donné naissance à Murielle, leur unique enfant.

Lorraine était particulièrement discrète sur sa vie familiale, mais les Bélanger soupçonnaient depuis longtemps que tout n'était pas nécessairement rose avec son Marcel. Ce dernier était sujet à des crises de rage et chacun sentait qu'il avait toutes les peines du monde à se contenir en public quand on le contrariait. Bien sûr, il cherchait toujours à offrir la meilleure image possible, mais on le sentait souvent prêt à exploser pour un oui ou pour un non.

— Il m'a l'air pas mal mauvais, lui, décrétait de temps en temps Amélie lors d'épisodes où Marcel semblait particulièrement têtu et obstiné envers sa femme.

Mais au moins, il ne s'isolait pas et ne boudait pas, comme Reine pouvait le faire lorsqu'une situation la contrariait.

— En tout cas, il est mieux de pas lever la main sur Lorraine, avait rétorqué Félicien, un peu inquiet pour sa fille. Si jamais il fait ça, il va avoir affaire à moi, je t'en passe un papier, saint cybole !

Lorsque les femmes se présentèrent sur la galerie en déclarant en avoir fini avec la vaisselle, Félicien Bélanger s'esquiva un court moment dans sa chambre pour en revenir avec un document à l'air officiel.

— Si ça vous fait rien, j'aimerais vous lire le testament de m'man, déclara-t-il.

— Bon, je pense que nous autres, on va y aller, annonça Émile Corbeil en faisant signe à sa femme Berthe et à son fils Réjean de le suivre. Je pense pas que ça nous regarde, ajouta-t-il avec un rire bon enfant.

Le frère d'Amélie, sa femme et leur grand fils étaient venus au salon funéraire deux fois, en plus d'être présents aux funérailles.

— Je pense que vous avez raison, mon oncle, l'approuva Jean. Nous autres aussi, on va y aller.

— Non, restez, insista Félicien. Vous êtes tous de la famille, ça vous regarde.

Jean regarda son oncle et sa tante et tous décidèrent d'obéir à leur hôte.

— On pourrait s'installer dans le salon pour une couple de minutes, ajouta Félicien en regardant ses deux sœurs qui n'avaient rien dit.

Tout le monde rentra et le maître des lieux attendit que chacun ait trouvé un siège pour lire le testament de Bérengère Bélanger.

— Bon, ce sera pas ben long ni ben compliqué, annonça le facteur. M'man a fait faire son testament il y a une vingtaine d'années, et elle me l'a donné le printemps passé parce qu'elle m'a désigné comme son exécuteur testamentaire.

Le document n'était constitué que de deux feuilles. La disparue laissait toutes ses possessions à partager à parts égales entre ses trois enfants. Rita et Camille hochèrent la tête en entendant leur frère aîné lire le contenu du testament.

— Ça, c'était ce que ma mère demandait. Mais je pense qu'en toute justice, le peu qu'elle laisse devrait revenir à mes sœurs qui se sont occupées d'elle si longtemps.

— Voyons donc ! protesta Camille.

— Non, c'est décidé. Hier soir, j'ai préparé un papier que j'ai signé devant deux témoins. Je vous le remets avec le testament.

— On peut pas accepter ça, intervint Camille. M'man avait un peu plus que six cents piastres dans son compte de banque.

— C'est à vous deux que ça revient, dit Amélie qui approuvait le geste généreux de son mari. Ça sert à rien de revenir là-dessus. C'est fait.

Si la lecture officielle du testament était terminée, les discussions se poursuivirent plusieurs minutes. Tout le monde ajouta ses commentaires pour dire à Félicien que son geste l'honorait, et pour dire à Rita et Camille à quel point c'était mérité. Quelques minutes plus tard, Jean remercia ses parents et entraîna ses enfants vers la sortie.

De retour à la maison, il trouva sa femme, assise sur la galerie, en train de repriser un pantalon de Gilles. Il sortit, mais ne s'assit pas sur la chaise libre. Il préféra s'adosser contre la porte.

— Pourquoi t'es pas venue manger chez ma mère ? lui demanda-t-il. T'étais la seule à pas être là.

— Ça me tentait pas, laissa-t-elle tomber. J'étais pas pour aller me braquer là quand j'étais même pas allée au service.

— Lorenzo et Rachel sont venus, eux autres, lui apprit-il.

— Tu parles d'une idée ! Ils connaissaient même pas ta grand-mère.

— C'est vrai, mais ton frère a l'esprit de famille, lui, dit-il, la voix chargée de reproche.

Reine feignit de ne pas comprendre le sous-entendu et poursuivit.

— À la place de mon frère, je me promènerais pas partout en traînant une séparée comme il le fait, surtout pas à l'église.

— On n'a rien à reprocher à Rachel Rancourt. C'est vrai qu'elle est séparée de son mari, mais on sait pas ce qui s'est passé et on n'a pas à la juger.

— On sait bien, toi, t'as l'esprit large, fit-elle, sur un ton sarcastique.

— Mon père a lu le testament de ma grand-mère, dit-il en changeant de sujet de conversation avant que la situation s'envenime.

— À qui elle laisse son argent ? demanda Reine, tout de suite intéressée par la question.

— À ses trois enfants, naturellement. Mais mon père a fait un beau geste et a décidé de laisser sa part à mes deux tantes parce qu'elles se sont toujours occupées de ma grand-mère.

— À l'âge où elle était rendue, elle a pas dû leur laisser grand-chose.

— Tout de même, à peu près deux cents piastres, chacun, en plus des meubles et de quelques cossins, précisa-t-il.

— Quoi ? Es-tu en train de me dire que ton père a laissé tout ça à ses sœurs ?

— Ben oui, qu'est-ce qu'il y a ? ajouta Jean, sachant très bien que sa femme ne pouvait pas comprendre tant de générosité, d'autant plus lorsqu'il était question d'argent.

— Il peut bien être pauvre, s'exclama la jeune femme, qui n'en revenait pas. Si ça a de l'allure de cracher sur de l'argent comme ça !

— Mon père est peut-être pas riche, rétorqua Jean, mais il a un cœur et un esprit de famille.

— Bien sûr, fit sa femme, on le sait, les Bélanger ont toutes les qualités.

Jean rentra dans la maison. Il s'assit à la table de cuisine après être allé chercher son porte-document. Il avait promis un court article dans lequel il énumérerait les avantages que le port de Montréal comptait tirer de la voie maritime du Saint-Laurent inaugurée en grande pompe deux mois auparavant par la reine Élisabeth et le président Eisenhower. Il se mit au travail.

Chapitre 3

Des changements importants

Une douzaine de jours plus tard, Jean Bélanger broyait du noir. Il n'avait toujours reçu aucun signe de vie de Radio-Canada, et l'atmosphère était devenue irrespirable au journal depuis qu'il avait refusé, la semaine précédente, de continuer à former le stagiaire, Michel Parenteau. En cela, il avait suivi les conseils de certains de ses confrères qui voyaient bien que la direction du *Montréal-Matin* avait décidé d'utiliser ce subterfuge peu élégant pour le chasser de son poste.

Quand il avait fait connaître sa décision au nouveau rédacteur en chef, ce dernier avait tempêté et l'avait même menacé de licenciement, mais il n'avait pas bronché. Il ne continuerait pas à former celui qui lui volerait son emploi. Joseph Hamel avait dit qu'il en appellerait à la direction générale pour ajouter un peu de pression sur son journaliste, mais il ne lui en avait pas moins enlevé son stagiaire pour le confier aux bons soins de Maurice Savard. Lequel collègue qui avait tout de même promis secrètement à son ami Jean de ne pas faire trop de zèle dans son nouveau rôle de mentor.

Toutefois, Jean Bélanger n'avait plus d'autre choix que d'admettre qu'il vivait maintenant sur du temps emprunté et que la guillotine tomberait plus tôt que tard.

En cette fin d'après-midi, il quitta, soulagé, l'édifice du journal. Il venait de laisser sur le bureau de la rédaction, quelques minutes avant l'heure de tombée, un article sur les réactions des Montréalais depuis que les tramways avaient été retirés des rues de la métropole. Il faisait un temps si magnifique qu'il se promit de faire une balade dans les allées du parc La Fontaine après le souper.

À son arrivée à la maison, il s'étonna de ne pas trouver Reine en train de cuisiner le repas du soir. À peine venait-il de faire quelques pas dans le couloir qu'elle sortit de la chambre des garçons.

— Viens voir, lui dit-elle en lui faisant signe de la suivre dans la pièce. Je sais pas ce qu'il a. Il se plaint qu'il a de la misère à avaler depuis le déjeuner.

Elle lui montra Alain, couché dans son lit. Le jeune garçon de huit ans semblait avoir un sérieux mal de gorge.

— As-tu appelé le docteur Laflamme ?

— Oui, il veut qu'on l'amène le voir à soir à sept heures.

Jean fit ouvrir la bouche à son fils cadet pour tenter de se faire une idée.

— On dirait que ce sont les amygdales, fit-il.

— C'est ce que je pense aussi, reconnut-elle.

— Je te l'avais dit, il y a deux ans, qu'on aurait été mieux de les lui faire enlever en même temps que Gilles.

Reine ne répondit rien. Elle s'était opposée à cette dépense qu'elle jugeait inutile. À l'époque, il avait fallu faire opérer Gilles, sujet à des amygdalites à répétition, mais ce n'était pas le cas de son jeune frère.

Le soir même, la promenade au parc La Fontaine fut abandonnée au profit d'une visite chez le médecin de la famille. Gilles fut confié aux soins de sa sœur aînée pendant que les parents conduisaient Alain chez le médecin. Aurèle Laflamme diagnostiqua bien une amygdalite et prescrivit un médicament propre à diminuer l'inflammation. Il recommanda cependant l'ablation dès que possible.

— On va faire faire ça avant le commencement de l'école de manière à ce qu'il manque pas pour rien, déclara Reine.

— Samedi, l'inflammation devrait s'être résorbée et je pourrais l'opérer ici même dans mon cabinet, proposa le médecin.

Durant les trois jours suivants, Gilles fit en sorte de calmer les appréhensions de son frère et lui fit miroiter la grande quantité de crème glacée qu'il allait pouvoir manger durant sa convalescence.

Le samedi matin, le père de famille alla déposer une couverture et un oreiller sur le siège arrière de la Pontiac pendant que sa femme voyait à ce que son plus jeune fils finisse de se préparer.

— Je vais te laisser y aller tout seul avec lui, déclara-t-elle. J'ai un rendez-vous chez la coiffeuse à dix heures.

Jean se retint de lui faire remarquer devant les enfants que sa présence aux côtés de son fils nerveux était bien plus importante qu'une permanente. Il se contenta de laisser tomber :

— Comme tu voudras. Quelle sorte de crème en glace veux-tu manger en revenant ? demanda-t-il à Alain en se tournant vers lui.

— Aux fraises, p'pa.

— Vous deux, vous irez acheter un gros contenant de crème en glace aux fraises pendant qu'on va être partis, dit-il à Catherine et Gilles. Le plus gros qu'il y a chez Drouin. Et je vous défends d'en manger, ajouta-t-il pour faire bonne mesure en adressant un clin d'œil de connivence à ses deux aînés. C'est juste pour Alain quand on va revenir tout à l'heure.

— Tu penses pas qu'une brique de crème en glace… commença Reine.

— J'ai dit le plus gros contenant, répéta son mari, sans se donner la peine d'écouter plus avant le commentaire de sa femme.

Déjà qu'elle n'accompagnait pas leur fils qui avait pourtant besoin de soutien, il n'était pas d'humeur à entendre une remarque qu'il savait destinée à lui rappeler le prix d'une brique de crème glacée.

Sur ces mots, il quitta l'appartement en compagnie de son fils cadet. L'intervention chirurgicale bénigne se déroula sans problème et le père put ramener son fils à la maison bien avant l'heure du dîner. Encore sous l'effet de l'anesthésie, Alain effectua le trajet de retour à la maison étendu sur la banquette arrière. À leur arrivée à destination, Jean le prit dans ses bras et le monta à l'appartement. Catherine avait préparé le lit de son frère. Son père n'eut qu'à l'y déposer.

— La crème en glace est dans le frigidaire, lui dit-elle. M'man a préparé du pâté chinois pour dîner. Elle sait pas à quelle heure elle va revenir de chez la coiffeuse. Je vais juste avoir à le faire réchauffer.

— T'es sûre qu'elle a dit qu'elle sera pas revenue pour dîner? lui demanda-t-il, surpris que sa femme ait à passer plus de trois heures chez la coiffeuse.

— C'est ce qu'elle a dit, p'pa, intervint Gilles. Elle a aussi dit qu'elle était pour arrêter voir madame Lalonde après.

Jean esquissa une grimace. Il détestait Gina Lalonde, l'unique amie de sa femme. Toutes les deux s'étaient connues à l'école primaire et s'étaient perdues de vue à la fin de leurs courtes études, jusqu'au jour où elles s'étaient rencontrées par hasard quelques mois après leur mariage.

La femme, âgée d'une trentaine d'années, était célibataire et cultivait un genre que le journaliste n'appréciait pas particulièrement. Barmaid dans un cabaret de la rue du Havre, Gina Lalonde affichait une liberté de mœurs que toute femme honnête aurait désapprouvée. Pas Reine, ce qui n'était pas sans paradoxe puisque c'était la même Reine qui reprochait tant de choses à Rachel Rancourt, pourtant beaucoup plus respectable, à ses yeux, que Gina. La fille d'Yvonne Talbot semblait éprouver à l'endroit de son amie une admiration qu'il avait du mal à comprendre. Rien ne lui déplaisait autant que de voir cette femme blonde à l'allure vulgaire installée chez lui à son retour du travail. Heureusement, cela ne se produisait pas trop souvent. Par contre, sa femme allait au cinéma régulièrement en sa compagnie.

— Il me semble que s'occuper de son garçon malade était ben plus important que d'aller se faire coiffer ou courir chez la Lalonde, dit-il à mi-voix dès que sa fille fut retournée dans la cuisine pour faire réchauffer le hachis parmentier.

En fait, Reine ne revint à la maison qu'à la fin de l'après-midi. Soigneusement coiffée et toute pimpante, elle déposa un sac sur la table de cuisine avant de retirer ses talons hauts. Jean, assis sur la galerie, rentra dans l'appartement.

— Tu trouves pas que ta place aurait été ben plus ici dedans à t'occuper de ton garçon qu'à courir les rues avec la Lalonde ? lui dit-il, agressif.

— Il est pas mort, non ? répliqua-t-elle sur le même ton. T'étais là, toi. Je vois pas ce que j'aurais pu faire de plus en restant encabanée toute la journée, ajouta-t-elle avant de disparaître dans leur chambre pour changer de robe.

Ensuite, elle alla toutefois voir le malade dans la pièce voisine.

— Va porter à ton frère une coupe de crème en glace, commanda-t-elle à Catherine. Il vient de se réveiller. Après, tu viendras m'aider à mettre la table.

— Laisse faire la crème en glace, intervint Jean. Je m'en occupe.

Il ouvrit le réfrigérateur, sortit le contenant de crème glacée et en déposa une généreuse portion dans une coupe qu'il alla porter à Alain.

— J'ai mal à la gorge, se plaignit son fils d'une voix rauque.

— C'est pas grave, ça va partir, le rassura son père. Mange ça doucement, sans te presser. Ça va te faire du bien.

— Moi aussi, j'ai mal à la gorge, l'imita son frère, présent dans la chambre, en changeant sa voix.

— Pas de problème, répliqua son père. Je t'amène tout de suite chez le docteur, et après ça tu vas avoir droit à de la crème en glace, toi aussi.

En réalité, ces paroles n'étaient destinées qu'à faire croire au jeune opéré que la crème glacée lui était entièrement destinée. Mais dans les faits, toute la famille en eut une généreuse portion ce soir-là.

Le jeudi 3 septembre, Jean trouva l'appartement vide à son retour du travail. Un billet laissé sur le coin de la table de cuisine lui apprit que sa femme et ses enfants étaient partis chez ses parents, rue Brébeuf, et qu'ils reviendraient à l'heure du souper. Immédiatement, le journaliste devina que sa femme était allée voir sa mère pour lui demander de procéder à certains ajustements des vêtements des enfants.

Chaque année, quelques jours avant la rentrée scolaire, c'était la même histoire. Les enfants avaient grandi durant l'été et il était nécessaire de voir à ce qu'ils soient convenablement habillés. Chaque fois, Reine faisait une véritable crise en constatant que les habits ne faisaient plus et qu'il fallait en acheter de nouveaux. Un peu plus, elle aurait reproché à ses enfants d'avoir grandi uniquement pour l'obliger à dépenser.

Dans ces moments-là, la jeune mère de famille n'éprouvait aucun remords à faire appel au talent de couturière de sa belle-mère pour raccourcir ou allonger une robe, un pantalon ou un manteau. C'était gratuit.

— Ça te gêne pas de te servir comme ça de ma mère ? lui avait-il demandé l'année précédente alors qu'elle avait obligé Amélie à coudre gratuitement pour ses petits-enfants durant trois jours.

— Pantoute, avait-elle répondu. Ça lui fait plaisir et ça lui donne l'impression d'être utile.

— Tu penses pas que tu pourrais apprendre à coudre ? Ça fait ben des années que ma mère t'offre de l'apprendre.

— Pour quoi faire ?

— Pour montrer que t'es capable de te débrouiller toute seule. Regarde Lucie, elle…

— Laisse faire sainte Lucie, avait-elle sèchement répliqué, l'air mauvais. Je suis pas elle, et moi, je cherche pas à tout prix à me faire aimer par tout le monde.

Bref, depuis que les enfants fréquentaient l'école, c'était devenu une sorte de tradition. Reine débarquait un beau matin chez les Bélanger en portant tous les vêtements qu'elle tenait à faire réparer ou ajuster pour ses enfants et la grand-mère devait s'échiner sur sa vieille machine à coudre Singer durant des heures.

Jean se promit d'acheter un cadeau à sa mère pour la remercier de son dévouement envers ses petits-enfants.

Profitant de ce qu'il était seul, il alluma une cigarette et s'empara de la note laissée par sa femme sur le coin de la table dans l'intention de la jeter à la poubelle quand il découvrit un second message écrit au verso de la feuille.

Il reconnut l'écriture de Catherine. Sa fille avait noté qu'il devait rappeler monsieur Arthur Lapointe avant six heures. Son cœur eut un raté lorsqu'il reconnut le nom du directeur de l'information de Radio-Canada. Il croisa les doigts et jeta un coup d'œil à sa montre pour vérifier l'heure. Il s'empressa ensuite de téléphoner au numéro noté par sa fille. Une voix féminine lui répondit et lui demanda de patienter quelques instants.

— Arthur Lapointe, fit une voix grave un moment plus tard.

Jean se présenta.

— Bonjour, monsieur Bélanger, dit l'homme. Je suppose que vous vous souvenez de moi ?

— Bien sûr, monsieur Lapointe, répondit Jean, la gorge sèche.

— J'ignore si vous allez considérer ce que je vais vous apprendre comme une bonne nouvelle, mais j'aurais une ouverture pour vous dans mon service.

Le cœur de Jean se mit à battre la chamade.

— L'un de mes recherchistes m'a annoncé cet après-midi qu'il entendait prendre sa retraite à la fin du mois de janvier prochain. J'ai immédiatement pensé à vous.

— Vous êtes bien aimable, monsieur.

— Si vous pouvez vous permettre d'attendre encore quelques mois, poursuivit le directeur de l'information, je pourrais peut-être vous réserver le poste.

— Vous pouvez être certain que je vais attendre, l'assura Jean.

— Mais il ne faut pas s'emballer trop vite, fit la voix au téléphone. J'ignore encore si vous avez les compétences requises pour faire ce travail. Il va falloir qu'on se rencontre à nouveau pour en discuter.

— Bien sûr, monsieur Lapointe.

— En tout cas, j'aurai tenu parole. Je vous avais presque promis, je crois, de vous contacter à la fin du mois d'août. C'est fait quelques jours plus tard. J'aimerais cependant vous rencontrer demain après-midi, si c'est possible, reprit Lapointe, au bout du fil.

— Avec plaisir, monsieur.

— Disons deux heures.

— J'y serai, promit Jean.

Après avoir raccroché, le journaliste était partagé entre la déception et l'espoir. Il était déçu d'apprendre qu'il ne pourrait décrocher ce nouvel emploi que quatre mois plus tard alors qu'il avait cru, durant un moment, avoir la possibilité de l'occuper dès les jours suivants. Cependant, il se sentait soulevé par l'espoir d'obtenir un emploi intéressant dans un tout nouveau domaine. Et cela pouvait même signifier de l'avancement rapide avec des émoluments conséquents. Il se frotta les mains d'excitation tout en prenant la décision de ne pas prévenir sa femme de cette entrevue. Ainsi, si rien de positif n'en résultait, elle ne serait pas déçue.

Le lendemain, il s'esquiva de l'édifice du journal après le dîner et se présenta au bureau du directeur de l'information de Radio-Canada. La secrétaire de ce dernier le fit patienter une quinzaine de minutes avant de l'inviter à entrer dans la pièce. Il reconnut alors le grand homme à l'air surmené qu'il avait rencontré quelques semaines auparavant. Arthur Lapointe se leva pour lui serrer la main avant de l'inviter à prendre place dans l'un des fauteuils placés devant son bureau. La pièce, bien éclairée par deux larges fenêtres, était sobrement meublée. Un immense bureau en chêne occupait une bonne partie de l'espace.

— Excusez mon retard, mais il est toujours difficile de prévoir la durée des réunions, dit l'homme en s'assoyant et en tirant vers lui une chemise cartonnée que sa secrétaire avait déposée sur le coin de son bureau avant de se retirer discrètement dans la pièce voisine.

Il chaussa ses lunettes à monture de corne, ouvrit le dossier et le consulta brièvement avant de reporter toute son attention sur son vis-à-vis.

— J'ai ici un bon aperçu de votre carrière, poursuivit Arthur Lapointe. À ma demande, on a même pris la peine de joindre à votre dossier plusieurs de vos articles parus dans le *Montréal-Matin*. Je ne me souviens pas si je vous l'ai demandé lors de notre rencontre précédente, mais j'aimerais maintenant que vous m'expliquiez pourquoi vous tenez tant à vous joindre à nous.

L'entretien dura plus d'une trentaine de minutes et le directeur du service des nouvelles sembla favorablement impressionné par le candidat assis devant lui. Il prit la peine de lui expliquer que Radio-Canada avait fait installer une vingtaine de studios et un grand service des reportages dans l'ancien hôtel Ford où ils se trouvaient présentement.

— Nous diffusons tout de même six mille heures par année, tint à préciser le directeur.

— C'est très impressionnant, fit Jean.

— Bon, comme je vous l'ai laissé entendre hier, au téléphone, déclara Arthur Lapointe, j'aurai un poste de recherchiste doublé de celui de rédacteur de nouvelles à pourvoir en janvier. Si vous êtes intéressé, monsieur Bélanger, il est à vous. Vous me semblez taillé sur mesure pour ce travail. Avec votre expérience de l'écriture concise, je suis certain que vous n'aurez aucun mal à vous plier aux exigences d'un bulletin de nouvelles radiophonique ou télévisé.

— Je suis intéressé, monsieur, affirma Jean, rayonnant de joie.

Arthur Lapointe consulta brièvement l'agenda placé à sa droite avant de déclarer :

— Pensez-vous être capable de commencer, disons, au début de la troisième semaine de janvier, soit le…

Il consulta brièvement un calendrier placé sur son bureau.

— Soit le 18 janvier prochain ? Ça permettra à Henri-Claude Langelier, notre futur retraité, de vous aider à vous familiariser avec votre nouveau travail.

Jean allait se précipiter sur l'offre d'emploi qui lui était faite quand il songea soudain qu'on n'avait nullement parlé de ses futures conditions de travail et de son salaire.

— Puis-je savoir combien vous m'offrez pour ce poste ? demanda-t-il, un peu gêné. Vous comprenez, j'ai une famille et…

— Ne vous excusez pas, monsieur Bélanger. Rien de plus naturel que de vous informer de ça. Nous vous offrons soixante-dix dollars par semaine, précisa-t-il. Votre horaire de travail est fixe. C'est du huit à cinq, cinq jours par semaine. Est-ce que cela vous convient ?

— J'accepte avec plaisir, déclara Jean. Je vais remettre ma démission au journal de manière à être libre le 15 janvier prochain. J'ai hâte de commencer, ajouta-t-il, enthousiaste.

— Bienvenue à Radio-Canada, conclut le directeur du service des nouvelles avec un grand sourire.

À sa sortie de l'immeuble, Jean avait presque l'impression de voler tant il se sentait délivré de la tension qui l'avait habité durant les dernières semaines. Maintenant, son avenir lui semblait clairement tracé. Il n'avait plus qu'une épreuve à surmonter : conserver son emploi au journal encore quatre mois de manière à ce que les siens ne manquent de rien. Durant tout le trajet qui le séparait de la maison, il imagina sa dernière rencontre avec Joseph

Hamel. Il se promettait de lui dire ses quatre vérités avant de quitter définitivement le journal.

Ce soir-là, le jeune père de famille attendit que tous les siens soient réunis autour de la table pour leur faire part de son heureux changement de travail.

— J'ai une bonne nouvelle à vous apprendre, leur annonça-t-il. Au mois de janvier, je vais lâcher le journal pour aller travailler à Radio-Canada.

— T'es pas sérieux ? s'exclama sa femme. Est-ce que ça veut dire que t'as perdu ta *job* au journal ?

— Pantoute, je vais continuer à travailler là jusqu'en janvier. J'ai juste décidé de me trouver quelque chose de mieux payé.

— Ah ! C'est mieux payé, fit-elle, visiblement soulagée. Combien ils vont te donner par semaine ?

— Dix piastres de plus qu'au journal, mentit-il avec aplomb.

— Soixante piastres ?

— En plein ça.

— C'est pas à dédaigner, laissa-t-elle tomber, ravie.

Il n'avait jamais douté que telle serait sa réaction. Depuis le premier jour où il avait commencé à travailler au *Montréal-Matin*, Jean avait toujours laissé croire à sa femme qu'il gagnait dix dollars de moins par semaine que ce qu'il gagnait en réalité parce que, à titre de gestionnaire du budget familial, elle ne lui avait accordé, chaque semaine, que deux dollars d'argent de poche depuis les premiers mois de leur vie commune.

Treize ans plus tard, il était obligé de convenir que Reine était une excellente cuisinière et une bonne ménagère. Par contre, sortir de l'argent de son porte-monnaie semblait toujours la faire souffrir et il la soupçonnait même de gratter sur les achats de nourriture pour grossir son bas de laine. Il allait de soi que la moindre hausse du coût d'un aliment la faisait grincer des dents et, par réaction, elle tentait toujours de récupérer cette dépense supplémentaire en rognant sur l'achat d'autres aliments.

— Est-ce qu'on va vous voir à la télévision, p'pa ? demanda Gilles à son père.

— Non, moi, je vais écrire les nouvelles que le lecteur va lire devant la caméra ou à la radio, expliqua-t-il à son fils.

— C'est pas grave, fit son frère. De toute façon, nous autres, on n'a pas de télévision.

— Non, et c'est pas demain la veille qu'on va dépenser de l'argent pour cette niaiserie-là, intervint sa mère en tartinant une tranche de pain.

— Parlant de dépenser, reprit son mari. T'oublieras pas d'acheter quelque chose pour remercier ma mère d'avoir encore cousu pour les petits.

— Pourquoi ça ? demanda-t-elle. C'est naturel qu'elle fasse ça. C'est ses petits-enfants après tout.

— Est-ce que ta mère fait ça, elle ? rétorqua-t-il d'une voix cinglante.

— Ma mère a pas le temps. Elle travaille à la biscuiterie.

— Ma mère est pas obligée pantoute de coudre pour les enfants parce que toi, t'as pas voulu apprendre à coudre, reprit-il. Achète-lui une boîte de chocolats demain et envoie Catherine la lui porter. Si tu le fais pas, je l'achèterai moi-même et je l'enlèverai sur ma paye.

Furieuse, Reine se tut et mangea son repas. Les enfants, habitués à ce genre de scène et à l'atmosphère pesante qui en découlait, se concentrèrent sur le contenu de leur assiette.

— Et le char, lui ? demanda Reine quelques minutes plus tard, au moment où elle venait de commencer à desservir la table avec l'aide de Catherine.

De toute évidence, la jeune femme avait continué à réfléchir aux implications qu'allait entraîner le changement d'emploi de son mari pendant le repas.

— Quoi, le char ? fit Jean, surpris par la question.

— Le char appartient au journal. Il va falloir que tu le remettes. Ça veut dire qu'on va être obligés de prendre l'autobus quand on va avoir à sortir.

— Inquiète-toi pas pour ça. Je vais m'arranger avec le journal.

Jean avait fini par oublier qu'il lui avait raconté que la Pontiac était fournie par le *Montréal-Matin*, alors qu'en réalité la voiture lui appartenait. Il trouverait bien un moyen de lui faire croire qu'on la lui donnait… peut-être à titre d'indemnité de départ. De toute façon, il avait bien le temps de voir venir.

Il se leva de table et annonça à sa femme qu'il allait apprendre la nouvelle à ses parents. Il lui offrit de l'accompagner, mais elle déclina l'invitation en prétextant avoir encore du repassage à faire. Il n'insista pas et quitta l'appartement.

Chez les Bélanger, on se réjouit de sa bonne fortune et l'on chercha à l'encourager quand il leur fit part de son inquiétude de perdre son emploi au journal bien avant janvier.

— C'est de valeur que t'ailles pas travailler au nouveau poste de télévision qui va ouvrir l'année prochaine, déplora Félicien. J'ai encore lu dans le journal, la semaine passée, qu'il va être pas mal intéressant, ce poste-là.

— On sait jamais ce qui va se passer, p'pa, dit Jean en riant. D'ici à ce qu'il ouvre ses portes, Radio-Canada va peut-être avoir eu le temps de me mettre dehors et j'irai me faire engager là.

— Je pense pas que ça t'arrive, répliqua son père, sérieux. Ça empêche pas que, moi, j'ai hâte en maudit que ce poste de télévision-là commence. Ça va faire du bien d'avoir le choix du programme de temps en temps. Moi, *L'heure du concert* ou encore *Pays et merveilles* avec Laurendeau, ça m'ennuie à mourir. Je tombe toujours endormi sur ces maudits programmes plates là.

— Ça, je peux pas vous contredire, p'pa, j'ai pas la télévision.

Trois ans auparavant, Félicien avait acheté un téléviseur Marconi qu'il avait installé dans un coin du salon. Il avait été le premier de la famille à s'en procurer un et, par conséquent, son salon avait accueilli des visiteurs presque chaque soir durant les premières semaines.

— Une chance que les programmes commencent à six heures et finissent à onze heures, sinon il y aurait toujours du monde ici dedans et on pourrait jamais se coucher, avait fini par déclarer le facteur à sa femme.

Finalement, Claude, puis Marcel s'étaient procuré un appareil à leur tour avant la fin de l'année et la nouveauté avait perdu de son attrait… sauf pour Jean et les siens. Quand ce dernier avait parlé d'en acheter un en prétextant que les enfants adoreraient cela, sa femme s'y était farouchement opposée en arguant que ça nuirait à leurs études et les énerverait inutilement.

— Nous autres, quand on était jeunes, on n'avait pas ça et on n'en est pas morts.

— Presque tout le monde a une télévision à cette heure, avait plaidé son mari.

— Je dis pas qu'on n'en aura pas une, nous autres aussi, mais seulement quand on aura de l'argent. Là, on est trop serrés.

Tout avait été dit. Les mois, puis les années avaient passé et il n'en avait plus été question puisque la situation financière de la petite famille n'avait pas suffisamment évolué aux yeux de Reine.

La première semaine de septembre prit fin sur un temps si magnifique que Jean proposa aux siens une balade en voiture jusqu'à Nicolet. Dans son esprit, il s'agissait plus de finir en beauté les vacances scolaires que de célébrer la fête du Travail.

Par chance, Reine était d'excellente humeur et ne rechigna pas à préparer un pique-nique pour les siens avec l'aide de Catherine. Prévoyante, la mère de famille apporta aussi deux bouteilles familiales de boisson gazeuse Denis pour faire plaisir aux enfants. Sur le coup de dix heures, toute la famille s'entassa avec enthousiasme dans la Pontiac brune au toit beige et la voiture prit la direction du pont Jacques-Cartier.

Il fallait croire que les Bélanger n'étaient pas les seuls à avoir planifié de sortir de l'île ce jour-là parce qu'ils durent patienter près de trente minutes pour parvenir aux postes de perception installés à l'entrée du pont. Cependant, cette attente n'entama pas la bonne humeur de la famille. Pendant que les enfants jouaient aux devinettes sur la banquette arrière, Reine, les yeux rêveurs, fredonnait *Don't be cruel*, le dernier grand succès d'Elvis Presley que diffusait la radio CJMS.

Après avoir traversé Longueuil, la voiture emprunta la route 3 qui longeait le fleuve jusqu'à Sorel où Jean s'arrêta une demi-heure pour permettre aux siens de se dégourdir les jambes. Ensuite, tous remontèrent dans l'auto, et quelques minutes plus tard le conducteur repéra un endroit en bordure de la route, un peu avant d'arriver à Yamaska.

— Ce serait en plein la place qu'il nous faudrait pour pique-niquer, déclara le père de famille en braquant pour entrer dans le champ.

— Es-tu certain qu'on a le droit d'entrer ici ? lui demanda Reine en jetant un coup d'œil inquiet autour d'elle.

Le champ n'était pas protégé par une clôture de fil barbelé. Il y avait une large trouée dans les arbustes qui semblaient le ceinturer. Çà et là, en bordure, il y avait d'énormes érables dont l'épais feuillage promettait une ombre rafraîchissante.

— Étendez les couvertes en dessous d'un arbre, ordonna Jean à sa famille, je vais aller voir si on peut s'installer ici. Il y a beau pas avoir de clôture, c'est tout de même un terrain privé.

— C'est vrai qu'on dérange pas personne, lui fit remarquer sa femme.

— Je le sais ben, mais il suffit qu'on tombe sur un cultivateur un peu regardant et on peut avoir du trouble, fit-il avant de se diriger à pied, en compagnie d'Alain, vers la ferme voisine distante de quelques centaines de pieds.

Le jeune cultivateur qu'il rencontra dans la cour de la ferme voisine n'avait pas d'objection à faire quant à leur présence dans son champ pourvu qu'ils ne laissent aucun déchet à leur départ.

— Je cultive rien dans ce champ-là cette année, dit-il à Jean. C'est pour ça qu'il y a pas de clôture. Je laisse reposer la terre. Mais vous autres, faites ben attention, l'été passé, c'était un maudit nid à guêpes.

Jean le remercia et revint à l'endroit où il avait stationné la Pontiac. L'herbe était haute et le soleil à son zénith. Les insectes stridulaient. Reine, aidée par Catherine et Gilles, avait étalé deux vieilles couvertures grises au centre desquelles les sandwichs et les biscuits avaient été placés sur deux grandes assiettes.

— On peut rester ici tant qu'on veut, annonça-t-il à sa femme. Ça dérange pas le propriétaire. On va être ben, à l'ombre, ajouta-t-il en constatant avec plaisir à quel point l'épais feuillage de l'érable sous lequel le repas avait été servi offrait une protection efficace contre le soleil.

Le dîner fut avalé en quelques minutes. Pendant que Reine et sa fille rassemblaient les reliefs du repas, le jeune père de famille se sentit envahi par une agréable torpeur. Sa femme s'en rendit compte après avoir déposé ce qui restait de la nourriture dans le coffre de la Pontiac.

— On pourrait bien rester ici un bout de temps et s'en retourner en ville après, suggéra-t-elle. Il y a rien qui nous oblige à aller jusqu'à Nicolet, et ça coûterait juste moins cher de *gas*, ajouta-t-elle, toujours guidée par son attitude avare.

— Pourquoi pas, fit Jean, tenté par une sieste.

— De toute façon, les enfants ont apporté ce qu'il faut pour s'amuser.

Les enfants approuvèrent la suggestion de leur mère.

— Si c'est comme ça, je pense que je vais faire un somme, déclara Jean en s'étendant sur l'une des couvertures.

— Laisse-moi de la place, fit Reine. Je vais dormir un peu, moi aussi. On va laisser l'autre couverte aux enfants.

— Moi, je vais lire, annonça Catherine en se levant pour aller chercher le livre qu'elle avait apporté.

— Lis, mais jette tout de même un coup d'œil à tes frères, lui ordonna sa mère. Vous deux, ajouta-t-elle en se tournant vers Gilles et Alain, vous pouvez aller jouer avec votre ballon, mais faites pas de bruit. Nous autres, on va dormir quelques minutes.

Les parents sombrèrent rapidement dans un agréable sommeil à peine troublé par les automobiles qui passaient sur la route voisine. Catherine, assise à l'écart sur l'autre couverture, finit par somnoler elle aussi.

— Aïe ! C'est quoi ça ? cria soudainement Alain en se précipitant vers son frère en tenant son ballon.

Le cri avait réveillé Jean en sursaut et il se leva, un peu courbaturé d'avoir dormi à même le sol. Son mouvement brusque tira sa femme de sa sieste.

— Qu'est-ce qu'il y a ? demanda-t-il en se précipitant vers son fils cadet qui courait maintenant vers l'auto en compagnie de Gilles.

— Il y a des guêpes qui essaient de me piquer, p'pa ! lui cria Alain.

— Vite, entrez dans le char et montez les vitres, cria Jean à ses deux fils. Et vous autres, dit-il à sa femme et à sa fille ! qui n'avaient pas bougé d'où elles étaient, dépêchez-vous à les rejoindre. Il y a des guêpes.

Affolées, elles s'emparèrent des couvertures sur lesquelles elles étaient étendues et coururent vers la Pontiac. Jean les avait précédées et se dépêchait de remonter la vitre du côté conducteur pendant que ses deux fils remontaient celles des portières arrière. Les couvertures furent jetées dans l'auto. Reine monta la dernière glace avant de se laisser tomber sur la banquette.

— Voulez-vous bien me dire ce qui s'est passé ? demanda-t-elle, de mauvaise humeur.

— Gilles a lancé le ballon. Je l'ai manqué et il est tombé dans les petits arbres là-bas, expliqua Alain en se grattant furieusement la tête. Je pense que le ballon a cassé leur nid. Quand je suis allé le chercher, les guêpes ont commencé à me piquer.

— Tu parles d'une façon de se faire réveiller, ronchonna leur père qui venait de mettre sa voiture en marche.

— Il en est pas entré dans le char, j'espère ? fit Reine en se tournant vers l'arrière.

— Non, m'man. Il y en avait juste une et je l'ai écrasée, répondit Gilles.

— Vous êtes-vous fait pas mal piquer? demanda Jean en engageant la voiture sur la route.

— Moi, j'ai une piqûre dans le cou et une autre sur la joue, déclara Gilles.

— Moi, c'est sur le front et sur la tête. C'était vrai, p'pa, ce que l'homme nous a dit, ajouta-t-il.

— Qu'est-ce qu'il a dit? fit sa mère, intriguée par la remarque.

— Il nous a dit de faire attention aux guêpes, m'man.

— T'aurais peut-être pu nous le dire, tu penses pas? dit-elle d'une voix acide à son mari.

— Ça aurait changé quoi? rétorqua-t-il.

— En tout cas, grattez-vous pas trop, sinon ça va être pire, dit-elle à ses fils. Je regarderai ça en arrivant.

Les Bélanger rentrèrent à la maison. Dès que les garçons eurent franchi la porte, Reine examina les piqûres. Il n'y avait pas grand-chose à faire. Le front d'Alain était orné de deux magnifiques bosses et, au toucher, il y en avait deux autres dissimulées dans le cuir chevelu. Gilles semblait encore plus touché puisqu'il avait une joue et un côté du cou passablement enflés.

— Il y a pas à dire, vous allez être beaux à voir pour le début des classes demain matin, laissa tomber leur mère en imbibant deux chiffons avec de l'huile végétale. Tenez, tamponnez vos piqûres avec ça. Elles vont vous piquer moins.

La mère de famille confectionna une grosse omelette pour le souper. Après avoir bu sa tasse de thé, elle se leva en disant:

— Catherine, tu vas laver la vaisselle et tes frères vont l'essuyer. Pendant ce temps-là, je vais aller jeter un coup d'œil pour être certaine que votre linge va être prêt pour demain matin.

— Mais c'est de l'ouvrage de fille, ça, protesta Gilles.

— T'as mangé ? lui demanda sa mère.

— Oui, m'man.

— Dans ce cas-là, t'es capable d'essuyer la vaisselle. Ici dedans, tout le monde fait sa part.

Ces paroles enlevèrent à Alain toute envie de protester. Même le père de famille se sentit visé. Il décida de donner l'exemple, pour une fois.

— Ta mère a raison. On va tous donner un coup de main.

Il se leva à son tour et entreprit de ranger la cuisine avec ses enfants.

Quand sa femme revint dans la pièce quelques minutes plus tard, tout était rangé et elle arborait un air satisfait.

— À soir, on reprend la routine de l'école. Vous vous couchez tous à huit heures, sauf Catherine qui peut rester debout jusqu'à neuf heures, si elle veut.

— C'est pas juste, m'man, protesta Gilles. Pourquoi elle se couche pas à la même heure que nous autres ?

— Parce qu'elle a douze ans. Quand t'auras son âge, toi aussi, tu te coucheras à cette heure-là. Bon, je vais aller faire un tour chez ma mère, en bas, dit-elle à son mari en se tournant vers lui. Si je suis pas revenue à huit heures, pense à les envoyer se coucher.

Jean se contenta de hocher la tête.

— Elle se plaint que je vais pas la voir assez souvent, se sentit-elle obligée d'ajouter.

Il ne dit rien. Il était habituel qu'elle aille seule rendre visite à sa mère. L'absence d'un homme chez Yvonne Talbot justifiait son abstention de la visiter. Sa belle-mère n'avait jamais formulé la moindre remarque sur le fait qu'il ne lui rendait pas visite, et c'était tant mieux ainsi. Même s'il avait accompagné sa femme, elle lui aurait à peine adressé la parole, comme elle l'avait toujours fait depuis son entrée dans la famille Talbot.

Dès que Reine eut quitté l'appartement, Jean s'installa dans le salon pour lire pendant que les enfants se réfugiaient dans leurs chambres à coucher. Avant de s'asseoir, il alluma la radio pour écouter les informations. Il venait à peine d'ouvrir son livre qu'il sursauta en entendant la voix grave de Jean-Paul Nolet annoncer :

— Nous apprenons à l'instant que l'honorable Maurice Duplessis, en visite dans une concession de Québec Iron, à Shefferville, dans le nord du Québec, serait tombé gravement malade. Est-il nécessaire de rappeler que le premier ministre du Québec, âgé de 69 ans, a eu quelques ennuis de santé ces derniers mois ? Toutefois, aucun représentant du gouvernement n'a voulu commenter la nouvelle.

Jean se leva pour éteindre la radio en s'interrogeant sur le bien-fondé de ces rumeurs. Il reprit sa lecture d'*Agaguk*, un livre d'Yves Thériault publié l'année précédente. À huit heures, il n'eut pas à rappeler à ses fils de se mettre au lit et, un peu plus tard, Catherine vint l'embrasser avant d'imiter ses frères. Fatigué de lire, il décida d'aller s'asseoir sur la galerie où Reine vint le rejoindre peu après. Dès que sa femme eut pris place près de lui, il la sentit agitée et nerveuse.

— Qu'est-ce qui se passe ? lui demanda-t-il. T'es-tu chicanée avec ta mère ?

— Bien non. Mais, tu sais pas la meilleure ? Elle pense qu'elle va mettre la biscuiterie en vente.

— Pourquoi tout d'un coup ?

— Il paraît que madame Lussier veut arrêter de travailler au milieu de décembre.

— Remarque que c'est normal. Adrienne Lussier doit avoir plus que soixante-cinq ans. Elle a ben le droit de vouloir se reposer.

— Elle a juste soixante-six ans, le même âge que ma mère, rétorqua Reine.

— Dans ce cas-là, ta mère a le droit, elle aussi, de s'arrêter.

Jean n'aurait jamais cru que sa belle-mère avait atteint cet âge. Il ne l'avait jamais vue autrement que soigneusement habillée, bien coiffée et les cheveux teints. Elle avait l'air beaucoup plus jeune que sa propre mère, pourtant âgée de quelques années de moins.

— J'ai essayé de lui expliquer qu'elle pourrait garder le magasin et que je pourrais être la gérante. Trouver une vendeuse, c'est pas difficile pantoute.

— Tu vas pas recommencer, s'impatienta son mari. As-tu oublié qu'elle t'a déjà dit non après la mort de ton père ? Pourquoi elle changerait d'avis aujourd'hui ?

— Dans le temps, c'était pas la même chose. J'attendais Catherine et elle était pas mal plus jeune. Là, les enfants sont assez vieux et ils vont tous à l'école. J'aurais tout le temps qu'il faut pour m'occuper de la biscuiterie.

— En fin de compte, qu'est-ce que ta mère a décidé ?

— Elle m'a dit qu'elle était pour y penser, conclut Reine en quittant sa chaise. Bon, je vais aller préparer ton lunch et après ça, je vais aller me coucher. Toi, qu'est-ce que tu fais ?

— Je vais écouter les nouvelles avant d'aller te rejoindre. Il paraît que Duplessis est tombé malade à Schefferville.

— Mets pas le radio trop fort pour pas réveiller les enfants, fut la seule réponse de Reine, qui ne semblait pas aussi intéressée par l'état du premier ministre que son mari.

Quelques minutes plus tard, Jean venait à peine de se laisser tomber dans son fauteuil que Radio-Canada interrompit son émission régulière pour émettre un bulletin spécial :

« Nous apprenons en dernière heure que le médecin de l'honorable Maurice Duplessis s'est envolé à la fin de l'après-midi pour aller au chevet de son patient. Des rumeurs de plus en plus persistantes affirment que le premier ministre serait très gravement malade. Nous attendons de plus amples informations de notre envoyé spécial dans quelques minutes. »

— Viens-tu te coucher ? demanda Reine qui avait déjà revêtu sa robe de nuit.

— Je vais attendre encore un peu. On dirait qu'il se passe quelque chose de pas normal avec Duplessis.

— Essaye de pas me réveiller en venant te coucher, ajouta-t-elle avant de tourner les talons.

Le lecteur de nouvelles de Radio-Canada revint en ondes moins de trente minutes plus tard pour céder immédiatement l'antenne à un reporter qui annonça que Gérald Martineau, trésorier de l'Union nationale et ami intime de Maurice Duplessis, venait de sortir sur le balcon du chalet où était soigné son chef. Il était accompagné du médecin et l'on avait annoncé qu'il allait faire incessamment une déclaration. Soudain la voix du conseiller législatif se fit entendre sur les ondes.

— Le premier ministre du Québec, Maurice Duplessis, vient de décéder et son corps sera ramené à Québec dès ce soir, annonça Gérald Martineau. Il sera exposé en chapelle ardente à l'assemblée législative dans les prochains jours. Je laisse maintenant la parole à son médecin.

Ce dernier s'empara du micro que lui tendait l'éminence grise de l'Union nationale.

— Le 3 septembre, monsieur Duplessis a été victime d'une hémorragie cérébrale, déclara-t-il sur un ton égal. Malgré tous nos efforts pour le ramener, il a malheureusement succombé à la fin de cet après-midi.

S'il avait été plus tôt, Jean se serait précipité chez ses parents pour discuter de politique avec son père, qui avait toujours été un unioniste convaincu et un partisan inconditionnel de Maurice Duplessis. Il devait dormir à une heure aussi tardive. Il allait sans doute avoir tout un choc en apprenant au réveil que son idole était décédée. Et il ne serait pas le seul, une grande partie de la population de la province allait être bouleversée par la nouvelle.

Le lendemain, la première édition du *Montréal-Matin* fut consacrée au décès du premier ministre. La plupart des journalistes reçurent le mandat de Joseph Hamel d'aller chercher les réactions des personnalités de la province devant cette disparition. Pour sa part, Jean avait vaguement espéré être l'un des deux journalistes envoyés couvrir l'événement à Québec. Le corps serait exposé à l'assemblée législative avant d'être transporté à Trois-Rivières où les funérailles seraient célébrées le 10 septembre. Il n'en fut rien. Le rédacteur en chef préféra envoyer le jeune Parenteau avec Marc Laberge, un journaliste chevronné.

Hamel se borna à lui demander d'aller chercher les réactions de certaines personnalités montréalaises. Ce jour-là, Jean eut la surprise de découvrir qu'il circulait dans la population de la métropole des rumeurs comme quoi le premier ministre aurait été empoisonné. Quand il rapporta ces bruits à la rédaction, son rédacteur en chef haussa les épaules en lui spécifiant qu'il ne s'agissait là que de commérages sans fondement, qui visiblement ne méritaient pas d'être publiés dans un journal ouvertement unioniste.

Cette journée correspondait également à la rentrée des classes, et cet après-midi-là Alain revint d'excellente humeur de sa première journée. Surprise de voir son fils heureux d'être retourné en classe, lui qui n'appréciait pas beaucoup l'étude, Reine s'informa.

— Est-ce que t'es de bonne humeur parce que t'es tombé sur un professeur à ton goût ? lui demanda-t-elle.

— Non, j'ai le bonhomme Simard et il est bête comme ses pieds.

— Pourquoi tu ris d'abord ?

— C'est parce que je viens de raconter à mes *chums* que j'avais des bosses sur la tête et dans le front parce que vous m'aviez battu à matin, dit le garçon de huit ans en s'esclaffant. Ils m'ont cru, les niaiseux.

— Espèce de maudit innocent ! s'emporta sa mère. Qu'est-ce que tu penses que leurs parents vont penser de moi quand ils vont raconter ça chez eux ? Ça, ce sont des affaires pour me causer des troubles ! Pour t'apprendre à pas raconter des menteries, tu vas aller te coucher tout de suite après le souper.

Jean, assis au bout de la table, n'avait rien dit.

— Tu feras ce que ta mère vient de te dire, ordonna-t-il à son fils en s'efforçant de prendre un ton sévère.

Mais il était évident que Jean avait la tête ailleurs, car normalement sa réaction aurait été plus vive. Il n'avait jamais accepté les écarts de conduite. Pour lui, l'éducation était très importante et il n'était pas question que les enfants manquent de respect à qui que ce soit.

Les jours suivants, le journal ne fit aucune mention de ces bruits non fondés selon lesquels le décès du premier ministre n'était pas dû à une cause naturelle. On se contenta de rapporter longuement les témoignages louangeurs de personnalités qui avaient côtoyé l'homme politique.

Beaucoup d'articles furent consacrés à la description de la ferveur manifestée par les habitants du Québec venus faire la queue durant des heures pour avoir l'occasion de saluer une dernière fois celui qui avait dirigé si longtemps les destinées de la province. On s'étendit aussi longuement sur la carrière de Paul Sauvé qui venait d'être désigné par le conseil des ministres pour succéder à celui qui avait été son chef durant deux décennies.

La veille des funérailles de Maurice Duplessis à Trois-Rivières, Jean rencontra par hasard le frère de sa mère au centre commercial du boulevard Pie IX. Émile Corbeil, à la retraite depuis quelques mois, errait sans but précis et sembla tout heureux de rencontrer son neveu.

— Ça a l'air ben ennuyant la retraite, mon oncle, fit le journaliste en souriant.

— Ben non, il faut juste s'habituer à rien faire, répondit son gros oncle chauve avec un bon rire. Toi, je suppose que tu t'occupes de Duplessis ? ajouta-t-il.

— Un peu, mon oncle.

— Laisse-moi te dire qu'il était temps qu'il débarrasse le plancher, le vieux maudit, dit à mi-voix Émile Corbeil, bien connu dans la famille pour ses opinions libérales affichées. On va souffler un peu.

— Voyons, mon oncle ! Si mon père vous entendait, ça lui ferait pas mal de peine, fit le jeune homme, sarcastique.

— Laisse faire, toi ! T'es trop jeune pour l'avoir ben connu. Mais moi, je sais ce qu'il nous a fait, à nous autres, les ouvriers qui travaillaient en ville. Il était peut-être ben bon pour les cultivateurs, mais pour nous autres, il y avait pas pire ennemi que lui.

— J'espère que vous irez pas dire ça à mon père, répéta Jean. Pour lui, c'est comme s'il avait perdu un membre de sa famille.

— Ben non, tu sais ben, le rassura son oncle, sur un ton beaucoup plus modéré. Ton père a ben le droit de l'aimer, son Maurice, même si j'ai jamais compris pourquoi.

Jean avait quitté Émile Corbeil quelques instants plus tard, après avoir refusé d'aller boire un café chez lui, par manque de temps.

Le mercredi avant-midi, l'activité au journal cessa pour permettre au personnel de se rassembler devant les téléviseurs afin d'assister aux funérailles nationales du chef d'État qui avait dirigé la province durant vingt ans. Le cortège de quarante-six landaus transportant mille six cents couronnes de fleurs était aussi impressionnant que la foule massée le long du parcours conduisant à la cathédrale de Trois-Rivières. La voix feutrée du commentateur ajoutait encore à la solennité de l'événement.

Une heure et demie plus tard, les téléspectateurs purent enfin voir le cercueil quitter la cathédrale. Le corbillard transportant la dépouille de Maurice Duplessis prit lentement la direction du cimetière devant une foule silencieuse.

Un des plus vieux journalistes du *Montréal-Matin* se leva et éteignit le téléviseur de la salle de la rédaction en disant :

— On a vraiment l'impression que c'est toute une époque qui vient de nous quitter.

Un profond silence accueillit cette déclaration.

Chapitre 4

La télévision

Les jours suivants, des bruits circulèrent au journal comme quoi il y avait eu un peu de brasse-camarade au conseil des ministres lorsqu'on avait désigné Paul Sauvé pour remplacer le disparu. Certaines rumeurs faisaient état de dissensions entre les jeunes du conseil et la vieille garde. Paul Sauvé avait la réputation d'être le seul ministre à tenir tête à Duplessis et il en inquiétait plusieurs par tous les changements qu'il préconisait. Au journal, toujours propriété de l'Union nationale, les journalistes se demandaient si le départ du vieux chef allait se traduire par une plus grande liberté quand il s'agirait de contester certaines politiques gouvernementales.

Pris par la campagne électorale municipale qui débutait à peine, Jean se désintéressa peu à peu de ce qui se passait à Québec. Tout laissait présager que la lutte entre Sarto Fournier et Jean Drapeau ne manquerait pas d'intérêt. Le chef ambitieux du Parti civique de Montréal ne cessait de présenter des candidats de prestige et il contestait vigoureusement et sans exception toutes les mesures proposées par son adversaire politique. Jean se devait, selon Joseph

Hamel, d'informer fidèlement les lecteurs du journal de tout ce qui se passait à l'hôtel de ville.

Mais bien rapidement, à la mi-octobre, un événement en apparence anodin poussa Jean à bouleverser l'ordre établi dans son ménage.

Ce samedi après-midi-là, il annonça après le dîner qu'il fallait songer sérieusement au dixième anniversaire de Gilles, qui allait avoir lieu le lendemain.

— Mon cadeau est prêt, déclara Catherine.

— Le mien aussi, dit Alain à son tour.

Le père de famille eut un regard attendri pour ses enfants qu'il avait habitués très jeunes à faire un petit présent à chacun des anniversaires. Il ne souhaitait surtout pas les voir devenir pingres comme leur mère.

— Eh bien, vous êtes en avance sur votre mère et moi, déclara-t-il avec bonne humeur. Même s'il fait pas trop beau dehors, on va aller magasiner chez Dupuis Frères cet après-midi pour voir si on trouverait pas quelque chose pour le fêté. Qu'est-ce que vous en dites ?

Reine accepta cette sortie sans grand enthousiasme.

— J'aurais juste pu lui faire un gâteau de fête et lui acheter un petit quelque chose dans un magasin sur Mont-Royal, dit-elle à son mari quand ils se retrouvèrent seuls dans la chambre à coucher pour se préparer à sortir.

— J'espère que tu vas lui faire un gâteau de fête, mais pour le cadeau, je pense qu'il est temps de lui acheter une autre paire de patins. Ceux qu'il a étaient déjà pas mal petits pour lui l'hiver passé. Là, il est à la veille de vouloir jouer au hockey et il aura pas de patins à se mettre dans les pieds.

— Mais t'es pas sérieux, Jean Bélanger ! s'écria-t-elle. Ça coûte les yeux de la tête, des patins neufs. La paire qu'il a, on l'a achetée il y a deux ans au petit Pelletier, à côté, et déjà on avait payé quatre piastres pour ça.

— Whow ! Débarque de sur tes grands chevaux, rétorqua-t-il sèchement. Il y a une vente chez Dupuis Frères et je veux qu'il ait des patins neufs. On n'est tout de même pas pauvres au point de laisser nos enfants jouer au hockey avec des patins trop petits.

— Je te dis qu'on n'a pas les moyens pantoute de dépenser en fous comme ça, protesta-t-elle avec véhémence. Une paire de patins neufs ça coûte cher. Oublie pas que c'est moi qui m'occupe de l'argent de la maison. Je sais de quoi je parle. Toi, si on t'écoutait, on dépenserait toutes tes payes à acheter des bébelles et des cadeaux à Pierre, Jean, Jacques. T'as jamais su administrer une cenne.

Tous les deux se faisaient face en chiens de faïence, de chaque côté du lit. Blême de fureur, Jean garda le silence durant plusieurs secondes avant de laisser tomber d'une voix tranchante :

— Tu penses ça ? Ben, ma fille, j'ai des nouvelles pour toi ! À compter d'aujourd'hui, tu te contenteras de me dire ce que la commande de nourriture coûte et je te donnerai l'argent. Hier, t'as touché à ma dernière paye. Je vais te montrer, moi, que je suis au moins aussi capable que toi de régler les factures.

Reine le fixa un long moment, comme pour mesurer le sérieux de sa décision. Voyant qu'il ne revenait pas sur sa déclaration, elle laissa tomber, le visage fermé :

— Si c'est comme ça, t'as pas besoin pantoute que j'aille avec les enfants chez Dupuis.

Son mari lui tourna le dos et sortit de la chambre. Cinq minutes plus tard, il dévala les escaliers, suivi par sa fille et ses deux fils.

Après le départ des siens, Reine alla se planter devant la fenêtre du salon et les regarda monter à bord de la Pontiac stationnée devant la maison. Durant de longues minutes, elle songea à ce que sa vie allait être sans le contrôle des finances familiales. La moindre des choses serait que cela allait marquer presque la fin de l'enrichissement de son bas de laine.

En treize ans, son compte d'épargne avait atteint un peu plus de mille six cents dollars, une somme faramineuse à ses yeux. Mis à part les quelque trois cents dollars volés au fils du vieux monsieur Tremblay avant son mariage, tout le reste représentait la somme de ses économies depuis près de vingt ans. Lorsqu'elle avait cessé de toucher un salaire après son mariage, elle s'était appliquée avec persévérance à rogner sur la moindre dépense pour pouvoir mettre quelques sous de plus de côté à l'insu de son mari, « au cas où... », comme elle le disait.

Elle aurait été stupéfaite d'apprendre que son mari possédait, lui aussi, des économies respectables.

— Il sera pas capable, dit-elle à mi-voix, pleine de suffisance. Dans deux semaines, au plus, il va me supplier de m'occuper des dépenses. À partir de janvier, il va avoir un meilleur salaire et ça va m'en faire un peu plus à mettre de côté.

Cette certitude l'apaisa peu à peu et elle entreprit de confectionner le gâteau pour l'anniversaire de son fils.

Pendant ce temps, Jean était parvenu à découvrir un endroit libre où stationner sa voiture dans la rue Saint-André. Une petite pluie froide s'était mise à tomber et il se précipita avec ses enfants à l'intérieur du grand magasin à rayons.

Quelques minutes suffirent pour trouver les patins dont Gilles avait besoin. Jean les paya.

— C'est de valeur, p'pa, qu'on puisse pas regarder les parties de hockey à la télévision, dit Alain en contemplant une grande photo du club de hockey Canadien affichée derrière le comptoir des articles de sport.

— C'est vrai que ce serait le fun, renchérit son frère. À cette heure, tout le monde a la télévision. Pourquoi on n'en a pas, nous autres ?

— Votre mère pense que c'est pas bon pour les yeux et que ça empêche de bien étudier, répondit Jean sans grande conviction.

Catherine adressa un sourire entendu à son père. L'adolescente savait bien pourquoi les Bélanger n'avaient pas d'appareil.

— C'est drôle, presque tous les gars de ma classe ont la télévision chez eux, et il y en a juste un qui a des barniques, ajouta Gilles sur le ton sérieux d'un enfant qui veut bien donner raison à sa mère, sans toutefois comprendre son entêtement.

Le père de famille choisit de ne rien répondre et il entraîna les siens vers les escaliers mobiles dans l'intention de sortir du grand magasin envahi par la foule en cet après-midi automnal. Au moment où ils allaient quitter l'étage consacré à la vente des meubles pour prendre l'escalier mécanique suivant, Jean eut une idée subite.

— Venez, ordonna-t-il à ses enfants. On va aller voir quelque chose.

Sans donner plus d'explications, il se dirigea vers le rayon où les téléviseurs étaient en démonstration. Les enfants se regardèrent sans rien dire quand ils virent leur père faire lentement le tour du rayon en consultant les prix affichés sur chaque appareil.

Quand Alain voulut parler, Catherine lui fit signe de se taire. En compagnie de ses deux frères, elle demeura en retrait, priant intérieurement pour que son père cède à la tentation d'acheter enfin un téléviseur. Ses amies ne cessaient pas de lui raconter à quel point c'était passionnant de regarder *Les Belles Histoires des pays d'en-haut* et *Le Survenant* à la télévision, le soir.

Finalement, un vendeur s'approcha de Jean et se mit à lui vanter les téléviseurs en solde dans son rayon. Le jeune père de famille se conduisait comme s'il avait oublié la présence de ses enfants, debout derrière lui.

— Je vous recommande celui-là, déclara l'homme à la calvitie naissante en indiquant au journaliste un appareil RCA Victor. C'est une télévision vingt et un pouces avec un beau meuble. RCA Victor, c'est une compagnie fiable qui donne une bonne garantie. Avec une paire d'oreilles de lapin, je vous certifie que vous allez avoir une image parfaite.

— C'est une belle télévision, reconnut Jean.

— Vous êtes chanceux, monsieur, dit le vendeur avec un sourire. C'est une fin de ligne. Cette télévision-là, on la vendait cinq cent quarante-neuf piastres la semaine passée. Là, on vous la laisse à quatre cent soixante-neuf. C'est tout un rabais. Je peux vous jurer que vous trouverez un meilleur prix nulle part ailleurs en ville pour une télévision de cette qualité-là.

— Je comprends, dit Jean, mais c'est beaucoup d'argent pour quelque chose dont on peut se passer.

— À vous de voir, monsieur, fit l'homme en sentant son client lui échapper.

Le vendeur le quitta pour aller s'occuper d'un jeune couple qui venait de s'immobiliser devant un petit téléviseur posé sur une table, un peu plus loin. Jean se tourna vers ses enfants et il ne put que constater à quel point ils semblaient déçus qu'il n'ait pas acheté l'appareil.

— Il y en a des plus petits, p'pa, osa suggérer Alain en montrant un petit appareil dépourvu de meuble.

— Non, ça ferait pas l'affaire, dit le père de famille en s'approchant pour consulter le prix affiché. Il est trop petit et il coûte presque aussi cher que l'autre.

Jean s'éloigna du rayon. Il se sentait intérieurement déchiré. Avait-il les moyens financiers d'offrir un téléviseur aux siens ? Maintenant qu'il était responsable du budget familial, il devait montrer à Reine qu'il était conscient du coût des biens qu'il souhaitait acheter pour les siens et surtout que la famille en avait les moyens. Quelle allait être la réaction de sa femme lorsqu'il lui apprendrait la somme payée pour ce qu'elle considérerait sûrement comme un caprice ? Il s'arrêta si brusquement au milieu de l'allée que Gilles le heurta involontairement.

— Venez, commanda-t-il à ses enfants en faisant demi-tour.

Il revint au rayon des meubles au moment même où le jeune couple s'en éloignait. Il s'approcha immédiatement du vendeur dont le visage s'illumina lorsqu'il le vit revenir.

— J'ai bien réfléchi. Est-ce qu'on peut l'acheter à crédit cette télévision-là ? lui demanda Jean en lui indiquant le RCA Victor de la main.

— Bien sûr, monsieur, et à un taux d'intérêt imbattable, à part ça.

— Est-ce qu'on peut me la livrer aujourd'hui ?

— Ça, j'en serais surpris, mais ça coûte rien de s'informer, répondit l'homme en s'approchant d'un téléphone.

Il parla quelques instants au responsable des livraisons et raccrocha.

— Malheureusement, il peut pas vous promettre de vous livrer votre télévision aujourd'hui. Si c'est possible, il va le faire. Vous avez quand même une petite chance, car il paraît qu'il y a un camion qui doit rentrer d'une minute à l'autre. Vous comprenez, on est déjà au milieu de l'après-midi. En tout cas, si c'est pas aujourd'hui, vous allez la recevoir lundi, sans faute.

Jean alla régler les formalités et ses enfants, bien qu'excités, l'attendirent sagement. Quand il revint vers eux, heureux de son achat, Gilles lui dit :

— P'pa, si vous voulez, on peut rapporter mes patins. J'aime mieux la télévision.

— Ben non, fit son père, ému de constater que son fils s'inquiétait de la dépense importante qu'il venait de faire. Tu peux garder tes patins neufs. T'es pas pour passer ton hiver assis devant la télévision. À part ça, au point où on en est, je vous offre un *sundae* au restaurant. Il y en a un bon pas loin, sur Sainte-Catherine.

Cinq minutes plus tard, tous les quatre pénétrèrent dans le restaurant et prirent place à une table pouvant recevoir jusqu'à six clients.

— Commandez le *sundae* que vous voulez, dit Jean à ses enfants lorsqu'une serveuse se fut approchée de leur table. Moi, je vais prendre un café.

À peine venait-elle de s'éloigner que le père de famille sentit qu'on lui touchait l'épaule droite. Il tourna la tête et découvrit une jeune femme vêtue d'un élégant imperméable gris, debout derrière lui, qui lui souriait.

— Est-ce que monsieur Bélanger serait rendu aveugle au point de ne plus reconnaître une vieille amie ? demanda l'inconnue avec un sourire aguichant.

Catherine et ses frères avaient subitement cessé de parler pour regarder celle qui venait de s'adresser à leur père. Ce dernier demeura muet de stupeur durant un court instant avant de se lever, le cœur battant la chamade.

— Bonjour, Blanche, comment vas-tu ? dit-il, ravi. Je t'avais vraiment pas vue... Pourtant, je t'aurais reconnue, tu n'as pas changé depuis toutes ces années. Tu es toujours aussi élégante, ajouta-t-il en lui faisant la bise. Eh bien, c'est toute une surprise. On s'est pas vus depuis quoi ? Huit, dix ans au moins.

— La dernière fois qu'on s'est croisés près du journal, tu venais d'avoir ton premier enfant.

— Et aujourd'hui ma Catherine est une grande fille de douze ans déjà. Et voici Gilles et Alain.

Sa voix était étreinte par l'émotion et il se douta que ses enfants s'en étaient aperçus. Il n'y pouvait rien. Revoir aussi inopinément celle qu'il avait rêvé de fréquenter avant son mariage avec Reine le bouleversait. Il l'avait aimée en secret et, au moment où elle lui avait presque avoué être amoureuse de lui, Reine, enceinte, avait exigé qu'il prenne ses responsabilités. En un éclair, il se revit patinant avec elle au parc La Fontaine un soir de décembre, la tenant dans ses bras durant une danse lors d'une soirée de Noël chez elle et discutant avec animation, assis à ses côtés, dans un restaurant de la rue Saint-Laurent. Il aurait tout donné pour revivre ce moment vécu treize ans auparavant.

La sœur de Paul Comtois dut se rendre compte de son trouble parce qu'elle dit avec un charmant sourire en lui serrant la main :

— Mon Dieu ! Tu m'inquiètes, on dirait que tu viens de voir un fantôme.

Les enfants éclatèrent de rire, ce qui eut pour effet de ramener Jean à la réalité.

— Excuse-moi, Blanche. J'étais un peu dans la lune. Ça fait si longtemps. Je ne pensais pas te revoir ici, lui avoua-t-il. Veux-tu t'asseoir avec nous ? On vient de commander.

— Avec plaisir, mais pas trop longtemps. Mon père doit me prendre dans quelques minutes et il aime pas trop que je le fasse attendre.

La jeune femme prit place sur la chaise libre placée près d'Alain.

— Si ça te dérange pas, je vais m'asseoir à côté de ton plus beau, dit-elle en regardant Alain dans les yeux.

Le visage du benjamin de la famille s'illumina. Jean s'empressa de lui parler de ses trois enfants avec la plus grande fierté.

— Je trouve que ta grande fille a tes yeux, déclara Blanche Comtois en adressant un sourire chaleureux à l'adolescente.

— Elle a aussi mon bon caractère, plaisanta-t-il.

— Je te demande pas ce que tu fais, poursuivit Blanche. Ton nom apparaît assez souvent au bas d'articles du *Montréal-Matin*. Mais j'ignorais que tu avais autant d'enfants.

— Ben oui, je suppose que ça me rajeunit pas. Mais toi, qu'est-ce que tu deviens ? Es-tu mariée ?

— Non, monsieur. Je suis toujours célibataire et fière de l'être, plaisanta-t-elle.

— Comment ça se fait ?

Il allait ajouter « une femme belle et intelligente comme toi », mais il se retint à temps.

— Je suis peut-être devenue trop difficile.

— Tu restes tout de même pas encore chez tes parents ? lui demanda-t-il. Si je me souviens bien, tu avais tout de même un caractère plutôt indépendant.

— Mais je te défends d'en parler au passé, dit-elle en riant. Je suis toujours indépendante, même si je demeure encore chez mon père.

À ce moment-là, la serveuse revint avec les consommations. Jean déposa son café devant Blanche et en commanda un autre pour lui.

— Est-ce que tu travailles ?

— Bien sûr, tu ne crois tout de même pas que mon père m'entretient encore à mon âge, dit-elle en riant. Même si mes parents continuent de croire que ce n'est pas la place d'une jeune fille, je m'occupe de publicité depuis sept ou huit ans.

— Pour un grand magasin ?

— Non, pour Radio-Canada. Au cas où tu l'ignorerais, il faut trouver des commanditaires pour payer les émissions télévisées.

— Pour Radio-Canada ! s'exclama Jean.

— Depuis trois ans. Pourquoi as-tu l'air aussi surpris ?

— Parce que je viens justement d'être engagé par le service des nouvelles de Radio-Canada. Je commence en janvier.

— Toute une coïncidence, dit Blanche, apparemment ravie. On dirait qu'on va être appelés à se croiser plus souvent, lui fit-elle remarquer en lui adressant un sourire plein de promesses.

— Probablement. Mais tu m'as pas donné de nouvelles de ton frère.

— Paul a terminé sa médecine, il y a quelques années. Il n'a pas voulu exercer à Montréal, même si mon père aurait bien aimé qu'il s'installe avec lui dans son cabinet. Il a préféré en ouvrir un à Granby.

— Est-il marié ?

— Oui, et il a un garçon de quatre ans. Il vient de temps à autre…

Blanche s'interrompit soudain en entendant un coup de klaxon provenant d'une voiture dans la rue. Une Chrysler noire venait de s'immobiliser le long du trottoir et le conducteur lui faisait signe.

— Bon, je dois te laisser, dit-elle en se levant. Mon père vient d'arriver et il est plutôt impatient. On va sûrement se revoir bientôt, ajouta-t-elle.

Elle posa sa main sur son bras et le remercia pour la tasse de café avant de se diriger vers la porte. En passant devant la vitrine du restaurant, elle adressa à Jean et aux enfants un charmant signe de la main, ouvrit la portière de la Chrysler et disparut à l'intérieur du véhicule. Pendant un long moment, Jean, le regard vide, fixa l'endroit où la jeune femme s'était tenue peu auparavant. Cette rencontre ravivait tant de souvenirs chez lui. Il imaginait parfois ce qu'aurait été sa vie avec Blanche, si Reine n'était pas tombée enceinte avant leur mariage. Mais la revoir était autre chose…

— Grouillez-vous un peu de finir votre *sundae*, dit-il à ses enfants quelques instants plus tard en cessant de penser à cette rencontre. Si on traîne trop, votre mère sera pas contente.

— Qui c'était cette femme-là, p'pa ? lui demanda Gilles, curieux.

— Une amie, se borna-t-il à lui répondre.

À son retour à la maison avec les enfants, à la fin de l'après-midi, Jean trouva sa femme en train d'éplucher des légumes dans la cuisine. En pénétrant dans la pièce, il ne put que remarquer qu'elle avait entrepris l'une de ses bouderies habituelles quand quelque chose ne lui convenait pas. De toute évidence, elle n'avait pas encore digéré qu'il lui enlève la gestion des finances familiales. Il ne s'en formalisa pas et se conduisit comme si elle ne boudait pas.

— Montre à ta mère tes patins neufs, ordonna-t-il à Gilles.

Ce dernier s'exécuta et montra fièrement ses nouveaux patins à sa mère qui y jeta à peine un coup d'œil.

— J'ai aussi acheté autre chose chez Dupuis, poursuivit Jean.

— …

— Tu me demandes pas ce que c'est ?

— C'est quoi ?

L'excitation de Catherine, Gilles et Alain aurait dû alerter la mère de famille.

— Une télévision, m'man, ne put s'empêcher de s'écrier Alain.

— Quoi ! s'exclama-t-elle en plaquant bruyamment le couteau qu'elle tenait sur le comptoir.

— T'as ben entendu, intervint son mari. J'ai acheté une télévision chez Dupuis. Elle était en spécial et j'ai trouvé que ça faisait assez longtemps qu'on s'en privait. On a le droit d'être comme tout le monde, nous aussi.

— Et comment tu vas arriver à la payer, cette télévision-là ? lui demanda-t-elle, les dents serrées, en se tournant pour lui faire face.

— À crédit, comme tout le monde, répondit-il, indifférent à sa rage.

— Ah ben maudit, par exemple ! s'écria-t-elle, hors d'elle-même. La première journée que tu t'occupes de l'argent, tu trouves le moyen de nous endetter ! Il y a pas à dire, t'as le tour ! Et dans combien de temps tu calcules qu'on va se retrouver dans la rue, sans une cenne ?

— Calvince, veux-tu ben arrêter de dramatiser ! dit-il en haussant le ton. J'ai pas dépensé une fortune. J'ai juste acheté une télévision. J'ai fait le calcul et on a les moyens de se payer ça. C'est réglé et on n'en parle plus.

Là-dessus, il se tourna vers Gilles.

— Viens m'aider, on va aller faire une place dans le salon pour la télévision. Comme ça, s'ils nous la livrent à soir, on va pouvoir regarder la partie du Canadien.

Il vit Alain s'esquiver vers sa chambre et Catherine entreprendre d'étendre la nappe sur la table. Une heure plus tard, Catherine prévint son père et ses frères que le souper était prêt. Dès que chacun fut assis à table, Reine se mit à distribuer des assiettes de bouilli de légumes dans un silence pesant.

La mère de famille n'avait pas desserré la mâchoire depuis que son mari lui avait déclaré sur un ton sans appel que l'affaire du téléviseur était close et qu'on n'en reparlerait plus. Elle venait à peine de s'asseoir à son tour à table qu'on sonna à la porte. Jean se leva et alla ouvrir.

— On est chanceux, dit-il, enthousiaste, en tournant la tête vers la cuisine. C'est notre télévision qui arrive.

Aussitôt, les enfants repoussèrent leur chaise dans l'intention d'aller rejoindre leur père dans le couloir, mais leur mère intervint.

— Restez assis et finissez votre assiette, leur ordonna-t-elle sèchement. Vous avez pas affaire là.

Tous les trois se rassirent à la table à regret. Ils eurent un regard suppliant vers leur mère, mais celle-ci demeura inébranlable.

— C'est au troisième ! dit un livreur à son compagnon.

Tous les deux étaient debout, au pied de la double volée de marches, devant la porte ouverte et chargés du téléviseur qui semblait très lourd.

— Christ ! Tu parles d'une chance de grimper cette affaire-là dans un troisième étage pour finir la semaine, rétorqua l'autre avec mauvaise humeur.

— Vous avez besoin d'un coup de main ? offrit Jean.

— Laissez faire, monsieur, on va y arriver, répondit le premier livreur, légèrement essoufflé par l'effort alors qu'il n'avait encore monté que quelques marches.

Alors que les livreurs peinaient à hisser la grande boîte de carton contenant le téléviseur dans l'escalier, Yvonne Talbot apparut à la porte d'entrée. Jean se rendit compte que sa belle-mère désirait rentrer chez elle et que les deux hommes l'empêchaient d'accéder à son appartement. À cette heure-là, la belle-mère venait probablement de fermer la biscuiterie et aspirait au repos. Il feignit de ne pas la voir.

Parvenus enfin sur le premier palier, les livreurs déposèrent un instant leur fardeau, le temps de reprendre leur souffle. Jean se garda de les prévenir que la dame derrière eux attendait qu'ils repartent pour entrer chez elle. Yvonne Talbot ne dit rien non plus et patienta jusqu'à ce qu'ils reprennent leur boîte et se remettent en marche vers le second étage.

— Où est-ce qu'on vous la met? demanda l'aîné des livreurs en pénétrant dans l'appartement des Bélanger.

— Dans le salon, à côté, lui indiqua Jean en s'effaçant devant lui.

Les deux hommes transportèrent leur colis jusqu'au salon et le déposèrent au centre de la pièce. Ils éventrèrent la boîte pour en sortir le téléviseur RCA que Jean avait acheté l'après-midi même. De la main, ce dernier montra l'encoignure où il désirait voir installer le meuble.

— Voulez-vous regarder votre meuble comme il faut pour vous assurer qu'il est pas égratigné? lui conseilla l'un des deux hommes, occupé déjà à installer une antenne.

Jean examina l'appareil. Il était parfait. L'autre livreur alluma le téléviseur.

— Ça prend toujours quelques secondes avant que les lampes se réchauffent, expliqua-t-il.

Il eut un sourire à la vue des trois enfants qui venaient d'apparaître soudain dans l'entrée de la pièce. Son compagnon vint se placer devant le téléviseur et ajusta l'antenne de manière à ce que l'image soit correcte.

— Vous êtes chanceux, dit-il à Jean. Il y a pas d'interférence. L'image est ben belle.

Jean donna à chacun un pourboire et les remercia avant de les raccompagner jusqu'à la porte de l'appartement. Il referma derrière eux et découvrit Reine qui venait vers lui pour voir le téléviseur.

— Puis, qu'est-ce que vous en dites ? demanda-t-il sans s'adresser à quelqu'un en particulier.

Les enfants s'exclamèrent à qui mieux mieux tandis que leur mère demeurait silencieuse.

— Et toi, tu dis rien ? lui demanda-t-il pour la faire sortir de son mutisme boudeur.

— J'ai rien à dire, laissa-t-elle tomber en quittant la pièce.

Ce soir-là, Reine se cantonna dans la cuisine, refusant obstinément d'aller s'installer dans le salon pour regarder le match de hockey avec les enfants. Même Catherine avait regardé la partie et avait applaudi avec ses frères quand Jean Béliveau avait marqué ses deuxième et troisième buts de la jeune saison. À neuf heures, la mère de famille se contenta d'apparaître à la porte du salon pour commander aux enfants d'aller se coucher.

— Mais la partie est pas finie, m'man, protesta Gilles.

— Ton père te racontera la fin demain matin. Il est pas question que tu te couches plus tard que d'habitude parce qu'on a la télévision à cette heure.

Plus tard dans la soirée, Jean alla trouver sa femme qui venait de mettre sa robe de nuit.

— Viens voir *Les couche-tard*, ça commence, lui dit-il.

— Il est tard.

— Voyons donc, t'es pas une petite vieille, répliqua-t-il.

— C'est quoi, ce programme-là ? ronchonna-t-elle.

— Tu sais ben, c'est le programme dont Lucie et Claude parlaient la semaine passée quand on les a rencontrés chez mon père. C'est avec Jacques Normand et Roger Baulu. Il paraît que c'est pas mal drôle.

— Cinq minutes, pas plus, consentit-elle de mauvaise grâce.

En fait, elle regarda toute l'émission et la trouva aussi amusante que son mari tout en se gardant bien de manifester son plaisir. Quand Jean éteignit le téléviseur, elle se contenta de dire :

— C'est pas pire, mais je comprends pas ce que fait là la grande insignifiante…

Cette remarque de Reine au sujet du mannequin Élaine Bédard ne l'étonna pas. Lorsqu'elle voyait une belle femme, elle ne pouvait s'empêcher de la déprécier. De son côté, il trouvait la présence de la belle femme tout à fait à propos. Elle donnait, à ses yeux, un petit plus à l'émission.

À leur sortie de l'église Saint-Stanislas-de-Kostka, le lendemain avant-midi, Jean, Reine et leurs enfants retrouvèrent au pied des marches menant au parvis Claude et Lucie en compagnie des parents de Jean.

— C'est la fête de notre filleul, aujourd'hui, déclara Amélie avec bonne humeur en embrassant Gilles. On a un cadeau pour lui.

— Il est chanceux, lui, ne put s'empêcher de dire Alain, envieux.

— Aïe, toi ! fit semblant de le gronder son oncle Claude, qui était son parrain. Si je me trompe pas, on t'oublie pas à ta fête, non ?

— Non, mon oncle, répondit le jeune, mais elle est loin, ma fête. C'est au mois d'avril.

— Il y a toujours Noël, en attendant, fit sa tante Lucie en lui passant une main affectueuse dans les cheveux.

— Reine lui a fait un beau gâteau de fête. Pourquoi vous viendriez pas en manger un morceau cet après-midi ? les invita Jean. En même temps, je vais vous montrer la télévision que j'ai achetée hier.

— Barnak ! mon frère, tu t'es lancé dans les grandes dépenses, se moqua Claude. C'est payant en maudit d'être journaliste.

— Autant que d'être couvreur, répondit Jean, du tac au tac.

— On va y aller, lui promit sa mère, qui parlait en son nom et celui de Félicien.

— T'es pas mal fin de nous inviter, fit Lucie. On va venir, ça va me permettre de revoir mon beau filleul une autre fois aujourd'hui, ajouta-t-elle. J'espère que t'aimes ça te faire dire que t'es beau, dit-elle à Alain pour le taquiner.

— Je commence à être habitué, ma tante. Une amie de mon père m'a dit hier que j'étais le plus beau de la famille, se rengorgea-t-il.

— Rien que ça ! s'exclama la petite femme blonde en éclatant de rire. Sais-tu que tu m'as l'air de devenir pas mal orgueilleux, mon petit tornom !

Personne ne semblait avoir remarqué que le visage de Reine s'était soudainement rembruni.

— C'était qui cette amie-là ? demanda Claude à son frère. Est-ce que je la connais ?

— C'est juste la sœur d'un gars qui venait au collège avec moi, dans le temps, répondit Jean d'une voix légèrement embarrassée.

Claude parut fouiller dans sa mémoire un court moment avant de demander :

— Ce serait pas la belle fille avec qui tu étais allé patiner un soir au parc La Fontaine ? Je pense même que tu me l'avais présentée.

— Oui, c'est ça, fit son frère en lui faisant les gros yeux.

— Elle était belle en maudit. Est-ce qu'elle l'est toujours autant ?

— Je le sais pas, je regarde pas les autres femmes. Je suis un homme marié, répondit Jean, de plus en plus mal à l'aise, en constatant subitement l'air mécontent de sa femme qui n'avait pas ouvert la bouche depuis qu'ils avaient rencontré ses parents. Bon, comme ça, on vous attend cet après-midi. Tardez pas trop, sinon il restera plus de gâteau.

Jean entraîna les siens vers la Pontiac pendant que Claude et Lucie, fidèles à leur habitude, se dirigeaient à pied vers leur appartement de la rue De La Roche. Ils allaient faire route avec Félicien et Amélie comme ils le faisaient chaque dimanche.

— J'ai comme l'impression que Reine a pas trop aimé apprendre que Jean avait rencontré une fille avec qui il a déjà sorti, dit Félicien en enfonçant son chapeau un peu plus profondément sur sa tête.

— Voyons, p'pa. Jean est pas vraiment sorti avec cette fille-là, protesta Claude, un peu mal à l'aise d'être peut-être à l'origine d'une scène familiale chez son frère aîné.

— C'étais pas la fille qu'il était supposé amener souper un jour de l'An à la maison ? demanda Amélie d'une voix mal assurée.

— Je pense que c'est elle, fit Claude.

— Bah ! Il y a pas de quoi fouetter un chat, intervint Lucie d'une voix apaisante. C'est de l'histoire ancienne. Je suis certaine que Reine en fera pas tout un plat.

— Je suis pas aussi sûre de ça que toi, laissa tomber sa belle-mère.

En fait, Amélie parlait comme si elle assistait au même moment à la scène qui se déroulait dans l'automobile qui ramenait la famille de son fils à l'appartement de la rue Mont-Royal.

— Est-ce que je peux savoir qui c'est exactement cette fille-là ? demanda Reine à son mari, les dents serrées, aussitôt que la portière de la Pontiac se fut refermée sur elle.

— Blanche Comtois, la sœur de Paul Comtois qui était au collège Sainte-Marie avec moi. On l'a rencontrée par hasard au restaurant hier après-midi quand j'ai payé un *sundae* aux enfants.

— Comment ça se fait que tout le monde dans ta famille a l'air de se souvenir d'elle comme si tu l'avais fréquentée ?

— D'abord, tu charries. C'est pas tout le monde, c'est Claude qui se souvient d'elle. La seule fois que je suis sorti avec elle, ça a été pour aller patiner au parc La Fontaine. Ça s'est arrêté là et c'était avant qu'on sorte ensemble, mentit-il avec aplomb.

— Et tu l'as jamais revue depuis ce temps-là ?

— Une seule fois, il y a une dizaine d'années, et je crois même que tu étais avec moi.

— Elle est mariée ?

— Non.

— Qu'est-ce qu'elle fait dans la vie, cette « belle fille-là », comme le dit ton frère ?

— Je le sais pas, mentit-il à nouveau, persuadé qu'il aurait droit à toute une crise s'il lui apprenait qu'ils allaient travailler au même endroit.

Sa femme sembla se contenter de ces explications et le silence tomba dans l'auto durant un court instant avant qu'elle reprenne la parole.

— En passant, tu penses pas que t'aurais pu me demander mon avis avant d'inviter toute la gang des Bélanger à venir manger chez nous cet après-midi ?

— Ils viennent pas manger un repas. Ils vont juste partager le gâteau de fête de Gilles et lui apporter un petit cadeau.

— Je suppose que t'as aussi assez d'argent pour payer de la liqueur aux invités, parce que je t'avertis tout de suite, moi, il me reste plus une cenne de l'argent de la commande et on n'a rien à leur offrir à boire.

— Inquiète-toi pas pour ça. On va aller en acheter. Tiens, un coup parti, invite donc en passant ta mère à venir fêter Gilles.

Jean pouvait se permettre cette suggestion, sachant fort bien que sa belle-mère trouverait un prétexte quelconque pour ne pas monter chez lui lorsqu'elle apprendrait que sa famille serait présente. Marraine de Catherine, elle n'oubliait jamais l'anniversaire de sa filleule, mais sa générosité n'allait pas jusqu'à offrir un cadeau à l'anniversaire de chacun de ses petits-fils.

— En passant, j'aimerais ben que tu fasses un effort pour faire une belle façon à ma famille, laissa-t-il tomber, juste pour leur prouver que t'es capable d'être fine en d'autres temps que quand t'as besoin d'un service.

Le visage de Reine se renfrogna, mais elle sembla juger inutile de se défendre.

À leur descente de voiture, Jean n'eut plus qu'une source d'inquiétude : quel genre d'accueil sa femme réserverait-elle à sa famille ? Elle était si imprévisible qu'elle pouvait aussi bien être tout sourire et agréable que leur présenter une face de carême. Avec Reine, on ne savait jamais.

Chapitre 5

L'inquiétude

Jean Bélanger sortit du bureau de Joseph Hamel, heureux de constater que le rédacteur en chef n'avait rien trouvé à critiquer dans l'article qu'il venait de lui remettre. Dans quelques jours, toute l'agitation entourant la publication du livre de Jean Drapeau allait être chose du passé et il pourrait se consacrer à d'autres tâches que celle consistant à courir les conférences de presse de ce candidat à la mairie plutôt remuant.

En cette première semaine de novembre, la salle de rédaction du journal bruissait d'une activité fébrile à laquelle les événements qui se succédaient à Québec n'étaient pas étrangers. Assermenté depuis à peine deux mois, le nouveau premier ministre avait annoncé un train de mesures extraordinaires qui promettaient de transformer la vie des habitants de la province. Tout concourait à démontrer que Paul Sauvé avait bien l'intention de se démarquer clairement de son prédécesseur avec son « Désormais », qu'il avait tendance à prononcer à chacune de ses apparitions publiques.

Paul Tremblay, le jeune successeur d'Olivier Marchand à titre de spécialiste des affaires provinciales, pérorait, retenant ainsi l'attention de quelques reporters du journal intéressés par ce qui se passait dans la capitale nationale.

— J'étais là quand Sauvé a inauguré l'autoroute des Laurentides au mois d'octobre, assura Tremblay. Même si Lesage avait sorti son fameux livre *Lesage s'engage* la veille, il en a pas dit un mot. Il s'est contenté de hausser les épaules avant de parler de la gratuité scolaire et du ministère des Affaires fédérales-provinciales dont il va annoncer la création dans le discours du trône. Vous allez voir, prédit-il plein de suffisance, avec un homme comme lui, on va vite oublier Duplessis et c'est pas demain que les libéraux vont prendre le pouvoir à Québec.

Jean contourna le petit groupe sans s'arrêter. Il n'avait pas pardonné au jeune journaliste de lui avoir été préféré par Hamel, alors qu'il avait plusieurs années d'expérience de plus que lui. Il rentra dans son cubicule pour préparer les questions qu'il projetait de poser à Jean Drapeau qui devait venir, le soir même, présenter un autre de ses candidats vedettes à la presse.

Avant de prendre place derrière son bureau, il jeta un coup d'œil à l'extérieur : il pleuvait encore. Quel automne étrange ! La pluie tombait presque chaque jour et il faisait froid. La grisaille était si déprimante qu'on en était à souhaiter la première chute de neige pour égayer un peu le paysage. Il eut une pensée pour les siens. Les enfants se débrouillaient bien à l'école et Reine semblait s'habituer lentement à le voir tenir les cordons de la bourse. Depuis quelques semaines, elle avait repris son habitude d'aller au cinéma une ou deux fois par semaine en compagnie de son amie Gina Lalonde. La veille, il lui avait reproché de sortir trop souvent avec cette femme dont la vulgarité le choquait. Elle s'était contentée de lui dire :

— Ça me coûte rien d'aller aux vues avec elle et ça me change les idées. J'ai besoin de ça !

Au même moment, un silence troublé uniquement par des froissements de papier régnait dans la classe de sœur Sainte-Fabienne, à l'école des Saints-Anges. La trentaine d'élèves de sa classe de sixième année étaient penchées studieusement sur leur cahier de composition française que la religieuse venait de leur remettre avec ordre de corriger toutes les erreurs qu'elle avait soulignées. La religieuse à la figure poupine, installée derrière son bureau placé sur une estrade à l'avant de la classe, leva soudainement la tête de son registre de notes. Au premier coup d'œil, elle se rendit compte qu'il y avait quelque chose d'anormal dans l'attitude de Catherine Bélanger, la meilleure élève de sa classe.

L'adolescente venait d'appuyer sa tête sur son bras après avoir déposé son crayon. Sans dire un mot, l'enseignante quitta son bureau et se dirigea vers le second pupitre de la première rangée, là où était installée Catherine.

— Qu'est-ce qui se passe, Catherine ? lui demanda-t-elle.

La jeune fille leva la tête. Son institutrice remarqua immédiatement sa pâleur et ses yeux fiévreux.

— Je pense que je suis malade, ma sœur, répondit l'adolescente.

La religieuse allongea la main et la posa sur le front de Catherine. Il était bouillant.

— Bon, je pense que le mieux serait que tu ailles voir la directrice pour lui dire que tu es malade et que tu dois retourner chez toi. Prends tes affaires et vas-y, lui ordonna l'enseignante à mi-voix.

La plupart des élèves du groupe avaient cessé de travailler pour voir de quoi il s'agissait. Un regard sévère de leur institutrice les incita à retourner au travail. Sœur Sainte-Fabienne se déplaça entre les deux rangées de pupitres pour regagner son bureau. Pendant ce temps, Catherine rangea dans son sac d'école ses livres et ses cahiers. Elle se leva et se dirigea en chancelant vers la porte de la classe.

— Attends, lui commanda la religieuse qui venait de remarquer son pas peu assuré. Madeleine, dit-elle en se tournant vers une grande fille assise au fond de la classe, accompagne Catherine chez la directrice.

L'élève quitta sa place et vint rejoindre la fille de Jean Bélanger qui l'attendait près de la porte. Toutes les deux sortirent du local et prirent la direction du bureau de mère Saint-Rédempteur. Madeleine Prévost frappa à la porte pendant que Catherine se laissait tomber sur l'une des deux chaises placées près de l'entrée.

— Bonjour, ma sœur, salua l'élève quand la directrice vint lui ouvrir. Sœur Sainte-Fabienne m'a envoyée reconduire à votre bureau Catherine Bélanger. Elle est malade.

— Où est-ce qu'elle est ? demanda la petite religieuse à la figure pointue dont le nez important était chaussé de petites lunettes rondes.

— Elle est assise à côté de la porte. On dirait qu'elle a de la misère à marcher, ma sœur.

— Merci, ma fille. Va me chercher son manteau et ses bottes. Après, tu pourras retourner dans ta classe.

Madeleine quitta le bureau et alla faire ce qui lui était demandé pendant que la supérieure s'approchait de Catherine.

— Es-tu malade au point de pas être capable de marcher ? lui demanda-t-elle, le visage inquiet.

— Je peux marcher, ma sœur, affirma l'adolescente en tentant de se relever difficilement.

— Non, reste assise. Je vais téléphoner chez vous pour qu'ils viennent te chercher.

La directrice disparut dans la pièce voisine et alla téléphoner chez les Bélanger.

Quand le téléphone sonna, Reine venait de commencer son repassage après avoir remis de l'ordre dans la maison. La religieuse s'identifia et lui apprit que sa fille était souffrante et qu'elle ne semblait pas en mesure de retourner à la maison par ses propres moyens.

— Qu'est-ce qu'elle a, ma sœur ? lui demanda la mère de famille, soudain inquiète.

— Je ne sais pas, madame. J'aurais voulu la faire raccompagner chez vous par une de ses camarades, mais Catherine tient à peine sur ses jambes.

— Bon, je vais appeler tout de suite mon mari. Nous allons passer la prendre le plus vite possible. Merci, ma sœur.

Reine s'empressa d'alerter son mari au journal et lui demanda de venir la chercher à la maison immédiatement.

— Si la directrice a pas exagéré, je pense qu'on va être obligés de l'amener à l'hôpital, lui dit-elle avant de raccrocher.

Elle ne perdit pas un instant. Elle téléphona à sa belle-mère pour qu'elle accueille ses deux fils pour le dîner. Ensuite, elle endossa son manteau et descendit à la biscuiterie où sa mère s'activait en compagnie d'Adrienne Lussier. À son entrée dans la boutique, la vendeuse lavait les vitrines des deux grands comptoirs pendant que sa patronne vérifiait une livraison qui venait d'arriver.

— M'man, il paraît que Catherine est malade à l'école. Jean et moi, on va aller la chercher et ça se peut qu'on aille ensuite à l'hôpital avec elle.

— Qu'est-ce qu'elle a ? lui demanda Yvonne Talbot en s'approchant de sa fille.

— On le sait pas. Jean s'en vient. Voulez-vous dire aux garçons d'aller dîner chez leur grand-mère Bélanger quand ils vont rentrer de l'école tout à l'heure ? Je vous laisse la clé de l'appartement au cas où ils auraient besoin de quelque chose à midi.

— C'est correct. Oublie pas de venir me donner des nouvelles quand tu reviendras.

Peu après, la Pontiac s'immobilisa devant la biscuiterie. Reine se précipita à l'extérieur et monta dans la voiture. À leur arrivée à l'école des Saints-Anges, coin Gilford et Garnier, en face de l'église, la cloche qui annonçait la fin des classes pour la matinée se fit entendre. Reine et Jean s'empressèrent de pénétrer dans l'institution.

Dès leur entrée, ils virent leur fille assise devant le bureau de la directrice. L'adolescente tremblait de fièvre malgré le fait qu'elle portait déjà son chaud manteau d'hiver. Ils se rendirent compte immédiatement qu'il ne s'agissait pas d'une simple grippe. Ils remercièrent la religieuse de les avoir prévenus et s'apprêtèrent à quitter les lieux rapidement. Lorsque Jean se rendit compte que sa fille éprouvait de la peine à se lever de la chaise sur laquelle elle était assise, il la prit dans ses bras, malgré ses protestations.

— Mon Dieu ! Mais qu'est-ce qu'elle peut bien avoir ? s'écria Reine, folle d'inquiétude.

— Prends son sac d'école et ouvre-moi la porte, lui ordonna son mari. On va la faire voir tout de suite par un docteur.

La mère de famille maintint la porte ouverte et le précéda jusqu'à la voiture dont elle ouvrit l'une des portières arrière. Quand Jean eut déposé leur fille sur la banquette, Reine prit place à côté d'elle pour la rassurer. Sans plus tarder, Jean se glissa derrière le volant et prit la direction de l'hôpital Hôtel-Dieu.

— Si on a un peu de chance, ma tante Camille ou ma tante Rita va être à l'urgence, déclara-t-il.

Les deux infirmières, les sœurs de Félicien, travaillaient à l'urgence de l'hôpital depuis déjà plusieurs années.

Jean ne perdit pas de temps. À son arrivée devant l'urgence, il descendit de voiture, s'empara d'un fauteuil roulant et y déposa leur fille.

— Entre-la en dedans pendant que je vais aller stationner, commanda-t-il à Reine.

Malheureusement, aucune de ses deux tantes n'était en service ce jour-là. Il suffit de quelques instants pour que la sœur Grise responsable des admissions juge de la gravité de l'état de Catherine. Elle la fit passer dans une petite pièce voisine, la fit étendre sur une civière et appela un médecin. Ensuite, elle pria les parents d'aller s'asseoir dans la salle d'attente attenante.

— Maudit que j'haïs cette place-là ! dit Reine à mi-voix.

Évidemment, cet hôpital lui rappelait de bien mauvais souvenirs. C'était dans cette même pièce qu'elle avait attendu des nouvelles de son père, treize ans plus tôt, après qu'il eut été victime d'une attaque d'apoplexie.

— Il faut pas s'énerver pour rien, lui dit Jean, pour la rassurer et se réconforter lui-même. Ils savent quoi faire. C'est peut-être juste un microbe qu'elle a attrapé à l'école. Ils vont lui donner un remède et on va la ramener à la maison dans quelques minutes.

Il n'en fut cependant rien, l'attente se prolongea et l'inquiétude des parents croissait en conséquence.

— Veux-tu bien me dire ce qu'ils ont à niaiser ? finit par exploser Reine, angoissée. Ça prend pas une éternité pour dire ce qu'elle a.

Au bout de deux heures, Jean en eut assez et il alla s'informer auprès de la religieuse qui les avait accueillis à leur arrivée.

— Bonjour, ma sœur. Est-ce qu'on va finir par savoir ce qu'a notre fille ? Ça fait presque trois heures qu'on attend.

— Le docteur Mercure s'en vient vous parler bientôt, lui annonça la religieuse d'une voix apaisante. Patientez encore quelques minutes, il arrive.

Jean retourna s'asseoir près de sa femme et lui murmura que le docteur venait les voir. Peu après, un grand homme très maigre vêtu d'un sarrau blanc s'arrêta près de la religieuse, qui les désigna de la main. Aussitôt, Reine et Jean se levèrent et allèrent à sa rencontre.

— Voulez-vous me suivre ? leur demanda-t-il sur un ton pressé.

Il les fit pénétrer dans un bureau minuscule dont il referma la porte derrière eux. Il les invita à s'asseoir avant de prendre place lui-même dans un fauteuil, derrière le bureau.

— Je suppose que votre fille a eu le vaccin Salk contre la polio ? s'enquit-il.

— Oui, répondit Reine sans hésiter.

— Bon, je dois d'abord vous dire que ce vaccin-là est excellent. Il nous a permis d'enrayer une épidémie. Pour tout dire, il est habituellement efficace jusqu'à soixante-dix pour cent.

Les traits des visages des Bélanger se creusèrent, car ils devinaient déjà ce que le médecin allait leur apprendre.

— Si ça a pris tant de temps pour vous donner des nouvelles de votre fille, c'est qu'on a été obligés de la soumettre à un examen très poussé. Et j'ai bien peur qu'elle souffre de la polio. C'est un cas rare, mais la polio n'est pas encore totalement enrayée. Je ne veux pas vous affoler, mais rappelez-vous qu'il s'agit d'une maladie infectieuse grave.

— Mon Dieu ! s'exclama Reine en mettant une main devant sa bouche.

— Calmez-vous, madame. Nous avons maintenant tout ce qu'il faut pour combattre cette maladie et empêcher le virus de s'attaquer trop gravement à la moelle épinière.

Nous avons déjà placé votre fille dans un poumon d'acier et elle va recevoir tous les soins appropriés.

— Un poumon d'acier ! s'écria Jean, dont le visage était devenu subitement blafard.

— Le poumon d'acier va uniquement l'aider à respirer. Dans quarante-huit heures, nous allons être plus à même de savoir à quel point elle est atteinte.

— Est-ce que nous pouvons la voir ? demanda Reine en se levant déjà.

— Oui.

— Est-ce qu'on va pouvoir rester à côté d'elle ? fit Jean.

— Je ne pense pas que ce soit souhaitable, répondit le docteur Mercure. De toute façon, les religieuses voudront pas que vous restiez là après les heures de visite. Des visiteurs, ça complique les soins à donner aux patients. Soyez courageux et dites-vous qu'on va tout faire pour que votre fille s'en sorte sans séquelles. Pour l'instant, elle est installée ici, à l'urgence. On va la garder sous observation un bout de temps avant de la monter dans une chambre à l'étage.

Les parents de Catherine quittèrent le bureau et suivirent le médecin jusqu'à la petite chambre où était alitée leur fille. Ils subirent un choc en la voyant emprisonnée dans un énorme poumon d'acier. L'adolescente avait les yeux fermés et semblait dormir. Elle avait les traits détendus et ne paraissait pas souffrir, malgré la situation, ce qui rassura un peu son père et sa mère. Voir sa fille dans un tel état restait une épreuve difficile pour tout parent, même Reine montrait les signes d'une mère attentionnée et très inquiète, un aspect de sa personnalité qu'elle présentait rarement.

Le docteur Mercure les laissa pour aller s'occuper d'autres patients et ils demeurèrent debout au chevet de leur fille durant de longues minutes.

— Vous pouvez revenir à sept heures, ce soir, leur dit une petite religieuse qui venait d'entrer dans la chambre. Les heures de visite sont de deux à quatre et de sept à huit heures et demie, leur apprit-elle.

Jean et Reine hochèrent la tête et se retirèrent de la chambre sans faire de bruit.

Le trajet de retour à la maison se fit dans un silence complet. Au moment où Jean immobilisait sa Pontiac dans la rue Brébeuf, près de Mont-Royal, les premiers flocons de neige de la saison se mirent à tomber doucement.

— Je vais prendre l'autobus tous les après-midi pour aller la voir, annonça Reine.

— On va y aller le plus souvent possible, tint à préciser Jean.

À leur arrivée dans l'appartement, ce dernier était vide. Alain et Gilles auraient dû être de retour de l'école depuis plusieurs minutes.

— Ils doivent être chez ma mère, déclara le père de famille.

— Va les chercher pendant que je prépare le souper, lui dit sa femme en déboutonnant son manteau.

Jean descendit les escaliers et sortit de la maison. Au moment où il allait se diriger vers la rue voisine, il se dit qu'il se devait de prévenir sa belle-mère, encore présente à la biscuiterie. Il fit quelques pas et poussa la porte du magasin. Pour une fois, Yvonne Talbot ne lui opposa pas cette figure hautaine et dédaigneuse qu'il détestait tant.

— Puis ? Qu'est-ce qu'elle a, la petite ? lui demanda-t-elle alors qu'Adrienne Lussier s'approchait, elle aussi, pour mieux entendre ce qu'il avait à dire.

— Les nouvelles sont pas bonnes, madame Talbot, dit-il. Le docteur pense qu'elle a la polio.

— C'est pas vrai ! s'exclama la grande femme, apparemment bouleversée. Comment Reine prend ça ?

— Pas trop bien. Elle a peur pour sa fille, c'est normal.

— Je vais prier pour elle, intervint Adrienne Lussier, qui connaissait Jean depuis plus de vingt ans.

— Merci, madame Lussier, fit Jean. Bon, je dois aller chercher les garçons chez ma mère, annonça-t-il avant de sortir de la biscuiterie.

Il prit la direction de la rue Brébeuf. Même si le soir tombait déjà, il vit des enfants excités qui regardaient tomber la première neige de la saison. Il parcourut les quelques centaines de pieds qui le séparaient de la maison où ses parents vivaient. Il escalada le long escalier tournant extérieur qui le mena à l'étage et il sonna. Ce fut son frère Claude qui vint lui ouvrir.

— On va enfin avoir des nouvelles, dit-il d'une voix forte pour être entendu par les personnes rassemblées dans la cuisine.

Jean suivit son frère dans la cuisine où ses parents, Lucie et ses deux fils étaient attablés.

— Qu'est-ce que Catherine a ? lui demanda sa mère en lui faisant signe de s'asseoir.

— D'après le docteur, c'est la polio, dit-il, la voix changée.

En l'entendant, tous les adultes se rembrunirent. Gilles et Alain se regardèrent, incertains de la gravité de la maladie dont souffrait leur sœur.

— Est-ce qu'elle est ben malade, p'pa ? demanda Gilles.

— Pas mal, répondit son père. Il va falloir qu'elle reste un bout de temps à l'hôpital pour guérir.

Il y eut un long silence dans la pièce, comme si chacun évaluait les conséquences de la maladie qui venait de frapper l'adolescente.

— Comment Reine encaisse ce coup-là ? finit par demander Lucie.

— Elle trouve ça pas mal dur, lui avoua Jean.

— Qu'est-ce que le docteur dit de tout ça ? intervint Félicien.

— On va être plus à même de savoir à quel point c'est grave dans quarante-huit heures.

Il allait de soi que pour tous ces adultes, la poliomyélite était associée à des images de membres atrophiés et de paralysie. Ils avaient du mal à croire qu'une telle maladie puisse s'attaquer à l'un des leurs.

— Le vaccin… commença Claude.

— Elle l'a eu, le vaccin, l'interrompit son frère aîné, mais il y a des cas où il protège pas. La malchance a voulu que ça tombe sur Catherine.

— Je vais commencer une neuvaine à soir, annonça Amélie. Et je vais aller à la messe demain matin prier pour qu'elle guérisse.

Jean continua à discuter avec ses parents, son frère et sa belle-sœur durant quelques minutes avant de demander à ses fils d'aller s'habiller. Il remercia ses parents d'avoir accueilli Gilles et Alain.

— Tu nous laisses tes deux gars avant d'aller à l'hôpital ce soir, dit Lucie.

— Écoute… voulut protester le père de famille.

— Tu nous les laisses, dit sa belle-sœur sur un ton catégorique qui refusait toute opposition. Ils vont voir comment leur tante Lucie est mauvaise quand les devoirs et les leçons sont pas faits à son goût, ajouta la petite femme blonde en roulant les yeux pour faire rire ses deux neveux.

Jean accepta l'offre et rentra à la maison.

Ce soir-là, malgré la neige qui avait continué à tomber, Jean et Reine se rendirent à l'hôpital et veillèrent leur fille jusqu'au moment où une religieuse leur demanda de partir. De retour à la maison après être allés chercher leurs fils chez Claude et Lucie, à leur appartement de la rue De La Roche, il leur fallut téléphoner à Yvonne Talbot et aux parents de Jean pour leur communiquer les dernières nouvelles. L'état de Catherine était stable. Quand ils se mirent au lit, ils glissèrent rapidement dans le sommeil tant ils étaient épuisés par cette journée éprouvante.

Le lendemain après-midi, Reine eut l'heureuse surprise de découvrir que sa fille avait quitté l'urgence et qu'on l'avait installée dans une chambre du troisième étage du pavillon Le Royer.

— Est-ce que ça veut dire qu'elle va mieux ? demanda-t-elle à Rita Bélanger, la tante de son mari venue à sa rencontre lorsqu'elle l'avait aperçue.

— Je sais pas, admit l'infirmière, mais c'est sûrement pas mauvais signe. Mais attends avant de monter à l'étage, je vais me renseigner pour savoir si tu peux aller la voir.

— Comment ça ? s'étonna la jeune mère de famille. On a pu la voir hier après-midi et hier soir. Pourquoi je pourrais pas la voir aujourd'hui ?

— Parce qu'il paraît que le docteur Mercure a demandé qu'elle soit placée en isolement, lui répondit sa tante par alliance. Ta belle-mère nous a téléphoné hier soir pour nous dire que Catherine était à l'hôpital. Je suis entrée plus de bonne heure pour avoir la chance de passer la voir. J'ai pas pu, lui apprit-elle.

Pendant que Rita Bélanger allait téléphoner à l'étage, Reine vit arriver sa belle-sœur Lucie en compagnie de sa belle-mère. L'infirmière revint après un court moment et salua Amélie et Lucie.

— Tu peux monter au troisième, dit-elle à Reine. Le docteur Mercure est sur l'étage et il veut te parler. T'as juste à le demander au poste de garde en arrivant.

— Qu'est-ce qui se passe ? demanda Amélie.

— Ta petite-fille a été mise en isolement. Le docteur veut expliquer pourquoi à Reine.

Lucie jeta un coup d'œil à sa belle-mère avant de déclarer :

— Si c'est comme ça, on va attendre ici, en bas. Tu viendras nous le dire, Reine, si on peut voir Catherine.

Reine accepta d'un signe de tête et monta au troisième étage. Elle trouva le docteur Mercure en train de remplir un dossier au poste de garde.

— Bonjour, madame Bélanger, la salua-t-il en la reconnaissant. Venez avec moi, j'ai deux mots à vous dire, fit-il en lui indiquant la pièce voisine.

Inquiète, Reine le suivit dans la petite salle dont il venait d'ouvrir la porte avant de s'effacer devant elle. Elle pénétra dans la pièce et il l'invita à s'asseoir près de la table qu'il contourna pour prendre place en face d'elle.

— Je pense que j'ai une bonne nouvelle pour vous, madame, fit-il d'entrée de jeu en lui adressant un large sourire. J'ai reçu les résultats des analyses que j'avais demandées. Votre fille n'a pas la polio. On lui a enlevé son poumon d'acier cet avant-midi.

— Là, vous me soulagez, vous pouvez pas savoir à quel point, ne put s'empêcher de dire Reine en retrouvant des couleurs. Mais qu'est-ce qu'elle a d'abord ? Elle était malade comme un chien, hier.

— Elle a attrapé un virus, madame Bélanger. D'après les résultats des analyses, ce virus a beaucoup de points communs avec l'ARN et provoque des symptômes presque identiques à ceux d'une grippe. Heureusement, il ne semble pas causer d'inflammation de la moelle épinière.

— C'est rassurant.

— Comme on ignore à quel point le virus qui s'est attaqué à votre fille est contagieux, nous avons dû l'installer dans une chambre privée, en isolement. Tout à l'heure, nous allons la faire transférer à l'hôpital Pasteur de la rue Sherbrooke, où elle devra rester une quinzaine de jours, de manière à nous assurer qu'elle ne risque pas de contaminer son entourage.

— L'hôpital Pasteur, répéta Reine, stupéfaite.

— On n'a pas le choix, madame. Cet hôpital est mieux outillé que nous pour traiter ce genre de cas.

— Et qu'est-ce qu'on va faire, mon mari et moi, pour la voir ?

— Il faudra vous renseigner auprès des autorités, dit le médecin en se levant. Cet hôpital a des règles très strictes. Mais consolez-vous en vous disant que votre fille est sur la voie de la guérison et qu'elle s'en sortira bientôt.

Lorsque Jean rentra de son travail ce soir-là, ses deux fils étaient attablés devant leurs devoirs et Reine finissait de préparer le souper.

Cette dernière s'empressa de lui apprendre les dernières nouvelles concernant leur fille, ce qui le remplit de joie.

— Il me semble que t'aurais pu me téléphoner au journal pour m'apprendre ça, lui reprocha-t-il. J'ai passé la journée à m'en faire.

Reine ne dit rien. Elle savait que Catherine avait toujours été sa préférée et cela paraissait souvent, même s'il se donnait passablement de mal pour le dissimuler la plupart du temps. Quand elle lui révéla que leur fille était maintenant hospitalisée à Pasteur, il ne s'en inquiéta pas le moins du monde, tant il était soulagé d'apprendre que tout rentrerait dans l'ordre dans quelques jours.

— On pourra pas aller la voir avant samedi après-midi, le prévint Reine. Ils m'ont dit au téléphone qu'on va être obligés d'attendre encore deux jours. Ils veulent pas de visites le soir.

— As-tu demandé si on pouvait au moins lui apporter quelque chose ?

— Oui, on peut lui apporter du linge, des livres, des crayons et du papier, mais pas de nourriture. Ils vont tout désinfecter avant de les lui donner.

— Parfait, prépare-lui un sac de tout ce qui peut l'aider à passer le temps. Après le souper, je vais aller le porter à l'hôpital. As-tu téléphoné à la famille pour leur dire tout ça ?

— C'était pas nécessaire. Ta mère et Lucie étaient à l'hôpital en même temps que moi, cet après-midi. Je leur ai tout dit. En revenant, je suis arrêtée le dire à ma mère et j'ai téléphoné à Estelle.

Le jeune père de famille fut tellement soulagé en apprenant cette merveilleuse nouvelle que toute la fatigue accumulée durant sa journée de travail avait disparu d'un seul coup. Plein d'allant, il remit son manteau et chaussa ses couvre-chaussures.

— Je vais aller lui chercher une couple de livres à la bibliothèque, annonça-t-il à sa femme. Ça va la distraire.

Jean se rendit à la bibliothèque municipale, coin Amherst et Sherbrooke, où il emprunta quelques *Sylvie*, des romans que sa fille appréciait particulièrement.

Ce soir-là, après le souper, Jean alla porter à l'hôpital deux grands sacs contenant diverses affaires personnelles destinées à Catherine. Il avait joint un mot d'encouragement à ceux écrits par Gilles et Alain. Il fit le trajet sous une pluie froide qui effaça les dernières traces de la faible neige tombée la veille. Lorsqu'il immobilisa sa voiture dans le stationnement de l'institution, l'édifice en brique rouge de la rue Sherbrooke lui sembla particulièrement rébarbatif. À la réception, on accepta les colis destinés à l'adolescente en promettant qu'on les lui remettrait après désinfection le lendemain matin.

Une semaine plus tard, à son entrée au travail, Joseph Hamel convoqua Jean dans son bureau.

— Monseigneur Charbonneau est mort hier, lui annonça-t-il. Tu vas m'écrire une brève notice nécrologique en évitant, bien sûr, de mentionner les démêlés qu'il a eus avec Maurice Duplessis quand il y a eu la grève de l'amiante. Ne parle pas non plus de ses disputes avec les autres évêques. Contente-toi de retracer sa carrière et mentionne qu'il est décédé simple prêtre dans une paroisse en Colombie-Britannique.

Jean détestait ce genre de mission où il ne pouvait écrire que des demi-vérités. À son avis, l'homme d'Église qui venait de mourir avait été un grand homme, bien en avance sur son époque par ses prises de position sociales. Il se rappelait encore trop bien le tollé que sa supposée démission avait suscité chez les fidèles du diocèse de Montréal en janvier 1950. Le prélat possédait peut-être un caractère difficile, mais on ne pouvait lui reprocher de ne pas être près des gens du peuple.

Il allait recommencer pour la troisième fois son court article quand Reine lui téléphona.

— J'ai une bonne nouvelle, lui dit-elle. L'hôpital vient d'appeler, on peut aller chercher Catherine cet avant-midi. Il n'y a plus aucun risque. Est-ce que tu y vas ou bien t'aimes mieux que je prenne un taxi pour aller la chercher ?

Jean devina immédiatement que s'il acceptait qu'elle prenne un taxi, elle allait encore faire des histoires pour cette dépense qu'elle jugerait inutile.

— Laisse faire. Je vais aller la chercher tout de suite et je reviendrai au journal après.

Lorsqu'il quitta l'édifice du *Montréal-Matin*, le ciel gris à son arrivée quelques heures plus tôt était devenu pratiquement noir et était annonciateur de neige. Il s'engouffra dans sa Pontiac et prit la direction de l'hôpital. À Pasteur, Catherine l'attendait, assise sagement sur une chaise, une main posée sur la petite valise marron qu'il lui avait apportée quelques jours plus tôt.

Jean la serra contre lui et l'embrassa sur les deux joues avant de signer les papiers. Il entraîna ensuite sa fille jusqu'à la voiture après avoir appris qu'on recommandait que la jeune fille profite de trois ou quatre jours de repos avant de retourner à l'école.

— Je te ramène tout de suite à la maison, dit-il à l'adolescente après avoir déposé sa valise sur la banquette arrière. Ta mère a ben hâte de te voir. Toute la famille s'est pas mal inquiétée pour toi. T'as entendu comme moi ? ajouta-t-il avec bonne humeur. Tu vas pouvoir profiter d'un petit congé à la maison à te faire gâter par ta mère avant d'être obligée de retourner à l'école.

Il se mit au volant et démarra.

— J'ai peur d'avoir pris pas mal de retard à l'école, dit l'adolescente d'une voix où perçait l'inquiétude.

— C'est pas deux semaines d'absence qui vont te faire doubler ton année, fit son père pour la rassurer. Tu es une première de classe, ma Catherine. Ne t'inquiète pas.

À leur arrivée devant la maison, Catherine tint à saluer sa grand-mère Talbot en passant. Elle pénétra un instant dans la biscuiterie, le temps d'embrasser sa grand-mère et de saluer Adrienne Lussier. Elle suivit ensuite son père jusqu'à l'appartement.

Reine avait déjà préparé le dîner. Gilles et Alain attendaient leur sœur pour manger. Toute la petite famille se retrouva enfin réunie autour de la table pour la plus grande satisfaction des parents. On mangea avec un bel appétit les pommes de terre et les saucisses cuisinées par la mère de famille.

— Bon, il est temps que vous retourniez à l'école, si vous voulez pas être en retard, décréta Reine en se levant. Toi, Catherine, tu vas aller te reposer dans ta chambre.

— Je peux vous aider à laver la vaisselle, m'man. Je me sens pas fatiguée.

— Non, j'ai pas besoin de toi. J'ai tout l'après-midi pour faire ça. Va t'étendre.

Jean quitta la table à son tour après avoir allumé une cigarette et annonça qu'il retournait au travail.

Quand il ouvrit la porte de la maison, au pied des escaliers, il se rendit compte que la neige s'était mise à tomber. Le seuil disparaissait déjà sous une épaisse couche de neige. Il avait suffi de quelques minutes pour transformer le paysage. Tout était devenu soudainement blanc et il voyait à peine à quelques pieds de distance.

Durant un court moment, le journaliste se demanda s'il n'était pas préférable de demeurer à la maison plutôt que d'affronter la tempête qui venait de commencer. Non, il lui fallait aller au journal. Il avait son article à écrire et Hamel serait bien trop heureux de le prendre en faute. Il s'avança sur le trottoir et aperçut alors ses deux fils en train de se chamailler au coin de la rue, énervés par toute cette neige. Il eut d'abord envie de les disputer, mais il se retint en se rappelant à quel point la neige l'excitait quand il était jeune. Il se revoyait au même âge faire pareil avec son frère Claude.

— Aïe ! vous deux, montez dans l'auto, leur dit-il en prenant un ton qui se voulait sévère, mais qui reflétait toute la nostalgie de sa propre jeunesse. Je vais vous laisser à l'école en passant.

Les deux garçons ne se firent pas prier et montèrent dans la Pontiac après avoir aidé leur père à enlever la neige qui obstruait le pare-brise et la lunette arrière. Jean laissa Gilles et Alain à l'école Saint-Stanislas, rue Gilford, avant de prendre la direction du journal. La chaussée était devenue glissante et le trajet lui demanda deux fois plus de temps que d'habitude.

Peu avant son arrivée au *Montréal-Matin*, le vent s'était levé, poussant devant lui un véritable rideau opaque de flocons. À sa descente de voiture, il dut pencher la tête et relever le col de son paletot pour se protéger le visage avant de parcourir la courte distance entre sa voiture et l'édifice du journal.

— Monsieur Hamel vous cherche partout, lui annonça la réceptionniste sur un ton réprobateur. Il avait pas l'air trop de bonne humeur, ajouta-t-elle.

— Je passe le voir, dit Jean en secouant ses pieds pour en faire tomber la neige.

Il laissa son manteau et ses couvre-chaussures dans son cubicule et alla frapper à la porte du bureau du rédacteur en chef.

— Où est-ce que t'étais encore passé ? lui demanda l'autre en repoussant ses lunettes sur son nez.

— J'ai été obligé d'aller chercher ma fille à l'hôpital. Vous vouliez me demander quelque chose ? ajouta-t-il sans formuler plus d'explications.

— Tu regarderas sur ton bureau. Je t'ai laissé quelques informations supplémentaires pour ton article sur monseigneur Charbonneau. Il va falloir que tu l'étoffes un peu plus et arrange-toi pour qu'il soit prêt pour la deuxième édition.

— Qu'est-ce qui se passe ?

— Le secrétaire du cardinal Léger nous a téléphoné à la fin de l'avant-midi. Il paraîtrait que le cardinal a décidé que le corps devait être rapatrié à Montréal. Il veut qu'on fasse à l'ancien archevêque du diocèse de grandes funérailles. Elles vont même être télévisées. Ensuite, on va déposer le corps dans la crypte de la cathédrale, où il va aller rejoindre les autres évêques de Montréal.

— Est-ce que ça signifie qu'on lui a pardonné ? demanda Jean, intrigué par tout le faste avec lequel on se proposait de célébrer les funérailles de celui qui n'était plus qu'un simple prêtre.

— On le dirait. En tout cas, le secrétaire m'a dit que plusieurs évêques du Canada et des personnalités politiques sont attendus. Il est pas impossible que le premier ministre et quelques-uns de ses ministres assistent même à la cérémonie. Tu sais ce que ça veut dire ?

— Ben...

— Ça signifie qu'il me faut avant la fin de l'après-midi un article de fond qui va paraître en première page.

Jean rentra dans son cubicule, téléphona à l'archevêché pour obtenir quelques précisions supplémentaires et écrivit son article qu'il remit avant de quitter le journal.

À sa sortie de l'édifice, l'obscurité était tombée depuis longtemps et il dut déneiger la Pontiac. La neige n'avait pas cessé de tomber. Montréal faisait face à sa première grande tempête de l'hiver. Il lui fallut près de trois quarts d'heure pour atteindre la rue Brébeuf où il réussit à stationner tant bien que mal sa voiture.

Quand il poussa la porte de son appartement, il fut accueilli par une agréable chaleur et par une réconfortante odeur de nourriture. Il retira son manteau et ses couvre-chaussures avant de passer la tête dans le salon où ses trois enfants étaient occupés à regarder la télévision. Après les avoir salués, il alla rejoindre Reine dans la cuisine.

— Tout le monde a soupé depuis longtemps, lui dit-elle. Je vais te faire réchauffer du spaghetti, c'est ce qu'on a mangé.

— Ça va être parfait, accepta-t-il en allumant une cigarette.

— Les enfants ont fini leurs devoirs et leurs leçons. Je viens de leur permettre de regarder la télévision.

— Et Catherine ?

— Elle a dormi une partie de l'après-midi. Elle a bien mangé ce soir. Comme t'as pu le voir, elle est avec les garçons dans le salon.

Le lundi suivant, Catherine retourna à l'école et l'on s'empressa d'oublier les heures d'angoisse. La maladie était maintenant chose du passé.

Chapitre 6

Le chat

Dès les premiers jours de décembre, les rues commerciales du quartier prirent des allures bien différentes de celle des autres rues. Les commerçants firent preuve d'ingéniosité pour décorer leurs magasins et leurs vitrines de lumières multicolores, de grands bas résille rouges remplis de cadeaux factices et de sapins de Noël. Chez L.-N. Messier, on avait même orné un arbre artificiel argenté, ce qui était une nouveauté remarquable. S'il était encore trop tôt pour acheter un sapin de Noël, il n'en restait pas moins que tout concourait à rappeler aux Montréalais que la période des fêtes approchait à grands pas.

La rue Mont-Royal, par exemple, devenait féerique aux yeux des enfants en cette période de l'année tant il y avait de lumières multicolores qui s'allumaient dès le coucher de soleil. Même la propriétaire de la biscuiterie Talbot avait fait un effort spécial pour égayer l'une des deux vitrines de son commerce en y faisant installer un traîneau conduit par un père Noël rubicond sur une épaisse couche de ouate.

Le premier samedi du mois, Alain et Gilles se levèrent très tôt, soit bien avant leurs parents. Ils se glissèrent dans la cuisine et entreprirent de confectionner leur déjeuner en faisant le moins de bruit possible. Il faisait froid dans la maison et, jusqu'à un certain point, ils étaient heureux de porter leurs longs sous-vêtements d'hiver imposés depuis quelques semaines par leur mère, intraitable sur le sujet.

— Maudit que ça pique, se plaignit Alain en se grattant vigoureusement la poitrine.

— Moi aussi, j'haïs ça, les longues combines, fit son frère aîné en lui faisant signe de baisser la voix, mais ça sert à rien de se lamenter, m'man veut pas qu'on mette autre chose. Elle a ôté de nos tiroirs nos maillots de corps et nos petites culottes.

Les deux jeunes déposèrent le grille-pain sur la table après y avoir étendu la nappe. Pendant que Gilles sortait la boîte de chocolat Quick en poudre, son frère se chargeait de tirer hors de l'armoire le pot de confiture de fraises.

Ce samedi matin était spécial. Leur père leur avait promis de les emmener voir la parade du père Noël rue Sainte-Catherine. Cette décision avait entraîné une vive discussion entre leurs parents, la veille, au moment où ils les envoyaient se coucher.

— C'est une maudite niaiserie de les traîner là, avait protesté leur mère. D'abord, à leur âge, ils croient plus au père Noël et tout ce qui va arriver, c'est qu'ils vont attraper la grippe, plantés sur le bord du trottoir, à geler pendant des heures.

— Voyons donc! avait rétorqué leur père. On dirait que t'as jamais été jeune, toi. Tu viendras pas me dire que t'aimais pas ça aller voir la parade quand le père Noël arrivait en ville quand t'étais jeune.

— Tu sauras que j'y suis jamais allée et j'en suis pas morte.

— Là, je te comprends pas, avait repris Jean, qui commençait à perdre patience. Les autres années, t'as jamais rien dit quand j'y allais avec les enfants. Pourquoi tu t'énerves cette année ?

— Parce que je trouve que c'est courir après les troubles pour rien. Avant, les enfants étaient plus jeunes et Alain croyait encore au père Noël. En plus, on n'avait pas la télévision. À cette heure qu'on l'a, tu l'as dit toi-même, les enfants peuvent regarder la parade dans le salon, bien au chaud.

— C'est pas la même chose, avait affirmé le père de famille. Sur place, on sent toute l'atmosphère.

— Dans ce cas-là, je t'avertis tout de suite. S'ils sont malades à cause de ça, c'est toi qui vas les soigner.

Alain échappa un ustensile sur le parquet, et aussitôt quelqu'un bougea dans la chambre des parents.

— Maudit tata ! l'injuria son frère. Tu peux pas faire attention ! Là, on va se faire engueuler si t'as réveillé m'man.

La porte de la chambre à coucher des parents s'ouvrit sur leur père qui s'empressa de refermer sa robe de chambre en réprimant un frisson. Il fut immédiatement suivi par leur mère.

— Calvince ! Veux-tu ben me dire pourquoi t'as encore baissé autant la fournaise ? demanda-t-il à sa femme. On gèle tout rond dans la maison. Les pieds nous collent au plancher tellement c'est froid.

— Tu vas pas recommencer tes mêmes lamentations chaque matin pendant tout l'hiver, rétorqua Reine. C'est chaque année la même histoire. C'est normal de baisser le chauffage la nuit. Ça dort mieux et ça coûte moins cher d'huile.

Jean préféra ne rien ajouter. Il savait que ce serait en pure perte. Il s'empressa d'aller régler la fournaise du couloir de manière à réchauffer l'appartement.

— Et vous autres, qu'est-ce que vous faites debout aussi de bonne heure ? demanda Reine à ses deux fils attablés.

— On s'endormait plus, m'man, répondit Alain.

— On a fait ben attention de pas faire de bruit pour pas vous réveiller, ajouta Gilles.

— Je vous ai déjà dit que je voulais pas vous voir debout avant nous autres le samedi matin. J'ai bien envie de vous défendre d'aller à la parade, ajouta-t-elle, l'air mauvais.

Les deux jeunes garçons ne dirent rien. Ils connaissaient assez leur mère pour savoir que ce n'était pas une menace en l'air. Elle alla brancher la bouilloire et prépara le café. Quelques minutes plus tard, Catherine vint rejoindre le reste de la famille et déjeuna.

Lorsque le moment arriva de s'habiller chaudement pour aller assister au défilé du père Noël, Jean offrit à sa femme de venir.

— Es-tu malade, toi ? se borna-t-elle à répondre. Je suis pas encore assez folle pour aller me geler pendant des heures sur le bord du trottoir pour voir passer quelques chars allégoriques et des fanfares. À part ça, penses-tu que ce soit bien raisonnable d'amener Catherine après ce qui vient de lui arriver ? ajouta-t-elle. Parce qu'aujourd'hui c'est pas juste l'atmosphère que vous allez ressentir, c'est le froid aussi.

Jean jeta un coup d'œil vers l'adolescente, apparemment inquiète de se voir refuser cette sortie.

— Elle est guérie, laissa-t-il tomber. Un peu d'air frais peut pas lui faire de mal.

À leur sortie de l'appartement, le père et ses enfants constatèrent qu'il régnait un froid mordant. Le mercure devait indiquer environ – 5 °F et le petit vent en provenance du nord n'arrangeait rien.

— J'espère que la Pontiac va partir, dit Jean à ses enfants en se dirigeant vers la voiture stationnée un peu plus loin, près d'un banc de neige.

Avec les années, la Pontiac était devenue une mécanique plutôt capricieuse, mais ce samedi-là, elle daigna démarrer après quelques sollicitations seulement. Les dix minutes nécessaires au père de famille pour conduire les siens rue Saint-André ne suffirent pas à réchauffer l'habitacle du véhicule. Quand le conducteur parvint, non sans mal, à garer sa voiture un peu au nord de la rue Sainte-Catherine, tous les passagers avaient déjà commencé à avoir froid. Jean entraîna ses enfants à sa suite et ils eurent la chance de découvrir une trouée dans la foule déjà massée le long des trottoirs de la grande rue commerciale montréalaise. Ils s'installèrent en frissonnant pour guetter le passage des premiers chars allégoriques.

Peu à peu, la foule devint plus bruyante et plus nombreuse le long du parcours qu'allait emprunter le défilé. Les minutes passaient lentement, trop lentement au gré des gens qui tapaient du pied et se frappaient dans les mains pour tenter de se réchauffer.

— Ça a pas d'allure geler comme ça ! fit une dame accompagnée d'une petite fille chaudement emmitouflée dont seuls les yeux étaient visibles.

— Voulez-vous ben me dire ce qu'ils ont à traîner ? demanda une autre. La parade est supposée commencer à neuf heures et demie. Il est passé dix heures et on n'a encore rien vu.

— C'est rire du monde ! décréta un vieil homme, apparemment dégoûté.

Jean ne sentait plus ni ses pieds ni ses mains tant ils étaient gelés. Il se félicitait d'avoir exigé que ses enfants portent des cache-oreilles et des moufles chaudes. Au moins, ils ne gelaient pas comme lui. Il aurait dû écouter Reine et se coiffer de la tuque qu'elle lui avait tendue avant son départ. Il l'avait refusée en prétextant qu'il aurait l'air fou avec ça sur la tête. Maintenant, il regrettait sa coquetterie parce qu'il sentait que ses oreilles étaient en train de geler malgré le fait qu'il n'arrêtait pas de plaquer ses mains sur elles.

Finalement, un bruit lointain de fanfares fit taire la grogne qui semblait en voie de s'installer autour de lui. Ce premier signe d'existence du défilé suscita l'excitation des enfants durant un court moment. Puis plus rien. Un bruit courut alors dans la foule qu'il y avait un problème avec l'un des chars allégoriques, ce qui occasionnait un sérieux retard dans le défilé.

— Je suis gelé, p'pa, se plaignit Alain.

— Moi aussi, affirma son frère en levant vers son père un visage où apparaissaient deux plaques blanches sur les joues.

— Et toi, Catherine ? demanda Jean à son aînée.

— Moi aussi.

— Est-ce qu'on s'en retourne à la maison ? On pourra se réchauffer et regarder la parade à la télévision, si ça vous tente.

Tous les trois acceptèrent la proposition paternelle avec enthousiasme. Toutefois, les Bélanger eurent beaucoup de mal à se dégager de la foule qui les cernait. Après de gros efforts, ils parvinrent tout de même à regagner la Pontiac.

Ce retour précipité à la maison étonna Reine, qui ne se gêna pas pour claironner qu'elle avait prédit ce qui leur était arrivé. Finalement, la famille se retrouva assise devant le téléviseur pour voir passer le défilé dans la rue Sainte-Catherine.

— Au fond, dit Jean à ses enfants, on est ben mieux en dedans. On est au chaud et, en plus, on peut entendre des descriptions et explications sur chaque char allégorique.

Quelques jours plus tard, Gilles Bélanger sortait de la cour de l'école Saint-Stanislas à l'heure du dîner quand il fut rejoint par Serge Gélinas, un copain de sa classe.

— Aïe ! Bélanger, il va falloir que tu te décides aujourd'hui pour le chat, lui dit-il, légèrement essoufflé d'avoir dû courir pour le rejoindre.

— J'ai pas encore eu le temps d'en parler à ma mère, déclara Gilles.

— Ben, il va falloir que tu le fasses vite parce que mon père a dit à matin qu'il allait se débarrasser aujourd'hui du dernier petit chat. Il a dit qu'on t'avait assez attendu. On va garder juste notre chatte.

— Tu peux pas attendre encore un peu ? demanda Gilles, inquiet.

— Ça fait une semaine que j'attends que tu te décides, lui fit remarquer le petit noiraud en enfonçant sa tuque sur sa tête. Aboutis, sacrifice !

— Bon, c'est correct. J'en parle à midi à ma mère et je te le dirai tout à l'heure si ça marche.

Gilles quitta son copain au coin de la rue Chambord et poursuivit seul sa route jusqu'à la maison. Depuis une semaine, il cherchait un moyen d'adopter un chaton faisant partie de la dernière portée de la chatte de son camarade d'école. Tout le problème venait de sa mère : elle ne voulait rien entendre d'avoir un chat dans la maison.

Reine Talbot avait vécu une expérience traumatisante dans son enfance. Le gros matou d'un voisin qu'elle avait voulu chasser de la galerie, chez ses parents, avait sauté sur elle et l'avait mordue au bras. Depuis, elle ne pouvait voir un chat sans avoir un mouvement de recul. Elle avait développé une peur irraisonnée de ces bêtes. Elle allait même jusqu'à changer de trottoir quand elle apercevait un chat.

Dans ces conditions, son fils avait peu de chance de la persuader d'abriter un chaton sous son toit. Une semaine auparavant, le garçon de dix ans avait accepté l'invitation de Serge Gélinas à aller voir les petits de sa chatte, nés le mois précédent. Il était immédiatement tombé amoureux de celui dont le pelage était beige.

— Si tu le veux, tu peux le prendre, avait déclaré Serge. Les deux autres vont partir demain. Des voisins veulent les avoir.

— Il faut que j'en parle chez nous, mais je pense que ça va marcher, avait dit le fils de Reine avec une feinte assurance. Je suis sûr que ma mère va vouloir que je le garde quand elle va le voir. Il est trop beau.

Le jeune Bélanger savait bien que sa mère n'accepterait jamais d'héberger un chaton dans la maison, aussi mignon soit-il. Il aurait fallu un miracle pour que cela se produise, miracle qu'il attendit jour après jour en cherchant désespérément un moyen pour qu'il se réalise.

La semaine avait passé et chaque jour, Serge lui avait demandé, de plus en plus impatient, quand il allait se décider à prendre le chaton. À chaque occasion, Gilles avait trouvé une excuse. Mais cette fois, il lui fallait se décider. L'ultimatum de son copain avait l'air sérieux.

Un peu désespéré, le gamin avait tâté le terrain du côté de sa grand-mère Bélanger quelques jours auparavant. Il s'était arrêté chez elle après l'école, le jeudi précédent, pour lui demander de recoudre une ganse de son manteau.

— Vous aimeriez pas ça avoir un beau petit chat, grand-mère ? lui avait-il demandé pendant qu'Amélie s'installait à sa machine à coudre pour réparer son manteau.

— Qu'est-ce que tu voudrais que je fasse d'un chat? avait-elle répliqué.

— Ben, je sais pas. Il pourrait venir se faire prendre, jouer avec vous et…

— Et faire ses crottes partout, déchirer mes rideaux et mon divan, miauler la nuit… T'es pas sérieux, Gilles? Il serait pas dans la maison depuis une heure que ton grand-père le sortirait par la peau du cou. Non, j'en voudrais pas pour tout l'or du monde. Les animaux, c'est pas fait pour vivre dans un appartement. Moi, j'ai été élevée à la campagne et les animaux restaient dehors. Je suis pas habituée de voir un animal à l'intérieur, et ça me rendrait folle d'en voir un rôder partout.

Gilles se l'était tenu pour dit. Sa grand-mère ne voudrait pas adopter le chaton qu'il avait déjà baptisé Caramel.

La chance sembla tout de même sourire à Gilles ce midi-là. Après le dîner, au moment où il endossait son manteau en compagnie de son jeune frère dans le but de retourner à l'école, sa mère lui demanda de prendre la clé de l'appartement à la biscuiterie en passant quand il reviendrait de l'école.

— Je dois aller voir le docteur avec Catherine cet après-midi. Je suis pas certaine qu'on va être revenues quand vous rentrerez.

— Je peux ben prendre la clé, moi, proposa Alain.

— Non, si t'arrives avant ton frère, t'attendras à la biscuiterie qu'il soit là. Je veux pas te voir tout seul dans l'appartement.

— Je suis pas fou, m'man. Je mettrai pas le feu, s'offusqua le jeune.

— Laisse faire. Fais juste ce que je te dis.

C'était peut-être l'occasion dont rêvait Gilles. Il attendit son frère devant la porte, à l'extérieur.

— Niaise pas après l'école, dit-il à Alain dès que ce dernier posa le pied sur le trottoir.

— Pourquoi ? demanda l'autre, intrigué.

— C'est aujourd'hui que j'apporte mon chat.

— T'es malade, toi ! s'exclama le cadet. M'man voudra jamais.

Quelques jours auparavant, Gilles, incapable de conserver son secret, lui avait révélé son désir d'avoir un chat à la maison. Son jeune frère ne s'était pas caché pour lui dire qu'il rêvait debout s'il croyait parvenir à le faire accepter par leur mère.

— Ben non, on a juste à se dépêcher de revenir à la maison après l'école. Je vais prendre Caramel en passant et on va l'installer dans une boîte dans le garde-robe. M'man s'apercevra jamais qu'il y a un chat dans la maison. Elle va jamais là.

— Et s'il miaule ?

— Il miaulera pas. On va le nourrir là. Ça va être sa maison.

Ce midi-là, dès qu'il aperçut Gélinas, Gilles se précipita à sa rencontre.

— Dépêche-toi de sortir de l'école à trois heures et demie. Je vais t'attendre à la porte. On va aller chez vous chercher mon chat. Je dois revenir vite chez nous.

Son camarade de classe, apparemment heureux de se débarrasser enfin de l'animal, se contenta d'acquiescer et, à la fin de l'après-midi, le conduisit chez lui. Avant de lui donner son dernier chaton qu'il avait enfermé dans une petite boîte de carton, il lui fit tout de même quelques recommandations. Gilles, impatient de revenir à la maison avant sa mère, ne l'écouta que d'une oreille. Si elle était déjà revenue de chez le médecin avec Catherine, il ne pourrait jamais introduire son chat dans l'appartement.

Il courut durant une bonne partie du trajet qui l'amena devant la biscuiterie de sa grand-mère. Là, il éprouva un immense soulagement en apercevant son frère Alain debout devant la vitrine qui, de toute évidence, l'attendait.

— M'man est pas encore arrivée, lui apprit ce dernier. Je venais juste de sortir du magasin pour voir si t'arrivais.

— Tiens la boîte pendant que je vais chercher la clé, dit Gilles en la lui tendant. Essaye pas de l'ouvrir pour voir mon chat. Il va se sauver si tu fais ça.

Sans plus attendre, le plus vieux des deux garçons entra dans la biscuiterie, salua sa grand-mère et sortit de l'endroit moins d'une minute plus tard en tenant la clé de l'appartement de ses parents. Il reprit la boîte confiée à son jeune frère et monta les deux volées de marches intérieures conduisant à la porte d'entrée. Les deux jeunes retirèrent leurs bottes et leur manteau et s'empressèrent d'entrer dans la chambre à coucher qu'ils partageaient.

— Là, tu me promets de rien dire à personne, fit Gilles sur un ton solennel en extirpant le chaton de sa boîte.

Aussitôt, Alain allongea la main pour caresser la bête qui se mit à ronronner. Charmés, les deux jeunes eurent un sourire de contentement.

— OK, accepta son jeune frère, mais à condition que ce chat-là soit à moi aussi.

— Non, c'est mon chat, mais tu vas avoir le droit de jouer avec quand je m'en occuperai pas.

— C'est correct.

— Là, tu peux le prendre pendant que je vais aller chercher une boîte plus grande dans le hangar. Mais avant, fais-lui une place sur le plancher, au fond du garde-robe. La petite boîte va lui servir de litière et on va mettre dedans un journal. L'autre, ça va être son lit.

En quelques minutes, le chaton fut installé confortablement. Gilles s'empara de l'une des couvertures que sa mère rangeait dans le haut d'une armoire pour en tapisser la litière du chaton.

— Si jamais m'man voit que tu lui as pris une de ses couvertes pour ton chat, elle va t'étrangler, prédit Alain, peu rassuré.

— Elle s'en apercevra pas. Il y en a d'autres dans le haut de l'armoire.

Gilles profita aussi de l'absence de la maîtresse de maison pour rafler dans le garde-manger une bonne provision de ce qu'il croyait qu'un chat mangeait.

— Et pour le lait ? lui demanda Alain.

— On va lui en mettre dans un bol.

— M'man va s'en apercevoir, lui fit remarquer le cadet. Elle nous défend d'en prendre quand elle est pas là et elle se souvient toujours combien il en reste dans la pinte.

— Laisse faire, lui ordonna son frère, qui alla tirer la pinte de lait du réfrigérateur.

Il en versa une bonne quantité dans un bol à soupe, quantité qu'il remplaça par de l'eau dans la pinte. Les deux garçons venaient d'apporter le lait dans la garde-robe lorsqu'ils entendirent des pas dans l'escalier. Ils s'empressèrent de refermer la porte du placard et se précipitèrent dans la cuisine. Ils eurent à peine le temps d'étaler sur la table leurs articles scolaires avant que la porte livre passage à Catherine et à leur mère.

— Vous avez pas fouillé dans le frigidaire, j'espère ? leur demanda Reine après avoir retiré son manteau.

— Non, m'man, mais on a pas mal faim, répondit Gilles.

— Vous pouvez vous prendre deux biscuits chacun.

— Est-ce qu'on peut prendre un verre de lait ? fit Alain.

— Non, touchez pas au lait. Vous en boirez un verre au dessert.

— Est-ce que t'es encore malade ? demanda Gilles à sa sœur.

— Non, le docteur dit que je suis correcte, ajouta Catherine. M'man, est-ce que je peux aller chercher mes devoirs et mes leçons chez Guylaine Laurier ? Elle est supposée me les donner, ajouta l'adolescente.

— Fais ça vite, lui ordonna sa mère. Il commence à faire noir et j'aime pas ça te voir dehors à cette heure-là.

Guylaine Laurier était une camarade de classe de Catherine qui demeurait rue De La Roche, la maison voisine de celle où habitaient Lucie et Claude Bélanger.

Jean rentra à la maison quelques minutes plus tard et Reine servit à sa petite famille des saucisses et du boudin. Au moment du dessert, elle déposa un plat de biscuits brisés au centre de la table. Il s'agissait là du cadeau hebdomadaire d'Yvonne Talbot. Chaque samedi, un peu avant la fermeture du magasin, elle prélevait des boîtes de biscuits en vente en vrac tous ceux qui étaient brisés et elle en remplissait un sac qu'elle offrait à sa fille, trop heureuse d'en nourrir les siens sans bourse délier.

— Sais-tu que je commence à avoir hâte en calvince que les fêtes arrivent, dit Jean à sa femme. Je suis rendu que je peux plus sentir ces maudits biscuits-là. Ça va faire tout un changement de manger du gâteau et des tartes pour dessert.

— Je peux t'en faire de temps en temps, répliqua sa femme. T'as juste à me donner plus d'argent le vendredi quand je vais faire les commissions.

Son mari se garda bien de faire une remarque à ce sujet. Il savait qu'il s'attirerait une réponse où il serait encore question de dépense inutile. Reine versa un demi-verre de lait à chacun de ses enfants.

— Le lait a un drôle de goût, m'man, dit Catherine après en avoir bu une gorgée.

Sa mère reprit la pinte en main et en huma le contenu. Ensuite, elle en versa un peu dans son thé et regarda s'il faisait des grumeaux à la surface de sa boisson préférée. Rien.

— Il est correct, ce lait-là, rétorqua-t-elle. Ça doit être le goût que t'as dans la bouche.

Les deux garçons se lancèrent en même temps un regard entendu qui échappa aux autres membres de la famille.

Après le repas, Gilles s'esquiva un court moment pour aller voir Caramel, prisonnier dans la garde-robe. À première vue, l'animal avait lapé une bonne quantité de lait et dormait sagement sur la couverture étalée dans sa boîte. Le garçon revint dans la cuisine, aida au rangement de la pièce avec l'aide de son jeune frère et s'installa à table pour terminer ses devoirs.

— Vous irez montrer vos devoirs à votre père, déclara Reine avant de se diriger vers le salon.

C'était l'heure de son émission télévisée préférée, *La poule aux œufs d'or*. Jean était déjà assis devant le téléviseur et écoutait Wilfrid Lemoyne discuter avec le ministre des Finances qui avait annoncé, le jour même, que la province aurait un surplus budgétaire de cinq cent mille dollars à la fin de l'année.

— Il se pète les bretelles avec ça, lui dit Jean, mais moi je voudrais ben savoir où il le prend, cet argent-là.

— Moi, ça m'intéresse pas, fit sa femme en s'assoyant dans l'autre fauteuil. Est-ce que ça achève, ce programme-là ?

— Il est presque fini.

Dès que leur mère eut disparu dans le salon, Alain et Gilles allèrent de temps à autre jeter un coup d'œil à Caramel pour s'assurer que tout allait bien. À huit heures, Reine n'eut pas à les prévenir d'aller se mettre au lit.

Ils vinrent souhaiter une bonne nuit à leurs parents et s'éclipsèrent dans leur chambre. Catherine alla rejoindre les adultes dans le salon pour regarder *La pension Velder*. À titre d'aînée, elle avait droit à une heure de grâce avant d'être obligée d'aller se coucher.

Après leur entrée dans leur chambre, le premier soin de Gilles et de son frère fut de sortir Caramel de sa prison. Ils le caressèrent durant de longues minutes et le laissèrent se balader sur le lit. Puis, craignant une visite surprise de l'un ou l'autre de leurs parents, ils décidèrent de lui faire réintégrer son abri. La bête émit alors un faible miaulement, ce qui eut pour effet de semer la panique chez ses maîtres. Ces derniers, inquiets, tendirent l'oreille pour vérifier si quelqu'un réagissait… Comme rien ne se produisait, ils se rassurèrent.

— La télévision joue. Ils ont rien entendu, déclara Gilles à voix basse en refermant la porte de la garde-robe sur le chaton.

Ils finirent par s'endormir et si l'animal miaula durant la nuit, personne ne l'entendit.

Au matin, Gilles s'empressa d'ouvrir à l'animal qui faisait ses griffes contre la porte. Il n'y avait plus de lait. Il prit le chaton qui se mit à ronronner de contentement.

— Va lui chercher de l'eau, ordonna-t-il à son frère. Dépêche-toi avant que m'man se lève.

Alain obéit en rechignant et revint en portant un verre d'eau. Quelques minutes plus tard, les deux garçons entendirent leurs parents se lever. Gilles déposa le chat dans la garde-robe avant de quitter la chambre en compagnie de son frère pour aller déjeuner. Ensuite, comme tous les matins, les deux frères firent leur lit et rangèrent leur chambre.

Quand vint le moment de partir pour l'école, Gilles était passablement inquiet d'avoir à abandonner son chat, même s'il était presque certain que sa mère ne l'entendrait pas, protégé qu'il était par les portes fermées de la chambre et de la garde-robe. Le maître de Caramel réalisait tout de même peu à peu qu'il lui serait impossible de conserver bien longtemps son animal dans de pareilles conditions.

Tout en se dirigeant vers l'école, il chercha désespérément un moyen de se tirer de cette situation. Il lui fallait absolument trouver une solution pour garder Caramel. La chance ne pouvait pas durer indéfiniment.

À la fin de la matinée, Reine trouva un bouton sur le linoléum du salon et en déduisit qu'il provenait d'une chemise de l'un de ses fils. Pour en avoir le cœur net, elle alla dans la chambre des garçons et ouvrit la porte de la garde-robe pour examiner leurs chemises suspendues sur des tringles.

Dès qu'elle ouvrit la porte, le chaton lui fila entre les jambes. En sentant quelque chose lui frôler les jambes, la jeune femme poussa un cri perçant et faillit tomber à la renverse, persuadée qu'une souris venait de s'échapper du placard.

— Ah ben ! Il manquait plus que ça ! s'écria-t-elle, affolée. Des souris, à cette heure !

Elle n'avait pas particulièrement peur des souris, mais elles lui soulevaient le cœur. Elle en avait parfois pourchassé dans la biscuiterie, à l'époque où elle était vendeuse. À son avis, c'était une question d'hygiène et il n'était pas question que ce genre de bestiole se promène en liberté chez elle.

Elle se précipita vers la cuisine, s'empara d'un balai et revint dans la chambre pour frapper un peu partout dans la garde-robe pour en faire sortir les autres souris, s'il y en avait. Rien. Lorsque son balai heurta une boîte de carton, elle se pencha, étonnée par cette présence incongrue au fond du placard.

— Veux-tu bien me dire ce que cette boîte fait là ? demanda-t-elle à haute voix.

Son étonnement fut encore plus grand d'y découvrir l'une de ses couvertures soigneusement pliée au fond ainsi qu'une soucoupe à moitié remplie d'eau.

— Mais c'est quoi, cette affaire-là ? reprit-elle, n'y comprenant plus rien. Qu'est-ce qu'il y avait ici dedans ?

Elle sortit le tout de la garde-robe et, toujours armée de son balai, elle décida d'inspecter la chambre après en avoir fermé la porte. Elle regarda sous les meubles. Elle ne trouva rien.

— Maudite affaire ! jura-t-elle. Dis-moi pas que cette vermine-là est sortie de la chambre !

C'était la seule explication possible.

— C'est le fun ! Là, je vais être poignée pour faire le tour de tout l'appartement pour la trouver, s'écria-t-elle, en colère.

Elle quitta la pièce pour aller examiner chaque recoin de la chambre de Catherine. Comme elle n'y trouva rien, elle passa à sa chambre sans obtenir de meilleurs résultats.

— Où est-ce qu'elle est passée, cette maudite souris-là ? dit-elle les dents serrées en pénétrant dans le salon.

Elle n'eut pas à chercher plus loin. Confortablement installé au creux de l'un des fauteuils, Caramel émit un miaulement pitoyable lorsqu'elle pénétra dans la pièce. La maîtresse de maison se figea sur place, comme si elle venait de heurter un mur. Sa bouche s'ouvrit pour crier, mais aucun son n'en sortit. De saisissement, son balai lui échappa des mains et elle n'osa pas se pencher pour le reprendre, se souvenant trop bien que ces bêtes-là pouvaient vous sauter dessus. Elle aurait vu le diable en personne qu'elle n'aurait pas eu plus peur.

Il lui fallut un bon moment avant de reprendre ses esprits. Alors, elle recula lentement sans quitter la bête des yeux, puis elle courut s'enfermer dans sa chambre d'où elle n'entendait pas bouger aussi longtemps que le monstre ne serait pas parti de chez elle.

— Attends que je leur mette la main dessus, les petits bâtards ! Ils vont me payer ça ! promit-elle, folle de rage.

Gilles et Alain rentrèrent pour dîner un peu avant midi, quelques minutes à peine avant leur sœur Catherine. Étonné de ne pas voir sa mère dans la cuisine en train de préparer le repas, Alain demanda où elle était.

— Je suis dans ma chambre, lui cria sa mère. Est-ce que ton frère est avec toi ?

— Oui, m'man.

— Venez ici tous les deux, leur ordonna-t-elle.

Gilles, qui se dirigeait déjà vers sa chambre pour aller voir Caramel, dut faire demi-tour et suivit son frère jusqu'à la chambre de ses parents.

— Qu'est-ce qu'il y a, m'man ? demanda-t-il à sa mère.

— Fermez d'abord la porte, leur commanda-t-elle sèchement.

Le garçon, étonné, lui obéit en écartant son frère qui l'empêchait de refermer la porte.

— C'est quoi l'affaire qu'il y a dans le salon ? demanda-t-elle, l'air mauvais.

— Quelle affaire ? fit Gilles.

— Le chat, maudit hypocrite ! hurla-t-elle, à bout de nerfs.

Alain allait répondre quand son frère lui jeta un regard d'avertissement.

— Qui a apporté ça dans la maison ? cria Reine.

— C'est moi, m'man, reconnut Gilles, piteux.

Il n'eut aucune chance d'éviter la gifle magistrale que sa mère lui administra. Les larmes lui vinrent aux yeux tellement la joue lui brûlait.

— Là, tu vas me sortir ça de la maison tout de suite. Quand ton père va rentrer à soir, tu vas avoir affaire à lui. Grouille, remets ton manteau. Va te débarrasser de ça.

— Qu'est-ce que je vais en faire ?

— T'aurais dû y penser avant, espèce d'innocent !

— Mais m'man, on gèle dehors. Son chat va mourir de froid, intervint Alain.

— Mêle-toi de tes maudites affaires, toi ! lui ordonna sèchement sa mère. Sors de la chambre. Toi, ajouta-t-elle en se tournant vers Gilles, dépêche-toi à faire ce que je viens de te dire.

Gilles remit son manteau et ses bottes et prit la petite boîte de carton que lui tendait son frère pour y mettre Caramel qui s'était laissé prendre par son maître avec des ronronnements de satisfaction. Le plus vieux des garçons Bélanger le remit dans la boîte et le cœur gros, quitta l'appartement. Il n'était pas question qu'il abandonne son chaton sur le trottoir ou dans la ruelle, il allait mourir de froid.

Prenant son courage à deux mains, il poussa d'abord la porte de la biscuiterie pour le montrer et l'offrir à sa grand-mère Talbot.

— Ta mère veut que t'aies ça dans la maison ? lui demanda-t-elle, étonnée.

— Non, grand-mère, justement, elle veut que je m'en débarrasse.

— Elle a raison, déclara Yvonne Talbot, sans la moindre compassion pour la peine manifeste de son petit-fils. Ces bêtes-là sont des vraies nuisances et quand on en a dans une maison, ça finit toujours par sentir mauvais.

Gilles quitta la biscuiterie. Pendant un court moment, il songea à tenter d'attendrir sa grand-mère Bélanger pour la persuader d'adopter Caramel. Il y renonça en pensant qu'il y parviendrait peut-être, mais que son grand-père n'endurerait pas un chat dans son appartement.

Avant de se résoudre à le rapporter chez son copain Gélinas, qui allait refuser de reprendre sa bête selon toute probabilité, il eut l'idée de s'arrêter chez son oncle Claude, rue De La Roche. Sa tante Lucie vint lui ouvrir et sembla étonnée de le trouver sur le seuil de sa porte à l'heure du dîner.

— Qu'est-ce qui se passe, Gilles ? Est-ce qu'il y a quelqu'un de malade chez vous ?

— Non, ma tante, je voulais juste vous montrer mon chat, répondit-il la voix triste.

L'air piteux du gamin n'échappa pas à la jeune femme.

— Montre-moi ça, lui dit-elle avec un large sourire.

Gilles tira de la boîte un Caramel tout heureux d'échapper à sa prison.

— Mais il est bien mignon, ce chat-là ! s'exclama sa tante à qui il le tendit.

Lucie caressa la bête qui se mit à ronronner bruyamment.

— Il a l'air de vous aimer, ma tante, fit Gilles. Ça vous tenterait pas de le garder ?

— Ben non, fit Lucie. C'est ton chat, je suis pas pour te le voler.

— Ma mère en veut pas, avoua-t-il, les larmes aux yeux. Elle était pas mal fâchée que je l'apporte à la maison.

À ce moment-là, Lucie remarqua la joue marbrée de son neveu et devina que Reine l'avait giflé à cause de l'animal. Elle réfléchit un court moment avant de déclarer à son neveu de dix ans, apparemment très malheureux d'avoir à se défaire de son animal :

— Écoute, je vais le garder un bout de temps, mais ça va rester ton chat. Je sais pas si ton oncle Claude va accepter un chat dans la maison, mais moi, ça me dérange pas. En tout cas, tant qu'on va l'avoir, tu pourras venir le voir quand tu voudras.

Gilles, tout heureux de cet arrangement, remercia sa tante et retourna à la maison. À son retour, il constata que sa mère était loin de lui avoir pardonné la frayeur vécue durant l'avant-midi et il mangea sans prononcer une parole. Il se garda bien de mentionner que son chat était maintenant pensionnaire chez sa tante Lucie.

À sa sortie de la maison, après le repas, Catherine lui demanda ce qu'il avait fait de Caramel. Il lui révéla la vérité.

— J'espère juste qu'elle ira pas dire à m'man qu'elle garde mon chat. Là, elle serait pas contente.

— Inquiète-toi pas, le rassura sa sœur. Ma tante est tellement fine qu'elle dira rien à personne.

Quand Jean revint à la maison après sa journée de travail, il trouva sa femme encore remontée contre ce qu'elle appelait l'hypocrisie de leur fils.

— Va dans ta chambre, j'ai à parler à ton père, ordonna-t-elle à Gilles quand son mari pénétra dans la cuisine.

Dès que le jeune garçon eut refermé la porte de sa chambre à coucher, elle s'empressa de raconter à son mari la matinée infernale qu'elle avait vécue à cause de leur fils.

— Je veux que tu le punisses, tu m'entends? exigea-t-elle d'une voix dure.

— T'aurais pu le faire toi-même, lui fit remarquer le journaliste, fatigué.

— T'es son père. C'est pas juste à moi de toujours punir.

— Tu trouves pas qu'il a été assez puni comme ça en étant obligé de se débarrasser de son chat.

— Non, je pense que ce qu'il a fait mérite une bonne volée.

— Non, c'est pas aujourd'hui que je vais commencer à battre mes enfants. Chez nous, on n'a pas été élevé comme ça. Je vais le coucher à sept heures toute la semaine, et ça va faire, déclara-t-il sur un ton sans appel.

— C'est ça. Continue à être mou comme ça et les enfants vont finir par faire la loi ici dedans, fit-elle, amère, avant de lui tourner le dos pour s'occuper de la préparation du souper.

Jean préféra ne rien ajouter. Il appela Gilles et le réprimanda sévèrement pour ce qu'il avait fait.

— Comme punition, tu iras te coucher tous les soirs cette semaine à sept heures.

L'affaire du chat était terminée. Claude Bélanger accepta sans faire d'histoire que sa femme garde le chaton. Si l'histoire fut connue de toute la famille Bélanger, elle ne vint jamais aux oreilles des parents de Gilles. Bien sûr, Jean s'étonna un peu de voir un chat chez son frère lors de l'une de ses visites, mais il ne sembla pas faire le rapprochement avec le chaton chassé de chez lui par sa femme.

Pour sa part, Gilles alla rendre quelques visites à son chat, mais bien vite il finit par le considérer comme la propriété de sa tante et s'en désintéressa peu à peu.

Chapitre 7

L'accident

Le samedi suivant, Jean alla acheter un sapin de Noël en compagnie de ses deux fils. En ce début de matinée, le ciel était clair et l'air froid et vivifiant. Sa femme avait quitté la maison quelques minutes plus tôt avec sa sœur Estelle venue la chercher pour faire leurs emplettes des fêtes ensemble. Catherine, demeurée seule à la maison, devait se charger de préparer les décorations qui allaient orner l'arbre au retour de son père et de ses frères.

En passant devant les vitrines de la biscuiterie, Jean remarqua que sa belle-mère avait déjà installé un écriteau annonçant une offre d'emploi pour une vendeuse. Cela lui rappela qu'Adrienne Lussier, la voisine de ses parents, devait quitter son emploi bientôt.

Le père de famille monta jusqu'au boulevard Saint-Joseph et se rendit au coin de Mentana. Il y découvrit un camion à demi rempli de sapins, comme le lui avait indiqué son frère Claude, la veille.

Le vendeur, un homme bourru engoncé dans une épaisse canadienne grise, lui céda un arbre pour quatre dollars.

— Il est pas très gros, dit-il à ses fils, mais il est bien garni. Ce sera parfait pour les décorations.

Tous les trois rapportèrent le sapin jusqu'à la maison et ce dernier fut installé dans un coin du salon. Après vérification des ampoules des guirlandes lumineuses, ces dernières furent posées dans l'arbre. Ensuite, Catherine, Gilles et Alain se chargèrent de suspendre des boules de Noël et des glaçons en aluminium pendant que leur père voyait à fixer une couronne à la porte d'entrée et des guirlandes dans le couloir.

— Il reste juste la crèche à installer, annonça Jean avec satisfaction après avoir admiré le sapin dont ses enfants venaient d'achever la décoration.

— On l'a oubliée dans le hangar, fit Gilles en jetant un coup d'œil aux boîtes vides qui encombraient le salon.

— Va la chercher et rapporte avec toi les boîtes vides, lui demanda son père.

Moins de cinq minutes plus tard, Gilles rentra dans la maison avec une boîte abîmée par l'eau.

— Calvince ! J'espère que la crèche va être encore bonne, s'écria le père de famille en ouvrant la boîte.

Cet espoir s'estompa rapidement. Dès qu'il sortit la crèche et les petites maisons qui devaient former un village au pied de l'arbre, il fut clair que le tout avait été irrémédiablement gâché par l'eau.

— Comment ça se fait qu'il y a eu de l'eau dans le hangar ? demanda Jean, mécontent.

— Ça devait venir du plafond, p'pa, répondit son fils. La boîte était en haut, sur une tablette.

— En tout cas, les personnages sont encore bons, fit remarquer Catherine en tirant de la boîte la Sainte Vierge, Joseph, le petit Jésus, le bœuf, l'âne et les rois mages.

— On a l'air fin en sacrifice, fit son père. On a les personnages, mais pas de crèche où les mettre.

— Pourquoi on n'en ferait pas une nous-mêmes avec du papier mâché, de la colle et des bâtons de *popsicle* ? suggéra Alain. Celle qu'on a dans ma classe est faite comme ça.

— On pourrait faire ça, déclara Catherine, enthousiaste.

— C'est vrai, ce serait le fun, renchérit Gilles, séduit par l'idée.

Jean hésita un moment. Il était tenté d'aller acheter une crèche, puis à la vue de l'enthousiasme manifeste de ses trois enfants à l'idée d'en fabriquer une eux-mêmes, il se laissa convaincre par leur suggestion.

— Oui, mais pour le village ? demanda-t-il. Les petites maisons aussi ont pris l'eau et on peut plus s'en servir.

— On peut aussi faire des maisons, avança Catherine.

— C'est correct, accepta-t-il après une brève hésitation. Là, vous allez faire une liste de tout ce qu'il vous faut et on va aller acheter tout ça.

Quand Reine rentra à la fin de l'après-midi, elle trouva son mari et ses trois enfants en train de faire du découpage et du collage sur la table de la cuisine qu'on avait protégée avec du papier journal.

— Qu'est-ce que vous faites là ? demanda-t-elle, surprise.

— On fait une crèche et un village, répondit Jean. Ceux qu'on avait ont été complètement ruinés par l'eau dans le hangar.

— En tout cas, vous êtes en train de me faire un beau plancher de cuisine avec vos cochonneries, fit-elle remarquer avec humeur.

— Inquiète-toi pas. S'il faut laver le plancher après, on le fera.

— Une chance que ma sœur a refusé de monter, poursuivit-elle en attachant son tablier. La cuisine aurait été belle à voir.

— Pourquoi elle est pas montée ?

— Elle voulait parler un peu avec ma mère, qui lui a téléphoné hier soir pour lui dire qu'Adrienne Lussier avait déjà quitté son emploi et qu'elle était toute seule dans le magasin. Il paraît qu'elle a pas encore trouvé de vendeuse.

Jean ne trouva rien à dire. Il ne se sentait pas tellement concerné par les ennuis de sa belle-mère.

— Bon, dans une demi-heure, vous allez me libérer la table pour qu'on puisse souper, déclara Reine. On va manger des rigatonis, précisa-t-elle en se dirigeant vers le placard pour y prendre les nouilles.

— Les six maisons dont on avait besoin sont prêtes à être installées, dit Jean à ses enfants au moment où il finissait de percer un trou dans le mur arrière de la dernière pour pouvoir y installer une lumière. Il reste juste à aller les placer sur la ouate au pied de l'arbre.

Pendant que Catherine et Gilles terminaient ce qui allait tenir lieu de crèche, Alain alla aider son père à disposer les petites maisons cartonnées aux couleurs pastel sur la ouate symbolisant la neige. Le père de famille glissa dans l'ouverture arrière de chacune une lumière et installa de petites clôtures plastifiées.

— Elle est peut-être pas bien belle, dit Catherine en apportant la crèche constituée de bâtonnets en bois, mais c'est mieux que rien.

L'abri fut déposé au fond du village miniature et Gilles apporta un peu de papier découpé en fines lanières qu'il répandit sur le parquet de la crèche pour représenter la paille. Les enfants placèrent adroitement les personnages pendant que leur père installait tant bien que mal une petite ampoule sur le toit.

— Allume les lumières, Gilles, ordonna-t-il finalement à son fils en s'éloignant de l'arbre de Noël.

Le plafonnier fut éteint. Dans l'obscurité de cette fin d'après-midi, l'arbre ainsi que le village s'illuminèrent quand les lumières furent branchées.

— Moi, je trouve que ça a jamais été aussi beau, déclara Jean. Alain, dis à Reine de venir voir.

Le cadet de la famille alla demander à sa mère de venir admirer ce à quoi ils avaient travaillé depuis le début de la matinée. Reine vint dans le salon et se planta devant l'arbre pour bien le regarder avant de laisser tomber, sans manifester beaucoup d'enthousiasme, un :

— Oui, c'est pas pire.

Trois jours plus tard, tous les membres de la famille Bélanger étaient attablés, en train de déjeuner quand un grand bruit les fit tous sursauter.

— Qu'est-ce qui vient encore de tomber dans votre chambre ? explosa Reine en accusant ses deux fils.

— Ben…

— Restez pas là à rien faire et allez voir ce qui est tombé, leur ordonna-t-elle en se versant une tasse de café.

Gilles, Alain et Catherine se levèrent en même temps et disparurent dans le couloir. Il y eut des bruits de porte qu'on ouvre et ferme. Les trois jeunes revinrent presque immédiatement dans la cuisine en déclarant que rien n'était tombé dans leur chambre.

— Chut ! ordonna soudain leur père en tendant l'oreille. Écoutez !

Le silence se fit dans la pièce et chacun écouta attentivement.

— On dirait que ça vient de chez ta mère, dit-il en se tournant vers sa femme.

— Catherine, va frapper chez ta grand-mère pour lui demander si elle a besoin d'aide, commanda Reine. Fais ça vite. Pour moi, elle a dû échapper quelque chose, supposa-t-elle.

L'adolescente s'empressa de quitter la table, parcourut le couloir et ouvrit la porte d'entrée. Elle n'eut pas besoin d'aller plus loin. Des gémissements lui parvinrent immédiatement.

— Grand-maman est tombée dans l'escalier, s'écria-t-elle en se précipitant pour porter secours à sa grand-mère qui geignait, étendue au pied de la seconde volée de marches.

Reine et son mari s'empressèrent de la suivre et descendirent à leur tour les marches pour venir au secours d'Yvonne Talbot. La grande femme était recroquevillée au pied de l'escalier et gémissait, le visage blafard, couvert de sueur. Reine remarqua immédiatement que l'une des jambes de sa mère faisait un angle bizarre.

— Comment vous avez fait votre compte pour tomber comme ça, m'man ? demanda Reine.

— Je le sais pas, répondit sa mère entre deux gémissements. J'ai perdu pied.

— C'est peut-être juste une bonne foulure, dit son mari en se penchant vers la blessée. On va l'aider à remonter dans son appartement.

— Non, on est mieux de pas la bouger, fit Reine. Regarde sa jambe, on dirait qu'elle est cassée. Va appeler une ambulance.

— Reste là, j'y vais, dit-il en remontant dans l'appartement.

En se tournant, il s'aperçut que Gilles et Alain étaient debout derrière lui et avaient rejoint leur sœur.

— Les enfants, remontez, vous autres aussi. Restez pas là, ordonna-t-il aux jeunes massés tous les trois quelques marches plus haut. Catherine, tu pourrais descendre un oreiller et une couverture pour ta grand-mère en attendant que l'ambulance arrive.

Jean téléphona rapidement pour demander les services d'une ambulance et redescendit tenir compagnie à sa femme demeurée aux côtés de sa mère.

— T'es mieux d'aller t'habiller, lui conseilla-t-il. J'ai l'impression que tu vas être obligée de monter dans l'ambulance avec ta mère.

— Et le magasin ? s'inquiéta Reine.

— Laisse faire la biscuiterie. Il y a personne qui va en mourir si elle reste fermée aujourd'hui.

Reine eut à peine le temps d'endosser son manteau et de chausser ses bottes avant que les ambulanciers viennent sonner à la porte. Ces derniers déposèrent la vieille dame sur une civière et la transportèrent dans l'ambulance sous le regard de quelques curieux qui s'étaient massés sur le trottoir, devant la porte, pour tenter de savoir de quoi il retournait.

— On l'amène à l'hôpital Notre-Dame, déclara un ambulancier. Est-ce qu'il y a quelqu'un qui monte avec la dame ?

— Oui, moi, dit Reine en s'avançant. Tu vas venir me rejoindre à l'hôpital ? demanda-t-elle à son mari.

— Non, il faut que j'aille au journal. De toute façon, je serais pas ben utile. Quand tu seras prête à revenir, tu peux toujours essayer de me rejoindre. Si je suis encore au journal, je viendrai te chercher.

— Et les enfants ?

— Je m'en occupe avant de partir, dit-il pour la rassurer.

La portière arrière de l'ambulance se referma sur Reine et le véhicule s'engagea dans la circulation de ce mercredi matin de décembre. Jean monta à l'appartement et demanda à ses enfants de remettre de l'ordre dans la cuisine et dans les chambres avant de partir pour l'école. Il confia la clé de l'appartement à l'aînée en lui demandant de préparer des sandwichs pour elle et ses frères en guise de dîner.

— Remarque que ça se peut que ta mère soit revenue de l'hôpital à midi. Mais si elle est pas encore là, je pense que vous êtes capables de vous débrouiller sans elle pour une fois.

Sur ce, il quitta les lieux. En route pour le journal, il éprouva quelques remords en songeant qu'il aurait pu accompagner sa belle-mère à l'hôpital. Mais comme elle ne lui avait toujours manifesté qu'une hautaine indifférence, il ne voyait pas pourquoi il se serait dérangé pour la réconforter. À quoi bon faire des efforts si ce n'était pas réciproque ?

Le journaliste attendit durant une bonne partie de la matinée l'appel téléphonique de sa femme. Il ne vint pas. Joseph Hamel l'envoya rencontrer au début de l'après-midi l'animateur bien connu Wilfrid Lemoyne, à qui l'on reprochait sa façon d'avoir mené l'interview que lui avait accordée Simone de Beauvoir. Quand il rentra à la maison après avoir remis son article au pupitre, il eut la surprise de constater que sa femme n'était pas encore rentrée. Les enfants étaient seuls dans l'appartement et ils étaient en train de faire leurs devoirs sur la table de cuisine quand il pénétra dans la pièce.

— Où est passée votre mère ? leur demanda-t-il en s'allumant une cigarette.

— Elle vient de téléphoner, p'pa, répondit Catherine. Elle s'en vient avec mon oncle Charles.

Jean ne s'en étonna pas. Il avait dû se présenter quelques complications à l'hôpital et Reine avait prévenu sa sœur qui était probablement venue la rejoindre à l'hôpital

Notre-Dame en compagnie de Charles, son mari. Comme le dentiste ne faisait pas de bureau le mercredi, il avait dû décider de jouer les chauffeurs.

— J'ai fait cuire des patates, dit Catherine. Il y a du steak pour souper.

— C'est correct, on va attendre ta mère.

Une demi-heure plus tard, Jean entendit une clé jouer dans la serrure et Reine pénétra dans l'appartement. Au lieu de la femme exténuée qu'il s'attendait à voir après une journée passée à l'urgence d'un hôpital, il se retrouva devant quelqu'un qui arborait une mine étrangement satisfaite.

Pendant que sa mère retirait son manteau et son chapeau, Catherine lui apprit ce qu'elle avait préparé pour le souper.

— C'est parfait, lui dit Reine. À cette heure, dis à tes frères d'enlever leurs affaires et de mettre la table.

— Ça tentait pas à Charles et à ta sœur de monter boire un café ? lui demanda Jean.

— Ils avaient pas le temps, Thomas était tout seul à la maison.

— Pauvre petit gars, se moqua son mari, sur un ton sarcastique. Après tout, il va juste avoir quatorze ans bientôt.

Reine ne releva pas le commentaire gratuit de son mari.

— Puis, qu'est-ce qui se passe avec ta mère ? lui demanda Jean, debout dans l'entrée du salon.

— En fait, elle a pas seulement une jambe cassée, lui apprit Reine, elle s'est fracturé une hanche.

— Ayoye ! fit Jean. Elle pouvait ben se lamenter pour une fois.

— Elle en a pour un bon bout de temps avant de pouvoir marcher, précisa-t-elle.

— Ils l'ont gardée à l'hôpital ?

— Juste pour une journée. Elle doit sortir demain.

— Ça va être tout un casse-tête pour elle, affirma Jean. Et là, je parle pas seulement pour la biscuiterie. Si elle peut pas marcher, comment elle va se débrouiller toute seule dans son appartement ?

— J'y ai pensé, moi aussi, répondit Reine avec un fin sourire. J'ai même proposé à ma mère que Catherine aille rester avec elle, le temps qu'elle va rester alitée.

À voir la mine affichée par l'adolescente, la perspective n'avait pas l'air de l'enchanter particulièrement.

— Puis ? continua Jean.

— C'est pas une solution. Catherine a de l'école encore une semaine avant de tomber en vacances. À part ça, d'après le docteur, il est pas question que ma mère marche avant la fin du mois de janvier. Catherine sera alors déjà retournée à l'école depuis longtemps à ce moment-là. Ça fait que c'est Estelle qui va s'occuper de ma mère.

— Dis-moi pas qu'elle s'en vient rester chez ta mère ?

— Bien non ! Charles a pris des mesures pour qu'une ambulance transporte ma mère chez eux, à Saint-Lambert, demain après-midi.

Jean se retint à temps de s'exclamer : « Le chanceux ! »

— Je trouve ta sœur pas mal dévouée d'accepter de s'occuper de ta mère aussi longtemps, finit-il par dire, sur un ton qui à la fois cachait mal sa satisfaction de ne pas avoir à prendre soin de sa belle-mère et qui trahissait aussi le malin plaisir qu'il ressentait de savoir que cette tâche ingrate serait assumée par sa belle-sœur.

— On va faire chacune notre part, lui apprit Reine. Pendant que ma sœur va s'occuper de m'man, moi, je vais me charger de la biscuiterie. À partir de demain matin, je vais descendre au magasin et voir à ce que ça marche, ajouta-t-elle, incapable de dissimuler le profond contentement qu'elle éprouvait en prononçant ces paroles.

— Je suppose que ça t'est pas venu à l'idée de me demander mon avis avant de t'embarquer là-dedans ? lui demanda-t-il.

— Je suis certaine que t'aurais dit oui.

— Ben voyons ! As-tu pensé comment tu vas te débrouiller avec toutes les affaires qu'il y a à faire pour les fêtes qui s'en viennent ? Comment tu vas faire pour acheter les cadeaux, préparer le réveillon et tout le reste ?

— Je vais me débrouiller.

Jean eut soudain une lueur de compréhension.

— Et tu vas t'occuper de la biscuiterie gratuitement, pour rendre service à ta mère ?

— Me prends-tu pour une folle, Jean Bélanger ? s'emporta-t-elle. Je suis pas niaiseuse à ce point-là, tu sauras. Ben non, j'ai demandé à ma mère un salaire de gérante, parce que c'est ça que je vais être.

— Et elle a accepté ? s'étonna son mari.

— Elle avait pas le choix. C'était ça ou garder la biscuiterie fermée.

— Surtout que t'avais le gros bout du bâton puisque madame Lussier l'a lâchée, lui fit remarquer Jean d'une voix acide.

— C'est sûr que ça a pas nui.

— Mais il y a une pancarte demandant une vendeuse dans la vitrine, précisa Jean. Est-ce que ça veut dire que tu vas en engager une à la place de ta mère ?

— Je suis pas folle au point de me couper le cou, protesta Reine. Si j'en trouve une, ça pourrait donner l'idée à ma mère de lui demander de me remplacer quand elle va connaître l'ouvrage. Non, j'engagerai personne. Demain matin, je vais enlever la pancarte. Ça va être plus d'ouvrage, mais je vais mener l'affaire toute seule. Dans une semaine, quand les vacances vont arriver, Catherine va pouvoir me donner un coup de main.

Jean ne dit rien, mais il n'en pensa pas moins. Tout ça, c'était bien à l'image de sa femme : rien de gratuit, aucun élan de générosité. Tout était toujours calculé en fonction de ce que cela pouvait lui rapporter. Il n'avait donc pas pris la peine de lui demander combien elle avait exigé de sa mère pour se charger de la biscuiterie, mais il était certain qu'elle ne lui avait pas fait de cadeau. Reine avait beau critiquer sa sœur Estelle et se moquer de son snobisme, il n'en restait pas moins qu'elle était autrement plus généreuse qu'elle.

Le souper se prit dans une atmosphère fébrile. Après avoir donné brièvement des nouvelles de leur grand-mère aux enfants, Reine toucha à peine à son assiette, tant elle était excitée par la perspective de jouer à la patronne trônant derrière les deux comptoirs du magasin du rez-de-chaussée.

Elle avait déjà planifié l'emploi du temps de chacun en fonction de son nouveau travail. Ainsi, Catherine serait chargée de faire réchauffer le dîner de ses frères avant de ranger la cuisine et de retourner à l'école. Les garçons continueraient à faire le ménage de leur chambre, mais elle leur avait trouvé d'autres tâches annexes le samedi parce qu'elle serait dans l'incapacité de procéder au ménage hebdomadaire de l'appartement. Enfin, elle affirma compter sur la bonne volonté de son mari pour aller acheter la nourriture pour la famille le vendredi soir, alors qu'elle était tenue de garder la biscuiterie ouverte jusqu'à neuf heures. Il restait le lavage et le repassage à régler. Elle allait y réfléchir, mais tout laissait croire que Catherine allait hériter de l'une ou l'autre de ces deux tâches.

— Sais-tu que c'est le fun en calvince, ton affaire ! ne put s'empêcher de dire Jean, excédé. Si je comprends ben, toi, tu vas faire de l'argent sur notre dos.

— Comment ça ? demanda-t-elle, l'air mauvais.

— On va être poignés pour faire ton ouvrage dans la maison pendant que tu joues à la gérante, en bas.

— C'est pour rendre service à ma mère, affirma-t-elle, l'air offusqué.

— Ben oui, on sait ben, fit-il, sarcastique.

Dès le lendemain matin, une certaine routine s'installa. Après le déjeuner, Reine descendit à la biscuiterie au moment où ses enfants partaient pour l'école. À midi, après avoir servi le dîner à ses jeunes frères, Catherine laissa une assiette à sa mère, qui ne pouvait quitter le magasin pour monter manger. À quatre heures, les enfants revinrent de l'école et firent leurs devoirs, surveillés par leur sœur. Deux heures plus tard, la mère de famille monta souper avec les siens après avoir verrouillé la porte de la biscuiterie.

Cependant, le scénario changea vingt-quatre heures plus tard parce que la biscuiterie devait demeurer ouverte jusqu'à neuf heures. Ce soir-là, l'adolescente prépara seule le souper. Après avoir mangé, Jean alla offrir à sa femme de la remplacer durant quelques minutes, le temps qu'elle aille souper à son tour.

— Vas-y pendant que les enfants te reconnaissent encore, plaisanta-t-il, même si le commentaire reflétait aussi une ambiance étrange au sein de la famille.

Reine ne se fit pas prier. Elle sentit toutefois que son mari n'était descendu qu'à contrecœur. Quand elle revint prendre sa place derrière le comptoir, il remonta à l'appartement. La vue de Catherine en train de trier des vêtements sales dans l'intention de les laver suscita chez lui un élan de pitié et il ne put faire autrement que de l'aider.

— Lave le linge, moi, je vais l'étendre dans le couloir, lui dit-il en commençant à installer les cordes auxquelles sa femme avait l'habitude de suspendre les vêtements fraîchement lavés durant la saison froide.

Quand sa femme rentra à la maison un peu après neuf heures, elle vit le linge suspendu, mais ne fit aucune remarque. Elle se contenta de retirer ses chaussures à talons hauts en poussant un soupir de soulagement avant de se rendre dans la cuisine pour se préparer une tasse de café. Après une courte période de repos, elle retira de la corde à linge les vêtements secs qu'elle déposa dans un panier d'osier avant de planifier ce qui allait être servi à manger aux siens le lendemain. Peu après, elle mit sa robe de nuit et vint rejoindre son mari devant le téléviseur, au moment où les nouvelles commençaient.

— Comment ça s'est passé au magasin aujourd'hui ? lui demanda-t-il pour lui manifester son intérêt. Si je me fie à la quantité de clients que j'ai servis durant l'heure de ton souper, t'as pas manqué de monde.

— Ça a été comme ça toute la journée. Ça a pas arrêté, admit-elle sur un ton fatigué. J'ai souvent pensé que ma mère payait Adrienne Lussier pour rien, mais je me suis rendu compte qu'il y avait de l'ouvrage pour deux.

— Dans ce cas-là, engage une vendeuse. C'est ce qu'elle veut de toute façon.

— Non, je vais voir avant si je suis capable de me débrouiller toute seule.

— Ça te permettrait de souffler un peu et t'aurais pas autant besoin de Catherine, plaida-t-il.

— Catherine est assez vieille à cette heure pour donner un coup de main dans la maison. Elle en mourra pas, se contenta de dire Reine d'une voix tranchante.

Le vendredi, le même horaire fut observé, à une différence près cependant, Jean dut aller acheter la nourriture pour la famille à l'épicerie Drouin.

— Vas-y avec les garçons, lui suggéra sa femme ce matin-là en lui remettant la liste des achats à effectuer qu'elle avait déjà préparée. Catherine va venir m'aider au magasin après le souper.

Ce soir-là, le journaliste se sentit tout à fait ridicule de pousser un chariot dans les allées étroites de la petite épicerie de quartier, prise d'assaut par un bon nombre de ménagères en ce vendredi soir. Pour leur part, Gilles et Alain s'amusaient à trouver les produits indiqués sur la liste. Au retour, à bout de patience, Jean déposa les sacs d'épicerie sur la table et ordonna à ses fils de ranger la nourriture.

— Là, on va se mettre à prier pour que votre grand-mère guérisse au plus sacrant, dit-il à ses deux fils en se laissant aller à un accès de mauvaise humeur.

— Pourquoi, p'pa ? lui demanda Alain.

— Parce que j'ai pas l'intention de faire les commissions encore ben longtemps, répondit-il en éteignant son mégot de cigarette.

Une heure plus tard, Reine et sa fille rentrèrent. La mère de famille semblait enchantée du travail de sa fille.

— Je pense qu'elle va descendre avec moi au magasin demain, déclara-t-elle.

— Non, fit son mari sur un ton sans appel. Moi, j'ai pas l'intention de passer ma journée enfermé à garder les garçons. Je veux ben donner un coup de main à faire le ménage demain matin, mais ça va s'arrêter là. Ta fille a des devoirs à faire, je suppose. En plus, il faut qu'elle souffle un peu. Si t'as besoin d'aide, calvince ! engage une vendeuse, encore une fois. Arrête de gratter ! C'est pas ton argent, c'est l'argent de ta mère.

— Je t'ai déjà dit que je voulais pas en engager une parce que ma mère risque de lui dire de s'occuper toute seule du magasin.

— C'est pas notre problème pantoute. À douze ans, Catherine est trop jeune pour se mettre à travailler comme une folle. Elle s'occupe déjà de pas mal d'affaires dans la maison. Il est pas question qu'elle commence à faire la vendeuse.

Le ton acerbe de Jean fit comprendre à sa femme qu'il ne reviendrait pas sur sa décision et elle se retrancha dans son mode de manifestation habituelle de mauvaise humeur. Elle boudait encore.

Chapitre 8

Noël

Le congé scolaire tant espéré par les écoliers survint le mardi 23 décembre, et fut salué par une agréable chute de neige. En ce premier jour de vacances, Gilles et Alain s'aperçurent que l'absence de leur mère de la maison durant la journée pouvait présenter quelques avantages appréciables en leur conférant une liberté bienvenue.

Dès leur retour à la maison ce midi-là, ils obtinrent la permission d'aller jouer au hockey avec leurs amis sur la patinoire située dans la cour de l'école voisine et même d'aller se balader tout à leur aise dans les rues du quartier pourvu qu'ils soient de retour à quatre heures trente. En cette occasion, ils se rendirent compte que leur sœur aînée préférait ne pas les avoir à tourner autour d'elle pendant qu'elle se chargeait de toutes sortes de tâches ménagères.

Pour sa part, leur père termina sa journée au journal assez tôt ce mardi-là et il s'esquiva rapidement de son lieu de travail, peu enclin à participer à la fête annuelle bien arrosée offerte par la direction du *Montréal-Matin*. Il n'avait aucune envie de risquer de se retrouver assis à la même table que Joseph Hamel et les quelques journalistes flagorneurs qui lui faisaient du lèche-bottes quotidiennement depuis sa nomination au poste de rédacteur en chef. Il avait calculé qu'à son retour au journal, le surlendemain de Noël, il ne lui resterait plus que trois semaines de travail avant de remettre sa démission.

À son arrivée à la maison au milieu de l'après-midi, il fut accueilli par l'odeur appétissante de la dinde en train de cuire dans le four. Reine l'avait mise au fourneau avant de descendre au magasin au début de l'avant-midi.

La fin de semaine précédente, il avait été décidé que les Bélanger réveillonneraient en famille, après avoir assisté à la messe de minuit. Cependant, cette année, les pâtés à la viande auraient un autre goût, moins savoureux, parce que Reine n'avait pas eu le temps d'en cuisiner. On se rabattrait sur des pâtés *La belle fermière* achetés à l'épicerie le vendredi précédent. Pour le reste, rien ne changerait. Il y aurait de la dinde, du ragoût et de la bûche de Noël. Les cadeaux étaient déjà en place sous le sapin.

Jean s'installa à table pour confectionner sa provision de cigarettes de la semaine. Tout en remplissant de tabac le cylindre métallique sur lequel il faisait glisser le tube de papier blanc, il songeait aux Noëls de son enfance et aussi à ceux qu'il avait connus depuis son mariage.

Il n'avait participé qu'en une seule occasion au réveillon de la veille de Noël traditionnellement offert à la famille Talbot par Estelle et Charles Caron dans leur confortable maison de Saint-Lambert. L'année suivante, le couple n'avait invité que Lorenzo et sa mère, ce qui avait frustré passablement Reine.

— C'est normal, lui avait-il reproché. Tu les invites jamais à manger. Ils sont pas fous. Pourquoi ils nous recevraient ?

— Ils ont plus les moyens que nous autres de nous recevoir, avait-elle répliqué avec mauvaise foi.

Si le réveillon se prit à la maison et uniquement en présence des enfants à compter de cette année-là, Yvonne Talbot, pour sa part, tint tout de même à offrir chaque année le souper de Noël à tous les membres de sa famille.

Pour l'occasion, Jean était persuadé que sa belle-mère faisait semblant d'ignorer le fait que Rachel Rancourt vivait en concubinage avec son fils pour s'assurer de la présence de celui-ci au repas de fête. Comme la mère de sa femme battait froid à Rachel durant toute la soirée, comme à lui-même d'ailleurs, il se sentait proche d'elle. Au demeurant, il trouvait la compagnie de cette femme, sans complexe et d'humeur égale, beaucoup plus rafraîchissante que le snobisme agaçant de sa belle-sœur et de sa belle-mère.

Heureusement, il échapperait à cette corvée cette année puisque la mère de sa femme était à Saint-Lambert pour plusieurs semaines, à moins que sa fille Estelle prenne la relève et décide d'inviter la famille le soir de Noël, ce qui l'étonnerait beaucoup.

Traditionnellement, le jour de l'An appartenait à la famille de Félicien Bélanger. Comme Amélie tenait mordicus à recevoir tout son monde pour souper, la femme de Claude avait insisté, dès la première année de son mariage, pour partager la tâche de sa belle-mère en confectionnant une partie du repas. Alors, Jean avait refusé d'être en reste et il avait dû se disputer avec sa femme pour qu'elle cuisine, elle aussi, un mets à apporter chez ses parents ce jour-là. Bref, au fil des ans, l'habitude s'était créée. Maintenant, il était entendu que chacun apportait un plat chez leurs hôtes, même les tantes célibataires et les Corbeil.

Quand Jean eut terminé la confection de ses cigarettes, il les rangea dans sa boîte métallique d'Export A qu'il plaça sur la première tablette de l'armoire de cuisine.

— Aidez votre sœur à mettre la table, ordonna-t-il à ses deux fils qui venaient de rentrer. Je vais aller remplacer votre mère au magasin pour qu'elle puisse venir souper.

Reine l'accueillit avec reconnaissance et s'empressa de monter manger à l'appartement.

Ce soir-là, quand elle revint chez elle un peu après neuf heures, elle découvrit que de nouveaux cadeaux étaient apparus sous le sapin de Noël.

— Il y a bien trop de cadeaux au pied de l'arbre, déclara-t-elle. Je trouve qu'il se dépense bien trop d'argent pour ça cette année. Un cadeau par personne, il me semble que ce serait bien assez.

— Arrête donc de t'en faire avec ça, lui suggéra Jean en train de regarder un film de Louis Jouvet.

— En tout cas, moi, j'ai pas eu le temps d'acheter grand-chose, le prévint-elle.

Son mari ne releva pas ce qu'elle venait de dire. Il la connaissait, il savait qu'elle n'avait acheté que le strict nécessaire et couru toutes les aubaines de manière à dépenser le moins possible. À la limite, il n'aurait pas été étonné d'apprendre qu'elle regrettait un peu de s'être précipitée pour acheter les cadeaux de Noël au début du mois, avant l'accident survenu à sa mère. Si elle avait attendu un peu, elle aurait toujours pu prétexter ne pas avoir eu le temps d'acheter des étrennes aux siens à cause de son travail à la biscuiterie.

Le lendemain matin, Jean se glissa sans bruit hors du lit dès cinq heures. Il sortit de la chambre en grelottant et regarda la fournaise à huile au passage. Encore une fois, sa femme était passée derrière lui, la veille, pour baisser le chauffage. Il régla le thermostat à la hausse.

— Maudite gratteuse ! jura-t-il entre ses dents en se dirigeant vers la cuisine où il mit de l'eau à bouillir.

Il fit rapidement sa toilette et mangea deux rôties. Au moment où il atteignait la patère à laquelle était suspendu son manteau, Reine sortit de leur chambre à coucher en bâillant bruyamment.

— Où est-ce que tu t'en vas ? lui demanda-t-elle. Il fait encore noir dehors.

— C'est le 24, se contenta-t-il de répondre.

— Tu trouves pas que tu pourrais laisser faire pour une fois ? fit-elle.

— Non, c'est sa dernière année. Je tiens à y aller. Claude va être là, lui aussi. En passant, ajouta-t-il, veux-tu arrêter de jouer avec le thermostat de la fournaise ? Il y a rien qui me met aussi en maudit que de claquer des dents le matin en mangeant mes toasts !

— T'es bien trop frileux, laissa-t-elle tomber sur un ton méprisant.

Là-dessus, il endossa son manteau et remplaça son Stetson par une tuque après avoir chaussé ses couvre-chaussures. Reine le regarda partir sans juger bon d'ajouter quoi que ce soit. Depuis qu'elle connaissait son mari, il était de tradition qu'il accompagne son père dans sa dernière tournée avant le congé de Noël. Elle sembla même le comprendre d'y tenir plus cette année que les années précédentes parce que son père allait prendre sa retraite de facteur dans quelques semaines.

Jean descendit rapidement les escaliers, sortit de la maison et se rendit directement au coin de la rue Brébeuf. Il était près de six heures, l'heure à laquelle son père sortait habituellement de chez lui. Au moment où il s'avançait sur le trottoir en évitant une plaque de glace dissimulée sous la neige, il aperçut son frère Claude sortant de la ruelle qui permettait de communiquer entre les rues Brébeuf et De La Roche. De toute évidence, le cadet de la famille

Bélanger n'avait pas plus oublié le rendez-vous tacite que lui.

Quand Félicien vit ses deux fils adultes l'attendant au pied de l'escalier tournant qui conduisait à la galerie où il venait de paraître, il eut un sourire de contentement.

— Vous aviez pas autre chose de plus intelligent à faire aujourd'hui que de me suivre comme deux chiens de poche? leur demanda-t-il en feignant un air bougon.

— Il faut croire que non, p'pa, répondit le couvreur chaudement emmitouflé dans un parka bleu marine.

— J'espère que vous êtes pas rendu indépendant au point de refuser de l'aide gratuite? fit Jean, répétant presque mot pour mot l'échange qui avait lieu chaque année entre eux à cette occasion.

Quelques minutes plus tard, dès que Félicien eut reçu le courrier qu'il avait à livrer, il procéda rapidement à son tri. Quand il eut déposé sur son épaule le lourd sac rempli de lettres, le travail s'organisa. Comme chaque année, les deux frères allaient se charger de distribuer le courrier aux étages pendant que leur père s'occuperait des boîtes aux lettres installées au rez-de-chaussée des demeures qui faisaient partie de sa *run*, comme il disait. Le fait de se faire aider dans son travail par ses fils n'était pas permis par ses patrons, mais les responsables du centre de distribution fermaient les yeux parce que l'événement ne se produisait qu'une fois l'an et parce qu'ils considéraient le geste comme une preuve d'amour filial, ce qu'il était réellement.

À la fin de la tournée un peu après midi, Félicien devint subitement triste et ses deux fils s'en rendirent compte.

— Je crois ben que c'est la dernière année que vous venez me donner un coup de main, leur dit-il en flanquant une claque sur son sac vide.

— On fera autre chose, tous les trois ensemble, p'pa, promit Jean, qui réalisait subitement que son père ne partirait peut-être pas de gaieté de cœur vers sa retraite au mois de février.

Le père et les fils allèrent boire une bouteille de bière à la taverne avant de rentrer chez eux, contents de leur journée.

Depuis le début de l'après-midi, la température s'était adoucie au point que la neige s'était mise à fondre.

En cette veille de Noël, la biscuiterie ferma ses portes à cinq heures. Après un léger souper, Reine et sa fille dressèrent la table du réveillon. Ensuite, les parents décidèrent de faire une sieste.

— Prenez un livre et allez vous étendre dans votre lit, ordonna Jean à ses enfants. Si vous vous reposez pas avant d'aller à la messe de minuit, vous serez pas capables de rester éveillés pour le réveillon.

— On s'endort pas, p'pa, plaida Gilles.

— Essayez quand même de dormir un peu, insista le père de famille.

— En tout cas, organisez-vous pour pas faire de bruit, intervint leur mère.

Dès que sa tête se posa sur son oreiller quelques instants plus tard, Reine sombra dans un sommeil réparateur et son mari en fit autant. Quand tous les deux ouvrirent les yeux dans leur chambre plongée dans l'obscurité, il était près de dix heures et la maison était tout à fait paisible.

La mère de famille alla réveiller ses enfants pendant que Jean s'habillait. Lorsqu'il fut prêt, il alluma le téléviseur, mais il ne le regarda pas. Il se planta devant la fenêtre du salon qui donnait sur la rue Mont-Royal. Les trottoirs étaient pratiquement déserts et peu de voitures circulaient.

— Est-ce qu'on est à la veille de partir ? demanda-t-il à Reine quand elle apparut dans le salon, près d'une demi-heure plus tard.

— Whow ! Je suis pas ta mère, moi, répondit-elle. J'ai pas pantoute envie d'aller niaiser à l'église une heure avant la messe de minuit.

— Il est déjà passé onze heures, lui fit-il remarquer. Tu le sais comme moi que si on arrive trop tard, on va être poignés pour écouter la messe debout.

— Si on peut pas s'asseoir, on s'en reviendra, trancha-t-elle.

Finalement, Reine et les enfants ne furent prêts qu'à onze heures et demie.

— Il y a pas de presse, fit Reine en fermant la porte derrière elle après avoir fait passer les enfants devant. On y va en char, ça va prendre cinq minutes.

Une surprise de taille attendait la famille dès qu'elle posa un pied hors de la maison. Jean comprit tout de suite pourquoi la circulation était devenue si fluide dans la rue Mont-Royal. La pluie s'était mise à tomber durant la soirée et le thermomètre avait franchi le point de congélation. La conséquence était que la pluie s'était transformée en verglas. Tout semblait luire sous l'éclairage des lampadaires. Les trottoirs, comme la chaussée, semblaient devenus de dangereuses patinoires.

— J'ai bien envie de remonter, déclara Reine en posant le pied sur le trottoir. Ça, c'est une affaire pour se casser une jambe, comme ma mère.

— On n'est pas pour manquer la messe de minuit, m'man, la supplia Catherine.

— Avant de s'énerver, on va commencer par essayer de se rendre au char, fit Jean. Si je suis pas capable de casser la glace dans les vitres et de le faire démarrer, on pourra pas aller à l'église. C'est trop glissant sur les trottoirs.

Reine se tut et suivit son mari à petits pas prudents, en levant les bras de temps à autre, pour maintenir son équilibre instable. Par chance, la Pontiac était stationnée près de l'intersection. Jean parvint avec peine à introduire la clé dans la serrure et à déverrouiller les portières. Il tendit un grattoir à Gilles et se chargea de l'autre après avoir fait démarrer le moteur. Pendant que Reine, Alain et Catherine attendaient à l'intérieur du véhicule, le père et le fils s'acharnèrent à débarrasser le pare-brise et les vitres de l'épaisse couche de verglas qui recouvrait la Pontiac.

Finalement, tous les deux montèrent à bord.

— Il se remet à mouiller, dit Jean en faisant fonctionner les essuie-glaces après avoir embrayé.

Il engagea la voiture doucement sur la chaussée. C'était extrêmement glissant et il sentait que le moindre geste brusque pouvait les faire déraper contre l'un ou l'autre des véhicules stationnés le long des trottoirs.

— On aurait peut-être mieux fait d'aller à l'église à pied, dit-il à sa femme.

— On se serait jamais rendus, laissa-t-elle tomber.

Il leur fallut pratiquement une quinzaine de minutes pour arriver coin De Lanaudière et Saint-Joseph. La Pontiac s'immobilisa tant bien que mal devant la magnifique église Saint-Stanislas-de-Kostka. Tout illuminé en cette nuit de la Nativité, le temple aux deux clochers semblait inviter les fidèles à entrer prier. À la vue des paroissiens qui se hissaient péniblement jusqu'au parvis à cause des marches couvertes de glace, Jean proposa d'entrer dans l'église par la porte de la rue Garnier.

— T'es pas obligé de te dépêcher, lui fit remarquer Reine en se pendant à son bras. Tu sais bien que l'église sera pas à moitié remplie avec un temps de fou comme ça.

En réalité, elle se trompait lourdement en croyant que le mauvais temps empêcherait les fidèles de venir participer à la messe de minuit. Elle comprit son erreur dès qu'elle pénétra dans l'église. Il régnait dans l'endroit une chaleur étouffante et, à dix minutes du début de la célébration, de nombreux paroissiens se pressaient déjà debout à l'arrière de l'église, faute de places assises.

Reine fit quelques pas vers l'avant et s'apprêtait à déclarer qu'elle retournait à la maison parce qu'il ne semblait pas y avoir de places disponibles quand un marguillier se matérialisa soudain devant elle.

— Venez, madame, j'ai trois places en avant.

Un peu malgré elle, elle dut suivre l'homme. Jean poussa Catherine et Alain à suivre leur mère. Il demeura debout à l'arrière avec Gilles. Si la station debout était inconfortable, elle leur permit au moins d'avoir moins chaud puisqu'on avait fini par ouvrir l'une des portes du temple pour laisser entrer l'air frais de l'extérieur.

Le curé Alexandre Bergeron, en poste depuis cinq ou six ans, apparut dans le chœur, précédé d'un diacre, d'un sous-diacre et de servants de messe alors que la chorale paroissiale entonnait *Adeste Fideles*. Le célébrant, un petit homme sec extrêmement nerveux et volubile, monta les marches conduisant à l'autel et commença à réciter la messe de la Nativité. Quand vint le moment de son homélie, Jean vit plusieurs hommes debout à ses côtés se glisser par la porte ouverte, probablement dans l'intention de sortir fumer une cigarette ou de boire une gorgée d'alcool. Il les aurait imités avec plaisir, n'eût été la présence de son fils à ses côtés. Il n'allait tout de même pas lui donner le mauvais exemple.

Heureusement, le curé de la paroisse fit un sermon très court et retourna à l'autel terminer la célébration de la messe. Quand son *Ite missa est* se fit entendre dans le silence relatif de l'église, le maître-chantre respecta la tradition en entonnant le *Minuit, Chrétiens*. Les fidèles entreprirent alors de quitter le temple. Jean et Gilles, parmi les premiers sortis, durent attendre un bon moment l'apparition de Reine, Alain et Catherine. Il ne pleuvait plus, mais le vent s'était levé et il faisait plus froid.

Jean chercha à apercevoir son père et sa mère dans la foule qui se massait à l'extérieur. Puis il réalisa que sa femme et ses enfants pouvaient fort bien être sortis par la porte donnant sur la rue Garnier et l'attendre près de la Pontiac. Il quitta le parvis en compagnie de Gilles et contourna l'église. Il ne s'était pas trompé, il les trouva tous les trois en train de le chercher des yeux, debout près de la voiture.

Le retour à la maison ne fut guère plus aisé que l'aller parce que la chaussée était toujours aussi glacée. Ce fut en poussant un soupir de soulagement que tous se retrouvèrent dans le couloir d'entrée de l'appartement en train de retirer leur manteau et leurs couvre-chaussures.

— Je vais mettre les affaires sur le feu et on déballe les cadeaux, déclara Reine avec un entrain inhabituel.

Jean mit cette bonne humeur sur le compte de la longue sieste faite après le souper et s'empressa d'aller illuminer le sapin. Les jeunes, excités par la perspective de recevoir leurs étrennes, prirent place dans le salon, attendant l'arrivée de leur mère dans la pièce.

— Faites attention en ouvrant les paquets, dit la mère de famille en prenant place dans l'un des fauteuils du salon. Déchirez pas le papier.

Cette phrase de Reine était devenue aussi traditionnelle que la remise des étrennes à Noël. Elle récupérait les rubans et le papier d'emballage d'une année à l'autre. Elle pliait le tout et le rangeait sur une tablette du placard de sa chambre à coucher dans l'intention de s'en servir de nouveau l'année suivante. Comme elle ne se gênait pas pour le répéter : « Il n'y a pas de petites économies. »

Les enfants tinrent à offrir les premiers leurs cadeaux à leurs parents. Ils donnèrent un porte-cigarette plaqué en argent à leur père. Reine reçut un vaporisateur à parfum et une brosse à cheveux. L'un et l'autre manifestèrent bruyamment leur plaisir d'avoir reçu d'aussi beaux cadeaux. Ensuite, les parents donnèrent à Catherine un album relié de *Fillette, jeune fille*, ce qui remplit de joie l'adolescente, qui adorait cette revue. Les garçons reçurent chacun une paire de gants de hockey, ce qu'ils désiraient depuis longtemps.

— Au tour de votre mère de recevoir aussi un cadeau, annonça Jean en tendant à sa femme un paquet assez volumineux enveloppé dans un papier argenté.

— Aïe ! Ça fait une semaine que j'essaye de deviner ce qu'il y a dans ce paquet-là, affirma-t-elle en s'emparant du cadeau.

En retirant le papier, elle découvrit le tout dernier modèle de sèche-cheveux et elle en fut tout heureuse. Elle embrassa son mari et lui tendit le dernier cadeau demeuré encore sous le sapin. Jean découvrit une paire de pantoufles grises. Il remercia sa femme en évitant de lui faire remarquer qu'il possédait maintenant deux paires de pantoufles neuves dans sa garde-robe.

On passa ensuite à table et on mangea avec appétit la dinde, le pâté à la viande et la bûche de Noël servis par la maîtresse de maison.

— Cette tourtière-là est pas mauvaise, fit remarquer Jean, mais elle est pas bonne comme celle que tu fais.

— Mes journées ont juste vingt-quatre heures, répliqua sèchement Reine, en prenant la remarque comme une critique de ne pas avoir trouvé le temps de cuisiner des pâtés à la viande.

Cela jeta un léger froid sur la fête.

— Ça va faire drôle de pas aller souper chez ma mère à soir comme on le fait toutes les années, reprit Reine en finissant de manger son dessert quelques instants plus tard. Je me demande ce que Lorenzo va faire.

— Il va probablement aller souper quelque part avec Rachel, à moins qu'on les invite à venir manger avec nous autres, suggéra Jean, qui cachait mal à quel point il se sentait soulagé de ne pas être obligé d'aller souper et passer la veillée chez sa belle-mère.

— Bien non, on n'est pas pour commencer à faire ça, s'empressa de répondre Reine. De toute façon, ça se peut qu'Estelle les ait invités, ajouta-t-elle, l'air un peu songeur.

— Pourquoi pas ? répliqua Jean.

— Là, je trouverais ça pas correct pantoute qu'elle les ait invités et que, nous autres, on soit mis de côté.

— Pas moi, laissa-t-il tomber. Je comprendrais que ta sœur fasse ça. Quand est-ce que t'as invité les Caron à manger ?

Reine ne se donna pas la peine de lui répondre. Elle se leva en demandant à tous d'aider à ranger, de manière à ne pas se lever le lendemain avec du ménage à faire.

La sonnerie du téléphone réveilla Jean en sursaut. Il ouvrit les yeux et jeta un coup d'œil vers la fenêtre. Les rideaux laissaient entrer la clarté du jour. Il tourna la tête vers son réveille-matin : onze heures dix. La sonnerie continua.

— Ce maudit téléphone-là va réveiller toute la maisonnée, dit-il en se levant précipitamment pour aller répondre.

En posant les pieds sur le linoléum froid, il ne put réprimer un frisson désagréable. Il se dirigea rapidement vers la cuisine, mais il fut devancé par Gilles qui venait de décrocher au moment où il pénétrait dans la pièce.

— Oui, mon oncle. Je vous le passe, fit le gamin en tendant le récepteur à son père. C'est mon oncle Claude, p'pa.

— Dis donc, toi, tu dors pas le matin de Noël ? dit-il à son frère en feignant d'être de mauvaise humeur.

— Le matin, oui, mais là, c'est l'heure du dîner, répondit Claude en riant. J'espère que tu penses pas passer ta journée à faire des plaies de lit ? plaisanta le couvreur.

— Non, mais on s'est couchés pas mal tard, expliqua Jean. Toi, t'as pas réveillonné ?

— Oui, mais on est rentrés pas mal de bonne heure. Le père de Lucie a une bonne grippe et il ne filait pas pour veiller tard. C'est pas pour ça que je t'appelais, poursuivit le cadet de la famille Bélanger. Qu'est-ce que tu dirais de venir jouer aux cartes à soir ? Si ta belle-mère est pas chez elle, je suppose qu'elle vous reçoit pas comme d'habitude.

— Je sais pas trop, dit Jean, réticent.

— Envoye ! Fais pas le casseux de *party*. Vous êtes pas pour rester tout seuls chez vous le soir de Noël, plaida Claude. On est comme vous autres, on n'a nulle part où aller. P'pa et m'man vont aller souper chez mon oncle Émile, comme chaque année. Lorraine et Marcel vont chez les parents de Marcel. Venez donc.

— OK, j'en parle à Reine quand elle va se lever et je te rappelle. Si on peut y aller, Catherine va garder ses frères.

— Ben non, t'amènes les enfants, dit Claude avant de raccrocher.

La sonnerie du téléphone était bien parvenue à réveiller tous les habitants de l'appartement. Le visage passablement chiffonné, Reine vint rejoindre son mari dans la cuisine. Jean l'informa de l'invitation et, à sa grande surprise, elle ne marqua qu'une légère hésitation avant d'acquiescer. Habituellement, elle n'appréciait pas beaucoup sa belle-sœur qu'elle appelait « sainte Lucie » par dérision.

— J'espère juste qu'elle va avoir pensé à enfermer son maudit chat quelque part, dit-elle. Si elle a pas fait ça, je resterai pas une minute.

— Lucie est pas folle. Elle sait que t'as peur des chats, la rassura son mari.

Jean conclut que si sa femme avait accepté si facilement cette invitation malgré la présence du chat dans l'appartement de son frère, c'était qu'elle n'avait vraiment pas envie de passer le soir de Noël à la maison. Il s'empressa de rappeler son frère avant qu'elle change d'idée.

Après un dîner frugal, les garçons décidèrent d'aller jouer au hockey dans la ruelle, histoire d'étrenner leurs gants de hockey neufs et Catherine se retira dans sa chambre pour lire ses revues. Les parents purent s'offrir un après-midi de repos bienvenu.

Au début de la soirée, les Bélanger s'habillèrent chaudement et allèrent sonner à la porte de l'appartement de la rue De La Roche où habitaient Claude et sa femme. Lucie vint ouvrir et les invita à entrer avec son chaleureux sourire habituel.

— Déshabillez-vous et venez vous réchauffer, leur dit-elle. Reine, inquiète-toi pas, mon chat est enfermé dans l'autre chambre et en sortira pas de la soirée.

— Merci d'y avoir pensé, fit cette dernière.

Après avoir déposé les manteaux sur un lit, le couple fit passer les invités au salon.

— Avant de jouer aux cartes, on va donner quelque chose aux jeunes pour se sucrer le bec, annonça Claude pendant que sa femme prenait sous les branches du sapin allumé dans un coin de la pièce trois gros bas de Noël qui semblaient regorger de toutes sortes de bonnes choses.

— On vous allume la télévision et vous vous amuserez à vider votre bas, reprit Lucie à l'intention de Catherine, Gilles et Alain, curieux de découvrir ce que contenaient les bas que leur tante venait de leur donner.

— Voyons donc ! protesta Jean. Vous auriez jamais dû faire des folies comme ça.

— Tu parles pour rien dire, fit sa belle-sœur avec bonne humeur. Tu sais même pas ce qu'il y a dans les bas. Si ça se trouve, il y a juste un peu de lunes de miel et des boules noires. Bon, là, on les laisse tranquilles et on s'en va jouer aux cartes dans la cuisine, ajouta-t-elle en faisant signe à ses invités de sortir du salon.

— Vous les gâtez bien trop, se sentit obligée de dire Reine avant de quitter la pièce en compagnie de son mari.

— Bien non, la contredit Lucie. Ah ! Pendant que j'y pense, dit-elle en se tournant vers les jeunes, vous pouvez aller jouer avec le chat dans la pièce à côté tant que vous voudrez, mais laissez-le pas sortir de la chambre. J'ai pas envie de voir votre mère mourir d'une syncope chez nous ce soir.

Durant près de trois heures, les deux couples jouèrent à la canasta. Lucie ou son mari ne quittait la table de temps à autre que pour aller servir des boissons gazeuses aux enfants installés dans le salon. À tour de rôle, ces derniers étaient venus apprendre à leurs parents ce qu'ils avaient trouvé dans leur bas de Noël. Ils avaient tous eu une pomme, une orange, plusieurs chocolats, des bonbons et des croustilles. De plus, Catherine avait hérité de gants de cuir, Gilles d'une tuque du club de hockey Canadien et Alain d'une boîte de crayons à colorier Prismacolor.

À la fin de la soirée, Claude et sa femme tinrent absolument à servir un morceau de tarte et une tasse de café à leurs invités. Les jeunes avaient tellement fait honneur au chocolat et aux bonbons qu'on leur avait offerts que leur tante dut presque les supplier pour qu'ils goûtent à sa tarte aux raisins. Quand les enfants eurent réintégré le salon, les adultes discutèrent entre eux en sirotant leur café.

— Ça fait deux fois en quinze jours que je rencontre Marcel en allant faire des commissions, fit Lucie, l'air préoccupé.

— Le mari de Lorraine ? demanda Reine.

— Oui. Je devrais peut-être pas le dire, ajouta la petite femme blonde en baissant instinctivement la voix, mais il avait l'air d'en avoir un coup dans le nez, même si on était en plein cœur de l'après-midi.

— Il travaille pas, lui ? demanda Jean à son frère.

— Tu devrais savoir que la construction est pas mal tranquille l'hiver. Ça arrive qu'on travaille une journée ou deux dans la semaine, pas plus.

— Moi, j'ai eu l'impression qu'il sortait de la taverne, reprit Lucie. Remarquez, je sais que ça me regarde pas, mais j'aimerais pas que Lorraine en pâtisse.

Chacun se regarda. Quelques années plus tôt, Félicien Bélanger avait dû intervenir quand il s'était rendu compte que son gendre était un peu trop porté sur l'alcool et dépensait dans une taverne de la rue Papineau une bonne partie de sa paye, privant ainsi sa femme et sa fille du nécessaire. Honteux, Marcel Meunier avait alors promis de s'amender, mais rien ne prouvait qu'il ne buvait pas en cachette, et ce n'était pas Lorraine, toujours discrète sur sa vie familiale, qui allait raconter ce qui se passait chez elle.

Le reste de la famille avait appris l'affaire par des allusions d'Amélie et on n'en avait plus reparlé.

— On a toujours su que le beau-frère crachait pas sur un petit verre de temps en temps, intervint Jean.

— Et même un peu plus, se crut obligée d'ajouter Reine.

— Oui, mais de là à trouver que le trottoir est pas assez large pour lui quand il rentre à la maison en plein après-midi, c'est autre chose, tint à préciser Claude.

— Est-ce que tu peux pas lui en parler ? lui demanda son frère aîné.

— Si je fais ça, il va tout de suite savoir que ma femme a fait la porte-panier.

— Moi, je pense la même chose que Claude, dit Reine. Ta sœur doit bien connaître son mari. Je suis sûre qu'elle est capable de trouver un moyen de l'empêcher de boire comme un trou.

— Il y a juste qu'il a l'air de poigner vite les nerfs, le Marcel, fit Lucie, avant de boire une dernière gorgée de café.

— C'est bien pour ça qu'on est peut-être mieux de pas s'en mêler, dit son mari. Ce serait de valeur de faire de la chicane dans la famille en mettant notre nez dans quelque chose qui nous regarde pas. S'il prend le feu, il peut empêcher Lorraine et Murielle de venir chez mon père et ça, ça ferait ben de la peine à ma mère.

— En tout cas, c'est utile de savoir qu'il a recommencé à boire, tint à préciser Jean. On va le surveiller. S'il exagère, on va peut-être être obligés de s'en mêler d'une façon ou d'une autre.

En revenant à la maison quelques minutes plus tard, Catherine et ses frères ne cessèrent de chanter les louanges de leur tante dont ils appréciaient tellement la gentillesse.

Aucun des enfants ne sembla remarquer l'air renfrogné de leur mère.

— Dépêchez-vous à aller vous coucher, leur ordonna-t-elle sur le ton sec qu'on lui connaissait dès qu'ils eurent retiré leur manteau et leurs bottes à leur retour dans l'appartement. Il est presque minuit.

Dès qu'elle se retrouva seule avec son mari dans leur chambre à coucher, Reine ne put s'empêcher de laisser éclater sa mauvaise humeur.

— Elle est donc fine, sainte Lucie ! fit-elle, sarcastique. Il y a rien qu'elle ferait pas pour se faire aimer par tout le monde. C'est bien simple, juste lui voir la face avec ses airs de femme parfaite, ça me donne envie de l'étrangler.

— Bon, qu'est-ce qui te prend encore ? lui demanda Jean en retirant ses souliers.

— Il y a que la femme de ton frère me tombe sur les nerfs, bâtard !

— Qu'est-ce qu'elle t'a fait ? s'étonna-t-il.

— Rien, rien pantoute. C'est juste sa manie de vouloir faire plaisir à tout le monde qui m'énerve, explosa-t-elle. Viens pas me faire croire, toi, que c'est normal quelqu'un qui aime tout le monde et qui s'enrage jamais.

— En tout cas, on dirait ben que c'est pas ton cas, laissa tomber son mari en retirant sa chemise.

— Tu peux ben dire ce que tu veux, Jean Bélanger, mais c'est clair qu'elle a pas d'enfants pour agir comme ça. Elle sait pas que les avoir vingt-quatre heures sur vingt-quatre, sept jours sur sept, c'est pas mal moins drôle que juste une soirée.

— Reine, t'exagères. Tu sais à quel point Lucie et Claude aimeraient avoir un enfant. Tu peux pas dire ça. Et en matière de s'occuper des enfants à longueur de journée, t'es pas le meilleur exemple avec tout le temps que tu passes en bas, à la biscuiterie. Alors, pour les commentaires sur la bonne mère, je pense que tu peux te garder une petite réserve.

— Même toi, tu prends sa défense, répliqua Reine avant de tourner le dos à son mari.

Chapitre 9

Le vol

Le lendemain de Noël, la routine reprit ses droits. Reine descendit à la biscuiterie un peu avant neuf heures alors que son mari était déjà retourné au journal depuis près d'une heure. Catherine avait reçu la tâche de remettre de l'ordre dans la maison avec l'aide de ses deux frères. Ces derniers pourraient ensuite aller jouer avec des amis pourvu qu'ils soient rentrés pour dîner.

En ce samedi matin, Reine était d'excellente humeur. Elle retrouvait son royaume tel qu'elle l'avait laissé la veille de Noël. La jeune femme de trente-trois ans s'était légèrement maquillée et coiffée avant de descendre. Il était dommage, pensait-elle en s'admirant dans un miroir, que le tablier qu'elle devait porter dissimule en partie sa silhouette agréable. Après avoir vérifié que tout était en ordre dans le magasin, elle entreprit de compter l'argent contenu dans la caisse, une activité qui était loin de lui déplaire.

Elle était si concentrée à calculer les profits faits la veille de Noël qu'elle sursauta en entendant la clochette sonner lorsque quelqu'un poussa la porte du magasin. Levant la tête, elle aperçut un homme svelte de haute stature portant un paletot noir et un foulard de soie blanche. Il lui adressa un sourire charmeur et souleva légèrement son chapeau pour la saluer. Reine lui rendit son sourire et referma sa caisse enregistreuse avant de s'occuper de lui.

— Bonjour, madame, j'espère que je vous dérange pas ?

— Non, le magasin est ouvert.

Reine attendit que le client lui dise quels biscuits ou friandises il désirait. Pendant qu'il examinait la boutique, elle le détailla.

L'homme devait avoir environ trente-cinq ans et portait beau. Ses yeux noirs, son nez un peu busqué et son épaisse chevelure brune faisaient oublier les traits un peu relâchés de son visage, en partie masqués par une fine moustache. Il était évident que le client était un homme sûr de lui. À voir son assurance, il était probable que bien peu de femmes lui résistaient.

— Vous êtes la propriétaire ? demanda l'inconnu.

— Oui, mentit Reine pour se mettre en valeur.

— Vous avez un bien beau magasin. Seriez-vous tentée d'augmenter votre clientèle de plus de cinquante pour cent ?

— Comment ça ? fit-elle, déjà sur la défensive.

— Benjamin Taylor, de Taylor Publishing, se présenta l'homme en lui tendant la main. Je suis président d'une compagnie de publicité. Depuis dix ans, ma compagnie se spécialise dans la mise en marché des commerces aussi bien à Montréal qu'à Toronto.

— Mise en marché ?

— Oui. On s'occupe de la publicité dans les journaux, à la radio et même à la télévision pour mieux faire connaître un magasin, par exemple. En règle générale, d'après nos études, les propriétaires des magasins dont on s'occupe multiplient presque par deux leur chiffre d'affaires dès les premiers mois.

— Ah oui ! fit Reine, incrédule.

— Par contre, on prend pas n'importe quels clients, tint-il à préciser en lui adressant un sourire éclatant. On a une réputation à préserver, ajouta-t-il avec un bagout qui sentait le professionnel et le beau parleur à cent lieues. Mais quand l'affaire est prometteuse, on tient à en faire la promotion.

Même si elle affichait une certaine réserve, Reine était tout de même séduite. Elle aurait probablement accepté d'en discuter plus à fond s'il s'était agi de son affaire. Toutefois, comme la biscuiterie appartenait à sa mère, elle ne pouvait pas prendre le genre d'engagement que l'homme allait sûrement lui proposer.

— Laissez-moi votre carte et je vais y réfléchir, promit-elle sans avoir aucunement l'intention de tenir parole.

— C'est parfait. Je vois que vous êtes une vraie femme d'affaires, la flatta Taylor en lui tendant une carte qu'il venait de tirer de l'une de ses poches. Bon, on a assez parlé d'affaires, poursuivit-il en tournant la tête dans toutes les directions, comme s'il cherchait quelque chose en particulier. Voulez-vous me donner votre meilleure boîte de chocolats ? finit-il par demander.

Reine se déplaça derrière le comptoir et alla chercher une boîte de chocolats Laura Secord qu'elle lui présenta.

— Est-ce que ça vous convient ? lui demanda-t-elle.

— C'est votre meilleur chocolat ?

— Oui, et c'est aussi le plus cher, lui assura-t-elle avec un sourire enjôleur.

— Parfait, enveloppez-la pas, elle est pour vous.

— Voyons donc ! protesta Reine.

— Une aussi belle femme mérite d'être gâtée, ajouta-t-il galamment avec un large sourire. Et allez pas croire que j'offre du chocolat à toutes les femmes que je rencontre, ajouta-t-il.

— Je sais pas si je dois…

— Vous pouvez pas refuser, madame. Considérez ça comme le cadeau d'un admirateur. Est-ce que je peux connaître votre prénom ?

— Reine, dit la jeune femme, flattée.

— Vous avez le prénom qui vous convient parfaitement, fit le beau parleur. J'espère avoir le plaisir de vous revoir bientôt. En attendant, je vous souhaite une bonne année 1960 à l'avance.

Il lui tendit la main. Elle ne put faire autrement que de la serrer. Il garda sa main dans la sienne un peu plus longtemps que nécessaire, suscitant chez elle un frisson d'aise qui la fit légèrement rougir.

— Mes amis m'appellent Ben, tint-il à préciser avant de prendre congé.

Cet après-midi-là, Reine profita d'un moment où aucun client n'était dans le magasin pour téléphoner à sa mère. D'entrée de jeu, elle lui demanda si elle avait déjà songé à payer de la publicité pour mieux faire connaître la biscuiterie.

— Pourquoi tu me parles de ça aujourd'hui ? demanda Yvonne, toujours alitée chez sa fille Estelle, à Saint-Lambert.

— Il y a quelqu'un qui…

— Non, dis-moi pas qu'il est encore revenu, lui ? s'écria la sexagénaire au bout du fil.

— De qui est-ce que vous parlez, m'man ?

— Ah ! Je le sais pas trop. J'ai pas retenu son nom. C'est un homme grand avec un nom anglais. Je pense que ça fait au moins trois fois qu'il vient me fatiguer avec ça. Même si je lui ai dit que j'étais pas intéressée, il arrête pas de revenir.

— Je pense que c'était encore lui, avoua Reine, un peu déçue.

— J'espère que tu lui as rien promis et que t'as rien signé ? reprit sa mère, inquiète.

— Je suis pas niaiseuse, m'man! s'emporta Reine.

Il y eut un court silence, puis elle demanda à sa mère:

— Est-ce qu'il vous a offert un cadeau, quand il est passé à la biscuiterie?

— Pourquoi il aurait fait ça? fit Yvonne, apparemment surprise par la question de sa fille. Est-ce qu'il t'a donné quelque chose?

— Ben non, mentit Reine.

— Tant mieux, conclut Yvonne. Avec ces gens-là, on sait jamais à quoi on s'engage quand ils nous donnent quelque chose.

Ensuite, les deux femmes se désintéressèrent du sujet pour s'occuper des ventes du magasin durant la dernière semaine.

Quand elle eut raccroché, Reine fut incapable de cacher sa déception. Elle en déchira même la carte de visite que lui avait remise l'inconnu et en jeta les morceaux à la poubelle. Celui qui voulait se faire appeler Ben avait bien dû rire dans sa barbe quand elle avait affirmé être la propriétaire de la biscuiterie alors qu'il savait pertinemment que c'était faux, puisqu'il était déjà venu plusieurs fois parler à sa mère. Cependant, au fur et à mesure que la journée s'écoulait, elle en vint à conclure qu'elle avait sûrement plu à Ben Taylor puisqu'il lui avait offert une boîte de chocolats.

Comme pour s'en convaincre, elle ouvrit cette dernière et en mangea un avec gourmandise. À l'instant même, elle prit la décision de conserver la boîte sous le comptoir pour en profiter seule. Comme ça, chaque fois qu'elle mangerait un chocolat, elle ne pourrait faire autrement que de penser au bel homme qui lui avait fait ce cadeau.

La veille du jour de l'An, Joseph Hamel chargea Jean d'aller interviewer des travailleurs sur leurs lieux de travail pour connaître leurs impressions sur la décision du ministre du Travail, Antonio Barrette, d'augmenter le salaire minimum à soixante-neuf cents l'heure à Montréal, à soixante-deux cents à Québec et à cinquante-sept cents dans les autres petites villes.

Il régnait sur la métropole un froid sibérien en ce 31 décembre 1959. Le journaliste avait eu toutes les peines du monde à faire démarrer sa voiture ce matin-là et il avait espéré ne pas être obligé de quitter les bureaux du journal par une journée aussi froide. Mais il n'avait pas le choix. Le rédacteur en chef avait décidé que cette augmentation substantielle du salaire minimum du travailleur montréalais méritait qu'on aille chercher des réactions sur place.

Après avoir fait quelques appels téléphoniques, Jean Bélanger décida d'aller interviewer des travailleurs de la cimenterie Miron de la rue Jarry ainsi que des vendeuses œuvrant au centre commercial Boulevard du boulevard Pie IX. Par chance, la Pontiac accepta encore de démarrer et il prit la direction du nord de la ville. Trois travailleurs de chez Miron étaient d'accord pour dire que l'augmentation prévue le 1er janvier était insuffisante et ne couvrait pas la hausse du coût de la vie. De plus, ils ne comprenaient pas que le gouvernement Sauvé s'entête à faire une différence entre les travailleurs de Montréal et ceux des autres villes de la province. Par ailleurs, les quelques vendeuses des magasins Morgan's et Greenberg's du centre commercial lui offrirent un tout autre son de cloche. Elles étaient heureuses de cette décision et considéraient cette augmentation du salaire horaire comme un véritable cadeau des fêtes bienvenu à une époque où les prix de presque toutes les denrées grimpaient.

— C'est rendu que ça a pas d'allure, déclara l'une d'entre elles âgée d'une cinquantaine d'années. On n'arrive plus avec notre salaire. Il faut pas oublier qu'aujourd'hui une tasse de café au restaurant coûte dix cennes et un club sandwich en coûte 60.

Cependant, une mauvaise surprise attendait le journaliste. À sa sortie du magasin Greenberg's, il releva le col de son manteau et se dirigea vers l'épicerie Steinberg's en face de laquelle il avait stationné sa voiture.

Avant de verrouiller sa portière à son arrivée dans le grand stationnement du centre commercial, il avait pris soin de noter qu'il l'avait immobilisée entre deux camionnettes.

Le vent soufflait et le froid était si vif qu'en sortant il plaqua ses mains sur ses oreilles tout en cherchant des yeux sa voiture beige et brune. Il finit par s'arrêter entre deux rangées d'automobiles stationnées les unes à côté des autres, persuadé d'avoir immobilisé sa Pontiac à cet endroit précis. Les deux camionnettes avaient disparu, lui enlevant ainsi ses points de repère. Un peu désorienté, il regarda dans toutes les directions tout en se demandant comment il avait pu se tromper ainsi. Pas de Pontiac.

En colère contre lui-même pour ne pas avoir songé à mieux identifier l'endroit où il avait garé son véhicule avant de l'abandonner à son arrivée, il se mit à parcourir tout le stationnement en long et en large. Plus il s'éloignait des magasins, plus il était persuadé de ne pas avoir rangé sa voiture aussi loin.

Finalement, il fut bien forcé d'admettre que sa Pontiac avait disparu. Ce n'était pas possible ! Il semblait bien que quelqu'un la lui avait volée. Par malchance, il avait justement cessé de l'assurer cette année, autant parce que le véhicule avait huit ans d'usure que pour faire des économies. Là, il allait être bien avancé si on ne le retrouvait pas. Complètement frigorifié, les doigts et les pieds gourds, il décida de rentrer chez Greenberg's pour téléphoner à la police.

Quelques minutes plus tard, une auto-patrouille s'immobilisa devant le magasin, suscitant la curiosité des passants. Jean avait attendu les policiers, planté derrière la vitrine. Il s'empressa de sortir pour aller à la rencontre des agents. Ces derniers l'invitèrent à venir s'asseoir au chaud, à l'arrière de leur voiture, avant de prendre tous les renseignements utiles.

— C'est la première fois que ça m'arrive, reconnut-il. D'après vous, est-ce que vous pensez que vous avez des chances de la retrouver ?

— Ça, on peut pas le dire, reconnut le conducteur de l'auto-patrouille. On peut aussi bien retrouver votre Pontiac abandonnée dans une rue, pas loin d'ici, dans moins d'une heure que plus jamais la revoir.

— Là, je suis mal pris. J'en ai besoin pour mon travail. Je suis journaliste, prit-il soin d'ajouter, comme si cette information pouvait inciter les deux policiers à démontrer plus de zèle.

— Dans ce cas-là, vous allez pouvoir vous entendre avec votre agent d'assurances, voulut le rassurer l'autre policier, un jeune homme au visage ouvert. Ils ont l'habitude.

— Je suppose qu'on va m'appeler à la maison ou à l'ouvrage quand on va retrouver ma voiture.

— En plein ça, monsieur.

Jean avait vaguement espéré que les policiers le ramèneraient à la maison ou, au pire, au journal. Ils ne le lui proposèrent pas. Il descendit donc de voiture et se dirigea vers l'arrêt d'autobus situé en face du magasin Morgan's. Il dut attendre un bon moment avant de pouvoir monter dans un autobus parcourant le circuit 39 qui le laissa au coin du boulevard Saint-Joseph.

À la fin de sa journée de travail, il eut tout le loisir d'évaluer les nombreux avantages de posséder une automobile alors qu'il attendait en grelottant l'autobus qui allait le ramener à la maison. En sept ans, il avait fini par considérer comme tout à fait normal de se déplacer dans sa propre voiture. Il avait oublié combien il était pénible d'avoir à attendre l'autobus ou une correspondance, particulièrement les jours où il faisait froid ou quand il pleuvait.

Comment allait-il faire pour se déplacer afin de réaliser ses entrevues ? Bien sûr, dans deux semaines, le besoin serait moins pressant puisqu'il n'aurait pas à quitter l'imposant édifice en brique de Radio-Canada, sur le boulevard Dorchester, pour effectuer son travail, mais il lui faudrait quand même emprunter le transport en commun aux heures de grande affluence matin et soir.

À son retour à la maison, Reine venait de fermer la biscuiterie. Il était un peu plus de six heures. Sa femme remarqua tout de suite son air préoccupé.

— T'as bien l'air bête, lui dit-elle après avoir sorti du réfrigérateur le bœuf haché qui allait être servi au souper quelques minutes plus tard.

— Il y a de quoi, dit-il en se laissant tomber dans la chaise berçante placée près de la fenêtre. Je me suis fait voler mon char.

— Comment ça ?

— Comment veux-tu que je le sache ? Je suis allé interviewer du monde au centre d'achat Boulevard et quand je suis sorti, il avait disparu.

— Qu'est-ce qu'ils ont dit de ça au journal ?

— Ça les regarde pas.

— Comment ça, ça les regarde pas ? s'étonna-t-elle. C'est tout de même leur char, non ?

Jean avait fini par totalement oublier qu'il avait fait croire à sa femme que l'automobile appartenait au *Montréal-Matin* pour la lui faire accepter. Évidemment, elle n'aurait jamais cru qu'avec le peu d'argent de poche qu'elle daignait lui laisser chaque semaine, il aurait pu s'offrir ce luxe.

— Ben oui, s'empressa-t-il de dire, mais ça fait tellement longtemps que je l'avais que c'est comme s'il avait été à moi. Qu'est-ce que tu veux qu'ils disent au journal? C'est des affaires qui arrivent. Mais c'est pas sûr pantoute qu'ils m'en passent un autre.

— Même si c'est pas mal enrageant, reprit Reine, c'est tout de même pas la fin du monde. De toute façon, t'aurais été obligé de leur laisser la Pontiac dans deux semaines, quand tu vas commencer à travailler ailleurs.

— C'est vrai, reconnut-il du bout des lèvres.

Le silence tomba dans la cuisine. Il regarda sans la voir Catherine s'activer à dresser le couvert. Il avait complètement oublié qu'il lui aurait fallu inventer une fable pour expliquer pourquoi le journal lui laisserait la Pontiac à son départ, le 15 janvier. Une bien mince consolation quand il songeait que ce vol le libérerait de cette obligation si on ne retrouvait pas sa Pontiac. Maintenant, il allait devoir faire preuve d'imagination pour justifier l'acquisition d'une autre voiture... Mais il avait le temps de voir venir. De toute façon, il n'en achèterait pas une autre avant le printemps, si on ne retrouvait pas sa voiture volée. De plus, cela lui serait plus facile puisque, maintenant, il tenait les cordons de la bourse dans son ménage. D'ailleurs, il avait remarqué que depuis que Reine travaillait à la biscuiterie, elle se préoccupait beaucoup moins du budget familial.

— Commence à faire cuire les boulettes de steak haché pendant que je vais me changer, ordonna Reine à sa fille.

— Tu te changes? s'étonna son mari.

— Oui, je vais aux vues avec Gina. Elle m'a appelée cet après-midi. Elle travaille pas à soir et on a décidé d'aller voir *La mort aux trousses*, au Saint-Denis. C'est un film d'Alfred Hitchcock et j'aime ses films.

— C'est le fun de passer la veille du jour de l'An tout seul avec les enfants, lui fit-il remarquer, amer.

— Ça fait longtemps que je veux voir cette vue-là. De toute façon, on aurait passé la soirée devant la télévision, lui dit-elle sur un ton sans appel. Qu'est-ce que ça va changer pour toi ? Moi, j'ai besoin de me changer les idées. Ça fait deux semaines que j'ai pratiquement pas mis le nez dehors.

Jean se retint de lui dire qu'à part la veillée passée chez son frère Claude, il n'était pas sorti plus qu'elle ces dernières semaines. Puis il songea qu'elle aimait le cinéma beaucoup plus que lui et qu'au fond il préférait demeurer à la maison avec ses enfants ce soir-là plutôt que de l'accompagner. Ce qui l'agaçait surtout, c'était le fait qu'elle allait encore passer la soirée en compagnie de Gina Lalonde. Mais il savait qu'il était inutile d'entreprendre une dispute avec sa femme sur ce sujet. Elle tenait à son unique amie et la défendait bec et ongles quand il disait ne pas aimer qu'elle la fréquente.

À sept heures pile, il vit Reine sortir de leur chambre, toute pomponnée et soigneusement maquillée et coiffée.

— Attends-moi pas pour te coucher, dit-elle à son mari en mettant son manteau.

Ce soir-là, Reine rentra à la maison un peu après minuit, toute prête à servir à Jean une histoire selon laquelle Gina avait tenu à lui servir un goûter chez elle après la séance de cinéma. Elle s'était donné la peine d'inventer tout cela bien inutilement. Son mari dormait déjà quand elle rentra. Au lit depuis plus d'une heure, ce dernier l'entendit vaguement se préparer à se coucher sans pour autant s'éveiller complètement. Heureusement d'ailleurs, parce qu'il aurait été obligé de constater alors que sa femme sentait l'alcool et rentrait bien tard d'une séance au cinéma.

En fait, Reine n'avait pas mis les pieds au cinéma Saint-Denis. Elle était allée rejoindre Gina Lalonde au Mocambo pour assister gratuitement à un spectacle de Jen Roger en cette veille du jour de l'An.

En dehors de ses heures de travail, son amie aimait fréquenter l'établissement qui l'employait, ne serait-ce que parce qu'on lui laissait ses consommations à moitié prix. De plus, « on rencontre là des hommes intéressants qui ont de l'argent et qui savent faire plaisir aux femmes », avait-elle l'habitude d'affirmer avec un rire de gorge qui en disait long sur ce qu'elle entendait par ces mots.

Bref, ce décor factice de boîte de nuit où la fumée le disputait à une odeur prenante d'alcool et de sueur avait plu à Reine qui y était allée pour la première fois ce soir-là. Bien sûr, elle aurait adoré demeurer sur place jusqu'à deux ou trois heures du matin, parce que c'était à ces heures-là que ça devenait intéressant, selon Gina, mais son mari n'aurait jamais accepté un tel comportement de la part de la mère de ses enfants. Il n'aurait pas compris qu'une femme ait besoin d'un peu d'imprévu et de fantaisie dans sa vie.

Elle s'était vite endormie, l'esprit un peu embrumé par l'alcool et surtout envieuse de la liberté dont pouvait jouir une célibataire comme son amie Gina.

Chapitre 10

Quelques blessures

— Je te dis que c'est le fun d'être obligé de marcher quand on gèle comme ça, ronchonna Reine en faisant signe à ses enfants d'avancer plus vite devant elle et leur père au moment où ils quittaient l'église.

La famille Bélanger venait d'assister à la messe de dix heures à l'église Saint-Stanislas-de-Kostka en ce matin du jour de l'An. La jeune femme s'était réveillée en proie à une pénible migraine à laquelle n'étaient pas étrangères les consommations alcoolisées de la veille, au cabaret. Si elle s'était écoutée, elle serait demeurée au lit en ce premier jour de l'année 1960. C'était cependant impossible. Déjà, les enfants étaient debout et Jean avait dû s'y reprendre à trois reprises pour l'inciter à se lever.

— Je te dis, toi, quand tu te lèves du pied gauche, t'es pas facile à endurer, fit son mari en relevant le collet de son manteau pour se protéger un peu mieux du vent.

— Je suis gelée, bâtard ! dit Reine rageusement.

— Il fait froid pour tout le monde, répliqua-t-il sèchement. On dirait que t'as pris l'habitude de te promener en char avec les années. T'as déjà oublié ce que c'était quand on n'en avait pas.

— C'est normal, non ? Il y a juste les pauvres de la paroisse qui viennent à pied à l'église.

À peine arrivé dans leur appartement, Jean se rendit dans la cuisine pour décrocher le téléphone et composer un numéro. Quand Reine pénétra dans la pièce après avoir changé de robe, il raccrochait.

— À qui tu parlais ? lui demanda-t-elle.

— À ton frère, je l'ai appelé pour lui souhaiter une bonne année. J'ai aussi parlé à Rachel. Ils sont tous les deux de bonne humeur et ils se préparaient justement à partir pour Lachenaie pour aller dîner chez les parents de Rachel. Ils vont faire un crochet pour venir en personne nous souhaiter une bonne année.

— T'aurais bien pu laisser faire. Là, on va les avoir sur les bras pendant des heures.

— Je viens de te dire qu'ils s'en vont à Lachenaie, fit Jean avec impatience. Ils peuvent bien rester le temps qu'ils vont vouloir. De toute façon, on n'est pas attendus avant trois heures chez mes parents. On n'est pas pour se plaindre qu'ils viennent nous voir. Ton frère est le seul Talbot qui sait vivre. Lui, il s'arrange toujours pour venir nous voir durant les fêtes et, quand on a besoin de lui, il est toujours prêt à nous rendre service, ajouta-t-il.

— Là, je suppose que je dois préparer du café et leur offrir un morceau de gâteau.

— S'ils veulent rester un peu, ce serait pas une mauvaise idée, reconnut-il avant de se retirer dans le salon.

Reine alluma la radio et la voix d'Ovila Légaré chantant *La p'tite jument* remplit la pièce. La maîtresse de maison fronça les sourcils, toujours en proie à sa migraine, et elle chercha inutilement à syntoniser un poste qui ne faisait pas entendre des airs folkloriques. Elle renonça après quelques tentatives infructueuses et éteignit l'appareil.

Quelques minutes plus tard, on sonna à la porte et Catherine alla ouvrir à son oncle Lorenzo et à sa compagne. Il y eut un échange chaleureux de bons vœux, mais les visiteurs refusèrent d'enlever leur manteau, prétextant qu'ils étaient déjà en retard. Rachel tendit un petit paquet à Catherine et une enveloppe à chacun des garçons au moment de prendre congé des Bélanger.

— Calvince ! On peut pas dire que vous restez ben longtemps, leur fit remarquer Jean, un peu déçu de les voir partir si rapidement. Reine vous avait préparé un bon café et un morceau de gâteau.

— T'es ben fine, ma sœur, mais ce sera pour une autre fois. Il faut y aller, expliqua Lorenzo. Tu connais pas la mère de Rachel, toi. Si on arrive en retard pour le dîner, on risque de passer sous la table, ajouta-t-il dans un éclat de rire.

— J'espère que vous allez vous reprendre, fit Reine.

— Certain, lui répondit son frère en ouvrant la porte pour laisser passer Rachel devant lui.

Après le départ des visiteurs, Reine voulut voir ce que Rachel avait donné à ses enfants. Catherine découvrit une petite bouteille de parfum après avoir retiré l'emballage cadeau tandis que les garçons avaient reçu deux dollars chacun.

— Je veux pas vous voir dépenser cet argent-là pour des niaiseries, leur ordonna leur mère. Bon, maintenant, on va mettre la table et dîner, poursuivit-elle en s'emparant du tablier suspendu derrière la porte du garde-manger.

Vers trois heures, quand vint le moment de quitter l'appartement pour aller chez les parents de Jean, Reine lui dit :

— J'ai bien envie de pas y aller. Je me sens pas pantoute dans mon assiette.

— Tu peux pas faire ça à mon père et à ma mère au jour de l'An, protesta son mari qui endossait déjà son veston. Toute la famille se réunit juste une fois par année.

— On dirait que je couve une grippe, mentit-elle en s'efforçant d'avoir l'air malade.

En réalité, sa migraine de l'avant-midi avait disparu depuis le repas du midi et elle se sentait très bien. Seule la perspective de passer plusieurs heures avec tous les Bélanger réunis ne l'enchantait guère.

— T'es pas pour passer ton jour de l'An toute seule, la raisonna Jean. Viens au moins souhaiter une bonne année au monde et tu reviendras te coucher si tu te sens pas mieux dans une heure ou deux. Ils vont comprendre.

Voyant qu'elle ne pouvait fuir cette obligation, elle houspilla ses enfants pour qu'ils s'habillent plus rapidement.

— Je t'avertis que je resterai pas longtemps, prévint-elle son mari en lui tendant le gâteau aux fruits qui représentait sa participation au souper offert par ses beaux-parents.

Jean ne dit rien. Il la laissa sortir de l'appartement devant lui et verrouilla la porte. Encore une fois, elle cherchait à gâcher le plaisir que lui procurait une réunion familiale.

La famille parcourut la centaine de pieds qui la séparait de la rue Brébeuf et entreprit de remonter celle-ci jusqu'au 4676, où demeuraient Félicien et Amélie Bélanger. En cours de route, Jean demanda à sa femme :

— As-tu pensé à téléphoner à ta mère et à ta sœur pour leur souhaiter une bonne année ?

— J'y ai pensé, mais je l'ai pas fait. Estelle doit recevoir la famille de Charles aujourd'hui et la maison doit être pleine de monde, ajouta-t-elle d'une voix acide.

Il était évident qu'elle n'appréciait pas que sa sœur n'ait pas jugé bon de l'inviter, ou au moins de lui téléphoner durant les fêtes.

Tous les cinq montèrent l'escalier conduisant à l'appartement du premier étage. Au moment où Jean s'apprêtait à sonner, la porte voisine s'ouvrit sur Omer Lussier et sa sœur aînée, les voisins du deuxième étage.

— Omer, si tu te calmes pas, on va rester à la maison, dit la retraitée d'une voix exaspérée en refermant la porte palière derrière elle.

L'homme qui souffre d'une déficience intellectuelle semblait dans l'un de ses mauvais jours. Il marmonna quelques paroles incompréhensibles. Il aperçut en même temps que sa sœur la famille de Jean massée devant la porte voisine.

Il y eut un échange de vœux et, avant d'entreprendre la descente de l'escalier extérieur à la suite de son frère, l'ex-vendeuse de la biscuiterie Talbot leur apprit qu'ils allaient rendre visite à une lointaine cousine demeurant dans la rue Désiré.

— Excusez-le, quand on prend l'autobus, ça l'énerve chaque fois, dit-elle.

Jean sonna et son frère vint lui ouvrir.

— Tabarnouche ! Un peu plus, je m'en allais vous chercher chez vous ! s'exclama Claude en riant. Vous êtes les derniers à arriver. Tout le monde est déjà là.

Toute la famille pénétra dans le couloir. Le bruit des conversations tenues dans le salon était assourdissant. Un nuage de fumée planait près du plafond. Tout le monde semblait parler en même temps. Félicien et Amélie apparurent dans le couloir, derrière leur fils cadet. On s'embrassa et on formula des vœux de bonne année.

— Claude, rends-toi utile au lieu de jaser comme une mémère, plaisanta sa mère. Prends le gâteau de Reine et va le porter dans la cuisine pendant qu'ils enlèvent leur manteau.

Les vêtements furent déposés sur un lit dans l'une des chambres et Jean, Reine et les enfants pénétrèrent dans le salon et purent constater que les maîtres des lieux s'étaient donné le mal de vider leur chambre contiguë au salon pour créer une grande pièce où tous les invités pouvaient prendre place. D'ailleurs, il y avait une vingtaine de chaises alignées le long des murs. Un bon nombre d'entre elles étaient déjà occupées.

Jean et Reine entreprirent de faire le tour des invités pour leur souhaiter une bonne année.

— Mais c'est ben la première année où vous êtes toutes les deux en congé en même temps, fit remarquer Jean à ses tantes Camille et Rita qu'il venait d'embrasser.

— Presque, reconnut Rita en arborant un air un peu chagrin, mais c'est aussi la première année où ta grand-mère est pas là.

— C'est vrai, fit sa sœur. Il va falloir trouver quelqu'un d'autre pour partir une chicane, ajouta-t-elle, pince-sans-rire.

Cette phrase fit sourire autant Camille et Jean que ceux qui l'avaient entendue. Bérengère Bélanger avait un caractère acariâtre qui la portait aussi bien à trouver à redire sur tout qu'à formuler des remarques désagréables. Amélie, sa bru, en savait quelque chose et il lui avait fallu faire preuve d'une grande charité chrétienne pour parvenir à pardonner toutes les insultes dont la vieille dame n'avait jamais été avare.

— Les retraités ont pas trop l'air épuisés, plaisanta Jean en serrant la main d'Émile Corbeil, le frère de sa mère.

— Ah ! Tu peux être certain qu'il se magane pas trop, mon gros, intervint sa tante Berthe en tapant sur le ventre très confortable de son mari.

L'homme chauve bien en chair eut un rire bon enfant avant de dire :

— Un fou ! Tu penses tout de même pas que je cherche à crever plus vite.

Pendant que Jean parlait à son oncle et à sa tante, Reine avait eu le temps de saluer Réjean et Isabelle Corbeil qui étaient venus avec leur conjoint. Chaque couple avait un garçon de cinq ou six ans. Jean les salua à son tour avant de se tourner vers sa sœur Lorraine en train de parler avec sa belle-sœur Lucie, assise près d'elle. Il leva la tête et chercha son mari des yeux. Il ne le vit pas. Il souhaita une bonne année à la jeune femme avant de lui demander:

— Où sont passés Marcel et Murielle?

— Murielle est dans la cuisine en train de verser de la liqueur. Pour Marcel, il a un commencement de grippe, ajouta-t-elle d'une voix peu convaincante et plutôt embarrassée.

— C'est comme moi, s'empressa d'intervenir Reine. Je pense que j'aurais été mieux de rester à la maison. Tu connais ton frère, il tenait absolument à ce que je vienne. Mais je resterai pas longtemps, annonça-t-elle.

— Attends, ma bru, j'ai un petit boire qui va tuer tous tes microbes, lui dit Félicien qui passait derrière elle en adoptant une bonhomie forcée.

Après avoir fait le tour des invités, Jean alla s'asseoir près de son oncle Émile qui discutait avec Félicien des avantages de la retraite.

— Arrête donc de t'en faire avec ça, dit le gros homme à son beau-frère sur un ton convaincu. Tu vas voir comment c'est plaisant de plus avoir à se lever tous les matins pour aller travailler.

— Je veux ben le croire, mais…

— Je te le dis, Félicien, c'est une autre vie que tu vas avoir.

— Ce qui m'inquiète le plus, dit le facteur en voyant Amélie s'approcher de lui, c'est que moi, je suis pas habitué pantoute d'avoir un *boss* qui me suit à la trace du matin au soir, tu comprends? Là, ça va être une autre paire de manches quand je vais arrêter de travailler.

— Comment ça ? demanda Émile Corbeil, surpris.

— Ben, ta sœur…

— Va pas t'imaginer que je t'ai pas entendu, s'interposa Amélie en prenant un air fâché. Crois-le pas, Émile. Il raconte n'importe quoi. Ce qui est sûr, par exemple, c'est qu'il passera pas ses journées à se bercer pendant que je vais travailler comme une folle. Non, monsieur. Il va faire sa part dans la maison.

— Tiens ! C'est ça que je voulais te dire, s'empressa d'expliquer Félicien à son beau-frère.

Jean avait écouté l'échange avec le sourire. Cependant, il se rendait compte tout à coup que sa retraite prochaine semblait angoisser son père beaucoup plus qu'il ne l'avait cru, et cela, même s'il plaisantait sur le sujet ce jour-là. C'était un rappel que son père allait avoir soixante-cinq ans au début du mois de février et que le cap ne serait peut-être pas franchi facilement par celui qui allait devoir renoncer à sa raison de vivre : son travail de facteur.

Ensuite, la conversation dériva sur le travail des uns et des autres. Réjean Corbeil et André Legris, le mari d'Isabelle Corbeil, étaient soudeurs tous les deux à la Vickers, comme l'avait été Émile Corbeil. Quand Jean parla de son dernier article sur le salaire minimum, aucun des deux jeunes hommes au début de la trentaine ne se sentit concerné puisque leur salaire horaire était nettement supérieur. Puis, Jean parla de son prochain emploi et on discuta longuement de l'arrivée prochaine de Télé-Métropole.

— Avec ce nouveau poste-là, on va peut-être avoir des programmes moins ennuyants de temps en temps, souhaita Émile.

— En tout cas, on va au moins avoir le choix de changer de poste quand ça fera pas notre affaire, affirma Claude. Moi, je comprends pas un mot d'anglais. Ça fait que quand le canal 2 donne un programme que j'aime pas, j'ai pas le choix, je le regarde ou je ferme la télévision.

Puis, comme tous les ans, quelqu'un finit par proposer de danser.

— Qu'est-ce que vous diriez d'un set carré ? suggéra Émile avec entrain. Moi, je danse pas, mais je suis capable de vous *caller* par exemple.

Devant la réponse enthousiaste que la suggestion suscita, Félicien alla poser sur le plateau du tourne-disque un album de musique folklorique, et la plupart des invités se mirent à danser au milieu de la pièce en suivant les directives d'Émile Corbeil.

Après la deuxième danse, Reine s'approcha de sa belle-mère pour lui chuchoter qu'elle devait malheureusement rentrer parce qu'elle ne se sentait vraiment pas bien. Amélie l'accompagna jusqu'à la chambre où étaient entassés les manteaux et l'aida à retrouver le sien. La jeune femme le mit et chaussa ses bottes. Au moment où elle allait quitter l'appartement en remerciant Amélie, Jean apparut dans la pièce.

— Tu t'en vas déjà ? lui demanda-t-il.

— Ta femme a la grippe, répondit sa mère à la place de sa bru.

— Veux-tu que je te ramène à la maison ?

— C'est pas nécessaire, je vais aller prendre deux comprimés et me coucher.

— Si tu sens que tu vas mieux plus tard, reviens. Je vais te garder une portion, offrit Amélie avec gentillesse.

— Vous êtes bien fine, madame Bélanger. J'irai pas saluer tout le monde pour pas casser le *party*, fit-elle en se dirigeant vers la porte.

Cette fois-ci, Reine ne jouait pas la comédie. Elle se sentait patraque et n'avait qu'une idée : aller se mettre au lit après avoir avalé un analgésique.

Jean allait retourner dans la pièce double pour rejoindre les invités quand sa mère le retint en posant une main sur son bras.

— As-tu remarqué quelque chose avec Lorraine ? demanda-t-elle à son fils.

— Non, quoi ?

— Je sais pas, elle est pas dans son assiette et il me semble qu'elle a un côté du visage un peu enflé.

— Ça se peut, m'man. Je l'ai pas regardée de proche. Elle a presque pas bougé du fond de votre chambre et c'est pas tellement éclairé.

— C'est peut-être des idées que je me fais, conclut Amélie en se dirigeant vers la cuisine pour y prendre un plat de sucre à la crème qu'elle avait l'intention d'offrir aux invités.

De retour dans le salon, Jean scruta sa sœur à la dérobée. Lorraine était toujours assise près du tourne-disque placé sur une petite table, au fond de la pièce double. Il remarqua surtout qu'elle avait gardé un lainage malgré la chaleur d'étuve qui régnait dans la pièce au plafond de laquelle stagnait un nuage de plus en plus dense de fumée de cigarette. Encore une fois, Lucie, l'épouse de Claude, lui tenait compagnie.

Jean fit signe à son fils Gilles de lui céder sa chaise qui était près de celle de sa sœur et il s'y assit.

— Dis donc, est-ce que t'as mal aux dents ? demanda-t-il à Lorraine.

— Non, pourquoi tu me demandes ça ? fit la jeune femme de trente-cinq ans.

— On dirait que t'as un côté du visage un peu enflé.

Lucie examina sa belle-sœur avec plus de soin avant de reconnaître qu'il avait raison.

— Ça doit être une allergie, esquiva Lorraine.

— T'as pas la grippe, toi aussi, j'espère ? insista son frère.

— Non, veux-tu bien me dire pourquoi tu tiens absolument à ce que je sois malade ? tenta-t-elle de plaisanter avec un petit rire qui sonna faux.

— J'y tiens pas pantoute, répliqua Jean, mais à te voir avec ta veste sur le dos, comme une petite vieille, quand on crève de chaleur ici dedans, ça fait pas mal bizarre.

— C'est vrai qu'il fait chaud, intervint Lucie. Regarde-toi le visage, t'as chaud sans bon sens avec ça. Tiens, donne-moi ta veste, je vais aller la porter dans la chambre où sont les manteaux.

Lorraine ne pouvait s'entêter à vouloir conserver son lainage plus longtemps alors que tout prouvait qu'elle avait très chaud. Elle dut s'en départir. Dès qu'elle l'eut retiré, Jean aperçut de larges bleus sur ses deux bras.

— Qu'est-ce que t'as aux bras ? demanda-t-il à sa sœur sur un ton soupçonneux.

— C'est rien. Je me suis cognée, répondit-elle, gênée.

— Tu t'es cognée, reprit son frère, incrédule. Tu t'es cognée aux deux bras en même temps. Et je suppose que ta joue enflée, c'est ça aussi ?

Lorraine, rouge de confusion, ne répondit pas et Lucie lança à son beau-frère un regard d'avertissement. Jean se leva. Il venait de voir son frère Claude prendre la direction de la cuisine en compagnie de son père, probablement pour l'aider à servir de la bière aux invités assoiffés par la danse et la chaleur qui régnait dans l'appartement. Il attendit que son père soit occupé à décapsuler les bouteilles pour chuchoter à l'oreille de Claude qu'il voulait lui parler seul quand il aurait un moment de libre.

Moins de cinq minutes plus tard, Claude revint dans la cuisine pour lui demander ce qu'il avait à lui dire de si important.

— Je viens de parler avec Lorraine. Tu l'as peut-être pas remarqué, mais elle a tout un côté du visage enflé et quand ta femme et moi, on l'a forcée à ôter sa veste, on a vu qu'elle avait des bleus sur les deux bras. Et ça, c'est ce qu'on peut voir parce qu'elle est habillée, ajouta-t-il. Qu'est-ce que tu penses de ça, toi ?

— Ah ben, sacrement ! jura le couvreur dont les traits s'étaient subitement durcis. Viens pas me dire que Meunier a levé la main sur notre sœur, par exemple !

— On le dirait bien.

— Ça se passera pas comme ça. Je m'habille et je vais aller le brasser, moi, ce maudit ivrogne-là.

— En tout cas, ça expliquerait pourquoi il a pas voulu venir cet après-midi.

Il s'en allait ajouter qu'il n'avait pas plus la grippe que sa propre femme, mais il se retint à temps. Quand il se rendit compte que son frère se dirigeait vers la chambre où étaient entreposés les manteaux, il prit la décision de l'accompagner, autant pour l'empêcher de faire une bêtise que pour participer à la mise au pas du beau-frère, si c'était nécessaire. Il était hors de question qu'il le laisse battre sa sœur.

— Attends, ordonna-t-il à Claude, je vais dire à p'pa que je vais voir si Reine a besoin de quelque chose et que tu m'accompagnes pour prendre l'air.

Jean s'esquiva quelques instants et revint mettre son manteau à son tour.

— Est-ce que je peux y aller avec vous autres ? proposa Gilles.

— Non, reste avec ta sœur et ton frère. On sera pas partis longtemps, répondit Claude à son neveu.

Quelques minutes suffirent pour que les deux frères se retrouvent devant la porte de l'appartement de la rue Mentana où vivaient les Meunier.

— Tu t'énerves pas trop, le mit en garde Jean. Laisse-moi lui parler le premier, on va d'abord l'avertir.

— C'est correct, accepta Claude, les poings serrés, mais je te préviens tout de suite que s'il a pas l'air de comprendre ce qu'on lui dit, c'est mon poing sur la gueule qu'il va avoir.

Jean lui fit signe de se calmer et sonna. Ils durent attendre un bon moment avant d'entendre des pas dans le couloir qui conduisait à la porte. Le rideau masquant l'imposte fut déplacé et ils virent la figure contrariée de leur beau-frère. Ce dernier avait semblé sursauter en les apercevant. Le plâtrier ouvrit la porte après avoir plaqué un sourire de bienvenue sur son visage. Sa chemise était mal boutonnée et ses bretelles battaient contre ses cuisses. Son haleine laissait deviner qu'il fêtait le jour de l'An à sa manière.

— Qu'est-ce que vous faites là ? demanda-t-il. Dites-moi pas que le beau-père manque déjà de boisson ?

— Non, il en a en masse, répondit Claude sans sourire.

— Ça me fait ben de quoi de pas être là, reprit le mari de Lorraine avec un air faux. Ma femme a dû vous dire que j'ai poigné la grippe. Je me traîne.

— Oui, on sait ça, fit Jean.

Tous les trois demeuraient dans l'entrée et Marcel Meunier ne faisait pas signe de vouloir les inviter à passer dans la cuisine ou au salon.

— On pensait te trouver à moitié mort. Lorraine nous a dit que t'étais malade, fit Jean d'une voix légèrement grinçante.

— Ben non, c'est juste une grippe, fit Marcel en passant ses bretelles.

— On restera pas longtemps, reprit Jean. On est juste passés te poser une question ou deux.

— Christ ! Ça doit être important pour que vous veniez en plein jour de l'An.

— Pas mal, s'empressa de dire Jean avant que Claude intervienne.

Il sentait bouillir son jeune frère à ses côtés et il craignait qu'il ne se déchaîne avant d'avoir pu parler.

— On vient de voir Lorraine et on s'est aperçus qu'elle avait des marques partout sur les bras et dans le visage. On aimerait bien que tu nous expliques comment ça lui est arrivé, tout ça.

— Comment voulez-vous que je le sache ? fit Marcel en commençant à s'énerver. Je la suis pas du matin au soir, votre sœur, moi.

Le ton sarcastique du plâtrier fut de trop pour Claude, qui repoussa doucement son frère et empoigna Marcel Meunier par le devant de sa chemise. Il le plaqua durement contre le mur du couloir et le tint épinglé là, au bout de son poing solide.

— Écoute-moi ben, mon Marcel, dit-il, les dents serrées. On n'est pas des nonos, nous autres. On est capables de reconnaître quand quelqu'un est tombé ou quand on l'a aidé, tu m'entends ?

La poigne de Claude était si ferme que l'autre ne pouvait même pas bouger. Son visage était devenu soudainement blanc et il ne trouva que la force de balbutier :

— Je sais pas pantoute de quoi tu parles, calvaire !

— Est-ce que t'aimerais mieux que je te fasse un dessin, maudit ivrogne ? demanda Claude en levant un poing menaçant qui risquait de lui faire autrement plus mal que le fait de se faire écraser contre le mur.

— Attends, Claude, lui ordonna son frère aîné. On va être ben clairs avec toi, le beau-frère, dit-il au mari de Lorraine. Là, aujourd'hui, c'est juste un avertissement qu'on te donne. Si jamais tu lèves encore une fois la main sur notre sœur, on va te faire regretter d'être venu au monde. Est-ce que tu comprends ce que je viens de te dire ?

— J'ai pas...

— As-tu compris ? répéta Claude, sur un ton plus fort et encore plus menaçant.

— Ben oui, ben oui, je suis pas sourd, calvaire !

— Parfait, fit Jean en faisant signe à son frère de lâcher le plâtrier. On te souhaite une bonne année et soigne ta grippe ben comme il faut.

— Parce que c'est pas drôle pantoute de commencer une année malade ou... blessé, poursuivit Claude en repoussant son beau-frère.

— En passant, conclut Jean en boutonnant son manteau, pas un mot de notre petite visite à qui que ce soit. Personne est au courant, même pas Lorraine. Ça va rester entre nous trois. C'est clair ?

Les deux frères Bélanger quittèrent l'appartement et la porte claqua dans leur dos. Jean, heureux que le tout se soit déroulé sans violence inutile, donna une bourrade à son frère.

— J'aime pas ben ça d'être obligé de faire ce qu'on vient de faire, dit-il. Ça va faire de drôles de réunions de famille quand on va se rencontrer.

— Moi non plus, ça fait pas mon affaire, admit son jeune frère. Mais on n'avait pas le choix. On n'était pas pour le laisser maganer notre sœur.

— On n'en parlera pas à personne. T'es d'accord ? fit Jean.

— C'est correct, accepta le cadet. Comme je connais Meunier, il va faire la baboune un petit bout de temps, mais il va fermer sa gueule, lui aussi. Il voudra jamais dire à Lorraine qu'on est venus lui parler dans la face. Et ça sert à rien d'en parler à p'pa et à m'man, ça ferait juste les énerver.

Bon, maintenant, est-ce que tu veux qu'on arrête chez vous pour voir si Reine est encore vivante ? ajouta-t-il avec un sourire de connivence.

— Ce sera pas nécessaire, répondit Jean. Elle, c'est une vraie grippe qu'elle a, tint-il à préciser sans y croire complètement.

Les deux frères rentrèrent chez leurs parents et reprirent place dans le salon double sans qu'on manifeste trop de curiosité à leur endroit. À leur arrivée, Émile Corbeil vantait les avantages de la Rambler 1955 qu'il avait achetée usagée à la fin de l'été précédent.

— C'est une vraie merveille, ce char-là, affirma le gros homme qui devenait presque lyrique quand il s'agissait de sa voiture.

— Sauf qu'elle a pas voulu partir aujourd'hui, lui fit remarquer son beau-frère en riant.

— Et que c'est le diable à quatre pour trouver un garage capable de la réparer, poursuivit Claude en venant prendre place près de son oncle.

— J'ai pas à m'en faire avec ça, dit le frère d'Amélie avec suffisance. C'est tellement ben bâti, ce char-là, que ça brise jamais.

— Je vous comprends, mon oncle. Votre char peut pas briser, il roule presque pas, se moqua Jean à son tour.

— Vous êtes tous des jaloux ! clama le retraité en allumant un cigare. Vous aimeriez ben trop ça que je vous le vende.

Un éclat de rire général salua sa boutade. Peu après, Amélie se leva et prit la direction de la cuisine en annonçant que le souper allait être servi quelques minutes plus tard. Toutes les femmes présentes la suivirent, laissant les hommes seuls au salon. Alors, on se mit à parler de politique et des changements apportés par le nouveau premier ministre.

— Moi, j'aimais ben Maurice Duplessis, déclara Félicien, mais il avait vieilli, le bonhomme. Il était temps qu'un gars comme Sauvé prenne sa place.

— Après son décès, on s'entend qu'il n'avait pas tellement le choix ! Mais ça veut pas dire qu'il va gagner ses élections cette année, par exemple, fit son beau-frère, un libéral impénitent. Lesage va faire un ben bon chef de l'opposition de ton Sauvé, tu vas voir. Tous les petits changements qu'il veut faire avant les élections lui sauveront pas la peau.

— C'est ce que tu dis, se moqua Félicien. Je te ferai remarquer que ça fait longtemps en maudit que tu prédis que les Rouges vont prendre le pouvoir à Québec. La dernière fois qu'on a eu un premier ministre libéral, ça remonte à tellement longtemps qu'il y a plus personne qui s'en rappelle.

— Faites pas semblant de pas vous en rappeler, mon oncle, dit en riant Réjean Corbeil. C'était Godbout.

— Sacrifice, je peux ben l'avoir oublié, c'est lui qui a donné le droit de vote aux femmes ! Ça remonte à Mathusalem, ce temps-là. Je suis prêt à te gager que ça fait ben longtemps que les os lui font plus mal à Godbout.

— Whow ! Félicien, il est mort il y a juste trois ans, intervint Émile en secouant son cigare malodorant pour en faire tomber la cendre dans le cendrier placé à ses côtés.

— C'est drôle, ça faisait tellement longtemps qu'il était plus au pouvoir que j'avais l'impression qu'il était mort depuis plus longtemps que ça, se moqua le facteur en adressant un clin d'œil à ses fils.

— Il y a pas à dire, vous êtes pas mal bons pour vous tirer la pipe, tous les deux, reconnut Jean en riant. Mais il faut tout de même pas oublier que Sauvé est en poste seulement depuis trois mois et qu'il a déjà fait pas mal d'affaires.

En plus, il annonce un paquet de changements avant le printemps. L'école gratuite, un conseil d'orientation économique, un ministère des Affaires fédérales-provinciales...

— Ben oui, se moqua son oncle. Ça, ce sont des projets. Il reste à savoir si ça va se réaliser. Il y a des grosses chances qu'on voie tout ça dans la semaine des quatre jeudis.

Amélie apparut soudain dans la pièce double.

— C'est prêt. Il y a rien de chaud, vous pouvez venir vous servir dans les sandwichs et les salades quand vous voulez.

Tous se levèrent en même temps et firent la file dans le couloir. Chacun se munit d'une serviette en papier, d'une assiette et d'ustensiles en plastique en arrivant à la table de cuisine où avaient été disposés tous les plats.

— Vous reviendrez tout à l'heure pour le dessert et le café, prévint Lorraine en plaçant un plat de sandwichs au jambon à côté d'une grande assiette où avaient été empilés des sandwichs aux œufs.

Après le repas, on remit de l'ordre dans la cuisine. Les conversations reprirent, mais il était flagrant que chacun songeait à rentrer à la maison. Finalement, vers neuf heures, Rita et Camille Bélanger annoncèrent qu'elles devaient partir. Quand Rita voulut téléphoner pour obtenir un taxi, Claude proposa d'aller conduire ses tantes chez elles.

Le départ des deux vieilles tantes signifia que la fête était terminée. Peu à peu, les invités prirent congé après avoir remercié Félicien et Amélie de leur avoir fait vivre, encore une fois, un beau jour de l'An. Ces derniers, debout près de la porte, invitaient chacun à revenir dès qu'ils le pourraient. Jean demeura chez ses parents avec ses enfants et Lucie pour remettre de l'ordre dans l'appartement. Claude revint à temps pour aider à replacer les meubles dans la chambre de ses parents.

— Je crois ben que les fêtes sont finies, conclut Félicien au moment où ses derniers invités s'apprêtaient à partir après avoir endossé leur manteau.

— Il nous reste encore une semaine de vacances, dit Catherine à son grand-père après l'avoir embrassé sur une joue.

— L'école devrait enlever cette semaine de vacances-là, la taquina son oncle Claude en mettant ses bottes.

— C'est vrai, ça, fit Amélie. Au fond, je suppose qu'on donne encore cette semaine de congé là parce qu'on avait la fête des Rois avant. À cette heure, il y a plus personne qui fête ça.

— Grand-mère, nous autres, on a besoin de ces vacances-là, protesta Gilles. On veut pas retourner trop vite à l'école.

— Demain, c'est samedi, fit Claude. Qu'est-ce que vous diriez si on allait jouer au hockey dans l'après-midi ? proposa-t-il à son frère et à ses deux neveux.

— Je sais pas trop… commença Jean.

— Aïe ! Es-tu rendu trop vieux, au point de plus être capable de mettre une paire de patins pour aller jouer avec tes gars dehors de temps en temps ? plaisanta Claude.

— C'est correct, accepta Jean. Demain, après le dîner, on se rejoint sur la patinoire du parc Laurier.

Quelques minutes plus tard, Jean et ses enfants rentrèrent chez eux. Ils trouvèrent Reine, en robe de chambre, installée devant le téléviseur, en train de regarder un vieux film de Fernandel. Elle ne leur demanda pas s'ils s'étaient bien amusés. Elle se contenta d'ordonner à ses enfants de bien ranger leurs vêtements du dimanche dans leur placard et de se mettre au lit.

— As-tu pensé à me rapporter mon assiette à gâteau ? demanda-t-elle à son mari.

— Catherine s'en est chargée. Est-ce que le film est bon ? fit-il en desserrant sa cravate.

Il n'avait pas pris la peine de lui demander des nouvelles de sa « grippe ». Il voyait bien qu'elle n'était pas souffrante.

— Elle est ennuyante à mort, cette vue-là, dit Reine en se pelotonnant sur son fauteuil. Lui, avec ses dents de cheval, j'ai de la misère à l'endurer. La semaine prochaine, je veux aller voir *Hiroshima, mon amour* au Bijou. Il paraît que c'est pas mal bon. En tout cas, je suis sûre que ça va être meilleur que ce vieux film-là.

Jean nota au passage qu'elle n'avait pas dit « nous devrions aller voir ». Il en fut un peu ulcéré.

— Si on a une chance, on ira le voir, dit-il d'une voix neutre.

Elle ne releva pas la correction qu'il venait d'apporter à sa déclaration.

Le lendemain matin, ce fut le claquement de la porte d'entrée qui tira Jean du sommeil. Il tâta à côté de lui dans le lit. Reine n'était pas là. Il s'assit dans le lit en se grattant le cuir chevelu. Un coup d'œil au réveille-matin lui apprit qu'il était près de huit heures trente et que Reine venait de descendre à la biscuiterie. Il perçut au même moment les murmures des enfants dans la cuisine. Il se leva en traînant les pieds. Avant de quitter sa chambre à coucher, il écarta les rideaux et se rendit compte qu'il neigeait faiblement.

— S'il neige, c'est que ça doit pas être trop froid, dit-il à mi-voix en se rappelant sa promesse d'aller jouer au hockey avec ses fils et son frère après le dîner.

Il alla s'enfermer dans la salle de bain pour procéder à sa toilette et vint déjeuner au moment où Catherine commençait à laver la vaisselle, aidée par Gilles. Après le repas, le père de famille prit le temps de fumer une cigarette avant de se décider à bouger.

— Bon, les fêtes sont finies. Qu'est-ce que vous diriez si on se débarrassait de toutes les décorations de Noël et du sapin ? On va remettre la maison d'aplomb et ça va faire plaisir à votre mère quand elle va revenir de travailler.

Ses enfants acceptèrent de l'aider sans grand enthousiasme. Il était visible que le rangement des ornements et le dépouillement de l'arbre de Noël marquaient pour eux la fin d'une période heureuse de l'année.

À la fin de l'avant-midi, l'appartement avait repris son apparence habituelle lorsque le père de famille, aidé par Gilles, déposa le sapin dégarni sur la galerie. Se conformant aux instructions laissées par sa mère avant de partir travailler, Catherine servit le reste de la dinde pour le dîner.

Dès la dernière bouchée avalée, Jean donna le signal du départ vers la patinoire du quartier à Gilles et à Alain.

— Comment m'man va faire pour venir dîner s'il y a personne pour aller la remplacer? demanda Catherine à son père.

— Calvince ! J'avais complètement oublié la maudite biscuiterie, avoua-t-il, contrarié. Bon, je vais aller la remplacer. Vous autres, les gars, allez rejoindre votre oncle à la patinoire et dites-lui que je vais arriver dans une demi-heure.

Il descendit en même temps que Gilles et Alain qui avaient suspendu leurs patins au bout de leur bâton de hockey. À l'extérieur, la neige avait cessé. Il ne semblait en être tombé que deux ou trois pouces. Jean suivit ses fils et les laissa poursuivre seuls leur chemin au moment où ils arrivaient devant la biscuiterie.

— Tu peux aller dîner, dit-il à sa femme en entrant dans le magasin. Mais fais ça vite. J'ai promis d'aller jouer au hockey avec Claude et les garçons.

— T'aurais pu laisser faire.

— Non, vas-y.

Sans le remercier, elle endossa son manteau et quitta les lieux. Elle revint moins d'une demi-heure plus tard.

— T'aurais pu prendre un peu plus de temps, lui fit-il remarquer alors qu'elle passait derrière le comptoir.

— Non, c'est correct. Je vais me faire une tasse de thé et manger un ou deux biscuits comme dessert.

Jean partit et alla rejoindre son frère et ses deux fils à la patinoire où une demi-douzaine de jeunes patinaient. Il alla chausser ses patins dans la cabane chauffée mise à la disposition des patineurs. Claude vint le rejoindre quelques instants plus tard.

— T'as rien perdu, lui dit-il. Il a fallu qu'on gratte la patinoire, sinon on n'aurait pas pu jouer. Les jeunes qui sont là sont d'accord pour qu'on forme deux équipes. On va avoir du fun. Il y a deux grands qui ont l'air d'avoir un maudit bon lancer.

Après avoir chaussé ses patins, Jean se rendit sur la patinoire. Son frère et lui se partagèrent les joueurs et une partie endiablée commença, ponctuée par des cris et des éclats de rire. La température était si douce que personne ne songeait à se retirer quelques minutes dans la cabane pour se réchauffer. À un certain moment, deux ou trois autres jeunes arrivèrent et s'intégrèrent aux équipes évoluant sur la surface glacée.

Claude et Jean, les seuls joueurs adultes, faisaient très attention à ne pas bousculer les jeunes et voyaient à ce que leurs tirs ne soient pas trop violents.

Un peu après trois heures, une rondelle frappée par un adolescent ricocha étrangement sur la bande, à la droite du gardien de but, et vint frapper Jean sous l'œil gauche. Immédiatement, le jeu s'arrêta et tous les joueurs voulurent voler à son secours. Claude fut le premier à se porter à l'aide de son frère qui avait laissé tomber son bâton pour se tenir la joue.

— Ôte ta main que je puisse voir ce que t'as, ordonna-t-il à son frère aîné.

Jean retira sa main et Claude sortit un mouchoir de l'une de ses poches pour éponger le sang qui coulait d'une petite coupure sous l'œil.

— T'es chanceux en maudit ! s'exclama le couvreur. T'es coupé juste un peu. Je pense que ça méritera même pas de points de suture. Un *plaster* là-dessus devrait faire l'affaire.

— Bon, je pense que c'est assez pour moi aujourd'hui, fit Jean en ramassant son bâton sur la patinoire. Vous pouvez continuer encore jusqu'à quatre heures si vous voulez, dit-il à ses deux fils.

— Pour moi aussi, ça va être assez, déclara Claude.

— On s'en va avec vous autres, déclara Gilles en se dirigeant vers la sortie de la patinoire en compagnie d'Alain.

Tous les quatre allèrent retirer leurs patins. À leur sortie de la cabane, ils virent que la partie avait repris sans eux. Ils rentrèrent sans se presser vers la maison. De temps à autre, Jean épongeait sa joue où le sang perlait. Il avait le visage gelé et ne sentait quasiment rien.

— Venez boire quelque chose de chaud à la maison, offrit Claude. En même temps, Lucie va te mettre un *plaster* et comme ça, tu vas avoir l'air d'un grand blessé, plaisanta-t-il.

À leur arrivée rue De La Roche, Lucie s'empressa de soigner son beau-frère et confectionna des tasses de chocolat chaud qui furent très appréciées autant par les jeunes que par les adultes.

— Pour moi, Jean, t'es rendu trop vieux pour jouer au hockey, dit Lucie en riant. T'as plus les réflexes pour jouer à ce jeu-là.

— Exagère pas, protesta le journaliste. Je suis pas encore rendu à me traîner avec une canne.

— En tout cas, tu devrais porter un masque comme celui que Jacques Plante porte à cette heure, poursuivit Claude, narquois. T'aurais peut-être l'air pas trop brave, mais tu te ferais pas défigurer.

— Vous êtes ben drôles, tous les deux, répliqua le blessé. Vous faites une belle paire ! J'ai juste trente-trois ans, calvince ! Je suis pas un petit vieux.

— T'es plus non plus un jeune poulet du printemps, plaisanta son frère cadet. Tu vas en avoir trente-quatre au mois de juin. T'es ben plus vieux que moi, et ça paraît au hockey, ajouta Claude pour faire rire tout le monde.

Ce soir-là, Reine retira le diachylon pour examiner la coupure que son mari avait sous l'œil.

— Tout a l'air correct, ça saigne plus. Mais j'ai bien l'impression que tu vas avoir un œil au beurre noir, prit-elle la peine de préciser en lui posant un nouveau sparadrap.

Après le souper, il alla sagement s'installer devant le téléviseur pour regarder le match de hockey opposant le Canadien de Montréal aux Leafs de Toronto, en compagnie de ses deux fils.

Chapitre 11

Chacun à sa place

Le lendemain, Jean fit sa toilette de bonne heure et alla s'asseoir dans le salon pour écouter les informations à la radio, comme il le faisait tous les dimanches matin en attendant que les siens soient prêts à partir pour la messe.

Soudain, on interrompit le dernier succès de Félix Leclerc au milieu de la chanson qu'aimait tant le père de famille pour annoncer une émission spéciale d'information. Jean dressa l'oreille quand il entendit la voix bien connue de Raymond Charrette.

« Nous apprenons à l'instant que le premier ministre de la province de Québec, l'honorable Paul Sauvé, serait décédé subitement hier soir. Le député de Deux-Montagnes aurait succombé à une attaque en fin de soirée, entouré des siens, à son domicile de Saint-Eustache. Les sources gouvernementales sont demeurées vagues sur les causes de la mort du politicien de cinquante-deux ans qui avait succédé à Maurice Duplessis il y a cent douze jours. Nous vous reviendrons un peu plus tard avec de plus amples informations. »

Radio-Canada ne reprit pas l'émission interrompue, préférant faire jouer de la musique de circonstance.

Jean se précipita dans la cuisine pour apprendre la nouvelle à sa femme, qui sembla peu touchée. Il faut dire qu'elle n'avait jamais affiché un grand intérêt pour la chose publique.

— Je serais pas étonné que Hamel appelle pour me demander d'entrer aujourd'hui, conclut-il en se dirigeant déjà vers la patère à laquelle son manteau était suspendu.

— Où est-ce que tu t'en vas ? lui demanda-t-elle, surprise. Il reste encore une heure et quart avant la messe.

— J'ai envie de parler de ça avec mon père. Ça me surprendrait pas qu'il soit pas encore au courant de la mort de Sauvé. Je vais vous rejoindre à l'église tout à l'heure.

— Ça en fait tout un énervement pour rien, laissa-t-elle tomber en continuant à se coiffer devant le miroir.

Jean ne l'entendit pas. Il avait déjà quitté l'appartement et courait vers la rue Brébeuf.

Quelques minutes plus tard, lorsque Félicien vint ouvrir la porte à son fils, celui-ci lui demanda :

— Est-ce que vous avez appris la nouvelle, p'pa ?

— Oui, je viens d'entendre ça au radio. Entre, viens t'asseoir. On a en masse le temps de jaser avant de partir pour la messe. Ta mère est en train de se préparer.

Le journaliste suivit son père dans la cuisine.

— Tu parles d'une maudite malchance ! s'exclama Félicien en s'allumant une cigarette. Là, on avait un bon homme pour remplacer Duplessis.

— En tout cas, il avait l'air de vouloir faire quelque chose, renchérit Jean.

— Oui. Moi, j'ai l'impression que ça va jouer dur entre Barrette, Talbot et Johnson pour savoir qui va prendre la relève, dit le facteur d'un air pénétré.

— Ça prendra pas grand temps avant qu'on le sache, si vous voulez mon avis, confirma son fils.

— Tu viendras pas me faire croire, toi, que c'est normal, ces deux morts-là en moins de six mois, reprit le père de Jean en faisant allusion aux décès de Duplessis et de Sauvé. Il paraît que Sauvé était en parfaite santé la veille. C'est quand même un maudit hasard, tu trouves pas ?

— Il va certainement y avoir une autopsie, p'pa. On va finir par savoir de quoi il est mort exactement.

— Il me semble qu'avec l'ouvrage que tu fais, tu devrais savoir qu'on peut nous cacher ben des affaires, conclut Félicien, sceptique.

Ce jour-là, contrairement à ce qu'il avait cru, Jean ne reçut aucun appel de la rédaction du journal et il put jouir de sa dernière journée de congé en toute quiétude. Le fait qu'on n'ait pas jugé bon d'avoir recours à ses services en cette journée perturbée par une nouvelle aussi importante lui fit réaliser à quel point il était peu considéré au *Montréal-Matin*. Cette constatation lui enleva ses derniers regrets d'avoir à quitter cette entreprise où il travaillait tout de même depuis treize ans maintenant.

Le jour suivant, le père de famille fut le premier à se lever. Les enfants, encore en congé pour une semaine, dormaient toujours quand il endossa son manteau pour partir. Reine lui remit son dîner.

— À partir d'aujourd'hui, je m'organise autrement, lui annonça-t-elle. Je m'apporte un lunch à la biscuiterie et j'aurai plus à monter pour dîner. Comme ça, Catherine aura juste à faire réchauffer le repas de ses frères sans s'occuper de moi.

Ce matin-là, Jean eut tout le temps de regretter la perte de sa Pontiac quand il constata que le mercure était descendu brutalement bien au-dessous du 0 °F des derniers jours. Debout à l'arrêt d'autobus, il tapa du pied et enfouit ses mains pourtant gantées au fond des poches de son paletot pour tenter de se réchauffer en attendant que l'autobus passe enfin. Quand il arriva au journal, il était totalement frigorifié et ne souhaitait qu'une chose, que Hamel ne l'oblige pas à sortir ce jour-là.

Comme à l'accoutumée, à son arrivée, il retrouva les petits regroupements de reporters devant la porte du rédacteur en chef, situation habituelle en période d'intense activité. Chacun devait attendre son affectation. Après avoir déposé son manteau dans son petit cubicule, il ne put faire autrement que de se joindre à ses collègues.

Quelques instants plus tard, il se retrouva aux côtés d'Alexandre Perreault, un journaliste chevronné blanchi sous le harnais. L'homme approchait de sa retraite et regardait toute cette agitation autour de lui avec un air narquois. Il était visible que tout cela ne l'impressionnait guère. Jean fit en sorte de l'attirer un peu à l'écart.

— Est-ce que vous êtes rentré hier, monsieur Perreault ? lui demanda-t-il.

— Non, et toi ?

— Personne m'a téléphoné.

Le vieux journaliste lui lança un regard tel que Jean eut l'impression qu'il comprenait ce qu'il avait ressenti d'être tenu à l'écart.

— Je voulais vous demander, monsieur Perreault, si on était obligé de donner un préavis avant de lâcher le journal.

Perreault passa une main tavelée sur son crâne partiellement dénudé en réfléchissant à la question.

— J'espère que c'est pas juste pour ça que tu veux partir ?

— Non, disons que je me rends compte tous les jours que je serai jamais dans les petits papiers de Hamel et que je suis fatigué de me faire tasser chaque fois qu'un petit nouveau entre au journal, murmura Jean sur un ton exaspéré.

— Dans ce cas-là, je te comprends, fit Perreault. Pour répondre à ta question, il y a rien d'écrit là-dessus, mais il me semble que ceux que j'ai connus et qui sont partis ont toujours donné une semaine d'avis à peu près avant de plier bagage. Je pense que quand on fait ça, ça doit être plus facile de toucher la prime de départ et peut-être aussi le montant qu'on a mis dans notre fonds de pension. Qu'est-ce que t'as en vue ?

— Rien de précis encore, mentit Jean. Je pense que je vais juste aller voir ailleurs, dit-il prudemment, ne sachant à quel point il pouvait se fier à son collègue.

— C'est une chose qu'on peut se permettre de faire à ton âge, l'encouragea Perreault. Tu vas peut-être trouver mieux ailleurs. On sait jamais.

À l'instant où il disait cela, la porte du bureau de Joseph Hamel s'ouvrit sur le rédacteur en chef qui laissa passer devant lui le directeur du journal et l'éditorialiste en chef qui s'esquivèrent vers leurs bureaux respectifs. Hamel confia des tâches à la plupart des journalistes rassemblés devant lui. Pour sa part, Jean hérita du même travail qu'au mois de septembre précédent, lors du décès de Maurice Duplessis. Il devait écrire un article sur les réactions de monsieur Tout-le-Monde devant la mort subite du premier ministre.

Encore une fois, il fut ulcéré de constater que des reporters beaucoup moins expérimentés que lui avaient reçu des tâches aussi intéressantes que d'aller interviewer des personnalités sur le même sujet. Avant de quitter le journal, il passa par le bureau du personnel pour prévenir qu'il quitterait son emploi le 15 janvier. On ne lui demanda pas les raisons de son départ. On se contenta d'en prendre bonne note et de lui mentionner qu'il n'aurait qu'à passer pour prendre possession du chèque représentant la somme accumulée dans son fonds de retraite.

Cette indifférence à l'annonce de son départ après tant d'années de loyaux services lui fit mal au cœur. Même s'il s'en doutait depuis longtemps, il se rendait compte qu'on le considérait comme un rouage aisément remplaçable. Ce jour-là, il fit son travail en se déplaçant en taxi au centre-ville et revint au journal au début de l'après-midi pour rédiger un article dans lequel il faisait état de la stupéfaction des Montréalais lorsqu'ils avaient appris la mort du premier ministre. Certains osaient même avancer que Paul Sauvé avait peut-être été assassiné.

Quelques jours plus tard, le rapport du coroner fit état que le décès du politicien de cinquante-deux ans était attribuable à un sévère infarctus. Par ailleurs, à la fin de la semaine, les médias annoncèrent que le conseil des ministres et les hautes instances de l'Union nationale avaient convenu de confier le poste de premier ministre de la province à Antonio Barrette, le député de Joliette et ministre du Travail.

Avant que ne prenne fin la deuxième semaine de janvier, Montréal eut à faire face à deux importantes tempêtes de neige. La métropole québécoise n'avait pas connu d'aussi importantes précipitations en si peu de temps depuis plusieurs années. On ne se rappelait pas la dernière fois que les bancs de neige avaient atteint une telle hauteur. Les chasse-neige n'en finissaient plus de repousser toute cette manne blanche pour permettre la circulation dans les rues. Les trottoirs des rues secondaires étaient si enneigés que les gens préféraient marcher en bordure de la chaussée, à leurs risques et périls. Dans les écoles fréquentées par les enfants de Jean et Reine Bélanger, les enseignants avertissaient chaque jour les enfants d'être prudents quand ils marchaient dans la rue.

Ce vendredi après-midi-là, Reine était seule dans la petite pièce située au fond de la biscuiterie en train de vérifier une livraison de marchandises quand elle entendit un bruit inhabituel en provenance de la cour arrière. Elle allait se diriger vers la fenêtre grillagée qui donnait sur la cour quand elle fut distraite par la clochette de la porte d'entrée lui signalant l'arrivée d'un client. Elle rebroussa chemin, repoussa le rideau de perles séparant la réserve de la boutique pour se retrouver en face de Benjamin Taylor, debout devant l'un des deux comptoirs.

Immédiatement, le visage de la jeune femme s'éclaira d'un large sourire à la vue du charmant homme à l'air avantageux et au teint bronzé qui la regardait avec un plaisir non dissimulé. Pour la troisième fois en quelques semaines, celui qui se disait le président de Taylor Publishing s'arrêtait au magasin.

Lors de sa dernière visite, elle lui avait avoué avec réticence qu'elle n'était que la gérante de l'établissement appartenant à sa mère et qu'elle ne pouvait s'engager à faire affaire avec lui. Comment faire autrement puisque sa mère lui avait affirmé qu'il s'était déjà présenté à la biscuiterie en quelques occasions pour lui vendre de la publicité ? Il semblait avoir compris que la décision dépendait de sa mère et qu'il faudrait attendre son retour. Malgré cela, il n'en était pas moins demeuré de longues minutes dans le magasin à s'enquérir si elle avait passé des fêtes agréables. Après son départ, elle s'était alors attendue à ne plus le revoir.

Le jeudi de la semaine suivante, il s'était pourtant encore arrêté à la biscuiterie au début de l'après-midi, comme s'il avait su d'instinct que c'était la période du jour où la boutique était la moins achalandée. Quand elle lui avait fait la remarque qu'il perdait son temps parce que tout dépendait toujours de sa mère, Benjamin Taylor avait affirmé qu'il ne l'ignorait pas et qu'il ne s'était arrêté que pour prendre de ses nouvelles. Flattée, Reine n'avait pu que lui faire bonne figure. Durant de longues minutes, il avait semblé prendre plaisir à la faire parler de sa vie et de ses enfants, sans jamais mentionner qu'il désirait faire affaire. Être l'objet des attentions d'un si bel homme qui, à l'évidence, réussissait bien, avait plu énormément à la fille d'Yvonne Talbot.

Bref, la visite de Ben Taylor en ce vendredi après-midi ne pouvait mieux tomber. Elle avait besoin d'oublier, ne serait-ce que durant quelques minutes, les idées noires qu'elle avait depuis le matin. C'était le dernier jour où Jean travaillait au journal et elle s'inquiétait de l'avenir financier de sa famille.

— On va avoir l'air fin s'il fait pas l'affaire à Radio-Canada, avait-elle répété plusieurs fois à mi-voix depuis le début de la matinée. Alors, comment on va faire pour arriver ?

Comme d'habitude, Taylor portait beau et lui adressa un sourire éclatant en enlevant son chapeau aussitôt qu'il la vit.

— Dites-moi pas que vous avez encore des affaires à traiter dans le coin, monsieur Taylor ? fit-elle en s'approchant du comptoir.

— Non, madame Bélanger, j'ai fait un petit détour pour venir vous dire bonjour. J'étais tout de même pas pour passer dans le coin sans venir saluer la plus belle gérante du quartier.

Ce compliment fit rosir Reine de plaisir.

— Vous me chantez la pomme, vous, protesta-t-elle faiblement.

— Non, ma belle dame, c'est la pure vérité. Juste à l'idée de passer vous voir, ça me met de bonne humeur pour la journée, poursuivit-il sur un ton des plus convaincants.

Ensuite, il interrogea habilement Reine sur les affaires, sur la santé de sa mère et sur ses enfants, qui étaient retournés à l'école au début de la semaine. Il ne s'interrompit que lorsqu'une cliente vint acheter deux livres de biscuits à la noix de coco.

Après une trentaine de minutes, Taylor regarda sa montre et sembla sursauter.

— Ayoye ! J'oubliais complètement l'heure. Déjà quatre heures. Il faut que j'y aille. Me permettez-vous de vous appeler Reine ? ajouta-t-il, comme si cela allait de soi.

— Je sais pas trop, fit Reine, hésitante.

— Voyons, nous sommes presque de vieux amis, vous et moi, Reine. Appelez-moi Ben, comme tous mes amis. Ça va faire pas mal moins cérémonieux, non ?

— D'accord, accepta-t-elle, avec un sourire un peu contraint.

— Bon, je vous laisse, Reine. J'ai un train à prendre. Je passe toute la semaine prochaine à mon bureau de Toronto, mais vous pouvez être sûre que je vais arrêter vous voir dès que je serai de retour.

— La semaine prochaine, il va encore être trop tôt pour rencontrer ma mère, dit-elle en feignant de croire que son intérêt était toujours de faire signer un engagement à la propriétaire de la biscuiterie.

— Ce sera pas pour la voir que je vais m'arrêter, répliqua-t-il en la saluant de la main avant d'ouvrir la porte et de quitter les lieux.

Après son départ, Reine éprouva un agréable frisson, comme si elle venait de faire un geste défendu. Elle fut brusquement tirée de cette espèce d'état second en entendant de nouveau, en provenance de la cour arrière, le même bruit qui l'avait intriguée au moment de l'arrivée de Benjamin Taylor.

Elle quitta le comptoir derrière lequel elle se trouvait pour se diriger rapidement vers l'unique fenêtre grillagée donnant sur la cour arrière. Le soleil se couchait et elle aperçut une masse tombant sur l'imposant tas de neige accumulée au centre de la cour. Cette neige provenait en grande partie de la galerie de son appartement et de celle de sa mère que ses fils déneigeaient depuis le début de l'hiver. Soudain, elle identifia ce qu'elle venait de voir tomber devant elle.

Furieuse, elle déverrouilla rapidement la porte arrière et s'avança sur la galerie juste au moment où Alain se préparait à enjamber le garde-fou de la galerie de l'appartement de sa grand-mère, au premier étage, dans l'intention de sauter sur l'amoncellement de neige au centre de la cour, comme son frère venait apparemment de le faire. Au même moment, ce dernier poussa un cri victorieux en finissant de s'extraire de la neige.

— Débarque de là tout de suite ! cria-t-elle à Alain en croisant les bras contre sa poitrine pour se protéger du froid. Grouille ! ajouta-t-elle, furieuse de le voir hésiter à obéir.

— Mais, m'man…

— Je t'ai dit tout de suite, espèce d'insignifiant ! Monte en haut.

— C'est pas dangereux, m'man, plaida Gilles, se préparant à monter l'escalier pour aller rejoindre son jeune frère.

— Toi, mon espèce de nono ! s'emporta-t-elle. C'est des plans pour vous tuer, une affaire de même. Toi aussi, rentre en dedans. Vous allez avoir affaire à moi quand je vais monter. Tu diras à ton père de venir me voir au magasin lorsqu'il rentrera.

Au même moment, Jean quittait son pupitre au journal pour aller serrer la main à quelques collègues et leur annoncer son départ. Il en avait fini avec le *Montréal-Matin*. Il désirait prendre congé de ses confrères avec élégance et même du rédacteur en chef, qu'il détestait pourtant non moins royalement. Ses collègues parurent surpris de sa décision, mais ne lui en souhaitèrent pas moins bonne chance tout en affirmant regretter son départ.

Lorsqu'il passa devant le bureau de Joseph Hamel, il hésita un instant avant de frapper à la porte. Devait-il se borner à lui apprendre son départ ou lui dire carrément ce qu'il avait sur le cœur ? Finalement, il décida de frapper à sa porte sans trop savoir ce qu'il allait lui dire. Le rédacteur en chef, sûrement mis au courant de son départ par le responsable du bureau du personnel, feignit de tout ignorer avec son air habituel de faux jeton.

— Je suis pas mal surpris que tu t'en ailles, lui dit-il. En tout cas, j'aurais bien aimé que tu me préviennes personnellement de ton intention de nous lâcher. Je dois t'avouer que je comprends pas que tu sentes le besoin d'aller ailleurs quand t'es si bien traité ici.

Tant d'hypocrisie poussa alors Jean à lui dire franchement ce qu'il pensait de lui et des traitements injustes dont il avait été victime depuis qu'il occupait son poste.

— Je ne suis pas si bien traité que ça, monsieur Hamel. Je n'ai obtenu aucune des affectations que j'ai demandées et vous avez pas arrêté d'affecter des journalistes qui ont moins d'expérience que moi là où je voulais être.

— T'as tout de même travaillé avec nous autres pendant treize ans, lui rappela son patron.

— Oui, et j'aurais continué si vous aviez pas tout fait pour que je me sente de trop dans l'équipe.

— Moi ? s'insurgea Hamel en adoptant un air à la fois supérieur et stupéfait.

— Oui, vous ! l'accusa Jean en le regardant bien droit dans les yeux, ne voyant pas l'intérêt de le ménager. Depuis que vous occupez la place d'Antoine Fiset, vous avez tout fait pour m'écœurer.

Là-dessus, il quitta le bureau du rédacteur en chef sans lui avoir serré la main. Il était soulagé d'avoir trouvé le courage de dire son fait à celui qu'il considérait comme son bourreau depuis qu'il était entré en fonction.

Au bureau du personnel, on lui remit un chèque représentant la somme qu'il avait placée dans son fonds de retraite, plus une petite indemnité de départ et son salaire. Le total représentait néanmoins un montant substantiel. À sa sortie de l'immeuble du journal, le bruit que fit la porte en se refermant derrière lui eut quelque chose de définitif à ses oreilles. Il leva la tête pour regarder une dernière fois l'édifice. Il avait conscience qu'une tranche importante de sa vie prenait fin aujourd'hui. Il ne savait pas trop s'il devait s'en réjouir ou s'en inquiéter.

Il fut de retour à la maison sur le coup de six heures. Quand il apprit par Gilles que Reine désirait le voir, il se contenta de lui téléphoner à la biscuiterie, au rez-de-chaussée.

— Qu'est-ce qu'il y a ? lui demanda-t-il. Je viens d'arriver.

— Avais-tu l'intention de venir me remplacer après le souper ? fit-elle sans préambule.

— Ben, c'est vendredi, et je dois aller faire les commissions si on veut manger cette semaine. T'as rien apporté pour souper ?

— Non, en plus j'ai affaire à te parler.

— C'est correct. Catherine vient de me servir mon assiette. Je mange et je descends dans une demi-heure, lui dit-il avant de raccrocher.

Il en avait soudainement plus qu'assez de la situation créée par l'emploi de sa femme à la biscuiterie. Les enfants devaient se débrouiller seuls, sans surveillance, et il devait accomplir une foule de tâches ménagères qu'il détestait.

Il mangea sans entrain le pâté au saumon traditionnel du vendredi avant de descendre au magasin.

— Qui vient avec moi chez Drouin quand votre mère aura fini de souper ? demanda-t-il à ses enfants.

— On va y aller tous les deux, répondirent les garçons avec un empressement un peu suspect.

Leur père endossa son manteau et chaussa ses couvre-chaussures avant de descendre, surtout en prévision d'aller faire les achats de nourriture quand Reine aurait repris sa place derrière le comptoir. Quand il poussa la porte du magasin, sa femme était occupée avec une cliente. Il attendit que cette dernière parte avant de s'adresser à Reine.

— Qu'est-ce qu'il y a de si urgent ? fit-il.

— Naturellement, les enfants t'ont rien dit.

— Qu'est-ce qu'ils auraient dû me dire ?

— Tu sais pas ce que tes deux garçons s'amusaient à faire quand ils sont revenus de l'école ? Ils sautaient du deuxième étage dans le tas de neige dans la cour. Il va falloir que tu leur parles et que tu les punisses avant qu'il leur arrive quelque chose de dangereux. C'est rendu qu'ils écoutent plus.

Jean se rappela brusquement avoir fait la même chose avec son frère Claude quand il était jeune, ce qui lui avait attiré les foudres de sa mère.

— Bon, ça tombe ben. C'est en plein de ça que je voulais te parler, moi aussi, lui dit-il sèchement.

— Comment ça ? fit-elle, surprise.

— Tout ça arrive parce que t'es pas à ta place, à la maison, lui reprocha-t-il. J'espère que ton ouvrage ici dedans achève. C'est rendu plus vivable en haut. Les enfants sont toujours tout seuls, et moi j'en ai assez de faire de l'ouvrage de femme en rentrant après ma journée.

— Aïe ! Jean Bélanger, t'oublies que cette *job*-là nous rapporte de l'argent.

— Ah oui, première nouvelle ! s'exclama-t-il. On n'a pas encore vu la couleur de cet argent-là. Combien ta mère te donne par semaine ? Je le sais pas, tu t'es bien gardée de me dire un mot là-dessus.

— J'ai encore rien eu, prétendit-elle, mais quand elle va revenir s'occuper du magasin à la fin du mois, elle est supposée me donner quarante piastres par semaine.

— Qu'est-ce qu'on va faire avec tout cet argent-là ?

— Comment ça, qu'est-ce qu'on va faire ? C'est mon argent, répliqua-t-elle avec force. Je vais le mettre à la banque et je verrai plus tard ce que je veux faire avec.

— Tiens, ton argent ! fit-il sur un ton sarcastique. Moi, quand j'arrive avec ma paye, c'est l'argent de la famille et ça t'a jamais gênée de le dépenser. Mais quand c'est ta paye, on peut pas y toucher…

— C'est normal, laissa-t-elle tomber. Toi, t'es le mari. C'est à toi de nous faire vivre tous.

— Si c'est comme ça, toi, t'es la femme. Tu t'organiseras pour faire ta *job* dans la maison, répliqua-t-il sur un ton sans appel. Je vois pas pourquoi je ferais l'ouvrage que t'es censée faire.

Reine, le visage dur et fermé, s'empara de son manteau et monta à l'appartement après avoir claqué la porte du magasin derrière elle. Durant tout le temps qu'elle mangea, elle s'enferma dans un silence que ses enfants n'osèrent pas déranger. À la fin du repas, elle sembla avoir pris une décision. Elle se composa un visage un peu plus aimable et s'empressa d'aller reprendre sa place à la biscuiterie en arborant un air contrit.

— Attends avant de partir, dit-elle à son mari au moment où il allait se retirer. Je pense que t'as raison. Il reste encore à peu près deux semaines avant que ma mère revienne. Je vais mettre une annonce dans la vitrine pour trouver une vendeuse. Comme ça, je vais pouvoir monter à l'appartement pour m'occuper des enfants quand ils vont être là.

Rassuré par cette promesse, Jean alla sonner à la porte voisine pour que ses fils viennent le rejoindre et l'aider à rapporter la nourriture de la semaine qu'il allait acheter à l'épicerie Drouin.

Il aurait dû comprendre que sa femme allait bien apposer un carton dans la vitrine pour demander une vendeuse, mais qu'elle allait aussi trouver une multitude de raisons pour refuser d'engager les candidates qui se présenteraient tant et aussi longtemps que sa situation à la biscuiterie ne serait pas clarifiée auprès de sa mère.

Reine avait des projets bien définis et elle n'entendait pas être retournée à ses casseroles au retour d'Yvonne Talbot sous le prétexte que cette dernière pouvait compter sur une vendeuse.

Chapitre 12

Du nouveau

Jean Bélanger était passablement tendu et anxieux lorsqu'il se présenta au début de la matinée du 18 janvier au vieil édifice occupé par Radio-Canada depuis 1951, boulevard Dorchester. Il savait qu'il allait jouer son avenir dans les jours suivants et qu'il aurait à prouver sa compétence à ses nouveaux patrons.

Cependant, dès le premier jour, il fut conquis par l'atmosphère détendue qui régnait au service des nouvelles de la société d'État. À son arrivée ce matin-là, Arthur Lapointe prit la peine de l'accompagner pour le présenter aux membres de son équipe. Ensuite, il le confia à un certain Henri-Claude Langelier qui devait être son mentor durant les deux semaines suivantes. L'homme l'entraîna à sa suite et lui indiqua un bureau voisin du sien.

— C'est là que tu t'installes, lui dit-il en allumant une cigarette. Dans quinze jours, tu pourras toujours prendre mon bureau, si ça te tente.

Dès les premières heures, Jean apprit à connaître celui dont il était censé reprendre le poste à la fin du mois. Le futur retraité était un petit homme d'une maigreur extraordinaire qui fumait des cigarettes Gitanes à la chaîne.

Il flottait un nuage bleu en permanence autour de son crâne partiellement dénudé.

Ce jour-là, le nouvel employé de Radio-Canada dut apprendre les différences existant entre l'article de journal et la nouvelle télévisée et radiophonique. Il n'était plus question de calculer le nombre de lignes qu'elle devait occuper. À Radio-Canada, elle se devait d'être concise, précise et surtout exprimée dans des mots que le téléspectateur ou l'auditeur soit à même de comprendre du premier coup. Comme le lui expliqua son mentor expérimenté, il n'existerait pas de seconde audition de cette nouvelle.

À la fin de l'avant-midi, Jean, occupé à se verser une tasse de café, se retrouva près d'une jeune femme à l'air mutin qui renifla bruyamment, debout à ses côtés.

— Bon, on dirait que tu commences déjà à avoir le teint plombé à cause des Gitanes de notre Henri-Claude.

— Ça sent pas si fort que ça, fit-il, diplomate.

— Attends d'entendre ce que ta femme va te dire ce soir quand elle va sentir tes vêtements... À moins que tu sois pas marié, ajouta-t-elle, l'air moqueur.

— Je le suis. Elle aura pas le choix d'endurer l'odeur, conclut-il avec un sourire avant de regagner son bureau.

Malgré ses sautes d'humeur et l'odeur dégagée par ses cigarettes, Henri-Claude Langelier se révéla un excellent professeur qui communiqua fort généreusement à son successeur un bon nombre de trucs très utiles propres à rendre sa tâche beaucoup plus facile. En fait, il fallut moins d'une semaine à Jean pour que son nouvel emploi l'emballe. Cinq jours à peine après avoir commencé, toute pression disparut soudain quand son patron lui exprima clairement sa satisfaction. À son retour au travail le lundi suivant, il ne lui restait plus que l'excitation de la nouveauté. Et il pouvait encore compter sur l'aide effective du futur retraité durant une semaine entière, ce qui était loin de lui déplaire.

— T'as l'air d'aimer ça, travailler avec nous autres, lui dit Langelier, le jour même de son départ à la retraite.

— C'est bien agréable. Tout le monde est gentil avec moi.

— T'es surtout pas mal naïf, fit celui qui quittait Radio-Canada, un ton plus bas. Ici, il y a du grenouillage partout. Là, ils t'ont laissé tranquille depuis que t'es arrivé parce que j'étais là pour les rembarrer. Mais attends la semaine prochaine, quand je serai plus là. Tu vas comprendre ta douleur. Tu vas apprendre à connaître les petites cliques du département.

Jean n'avait rien trouvé à dire à son mentor, mais en son for intérieur, il était persuadé que l'homme exagérait. Après les derniers mois qu'il avait vécus au *Montréal-Matin*, la nouvelle ambiance qu'il découvrait à Radio-Canada était, à ses yeux, tout simplement parfaite.

Et pour en rajouter un peu, quelques jours plus tard, alors qu'il attendait l'autobus depuis une quinzaine de minutes au coin de la rue Peel pour rentrer chez lui après son travail, il vit une Buick bleue s'immobiliser devant la porte d'entrée de l'ancien hôtel Dorchester, le siège de Radio-Canada, qu'il venait de quitter. L'obscurité venait de tomber et il faisait terriblement froid. Pendant un court instant, il envia celui qui se déplaçait confortablement, au chaud, dans cette voiture luxueuse. Il posa la paume de ses mains contre ses oreilles pour les réchauffer lorsqu'il aperçut une femme élégante quitter la voiture et s'engouffrer à l'intérieur du bâtiment.

Malgré la quarantaine de pieds qui les séparait, il venait de reconnaître Blanche Comtois. Il eut soudain envie de rentrer dans l'immeuble pour se rappeler à son bon souvenir, mais il se retint. Sous quel prétexte allait-il l'aborder ? Qu'allait-elle penser d'un homme marié qui se précipitait sur elle dès qu'il la voyait ? Son amour-propre et l'arrivée tant souhaitée de l'autobus l'empêchèrent de bouger. Il monta à bord, tout de même insatisfait de son comportement. « J'aurais dû aller lui parler », se dit-il en cherchant des yeux un siège où s'asseoir. Il se consola à la pensée qu'il finirait bien par rencontrer la jeune femme un jour ou l'autre puisqu'ils travaillaient au même endroit. D'ailleurs, il devait admettre qu'il s'était étonné de ne pas l'avoir encore croisée une seule fois en plus de deux semaines. Il s'était secrètement attendu à la rencontrer de temps à autre, sans toutefois avoir d'autres intentions que d'avoir le plaisir de la regarder et de lui parler durant quelques instants.

Ce même jour, à la biscuiterie, Reine reçut la visite aussi inattendue que surprenante d'un couple inconnu. Le mari et la femme poussèrent la porte de la biscuiterie, les bras chargés de boîtes qui semblaient renfermer des pâtisseries. La petite femme bien en chair se présenta après avoir déposé par terre son fardeau.

— Bonjour, madame, je m'appelle Denise Richer. Je vous présente mon mari Bernard.

Reine se rendit compte immédiatement qu'elle n'avait pas affaire à des clients et son sourire se fit moins chaleureux.

— Qu'est-ce que je peux faire pour vous ? demanda-t-elle à la femme.

— Voici, nous demeurons à Cartierville. Nous sommes pâtissiers depuis une dizaine d'années et nous n'avons pas les moyens d'avoir un magasin à nous en ville.

— Ah oui, fit la jeune femme d'une voix indifférente, ne sachant pas trop où voulait en venir l'inconnue.

— Depuis deux ou trois ans, nous livrons à domicile les beignes, les tartes et toutes les pâtisseries qu'on fait. On a une bonne clientèle, mais ça nous coûte bien trop cher en temps et en argent pour livrer.

— C'est sûr que ça doit pas être facile, convint Reine.

— Ça fait qu'on a changé notre fusil d'épaule depuis le commencement de l'année, reprit la femme. On a décidé de se trouver trois ou quatre points de vente, des magasins bien situés qui pourraient écouler nos produits en échange de quinze pour cent du prix de vente. On en a déjà trouvé deux, un sur la rue Sainte-Catherine et un autre sur la rue Ontario. En passant devant votre magasin, on a pensé que vous seriez peut-être intéressée à devenir notre troisième distributrice.

— Je sais pas trop, fit Reine d'une voix hésitante.

— Vous savez, nous ne vous laisserions rien qui exige un comptoir réfrigéré, intervint l'homme pour la première fois. En plus, vous vendez déjà des biscuits, c'est dans votre ligne.

— Je vais vous montrer nos produits et même vous les faire goûter, si ça vous tente, reprit Denise Richer en déposant sur le comptoir, devant elle, une boîte contenant des brioches à la cannelle, des mokas et quatre sortes de beignets glacés.

Pendant ce temps, son mari tira de l'une de ses boîtes quatre tartes dont l'aspect était fort appétissant.

— Il y a là une tarte aux fraises, au sucre, aux raisins et aux pommes. Elles ont été faites hier soir, expliqua-t-il avec un sourire. J'ai aussi des tartelettes individuelles, ajouta-t-il en pointant une autre boîte.

— Montre-lui nos gâteaux, lui ordonna alors sa femme.

Bernard Richer tira de la dernière boîte qu'il avait apportée trois gâteaux au glaçage soigné.

— Il y a un gâteau aux épices, un gâteau au chocolat et le troisième est à l'érable, dit la pâtissière. Vous voulez goûter ?

— Non merci, mais tout ça a l'air pas mal bon, reconnut Reine en examinant les pâtisseries.

— Et c'est bon, dit l'homme sur un ton convaincu. Si vous les prenez, vous aurez pas de misère à les vendre. Ça, on peut vous le garantir.

— J'ai pas grand place pour vos affaires, avança-t-elle.

Bernard Richer regarda durant quelques instants autour de lui avant de suggérer :

— Vous pourriez installer une petite table dans un coin du magasin pour y mettre les gâteaux, si vous le voulez. Pour le reste, je pense que vous auriez aucun mal à tasser un peu les biscuits dans vos deux comptoirs pour y déposer les tartes, les tartelettes, les beignes et les brioches. À la limite, vous pouvez même en laisser pas mal sur le comptoir parce qu'on les livre dans des boîtes avec une ouverture de cellophane sur le dessus pour que le client puisse les voir.

— En supposant que je les prenne, comment ça marche si je ne les vends pas et qu'ils sèchent ? demanda Reine, apparemment intéressée.

— Il y a pas de problème, on les reprend, promit l'homme.

— J'accepterais peut-être, si vous me donniez vingt pour cent au lieu de quinze, déclara-t-elle, l'œil allumé par la perspective des profits qu'elle pourrait tirer de ces nouveaux produits.

— Malheureusement, j'ai bien peur qu'on ne puisse pas faire affaire ensemble, dit Denise Richer en refermant les boîtes déposées sur le comptoir. Déjà, en laissant quinze pour cent, on est à la limite. On fait pratiquement pas de profit.

De son côté, son mari entreprit d'emballer les gâteaux.

Soudain, Reine se rendit compte qu'ils étaient sérieux et qu'ils se préparaient à partir sans vouloir négocier. Elle craignit alors que l'affaire lui passe sous le nez et aille enrichir un autre commerçant du quartier.

— Attendez, dit-elle. On peut au moins essayer. Si ça se vend pas, on n'aura rien à se reprocher et vous reviendrez chercher vos pâtisseries.

— D'accord, accepta Bernard Richer. On vous laisse tout ça et je repasserai dans deux jours pour voir ce qui s'est vendu et remplacer la marchandise.

Quelques minutes suffirent pour que l'entente soit conclue. Reine signa un récépissé comme quoi elle prenait livraison d'une douzaine de tartelettes, de quatre tartes, de deux douzaines de brioches et autant de beignets ainsi que des trois gâteaux. Elle nota le prix que le couple désirait obtenir pour sa marchandise et promit de placer le tout bien en évidence pour que les clients de la biscuiterie soient alléchés.

Le lendemain midi, il ne lui restait plus rien. Tout avait été vendu et deux clientes, plus que satisfaites de leurs emplettes de la veille, avaient dû rebrousser chemin les mains vides parce que les Richer n'avaient promis d'effectuer une nouvelle livraison que vingt-quatre heures plus tard. Reine, fière de son initiative, décida d'encaisser seule les profits de ces ventes en se disant que sa mère n'avait rien eu à y voir.

Quand Bernard Richer passa, elle lui remit l'argent qui lui revenait et exigea qu'il lui laisse plus de pâtisseries de manière à satisfaire sa clientèle. Ce dernier, content, ne se fit pas prier. Il lui laissa même un gâteau aux épices à titre de cadeau.

— Penses-tu que ta mère va être contente de voir que tu vends aussi des pâtisseries ? lui demanda Jean en finissant de manger le morceau de gâteau qu'elle avait servi au dessert.

— Je vois pas pourquoi elle le serait pas, rétorqua-t-elle. C'est plus payant que les biscuits et les bonbons.

Cependant, elle se garda bien de lui dire qu'elle ne le mentionnerait à sa mère que lorsqu'elle s'en rendrait compte par elle-même, à son retour. Un retour, d'ailleurs, qui ne devrait pas tarder.

Deux jours plus tard, Benjamin Taylor réapparut à la biscuiterie au milieu de la matinée. Reine n'avait eu à servir que quelques clients depuis l'ouverture du magasin et les affaires étaient presque au point mort.

— Tiens, un revenant! Je te pensais mort, lui dit Reine en lui décochant son plus charmant sourire.

Il y avait plus de deux semaines qu'elle ne l'avait pas vu et elle s'était inquiétée secrètement de sa disparition. En le voyant, elle avait décidé de le tutoyer, comme il l'en avait priée lors de sa dernière visite.

— J'ai eu des problèmes à régler à Toronto et je suis revenu à Montréal seulement avant-hier. Aussitôt que j'ai pu sortir du bureau, je suis venu te voir, tint-il à préciser en adoptant l'air charmeur auquel elle était si sensible.

Reine n'était pas assez stupide pour ne pas se rendre compte à quel point leurs échanges étaient équivoques. Elle était une femme mariée et une mère de famille. Elle ne connaissait rien de ce beau parleur. Elle ne savait même pas s'il était marié. Tout ce qu'elle connaissait de lui, c'était ce qu'il avait bien voulu lui révéler, soit qu'il était président d'une compagnie spécialisée dans la publicité.

— Les affaires ont l'air pas mal calmes, reprit-il.

— On annonce encore de la neige aujourd'hui. Il y a bien des gens qui sortent pas dans ce temps-là, sentit-elle le besoin de lui expliquer. Mais là, t'arrives trop de bonne heure. Depuis le commencement de la semaine, je vends de la pâtisserie et ça marche pas mal fort. La preuve, regarde, il me reste plus rien. J'attends mon fournisseur.

— C'est de valeur, j'aime ça, me sucrer le bec, dit-il en souriant. Mais j'y pense, tu m'as jamais fait visiter ton magasin, lui fit-il remarquer en ne la quittant pas des yeux.

— T'as juste à regarder, l'invita-t-elle, surprise.

— Non, je parlais d'en arrière, précisa-t-il en pointant le rideau de perles qui séparait l'arrière-boutique de la boutique elle-même.

— En arrière, c'est juste une pièce où on met les boîtes de biscuits et de bonbons. Il y a pas grand-chose à voir là.

— Tu me la montres pas ?

— Tu peux bien venir voir si tu veux, lui offrit-elle.

Il contourna le comptoir et la suivit dans la pièce voisine. Dès qu'ils eurent franchi le rideau de perles séparant le magasin de l'arrière-salle, il posa une main sur la hanche de Reine et l'attira doucement à lui. Surprise, cette dernière résista.

— Voyons donc ! Qu'est-ce qui te prend ? lui demanda-t-elle en feignant d'être fâchée et en se débattant mollement.

— Je voulais juste te regarder de plus près et je m'aperçois que t'es encore plus belle comme ça, dit-il, enjôleur.

— Arrête donc de dire n'importe quoi, lui ordonna-t-elle d'une voix un peu plus basse en prenant bien soin de ne pas se débattre au point qu'il la lâche.

Ben Taylor s'en rendit compte et en profita. Il se pencha sur elle et l'embrassa doucement. Elle chercha d'abord à esquiver ses lèvres en tournant la tête, puis elle s'abandonna un court instant. Il la sentit consentante et prolongea son baiser jusqu'à ce qu'elle cherche à se dégager.

— Recommence plus jamais ça, fit-elle d'une voix rageuse, rouge de confusion.

— C'est promis. Je le ferai plus, dit-il d'une voix apparemment contrite. Ça a été plus fort que moi. Je rêve de toi toutes les nuits depuis la première fois que je t'ai vue. J'ai pas pu m'en empêcher.

Sans plus s'occuper de lui, Reine revint dans le magasin et attendit qu'il contourne à nouveau le comptoir et reprenne la place normale d'un client. Il regarda sa montre.

— Je dois partir, mais avant, j'ai un petit quelque chose pour toi, dit-il en tirant un petit écrin de l'une des poches de son paletot.

— Je peux pas prendre ça, fit-elle d'une voix tranchante.

— Ça me ferait de la peine que t'acceptes pas, reprit-il, l'air malheureux. Je l'ai acheté juste pour toi à Toronto. C'est pas grand-chose, mais je pensais que ça te ferait plaisir. T'oublies qu'on est des amis.

Les traits de la jeune femme s'adoucirent et elle perdit peu à peu son air hostile.

— Bon, c'est correct, accepta-t-elle, l'air boudeur.

Elle tendit la main et prit l'écrin qu'elle s'empressa d'ouvrir. Ce dernier contenait un petit cœur en argent et une chaînette du même métal. Reine, sensible à cette attention, ne put s'empêcher de sourire et le remercia.

— Bon, c'est comme ça que je t'aime, dit Taylor avant de la quitter. Si tu promets de pas me battre, je vais revenir, ajouta-t-il sur le mode plaisant.

— Si t'es sage, je le ferai pas, minauda-t-elle, conquise.

Il venait à peine de partir que Bernard Richer entra dans le magasin, les bras chargés de boîtes. Durant quelques minutes, Reine fut toute aux affaires. Elle vérifia la livraison du pâtissier et le régla. Après son départ, elle disposa la marchandise à la vue de la clientèle.

Pendant un long moment, elle ne parvint pas à chasser Benjamin Taylor de ses pensées, échafaudant toutes sortes de scénarios s'il tentait encore de l'embrasser. Sans se l'avouer, elle était transportée à la pensée qu'un si bel homme la trouve attirante.

Rêveuse et désœuvrée, elle finit par aller se planter derrière l'une des vitrines de la biscuiterie. Quelques flocons de neige flottaient paresseusement dans l'air avant de venir s'écraser sur le trottoir. À l'instant où elle se préparait à retourner derrière le comptoir, elle sursauta en apercevant l'Oldsmobile bleue de son beau-frère qui s'immobilisait devant le magasin.

Elle se demandait ce que le dentiste venait faire dans la rue Mont-Royal lorsqu'elle le vit ouvrir la portière arrière de son véhicule et aider Yvonne Talbot à s'en extraire.

— Tu parles d'une malchance, dit-elle à mi-voix en jetant un coup d'œil aux pâtisseries qu'elle venait d'étaler sur et dans les comptoirs. Elle aurait pas pu arriver deux heures avant, quand il m'en restait plus une ?

Elle ne se dirigea pas moins vers la porte dans l'intention de souhaiter la bienvenue à sa mère qu'elle n'avait pas vue depuis plus d'un mois. Yvonne, debout contre la voiture, s'appuya sur sa canne et tendit la clé de son appartement à son gendre qui venait de s'emparer de sa valise.

— Tu serais fin de la laisser sur mon lit, Charles, dit Yvonne au dentiste avant de s'avancer en claudiquant vers la porte de sa biscuiterie.

Reine lui tint la porte ouverte et la referma derrière elle, sans se donner la peine d'adresser le moindre signe de bienvenue à son beau-frère. Elle ne lui avait pas encore pardonné de les avoir ignorées, elle et sa famille, durant les festivités de fin d'année. Elle embrassa sa mère et la débarrassa de son lourd manteau de fourrure qu'elle alla porter dans l'arrière-boutique.

— Je pensais bien que vous viendriez me voir au moins une fois ou deux à Saint-Lambert, lui reprocha Yvonne en examinant le magasin. Ça fait presque deux mois que je vous ai pas vus.

— Vous oubliez que j'étais poignée toute la journée ici dedans, m'man, expliqua Reine avec un brin d'impatience. Pour finir le plat, Jean s'est fait voler son char. Comment vouliez-vous qu'on aille là-bas ?

— Je comprends, laissa tomber sa mère d'une voix peu convaincue.

— En plus, il aurait peut-être fallu qu'Estelle nous invite à aller vous voir chez elle, tint-elle à préciser avec une certaine rancœur.

— Elle y a probablement pas pensé, dit Yvonne.

— Venez vous asseoir en arrière, m'man, l'invita-t-elle. Restez pas debout sur votre jambe.

La veuve de Fernand Talbot se glissa maladroitement derrière le comptoir en s'appuyant lourdement sur sa canne et vint s'asseoir sur l'une des deux chaises placées devant la table en pin blanc. L'invitation de Reine n'était pas gratuite. Elle espérait que sa mère n'avait pas trop remarqué les pâtisseries étalées sur les deux comptoirs.

— Depuis quand vous avez plus votre plâtre ? demanda-t-elle à sa mère.

— Depuis avant-hier. Estelle et Charles ont pas voulu me ramener tout de suite après à la maison. Ils voulaient que je m'habitue à marcher avec ma canne et ils avaient peur que je tombe quand je serais toute seule, expliqua-t-elle.

— Avez-vous encore de la misère à marcher ?

— C'est pas facile, reconnut sa mère d'une voix légèrement geignarde. C'est surtout ma hanche qui me fait encore souffrir. Je suppose qu'avec le temps, ça va passer.

La clochette de la porte d'entrée sonna et Reine se leva pour aller servir. Ce n'était que Charles Caron, légèrement essoufflé par l'effort qu'il venait de faire. Le jeune homme de Saint-Lambert avait encore pris du poids depuis la dernière fois qu'elle l'avait vu, et monter les escaliers semblait un exercice de plus en plus pénible pour lui.

— Bonjour, petite belle-sœur, la salua-t-il en l'embrassant sur une joue.

— Bonjour, répondit-elle froidement.

Charles Caron fit comme s'il n'avait pas remarqué l'accueil peu chaleureux de Reine et il s'adressa à sa belle-mère.

— Bon, madame Talbot, il faut que j'y aille. Je pense qu'un des enfants de Reine va être capable d'aller vous acheter ce qu'il vous faut si vous avez besoin de quelque chose.

— Inquiète-toi pas pour moi, Charles, répondit Yvonne. Toi et Estelle, vous en avez fait bien assez pour moi.

— Si jamais vous avez besoin de quelque chose, hésitez pas à nous téléphoner, offrit le dentiste avant de quitter le magasin sur un dernier signe de la main.

« Et moi, je suppose que j'ai rien fait pour elle », se dit Reine, amère, en regardant par la vitrine l'Oldsmobile s'engager dans la circulation. Elle revint dans l'arrière-boutique et s'assit en face de sa mère.

— Puis, m'man, j'espère que vous vous êtes pas trop inquiétée pour la biscuiterie ? demanda-t-elle à sa mère en retournant auprès d'elle.

— Non, j'ai pleine confiance en toi et je savais que t'étais capable de te débrouiller. Mais je m'aperçois que t'as pas encore engagé une vendeuse.

— Comme je vous l'ai dit au téléphone, j'ai bien essayé, mais j'ai trouvé personne qui ferait l'affaire.

— Qu'est-ce que tu offrais comme salaire ? s'enquit Yvonne, un rien soupçonneuse.

— Le même que vous offriez à Adrienne Lussier quand elle travaillait pour vous.

— Il va pourtant falloir trouver quelqu'un. Moi, je serai pas capable, arrangée comme je le suis, de passer des heures debout derrière le comptoir.

— On va bien finir par en trouver une, dit hypocritement sa fille.

— C'est quoi ces pâtisseries-là qui traînent sur les comptoirs, en avant ? l'interrogea sa mère sur un ton inquisiteur.

— Une idée que j'ai eue avant-hier, mentit encore une fois la jeune femme qui ne désirait pas partager les profits de cette nouvelle activité. Le fournisseur nous donne quinze pour cent du prix de vente.

— Et ça marche ?

— Il m'en a livré avant-hier et tout s'est vendu dans le temps de le dire. Il vient de passer.

— C'est parfait. T'as eu une bonne idée, on dirait, concéda sa mère en esquissant une grimace de douleur.

À la vue de sa mère souffrante, la jeune femme, qui perçut là une faiblesse chez son interlocutrice, sauta sur l'occasion et décida de régler tout de suite son avenir à la biscuiterie.

— Quand est-ce que vous prévoyez revenir vous occuper du magasin, m'man ?

— Ma pauvre petite fille, je vois pas le jour où je vais être capable de me tenir longtemps sur mes deux jambes, répondit Yvonne en se remettant péniblement debout.

— Là, on va avoir un problème, m'man, attaqua immédiatement Reine. Jean est pas mal tanné de faire mon ouvrage à la maison et les enfants ont besoin de moi. Depuis six semaines, je passe plus de temps en bas qu'en haut chez nous et ça peut plus durer.

— Si on avait une vendeuse… commença la propriétaire de la biscuiterie.

— Même avec une vendeuse, m'man, vous savez bien qu'il faut être là de temps en temps pour surveiller ce qu'elle fait et s'occuper des commandes.

— Je le sais, laissa tomber Yvonne, apparemment découragée par le problème.

— Je sais que vous avez été tentée de tout vendre, reprit Reine, sans avoir l'air d'y toucher.

— Ce serait peut-être la meilleure chose à faire, concéda sa mère.

— Moi, j'aurais autre chose à vous proposer et ce serait bien plus payant pour vous que de vendre le magasin et la bâtisse.

— À quoi tu penses ? lui demanda sa mère en arborant un air un peu méfiant.

— J'ai pensé que ce serait une bien bonne affaire si je m'occupais toute seule de la biscuiterie et…

— Mais tu viens de me dire que ton mari en pouvait plus d'endurer que tu passes toutes tes journées ici…

— Laissez-moi finir, m'man, exigea la jeune femme. Vous auriez plus à vous occuper pantoute du magasin. Je m'en chargerais et je suis certaine que je vais finir par me trouver une vendeuse fiable. Là, vous me paieriez pas de salaire. Tout ce qu'on ferait, on se partagerait les profits moitié-moitié à la fin de chaque semaine, après avoir payé le salaire de la vendeuse. On pourrait passer un papier entre nous deux et l'affaire serait réglée.

Yvonne Talbot garda le silence un long moment, comme si elle tergiversait sur la conduite à tenir.

— Mon idée est bonne, pas vrai ? conclut Reine, convaincue d'avoir persuadé sa mère. Vous auriez juste à vous reposer, tranquille, chez vous, à profiter de la vie.

— Ton idée est peut-être pas mauvaise, ma fille, reprit Yvonne, mais t'oublies que je vais continuer à payer toute seule la taxe d'affaires, les taxes municipales et tous les frais du magasin. L'électricité et le chauffage, par exemple, se paient pas avec des prières.

— J'avais pas pensé à ça, déclara Reine en feignant la surprise.

Sa mère la connaissait bien et ne fut pas dupe. Elle regarda sa fille durant un long moment, l'air indécis. Puis, soudain, elle sembla prendre une décision.

— Écoute, je viens tout juste d'arriver et je suis pas mal fatiguée, dit-elle. Donne-moi le temps de consulter mes factures de l'année passée. Je vais calculer le pourcentage du chiffre d'affaires qui va habituellement pour payer tout ça. J'ai l'impression que ça doit tourner autour de trente pour cent. Viens me voir demain soir. Si t'es toujours intéressée à faire ce que tu viens de me proposer, on s'arrangera. On pourra partager les bénéfices une fois les frais déduits.

Là-dessus, Yvonne remercia sa fille de s'être occupée du magasin durant sa convalescence et traversa l'arrière-boutique en claudiquant. Reine écarta le rideau de perles pour la laisser passer devant elle en portant sur le bras le manteau de sa mère.

— Si tu trouves que c'est pas assez payant de cette manière-là, t'auras juste à me le dire demain soir. Je mettrai le magasin en vente, lui dit la sexagénaire en endossant son manteau de vison que Reine venait de lui tendre. Ce sera pas la fin du monde.

— Avez-vous besoin d'aide pour monter chez vous, m'man ? lui demanda-t-elle en tentant de contrôler l'allégresse qui la submergeait.

— Non, je vais me débrouiller. La rampe est solide.

Après le départ de sa mère, la jeune femme eut du mal à s'empêcher d'effectuer un pas de danse dans le magasin tant elle était heureuse. Elle aurait enfin le contrôle de la biscuiterie et en tiendrait sa mère éloignée le plus possible. Ce qu'elle avait tenté sans succès après la mort de son père en 1947, elle allait le réussir dans les heures à venir.

Puis, peu à peu, sa joie se teinta d'une certaine déception. Elle allait faire beaucoup moins d'argent qu'escompté parce que sa mère avait détecté le piège qu'elle lui avait tendu en tentant de lui faire payer seule tous les frais. Elle s'empara fébrilement d'une feuille et d'un stylo et se mit à calculer, à la lumière des ventes effectuées durant les dernières semaines, combien tout cela pourrait lui rapporter, après une déduction de trente pour cent. Les résultats obtenus n'étaient peut-être pas mirobolants, mais ils étaient dignes d'intérêt.

Reine eut une pensée pour Jean et ses enfants, mais elle ne s'inquiéta pas de leur réaction. Elle avait déjà en poche deux noms laissés par des jeunes femmes désirant travailler à la biscuiterie au salaire proposé. Elle les avait volontairement fait patienter en attendant de convaincre sa mère dc la prendre comme partenaire. Avec une vendeuse, elle allait avoir la possibilité de s'absenter aussi souvent que nécessaire pour voir au bien-être des siens, et cela, sans nuire aux profits qu'elle comptait tirer de la biscuiterie.

Ce soir-là, elle ne dit pas un mot du retour de sa mère à son mari. Elle le laissa s'installer seul devant le téléviseur dans le salon sous le prétexte d'avoir à vérifier les devoirs et les leçons des enfants. En fait, elle ne jeta qu'un coup d'œil distrait à leurs travaux scolaires, se concentrant surtout sur les documents qu'elle avait rapportés de la biscuiterie. Elle avait repris tous les calculs faits après le départ de sa mère et était arrivée aux mêmes résultats.

Durant quelques instants, les yeux rêveurs et le crayon entre les dents, elle réfléchit à une manière de soustraire la vente des pâtisseries du chiffre d'affaires du magasin. Elle eut un vague sourire. Les produits des Richer allaient gonfler ses bénéfices de façon appréciable.

— Pas mal, murmura-t-elle pour elle-même.

Catherine leva la tête, pensant que sa mère lui parlait.

Le lendemain matin, Jean eut la surprise d'entendre des bruits en provenance de l'appartement situé sous le sien au moment où il achevait de s'habiller. Il sortit de la chambre à coucher en nouant sa cravate.

— Je pense qu'il y a quelqu'un qui est entré chez ta mère, dit-il à Reine en train de verser du café dans sa tasse. Je viens d'entendre du bruit, en bas.

— C'est normal, ma mère est revenue.

— Depuis quand ?

— Hier avant-midi, fit-elle sans avoir l'air d'y attacher d'importance.

— Il me semble que t'aurais pu me le dire, protesta-t-il en s'assoyant à table dans l'intention de déjeuner.

— Pourquoi ? T'aurais voulu aller la voir, je suppose, répliqua Reine, qui connaissait déjà la réponse de son mari.

Il leva les épaules.

— Je suppose que ça veut dire que t'achèves de travailler au magasin ? reprit-il.

— Oui et non, fit-elle prudemment.

— Comment ça, oui et non ? demanda-t-il en s'arrêtant de tartiner sa rôtie.

— Bien, t'as pas vu ma mère, toi, lui dit sa femme avec un air assez emprunté. Elle a pas mal de misère à marcher. Ils lui ont enlevé son plâtre, mais elle dit que sa hanche lui fait trop mal pour rester debout longtemps. Quand je lui ai parlé hier, elle est encore revenue sur son idée de tout vendre.

— Je t'ai déjà dit que c'était pas bête, son idée. À son âge, elle a le droit de profiter un peu de la vie.

— Mais tu comprends rien ! fit Reine en haussant la voix. Elle veut vendre la maison et le magasin. Elle gardera rien. J'ai même l'impression qu'Estelle lui pousse dans le dos pour qu'elle fasse ça.

— Puis après ?

— Après, nous autres, où est-ce que tu penses qu'on va aller rester ?

— Si ta mère vend, ça veut pas dire nécessairement que le nouveau propriétaire va nous sacrer dehors.

— Non, mais tu peux être certain que le loyer va augmenter, par exemple, lui fit-elle remarquer, agressive. Ma mère nous a augmentés de seulement dix piastres en treize ans. T'en chercheras des loyers comme le nôtre à quarante piastres par mois, toi.

— C'est correct, dit Jean en levant la main pour lui faire signe de baisser le ton.

— J'ai eu une bonne idée et j'en ai parlé à ma mère hier matin, poursuivit sa femme.

— Quelle idée ?

— Écoute-moi bien jusqu'à la fin, lui ordonna-t-elle en s'animant. Je lui ai proposé qu'on devienne partenaires dans la biscuiterie. On séparerait les profits moitié-moitié et…

— Non ! fit Jean sur un ton catégorique. Il en est pas question. On continuera pas la vie de fou qu'on a depuis avant les fêtes ! C'est pas vrai ! Là, c'était ben beau, c'était pour rendre service à ta mère. Mais à cette heure qu'elle est revenue, ça s'arrête là.

— Laisse-moi donc finir ! s'emporta sa femme. J'engagerais dès demain une vendeuse. Je l'ai déjà trouvée. Comme ça, j'aurais à descendre au magasin seulement quand mon ouvrage ici dedans serait fait. Je serais là pour les repas et il y a personne qui pâtirait que je m'occupe aussi de la biscuiterie.

— Il me semble que j'ai déjà entendu ce refrain-là, fit Jean, méfiant.

— Je te le dis. À partir de demain, je vais avoir une vendeuse et ça paraîtra même pas que je travaille à la biscuiterie. Personne ici dedans va en pâtir.

— T'es certaine de ça, toi ?

— Je te le garantis. Si ça marche, on va juste avoir plus d'argent.

Jean se retint de lui faire remarquer que cet argent-là, il y avait tout de même peu de chance que les enfants et lui en voient la couleur. Cependant, il réalisait qu'il n'existait aucun moyen de lui faire renoncer à son projet. Il connaissait assez sa femme pour savoir que plus il s'opposerait à elle, plus elle s'entêterait. S'il lui disait non, elle allait déclencher une guerre en règle et les enfants finiraient par en payer le prix autant que lui. À la limite, elle allait sortir plus souvent avec Gina Lalonde, et cela, il ne le souhaitait sous aucun prétexte. S'il avait entretenu de meilleures relations avec sa belle-mère, il aurait pu aller la voir et la persuader de refuser…

— C'est correct, finit-il par accepter à contrecœur, mais si ça marche pas…

— Ça va marcher, le coupa-t-elle, enthousiaste.

— Es-tu en train de me dire que ta mère a déjà accepté ton marché ?

— Non, mais c'est aujourd'hui que ça va se décider.

Ce jour-là, Reine ne vit pas sa mère à la biscuiterie de la journée. Intriguée et surtout impatiente de régler l'affaire, elle finit par lui téléphoner à la fin de l'après-midi, une heure avant la fermeture du magasin. Yvonne Talbot lui apprit qu'elle avait connu une mauvaise nuit et qu'elle avait si mal à la hanche qu'elle n'avait pas eu le courage de descendre.

— Si t'as le temps, viens me voir après le souper, offrit-elle à sa fille.

Après le repas du soir, la jeune femme s'empressa de laver la vaisselle avec l'aide de Catherine. Cette dernière lui apprit qu'elle avait voulu aller saluer sa grand-mère après le dîner, avant de retourner à l'école, mais qu'elle n'avait pas répondu.

— Elle devait dormir, fit sa mère. Elle a mal à sa hanche et elle a de la misère à marcher.

— En tout cas, elle m'a envoyé lui acheter des affaires chez Drouin, après l'école, intervint Gilles.

Avant de quitter l'appartement, Reine s'arrêta un instant dans le salon où son mari était occupé à lire le journal.

— Je descends voir ma mère, lui annonça-t-elle.

— Est-ce que tu veux que j'y aille avec toi ? demanda-t-il sans grand entrain. Ce serait peut-être plus normal que j'aille m'informer de sa santé.

— J'aime autant pas, on va discuter de la biscuiterie.

Sur ce, elle quitta son foyer, descendit une volée de marches et alla frapper à la porte de l'appartement situé au premier étage. Sa mère vint répondre.

— Déjà en robe de chambre, fit Reine, étonnée, en voyant sa mère prête pour la nuit. J'espère que vous alliez pas déjà vous coucher, il est seulement sept heures.

C'était un changement radical auquel Yvonne Talbot ne l'avait pas habituée. Aussi loin qu'elle s'en rappelait, sa mère était toujours soigneusement habillée et coiffée dès les premières heures le matin et elle demeurait ainsi jusqu'au moment de se mettre au lit, à moins d'être victime de l'une de ses terribles migraines.

— Non, mais je me coucherai pas trop tard. Je me sens fatiguée, avoua sa mère. Viens boire une tasse de thé, proposa-t-elle. Je viens d'en préparer.

Reine la suivit dans la cuisine en réalisant soudainement à cet instant à quel point sa mère «avait pris un coup de vieux» depuis son accident.

Toutes les deux prirent place devant la table sur laquelle étaient déposés quelques dossiers cartonnés remplis de papiers. Yvonne les repoussa de la main vers sa fille après lui avoir versé une tasse de thé.

— Je viens de vérifier les cinq dernières années. Les frais du magasin représentent trente et un pour cent du chiffre d'affaires. Si ça te tente de vérifier, gêne-toi pas, dit-elle.

— Voyons, m'man, je vous crois, se rebiffa la jeune femme.

— Est-ce que t'es toujours aussi intéressée à t'occuper de la biscuiterie? lui demanda sa mère.

— Oui, répondit Reine sans la moindre hésitation.

— J'en ai parlé au téléphone à Lorenzo et à Estelle, hier soir, reprit Yvonne.

— En quoi ça les regarde, cette affaire-là? s'offusqua Reine.

— T'oublies que la biscuiterie, c'est une partie de leur héritage, comme pour toi. Ils ont leur mot à dire là-dedans, que ça te plaise ou pas.

— Puis ?

— Lorenzo m'a dit que ça le dérangeait pas ce genre d'entente-là pourvu que Jean soit d'accord.

— Jean a rien à dire.

— C'est ton mari et le père de tes enfants, ma fille. Même si je l'aime pas particulièrement, tu dois lui demander son avis. J'ai pas envie de le voir descendre pour me dire un paquet de bêtises.

— Je lui en ai parlé. Il est d'accord, laissa tomber Reine. Qu'est-ce qu'Estelle avait à dire ?

— Elle, elle aimerait mieux que je vende tout et que j'aille m'installer à Saint-Lambert.

— Chez elle ?

— Non, mais pas trop loin.

— Elle devrait peut-être penser que nous aussi, on existe, fit Reine, amère. On dirait qu'elle s'imagine qu'elle est la seule de vos enfants.

— Ça sert à rien d'en parler. De toute façon, j'ai pris ma décision, reprit Yvonne en lui tendant une feuille qui était placée dans l'un des dossiers sur la table. Tiens, j'ai préparé ça. Si ça fait toujours ton affaire, tu peux le signer et tu t'occupes de la biscuiterie toute seule à partir de demain matin.

Reine lut le document, prit le stylo que lui tendait sa mère et signa sans hésitation. Dorénavant, elle était partenaire à parts égales de la biscuiterie, et cela, sans avoir eu à débourser un seul sou, ce qui n'était pas négligeable.

Un sourire de contentement sur les lèvres, elle finit de boire sa tasse de thé.

— Qu'est-ce qu'on fait, m'man, pour la moitié du mois de décembre et presque tout le mois de janvier ?

— Pourquoi tu me demandes ça ? fit sa mère en levant les sourcils. Est-ce que t'as déposé les recettes dans mon compte de banque à la Caisse populaire, comme je te l'avais demandé ?

— Oui, tenez, je vais vous donner votre livret, fit sa fille en se penchant pour prendre son sac à main dans lequel était rangé le livret de banque de sa mère.

— À ce moment-là, tout est parfait, déclara Yvonne après avoir jeté un coup d'œil sur les dépôts effectués par sa fille durant sa convalescence.

Le visage de Reine s'était rembruni et elle attendit un bref moment que sa mère réalise qu'elle lui devait deux cents dollars en salaire. Quand elle se rendit compte qu'elle n'abordait pas le sujet, elle se décida à lui rafraîchir la mémoire.

— On n'a pas encore parlé de mon salaire, m'man, dit-elle d'une voix un peu hésitante.

— Quel salaire ? lui demanda sa mère. Tu viens de signer comme quoi tu te contenterais de la moitié des bénéfices chaque semaine après avoir déduit les frais.

— Je parle de mon salaire jusqu'à aujourd'hui, insista Reine. Vous m'aviez dit que vous me donneriez quarante piastres par semaine tout le temps que vous pourriez pas revenir au magasin.

La réaction d'Yvonne apprit à sa fille qu'elle n'avait nullement oublié, mais qu'elle avait espéré que cette dernière lui ferait cadeau de la somme, compte tenu de ce qu'elle venait de lui concéder. Devant le visage déterminé de Reine, elle comprit qu'il s'agissait d'un espoir vain. S'ensuivit un silence que ni l'une ni l'autre ne voulait briser. Qui ferait cadeau à qui ? Puis, Yvonne reprit son crayon et calcula le nombre de semaines avant de déclarer :

— Samedi, quand tu feras les comptes, je te réglerai ça.

— Merci, m'man.

— En passant, tu m'apporteras toujours le ruban de caisse le samedi, précisa la propriétaire de la biscuiterie sans avoir l'air d'y toucher.

— On dirait que vous avez pas confiance, protesta Reine, un peu insultée devant cette marque de méfiance maternelle.

— C'est pas une question de confiance, ma fille. Quand on est en affaires, il faut que tout soit bien clair. Avant de partir, laisse-moi donc le nom et le numéro de téléphone de celui qui nous fournit des pâtisseries.

— Pourquoi ?

— Je veux juste me rendre compte à quel point il est fiable.

Reine avait l'air préoccupée lorsqu'elle rentra chez elle quelques minutes plus tard. Si sa mère avait demandé le numéro de téléphone des Richer, cela prouvait qu'elle se méfiait d'elle et voulait vérifier depuis combien de temps ils fournissaient la biscuiterie.

— Il y a pas à dire, ça commence bien ! murmura-t-elle en ouvrant la porte de son appartement.

Quelques minutes plus tard, elle téléphona à une certaine Claire Landry pour l'informer qu'elle était prête à lui offrir le poste de vendeuse dès le lendemain matin, si l'emploi l'intéressait toujours.

La jeune fille de dix-neuf ans était passée à la biscuiterie la semaine précédente et elle lui avait fait une impression favorable. Si elle se fiait à ce qu'elle lui avait dit, elle provenait d'un petit village gaspésien et se cherchait du travail depuis près d'un mois. Elle demeurait chez une cousine, rue Gilford, et il s'agissait de son premier emploi à Montréal. Reine en déduisait qu'elle serait docile et travailleuse. La demoiselle accepta avec enthousiasme de se présenter au magasin à huit heures et demie, le jour suivant.

— Tout est arrangé, dit-elle sur un ton triomphant à son mari en venant le rejoindre dans le salon où il regardait *Pays et merveilles*, l'émission animée par André Laurendeau.

— Tu t'es entendue avec ta mère ? lui demanda-t-il sur un ton neutre.

— Oui, et j'ai aussi trouvé une vendeuse. À partir de demain, ça va se passer comme je te l'ai dit, promit-elle, contente d'elle.

— Tant mieux, fit-il sans toutefois manifester grand enthousiasme.

Chapitre 13

Retour à la normale

Durant les deux semaines suivantes, il ne tomba pas un flocon de neige sur Montréal. Tout se passait comme si la ville avait fait le plein de neige pour l'hiver. En contrepartie cependant, un froid sibérien s'installa sur la métropole. Le mercure oscilla entre -10 et -5 °F, rendant tout déplacement extérieur excessivement pénible.

Chez les Bélanger, la maison avait beau être dotée de fenêtres neuves quelques années auparavant, l'air froid parvenait tout de même à se frayer un chemin dans l'appartement.

— Je pense que ces maudites fenêtres en aluminium là sont pires que les anciennes fenêtres en bois qu'on avait, maugréa Jean, planté devant la fenêtre de sa chambre couverte à demi de givre. Calvince ! T'as juste à les regarder et ça te fait claquer des dents.

À l'extérieur, le petit jour gris et blafard de ce lundi matin rendait les gens maussades.

— Tu dis ça tous les hivers, laissa tomber Reine en finissant de replacer les couvertures sur le lit.

— Peut-être, mais cette année, il me semble que c'est pire.

Sa femme le laissa à ses sombres pensées et sortit de la pièce. Il finit par aller la rejoindre dans la cuisine où les enfants avaient déjà commencé à déjeuner.

— Est-ce que je vous sers de la crème de blé, p'pa ? proposa Catherine à son père.

— Envoye donc, ça va peut-être finir par me réchauffer.

Reine se contenta de deux rôties sur lesquelles elle étala soigneusement un peu de marmelade. Depuis quelque temps, elle semblait accorder une importance spéciale à ce qu'elle mangeait, comme si elle craignait d'engraisser.

— Mange donc plus, lui conseillait parfois son mari, inquiet de la voir chipoter dans son assiette. Avec les journées d'ouvrage que tu fais, t'as besoin de manger comme du monde.

— À soir, on se divise l'ouvrage, déclara sa femme, tout à trac.

— Est-ce que je peux savoir de quoi tu parles ? lui demanda-t-il, intrigué.

— Si t'écoutais quand je te parle, tu me poserais pas cette question-là, répliqua-t-elle. Je te parle des bulletins des enfants. C'est à soir. Moi, je ferai pas les deux écoles, c'est pas vrai, ajouta-t-elle sur un ton déterminé.

— Mais on n'est pas obligés d'aller les chercher, ces bulletins-là, protesta son mari, peu tenté d'aller passer une partie de la soirée à attendre à la porte d'une classe.

— C'est vrai, m'man, intervint Gilles. Le professeur nous donne notre bulletin le lendemain si vous allez pas le chercher et on a juste à vous l'apporter pour vous le faire signer.

— Tiens ! Là, tu m'en apprends une bonne, fit Reine.

— Mon professeur aussi fait ça, dit Alain, à son tour.

— Imaginez-vous donc, tous les deux, que je le sais, répliqua sèchement leur mère. Mais moi, je pense que ça vaut la peine d'aller à l'école pour savoir vraiment ce que votre professeur pense de vous autres. Surtout vous deux.

— Tu penses que… commença Jean.

— Je pense surtout qu'au mois de novembre j'ai pas eu bien des félicitations sur nos deux oiseaux. J'espère que vous vous souvenez ce que je vous ai promis quand la télévision est entrée dans la maison. Si j'apprends que vous faites pas l'affaire à l'école, plus de télévision pantoute durant la semaine. Finies aussi les parties du Canadien le samedi soir. Vous allez vous coucher assez de bonne heure pour être en forme le matin quand vous allez partir pour l'école.

— Parlant de télévision, intervint Jean. Je suis arrêté chez Dupuis, vendredi après-midi, pour finir de payer la nôtre.

— Mais t'étais pas obligé de la payer aussi vite, lui fit remarquer sa femme sur un ton désapprobateur. Tu m'as dit que t'avais deux ans pour le faire.

— Je le sais, mais comme le dit mon père : « Payer ses dettes c'est s'enrichir ! » Moi, les dettes, ça m'énerve et ça m'empêche de dormir tranquille.

Reine fit une moue qui en disait long sur ce qu'elle en pensait.

— Bon, avec tout ça, qu'est-ce qu'on fait à soir ? Moi, je vais aller à l'école de Catherine. Je pense que toi, t'es capable de t'occuper des bulletins des deux gars. Qu'est-ce que t'en penses ?

— Je pense que j'aimerais mieux rester au chaud devant la télévision, sacrifice ! Mais on dirait ben que j'ai pas le choix, fit-il d'une voix acide. Toi, avec Catherine, tu risques pas de recevoir des bêtises.

— C'est sûr, elle s'organise toujours pour être le chouchou de la sœur, intervint Gilles en adressant une grimace à sa sœur aînée.

Catherine fit comme si elle n'avait rien entendu. De fait, l'adolescente était une élève studieuse qui se classait toujours parmi les premières de sa classe. Les religieuses n'avaient jamais de critique à formuler à son endroit. Elle avait un comportement irréprochable. Le plus amusant était que sa mère trouvait cela tout à fait normal alors qu'elle-même avait plutôt été une mauvaise élève que les religieuses ne se gênaient pas de qualifier de « tête croche ».

Ce soir-là, les deux parents bravèrent le froid sibérien et se rendirent dans les écoles fréquentées par leurs enfants. Reine eut la chance de revenir à la maison beaucoup plus tôt que son mari. Elle était enchantée des résultats obtenus par sa fille, première de sa classe pour un troisième mois d'affilée.

— Même si je suis fatiguée, dit-elle à ses enfants qui avaient attendu le retour de leurs parents avec une certaine anxiété, ça valait la peine d'y aller.

Jean rentra à la maison plus d'une heure plus tard, les oreilles rougies par le froid et les doigts gourds.

— Maudit calvince ! Je suis complètement gelé, se plaignit-il en laissant tomber sur la table de cuisine les bulletins de ses garçons.

— Ça t'a bien pris du temps, fit sa femme.

— Comme toutes les fois où je mets les pieds dans cette maudite école-là, dit-il en s'allumant une cigarette. Veux-tu ben m'expliquer pourquoi je tombe toujours sur des mères qui se sentent obligées de raconter leur vie aux professeurs ? À la porte de la classe d'Alain, par exemple, j'étais le deuxième à attendre. Tu me croiras si tu veux, mais la femme en avant de moi a mis vingt minutes avant de sortir de la classe.

Sa femme ne sembla pas l'écouter. Elle tira les relevés de notes des enveloppes dans lesquelles ils étaient insérés et prit le temps de consulter les résultats obtenus par ses fils dans chacune des matières.

— Bon, c'est pas les gros chars ! laissa-t-elle tomber.

— Est-ce que je suis meilleur qu'avant ? demanda Gilles, pas trop rassuré.

— Vingtième sur trente-trois avec soixante-quatre pour cent, j'appelle pas ça meilleur, fit sa mère.

— Ben le mois passé, m'man, j'étais vingt et unième, argumenta son fils.

— Et son comportement à l'école ? demanda Reine à son mari, sans tenir compte de ce que Gilles venait de dire.

— Il est correct, dit Jean sans entrer dans les détails que lui avait fournis Paul-André Légaré, l'instituteur de son fils.

En fait, l'enseignant n'était pas particulièrement enchanté de la conduite du garçon. Il lui reprochait d'être brouillon et querelleur. Ces remarques lui avaient alors rappelé son frère Claude qui, tout au long de ses études, était toujours à la limite de la légalité. Gilles avait de plus en plus le caractère de son oncle.

— Peut-être, reprit Reine, mais il va avoir affaire à étudier plus chaque soir. Tu vas te grouiller pour avoir des meilleures notes, précisa-t-elle en s'adressant à son fils.

— Le professeur d'Alain a l'air assez content de lui, dit Jean. Il y a juste ses devoirs qu'il trouve un peu malpropres.

— Ça, on va y voir à partir de demain soir, décréta Reine, l'air résolu.

— Et Catherine ? demanda Jean.

— La première de sa classe, lui dit sa femme en lui tendant le bulletin de son aînée. Mais elle peut encore faire mieux, prit-elle le soin d'ajouter. Bon, à cette heure, il est l'heure d'aller vous coucher, dit-elle à ses enfants. Ramassez vos affaires sur la table, mais laissez-moi vos devoirs que je regarde ça avant d'aller prendre un bain.

— Va prendre ton bain, je vais les vérifier, lui proposa Jean.

Le père de famille prit les cahiers de devoirs et alla se réfugier dans le salon.

Il se sentait rassuré. Reine avait tenu parole. Depuis deux semaines, elle avait repris sa place dans son foyer, même si elle s'occupait activement de la biscuiterie. Il ignorait comment elle s'y prenait, mais elle était habituellement à la maison quand il revenait du travail. Elle disait qu'elle arrivait à préparer les repas et à faire le lavage, le repassage et le ménage durant les heures creuses au magasin. Il ignorait comment elle parvenait à tout faire, mais elle le faisait. En contrepartie, un peu honteux de la voir s'échiner ainsi, il participait le plus possible aux travaux ménagers et voyait à ce que les enfants apportent leur contribution.

Bref, il s'était installé une certaine harmonie depuis que Reine avait engagé une vendeuse et passait plus de temps à la maison. Par conséquent, sa femme semblait de meilleure humeur, et cela, malgré tout le travail qu'elle devait abattre.

À Radio-Canada, Jean avait dû s'habituer rapidement à se passer de l'aide de Henri-Claude Langelier, définitivement parti à sa retraite à la fin du mois de janvier. Il en apprenait davantage sur son travail chaque jour, mais c'était devenu un peu plus difficile sans les encouragements dont le journaliste d'expérience n'était pas avare. Comme ce dernier le lui avait clairement fait comprendre, il lui fallut peu de temps pour détecter que le service était la scène d'une féroce lutte de pouvoir. Alors, l'euphorie du début avait cédé la place à une certaine prudence quand il s'était rendu compte que le département était divisé en deux factions rivales se livrant une lutte sans merci.

Il avait fini par découvrir que plusieurs employés, regroupés autour d'un certain Vincent Lalande, visaient apparemment à évincer Ernest Lapointe de son poste de directeur. Ils s'en disaient insatisfaits et se cachaient à peine pour critiquer chacune de ses décisions. Les membres de l'autre groupe, beaucoup plus nombreux, complotaient aussi dans le dos de Lapointe, moins dans le but de s'opposer à lui que pour forcer la société d'État à améliorer autant leur salaire que leurs conditions de travail. Tout cela créait un climat assez insécurisant dans lequel quelques neutres, comme Jean, ne cherchaient qu'à se tenir prudemment à l'écart de cette agitation. Pour sa part, le fils de Félicien Bélanger était bien décidé à ne pas se faire étiqueter comme appartenant à l'un ou l'autre groupe. Son seul désir était d'effectuer convenablement son travail sans avoir d'histoire.

À son avis, son confrère de travail le plus désagréable était, et de loin, Vincent Lalande. L'homme, à peine plus âgé que lui, était un snobinard qui se faisait un titre de gloire d'être sorti du chic collège Jean-de-Brébeuf. Paradant dans le département dans une tenue décontractée, il s'exprimait avec un accent français prononcé quand il daignait enlever de sa bouche sa pipe recourbée au fourneau pratiquement toujours éteint. Jean avait cru remarquer que, sous ses manières un peu efféminées, Lalande n'était qu'un poseur qui avait un don certain pour les phrases dévastatrices et les allusions méchantes. En conséquence, Jean prenait grand soin de s'en tenir loin et il évitait la table où ce collègue tenait sa cour à la cafétéria.

Par ailleurs, quelques jours auparavant, il avait eu l'occasion de mettre les choses au point avec un certain René Dufort, le porte-parole très actif de la seconde faction, quand celui-ci était venu le voir pour lui faire signer une pétition qui réclamait de meilleures conditions de travail.

— Écoute, lui avait-il dit, mal à l'aise. Je commence à peine à travailler ici. J'ai une famille à faire vivre. Je suis bien mal placé pour critiquer et demander mieux.

Dufort, un homme ventru dans la cinquantaine, sembla l'avoir compris et ne l'avait plus importuné. Jean ignorait ce qu'il avait rapporté à son groupe, mais il avait l'impression qu'on l'avait un peu ostracisé.

Deux jours après avoir été approché par René Dufort, il vit Lalande s'arrêter devant lui, à la cafétéria où il s'apprêtait à dîner.

— Et puis, aimes-tu travailler avec nous ? lui avait-il demandé, en arborant son petit air supérieur habituel. C'est autre chose que de travailler pour un petit journal comme le *Montréal-Matin*, non ? avait-il ajouté, méprisant. Tu dois trouver la marche pas mal haute.

— C'est pas tellement différent, mentit Jean, offensé par la remarque. La seule différence que j'ai remarquée, c'est qu'au journal, tout le monde était sympathique.

Lalande ne sembla pas avoir compris l'allusion.

— J'espère que tu as constaté qu'au service des nouvelles, on forme un groupe de professionnels de l'information qui visent rien de moins que la perfection, poursuivit-il avec hauteur.

— C'était aussi ce qu'on se disait au *Montréal-Matin*, affirma Jean, agacé par les airs hautains de son vis-à-vis.

Son collègue feignit d'ignorer son hostilité et continua, mais sur un ton plus bas.

— On est nombreux à penser que le service serait beaucoup plus efficace et effectuerait un travail de bien meilleure qualité si on remplaçait le directeur actuel et…

— Tu m'excuseras, mais je suis trop nouveau à Radio-Canada pour avoir eu le temps d'évaluer mon directeur, l'interrompit Jean. En plus, je viens d'un milieu où la loyauté est la qualité la plus appréciée.

Vincent Lalande eut un rictus avant de laisser tomber un « Je comprends » plein de morgue. Il alla rejoindre ses disciples à la table qu'ils occupaient habituellement. Jean eut l'impression ce jour-là de s'être fait un ennemi et d'avoir été jugé irrécupérable par cette faction.

Ce soir-là, Reine s'était fait couler un bain et se prélassait dans la baignoire après une journée bien remplie. Les enfants étaient couchés et Jean, victime d'un mauvais rhume, s'était mis au lit quelques minutes auparavant, même s'il était à peine neuf heures trente. Ses pensées vagabondaient et elle éprouvait une intense satisfaction à l'idée de tout ce qu'elle parvenait à accomplir dans une journée. La gérante de la biscuiterie Talbot avait trouvé une véritable perle en la personne de Claire Landry. La jeune Gaspésienne était travailleuse, honnête et aimable avec la clientèle. Plus important encore, elle était discrète.

La semaine précédente, Reine avait aperçu une longue Cadillac noire s'immobiliser devant le magasin au moment où elle retouchait la décoration de l'une des vitrines. À son grand étonnement, elle en avait vu descendre Benjamin Taylor.

— Seigneur ! Qu'il est beau cet homme-là ! s'était exclamée Claire Landry qui l'avait vu en même temps qu'elle.

— C'est un de mes amis, lui avait dit sa patronne, avec une fierté certaine.

L'homme d'affaires avait bien vu qu'on le regardait et il avait pris son temps pour pénétrer dans le magasin. Il avait toujours le même air avantageux. À son passage devant la vitrine, il avait frappé doucement contre la vitre et lui avait envoyé un baiser de la main, ce qui avait fait rougir violemment la jeune femme. Le geste n'avait pas échappé à la jeune vendeuse.

À l'entrée de l'homme dans le magasin, Claire avait tout de suite compris que sa présence gênait et s'était esquivée dans l'arrière-boutique sous le prétexte de ranger ce qu'un fournisseur avait livré la veille.

— Fais plus jamais ça devant le monde, avait ordonné Reine à son visiteur dès que Claire eût disparu derrière le rideau de perles. Pour qui tu me fais passer ? T'oublies que je suis mariée, moi. À part ça, qu'est-ce que ma vendeuse va penser ?

— Excuse-moi, avait-il dit, l'air contrit. J'avais complètement oublié que t'avais une employée à cette heure. Quand je l'ai vue, il était trop tard.

— Parlons-en plus, avait-elle repris, tout de même heureuse de sa visite. Qu'est-ce que tu fais de bon ?

Il lui avait énuméré succinctement ce qu'il avait fait durant les dix derniers jours. Ensuite, il avait fait en sorte qu'elle lui raconte les quelques événements survenus dans sa vie depuis sa dernière visite. Elle s'était bien gardée de lui dire qu'elle était maintenant copropriétaire de la biscuiterie, de peur qu'il insiste pour se charger de la publicité de son magasin.

— J'avais pas remarqué que t'avais un beau char comme ça, avait-elle dit, un brin admiratrice devant ce signe de réussite.

— C'est le modèle de cette année. Avoir un beau char, c'est aussi important que d'être bien habillé pour les clients. Ça leur inspire confiance, avait-il ajouté en lui prenant doucement une main qu'elle chercha immédiatement à retirer.

Il avait été plus rapide qu'elle. Il l'avait levée jusqu'à ses lèvres et en avait embrassé la paume.

— Reste donc tranquille, avait-elle protesté en jetant un coup d'œil anxieux vers l'arrière-boutique pour s'assurer que Claire n'avait rien vu.

— C'est correct, avait-il accepté sans la moindre trace de remords. J'espère que tu te souviens que c'est la Saint-Valentin, la semaine prochaine.

— Je vois pas pourquoi tu me dis ça, avait-elle rétorqué, jouant les coquettes.

— Nous deux… avait-il commencé.

— Il y a pas de nous deux, avait-elle dit d'une voix tranchante. Si je fête la Saint-Valentin, ça va être avec mon mari.

— Tu me fais bien de la peine, avait-il murmuré sur un ton à demi plaisant. Bon, j'y vais. J'ai un rendez-vous important avec un client de la rue Saint-Denis, avait-il conclu. Je dois aussi retourner après-demain à Toronto.

Il avait quitté la biscuiterie aussitôt. Dès que la porte s'était refermée, la vendeuse était revenue prendre place derrière le comptoir comme si de rien n'était. Reine lui avait jeté un coup d'œil pour essayer de voir si la jeune femme avait deviné quelque chose, mais rien dans son comportement ne l'avait laissé croire.

Même si elle trouvait embarrassantes les manifestations publiques de son admirateur, Reine n'était pas prête à y renoncer. Évidemment, elle pourrait le remettre à sa place et lui défendre de revenir l'importuner, mais elle ne le désirait pas. Elle continuait à se sentir flattée de susciter de telles marques d'adoration chez un homme qui devait vraiment avoir le choix.

— Je pense qu'il m'aime pour vrai, murmura-t-elle rêveusement pour elle-même, toujours étendue dans sa baignoire pleine d'eau savonneuse.

En disant cela, elle se sentit envahie par une étrange exaltation. En cet instant, elle n'eut aucune pensée pour son mari et ses enfants. Elle ne songea qu'à ce qu'elle éprouverait si un jour elle avait à vivre aux côtés d'un tel homme. Elle se voyait descendant de la Cadillac à la porte d'un hôtel chic, élégamment vêtue d'un manteau de vison et les doigts chargés de bagues coûteuses. Elle eut un sourire de dérision en regardant la petite bague en argent offerte par son mari à l'occasion de leurs fiançailles. Elle s'imagina maîtresse d'une grande maison luxueusement meublée, si belle que la demeure de sa sœur, à Saint-Lambert, avait presque l'air d'un taudis à côté.

— La Floride, l'hiver, le chalet dans le Nord, l'été, murmura-t-elle, les yeux fermés. La belle vie !

Des coups frappés à la porte de la salle de bain la firent sursauter et ouvrir les yeux.

— Achèves-tu ? lui demanda Jean d'une voix enrhumée. J'aimerais ben pouvoir prendre la bouteille de sirop dans la pharmacie.

Trois jours plus tard, Jean quitta l'appartement en même temps que sa femme après le souper.

— Je resterai pas longtemps chez mon père, lui dit-il quand ils parvinrent au pied des escaliers. Je devrais être revenu quand tu fermeras le magasin.

— T'es pas obligé de te presser, fit-elle, conciliante. Je ferme à neuf heures et Catherine est assez vieille pour s'occuper des garçons.

Elle se dirigea vers la porte de la biscuiterie pendant qu'il prenait la direction de la rue Brébeuf. Son frère lui avait téléphoné la veille pour lui fixer un rendez-vous chez leurs parents à sept heures.

— Je t'attendrai avec Lucie au pied de l'escalier, lui avait dit Claude.

— En as-tu parlé à Lorraine ? avait-il demandé.

— Oui, elle a promis de venir avec Marcel.

— Tiens, ça va faire drôle de revoir le beau-frère. Il me semble que ça fait un bon bout de temps qu'on l'a pas vu, avait-il fait remarquer à son frère.

— Depuis un certain avertissement, avait senti le besoin de préciser Claude en ricanant. Mais, farce à part, on va faire comme si de rien n'était. J'espère que Meunier va la fermer aussi. Ce serait pas le temps, demain soir, de commencer à se chamailler devant le père.

— Ça me surprendrait qu'il ait pas compris ça, l'avait rassuré Jean avant de raccrocher.

Il s'agissait d'aller réconforter leur père qui prenait officiellement sa retraite ce soir-là, la veille de son soixante-cinquième anniversaire de naissance.

En quelques occasions durant les dernières semaines, sa mère lui avait avoué craindre la nouvelle vie qui allait débuter le jour où Félicien allait prendre sa retraite. Son mari n'avait aucun passe-temps, à part regarder la télévision, et cela l'inquiétait.

— Je vais avoir ton père dans les jambes du matin au soir, lui avait-elle dit. Ce sera pas endurable. Comme je le connais, il arrêtera pas de tourner en rond dans la maison, et moi je vais devenir folle.

Quand Jean tourna au coin de la rue, il aperçut sa sœur Lorraine et son mari en conversation avec Claude et Lucie, debout au pied de l'escalier. Lucie portait quelque chose enveloppé dans un sac, possiblement un gâteau.

— Grouille-toi, le grand, lui ordonna son frère. Nous autres, on gèle tout rond.

— Tu m'avais dit sept heures, il est sept heures, rétorqua Jean. Bon, est-ce qu'on monte ?

À son arrivée, il avait remarqué que Marcel Meunier faisait grise mine, mais il se dit que cela lui passerait. Les cinq personnes se présentèrent à la porte de l'appartement des Bélanger. Lorraine sonna et leur mère vint leur ouvrir. Lorsqu'elle les vit, un large sourire illumina son visage.

— Dites-moi pas qu'on va avoir de la visite à soir, fit-elle en les faisant entrer.

Félicien, les lunettes sur le bout du nez, apparut à l'extrémité du couloir et s'avança vers les visiteurs.

— Bonyeu ! Qu'est-ce qui se passe ? demanda-t-il, surpris de voir tous ses enfants arriver ensemble. On n'est pourtant pas le dimanche.

— On a entendu dire qu'il y avait un chanceux qui a pris sa retraite aujourd'hui, dit Claude sur un ton plaisantin, en déboutonnant son manteau. On s'est dit qu'on n'était pas pour laisser passer ça sans venir voir de quoi ça a l'air quelqu'un qui sera plus jamais obligé de se lever le matin pour aller travailler.

— Enlevez vos manteaux et venez vous asseoir dans la cuisine, intervint Amélie.

— Tenez, madame Bélanger, c'est pour fêter un peu, dit Lucie en lui tendant le paquet qu'elle tenait. Attention, le glaçage vient d'être mis.

Tous les invités embrassèrent Amélie. Si les hommes serrèrent la main de Félicien, sa fille et sa bru déposèrent un baiser sur l'une de ses joues. Tout le monde prit la direction de la cuisine. Jean alla chercher dans le placard des chaises pliantes pendant que Claude s'arrêtait devant la chaise berçante de son père.

— Barnak ! J'en reviens pas. Ça, c'est une chaise berçante qui va se faire aller à partir d'à soir.

— Que j'aime donc pas entendre ce mot-là ! protesta sa mère. Ça ressemble un peu trop à un mot d'église.

— Peut-être, m'man, mais c'est pas ça, la corrigea son fils cadet. Aimeriez-vous mieux que je sacre ? Je connais une couple de blasphèmes qui sont pas mal. Je suis certain que Marcel en connaît aussi. Pas vrai, le beau-frère ? ajouta Claude, qui souhaitait inclure celui-ci à la conversation, le sachant plutôt mal à l'aise étant donné la teneur de leur dernière rencontre.

Pris à témoin, Marcel Meunier dut bien se résoudre à desserrer les lèvres. Il finit par participer à la discussion générale qui suivit en se rendant compte que ses beaux-frères ne semblaient pas lui tenir rigueur de ce qui s'était passé entre lui et Lorraine au jour de l'An. Ceci dit, il ne se sentait pas moins surveillé autant par Claude que par Jean.

Ce dernier excusa l'absence de sa femme qui devait s'occuper de la biscuiterie et dut donner des nouvelles de la santé de sa belle-mère à qui tous les Bélanger s'intéressaient par pure politesse. Ensuite, Amélie fit en sorte que son mari raconte dans tous ses détails la petite fête que ses collègues lui avaient offerte la veille et exigea qu'il fasse voir aux invités la belle montre que son employeur lui avait donnée pour ses quarante ans de service.

— Vous allez recevoir votre chèque de pension au commencement de chaque mois sans avoir à aller geler pour le gagner, rappela Jean à son père. C'est fini de monter et de descendre des escaliers et de traîner un sac qui vous arrache les épaules tous les jours.

— Puis, en plus, p'pa, poursuivit Claude, oubliez pas que vous allez toucher votre chèque de pension de vieillesse. Sans le vouloir, vous allez être riche en barnak ! Vous aurez pas assez de vos journées pour dépenser tout ce que vous allez recevoir.

Claude ne saisit pas le regard réprobateur que lui adressa sa mère, qui savait que son mari n'appréciait pas qu'on lui rappelle son âge.

— Il faut tout de même pas exagérer, intervint Félicien, le front soucieux. Ce sera pas le Pérou. Ça va nous donner tout juste de quoi vivre.

— En tout cas, p'pa, vous avez pas volé le droit de vous reposer, déclara Lorraine en posant un regard affectueux sur son père.

— C'est ben mon impression, confirma ce dernier, sans grand enthousiasme cependant.

— Qu'est-ce que vous avez l'intention de faire, monsieur Bélanger ? intervint Marcel.

— J'aurai pas le temps de m'ennuyer. Ta belle-mère a déjà décidé que je devais commencer par faire un grand ménage dans l'appartement. Il paraît que ça fait longtemps que j'aurais dû donner une bonne couche de peinture partout. Après...

— Après, tu vas me faire aussi un bon ménage du hangar et me sortir de là toutes les vieilleries qui nous encombrent depuis des années, fit sa femme sur un ton qui ne souffrait pas la contestation.

— Toi, fais ben attention à ce que tu dis là, plaisanta-t-il. Si je me mets à sortir toutes les vieilleries d'ici dedans...

— Fais pas ton jars, Félicien Bélanger, le mit en garde sa femme en riant. Tout le monde sait que t'es un doux.

— J'espère qu'il y a personne parmi vous autres qui croit que je vais pouvoir me reposer tranquille. À partir de demain, comme j'arrête pas de le répéter, je fais juste changer de *boss*, et je serai même pas payé à la fin de la semaine.

Toutes les personnes présentes éclatèrent de rire, mais Jean sentait bien que le rire de son père sonnait faux. Il ne parvenait pas à cacher totalement son angoisse devant le tournant que prenait subitement sa vie. Non seulement il cesserait d'aller travailler chaque matin, mais il allait toucher ce qu'il appelait « la pension pour les vieux » dès le début du mois suivant. Il était difficile de savoir lequel de ces deux faits le démoralisait le plus.

Lucie se leva et demanda à sa belle-mère le droit d'utiliser sa vaisselle pour servir à chacun un morceau de gâteau au chocolat, le préféré de son beau-père.

— C'est pas un gâteau pour votre fête, prit-elle soin de préciser. C'est juste pour souligner votre retraite.

— T'es ben fine, Lucie, dit Félicien en prenant l'assiette qu'elle lui tendait.

— Si vous êtes pas trop écœuré de nous voir la face, fit Claude, on reviendrait vous voir demain soir pour vérifier si vous avez vraiment vieilli durant la nuit.

— Vous êtes les bienvenus, accepta Félicien, heureux qu'on vienne lui rendre visite le jour de son anniversaire. Mais je vous avertis, demain, le Canadien joue contre Detroit et vous allez regarder la partie avec moi. Je veux pas la manquer.

— Nous autres non plus, p'pa, s'empressa de le rassurer Jean.

— Ça a tout l'air qu'on va s'installer dans la cuisine et passer la veillée toutes seules, comme des belles dindes, fit remarquer Amélie en prenant sa fille et sa bru à témoin.

— Ça fait rien, madame Bélanger, dit Lucie en lui adressant un clin d'œil. Si on est toutes seules, on va pouvoir parler de sujets intelligents.

— Aïe ! protesta son mari.

— On va parler d'autres choses que de chars et de hockey, poursuivit la petite femme blonde, comme si son mari n'était pas là.

Ces dernières paroles semblèrent inciter Marcel Meunier à s'adresser à Jean.

— Parlant de char, il paraît que tu t'es fait voler le tien ?

— À la fin de décembre.

— Naturellement, ils l'ont pas retrouvé.

— Pas de nouvelles.

— Pour moi, la police le retrouvera pas. T'es mieux d'en faire ton deuil. Je sais pas comment tu fais pour t'en passer. Moi, je serais pas capable.

— Moi non plus, confirma Claude. Ça te tente pas de t'en acheter un autre ?

— Ça coûte cher et je viens d'acheter une télévision.

— Pas un neuf, un usagé, suggéra son frère cadet.

— C'est vrai, ça, poursuivit le plâtrier. Je suis allé travailler sur Papineau hier, et j'ai laissé mon char devant chez Latendresse. Je te dis qu'il en a au moins vingt-cinq à vendre. D'après ce que j'ai pu voir, il y en a qui sont pas mal.

En entendant ces paroles, Lorraine adressa un coup d'œil entendu à sa mère. Il était connu dans la famille que Marcel était fou des automobiles, et lorsqu'il commençait à en parler, c'était un signe qui ne trompait pas, il avait le goût d'en changer.

— Il y a jamais moyen de mettre une cenne de côté avec sa maladie des chars, se plaignait-elle parfois à sa mère.

— Aimerais-tu mieux qu'il se remette à boire comme avant ? rétorquait alors cette dernière.

— L'un empêche pas l'autre, avait dit dernièrement la jeune femme, sans donner plus de détails.

Il était toutefois exact que Marcel Meunier changeait de voiture tous les dix-huit mois environ, mais il ne se procurait que des automobiles usagées, faute d'argent. Bien souvent, il avait troqué un véhicule qui roulait bien pour un autre de plus belle apparence qui s'était révélé une source constante d'ennuis mécaniques.

— T'aurais dû être maquignon, comme mon vieux père, lui avait dit sa belle-mère la dernière fois que cela s'était produit.

— Pourquoi vous me dites ça, madame Bélanger ? lui avait-il demandé sur un ton soupçonneux.

— Parce qu'une fois sur deux, mon père, qui se vantait de bien connaître les chevaux, échangeait un bon cheval pour une picouille, avait-elle expliqué en riant.

Ce soir-là, Marcel, tout heureux de discuter d'un sujet qui l'intéressait particulièrement, se mit à comparer les mérites des différentes marques d'automobiles.

— Ça se pourrait que je m'achète un autre char, mais je vais attendre au printemps, déclara Jean aux membres de sa famille.

— Pourquoi attendre au printemps ? lui demanda son frère. C'est en hiver qu'un char est utile.

— Pourquoi veux-tu attendre au printemps ? répéta son beau-frère. Après l'hiver, les prix montent parce que tout le monde veut s'acheter un char. Si t'as l'intention de t'en payer un, c'est ben mieux l'hiver, expliqua-t-il en s'allumant une cigarette. En plus, tu me feras pas croire que t'aimes ça attendre l'autobus en claquant des dents, matin et soir.

— C'est vrai ce qu'il dit là, reconnut Claude. T'aurais un ben meilleur prix si tu l'achetais en plein hiver.

— Je vais y penser, promit Jean, l'air songeur.

— Si t'as besoin de quelqu'un pour y aller avec toi, donne-moi un coup de téléphone, offrit généreusement Marcel.

Cette suggestion fit plaisir à Jean qui comprenait ainsi que ce dernier lui avait pardonné son intervention un peu musclée du jour de l'An.

Finalement, un peu après neuf heures et demie, les invités prirent congé les uns après les autres et rentrèrent chez eux.

Jean retrouva sa femme attablée dans la cuisine en train de calculer dans un cahier, la bande de la caisse enregistreuse du magasin étalée devant elle. Apparemment, les enfants étaient déjà au lit et elle profitait d'un moment d'accalmie pour faire les comptes de la biscuiterie.

— Es-tu déjà en train de faire tes comptes pour la semaine ? lui demanda-t-il, surpris. Je croyais que c'était le samedi que tu devais faire ça.

— Non, j'en ai parlé finalement à ma mère et j'aime mieux le faire le vendredi soir. Comme ça, le samedi, quand je fermerai à cinq heures, j'aurai la paix jusqu'au lundi matin.

— Puis, la semaine a-t-elle été bonne ?

— Pas trop mal, admit-elle sans donner d'autres précisions.

Dans son esprit, la biscuiterie était son affaire et elle évitait de partager trop d'information avec son mari au sujet du magasin. Elle voulait lui montrer qu'elle était capable de s'en occuper seule.

Il n'insista pas. Il était clair désormais que Reine considérait l'argent des revenus générés par la biscuiterie comme lui appartenant à elle uniquement.

Le samedi précédent, il lui avait demandé combien lui avait rapporté sa semaine de travail à la biscuiterie au moment où elle terminait ses comptes sur le coin de la table, avant de descendre chez sa mère, et elle avait refusé de répondre.

— C'est ça, lui avait-il dit, amer. Moi, le nono, si je comprends ben, je vais tout payer dans la maison pendant que toi, tu vas empiler en cachette à la banque.

— Cet argent-là, c'est pas l'argent du ménage, s'était-elle défendue. C'est mon argent et j'ai le droit d'en faire ce que je veux. Mon ouvrage en bas t'enlève rien. Tout est fait comme avant dans la maison et les enfants manquent de rien, avait-elle poursuivi. À ce moment-là, l'argent que je gagne est à moi.

Quelques jours plus tard, il ne lui en avait pas moins suggéré de déposer ses gains dans un compte commun à la banque. Cette proposition avait engendré l'une de leurs plus belles scènes de ménage à laquelle, malheureusement, les enfants avaient dû assister. Sa femme était sortie immédiatement de ses gonds en clamant haut et fort qu'elle n'avait pas à faire vivre sa famille et que c'était là le rôle du père. S'il était incapable de pourvoir aux besoins des siens, il n'avait qu'à se trouver un deuxième emploi. À l'entendre, il ne cherchait qu'à profiter d'elle plutôt que de travailler à améliorer leur sort. Il s'était rapidement retiré dans le salon de crainte de succomber à la tentation de la gifler.

Quand le calme revint après la tempête, il réalisa soudain à quel point Reine semblait le mépriser pour son manque d'ambition. Le fossé les séparant s'en trouva élargi.

En ce vendredi soir, avant d'allumer le téléviseur, il se prépara une tasse de café. En attendant que l'eau soit chaude dans la bouilloire, il déclara à sa femme :

— J'ai dit à mon père qu'on irait faire un tour demain soir.

— T'en reviens, lui fit-elle remarquer en commençant à ramasser les factures déposées sur la table.

— Oui, mais c'est sa fête demain. On va aller lui porter un cadeau.

— J'avais prévu d'aller voir *Ben Hur* demain soir avec Gina, fit-elle, contrariée.

— Tu pourrais peut-être y aller un autre soir, suggéra-t-il. Déjà qu'à soir, t'étais la seule à pas être là. Lucie avait même fait un gâteau.

— Toi et ta maudite famille ! s'emporta-t-elle. On n'arrête pas d'être poignés à aller chez l'un et chez l'autre, ajouta-t-elle en haussant la voix. Il me semble qu'on passe notre temps à acheter des cadeaux pour toutes sortes d'occasions.

— Tu trouves peut-être plus normale une famille comme la tienne qu'on voit même pas une fois par année ? répliqua-t-il, sur un ton ironique.

— C'est correct, je vais téléphoner à Gina pour lui dire que je peux pas aller aux vues avec elle demain soir, fit-elle, les dents serrées. Je suppose que si j'y vais pas, ils vont tous parler dans mon dos.

— Tu devrais savoir que c'est pas leur genre, dit-il en versant l'eau chaude dans sa tasse.

— En tout cas, moi, j'ai pas le temps de m'occuper d'un cadeau pour ton père. Tu t'organiseras pour aller lui en acheter un.

— Inquiète-toi pas pour ça, répliqua-t-il. Je vais en acheter un et il te coûtera pas une cenne.

— Il manquerait plus que ça, fit-elle, bien décidée à avoir le dernier mot.

Elle quitta sa chaise après avoir ramassé tous les papiers épars sur la table.

— Bon, je descends cinq minutes chez ma mère. Je serai pas longtemps partie.

Chapitre 14

La voiture

Samedi matin, Jean fut réveillé par le soleil qui pénétrait dans sa chambre par la fenêtre dont les rideaux avaient été largement tirés. Un coup d'œil au réveille-matin lui apprit qu'il était près de neuf heures. Il se leva rapidement. Catherine était dans la cuisine en compagnie d'Alain. Tout était rangé dans la pièce. Il n'y avait sur la table que son couvert.

— Où est Gilles ? demanda-t-il à sa fille.

— Grand-maman l'a appelé pour qu'il aille lui chercher quelque chose chez Drouin. Il devrait être à la veille de revenir.

Le père de famille mangea rapidement deux rôties, but une tasse de café et alla s'enfermer dans la salle de bain pour faire sa toilette. Sa décision était prise. La veille, il avait longuement réfléchi à ce que son frère et son beau-frère lui avaient dit à propos des voitures usagées et il en était venu à la conclusion qu'il possédait suffisamment d'argent pour s'en offrir une. Son indemnité de départ du *Montréal-Matin*, l'argent de son fonds de pension et ses quelques économies à la banque le lui permettaient. Il s'agissait de ne pas dépasser six cents dollars. En tout cas, aller jeter un coup d'œil chez Latendresse ou chez Simard, pour ne nommer que ceux-là, ne coûterait rien.

Il faisait beau dehors et, si le froid n'était pas trop vif, la sortie serait même agréable. De plus, il avait l'intention d'en profiter pour acheter une paire de gants à son père pour son anniversaire. Il avait remarqué le dimanche précédent, en revenant de la messe, que ceux qu'il portait étaient décousus.

Durant un court moment, il se demanda s'il ne devrait pas téléphoner à Marcel Meunier pour lui proposer de l'accompagner dans sa recherche d'une bonne voiture usagée. Finalement, il y renonça en se disant que l'autre chercherait selon toute probabilité à lui imposer ses goûts sous le prétexte qu'il s'y connaissait beaucoup mieux que lui dans ce domaine.

— Quand ta mère montera dîner, dis-lui que je suis parti faire des commissions, prévint-il Catherine en endossant son manteau. Si je vois Gilles, je vais l'amener avec moi, ajouta-t-il.

— M'man sera pas contente, sentit le besoin de l'avertir l'adolescente. Avant le dîner, on est censés aller faire l'épicerie chez Drouin et elle comptait sur lui pour aider à porter les sacs.

— J'avais pas pensé à ça, reconnut Jean. Dans ce cas-là, je l'amènerai pas.

— Moi, je peux y aller avec vous, p'pa, proposa Alain. J'ai rien à faire.

Le père de famille hésita à peine un instant avant de l'inviter à mettre son manteau et à chausser ses bottes. Le jeune garçon se précipita, et une minute plus tard ils quittèrent l'appartement. Pour sa plus grande satisfaction, Jean découvrit qu'il faisait doux à l'extérieur. Il était même plaisant de marcher sur le trottoir enneigé en ce samedi du mois de février.

— On va aller jusqu'à Papineau, annonça-t-il à son fils. On va d'abord acheter un cadeau pour grand-père chez Messier et après, si on a le temps, on va prendre l'autobus et aller voir si on trouverait pas un char pas trop cher dans un garage.

Le gamin, tout excité par cette perspective, marchait d'un bon pas aux côtés de son père. Chez L.-N. Messier, Jean trouva immédiatement les gants recherchés. Après son achat, il entraîna Alain jusqu'à l'arrêt d'autobus. Ils n'eurent pas à attendre longtemps. Quelques minutes plus tard, ils montèrent à bord d'un autobus qui les déposa au coin de la rue Beaubien, tout près du garage Latendresse spécialisé dans la vente de voitures usagées.

Latendresse occupait un grand terrain, à l'intersection des rues Beaubien et Papineau. Le propriétaire ne s'était pas lancé dans de folles dépenses pour l'aménagement de son commerce. Il s'était contenté de stationner les voitures à vendre les unes à côté des autres de manière à former un vaste rectangle au centre duquel il avait fait installer une vieille roulotte à la peinture écaillée qui lui servait de bureau. Pour attirer l'attention des clients potentiels, il avait fait tendre en hauteur un fil électrique tout le tour de son terrain où les ampoules de couleur alternaient avec des fanions rouges en plastique. Le terrain était protégé par quelques piliers de ciment entre lesquels étaient tendues des chaînes.

Il fallait tout de même reconnaître que Jean-Guy Latendresse était assez avisé pour faire déneiger soigneusement toutes les voitures à vendre et pour avoir muni plusieurs d'entre elles d'une large affiche cartonnée sur laquelle le mot « SPÉCIAL » s'étalait en grosses lettres blanches au-dessus d'un prix largement souligné. Près de l'entrée, le propriétaire avait stationné une remorqueuse.

— Tu dis rien pendant que je discute avec le vendeur, dit Jean à son fils, en se glissant nonchalamment entre les automobiles. Fais juste comme moi, regarde.

Le jeune père de famille venait à peine de faire le tour de deux voitures que la porte de la roulotte s'ouvrit sur un petit homme à l'air chafouin âgé d'une quarantaine d'années qui vint à sa rencontre en boutonnant son manteau.

— Cette Mercury-là est pas mal, dit-il à Jean. Elle a presque pas de millage.

Jean le remercia du renseignement et poursuivit son chemin vers une De Soto noire qu'il examina sans trop s'attarder.

— Est-ce qu'il y a une sorte de char qui vous intéresse en particulier ? demanda le vendeur qui ne semblait pas découragé par l'accueil un peu discourtois de ce client potentiel.

— Je fais juste regarder, laissa tomber Jean, agacé de le voir le suivre. Écoutez, fit-il en se tournant carrément vers lui, laissez-moi regarder et s'il y a quelque chose qui m'intéresse, je vais aller vous voir au bureau.

— C'est correct, accepta l'homme. Mais gênez-vous pas pour me demander des renseignements. Dites-vous qu'on a des chars de tous les prix.

Le vendeur abandonna Jean et son fils et rentra sans plus de façon dans la roulotte. Un instant plus tard, Jean leva les yeux et l'aperçut qui le surveillait par l'une des fenêtres.

Il fit deux fois le tour de la trentaine de voitures usagées. Sans trop s'y connaître, il pouvait tout de même dire que les automobiles mises en vente étaient des modèles allant de 1950 à 1958. Naturellement, il n'accorda que très peu d'attention aux voitures les plus récentes, persuadé que leur coût dépassait de beaucoup ce qu'il était prêt à dépenser.

— Il y en a qui sont belles, finit par dire Alain à son père. Surtout celle-là, ajouta-t-il en pointant une Chrysler grise 1958.

— C'est vrai, reconnut-il, mais elle est trop chère pour nous autres.

Après plusieurs minutes, Jean finit par s'arrêter devant une Ford 1952 rouge au toit blanc dotée d'une affiche indiquant le fameux mot « SPÉCIAL », sous lequel on avait écrit quatre cents dollars. Il se pencha pour regarder à l'intérieur. Impossible de voir l'odomètre. Il fit lentement le tour du véhicule. Le bas de la caisse disparaissait sous la neige, mais les pare-chocs portaient des traces évidentes de rouille. Par ailleurs, il était impossible de vérifier l'état des pneus.

Jean demeura assez longtemps devant la Ford pour que le vendeur réapparaisse comme par magie à ses côtés en tenant une clé à la main.

— Je vais vous ouvrir la porte, proposa-t-il avec enthousiasme. Vous allez voir que ce char-là est pas mal propre. C'est tout un spécial. C'était un curé qui l'avait et il a presque pas roulé.

— Je suppose qu'en ouvrant le coffre, vous allez me montrer sa soutane qu'il a oubliée là, se moqua Jean, qui avait souvent entendu cette histoire.

— Non, c'est pas une farce que je vous fais, protesta l'homme. Ayez pas peur. Il y a pas de soutane dans la valise. Nous autres, on nettoie les chars qu'on vend.

Le vendeur déverrouilla la portière du côté conducteur.

— Allez-y, gênez-vous pas, l'encouragea-t-il. Assoyez-vous dedans. Vous allez voir qu'il est confortable.

Jean se glissa sur le siège un peu affaissé de la Ford. L'intérieur était glacial, mais assez propre. Pendant ce temps, l'homme avait contourné l'auto et ouvert l'autre portière pour permettre à Alain de rejoindre son père.

— Je vous ferais bien entendre le moteur, mais pour ça, il faudrait que je mette la batterie sur la charge parce que ce char-là est sur le terrain depuis un mois et demi. Mais je peux vous garantir que son moteur tourne comme un moine, ajouta-t-il avec la bonne humeur du vendeur qui se sent sur le point de réaliser une vente. Regardez le compteur : trente-deux mille milles. C'est presque un moteur neuf.

Jean hocha la tête et quitta la voiture sans manifester plus d'intérêt. L'employé de Latendresse s'empressa de soulever le capot pour lui montrer le compartiment moteur. Il ouvrit même le coffre pour lui prouver à quel point il était vaste.

— Ce char-là, mon ami, il est capable de durer encore dix ans, affirma-t-il, imperturbable.

— Peut-être, finit par dire Jean, mais c'est pas neuf neuf. On parle d'un char qui a huit ans. Je donnerais jamais quatre cents piastres pour une minoune comme celle-là.

— Une minoune ! s'exclama le vendeur, aussi horrifié que si on avait traité sa mère de femme de mauvaise vie. Vous trouverez jamais un meilleur char ! Aussi vrai que je suis là, c'est l'occasion de votre vie, cette Ford-là. Je vous le garantis.

— Trop cher, laissa tomber Jean en faisant un pas vers la sortie du terrain. Je reviendrai quand vous en aurez d'autres.

— Attendez ! Attendez ! fit l'homme en voyant s'envoler sa première, et peut-être unique, vente de la journée. Combien vous seriez prêt à mettre dessus ?

— Pas plus que trois cent cinquante.

— Vous êtes pas sérieux ? C'est moins que ce qu'on l'a payé. Si je le laissais aller à ce prix-là, j'y perdrais.

— C'est correct, reprit Jean en poussant légèrement Alain devant lui. Si je trouve pas mieux ailleurs, je reviendrai vous voir. De toute façon, je suis pas pressé.

— Écoutez, entrez une minute dans le bureau, partez pas comme ça, reprit l'homme sur un ton légèrement suppliant.

Je vais aller demander à mon *boss* s'il est capable de vous faire un prix.

Jean consulta ostensiblement sa montre avant de lui répondre sur un ton faussement impatient:

— Je veux bien, mais pas plus que cinq minutes. C'est presque l'heure de dîner et mon gars a faim, ajouta-t-il en adressant un clin d'œil discret à Alain.

Ils pénétrèrent tous les trois dans la roulotte surchauffée. Le vendeur leur indiqua une chaise devant une simple petite table couverte de formica avant d'aller frapper à une porte. Une voix bourrue l'invita à entrer. Il le fit et referma la porte derrière lui. Jean entendit des bribes d'une brève conversation ponctuée par un « T'es pas malade, toi ! ».

Quelques instants plus tard, le vendeur revint en compagnie d'un gros homme dont le nez était chaussé de lunettes à monture de corne. Son veston gris avachi et déboutonné laissait voir un ventre qui débordait largement au-dessus de la ceinture qui retenait son pantalon.

— Jean-Guy Latendresse, se présenta-t-il après avoir retiré sa cigarette de sa bouche. Écoutez, mon vendeur dit que vous trouvez la Ford 52 trop chère à quatre cents piastres. Je suis ben prêt à faire un bout de chemin, mais pas à perdre de l'argent. Si je l'écoutais, lui, je donnerais mon *stock* et je me ramasserais dans la rue le temps de le dire.

Jean ne dit rien et attendit la suite.

— Je suis prêt à vous laisser ce char-là pour trois cent quatre-vingt-cinq piastres. Qu'est-ce que vous en dites ?

— Je peux pas mettre plus que trois cent soixante, affirma Jean, prêt à arracher toutes les concessions possibles au propriétaire du garage.

— Bon, on n'est pas pour y passer des heures. Mon dernier prix : trois cent soixante-quinze, conclut le gros homme avec l'air de souffrir le martyre.

— C'est correct, accepta le jeune père de famille, persuadé d'avoir fait une excellente affaire et d'avoir roulé Latendresse en quelque sorte.

— Je laisse monsieur Dubreuil régler les derniers détails avec vous, fit le commerçant en regagnant son bureau sans plus de façon.

Le vendeur indiqua une chaise à Jean et alla s'asseoir derrière la table. Il ouvrit le tiroir d'un vieux classeur et en sortit un contrat qu'il remplit avec une célérité qui en disait long sur son expérience du métier. Après que Jean eut signé le document, il lui apprit qu'il allait charger la batterie et que la voiture allait être prête une heure plus tard.

— Ça va prendre autant de temps que ça ? s'étonna Jean.

— On est en hiver, monsieur… Bélanger, lui fit remarquer Dubreuil en jetant un coup d'œil au document pour s'assurer qu'il utilisait le bon patronyme. Votre char a pas roulé depuis presque deux mois. C'est normal que la batterie soit déchargée. En plus, il va falloir qu'on le sorte de l'endroit où il est.

— Bon, dans ce cas, je vais revenir après le dîner, accepta-t-il.

— Ayez pas peur, le rassura le vendeur. Votre Ford va être prête quand vous allez revenir.

Euphorique, Jean entraîna son fils à l'extérieur de la roulotte et se mit en quête d'un restaurant. Il en trouva un au coin de la rue suivante. Ils mangèrent des frites et un hamburger. Le père incita son fils à prendre tout son temps et lui-même fit durer sa tasse de café de manière à ne pas être obligé d'attendre à l'extérieur que sa voiture soit prête.

Quand il se présenta au garage Latendresse sur le coup de une heure, la Ford avait été entièrement déneigée et déplacée. Elle était stationnée devant la roulotte et son moteur tournait. Jean en fit lentement le tour, persuadé d'avoir fait le meilleur achat de sa vie.

— Ce char-là a le même âge que la Pontiac qu'on avait, expliqua-t-il à son fils de huit ans, mais il est ben moins usé. Le trouves-tu beau ?

— Ben oui, p'pa, fit le jeune garçon, aussi enthousiaste que son père.

Ce dernier lui ouvrit la portière côté passager et l'invita à s'installer pendant qu'il allait prévenir le vendeur qu'il était prêt à prendre possession de son véhicule.

— Tout est en ordre. Les clés sont en dedans, lui dit Dubreuil à son entrée dans la roulotte. Vous pouvez partir avec.

Jean le remercia et s'empressa de se mettre au volant de la Ford. La voiture quitta le terrain en cahotant et le conducteur aperçut Dubreuil qui s'empressait de raccrocher la chaîne qui avait été détachée à une extrémité pour le laisser sortir. Il régnait déjà une agréable chaleur dans l'habitacle du véhicule. Jean poussa un soupir de satisfaction.

— On est ben, pas vrai ? dit-il à son fils, la mine réjouie. Comme ça, on n'aura plus à geler en attendant l'autobus.

Au premier feu rouge, le conducteur eut plus le temps d'examiner l'intérieur de sa voiture. Il dut convenir qu'elle ne payait pas de mine. La cuirette rouge et beige des sièges était fendue à certains endroits. Le tapis laissait voir sa trame et avait été passablement abîmé par le calcium. « Il faut pas oublier que ce char-là a huit ans », se dit-il, tout de même un peu dépité par l'air délabré de l'intérieur de la Ford. Il tendit la main pour allumer la radio. Rien. Il eut beau manipuler les deux boutons, elle ne s'alluma pas. Un rapide coup d'œil du côté passager lui apprit que l'antenne avait été arrachée.

Il n'eut pas le temps de s'en faire plus longtemps. Le feu venait de passer au vert et il poursuivit sa route jusqu'à la rue Mont-Royal avec l'espoir de trouver un espace de stationnement devant la biscuiterie de manière à pouvoir faire admirer immédiatement son acquisition à Reine.

La chance fut de son côté. Il put immobiliser la Ford devant l'une des deux vitrines du magasin. Tout heureux, il dit à Alain de descendre et tous les deux s'engouffrèrent dans la biscuiterie. Claire Landry, la vendeuse, les salua après avoir servi une cliente, mais ils durent attendre que Reine en ait fini avec un fournisseur venu livrer deux caisses de *Petit beurre*. Dès que le livreur eut quitté les lieux, Reine leur demanda :

— Où est-ce que vous avez dîné ? Il est presque deux heures.

— P'pa a acheté un nouveau char, m'man, s'empressa de lui annoncer Alain.

— Est-ce que c'est vrai ?

— Il est devant la porte, répondit son mari en lui montrant la Ford qu'elle pouvait voir depuis le comptoir derrière lequel elle se trouvait.

Reine quitta son poste et s'approcha de l'une des vitrines pour mieux regarder la Ford rouge au toit blanc sans trop manifester d'enthousiasme.

— Mais il a l'air bien vieux, ce char-là ! ne put-elle s'empêcher de s'exclamer. Il est pas neuf, certain !

— C'est sûr qu'il est pas neuf, mais il roule, lui dit Jean, fâché de voir qu'elle n'appréciait pas son achat. Avec ça, on n'aura plus à aller faire des commissions à pied. Mets ton manteau et viens le voir de plus près, l'invita-t-il. Tu vas voir qu'il est pas si pire que ça.

Un peu à contrecœur, Reine alla chercher son manteau suspendu dans l'arrière-boutique et sortit à sa suite. Claire

Landry s'était approchée à son tour de la vitrine pour regarder le couple et l'enfant s'asseoir dans la Ford. Reine y demeura moins d'une minute et rentra seule dans la biscuiterie, le visage fermé.

Jean laissa Alain dans la voiture et alla sonner à la porte voisine du magasin. Quand Catherine et Gilles vinrent ouvrir, il les invita à venir étrenner la nouvelle voiture familiale. Moins de cinq minutes plus tard, ils sortaient de la maison. Il leur fit signe de monter. L'un et l'autre ne cachèrent pas leur joie de se balader en automobile en ce samedi après-midi de février. Après avoir roulé une petite demi-heure, le père de famille vint stationner son véhicule rue Brébeuf et suivit ses enfants, en prenant soin de verrouiller d'abord sa nouvelle auto.

Le dédain manifesté par sa femme envers la vieille Ford lui avait finalement enlevé toute envie d'aller la montrer à son frère Claude et à ses parents. Il rentra avec ses enfants en se disant qu'ils ne tarderaient pas à avoir l'occasion de la voir.

Au moment de monter à l'appartement, il se rappela soudain que le lendemain était la Saint-Valentin et que sa femme lui pardonnerait difficilement de l'avoir oublié. Si Reine avait été absente de la biscuiterie, il aurait acheté là la boîte de chocolats qu'il souhaitait lui offrir pour l'occasion. Mais c'était impossible. Il laissa ses enfants rentrer seuls et il prit la direction de la pharmacie Payette, située deux coins de rue plus loin, pour s'y procurer du chocolat.

Ce soir-là, toute la famille se transporta chez les grands-parents Bélanger pour célébrer l'anniversaire de Félicien. Après la remise des cadeaux, tous eurent droit à une portion du gâteau d'anniversaire préparé par Amélie et à des carrés aux dattes apportés par Lorraine. Reine, l'air un peu renfrogné, se borna à écouter les conversations, semblant trouver plus d'intérêt à surveiller le comportement de ses trois enfants qu'à participer activement à la fête.

— On a une nouvelle auto, annonça Catherine à sa tante Lucie.

— Est-ce que c'est vrai, Jean ? s'informa son frère.

— Oui, mais elle est loin d'être neuve.

— T'aurais pu nous le dire, lui reprocha son père.

— C'est pas la septième merveille du monde, p'pa, fit Jean, gêné. C'est une Ford 52.

— Les Ford sont résistantes, déclara Marcel Meunier avec le ton du connaisseur.

— Est-ce qu'il a pas mal de millage ? intervint Claude.

— Trente-deux mille milles.

— Viens nous le montrer, lui demanda son frère en se levant.

Rassuré par l'intérêt que les siens manifestaient, Jean endossa son manteau et pilota son père, Claude et Marcel jusqu'à sa voiture stationnée presque au coin de Brébeuf et Mont-Royal. L'air concentré, les hommes firent le tour du véhicule et l'examinèrent à la lueur des réverbères.

— Ce char-là a l'air pas mal pantoute, fit Meunier, en soulevant le capot. Fais-le donc partir qu'on écoute le moteur.

Jean s'installa derrière le volant et démarra.

— Je sais pas le prix que tu l'as payé, fit Claude, mais j'ai ben l'impression que t'as fait une bonne affaire.

— Trois cent soixante-quinze piastres.

— Ça les vaut largement, conclut son beau-frère en refermant le capot.

À aucun moment Félicien n'émit une opinion. Il n'avait jamais possédé d'automobile et avouait ouvertement n'y rien connaître.

— Il est temps qu'on remonte si on veut pas manquer le commencement de la partie de hockey, dit-il à ses fils et à son gendre. Jean Béliveau contre Gordie Howe, pas question de rater une minute.

— T'as raison, ajouta Claude. Surtout que le Canadien joue mieux depuis deux semaines. Moi, je vous dis qu'il y a aucune équipe qui pourra nous empêcher de gagner une sixième coupe Stanley d'affilée, surtout pas les Red Wings.

— Oui, mais ça c'est pas fait encore, répliqua Marcel qui n'avait pas la même confiance en l'équipe de Montréal que son beau-frère.

De retour dans l'appartement, les hommes, déjà précédés par Gilles et Alain, se précipitèrent devant le téléviseur pour regarder le match pendant que les femmes allaient rejoindre Catherine et Murielle dans la cuisine. À la fin de la troisième période de hockey, alors que le Canadien avait une avance de deux buts, Jean et les siens prirent congé et rentrèrent chez eux.

— Calvince, tu pourrais pas au moins faire une belle façon quand on va quelque part ! s'exclama Jean, dès que les enfants eurent disparu dans leurs chambres.

— Pourquoi tu me dis ça ? lui demanda Reine avec sa mauvaise foi habituelle.

— Parce que t'as l'air bête chaque fois qu'on met les pieds chez nous, répondit-il en baissant la voix. Si t'étais plus agréable, j'aurais ben aimé rester jusqu'à la fin de la partie, mais je voulais pas imposer ton air de bougon plus longtemps à ma famille. En plus qu'on arrive là les mains vides et qu'on se laisse nourrir, encore une fois, par ma mère, Lucie et Lorraine.

— Puis après ?

— Tu trouves pas ça gênant, toi ?

— Pantoute. Moi, je travaille toute la journée. Ta mère, ta sœur et sainte Lucie savent que j'ai pas le temps de cuisiner.

— T'aurais pu apporter un des gâteaux que tu vends, lui fit remarquer Jean en commençant à se déshabiller pour se préparer pour la nuit.

— Je sais pas si tu le sais, Jean Bélanger, je les vends, ces gâteaux-là, je les donne pas, répliqua Reine d'une voix dure. Si t'es rendu assez riche pour en acheter un, gêne-toi pas, conclut-elle en le laissant sur place pour aller s'enfermer dans les toilettes.

Quand elle revint quelques minutes plus tard, elle arborait l'air boudeur que son mari connaissait si bien. Il avait allumé le téléviseur dans le salon juste au moment où le match prenait fin. Il s'installa tout de même pour regarder le bulletin de nouvelles.

Le lendemain matin, il fallut bien admettre que les deux dernières journées de grâce que l'hiver avait accordées à la métropole avaient pris fin. Le froid était revenu en force et le vent du nord qui soufflait donnait l'impression que la peau brûlait au contact de l'air.

Un peu avant l'heure d'aller à la messe, Jean prévint les siens de se préparer. Il allait faire tourner le moteur de la Ford. Il descendit les deux volées de marches et se dirigea vers sa voiture qu'il déverrouilla. Il tourna la clé après avoir actionné à plusieurs reprises l'accélérateur. Rien. Il recommença trois ou quatre fois sans obtenir le moindre résultat. La Ford refusait obstinément de démarrer.

— Voyons, maudit calvince, tu vas finir par partir ! s'écria son propriétaire, excédé, en recommençant la manœuvre.

Toujours rien. Humilié et de mauvaise humeur, il dut retourner à l'appartement et annoncer aux siens qu'ils devraient se rendre à l'église à pied parce que l'auto ne démarrait pas à cause du froid.

— C'est ce qui arrive quand on achète des vieilleries, laissa tomber Reine sur un ton méprisant.

— C'est sûr que si tu partageais ton argent avec toute la famille, on aurait pu s'acheter un meilleur char, rétorqua-t-il d'une voix rageuse.

Ils partirent aussitôt. Pendant que les enfants marchaient en avant, les parents, derrière eux, ne disaient pas un mot, trop occupés à se protéger du froid et à remâcher leur rancœur. Au retour, Jean offrit une petite boîte de chocolats *Pot of Gold* à sa femme pour la Saint-Valentin. Le cadeau lui arracha enfin un sourire, même si elle était bien placée pour se rendre compte que ce présent lui avait coûté peu cher.

Après le dîner, Jean téléphona à son frère pour lui demander s'il ne viendrait pas survolter la batterie de sa Ford avec sa voiture. Moins de dix minutes plus tard, le couvreur, bien emmitouflé, branchait des câbles reliant la batterie de sa Chevrolet à celle de la Ford. Malgré plusieurs tentatives, cette dernière ne démarra pas.

— J'en suis pas certain, affirma le cadet des Bélanger, mais j'ai l'impression que le *gas* est gelé. T'es mieux d'attendre qu'il fasse plus doux, demain, pour essayer encore. Là, on perd notre temps.

Jean dut se faire une raison. Il remercia son frère et rentra chez lui.

Le lendemain, comme il faisait aussi froid que la veille, il ne se donna pas la peine d'essayer de faire démarrer la guimbarde. Maussade, il alla attendre l'autobus au coin de la rue en se disant qu'il ferait un essai en fin de journée. Il n'était pas question qu'il arrive en retard au travail. Lapointe avait prévu une importante réunion avec ses employés au début de la matinée et il avait un texte de reportage à finaliser.

Ce soir-là, la chance sembla être avec lui parce que le froid était beaucoup moins mordant qu'au début de la matinée. Après le souper, il décida de tenter de faire démarrer la Ford sans l'aide de son frère. Une fois la clé sur le contact, il ne se produisit toujours rien.

— Calvince ! Veux-tu ben me dire ce qu'il a, ce char-là ! s'emporta-t-il en claquant violemment la portière.

Il dut se résoudre à aller sonner à l'appartement de Claude. Ce dernier ne se fit pas prier pour prendre le volant de sa voiture et venir l'immobiliser près de celle de son frère pour tenter, encore une fois, de la faire démarrer à l'aide de ses câbles. Dès la première tentative, le moteur de la Ford se mit à tourner, d'abord lentement, puis de plus en plus vite.

— Ça marche ! s'écria Jean, tout heureux.

— Laisse quand même ton moteur tourner au moins cinq minutes pour qu'il se réchauffe, lui conseilla Claude en débranchant les câbles devenus inutiles.

— Merci, je pense que ça va être correct.

Claude le salua et se remit au volant de sa Chevrolet pour retourner chez lui. Jean attendit encore un peu et quand il jugea le moteur assez chaud, il embraya, bien décidé à recharger la batterie en roulant durant quelques minutes. Il parcourut une centaine de pieds avant d'être obligé de s'immobiliser au coin de Mont-Royal. Là, le moteur cala et malgré de nombreuses sollicitations, refusa encore une fois de démarrer.

— Je suis pas pour rester comme ça au milieu de la rue ! s'écria-t-il d'une voix rageuse.

Il dut courir jusqu'à la rue voisine pour aller sonner chez son frère à qui il expliqua ce qui venait de se produire.

— Pour moi, c'est ton alternateur qui est fini, diagnostiqua le couvreur. On va essayer d'amener ton char au garage. Ils vont te le changer.

Jean grimaça un peu devant cette dépense imprévue, mais il n'y avait pas d'autre solution. Une demi-heure plus tard, Claude le laissa devant chez lui. Le garagiste lui avait dit qu'il allait se charger de lui réparer sa voiture pour le lendemain après-midi.

Toutefois, rien ne se passa comme l'avait prédit le mécanicien. Il avait promis au propriétaire de la Ford de lui installer un alternateur réusiné, mais il avait eu du mal à se procurer la pièce et, finalement, Jean ne put prendre possession de sa nouvelle voiture que le vendredi soir suivant.

Au milieu de l'après-midi, ce vendredi-là, le directeur de l'information, de très bonne humeur, rassembla tous les employés autour de lui pour leur apprendre une excellente nouvelle. Malgré tous les racontars de Lalande et de sa clique de mécontents, le service des nouvelles, sous sa direction, avait reçu des éloges de la part des grands patrons de la société d'État. En haut lieu, on semblait avoir autant apprécié la couverture de l'assermentation d'Antonio Barrette comme premier ministre de la province que le reportage sur la découverte de vestiges vikings à l'Anse aux Meadows, à Terre-Neuve. Pour marquer le coup, Arthur Lapointe avait généreusement offert le champagne aux membres de son équipe.

À sa sortie de Radio-Canada, Jean était dans un état euphorique auquel la quantité de champagne absorbée n'était pas tout à fait étrangère. Il décida de s'arrêter au garage pour prendre possession de sa Ford avant de rentrer à la maison. Après avoir réglé la facture du garagiste, il s'installa derrière le volant et revint chez lui, satisfait de la réparation effectuée. Quelques minutes plus tard, rassuré, il immobilisa sa voiture le long du trottoir, à une centaine de pieds de l'appartement occupé par ses parents.

Lorsqu'il entra dans la cuisine, sa fille lui apprit que Reine venait de descendre au magasin après avoir fait souper ses enfants. Il mangea seul, au bout de la table, pendant que ses trois enfants s'acquittaient de leurs travaux scolaires de fin de semaine. Après son repas, totalement dégrisé, il entreprit de faire le ménage de l'appartement avec l'aide des siens pour épargner ce travail à sa femme.

Quand Reine monta à l'appartement un peu après neuf heures, Catherine, sur le point d'aller se coucher, s'empressa d'apprendre à sa mère qu'ils avaient fait le ménage.

— Vous êtes bien fins, se contenta de dire Reine en tendant la joue pour que sa fille l'embrasse avant d'aller se mettre au lit.

— Gilles et Alain sont couchés depuis une demi-heure, lui annonça Jean en rangeant les cigarettes qu'il venait de confectionner dans une boîte de tabac métallique.

— C'est correct, laissa-t-elle tomber.

— La Ford est réparée et le garagiste a pas exagéré avec sa facture, lui dit-il au moment où elle retirait ses souliers à talons hauts avec un soupir de soulagement.

— Tant mieux, fit-elle d'une voix indifférente. J'espère juste que ce bazou-là va rouler quand on va en avoir besoin.

Depuis quelques jours, elle arborait un air désagréable que son mari mettait sur le compte de la fatigue. Pourtant, ce n'était pas la cause de sa mauvaise humeur. Elle s'inquiétait plutôt de n'avoir pas revu Benjamin depuis plus d'une semaine. Dans son esprit, il aurait dû au moins passer la voir pour la Saint-Valentin s'il était aussi amoureux qu'il se plaisait à le lui laisser croire.

— C'est juste un chanteur de pomme, s'était-elle répété à plusieurs reprises durant la semaine. Si ça se trouve, il va voir trois ou quatre femmes mariées, comme moi, et il leur raconte n'importe quoi pour se rendre intéressant. Les maudits hommes ! On peut jamais se fier à eux autres !

Bref, elle se sentait abandonnée, presque rejetée par son admirateur, celui qui avait osé l'embrasser... Il lui semblait se rappeler encore le goût de ses lèvres et elle en était toute remuée.

Elle déposa les comptes de la biscuiterie sur la table et entreprit de calculer les profits générés cette semaine-là par le magasin après s'être préparé une tasse de café.

— Les enfants ont déjà fait leurs devoirs pour lundi, avant de m'aider à faire le ménage, lui dit Jean.

— C'est correct, répéta-t-elle sur un ton distrait.

— T'as l'air épuisée, reprit-il en s'assoyant au bout de la table.

Il y eut un long silence dans la pièce, silence durant lequel elle acheva ses calculs qu'elle avait commencés au magasin, au début de la soirée.

— Ça a pas d'allure ! finit-elle par dire quelques minutes plus tard en rassemblant tous les papiers éparpillés devant elle. Le salaire de la vendeuse mange presque tous les profits.

— Peut-être, mais tu peux pas tout faire toute seule, lui fit remarquer son mari. T'es fatiguée et tu commences à avoir de la misère à faire tes journées, ajouta-t-il.

Elle ne répondit rien. Elle se leva et annonça qu'elle descendait chez sa mère quelques minutes pour faire leurs comptes. Jean alla allumer le téléviseur pour écouter les participants à une table ronde qui devaient discuter de l'avenir et du rôle de CFTM-TV dont l'arrivée sur les ondes approchait. Alexandre De Sève, le fondateur et maître d'œuvre de ce premier poste de télévision privé au Québec, s'était fait accompagner par Robert L'Herbier. Durant une heure, les deux hommes répondirent aux questions de trois journalistes et cherchèrent à convaincre l'auditoire de leur intention d'offrir aux Québécois des programmes télévisés de qualité dès les premiers mois de leur arrivée sur les ondes.

Jean désirait surtout les entendre parler du service des nouvelles qu'ils entendaient offrir à la population. Après avoir écouté les deux grands manitous de CFTM-TV, il se promit d'aller poser sa candidature chez ce nouvel employeur dès que possible. Il était toujours satisfait de son nouvel emploi, mais on ne savait jamais. Peut-être obtiendrait-il un meilleur poste ou un meilleur salaire ailleurs.

Quand vint l'heure du bulletin de nouvelles, il reconnut avec un certain émoi quelques textes qu'il avait écrits durant la journée. Il aurait aimé partager sa fierté avec Reine, mais elle n'était pas là.

Le samedi matin, il voulut accompagner sa femme chez Drouin pour rapporter en voiture la nourriture achetée, mais une mauvaise surprise l'attendait. La Ford refusa encore une fois de démarrer, même si la température était clémente. Pendant quelques minutes, il s'acharna sans arriver à rien.

— Bon, je suis pas pour passer l'avant-midi à attendre que ce bazou-là parte, déclara sa femme en claquant la portière. Je peux pas laisser la vendeuse toute seule toute l'avant-midi en plein samedi. Dis à Gilles et à Alain de venir me rejoindre chez Drouin pour rapporter la commande.

Sur ces mots, elle le planta là. Jean alla prévenir ses fils avant de se rendre à pied chez le garagiste qui avait réparé la Ford. Quand ce dernier le vit entrer dans le garage, il était occupé à essuyer ses mains couvertes de cambouis avec un chiffon.

— On dirait que vous avez rien réparé pantoute, lui dit Jean, agressif. Je viens d'essayer de faire partir mon char. Le moteur tourne pas.

— On va aller voir ça tout de suite, dit l'homme en lui faisant signe de le suivre.

Il l'invita à monter dans sa remorqueuse. Moins de cinq minutes plus tard, le mécanicien souleva le capot de la Ford et se pencha sur le moteur après avoir dit à son propriétaire de tenter de le faire démarrer. Il ne chercha pas très longtemps. Il sortit rapidement la tête de sous le capot pour faire signe à Jean de venir le rejoindre.

— L'alternateur que je vous ai posé est correct. C'est autre chose. À votre place, monsieur, j'arrêterais de dépenser sur ce tacot-là. Il est pourri. Vous avez pas remarqué, mais là, c'est le radiateur qui est percé. Regardez à vos pieds, il a perdu tout son antigel.

— Mais ça se répare, non ?

— Pour se réparer, c'est certain que ça se répare, mais demain, ça va être autre chose. Si j'étais pas honnête, je vous dirais de changer le radiateur, mais je vous le dirai pas. Ce qui est sûr, c'est que ce char-là va finir par vous coûter la peau des fesses... Mais vous êtes libre de faire ce que vous voulez, ajouta-t-il, compatissant.

— OK, je vais y penser, dit Jean, catastrophé.

Le mécanicien le quitta et il demeura un bon moment debout près de la Ford inutile. Elle lui avait coûté très cher et il ne s'en était pas encore servi... Au moment où il s'apprêtait à verrouiller les portières, il aperçut du coin de l'œil un homme avec un bras en écharpe qui se préparait à descendre l'escalier tournant extérieur de sa maison en portant d'une seule main une poubelle apparemment assez lourde.

— Mais il va se casser la gueule dans l'escalier, dit-il à mi-voix au moment où l'homme posait le pied sur la première marche.

Ce fut plus fort que lui, il lui cria en s'avançant précipitamment vers l'escalier :

— Non, attendez, monsieur, je vais vous la descendre.

L'homme, surpris, s'immobilisa et l'attendit pendant qu'il montait l'escalier.

— Vous êtes bien aimable de m'aider, dit-il à Jean avec un sourire de reconnaissance. D'habitude, je sors mes poubelles par la cour arrière, mais là, arrangé comme je suis, j'ai pas pu pelleter l'escalier et la galerie depuis un mois et je peux pas passer.

— Il y a pas de problème, fit Jean. Je vais même aller vous la porter dans votre cour. Vous pouvez remonter et, un coup parti, lancez-moi votre pelle. Je vais vous pelleter cet escalier-là en cinq minutes, ajouta-t-il, heureux d'oublier pendant quelques instants ses problèmes de voiture.

Une fois arrivé sur le trottoir, Jean attendit que l'homme lui apporte la pelle demandée.

— Gelez pas pour rien dehors, lui dit-il. Faites juste vous montrer dans votre fenêtre de cuisine pour que je sache quel escalier pelleter.

Pendant que l'inconnu rebroussait chemin, il transporta le contenant à déchets dans la ruelle voisine en cherchant à identifier du regard la maison où habitait l'homme. Soudain, il vit une porte s'entrouvrir difficilement parce qu'on devait repousser la neige qui l'obstruait. Jean déposa la poubelle près de celles des voisins dans la ruelle et entreprit de dégager les marches conduisant à l'étage. Finalement, pour faire bonne mesure, il décida de déneiger toute la galerie pour que le locataire puisse accéder librement à son hangar.

— Je suis gêné de vous avoir donné autant de travail, dit le locataire de l'appartement dont le bras gauche était en bandoulière. Entrez au moins boire un café.

— Écoutez, je voudrais pas... commença Jean.

— Non, entrez, insista l'autre. Ne serait-ce que pour vous réchauffer un peu.

Jean pénétra dans une cuisine bien rangée et dut retirer ses bottes.

— Armand Lanteigne, se présenta son hôte en lui tendant son unique main valide. Vous pouvez pas savoir à quel point je regrette d'avoir emménagé au deuxième étage au mois de mai passé. Ma femme m'avait prévenu que c'était pas une bonne idée, mais comme j'avais fermé mon bureau en bas, on n'avait vraiment plus besoin d'un six et demie.

— Jean Bélanger, de la famille Bélanger qui reste un peu plus loin sur votre rue, précisa Jean.

Il venait de se rappeler soudainement que la porte de l'appartement du rez-de-chaussée de cette maison de la rue Brébeuf avait longtemps porté une plaque sur laquelle était écrit « Armand Lanteigne », avocat. Il était passé devant des milliers de fois et n'y avait jamais accordé d'attention.

— Vous n'exercez plus ? demanda Jean pour être poli à l'homme d'un certain âge au visage émacié, occupé à verser une généreuse dose de cognac dans deux tasses de café.

— J'exerce encore, mais j'ai maintenant mon bureau au centre-ville. C'est plus pratique.

— Ça doit pas être facile d'aller là-bas tous les jours avec un bras en moins.

— Le moins qu'on puisse dire, c'est que c'est pas mal ennuyeux, reconnut l'avocat avec un petit rire. Ça m'apprendra à être plus prudent en ski la prochaine fois. Par contre, ça enrichit les chauffeurs de taxi parce que je peux pas conduire arrangé comme ça. Mais enlevez votre manteau cinq minutes et assoyez-vous, ajouta-t-il en réalisant que Jean était encore debout et toujours couvert.

Jean obtempéra et prit place à la table en face de son hôte.

— Dites-moi si je me trompe, reprit Armand Lanteigne. Il me semble que ça fait plusieurs fois que je vous vois ces derniers jours en train d'essayer de faire démarrer votre voiture. Qu'est-ce qu'elle a ?

Jean ne put faire autrement que de lui raconter que la Ford achetée le samedi précédent chez Latendresse refusait de rouler.

— Est-ce que j'ai bien entendu ? M'avez-vous dit Latendresse ? lui demanda son hôte en levant les sourcils. Parlez-vous de Jean-Guy Latendresse ?

— En plein ça, reconnut Jean.

— Mon pauvre ami, j'ai bien peur que vous vous soyez fait avoir. Il a dû encore une fois reculer l'odomètre et maquiller une voiture juste bonne pour la ferraille. Si ça peut vous consoler, vous n'êtes pas le premier à qui il fait le coup. J'ai déjà eu affaire à lui en deux occasions et, chaque fois, il a été condamné à payer. En plus, si je me souviens bien, j'ai un confrère qui est chargé de le poursuivre pour une affaire de vente d'une auto volée.

— C'est ben ma chance, fit Jean, l'air sombre. J'ai mis là-dedans toutes mes économies en pensant faire un bon coup. Trois cent soixante-quinze piastres, plus soixante de réparations. Et là, je suis pas plus avancé. Je suis pris avec une bagnole qui roule pas.

L'avocat se tut durant un court moment avant de déclarer :

— Écoutez, vous venez de me rendre service. Je pense que je peux vous en rendre un à mon tour. Si vous avez quelques minutes, on va prendre ma voiture et aller voir ce commerçant pas trop scrupuleux. Ma femme est partie magasiner toute la journée avec sa sœur et j'ai rien de spécial à faire. Attendez un instant. Je vais descendre avec vous par-derrière, mon auto est stationnée au coin de la ruelle, précisa-t-il en disparaissant brièvement dans le couloir.

L'avocat revint vêtu de son paletot et tenant ses bottes à la main. Il se chaussa et quitta son appartement derrière Jean. Parvenu au pied de l'escalier, monsieur Lanteigne s'arrêta devant la large porte en bois d'un garage qui occupait la moitié de la cour arrière. Jean revint sur ses pas pour le rejoindre.

— C'est mon garage, lui dit l'avocat. Je l'ai pas laissé au locataire du rez-de-chaussée quand j'ai déménagé. Depuis quelques années, on est plusieurs propriétaires à payer pour faire déneiger une bonne partie de la ruelle. D'habitude, je stationne mon auto dans mon garage, mais cet hiver j'ai été obligé de changer mes habitudes. J'en ai une autre qui prend toute la place depuis le début de novembre.

— Vous avez deux voitures ? s'étonna Jean.

— Oui, mais c'est involontaire, tint à préciser l'homme de loi. J'avais un client qui me devait près de six cents dollars depuis trois ans. Chaque fois que je le relançais, il ne pouvait pas me payer. Quand je l'ai menacé de le traîner en cour, il a décidé de me laisser son auto pour me payer. J'aurais aimé mieux qu'il trouve le temps de la vendre lui-même, mais je l'ai acceptée parce que, s'il était parvenu à la vendre, il aurait peut-être trouvé le moyen de disparaître avec l'argent et je me serais retrouvé le bec dans l'eau, Gros-Jean comme devant.

— Disons que c'est un paiement plutôt encombrant, plaisanta Jean.

— À qui le dites-vous ! La Plymouth prend la place de ma voiture dans mon garage, et pendant ce temps-là je suis obligé de déneiger la mienne et de me chercher un endroit où la stationner sur la rue quand les charrues passent. Voulez-vous la voir ? lui demanda soudain Lanteigne.

— Bien sûr, si ça vous dérange pas, répondit Jean, intéressé.

Armand Lanteigne sortit son trousseau de clés de l'une de ses poches de paletot et déverrouilla la porte du garage. Jean vit alors une magnifique Plymouth Belvedere 1957 qui lui parut verte sous une bonne couche de poussière.

— Est-ce que je peux la regarder de plus près ? demanda-t-il à son propriétaire.

— Allez-y, les portes ne sont pas barrées.

Jean fit lentement le tour du véhicule. La carrosserie semblait impeccable. Il entrouvrit la portière côté conducteur. Même si le véhicule avait un peu plus de deux ans d'usure, il était comme neuf.

— C'est une voiture comme celle-là que j'aurais dû acheter, fit Jean en refermant la portière. Mais elle aurait été trop chère pour moi.

— Pas nécessairement, dit l'avocat avec un sourire. Mon client me l'a laissée pour une dette de cinq cent soixante-quinze dollars. Je suppose que sa Plymouth a perdu un peu de valeur depuis que je l'ai.

— Si je pouvais me faire rembourser la Ford, je pense que je vous ferais une offre, finit par dire Jean, soudain rempli d'espoir.

— Bon, le meilleur moyen de le savoir, c'est d'aller voir notre Jean-Guy Latendresse, dit Lanteigne en l'invitant de la main à sortir du garage.

Le propriétaire en verrouilla la porte et les deux hommes revinrent dans la rue Brébeuf en passant par la ruelle. Armand Lanteigne s'immobilisa près d'une luxueuse Ford Thunderbird 1960 blanche et il tendit ses clés à son compagnon qui s'empressa d'en déverrouiller les portières. En démarrant, Jean comprit pourquoi l'homme de loi n'était guère tenté par la Plymouth. Sa propre voiture était confortable, puissante et rapide. Il la conduisit avec une prudence exagérée et fut très soulagé quand il s'arrêta devant le terrain où Jean-Guy Latendresse vendait ses automobiles usagées.

— Venez, monsieur Bélanger. On va voir si on peut faire entendre raison au bonhomme, dit l'avocat en descendant de voiture. Laissez-moi parler.

Monsieur Dubreuil, occupé à enlever une fine pellicule de neige sur les pare-brises des voitures à vendre, reconnut Jean quand il s'engagea sur le terrain. L'homme se précipita à l'intérieur de la roulotte, probablement pour prévenir son patron qu'un ancien client venait leur rendre visite. Armand Lanteigne et son compagnon se dirigèrent directement vers la roulotte, frappèrent à la porte et n'attendirent pas une invitation à entrer pour pénétrer à l'intérieur.

Le vendeur, tout sourire, s'avança vers eux.

— Toujours content de votre Ford ? osa-t-il demander à Jean, qui lui adressa un regard furieux.

— C'est un bazou pourri, déclara-t-il sans ambages, reprenant pour une fois le qualificatif donné par Reine à son automobile.

— J'aimerais dire deux mots à votre patron, intervint l'avocat en regardant le petit homme avec hauteur.

— Je sais pas s'il est ici dedans, dit le vendeur d'un air à la fois inquiet et désemparé.

— S'il est pas dans son bureau, vous feriez peut-être mieux d'aller voir parce qu'on dirait qu'il y a un gros rat qui fait du bruit dans la pièce à côté, lui fit remarquer Lanteigne d'une voix coupante.

Dubreuil alla frapper à la porte au fond de la roulotte et, un instant plus tard, la grosse figure de Jean-Guy Latendresse apparut derrière son vendeur.

— Qu'est-ce qu'il y a ? demanda-t-il sur un ton rogue en sortant de son bureau.

— On aurait une petite réclamation à faire, dit l'homme de loi.

— Quelle réclamation ?

— Comme rembourser les trois cent soixante-quinze dollars demandés à monsieur Bélanger pour un tas de ferraille que vous lui avez vendu la semaine passée.

— Whow ! se défendit le propriétaire du garage. Ce char-là a été vendu tel que vu. Au prix où je l'ai laissé aller, il y avait pas de garantie.

— Tiens ! Tiens ! fit Lanteigne, avec un petit sourire moqueur.

— D'abord, vous êtes qui, vous ?

— Moi, je suis juste son avocat. On dirait que vous vieillissez, monsieur Latendresse. Dites-moi pas que vous m'avez déjà oublié ? poursuivit l'homme de loi, sarcastique. Je vous ai traîné en cour deux fois dans les cinq dernières années. Vous ne vous en souvenez pas ? Et c'est drôle, j'ai l'impression que je vais recommencer.

— Ça sert à rien de s'énerver, reprit Latendresse, d'une voix beaucoup plus raisonnable.

— On pourrait peut-être aller en discuter un moment dans votre bureau, proposa l'avocat. Qu'est-ce que vous en dites ?

Armand Lanteigne fit signe à Jean de l'attendre et il suivit Latendresse dans son bureau minuscule dont il referma la porte derrière lui. L'attente fut de courte durée. Moins de dix minutes plus tard, les deux hommes sortirent de la pièce.

— On s'en va, dit l'avocat à Jean en ouvrant la porte de la roulotte.

— Je vous suis, se contenta de dire Latendresse, le visage sombre.

Jean se dirigea vers la Thunderbird, attendant des explications de son compagnon. Comme elles ne venaient pas, il se décida à l'interroger, avant d'entrer dans l'auto.

— Puis ?

— On dirait que la peur d'une nouvelle poursuite fait réfléchir, fit l'homme de loi avec un petit rire. Notre terreur est devenue douce comme un agneau quand je lui ai expliqué que vous étiez bien décidé à le traîner en cour et que vous étiez prêt à y mettre le prix pour lui faire rendre gorge. Avec une telle publicité, il n'aurait plus qu'à fermer boutique et à aller se faire pendre ailleurs.

— Qu'est-ce qu'il va faire ? demanda Jean, intrigué.

— C'est bien simple. Si vous regardez dans le rétroviseur, vous allez le voir au volant de la remorqueuse qui nous suit. Il s'en vient chercher son tas de ferraille. Il vous a remboursé vos trois cent soixante-quinze dollars, plus les soixante dollars de réparations et plus les trente dollars de frais d'avocat.

— Des frais d'avocat ? s'étonna Jean en quittant des yeux la circulation durant un bref instant pour regarder son compagnon.

— Il n'y a pas de frais d'avocat, bien sûr, dit en riant le quinquagénaire. Disons que c'était pour lui faire payer tous les désagréments qu'il vous a occasionnés. Tout ça représente quatre cent soixante-cinq dollars, le montant que ce bon monsieur Latendresse a inscrit sur ce chèque libellé à votre nom, conclut-il en le déposant sur le siège de la Thunderbird, entre eux.

— C'est pas vrai ! s'exclama Jean, qui avait peine à croire en sa chance. Je sais vraiment pas comment vous remercier.

— À chacun son tour de rendre service à l'autre.

Quelques minutes plus tard, la remorqueuse de Latendresse disparaissait au coin de Mont-Royal en remorquant la Ford, et Jean stationna la Thunderbird à la place laissée vacante. Au moment où il tendit les clés de la voiture à son propriétaire, il ne put s'empêcher de lui demander:

— Combien demandez-vous pour la Plymouth qui encombre votre garage, monsieur Lanteigne?

L'avocat réfléchit un court instant avant de répondre.

— Je vous ai dit qu'on me l'avait laissée en paiement d'une dette d'un peu plus de cinq cents dollars. Je vous la vendrais pour le montant qui est inscrit sur votre chèque. À mon avis, ce serait bien suffisant.

— Je vous la prends tout de suite, s'empressa de dire Jean, tellement enthousiaste qu'il ne voyait même pas l'utilité d'aller l'observer davantage.

Après l'épisode qu'il venait de vivre, il avait pleine confiance en monsieur Lanteigne, même s'il le connaissait depuis à peine deux heures.

— Vous n'avez qu'à endosser le chèque. Lundi, on réglera toute la paperasserie. En attendant, on va aller charger la batterie de la Plymouth en se servant de ma voiture. Quand vous en aurez terminé, vous pourrez partir avec votre nouvelle voiture et vous seriez aimable de stationner la mienne dans le garage.

Une quinzaine de minutes suffirent pour que Jean puisse quitter la ruelle au volant de sa Plymouth et venir la ranger le long du trottoir de la rue Brébeuf. Il revint à pied vers la Thunderbird et la remisa dans le garage. Il tendit ses clés à l'avocat et le remercia avec effusion avant de retourner chez lui.

À la maison, il ne dit rien à Catherine, seule dans l'appartement. Il se contenta d'y prendre des guenilles et un seau qu'il remplit d'un peu d'eau chaude à laquelle il ajouta un peu d'alcool. Quand l'adolescente lui demanda ce qu'il comptait en faire, il se borna à lui dire qu'il s'agissait d'une surprise.

De retour près de sa voiture, il utilisa l'eau pour laver l'intérieur et les vitres de sa Plymouth Belvedere. Des badauds, intrigués par ce spectacle peu courant en hiver, secouaient la tête en passant près de lui.

Quand la voiture fut propre, Jean se mit au volant, fit le tour du pâté d'immeubles et vint s'immobiliser devant la biscuiterie. Cette fois-ci, Reine le vit descendre du véhicule et n'attendit pas qu'il pénètre dans le magasin pour aller jusqu'à la porte pour s'informer.

— D'où est-ce qu'il sort, ce char-là ? lui demanda-t-elle.

— Rentre avant d'être malade, lui ordonna-t-il en la repoussant à l'intérieur.

Claire s'était approchée elle aussi de l'une des vitrines pour regarder l'automobile. Elle écouta avec intérêt le récit du mari de sa patronne.

— On peut dire que t'es chanceux, conclut Reine avec bonne humeur. Enfin, on va avoir un char qui a de l'allure. Il est pas neuf, mais il est au moins regardable.

Sur ces mots, elle alla chercher son manteau à l'arrière du magasin et suivit son mari qui la fit monter à bord du véhicule. Elle s'étonna du confort de l'habitacle de la Plymouth.

— On pourrait presque s'asseoir quatre sur le siège d'en avant, dit-elle. En plus, le radio marche, ajouta-t-elle en tournant le bouton de l'appareil.

Jean, tout fier, refit le tour du bloc une deuxième fois avant de revenir s'arrêter devant la biscuiterie Talbot.

— Bon, maintenant je vais aller chercher les enfants pour leur faire faire une petite promenade, lui dit-il quand elle descendit de voiture.

— C'est correct, moi je vais préparer le dîner pendant ce temps.

Chapitre 15

Le retour

Reine broya du noir jusqu'au dernier mercredi de février. Benjamin Taylor semblait s'être volatilisé. Elle ne l'avait pas vu depuis plus de deux semaines. Elle se demandait même s'il ne s'était pas découragé parce qu'elle l'avait rembarré un peu trop durement lorsqu'il lui avait parlé de célébrer la Saint-Valentin en sa compagnie lors de sa dernière visite. Elle s'en voulait. Tantôt, elle se promettait d'être plus douce avec son prétendant s'il revenait la voir ; tantôt, elle se jurait de le punir pour son silence inexplicable. Un sentiment qui lui rappelait celui qu'elle avait eu envers Jean quelque treize ans plus tôt, avant leur mariage, alors qu'il avait pris un certain recul pour réfléchir à leur vie amoureuse, si on peut dire ainsi.

— Si jamais je lui revois la face, lui, il va me payer ça, se répétait-elle cent fois par jour, les dents serrées.

Son désir de le revoir n'avait rien à voir avec un besoin de publicité pour la biscuiterie. De ce côté-là, tout allait merveilleusement bien. Les pâtisseries cuisinées par les Richer attiraient de plus en plus de clients et l'achalandage accru n'avait fait qu'augmenter les ventes des autres produits également. Les gens du quartier semblaient s'être passé le mot et envahissaient la boutique après chacune des livraisons, qui avaient lieu, maintenant, quatre fois par semaine.

— Ça va tellement bien qu'on a dû engager deux employés de plus, lui avait révélé Bernard Richer en déposant sur le comptoir dix douzaines de beignets, quelques tartes au sucre et cinq gâteaux. À partir de demain, je ferai plus la livraison. Il y a trop d'ouvrage à faire à la boulangerie. On a été obligés d'engager un homme qui va faire de la livraison toute la journée.

— Je suis bien contente pour vous, avait répliqué Reine. Vos pâtisseries sont loin de nuire à notre magasin.

En fait, la biscuiterie Talbot était maintenant devenue une affaire vraiment rentable et Reine voyait avec grand plaisir son compte en banque gonfler un peu plus chaque semaine. Elle prévoyait même qu'il atteindrait quatre mille cinq cents dollars dans quelques jours.

Le lundi avant-midi suivant, elle ne put contenir son enthousiasme en quittant la Caisse populaire où elle venait de faire son dépôt hebdomadaire.

— Quatre mille cinq cents piastres ! s'exclama-t-elle en se frottant les mains de contentement après avoir déposé son livret de banque dans son sac à main.

D'excellente humeur, elle se dirigea vers la rue Mont-Royal dans l'intention d'aller passer encore une heure à la biscuiterie avant de monter préparer le dîner de ses enfants. Il faisait froid et humide et elle marchait d'un bon pas en planifiant le type de décoration qu'elle demanderait à sa vendeuse d'installer dans les vitrines pour Pâques.

Elle venait à peine de retirer son manteau qu'elle était occupée à suspendre dans l'arrière-boutique lorsque la clochette de la porte d'entrée attira son attention. Claire Landry écarta soudain le rideau de perles pour lui apprendre qu'un homme la demandait. Reine se retourna et aperçut

Benjamin Taylor nonchalamment appuyé contre l'un des deux comptoirs sur lequel il venait de déposer son Stetson noir et un paquet.

— Je m'occupe de monsieur, dit-elle à la jeune vendeuse en s'avançant. Tu serais fine de faire un peu de ménage en arrière pendant ce temps-là, ajouta-t-elle.

Claire comprit le message: sa patronne désirait être seule en compagnie de celui qu'elle lui avait présenté comme un ami quelques semaines auparavant.

— On n'a plus d'eau de Javel pour laver le plancher, fit-elle remarquer à Reine. Est-ce que vous aimeriez que j'aille en acheter chez Drouin?

— Fais donc ça, accepta Reine, heureuse de se débarrasser de sa présence encombrante.

Sur ce, elle franchit le rideau de perles et alla à la rencontre de son visiteur, qui la vit approcher, tout sourire.

— Tiens! Je te pensais mort, lui dit-elle sèchement en ne lui rendant pas son sourire.

— Comme tu peux voir, je le suis pas, fit Ben en relevant du bout des doigts une mèche de cheveux qui s'était déplacée.

Claire, vêtue de son petit manteau de drap gris, sortit de l'arrière-boutique, adressa un sourire un peu embarrassé à sa patronne et à son visiteur et quitta les lieux.

— Et est-ce que je peux savoir ce qui me vaut l'honneur de ta visite? demanda Reine d'une voix acide.

— Le plaisir de te revoir, fit Ben. Va pas t'imaginer que je t'avais oubliée, s'empressa-t-il d'ajouter alors qu'elle s'apprêtait à lui servir une réplique bien sentie. La dernière fois que je t'ai vue, je t'ai dit que je devais retourner à Toronto.

— Oui, reconnut-elle à contrecœur.

— J'y suis allé et j'ai décidé d'ouvrir un autre bureau à Kingston, en Ontario.

— Il y a pas à dire, tes affaires vont bien, fit-elle d'une voix maussade. Qu'est-ce que ta femme dit de tout ça ? Elle doit pas te voir trop souvent si tu passes ton temps à voyager.

— Mais pour qui tu me prends ? demanda-t-il sur un ton outré. Je suis pas marié.

Cette nouvelle soulagea Reine et il sembla s'en rendre compte avec un certain plaisir.

— Je suppose que tu as cru que je t'avais oubliée, poursuivit-il en lui saisissant une main.

Elle ne se débattit pas.

— Si tu penses que j'ai juste à penser à toi, tu te trompes, Ben Taylor, mentit-elle d'une voix peu convaincante.

— Pour te prouver que je pense à toi, je t'ai apporté un cadeau de la Saint-Valentin, dit-il en poussant vers elle le paquet déposé sur le comptoir. Je sais que je suis en retard, mais j'avais pas le choix. J'aurais aimé t'amener dîner ou souper avec moi dans un restaurant chic avant la Saint-Valentin, mais t'as pas voulu, sentit-il le besoin de lui rappeler.

— T'as pas à me donner de cadeau, lui fit remarquer Reine en commençant tout de même à déballer le paquet.

Elle découvrit une grosse boîte de chocolats en forme de cœur de couleur rouge et une carte.

— C'est pas très original, mais c'est de bon cœur, dit l'homme d'affaires sur un ton léger.

Reine tira la carte de l'enveloppe, l'ouvrit et lut ce qu'il avait écrit à son intention : « Je t'aime comme un fou. » Son front rougit.

— C'est pas des affaires à écrire à une femme mariée, lui reprocha-t-elle sans y mettre beaucoup de conviction.

— On fait rien de mal, répliqua-t-il, charmeur. Il me semble que j'ai le droit de te dire que je t'aime.

Elle était tout émue par cette déclaration d'amour et elle allait le remercier quand quelqu'un poussa la porte de la biscuiterie.

La jeune femme sursauta violemment en reconnaissant sa belle-mère. Elle retira sa main que Ben venait de reprendre entre les siennes en espérant qu'Amélie n'avait rien remarqué.

— Bonjour, madame Bélanger, dit-elle en s'empressant de faire disparaître sous le comptoir la boîte de chocolats qu'on venait de lui offrir avant de s'éloigner de Benjamin Taylor.

Ce dernier avait à peine tourné la tête vers la petite femme boulotte qui venait de s'approcher du comptoir.

— Bonjour, Reine, la salua sa belle-mère. Donne-moi donc deux livres de biscuits à l'érable. Même si le carême commence aujourd'hui, ça a tout l'air que ton beau-père veut pas se priver de sucré.

Reine reprit son aplomb, sourit à Amélie et se mit en devoir de déposer dans un sac les biscuits demandés. Pendant qu'elle la servait, elle espéra que Ben aurait le bon sens de la saluer et de partir, comme l'aurait fait tout client ordinaire… Mais il n'en fit rien, ce qui la rendit encore plus nerveuse.

— T'es toute seule ? lui demanda la mère de Jean en regardant de tous les côtés.

— Ma vendeuse est partie chez Drouin acheter de l'eau de Javel, expliqua Reine d'une voix embarrassée.

— Ah bon !

— Ça vous tenterait pas d'acheter à votre mari une demi-douzaine de beignes ou même une tarte au sucre ? offrit-elle à la mère de son mari.

— Es-tu folle, toi ? s'exclama Amélie en riant. Des plans pour qu'il en redemande toutes les semaines.

— J'aurais pu vous les laisser au prix coûtant, reprit Reine.

— Merci, mais les biscuits vont suffire. Quand je vais revenir à la maison, je traîne ton beau-père à l'église pour recevoir les cendres, ajouta-t-elle sur un ton décidé.

Amélie paya son achat et quitta la biscuiterie. Dès que la porte se referma, Reine explosa.

— Te rends-tu compte de ce que tu viens de faire ? dit-elle à son prétendant d'une voix chargée de reproche. C'est ma belle-mère qui vient de sortir. Si elle s'est aperçue de quelque chose, ça va être le drame à la maison.

— Mais on faisait rien de mal, protesta Ben en se rapprochant d'elle après avoir jeté un coup d'œil vers les vitrines pour vérifier si quelqu'un regardait à l'intérieur du magasin.

— Peut-être, mais c'est pas normal qu'un homme offre un cadeau à une femme mariée, répliqua-t-elle.

— On fait rien de mal, répéta-t-il, enjôleur. T'es tellement belle que je peux pas m'empêcher de te gâter.

— Arrête donc de dire n'importe quoi, dit-elle en rosissant tout de même de plaisir sous le compliment.

— Écoute, je trouve ça pas mal fatigant d'être obligé de guetter à gauche et à droite quand je te parle, fit-il en regardant si quelqu'un approchait de la porte. Il faut absolument que tu viennes dîner avec moi un midi, la semaine prochaine.

— Je peux pas. J'ai la biscuiterie et je dois faire manger les enfants.

— C'est possible si tu veux, reprit-il en mettant toute la force de persuasion dont il était capable dans sa voix. T'as une vendeuse à la biscuiterie et tu peux venir manger avec moi après avoir fait dîner tes enfants.

— Et mon mari dans tout ça ? lui rappela-t-elle sans grande conviction.

— C'était pas dans mon idée de l'inviter à dîner, lui aussi, plaisanta-t-il.

— Arrête de faire des farces plates, lui ordonna-t-elle. C'est pas drôle pantoute.

— Je t'enlève pas, reprit-il, plus sérieux. Je veux juste t'amener manger avec moi.

— Là… fit-elle hésitante.

— Il y a rien de mal là-dedans, insista-t-il. C'est entendu. Je passe te prendre, disons lundi prochain, à une heure.

— Et qu'est-ce que ma vendeuse va penser quand elle va me voir partir avec toi ? fit-elle, toujours hésitante.

— Voyons, Reine, je vais t'attendre au coin de De La Roche. Personne va te voir monter dans mon char, si c'est ça qui te fatigue.

À l'instant où elle allait répliquer, Claire poussa la porte du magasin. Benjamin Taylor s'empara de son chapeau et salua les deux femmes.

— À lundi, une heure, chuchota-t-il à Reine avant de s'esquiver pendant que Claire disparaissait dans l'arrière-boutique.

Pour sa part, Amélie Bélanger rentra chez elle très songeuse. Il se passait quelque chose d'anormal avec sa bru. Elle n'en était pas certaine, mais il lui avait bien semblé apercevoir une boîte de chocolats déposée sur le comptoir entre l'homme et Reine, comme s'il venait de la lui offrir. De plus, elle avait l'impression que l'homme lui tenait la main quand elle était entrée… Qu'est-ce que tout ça voulait dire ? Et cet air gêné de la femme de Jean… Y avait-il quelque chose entre ces deux-là ?

Amélie avait beau ne pas aimer particulièrement sa bru, elle n'en avait pas moins du mal à concevoir qu'une femme mariée, mère de trois enfants, accepte un cadeau d'un parfait inconnu. Elle était persuadée de s'être trompée jusqu'au moment où Reine lui avait offert de lui laisser des beignets au prix coûtant. De la part de quelqu'un bien connu dans la famille pour grappiller le moindre sou, cette offre avait tout pour la surprendre.

— Il fallait qu'elle ait quelque chose à se reprocher pour me proposer ça, dit Amélie à mi-voix en montant l'escalier extérieur conduisant chez elle. Cela dit, l'homme pouvait tout autant être un fournisseur et Reine voulait peut-être cacher sa nature pingre devant lui. Enfin…

À son retour dans l'appartement, elle se garda bien de communiquer ses soupçons à son mari en train de finir de lire *La Presse* de la veille étalée sur la table de la cuisine. Si elle l'avait fait, Félicien aurait été capable d'en parler à leur fils et de mettre ainsi le feu aux poudres. Non, elle allait garder ça pour elle, mais se promettait d'ouvrir l'œil et d'aller plus souvent à la biscuiterie. En même temps, elle allait prier pour que Dieu préserve le ménage de Jean. Elle promit même d'offrir la messe à laquelle elle allait assister chaque matin durant le carême à cette intention.

Des parents plus attentifs que Reine et Jean auraient remarqué que l'humeur de leur fils Gilles avait changé depuis une semaine et ils s'en seraient inquiétés. Le garçon de dix ans était de plus en plus nerveux et ses résultats scolaires commençaient à en pâtir.

L'élève de quatrième année était victime de mauvais traitements depuis une dizaine de jours de la part de deux grands adolescents, élèves de l'école Saint-Pierre-Claver. À trois reprises déjà, les deux jeunes gens âgés d'une quinzaine d'années s'en étaient pris à lui alors qu'il revenait de l'école, à la fin de l'après-midi. Chaque fois, le scénario avait été identique. Sans raison aucune, ils le bousculaient, lui assenaient quelques taloches et coups de pied pour attirer l'attention et faire rire quelques filles de l'école des Saints-Anges en route vers la maison. C'était parvenu à un tel point que les copains du jeune garçon évitaient de faire route avec lui à la fin des classes de crainte d'être pris à partie eux aussi.

Avec un certain bon sens, son ami Serge lui avait conseillé de se plaindre au directeur de l'école Saint-Stanislas, mais le fils aîné des Bélanger avait refusé en arguant qu'il ignorait le nom de ses tortionnaires et qu'ils se vengeraient d'avoir été dénoncés en l'attendant juste un peu plus loin de l'école. Aussi, Gilles ne voulait pas que son petit frère soit au courant. Pour lui qui se portait régulièrement en défenseur d'Alain, se plaindre ainsi aurait été faire preuve de faiblesse et il aurait alors perdu toute sa crédibilité de grand frère.

Bref, Gilles ne voyait pas d'issue à la situation. Il avait beau changer d'itinéraire ou même demeurer un peu plus longtemps à l'école pour laver les tableaux de sa classe, on aurait dit que la malchance s'acharnait sur lui. Les deux grands finissaient toujours par lui tomber dessus.

Le lendemain du mercredi des Cendres, un peu avant quatre heures, il sortit de l'école Saint-Stanislas dans la rue Gilford en se mêlant le plus possible aux autres élèves. Il avait décidé de changer son itinéraire habituel encore une fois et de descendre la rue De La Roche jusqu'à la rue Mont-Royal dans l'espoir d'éviter ceux qui le maltraitaient. Il traversa Gilford et allait se diriger vers De La Roche quand il entendit dans son dos l'une des voix qu'il connaissait maintenant trop bien.

— Si c'est pas le petit morpion qui est toujours dans nos jambes ! s'exclama un grand adolescent nu-tête, la cigarette au bec.

— Mais c'est ben lui, répondit en écho son copain à la tignasse rousse en donnant une poussée à Gilles, qui tomba dans le banc de neige qui bordait le trottoir.

Les jeunes qui marchaient près du gamin s'écartèrent prudemment alors que des filles gloussaient au passage. Encouragés par cette réaction, les deux élèves de huitième année relevèrent Gilles sans ménagement en le secouant.

— T'es pas fin, dit le roux à son complice. Tu lui as mis de la neige dans la face, expliqua-t-il d'une voix réprobatrice en giflant Gilles sous le prétexte d'enlever la neige qu'il avait sur la figure.

Gilles, fou de rage, tenta vainement de le repousser.

— Pauvre petit gars à sa moman, reprit l'autre en attrapant Gilles par les cheveux. Fais attention. Il en a pas juste dans la face, il en a partout.

— J'ai pas fait exprès, dit l'autre en feignant le regret. Mais as-tu vu son sac d'école, toi ? ajouta-t-il en s'emparant du sac d'école de Gilles et en l'ouvrant. Mais tout est à l'envers là-dedans, affirma-t-il en en répandant le contenu sur le trottoir.

Sur ce, celui qui tenait Gilles lui décocha deux ou trois taloches qui l'étourdirent. Maintenant, il y avait une douzaine de jeunes qui s'étaient arrêtés pour assister à la scène, mais personne n'intervenait pour prendre la défense du fils de Jean Bélanger. Le garçon chercha bien à atteindre d'un coup de pied l'un de ceux qui venaient de le frapper, mais le grand l'évita et lui envoya en retour un solide coup de pied sur une jambe qui le fit tomber encore une fois.

La scène aurait pu continuer encore quelques minutes si l'approche de deux adultes n'avait pas fait fuir les deux jeunes et dispersé le petit attroupement. Gilles se remit sur ses pieds tant bien que mal et se mit en devoir de ramasser ses effets scolaires répandus dans la neige. Il sentait ses lèvres enfler et l'une de ses joues lui faisait mal. Il réprima son envie de pleurer, mais ne prit pas la peine d'enlever la neige qui couvrait son manteau. Il referma son sac d'école et reprit sa tuque demeurée sur le banc de neige. Comme par miracle, le trottoir était maintenant vide. Les deux hommes qui avaient provoqué inconsciemment la fuite des adolescents passèrent près de lui sans même lui accorder un regard.

Gilles se remit en marche vers la maison en regardant nerveusement autour de lui au cas où ses tortionnaires l'auraient attendu un peu plus loin pour continuer à le battre. Il ne vit pas sa tante Lucie traverser la rue De La Roche en diagonale pour venir le rejoindre. Quand elle lui tapa sur l'épaule, il sursauta si violemment qu'il faillit tomber.

— Eh bien ! Qu'est-ce qui se passe ? Tu reconnais plus ta vieille tante ? lui demanda-t-elle avec un large sourire.

— Je vous ai pas vue, ma tante, répondit-il, soulagé.

— Je reviens de la Caisse populaire, lui dit-elle.

Soudain, la jeune femme sembla remarquer à quel point son neveu était couvert de neige.

— Veux-tu bien me dire comment ça se fait que ton manteau soit plein de neige comme ça ? On dirait que tu t'es roulé dans un banc de neige, ajouta-t-elle en riant.

— Je suis juste tombé, mentit-il.

Son ton alerta l'épouse de Claude Bélanger qui, tout en avançant aux côtés de son neveu, regarda son visage. Elle vit tout de suite que quelque chose n'allait pas.

— Qu'est-ce que tu dirais de venir boire une tasse de chocolat chaud à la maison ? lui demanda-t-elle.

— Je pense que je suis mieux de m'en aller chez nous, ma tante, lui dit-il. Ma mère…

— Ta mère va être encore à la biscuiterie, fit Lucie, et elle s'apercevra même pas que tu t'es arrêté chez nous. Allez, viens.

Un peu à contrecœur, Gilles suivit la petite femme blonde dans l'escalier extérieur qui conduisait chez elle. Elle ouvrit la porte et le fit passer devant elle.

— Claude, je t'amène de la visite, annonça-t-elle en refermant la porte. Ôte tes bottes et va t'asseoir dans la cuisine, ordonna-t-elle à son neveu. Je te rejoins dans une minute. Je vais aller réveiller ton oncle, le grand paresseux. Comme je le connais, il va vouloir boire une tasse de chocolat avec nous autres.

Sur ce, elle disparut un instant dans sa chambre à coucher pendant que Gilles allait s'asseoir à table dans la cuisine. Il vit Caramel entrer dans la pièce et venir se frotter contre l'une de ses jambes. Il ne se pencha même pas pour caresser l'animal qui lui avait appartenu une seule journée. Ce n'était plus son chat.

— J'ai ramené Gilles avec moi, chuchota Lucie à son mari qui venait de quitter le lit. Il y a quelque chose de pas normal. Tu lui regarderas le visage. Il a l'air enflé.

— C'est correct. Vas-y, je vous rejoins, fit ce dernier en passant une main dans ses cheveux en broussaille.

Claude entra dans la cuisine un instant plus tard et s'assit en face de son neveu.

— Sais-tu qu'une chance que tu viens de temps en temps, sinon ta tante me ferait jamais du chocolat chaud, plaisanta-t-il.

— Je revenais de l'école, dit Gilles au moment où sa tante déposait devant lui une tasse de chocolat chaud.

— Est-ce que ça va bien à l'école ? lui demanda cette dernière.

— Oui, ma tante.

— Qu'est-ce que tu t'es fait au visage ? Es-tu tombé ?

— Oui, répondit Gilles après une courte hésitation qui mit la puce à l'oreille de son oncle.

— Tu te serais pas plutôt battu ? fit son oncle en le dévisageant.

— Ben…

— Ça m'est arrivé ben des fois, à moi aussi, quand j'allais à l'école, poursuivit Claude.

— Claude ! fit sa femme, la voix chargée de reproches.

— Je me suis pas battu, mon oncle.

— Qu'est-ce qui t'est arrivé d'abord ? insista le frère de son père.

— C'est deux grands qui viennent même pas à mon école…

La voix du gamin changea brusquement et ses yeux se remplirent de larmes.

— Dis-nous ce qui t'est arrivé, l'encouragea sa tante en posant une main sur son épaule.

Alors, ce fut comme si un barrage venait soudainement de céder sous la pression. Gilles raconta à sa tante et à son oncle tous les mauvais traitements subis depuis plusieurs jours de la part des deux adolescents et comment il avait vainement cherché à leur échapper.

— Pourquoi t'en as pas parlé à ton école ? s'étonna sa tante.

— Parce que ça aurait rien changé.

— T'aurais pu le dire à ton père, insista-t-elle.

— Il travaille, il peut pas m'attendre après l'école.

Lucie regarda son mari, qui sembla réfléchir un court moment avant de reprendre la parole.

— Bon, ton père peut pas s'occuper de cette affaire-là, mais moi, je le peux. Je travaille pas avant le milieu de la semaine prochaine. À partir de demain après-midi, je vais être proche de ton école. Si tu me vois, fais comme si tu me connaissais pas. Si ces deux petits baveux-là viennent t'achaler, ils vont avoir affaire à moi.

Gilles adressa à son oncle un tel regard de reconnaissance que ce dernier en fut remué.

— Est-ce que vous allez en parler chez nous ? s'inquiéta-t-il.

— Qu'est-ce que t'en penses ? répondit Claude.

— J'aimerais mieux pas, mon oncle.

— C'est correct. On va régler ça entre nous, comme des hommes, déclara le couvreur.

Ce soir-là, Reine se rendit compte que le visage de son fils aîné était enflé et elle lui en demanda la raison. Il prétendit être tombé en revenant de l'école et elle ne chercha pas plus loin.

Le lendemain après-midi, Claude Bélanger quitta son appartement peu après quatre heures moins le quart et alla se poster près de l'école, de l'autre côté de la rue, de manière à bien voir les élèves qui quitteraient l'institution à la fin des classes. Quand la cloche sonna, il dut attendre quelques minutes avant que la porte ne livre passage à un flot important de jeunes excités par la perspective de la chute de neige annoncée depuis le début de la matinée.

Soudain, le couvreur repéra son neveu. Il décida de le suivre en se déplaçant sur le trottoir de l'autre côté de la rue. Moins de cinq minutes plus tard, il aperçut deux adolescents, marchant au milieu des enfants de l'école primaire et il se douta immédiatement qu'il s'agissait des deux brutes qui s'en prenaient régulièrement à son neveu. Il accéléra le pas et traversa la rue Brébeuf juste derrière les deux grands, sans que ces derniers l'aient vu approcher.

Au moment où l'un d'eux s'apprêtait à décocher une taloche à Gilles, une main solide le saisit au collet et le fit pivoter brusquement face à son copain qui était maintenu aussi solidement que lui. Immédiatement, les jeunes s'attroupèrent et firent cercle autour de l'homme et des deux adolescents qui avaient perdu toute leur superbe.

— Tiens ! Si c'est pas les deux braves qui s'en prennent aux petits jeunes pour se faire du fun ! dit Claude en les secouant.

— On n'a rien fait, nous autres, dirent-ils, le visage blafard.

— Ben non ! Ben non ! se moqua Claude. Je suppose que les claques sur la gueule que le petit a eues, il se les est données tout seul.

Avant même qu'ils aient eu le temps de réagir, Claude avait lâché l'un des deux adolescents pour flanquer une telle gifle à son camarade que ce dernier en sembla tout étourdi. L'autre esquissa le geste de vouloir prendre la fuite. Mal lui en prit. L'oncle de Gilles l'attrapa par une oreille et le ramena à lui avant de lui réserver le même traitement qu'à son copain.

— Vous avez pas le droit de... commença à dire le rouquin.

— Est-ce que tu veux une autre claque sur la gueule ? lui demanda Claude, l'air mauvais.

Les deux jeunes, se tenant la joue, firent signe que non.

— Là, écoutez-moi ben, tous les deux. Si jamais j'entends dire que vous traînez encore dans le coin pour vous en prendre à des petits, je vais aller vous attendre à la porte de votre école et vous allez en manger une maudite bonne. À cette heure, du vent. Je vous ai assez vus.

— Vous allez nous payer ça, osa dire le plus grand des deux adolescents en s'éloignant prudemment.

— Quoi ? fit Claude, menaçant, en faisant semblant de se lancer à sa poursuite.

Les deux braves décampèrent sans demander leur reste.

— Viens-t'en, ordonna Claude à son neveu qui avait assisté à toute la scène en même temps qu'une vingtaine de jeunes.

L'attroupement s'ouvrit pour les laisser passer. Gilles, tout fier, marcha aux côtés de son oncle jusqu'à la rue Mont-Royal.

— Si jamais ils viennent encore t'achaler, le prévint Claude au moment de le quitter, t'auras juste à venir me le dire.

— Merci, mon oncle.

— Pas un mot de tout ça chez vous, hein !

— Non.

Chapitre 16

La première sortie

Reine s'était rapidement persuadée que l'invitation à dîner de Ben ne porterait pas à conséquence et qu'elle aurait été bien folle de la refuser. Il allait probablement l'emmener manger dans un grand restaurant et, durant une heure ou deux, elle se ferait gâter comme jamais elle ne l'avait été par son mari. En d'autres mots, elle n'éprouva aucun remords durant la fin de semaine à planifier cette sortie de manière à ce qu'aucun des siens ne s'en aperçoive.

Le dimanche après-midi, à la grande surprise de Jean, elle proposa elle-même de rendre visite à ses parents.

— Qu'est-ce qui se passe ? lui demanda-t-il, étonné. D'habitude, il faut presque que je te traîne de force pour y aller.

— J'ai tout simplement pas le goût de passer toute la journée enfermée dans la maison, répondit-elle. En plus, à soir, je vais aux vues avec Gina.

— Encore !

— Elle a eu des billets gratuits pour aller voir *Les sept mercenaires* à l'Alouette. On n'est pas pour laisser passer une chance pareille.

En fait, si Reine avait décidé d'accompagner son mari chez ses parents en ce dimanche après-midi, c'était uniquement pour s'assurer que sa belle-mère ne soupçonnait rien après l'avoir surprise en compagnie de Ben Taylor à la biscuiterie le mercredi précédent.

À leur arrivée chez Félicien, l'appartement était plein de visiteurs. Lorraine était là en compagnie de son mari et de sa fille Murielle. Lucie et Claude étaient aussi présents. Les adultes laissèrent les enfants devant le téléviseur et se réunirent dans la cuisine pour parler autour d'une tasse de café.

Il y eut quelques blagues sur l'air supposément épuisé du nouveau retraité. Puis on s'informa de la nouvelle Plymouth de Jean.

— Elle est pas mal pratique pour aller travailler, reconnut son propriétaire, mais je dois souvent aller la stationner assez loin. C'est rendu que plus ça va, plus il y a des chars dans le centre-ville. Le trafic est en train de devenir un maudit problème à Montréal.

— Est-ce qu'on peut savoir quelle promesse de carême vous avez faite, m'man ? demanda Claude sur un ton narquois.

— Te prends-tu pour le nouveau curé de la paroisse ? intervint son père.

— Laisse faire, lui ordonna Amélie. J'ai pas honte de le dire.

— Laissez-moi deviner, m'man, intervint Jean en entrant dans le jeu. Comme il y a pas de sucre à la crème sur la table, j'en déduis que vous avez promis de pas manger de sucré pendant tout le carême. Est-ce que c'est ça ?

— C'est vrai, reconnut Amélie, mais j'ai aussi promis d'endurer votre père sans me plaindre jusqu'à Pâques et d'aller à la messe tous les matins.

— Barnak, m'man, vous allez mourir comme une vraie sainte, si vous continuez comme ça, fit Claude en feignant une admiration extraordinaire.

— Il en faut du monde comme moi, mon garçon, pour racheter ceux qui font rien durant le carême.

— C'est vrai, fit Félicien, narquois. Votre mère fait tellement de promesses à cette heure qu'elle est obligée de se faire des listes pour pas en oublier.

— T'es bien drôle, Félicien Bélanger, rétorqua sa femme d'une voix acide. Je fais juste écrire ce que je veux pas oublier.

— Moi, ça me fait rien tant et aussi longtemps que t'écris pas sur tes listes des *jobs* que tu veux que je fasse, rétorqua son mari.

— Inquiète-toi pas, je t'oublie pas. Tu vas t'en apercevoir, mon tornom, dès la semaine prochaine avec le ménage des garde-robes.

— Maudit que j'aurais dû continuer à passer la malle ! s'exclama le nouveau retraité avec conviction.

Il y eut un éclat de rire général dans la cuisine, au point que les jeunes s'empressèrent de les rejoindre.

Reine n'avait pas cessé d'épier sa belle-mère depuis son arrivée chez les Bélanger. Elle avait guetté le moindre signe de méfiance à son endroit. Elle avait fini par être rassurée puisqu'elle n'en avait détecté aucun. De toute évidence, Amélie n'avait vu dans Benjamin Taylor qu'un client comme les autres. Elle en était soulagée. Il n'aurait plus manqué qu'elle communique ses soupçons à son fils et qu'elle doive supporter une crise de jalousie de ce dernier quand il n'y avait vraiment pas matière à fouetter un chat.

— Et vous autres, les enfants, qu'est-ce que vous avez promis ? demanda la grand-mère en se tournant vers ses petits-enfants demeurés dans l'entrée de la cuisine.

— J'ai promis d'aider ma mère à faire le ménage, déclara Murielle, la fille de Lorraine.

— Et vous autres ? fit Amélie en parlant aux enfants de Jean.

Il y eut un silence gêné avant que Gilles réponde :

— On promet rien, nous autres, grand-mère.

— Comment ça, rien ? demanda Amélie en se tournant vers son fils. Est-ce que ça veut dire que tu leur demandes pas de faire des sacrifices durant le carême ? poursuivit-elle sur un ton plein de reproche.

— Écoutez, m'man, se défendit le père de famille. On les laisse choisir ce qu'ils veulent faire pendant le carême. De toute façon, on n'est pas là pour voir s'ils respecteraient leurs promesses.

Cette explication embarrassée ne convainquit personne, surtout pas sa mère, dont la désapprobation était visible. D'ailleurs, elle faisait un grand effort pour ne pas adresser de remontrances ni à son fils ni à sa bru.

— J'espère que vous dites au moins votre chapelet tous les soirs avec le cardinal, reprit Amélie en s'adressant à ses petits-enfants.

— Oui, madame Bélanger, intervint Marcel Meunier en adoptant l'air d'un martyr. Vous pouvez compter sur votre fille pour allumer le radio chaque soir à sept heures pour le chapelet. Juste y penser, j'en ai mal aux genoux. Il me semble que mon chapelet serait aussi bon si je pouvais me mettre à genoux sur un coussin. Mais votre fille dit que ça se fait pas. Même si j'ai les genoux au sang, ça la dérange pas.

— Viens pas te plaindre, dit Lorraine. Un soir sur deux, t'es pas là.

— À part ça, Marcel, t'en mourras pas, lui dit sa belle-mère. Offre ça pour tes péchés.

— Quels péchés ? s'écria le plâtrier. Je travaille tout le temps. J'ai pas le temps, moi, d'en commettre des péchés.

— En tout cas, t'es ben chanceux de te sauver du chapelet de temps en temps, fit son beau-père. Moi, j'ai jamais eu cette chance-là.

— Tu devrais avoir honte de parler comme ça devant tes petits-enfants, le réprimanda sa femme, l'air sévère.

Amélie avait bien vu qu'aucun des enfants de Jean n'avait dit qu'il participait à la récitation quotidienne du chapelet et sa réprobation à l'égard de leurs parents se fit plus évidente encore.

— Si on parlait d'autre chose que de sacrifices, proposa Claude pour tirer son frère et sa belle-sœur de la situation embarrassante où ils se trouvaient. Il paraît que Radio-Canada va téléviser les Jeux olympiques de Rome au mois de juin. Moi, j'ai ben hâte de voir ça.

La conversation reprit un cours normal dans la cuisine et les enfants retournèrent dans le salon regarder la télévision. À la fin de l'après-midi, Jean et Reine donnèrent le signal du départ après avoir refusé l'offre d'Amélie de demeurer à souper.

— Vous êtes bien fine, madame Bélanger, mais les enfants ont pas fini leurs devoirs, mentit Reine en boutonnant son manteau.

Dès qu'ils eurent posé le pied sur le trottoir enneigé, Jean remarqua l'air renfrogné de sa femme.

— Bon, qu'est-ce que t'as encore à faire la baboune ? lui demanda-t-il sur un ton excédé.

— C'est ta sainte mère qui me tombe sur les nerfs, si tu veux le savoir, lui répondit-elle. Elle et sa maudite manie de faire des sermons à propos de tout et de rien. Veux-tu bien me dire en quoi ça la regarde que nos enfants fassent ou non des promesses pour le carême ?

— Tu t'énerves pour rien, dit Jean sur un ton apaisant. Qu'est-ce que tu veux ? Elle est portée sur la religion et elle nous a élevés comme ça.

— Pas de saint danger qu'elle demande à ton frère ou à sainte Lucie quels sacrifices ils étaient pour faire, eux autres.

— Elle ne nous l'a pas demandé à nous autres non plus, lui fit remarquer Jean.

— J'aurais bien voulu voir ça, conclut-elle, l'air mauvais.

À son réveil, le lendemain matin, Jean découvrit que sa femme avait déjà quitté le lit, même si son réveille-matin n'indiquait que six heures quinze. Un coup d'œil vers la fenêtre dont les rideaux étaient tirés lui apprit qu'il faisait encore noir à l'extérieur. Il se leva, glissa ses pieds dans ses pantoufles et sortit de la chambre à coucher. En pénétrant dans la cuisine, il fut stupéfait de voir Reine déjà occupée à trier les vêtements à laver.

— Calvince ! Qu'est-ce qui se passe ? lui demanda-t-il en contournant un tas de linge sale.

— J'ai une grosse journée aujourd'hui, se contenta-t-elle de lui répondre. Je veux faire mon lavage de bonne heure.

Pendant qu'il procédait à sa toilette, elle eut le temps de terminer son tri et de préparer du gruau pour le déjeuner. Après le repas, elle vit à ce que chacun des enfants range sa chambre et elle demanda à son mari d'installer les trois cordes à linge dans le couloir avant de partir au travail. Dès que la porte d'entrée se fut refermée sur lui, elle entreprit le lavage hebdomadaire des vêtements.

Les trois enfants quittèrent un à un l'appartement pour aller à l'école un peu après huit heures et, quelques minutes plus tard, elle descendit ouvrir la porte de la biscuiterie à Claire Landry.

— Je te laisse t'occuper du magasin toute seule, j'ai mon lavage à finir, lui dit-elle. Je vais redescendre dans une heure.

En fait, elle avait déjà pratiquement terminé son lavage et avait même eu le temps d'étendre ses premières cordées de vêtements mouillés dans le couloir. Elle désirait seulement s'accorder un peu de temps pour se coiffer et se maquiller avec soin après avoir préparé le dîner qu'elle servirait aux enfants quand ils rentreraient à la fin de la matinée. Après leur départ, elle n'aurait qu'à revêtir sa plus belle robe pour être prête.

Sa toilette lui prit un peu plus de temps que prévu et elle ne descendit à la biscuiterie que vers dix heures et demie. À son entrée dans le magasin, la jeune vendeuse ne put faire autrement que lui dire :

— Mon Dieu ! madame Bélanger, vous en allez-vous à des noces ? Vous vous êtes bien faite belle, aujourd'hui.

Reine fut incapable de réprimer un petit sourire de vanité en endossant son tablier.

— Non, mais je dois aller visiter la boulangerie des Richer cet après-midi, mentit-elle. Tu vas être obligée de t'occuper du magasin toute seule une partie de l'après-midi.

— Il y a pas de problème, madame, dit la jeune fille avec son obligeance habituelle.

Reine avait préparé ce mensonge pour justifier son absence.

La jeune femme entreprit de garnir les comptoirs avec l'aide de Claire. Quelques minutes plus tard, elle était occupée à réceptionner la marchandise d'un fournisseur quand sa sœur Estelle, vêtue d'un somptueux manteau de vison, poussa la porte du magasin. Reine prit le temps de payer le livreur avant de s'avancer vers sa sœur pour l'embrasser sur une joue sans manifester trop de chaleur.

— D'où est-ce que tu sors ? lui demanda-t-elle. Ça fait une éternité que je t'ai vue.

— J'arrive de la maison. Je serais bien venue te voir avant, mais j'ai eu toutes sortes d'empêchements, prétexta sa sœur aînée, qui la dépassait d'une demi-tête. D'abord, j'ai eu à m'occuper de m'man pendant presque deux mois. Ensuite, Thomas a attrapé la grippe. Je l'ai eu sur les bras durant une dizaine de jours, et depuis ce temps-là il parvient pas à rattraper le temps perdu au collège. Il est en train de couler son année. Et toi, comment ça va ?

— Je travaille, comme tu peux le voir. Avec la biscuiterie et les enfants, j'ai pas une minute à moi.

— C'est bien ce que j'ai pensé quand m'man m'a parlé de ton idée de vouloir t'occuper du magasin. Mais elle m'a dit que tu y tenais.

— C'est vrai.

— C'est pour ça que j'ai pas reparlé à m'man de la petite maison à vendre tout près de chez nous. Je voulais pas te nuire en lui donnant l'idée de vendre.

— T'as bien fait, l'approuva Reine avec reconnaissance.

— Puis, qu'est-ce que tu penses de mon nouveau manteau de vison ?

— Il est pas mal beau, reconnut Reine, envieuse.

— Charles me l'a offert pour ma fête. Là, je vais aller faire un tour chez m'man pour voir comment elle va. Après, je vais aller chez Grossman, sur l'avenue du Parc. Je veux me faire faire une toque pour aller avec mon manteau.

— On peut dire que t'es chanceuse de te payer des belles affaires de même, ne put s'empêcher de dire sa sœur cadette.

— Veux-tu venir avec moi ? lui offrit Estelle.

— J'aimerais ça, mais j'ai vraiment pas le temps avec le magasin.

— On pourrait prendre un taxi, insista la femme du dentiste.

— Non, cet après-midi, j'ai promis d'aller chez un fournisseur et il m'attend, mentit-elle avec aplomb.

— Bon, on va se reprendre une autre fois, dit Estelle en se penchant au-dessus de sa sœur pour l'embrasser sur une joue. Là, il faut que j'y aille. M'man doit m'attendre.

— Moi aussi, il faut que j'y aille. Les enfants sont à la veille d'arriver de l'école.

Après le départ de sa sœur, Reine jeta un coup d'œil à sa montre et décida d'aller servir le dîner à ses enfants qui allaient revenir de l'école d'un moment à l'autre.

À leur retour à la maison, Catherine, Gilles et Alain, affamés, s'installèrent autour de la table. Leur mère leur servit des spaghettis.

— Vous mangez pas, m'man ? s'étonna Catherine en voyant que sa mère avait entrepris de retirer les vêtements secs des cordes tendues dans le couloir plutôt que de s'asseoir à table.

— J'ai mangé en préparant le dîner. J'ai pas faim.

Après le repas, l'adolescente aida sa mère à ranger la cuisine et quitta la maison peu après ses frères. Aussitôt, Reine s'empressa d'aller s'enfermer dans la salle de bain pour vérifier l'état de sa coiffure, se parfumer et procéder à quelques retouches de maquillage. Ensuite, elle passa dans sa chambre pour mettre sa petite robe en velours noir, celle qu'elle trouvait du dernier chic. Un coup d'œil à sa montre lui apprit qu'il était midi et cinquante-cinq et qu'elle devait se presser pour ne pas faire attendre inutilement Benjamin Taylor. Elle endossa son manteau qu'elle boutonna soigneusement pour que sa vendeuse ne voie pas sa toilette et elle descendit au magasin en espérant ne pas croiser sa sœur.

La chance lui sourit. Elle ne rencontra personne dans l'escalier et Claire était seule dans la boutique quand elle poussa la porte.

— Bon, j'y vais, lui annonça-t-elle. Si quelqu'un me demande, je suis allée chez un fournisseur et je devrais être revenue vers trois heures.

Elle quitta le magasin et marcha vers le coin de la rue De La Roche, en priant intérieurement pour ne rencontrer aucune connaissance en route. Il n'aurait plus manqué qu'elle tombe sur ses beaux-parents ou sur sa belle-sœur Lucie.

Elle eut un coup au cœur en ne voyant pas la Cadillac noire de Benjamin Taylor au coin de la rue. Pendant un bref moment, elle tourna la tête dans toutes les directions, ne sachant quoi faire. Puis, elle aperçut son prétendant qui venait vers elle à grandes enjambées.

— J'ai bien essayé d'arrêter au coin, lui dit-il, mais il y avait pas une place libre. Je suis stationné juste un peu plus loin, ajouta-t-il en lui tendant le bras.

Rassurée, Reine le suivit jusqu'à la voiture dont il lui ouvrit galamment la portière. Elle s'assit sur la banquette de cuir bleu marine. L'intérieur du véhicule sentait la lotion après-rasage de Ben. Tout dans l'habitacle respirait le luxe, de l'épaisse moquette noire aux garnitures en bois du tableau de bord. Elle s'installa confortablement et déboutonna son manteau en poussant un soupir de contentement. Elle se croyait née pour profiter de tout ce confort.

Taylor contourna la voiture, prit place derrière le volant et mit le moteur en marche. L'habitacle était si bien insonorisé qu'aucun bruit de l'extérieur ne parvenait aux oreilles des occupants du véhicule.

— Est-ce que je peux savoir où tu m'amènes dîner ? lui demanda-t-elle en se tournant vers lui.

— As-tu déjà mangé à La crêpe bretonne ?

— Non.

— Je t'amène là, dit-il avec le sourire. Tu vas voir, c'est spécial et c'est agréable.

— Il faut pas que ce soit trop loin. Je dois retourner au magasin pas trop tard.

— C'est au coin de Saint-Hubert et de Sainte-Catherine, lui expliqua-t-il en se glissant dans la circulation clairsemée de ce début d'après-midi.

En cours de route, Reine remarqua qu'il lorgnait ses jambes et s'en trouva flattée. La Cadillac prit la direction du sud jusqu'à la rue Sainte-Catherine et son conducteur trouva sans peine à la stationner près de la rue Saint-Hubert. Après avoir immobilisé son véhicule, Ben vint ouvrir la portière à son invitée et l'entraîna vers le restaurant.

— Mais c'est dans une cave ! protesta Reine, déçue de constater qu'ils devaient descendre quelques marches.

— Oui, mais attends de voir le décor, fit Taylor en lui ouvrant une porte massive en bois clouté.

Ils se retrouvèrent dans une salle chichement éclairée aux murs de pierre. Plus de la moitié des tables étaient inoccupées en ce début d'après-midi. Une hôtesse vint les accueillir et les conduisit à une table un peu plus isolée dans le fond du restaurant qui bruissait au son des conversations des quelques dîneurs attardés. La jeune femme, vêtue d'une robe et d'une coiffe bretonnes, leur laissa un menu et promit de revenir s'occuper d'eux sous peu.

Ben aida sa compagne à retirer son manteau et ne se cacha pas pour lui dire à quel point il la trouvait belle dans sa robe de velours. Au lieu de s'asseoir en face d'elle, il choisit de prendre place à ses côtés sur le banc de bois.

Il commanda un pichet de cidre à la serveuse quand elle s'arrêta à leur table.

— C'est meilleur que du vin avec des crêpes, expliqua-t-il à Reine.

Quand l'employée revint avec le cidre, il en versa dans les deux bols et en tendit un à Reine. Ensuite, il la conseilla dans le choix de son menu en lui proposant tout de même de commander d'abord une soupe à l'oignon comme entrée, avant de choisir une crêpe au froment comme plat principal.

Dès que la serveuse se fut esquivée, il entreprit de parler de ses affaires florissantes et des espoirs qu'il entretenait pour son nouveau bureau de Kingston. Tout en parlant, il versa un nouveau bol de cidre à son invitée, cidre qu'elle but un peu trop rapidement.

La tête de Reine tournait un peu, mais elle se sentait bien. Après sa première déception de se retrouver dans un restaurant situé dans un sous-sol, elle trouvait maintenant à ce dernier un charme certain. L'endroit était discret et elle ne risquait pas d'y rencontrer une connaissance. Quand Benjamin Taylor cessa de lui parler de ses affaires, elle décida de lui dire la vérité à propos de la biscuiterie.

— Tu sais, je te l'ai pas dit, mais je suis maintenant à moitié propriétaire de la biscuiterie, affirma-t-elle en distordant quelque peu la vérité.

— T'es une petite cachottière, toi, fit-il sur un ton amusé en déposant un rapide baiser sur sa joue.

Elle ne protesta pas et le laissa même s'emparer de l'une de ses mains.

— Je travaille pas mal, poursuivit-elle après avoir bu une première gorgée de son troisième bol de cidre, mais ça vaut la peine. C'est même payant.

— Payant... Payant, il faut pas... commença-t-il à dire.

— Je te le dis, l'interrompit-elle. J'aurai bientôt cinq mille piastres à la banque.

— C'est vrai que c'est pas mal d'argent, reconnut-il, mais il faudrait pas que tu te fasses mourir à l'ouvrage. T'es comme tout le monde, t'as juste une vie à vivre.

— Aie pas peur, eut-elle le temps de dire avant que la serveuse, de retour devant leur table, dépose devant eux leur bol de soupe.

— Touche pas au bol, se dépêcha de lui dire Benjamin alors qu'elle s'apprêtait à le rapprocher d'elle. Ça sort du four et c'est brûlant.

Elle savoura avec plaisir la soupe recouverte d'un croûton et de fromage fondu.

— J'ai jamais rien mangé d'aussi bon, déclara-t-elle en déposant sa cuillère.

— Attends de goûter à la crêpe que t'as commandée, lui dit son hôte en lui versant encore un peu de cidre.

— Arrête, la tête me tourne, lui dit-elle.

— Il faut que j'en profite, fit-il sur un ton plaisant. J'ai une question à te poser. T'es pas obligée de me répondre tout de suite.

— Quoi ? fit-elle, curieuse.

— Est-ce que t'as jamais pensé que tu pourrais avoir une vie plus facile et plus agréable que celle que t'as ?

— Qu'est-ce qu'elle a, ma vie ? demanda-t-elle, interloquée par la question.

— Elle a rien, mais, d'après moi, c'est pas le genre de vie que tu mérites, précisa-t-il, charmeur. Tu pourrais vivre dans une grande maison de Westmount ou d'Outremont avec une bonne pour te servir, voyager, passer des vacances l'hiver en Floride, te la couler douce, quoi. Tu pourrais n'avoir à t'occuper que de toi.

— T'oublies que je suis mariée et que j'ai trois enfants, dit-elle une fois que la serveuse se fut éloignée après avoir laissé devant chacun d'eux une grande crêpe.

— C'est meilleur quand tu mets du sirop d'érable dessus, lui dit-il en lui donnant l'exemple.

Elle l'imita. Ils prirent le temps de manger quelques bouchées de leur crêpe avant de reprendre la conversation là où elle s'était arrêtée.

— T'es mariée, mais es-tu bien certaine que tu veux finir ta vie avec ton mari ? Réponds-moi pas, lui ordonna-t-il précipitamment. Fais juste te poser la question.

— Et mes enfants ?

— Tes enfants sont plus des bébés. Est-ce qu'ils ont tant besoin que ça de leur mère ? Dans quelques années, ils vont faire leur vie sans s'occuper de toi. Toi, à ce moment-là, tes plus belles années vont être passées et t'auras jamais eu ce que tu méritais.

— T'es le diable en personne pour me dire des affaires comme ça, lui fit-elle remarquer dans un éclair de lucidité. Tu devrais avoir honte !

— Non, j'ai pas honte, reprit-il. T'es la femme que j'aime et je voudrais pas te voir gâcher ta vie.

— Et qui serait capable de m'offrir tout ce que tu viens de raconter ?

— Moi. Et j'hésiterais même pas une minute à le faire, lui dit-il sur un ton convaincu. J'ai assez d'argent pour te donner tout ça, et même plus, si ça te tente.

L'homme d'affaires commanda du café. Tous les deux, rassasiés, burent leur café en n'échangeant que quelques mots. Soudain, Reine se rendit compte que le restaurant était quasiment vide. Elle consulta sa montre et sursauta : trois heures.

— Il faut que tu me ramènes au magasin au plus vite, dit-elle à son compagnon en se levant brusquement. Il est trois heures. Les enfants sont à la veille de revenir de l'école et j'ai rien de préparé pour le souper.

Il se leva, l'aida à endosser son manteau, puis mit le sien et alla payer l'addition avant de revenir vers elle.

— C'est ce que je te disais, fit-il. T'es comme une esclave. Une belle femme comme toi mérite cent fois mieux.

Il n'attendit pas sa réponse. Il l'entraîna hors du restaurant et l'installa dans la Cadillac.

— J'ai jamais aussi bien mangé, lui déclara-t-elle quand il s'assit derrière le volant.

— Tant mieux, parce que j'ai l'intention de t'inviter encore, lui dit-il avec un large sourire. La prochaine fois, je veux que tu viennes souper avec moi. Je veux t'amener souper à l'hôtel Queen Elizabeth. Cet hôtel-là est pas ouvert depuis deux ans, mais il est connu pour son chic et on mange bien dans son restaurant.

— On verra, fit-elle sans s'engager. En attendant, je pense que t'es mieux de me laisser au coin de Chambord. J'ai moins de chance de rencontrer là du monde que je connais.

Quelques minutes plus tard, il vint immobiliser sa voiture derrière une camionnette à une cinquantaine de pieds au sud de la rue Mont-Royal, dans la rue Chambord.

— Le temps a passé trop vite, dit-il en se glissant près de Reine sur la banquette de cuir.

— C'est vrai que ça a passé pas mal vite.

— Je vais te revoir seulement dans deux semaines. Je pars pour Kingston demain matin. Je devrais rester là une dizaine de jours.

— Encore ! ne put-elle s'empêcher de dire.

— Qu'est-ce que tu veux ? C'est le prix à payer si on veut brasser des grosses affaires. Je suis même pas parti et je m'ennuie déjà de toi, ajouta-t-il, d'une voix câline.

Il glissa sa main dans le dos de la jeune femme et l'attira doucement vers lui. Elle ne résista pas. Il l'embrassa lentement tout en glissant son autre main à l'intérieur sous son manteau pour lui caresser une cuisse. Reine s'abandonna un court moment avant de le repousser des deux mains.

— On va nous voir, lui dit-elle en feignant la colère. Merci pour le repas, ajouta-t-elle en actionnant la poignée de la portière.

— On va se revoir bientôt, lui promit-il en lui envoyant un baiser du bout des doigts.

Elle traversa la rue précipitamment et se rendit jusqu'à la biscuiterie. Claire Landry était seule dans le magasin.

— Je vais mettre mon souper au feu et je reviens, dit-elle à la jeune vendeuse avant de s'esquiver.

Elle se dépêcha de monter à son appartement. Par chance, les enfants n'étaient pas encore revenus de l'école. Elle pénétra dans sa chambre, enleva sa robe de velours et endossa une des robes qu'elle portait normalement la semaine. Elle passa à la salle de bain pour se démaquiller. Ensuite, elle s'empressa de retirer tous les vêtements secs de ses cordes à linge dans le couloir et y suspendit les derniers linges mouillés demeurés au fond du panier déposé sur la table. De retour dans la cuisine, elle sortit les pommes de terre qu'elle entreprit d'éplucher. Elle venait de les déposer sur la cuisinière électrique quand Catherine poussa la porte d'entrée.

— On mange du jambon et des patates pour souper, lui annonça-t-elle. À cinq heures et demie, tu mettras la table. Quand tes frères vont arriver, dis-leur de commencer leurs devoirs. Tu surveilleras les patates, je viens de les mettre sur le poêle. Si tu t'aperçois que le linge est sec dans le couloir, enlève-le avant que ton père arrive de travailler.

Sur ces mots, elle retourna à la biscuiterie. Elle laissa Claire s'occuper des clients et se retira dans l'arrière-boutique sous le prétexte de vérifier certaines commandes. En fait, elle voulait revivre l'après-midi de rêve que Benjamin Taylor lui avait fait connaître. Les questions qu'il lui avait demandé de se poser ne cessaient de la hanter. Il lui avait vraiment donné l'impression que la vie n'était pas juste envers elle et qu'elle méritait un meilleur sort.

Son insatisfaction face à sa vie était maintenant à fleur de peau. Elle quitta brusquement la chaise sur laquelle elle était assise pour aller se planter devant le petit miroir suspendu au mur des toilettes et elle s'y regarda longuement. « Une belle femme comme toi mérite cent fois mieux. » Cette phrase de Ben lui revenait continuellement à l'esprit. Elle s'abîma ensuite dans l'analyse des sensations qu'avait provoquées chez elle le second baiser de Benjamin Taylor. Elle se sentait toute remuée et au bord de faire des folies.

— C'est un homme comme lui que j'aurais dû marier, dit-elle à mi-voix en claquant la porte des toilettes avant d'aller rejoindre sa vendeuse derrière le comptoir.

Ce soir-là, Reine se montra particulièrement impatiente avec les enfants et elle prétexta une affreuse migraine pour aller se coucher tôt. Blottie dans son lit, elle se plut à imaginer la vie qu'elle pourrait connaître aux côtés d'un homme tel que Ben.

Chapitre 17

Des surprises

La seconde semaine de mars commença bien mal pour les Montréalais. Alors qu'on aspirait à la fin prochaine d'un hiver particulièrement rigoureux, on se réveilla le mardi matin sous une véritable temps de janvier.

— Si ça a de l'allure ! s'exclama Reine en regardant par la fenêtre de cuisine, une tasse de café à la main. Encore une maudite tempête de neige ! Moi, j'en peux plus !

— Ça sert à rien de se lamenter, fit Jean en finissant de déjeuner à table en compagnie des enfants. On va endurer cette tempête-là comme on a enduré toutes les autres. Dis-toi que t'es chanceuse parce que t'as pas à aller loin pour aller travailler. De toute façon, on est juste le 8 mars. Il reste encore un gros cinq semaines avant Pâques. Quand avril va commencer, cette neige-là va finir par fondre comme tous les ans.

— Toute une consolation, fit sa femme, l'air morose.

— Les gars, vous allez trouver le moyen de déneiger notre balcon et celui de votre grand-mère avant de partir pour l'école, ordonna Jean à ses deux fils.

— Gilles, tu viendras aussi nettoyer la galerie en arrière du magasin, ajouta sa mère en déposant sa tasse de café dans l'évier.

Gilles et Alain ne dirent rien. C'était là leur tâche habituelle durant l'hiver. Jean jeta un coup d'œil à sa femme. Il ne savait pas ce qu'elle avait exactement, mais depuis plus d'une semaine, elle était à prendre avec des pincettes. Elle explosait à propos de tout et de rien. Quand il avait mentionné la chose à sa mère, quelques jours plus tôt, Amélie s'était bornée à dire :

— Elle est peut-être épuisée. Tu devrais lui conseiller d'aller chez le docteur pour se faire prescrire un tonique. S'occuper du magasin, de la maison et des enfants, ça lui en fait pas mal sur les bras.

Quand il en avait parlé à Reine, sans mentionner que la suggestion venait de sa mère, elle s'était contentée de dire qu'elle n'avait pas d'argent à gaspiller pour ça. Le contraire aurait d'ailleurs surpris Jean, qui décida de cesser de s'entêter et passa à un autre sujet.

— C'est ben beau tout ça, mais il faut que j'aille déneiger la Plymouth, annonça-t-il en se levant. Si ça se trouve, la charrue m'a fait une bordure jusqu'au milieu des portes.

Il mit son manteau et chaussa ses bottes avant de venir poser un baiser sur la joue de sa femme qui ne broncha pas, toujours plantée devant la fenêtre. Il quitta l'appartement. Dès qu'il posa le pied sur le trottoir, il se demanda s'il ne serait pas plus sage d'attendre l'autobus plutôt que de prendre sa voiture.

La nature s'était déchaînée durant la nuit et rien ne laissait prévoir que l'abondante chute de neige commencée aux premières heures de la nuit allait prendre fin bientôt. Même s'il était plus de sept heures, les lampadaires étaient demeurés allumés et la neige tombait en un rideau serré, poussé par un fort vent du nord. Les rares passants se déplaçaient comme des ombres sur les trottoirs et Jean pouvait à peine apercevoir les feux de signalisation au coin de la rue.

La circulation se faisait au ralenti et déjà une dizaine de personnes attendaient à l'arrêt d'autobus.

— Calvince ! On dirait la fin du monde, dit-il à mi-voix en prenant la direction de la rue Chambord où il avait stationné sa voiture la veille.

Il retrouva bien la Plymouth à l'endroit où il l'avait laissée la veille, mais recouverte de près d'un pied d'une neige lourde et mouillée. Comme prévu, les chasse-neige avaient emprisonné le véhicule derrière un banc de neige qui avait pratiquement la densité du ciment.

— Avec tout ça, je vais finir par arriver en retard, dit-il avec mauvaise humeur en ouvrant le coffre de la Plymouth pour y prendre une pelle.

Tout en pelletant, il ne put s'empêcher de songer à la tuile qui lui était tombée dessus hier, au travail. Lapointe l'avait invité à passer dans son bureau à la fin de la matinée pour lui apprendre qu'il allait faire équipe avec Vincent Lalande pour la rédaction du texte d'un reportage consacré à Charles de Gaulle. Radio-Canada se proposait de présenter ce reportage à la télévision quelques jours avant la venue du président de la France, le 20 avril. S'il avait cru un seul moment qu'il allait travailler d'égal à égal avec le snob à la pipe courbée, il s'était lourdement trompé.

— Tu peux faire confiance à Vincent, avait conclu le directeur du département, il a l'expérience de ce genre de travail.

Durant tout l'après-midi, Lalande s'était conduit avec lui comme s'il n'était qu'un stagiaire à qui il daignait enseigner les ficelles du métier. Il s'était même permis de corriger sa langue parlée en quelques occasions.

— L'introduction est ben trop longue et on insiste trop sur le fait qu'il était juste un soldat de métier à ses débuts, lui avait fait remarquer Jean en relisant le texte qu'ils venaient de terminer.

— Tu veux probablement dire « bien trop longue » et « alors qu'il n'était que soldat de carrière », l'avait repris son collègue.

— En plein ça, avait-il laissé tomber sèchement.

Habituellement, il soignait son langage au travail, mais là, il était si exaspéré qu'il s'était oublié.

À la fin de la journée, il était à la veille d'exploser quand des copains du grand homme vinrent le chercher pour « aller boire un pot », comme ils disaient. Il ne faisait aucun doute dans son esprit que le chef de la petite bande n'avait pas dû se gêner pour déblatérer sur son compte durant cette rencontre à laquelle il n'avait pas été convié.

— Si elle continue à me taper sur les nerfs, la moumoune, je vais lui faire avaler sa pipe, se promit Jean en serrant le volant après être parvenu à sortir son véhicule du banc de neige.

Tout au long du trajet rendu difficile par la tempête qui s'abattait sur la métropole, il se demanda quelle serait la durée du travail qu'il aurait à effectuer avec Lalande et s'il aurait la patience de le supporter encore longtemps.

La circulation était ce matin-là d'une lenteur désespérante. La neige continuait à tomber abondamment, limitant à quelques dizaines de pieds la visibilité des automobilistes. À deux ou trois reprises, il faillit même emboutir une voiture parce que la Plymouth, prisonnière d'une ornière, ne s'était pas immobilisée assez rapidement à un feu de signalisation. Finalement, il lui fallut plus d'une heure pour arriver à l'immeuble du boulevard Dorchester.

Au moment où il arrivait à l'intersection, un taxi libéra un espace près du trottoir, créneau dans lequel il s'empressa d'immobiliser son véhicule en poussant un soupir de satisfaction à la pensée qu'il n'aurait pas à chercher plus loin un endroit où stationner.

En descendant de voiture, il crut reconnaître la silhouette élégante de la femme qui venait de descendre du taxi. Il pressa le pas pour se porter à sa hauteur. Il ne s'était pas trompé, c'était bien Blanche Comtois.

— Eh bien, mademoiselle, j'aurais jamais pensé que vous vous leviez aussi de bonne heure que les pauvres gens pour venir faire des bonshommes de neige devant Radio-Canada, plaisanta-t-il, en retenant d'une main son chapeau qui risquait de s'envoler.

La jeune femme sursauta légèrement en l'entendant et le reconnut en relevant la tête qu'elle tenait penchée pour éviter de recevoir de la neige dans la figure.

— Bonjour, Jean, le salua-t-elle avec le sourire. On dirait que j'ai bien choisi ma journée pour venir rencontrer mon monde.

— As-tu l'intention de passer la journée avec nous ? lui demanda-t-il en lui ouvrant la porte de l'édifice.

— Je sais pas encore. Ça va dépendre de la disponibilité des gens que je dois voir.

— Si tu es encore ici à midi, on pourrait peut-être manger ensemble à la cafétéria, proposa-t-il.

— Je vais essayer, lui promit-elle.

Ils prirent l'ascenseur et il la quitta à l'étage du service des nouvelles. Cette rencontre venait d'ensoleiller sa journée. Quand il rejoignit son bureau, il prit les documents dont il aurait besoin et alla rejoindre Vincent Lalande en train de pérorer devant deux jeunes recherchistes de la section des reportages. Jean jeta un coup d'œil à sa montre, il était à l'heure.

— Est-ce qu'on commence ? demanda-t-il à son collègue sans se donner la peine de le saluer.

— Quel zèle, mon cher ! s'exclama l'autre en adressant une mimique à son auditoire.

Jean ne se donna pas la peine de relever la remarque. Il s'assit à la table et étala ses documents devant lui. Lalande s'assit, déposa sa pipe éteinte dans le cendrier et se mit au travail à son tour.

La matinée passa rapidement. Les deux hommes allèrent visionner à deux reprises une autre courte tranche du reportage que leur texte devait commenter et le travail avança à un bon rythme. Pressé par le temps, Lalande cessa même d'asticoter son confrère pour se concentrer sur sa tâche. À midi pile, Jean se leva, imité par son collègue. Ils descendirent tous les deux à la cafétéria. Pendant que son compagnon allait rejoindre sa petite clique de contestataires, Jean examina les lieux, à la recherche de Blanche.

Il la découvrit assise près d'une fenêtre, devant une tasse de café et une salade. Il s'empressa d'aller la rejoindre.

— Va te chercher quelque chose à manger, lui dit-elle. Je t'attends.

Heureux qu'elle ait pu se libérer pour manger en sa compagnie, il se rendit au comptoir et en revint avec deux sandwichs et un café déposés sur un plateau. Il s'assit en face de la jeune femme sans la quitter des yeux.

Les années ne semblaient pas avoir eu prise sur elle. Il avait fait la même constatation troublante deux mois auparavant lorsqu'il l'avait rencontrée au restaurant, à sa sortie de chez Dupuis Frères. Ce visage aux traits fins surmonté d'un front haut et encadré par des cheveux bouclés respirait l'intelligence. Elle semblait être demeurée la fille toute simple et aimable qu'il avait brièvement connue avant son mariage.

— Puis, aimes-tu travailler à Radio-Canada ? lui demanda-t-elle en le fixant de ses yeux bruns pétillant de vie.

— J'adore ça, répondit-il en exagérant à peine. C'est plein de défis et c'est jamais pareil.

— Tant mieux.

— Et toi, comment vas-tu ? Tu m'as l'air en pleine forme et bronzée, à part ça.

— J'ai accompagné ma mère une semaine à la Martinique au début du mois. Un peu de soleil m'a fait du bien.

Ensuite, la conversation dériva sur les enfants de Jean et sur la vie que chacun connaissait. Blanche sembla se rendre compte qu'il n'était pas particulièrement heureux en ménage, mais elle se garda bien d'aborder le sujet. Quand ils se quittèrent vers une heure trente, ils se promirent de se revoir de temps à autre pour dîner ensemble.

Jean retourna au travail d'excellente humeur et heureux du tête-à-tête qu'il venait de vivre.

Au même moment, sa femme vivait des moments passablement moins heureux. Elle venait à peine de reprendre sa place derrière le comptoir après être allée dîner avec ses enfants qu'elle vit sa mère entrer dans le magasin. Claire Landry salua madame Talbot et lui offrit de se charger de son manteau.

— Vous êtes pas sérieuse, m'man, de sortir quand il fait aussi mauvais, l'interpella Reine en se tournant vers l'une des vitrines pour lui montrer la neige qui tombait encore.

— Voyons donc ! protesta Yvonne Talbot. J'ai même pas deux pas à faire dehors pour venir.

— Oui, mais les escaliers…

— Les escaliers sont en dedans, fit sa mère. Il faut bien que je me décide à les monter et à les descendre de temps en temps. Je suis en train d'ankyloser à rester tout le temps enfermée dans la maison.

— Est-ce que votre hanche va mieux ?

— Non, je pense même que c'est pire, répondit Yvonne. On dirait que l'arthrite est en train de se mettre dedans. Elle me fait plus mal qu'avant. Mais il faut tout de même que je vienne voir de temps en temps comment ça marche au magasin, ajouta-t-elle en regardant partout autour d'elle.

Reine interpréta cette visite comme un manque de confiance maternelle et en fut légèrement ulcérée.

— On peut pas dire que vous choisissez la meilleure journée pour venir voir, fit-elle remarquer à sa mère. Avec ce qui tombe dehors, il y a pas beaucoup de clients.

— C'est pas grave, la rassura sa mère. Je voulais voir comment tu plaçais toutes les pâtisseries que tu reçois. Je m'aperçois que c'est rendu que t'en vends plus que des biscuits.

— Peut-être pas, m'man, mais presque autant.

— C'est à se demander si on serait pas mieux de commander un comptoir réfrigéré, avança Yvonne d'une voix hésitante.

— Vous êtes pas sérieuse, m'man, protesta immédiatement sa fille. Ça coûte un prix de fou, une affaire comme ça.

— Peut-être, mais dis-toi bien que si un autre commerce de la rue le fait avant nous ou si on commence à vendre des beignes ou des tartes pas fraîches, ça va faire le tour du quartier et on va perdre toute notre clientèle dans le temps de le dire.

Reine se tut un long moment avant de répondre :

— Vous avez peut-être raison, m'man. Je vais en parler aux Richer. Ils seront peut-être intéressés à payer une partie de ce comptoir-là, étant donné qu'il va servir juste pour leurs produits.

— Tu peux toujours essayer, mais je doute qu'ils acceptent de participer financièrement.

Yvonne ne limita pas sa visite au magasin. Elle prit la direction de l'arrière-boutique et examina le rangement qui y avait été effectué. Elle critiqua la propreté des toilettes et l'encombrement de la galerie arrière où des boîtes de carton vides étaient empilées sous la neige.

— Demande donc à tes gars de nettoyer cette galerie-là, dit-elle à Reine en endossant son manteau. Il manquerait plus que les assurances nous fassent des misères parce que tout est pas correct en arrière.

— J'ai justement demandé à Gilles de venir la pelleter, dit sa fille, incapable de cacher son agacement.

— Pas juste la pelleter, rétorqua Yvonne en feignant de ne pas remarquer le ton de sa fille. Il faut aussi se débarrasser de toutes les boîtes qui sont là. Ça fait malpropre.

Là-dessus, Yvonne Talbot reprit son manteau et remonta à son appartement, non sans avoir remarqué l'air contrarié de Reine, qui semblait peu contente de sa visite au magasin.

Trois jours plus tard, Félicien, fidèle à quarante ans d'habitude, se leva à cinq heures et demie et entreprit de préparer son déjeuner. Si son heure de lever n'avait pas changé depuis le début de sa retraite, il avait tout de même la délicatesse de laisser dormir sa femme et de préparer seul son repas du matin.

Il étala la nappe à carreaux sur la table, y déposa la tasse de café qu'il venait de se préparer ainsi que le grille-pain et deux couverts. Il ouvrit le vieux réfrigérateur Roy pour y prendre le beurre, le lait et la marmelade. Il trouva facilement le beurre et la pinte de lait, mais pas la marmelade.

— Torrieu ! Où est-ce que c'est passé, ça ? marmonna-t-il en déplaçant différents produits dans le réfrigérateur. Il en reste. Le pot était encore aux trois quarts plein hier matin.

Il fouilla durant quelques instants, de plus en plus impatient, avant de refermer la porte du réfrigérateur.

— Elle a dû se tromper et mettre le pot dans l'armoire, marmonna-t-il en ouvrant la porte du garde-manger.

Durant plusieurs minutes, il chercha la marmelade sans parvenir à la trouver. Mis de mauvaise humeur par l'obligation de se rabattre sur des confitures de fraises, il mangea ses rôties sans appétit.

— En plus, mon café est froid, dit-il à voix basse.

— Est-ce que c'est rendu que tu te parles tout seul ? lui demanda Amélie en apparaissant dans la cuisine, vêtue de son épaisse robe de chambre rouge vin et la tête couverte de bigoudis.

— Pourquoi tu te lèves aussi de bonne heure ? lui demanda son mari sans se donner la peine de répondre à sa question. Il est même pas six heures.

— Bondance ! parce que tu fais tellement de bruit qu'il y a pas moyen de dormir, lui reprocha-t-elle. Veux-tu bien me dire ce que t'as à brasser partout à matin ?

— J'ai cherché partout la marmelade et je l'ai pas trouvée.

— Mets tes lunettes quand tu cherches quelque chose, rétorqua-t-elle. Tu cherches comme un homme. Tu sais bien qu'elle est dans le frigidaire, comme d'habitude.

— Trouve-la donc, si t'es si fine.

Amélie ouvrit la porte du réfrigérateur et chercha le pot qu'elle ne trouva pas.

— Ça se peut que je l'aie mise dans l'armoire par distraction, admit-elle en se dirigeant vers le garde-manger.

Durant de longues minutes, elle chercha le pot de marmelade sur les diverses tablettes du garde-manger sans plus de succès.

— Ah bien là, j'y comprends rien, dit-elle en refermant la porte. Pourtant, je suis sûre que j'ai pas jeté ce pot-là.

— Laisse faire, j'ai déjà déjeuné, fit Félicien en allumant la radio pour écouter les informations.

Amélie retourna dans sa chambre pour s'habiller et se coiffer. Elle se préparait pour assister à la messe de sept heures et, ayant l'intention de communier comme elle le faisait chaque matin, il n'était pas question qu'elle mange avant.

Un peu après six heures trente, elle endossa son manteau et chaussa ses bottes.

— T'es sûr que ça te tente pas de venir à la messe avec moi ? demanda-t-elle à son mari, assis dans sa chaise berçante, au fond de la cuisine.

— Certain, laissa-t-il tomber. J'ai ben assez d'y aller le dimanche.

C'était la même scène qui se jouait tous les matins depuis le début du carême. Amélie cherchait à l'entraîner à l'église pour assister à la cérémonie.

Dès qu'elle eut quitté l'appartement, Félicien se secoua un peu. Il alla faire sa toilette et s'habilla. À son retour dans la chambre à coucher, il décida exceptionnellement de faire le lit et de ranger la pièce.

— Elle pourra pas dire que je fais jamais rien dans la maison, dit-il à mi-voix avec un sourire en coin.

Il entreprit d'étendre avec soin les couvertures et le couvre-lit sur le lit. Il suspendit la robe de chambre de sa femme, puis il voulut aligner ses pantoufles sous le lit, mais quelque chose lui opposa une résistance. Il s'agenouilla et avança la main pour voir ce qui l'empêchait de placer les pantoufles. Ses doigts rencontrèrent un pot. Le facteur à la retraite le tira à lui et découvrit avec stupéfaction qu'il s'agissait du pot de marmelade qu'il avait tant cherché.

— Qu'est-ce que ça fait là, ça ? Il faut être dans la lune en pas pour rire pour mettre ça là, ajouta-t-il.

Le mari d'Amélie allait se relever quand une intuition le poussa à se pencher pour regarder sous le lit. C'était trop sombre pour pouvoir bien voir, mais il lui sembla deviner autre chose plus loin. Il se releva et alla chercher le balai dans la cuisine. De retour dans la chambre, il passa le balai à l'aveuglette sous le lit. Il tira alors vers lui deux bananes noircies ainsi que deux boîtes de conserve de fèves au lard.

— Mais voyons donc, torrieu ! s'exclama-t-il. Qu'est-ce qui se passe avec elle ? Depuis quand…

Soudain, il se sentit envahi par une vague inquiétude. Son Amélie était-elle en train de perdre la tête ? Qu'est-ce qui lui prenait de cacher de la nourriture sous le lit ? Il se secoua, s'empara de la nourriture et revint dans la cuisine. Il jeta les bananes, rangea la marmelade au réfrigérateur et déposa les boîtes de conserve dans le garde-manger. Il s'alluma une cigarette et se planta debout devant l'unique fenêtre de la cuisine, bouleversé par de sombres pressentiments.

Il fuma toute sa cigarette avant de prendre la décision d'examiner le contenu des garde-robes et des tiroirs avant le retour de sa femme. L'idée était bonne. Il retrouva quelques oranges séchées et moisies au fond d'un placard, et des tablettes de chocolat et un sac de biscuits dans le tiroir d'une commode dans l'une des chambres.

— Il se passe quelque chose de pas normal avec elle, dit-il, angoissé, à voix haute. Il manquait plus que ça !

Durant de longues minutes, il se demanda quel comportement adopter. Fallait-il lui montrer la nourriture qu'elle avait cachée un peu partout dans l'appartement ou bien se contenter de se taire et de la surveiller ?

— Pour moi, elle était juste distraite, se dit-il à un certain moment pour chercher à se rassurer lui-même.

Mais, dans son for intérieure, il sentait bien qu'il se trompait, que c'était plus que ça. Quand il entendit la clé jouer dans la serrure de la porte d'entrée, Félicien prit la décision de ne pas alarmer inutilement sa femme. Il allait attendre et la surveiller pendant quelque temps. Peut-être ne traversait-elle qu'une mauvaise passe. S'il se produisait quelque chose de plus grave, il pourrait toujours en parler à ses deux sœurs infirmières.

Amélie enleva son manteau en se plaignant des trottoirs mal déneigés et vint rejoindre son mari dans la cuisine dans l'intention de se préparer à déjeuner. Son mari la scruta pendant qu'elle lui tournait le dos pour prendre ce dont elle avait besoin dans le réfrigérateur. À son avis, elle n'était pas différente de ce qu'elle était habituellement.

— Mais elle est là, la marmelade ! s'écria-t-elle brusquement en brandissant le pot.

— Je le sais, c'est moi qui viens de la mettre dans le frigidaire. Je l'ai trouvée dans l'armoire, mentit-il. Elle était au fond de la deuxième tablette.

Amélie déposa le pot dans le réfrigérateur et s'occupa de son déjeuner.

Une dizaine de jours plus tard, l'arrivée du printemps fut marquée par un redoux de la température. La neige ne fondait pas encore, mais il y avait des signes encourageants que l'hiver tirait à sa fin.

— Il reste juste deux semaines avant Pâques, dit Amélie aux siens, réunis dans la cuisine en ce dimanche après-midi-là. On est à la veille de sortir nos manteaux de printemps et de respirer autre chose que le renfermé de la maison.

— Ce genre de remarque-là, on sait ce que ça veut dire, laissa tomber Félicien. Je vais commencer à entendre parler de ménage de printemps dans pas grand temps.

— Ça, tu peux y compter, reprit sa femme. Et je te garantis que cette année, tu t'en tireras pas juste avec un lavage des murs. On va peinturer.

— C'est ça qui arrive quand on arrête de travailler, dit-il à ses enfants et à leur conjoint. On devient des vrais esclaves dans la maison.

— On va venir vous donner un coup de main, p'pa, promit Claude.

— Certain, affirma Jean à son tour en jetant un coup d'œil à sa femme assise près de lui et qui semblait s'ennuyer prodigieusement.

— En tout cas, madame Bélanger, vous avez le tour de main pour vous faire comprendre, dit Lucie en riant. Je voudrais bien être comme vous pour décider mon grand flanc-mou à me donner au moins un coup de main à laver les plafonds et les murs.

— Cette année tu toucheras pas à ça, je te le garantis, lui dit Claude sur un ton si décidé que tous tournèrent la tête vers lui.

Il y eut un bref silence dans la pièce avant que Claude reprenne la parole.

— Il y a une raison pour ça. Je pense que ma femme a quelque chose à vous annoncer, dit-il en posant une main sur le bras de Lucie.

Cette dernière regarda autour d'elle pour s'assurer qu'aucun des enfants n'était présent dans la pièce avant de déclarer:

— J'attends du nouveau, dit-elle, rayonnante de fierté.

— C'est pas vrai! s'exclama Lorraine.

— Pour une bonne nouvelle, ça en est toute une! s'écria Amélie en se levant pour venir embrasser sa bru sur une joue.

Félicien, Marcel et Jean s'empressèrent de féliciter les futurs parents, sachant fort bien qu'ils attendaient cet heureux événement depuis plus de deux ans.

— Et tu attends ça pour quand? demanda Reine à sa jeune belle-sœur après l'avoir félicitée du bout des lèvres.

— Le docteur pense que ça va être pour la fin septembre.

— Fini ton beau temps, ne put s'empêcher de déclarer la fille d'Yvonne Talbot.

— Voyons donc, Reine! protesta sa belle-mère. C'est son plus beau temps qui commence.

— C'est une question de point de vue, madame Bélanger, rétorqua sa bru, insensible à la désapprobation générale.

Une heure plus tard, Jean, sa femme et ses enfants prirent congé et rentrèrent à la maison.

— Tu trouves pas que t'aurais pu laisser faire ta remarque? lui demanda son mari en retirant ses bottes dans le couloir.

— Quelle remarque?

— Ce que t'as dit à Lucie, à propos de la fin de son plus beau temps. Tu le sais aussi bien que moi que Claude et elle attendent cet enfant-là depuis qu'ils sont mariés.

— Puis après? T'es tout de même pas pour commencer à me dicter ce que je dois dire, fit-elle, l'air mauvais, avant de se diriger vers la cuisine dans l'intention de désosser le poulet qu'elle voulait servir en sandwichs chauds pour le souper.

— De la façon que tu l'as dit, poursuivit-il en la suivant dans la cuisine, on aurait juré que tu regrettais d'avoir des enfants.

Elle ne répondit rien et s'empara de son tablier suspendu derrière la porte du garde-manger.

— En tout cas, c'est ce que tout le monde a dû penser en t'entendant dire ça, insista-t-il.

— Ils ont le droit de penser ce qu'ils veulent. Je m'en fiche.

— Monte pas sur tes grands chevaux comme ça. Nos enfants, tu le sais, c'est ce qu'on a de plus beau.

— C'est facile à dire pour toi, t'es pas à la maison tout le temps pour t'en occuper.

Cette dernière remarque secoua Jean, qui avait encore en tête tout le travail qu'il avait fait avec les enfants pendant la convalescence de sa belle-mère, uniquement pour permettre à Reine de s'enrichir avec la biscuiterie. Il se borna à secouer la tête et alla se réfugier dans le salon. Depuis quelques jours, il se rendait compte que Reine était encore plus irritable que d'habitude. Il mit cela sur le compte du fameux comptoir réfrigéré que sa mère l'avait obligée à acheter au début de la semaine.

Il n'était pas dans les habitudes d'Yvonne Talbot d'attendre très longtemps quand elle avait pris une décision. Dès le lendemain de sa visite éclair à la biscuiterie, elle était revenue à la charge avec son idée de comptoir réfrigéré. Elle avait exigé que Reine appelle les Richer le jour même pour savoir s'ils étaient prêts à participer à l'achat. Bernard Richer s'était déplacé et était venu rencontrer les deux femmes. Évidemment, il avait refusé de payer une partie du comptoir, mais par contre il avait proposé de fournir à la biscuiterie Talbot un bel éventail des diverses pâtisseries à la crème Chantilly et à la crème pâtissière qui exigeaient d'être réfrigérées.

— Mais nous autres, on est une biscuiterie, avait protesté Reine, qui sentait sa mère tentée.

— On peut aussi devenir une pâtisserie, était intervenue Yvonne, pour se faire entendre. D'après ce que je peux voir, on vend plus de tartes, de gâteaux et de beignes que de biscuits.

— Mais m'man, ça coûte cher, cette affaire-là, avait protesté inutilement sa fille.

— C'est entendu, monsieur Richer, on vous fait confiance pour nous fournir. On va en acheter un et on vous téléphone aussitôt qu'on l'aura fait installer, avait conclu la mère de Reine sans tenir compte de la protestation de sa fille.

Bernard Richer avait quitté le magasin, apparemment satisfait.

— Est-ce que tu te charges d'en trouver un ou bien je m'en occupe ? avait demandé Yvonne à sa fille sur un ton décidé.

— Avez-vous pensé à tout l'argent que ça va nous coûter ? avait répliqué Reine, horrifiée à l'idée de dépenser tant d'argent pour ce qu'elle considérait comme un caprice maternel.

— Écoute, si tu trouves ça trop cher, je vais le payer moi-même et on déduira ta moitié sur ce que te rapporte la biscuiterie. Il faut que tu comprennes une chose une fois pour toutes, avait poursuivi Yvonne, sévère, pour faire de l'argent, il faut en dépenser de temps en temps. Là, c'est pas un gaspillage. On va acheter ce comptoir-là pour faire plus d'argent, rien d'autre.

— C'est correct, avait reconnu Reine, la mort dans l'âme. Je vais m'en occuper.

— Je te le dis tout de suite, Reine, l'avait prévenue sa mère. Je veux ce comptoir-là installé dans le magasin pas plus tard que vendredi. Tu m'entends ?

Elle connaissait assez bien sa fille pour savoir qu'elle pourrait fort bien laisser traîner les choses dans l'espoir qu'elle oublie.

Reine avait abandonné le magasin aux soins de Claire Landry durant presque toute une journée. Elle était demeurée à la maison à parcourir les petites annonces classées de *La Presse* et à téléphoner un peu partout. Elle s'était mis en tête de trouver un comptoir réfrigéré usagé qui lui coûterait beaucoup moins cher qu'un neuf. Finalement, au milieu de l'après-midi, elle en avait déniché un chez un boucher de Saint-Henri en train de liquider son commerce. Elle avait négocié serré avec l'homme et elle était parvenue à l'obtenir pour la moitié du prix d'un comptoir neuf, avec, en prime, une livraison gratuite de l'appareil dès le lendemain matin.

À sa grande surprise, sa mère n'avait pas été particulièrement heureuse de l'achat quand elle était descendue au magasin regarder ce réfrigérateur éclairé par des néons que Claire venait de finir de laver à fond. Elle avait prétendu qu'il aurait été plus avantageux de s'en procurer un neuf.

— En attendant, avec cette patente-là, on n'a presque plus de place pour grouiller dans le magasin, s'était plainte Reine.

Le vendredi, les Richer, prévenus par téléphone la veille, avaient fait livrer plusieurs douzaines de pâtisseries diverses propres à approvisionner abondamment la nouvelle acquisition.

Jean se trompait tout de même en mettant l'irritabilité de sa femme sur le simple compte de l'achat du comptoir. En réalité, elle s'ennuyait de Benjamin Taylor et regrettait cent fois par jour de ne pas avoir songé à lui suggérer de lui téléphoner de temps à autre pour lui donner des nouvelles. Puis, son bon sens reprenant le dessus, elle devait convenir que cette idée n'était pas très intelligente. S'il avait téléphoné au magasin, Claire aurait assisté à la communication et elle n'aurait rien pu lui dire. La situation aurait été encore plus catastrophique s'il avait téléphoné à l'appartement. Jean ou un enfant aurait pu lui répondre et les questions que l'un ou l'autre lui aurait posées auraient été pour le moins gênantes.

Elle se sentait malheureuse et abandonnée. Pire, la jalousie la tenaillait. Qu'est-ce qu'il faisait exactement quand il était loin d'elle ? Quelles femmes voyait-il ? S'il lui faisait les yeux doux, qu'est-ce qui l'empêchait d'en faire autant à d'autres femmes ? Il lui avait dit ne pas être marié, mais quelle preuve avait-elle de ça ? Elle ignorait même où il demeurait…

Chapitre 18

Les tracas

Le 6 avril, Jean quitta Radio-Canada à l'heure habituelle. Il avait l'impression d'avoir dignement célébré son trente-quatrième anniversaire de naissance en mettant le point final au travail élaboré avec Vincent Lalande. Arthur Lapointe s'était déclaré satisfait de leur texte et les en avait félicités. Il s'agissait de quatre semaines de travail dont il se souviendrait longtemps.

À sa sortie de l'édifice, il faisait encore jour, mais il fut accueilli par une petite pluie froide qui le poussa à se hâter de rejoindre sa Plymouth stationnée dans une petite rue voisine. Cette température maussade depuis le début du mois avait au moins le mérite de faire fondre rapidement les derniers amoncellements de neige grisâtre laissés par l'hiver. De larges sections de trottoirs étaient dorénavant débarrassées de toute glace et les caniveaux peinaient à absorber toute l'eau de fonte.

Le jeune père de famille s'engouffra dans sa voiture avec plaisir et il rentra à la maison en essayant de deviner quelle nouvelle tâche l'attendrait le lendemain matin à son retour au travail.

À son entrée dans l'appartement, sa femme et ses enfants vinrent lui souhaiter un bon anniversaire avant même qu'il ait retiré son manteau.

— Ta sœur Lorraine a téléphoné pour te souhaiter bonne fête, lui apprit Reine. Elle a dit qu'elle allait te rappeler dans la soirée.

— On a des cadeaux pour vous, p'pa, lui annonça Alain en devançant son père dans la cuisine.

— Sacrifice ! Vous vous êtes donné du mal pour ma fête, s'écria Jean en apercevant la table déjà mise et deux petits paquets emballés avec soin près de son assiette.

— Et tu vas même avoir droit à ton dessert préféré, lui précisa sa femme en lui montrant le gâteau au glaçage au chocolat qui trônait au centre de la table. T'as le temps de développer tes cadeaux. Je ferai cuire le steak après.

Jean attendit que tous soient assis à table pour développer son premier cadeau : un briquet Colibri.

— Ça, c'est le cadeau de m'man, lui précisa Gilles.

Jean se leva et embrassa sa femme en la remerciant. Puis il ouvrit le second paquet : une cravate bleue.

— On s'est mis ensemble pour vous l'acheter, p'pa, dit Catherine.

Le père de famille remercia sa femme et ses enfants d'avoir pensé à son anniversaire et le souper servi par Reine fut joyeux. En soirée, toute la famille Bélanger, y compris les deux tantes infirmières, lui téléphona pour lui souhaiter un joyeux anniversaire.

Cela faisait longtemps que Jean ne s'était pas senti aussi bien. Au travail comme dans la famille, l'harmonie régnait en cette belle journée d'avril. Voilà la vie de famille et la carrière dont rêvait Jean lorsqu'il avait uni sa vie à celle de Reine, il y avait plus de treize ans. Mais une journée ne fait pas une vie…

Benjamin Taylor ne réapparut à la biscuiterie que la veille du jeudi saint. Vêtu d'un léger manteau de printemps, l'homme d'affaires poussa la porte du magasin au milieu de la matinée, le visage éclairé par son habituel sourire de conquérant à qui rien ne résiste.

L'air renfrogné, Reine fit celle qui ne se sentait pas concernée par son arrivée.

— Claire, sers donc monsieur, dit-elle à sa vendeuse en faisant mine de s'abîmer dans des calculs, installée derrière sa caisse enregistreuse.

Claire Landry avait bien reconnu celui que sa patronne lui avait présenté brièvement comme son ami, et elle hésita à s'avancer vers l'homme. Ce dernier leva une main pour lui signifier de demeurer à sa place et il se dirigea vers la caisse que Reine s'apprêtait à quitter.

— Merci, mademoiselle. J'ai juste deux mots à dire à votre patronne, dit-il.

Claire regarda Reine qui lui adressa un bref signe de tête, qu'elle interpréta comme une permission de s'esquiver vers l'arrière-boutique.

Reine s'était bien promis de ne pas faire de crise de jalousie si son prétendant revenait la voir. Sa résolution fondit comme neige au soleil quand elle le vit debout devant elle, sans afficher le moindre signe de contrition.

— Dis donc, l'interpella-t-elle à mi-voix. On dirait bien qu'on peut pas se fier pantoute à ta parole. Tu m'avais dit que tu partais pour deux semaines et ça fait trois semaines que je t'ai pas vu.

— Tu t'es ennuyée ? lui demanda-t-il d'un air suffisant sur le même ton.

— Non, mentit-elle, les dents serrées, mais j'aime pas attendre comme une dinde.

— J'aurais aimé mieux que tu me dises que tu t'étais ennuyée, reprit Ben sur un ton léger. Parce que moi, je me suis ennuyé. J'ai été retardé à cause d'un gros contrat que j'ai décroché à Toronto, et j'ai dû engager du monde avant de pouvoir revenir.

— T'aurais pu donner de tes nouvelles, lui reprocha-t-elle.

— Oui, mais comment ? J'ai pensé à te téléphoner.

— Fais jamais ça, lui ordonna-t-elle sur un ton sévère.

— Mais inquiète-toi pas, c'est fini. Je pense que j'aurai plus à aller aussi souvent à Toronto et à Kingston. Je me suis trouvé deux secrétaires qui m'ont l'air pas mal compétentes.

— Des belles filles, je suppose, dit-elle, tiraillée immédiatement par la jalousie.

— Elles l'ont peut-être été, reconnut Ben. Mais elles ont toutes les deux la cinquantaine et un commencement de moustache. Il y en a même une, celle de Toronto, qui a plus de moustache que moi.

Cette dernière remarque eut le don de dérider Reine.

— T'as encore apporté du nouveau dans ton commerce, à ce que je vois, fit-il en désignant le comptoir réfrigéré.

— Il faut dépenser de l'argent si on veut en faire, dit-elle en empruntant sans scrupule les paroles de sa mère.

— C'est ce que je me suis toujours dit moi aussi, affirma-t-il.

Reine se lança dans des explications où elle se donnait le beau rôle. À l'entendre, elle était parvenue à convaincre sa mère d'acheter le comptoir réfrigéré pour améliorer le chiffre d'affaires de la biscuiterie et ça fonctionnait à plein. Elle lui révéla même quelle économie elle avait réalisée en achetant l'appareil usagé.

— Je suis arrivé assez tard hier soir, mais j'ai eu le temps de préparer ton cadeau de Pâques, lui annonça ensuite Benjamin après avoir regardé en direction du rideau de perles pour s'assurer que la vendeuse ne l'écoutait pas.

— T'as pas à me donner de cadeau à Pâques, chuchota-t-elle sans grande conviction.

— J'ai réservé une table au restaurant du Queen Elizabeth, pour souper, mardi prochain, à sept heures. Qu'est-ce que t'en dis ?

— Tu sais bien que je peux pas. Je ferme la biscuiterie à six heures. Il y a mon mari et mes enfants…

— Voyons, Reine. Tu m'as dit toi-même que ça t'arrivait d'aller au cinéma de temps en temps avec ton amie, comment elle s'appelle déjà ?

— Gina.

— C'est ça, avec ton amie Gina. T'as juste à dire chez vous que tu t'en vas aux vues. Je vais t'attendre à la même place que la dernière fois et ça va nous donner le temps de souper tranquillement dans le plus beau restaurant de Montréal.

— Je sais pas…

— Tu peux pas refuser, insista-t-il, sur un ton légèrement suppliant. J'ai déjà réservé la table et c'est ton cadeau de Pâques.

Reine laissa passer quelques secondes avant d'accepter finalement l'invitation.

— C'est correct. Tu m'attendras au coin de Chambord et Mont-Royal, là où tu m'as laissée la dernière fois. Mais je pourrai pas venir te rejoindre avant six heures et quart. Il faut que je ferme le magasin avant.

— J'ai envie de t'embrasser, lui chuchota-t-il.

— T'es mieux de te retenir, lui dit-elle, rassurée sur les sentiments qu'il lui portait. Ma vendeuse est là et il y a du monde qui passe devant les vitrines.

Il quitta le magasin en lui envoyant un baiser du bout des doigts, comme la dernière fois. En le voyant disparaître, Reine regretta presque qu'il se soit montré si sage, malgré la présence de la vendeuse dans la pièce voisine.

Quelques instants plus tard, Claire vint reprendre sa place derrière le comptoir en manifestant sa discrétion habituelle. Durant un bref moment, la patronne se demanda si elle avait deviné qu'il y avait quelque chose entre elle et Ben, puis elle se dit que ça n'avait aucune importance. Il ne s'était rien passé entre eux qui prêtait à scandale.

Peu avant quatre heures, le lendemain après-midi, Catherine quitta l'école des Saints-Anges avec deux camarades de classe, bien déterminée à profiter des courtes vacances de Pâques qui venaient de commencer. Les trois adolescentes traversèrent le boulevard Saint-Joseph, face à l'église Saint-Stanislas-de-Kostka, et prirent la direction de l'ouest. À l'intersection suivante, les deux copines de Catherine la laissèrent poursuivre seule sa route parce qu'elles demeuraient dans la rue Chambord.

L'adolescente les salua et continua à marcher sur le boulevard Saint-Joseph dans l'intention de tourner au coin de Brébeuf quand elle aperçut une dame immobilisée devant des maisons dont elle scrutait les façades, comme si elle cherchait une adresse. À son approche, la dame tourna la tête dans sa direction et Catherine reconnut avec plaisir sa grand-mère Bélanger. Elle s'empressa de se porter à sa rencontre.

— Bonjour, grand-mère, lui dit l'adolescente qui dépassait la petite femme d'une demi-tête. Cherchez-vous quelque chose ?

Amélie Bélanger, vêtue d'un manteau de drap beige, la regarda comme si elle ne la reconnaissait pas. Pendant un court instant, Catherine se demanda si elle ne s'était pas trompée.

— C'est drôle, fit la grand-mère, mais on dirait que j'ai oublié où je reste. Je suis pas sûre de mon adresse pantoute, ajouta-t-elle en fixant de nouveau la façade de la maison devant laquelle elle était arrêtée.

Catherine n'eut plus aucun doute en entendant la voix de sa grand-mère, mais se rendit compte qu'elle n'était pas dans son état normal. Après une légère hésitation, elle décida que l'unique chose à faire était de la raccompagner à la maison.

— Moi, je m'en rappelle, grand-mère, déclara-t-elle à Amélie. Venez, on va y aller ensemble.

— T'es bien fine, ma belle fille.

— Vous êtes allée à l'église ? lui demanda l'adolescente.

— Je le sais plus, avoua la femme âgée, visiblement perplexe.

Tout au long du trajet qui les ramena à l'appartement de la rue Brébeuf, Amélie ne cessa de raconter des souvenirs de l'époque de sa jeunesse où elle fréquentait une école de rang. À aucun moment elle ne donna l'impression à la jeune fille qu'elle l'avait reconnue.

— Ah ! là, je reconnais la maison, dit-elle au moment où Catherine lui ouvrait la porte d'entrée de l'appartement. Entre, viens manger quelque chose, offrit-elle à sa petite-fille.

Catherine allait refuser, car elle devait rentrer aider sa mère à préparer le souper, quand son grand-père sortit du salon.

— Je dois aller aux toilettes, lui dit Amélie en retirant précipitamment son manteau. Occupe-toi de notre invitée.

Catherine demeura debout sur le paillasson sans bouger.

— Qu'est-ce que t'attends pour enlever tes bottes ? s'étonna Félicien.

— Je peux pas rester, grand-père. Mais il faut que je vous dise quelque chose, poursuivit-elle un ton plus bas. J'ai trouvé grand-mère complètement perdue sur le boulevard Saint-Joseph, proche de mon école. Elle disait qu'elle savait plus où elle restait.

— Es-tu certaine de ça ? lui demanda Félicien qui avait soudainement pâli.

— C'est ce qu'elle m'a dit. Elle était arrêtée devant des maisons et cherchait son adresse. À part ça, grand-père, je suis pas sûre qu'elle m'a reconnue.

— Ta grand-mère est pas jeune, reprit Félicien sur le même ton. Ça peut arriver qu'elle perde un peu la mémoire, mais ça dure pas. Inquiète-toi pas avec ça et raconte ça à personne chez vous. Ça ferait de la peine à ta grand-mère et ton père s'en ferait pour rien.

Catherine promit et quitta l'appartement de ses grands-parents avant qu'Amélie soit sortie des toilettes. Quand cette dernière revint dans le salon, elle demanda à son mari où était passée la jeune fille qui l'avait raccompagnée.

— Elle pouvait pas rester, se contenta-t-il de lui dire.

Une heure plus tard, sa femme lui rappela qu'il y avait une cérémonie à l'église ce soir-là. Le fait qu'elle s'en souvenait le rassura un peu. Cependant, pour la première fois depuis bien longtemps, il offrit sans se plaindre de l'accompagner.

Pendant que sa femme préparait le repas du soir, il n'en prit pas moins la résolution d'aller rendre visite à ses sœurs, rue Saint-Urbain, dès le lendemain avant-midi. Il sentait que l'état de santé de sa femme s'aggravait et il avait moins besoin de conseils que d'être rassuré.

— Il doit sûrement y avoir un remède pour soigner ça, se dit-il en éteignant sa cigarette avant de venir s'attabler devant l'assiette de galettes de sarrasin cuisinées par Amélie.

— Je pensais que c'était juste le vendredi que c'était maigre, ne put-il s'empêcher de faire remarquer à sa femme en réprimant difficilement une grimace devant ce qu'elle lui servait.

— Sauter un repas de viande te fera pas de mal, fit-elle. T'es en train de devenir gras comme un voleur.

Le lendemain matin, un beau soleil accueillit Félicien dès qu'il eut mis le pied dehors. Il avait hésité un bon moment avant de se décider à sortir de la maison, il n'était plus tranquille quand il laissait Amélie seule.

Mis à part le fait qu'elle avait oublié d'éteindre la cuisinière électrique à deux ou trois reprises, il ne s'était rien produit de vraiment anormal depuis l'aventure du pot de marmelade. Il y avait bien eu quelques petits oublis comme il en arrive à tout le monde avec l'âge, mais rien d'important. La veille, il avait cependant senti son inquiétude augmenter d'un cran quand Catherine avait dû venir la conduire à la maison. Il n'avait jamais imaginé qu'Amélie puisse se perdre en allant à l'église qu'elle fréquentait depuis près de quarante ans. Durant la nuit, il n'avait dormi que sur une oreille, taraudé par la crainte qu'elle se lève et sorte de l'appartement sans qu'il s'en rende compte.

La mésaventure de la veille avait vraiment été un signal d'alarme. Il ne pouvait plus feindre de croire que tout rentrerait dans l'ordre. Il était maintenant persuadé qu'il fallait faire quelque chose et qu'attendre n'arrangerait rien.

— Il fait beau, hein ! fit Omer, planté sur la dernière marche de l'escalier extérieur.

— Ben oui, Omer, dit Félicien à son gros voisin qui cherchait à atteindre un dernier morceau de glace qui, dissimulé à l'ombre derrière l'escalier, avait résisté à la fonte générale. Tu devrais te promener pour en profiter.

— Ma sœur va m'amener au parc.

— Chanceux, se contenta de dire son voisin en se dirigeant rapidement vers la rue Mont-Royal.

Tout en marchant, l'ancien facteur remarqua que les employés de la ville avaient entrepris de nettoyer les rues en passant le balai-brosse et qu'il y avait de moins en moins de papiers et de mégots sur le trottoir. D'ailleurs, les premiers bourgeons ornaient déjà les branches des érables de la rue Brébeuf.

Sa sœur Rita vint lui ouvrir quand il sonna à sa porte un peu avant dix heures et quart. La célibataire âgée d'une cinquantaine d'années fut surprise de le trouver sur le seuil de son appartement en ce vendredi matin.

— T'arrives au moment où je commence le ménage, lui apprit-elle après l'avoir invité à entrer. Camille travaille aujourd'hui et c'est mon tour de tout nettoyer.

— Je te retarderai pas longtemps, lui dit Félicien pour la rassurer.

— Il y a pas le feu. Viens boire un café, il m'en reste la moitié d'une cafetière, l'invita l'infirmière.

Elle l'entraîna dans la cuisine et il s'assit à table pendant qu'elle lui versait une tasse de café.

— Je viens pas juste te faire une visite de politesse, lui annonça Félicien après avoir bu une gorgée de café.

— Qu'est-ce qui se passe ? Est-ce qu'il est arrivé quelque chose aux enfants ?

— Non, c'est Amélie qui m'inquiète.

— Comment ça ? lui demanda sa sœur en s'assoyant en face de lui.

Le retraité entreprit de lui raconter tout ce qui concernait sa femme depuis quelques semaines. Il lui parla de ses listes de choses à faire, de ses oublis, de la nourriture dissimulée un peu partout et, finalement, du fait qu'elle avait oublié où elle demeurait la veille.

Rita garda le silence un long moment, comme si elle cherchait les mots propres à tranquilliser son frère aîné.

— Est-ce qu'il lui arrive aussi de chercher ses mots ? demanda l'infirmière.

— Oui, de temps en temps, reconnut son frère. Il doit ben se vendre un remède pour guérir ça ?

— Je veux pas t'inquiéter, mon petit frère, fit Rita, mais il va d'abord falloir que t'amènes ton Amélie chez le docteur. Je suis presque certaine qu'il va l'envoyer voir un spécialiste.

— Pourquoi ça ?

— J'ai l'impression que ta femme pourrait commencer à souffrir de ce qu'on appelle la maladie d'Alzheimer.

— Voyons donc ! protesta Félicien. Ça peut pas être si grave que ça.

Il avait déjà entendu parler de cette maladie qui avait frappé une cousine de sa femme. La pauvre femme était décédée quelques années auparavant, complètement démente.

— Amélie vient juste d'avoir soixante ans, torrieu ! protesta-t-il.

— J'ai pas dit que c'était ça. Ça peut être autre chose aussi, déclara Rita Bélanger sans trop y croire elle-même. Mais s'il y a un médicament pour la soigner, je suis certaine que c'est un spécialiste qui va le prescrire.

— Là, je me demande ben comment je vais faire pour la traîner chez le docteur, avoua son frère, les sourcils froncés. Tu la connais, elle a jamais été malade de sa vie.

— À ta place, je ferais semblant d'avoir besoin d'aller chez le docteur, lui suggéra Rita. Demande-lui de t'accompagner.

— Elle va trouver ça pas mal louche que je veuille aller en voir un. Elle sait que je les haïs.

— Essaie, t'as pas le choix.

— Là, je sais pas si je dois en parler aux enfants, dit-il en se levant, déjà prêt à partir.

— Pourquoi t'attends pas ? lui suggéra sa sœur. Il sera toujours temps de leur apprendre la nouvelle quand le spécialiste l'aura examinée.

Félicien rentra chez lui sans se presser, perdu dans de sombres pensées. Il prit tout de même la résolution d'attendre encore une semaine pour tenter de persuader Amélie de l'accompagner chez le médecin. Il voulait surtout lui permettre de profiter de la fête de Pâques avec ses enfants sans l'inquiéter.

Jean fut surpris de constater à quel point la température avait changé à la fin de l'après-midi, quand il quitta Radio-Canada. Le ciel s'était ennuagé et il commençait même à tomber une petite pluie froide plutôt désagréable. Il remarqua que, comme tous les vendredis saints, beaucoup de magasins avaient fermé leurs portes et que les piétons étaient rares dans le centre-ville.

Il stationna la Plymouth rue Brébeuf et revint à pied vers Mont-Royal pour rentrer chez lui. La biscuiterie était fermée. Il monta les escaliers. À son entrée dans l'appartement, il ne vit que Catherine occupée à dresser le couvert dans la cuisine.

— Où est ta mère ? lui demanda-t-il.

— Chez grand-maman, en bas.

— Tes frères ?

— Dans leur chambre, p'pa.

Sans rien ajouter, il s'empressa de traverser la cuisine. Il sortit sur la galerie et se dirigea vers le hangar dont il ouvrit la porte. Curieuse, l'adolescente regarda par la fenêtre, se demandant ce que son père allait chercher là. Elle n'eut pas à attendre longtemps pour l'apprendre. Moins d'une minute plus tard, elle le vit sortir du hangar en tenant deux grands sacs. Il rentra dans la maison.

— Qu'est-ce que c'est, p'pa ? l'interrogea-t-elle.

— Si tu veux le savoir, viens dans le salon, lui répondit-il, énigmatique.

Elle s'empressa de le suivre. Au moment où elle passait dans le couloir, derrière son père, la porte de la chambre des garçons s'ouvrit pour leur livrer passage. Il y eut quelques « Oh ! » ravis de surprise quand Jean tira des sacs déposés sur le divan trois gros lapins en chocolat et une boîte de chocolats.

— La boîte est pour votre mère, les prévint-il. Les lapins, c'est pour vous autres, mais vous allez devoir attendre dimanche pour les manger. En attendant, je les mets sur la télévision et vous avez pas le droit d'y toucher.

Tous les trois remercièrent leur père en se plaignant que l'attente serait difficile à supporter.

— Vous remercierez aussi votre mère, prit-il soin de leur préciser. Qu'est-ce qu'on mange pour souper ? demanda-t-il à Catherine en se tournant vers sa fille.

— M'man a préparé un pâté au saumon. Il est presque prêt.

Peu après, Jean, assis dans le salon, entendit sa femme monter l'escalier. Uniquement à la manière dont elle referma la porte d'entrée à la volée, il comprit qu'elle n'était pas de bonne humeur. Au moment où il allait se lever pour aller la rejoindre dans la cuisine, elle pénétra dans le salon en brandissant une feuille de papier.

— T'as l'air en maudit, lui fit-il remarquer. Qu'est-ce qui se passe ? Est-ce qu'il y a un problème avec la biscuiterie ?

— Non, mais avec le loyer oui, laissa-t-elle tomber, l'air mauvais. Ça, c'est notre nouveau bail. Ma mère a décidé de nous augmenter d'un autre cinq piastres par mois cette année, précisa-t-elle sur un ton outré.

— Pour la deuxième année d'affilée ? s'étonna-t-il.

— Oui, et là, je trouve qu'elle commence à exagérer, bâtard ! Elle a rien fait de nouveau dans la maison. Je vois pas pourquoi elle nous augmente encore. Aïe ! On va être rendus à quarante-cinq piastres par mois, c'est du vrai vol pour un logement au troisième étage.

— Je suppose que tu l'as fait savoir à ta mère ?

— Oui, mais elle dit que les taxes ont augmenté cette année et qu'il va falloir qu'elle engage quelqu'un pour refaire la couverture.

— Bon, on n'a pas le choix donc. On va signer le bail, fit Jean, défaitiste. Tu le lui rapporteras demain.

— Non, je vais faire ça à soir. On est vendredi, je lui ai dit que je descendrais après le souper pour faire les comptes de la semaine.

— Comme tu voudras.

Au moment où elle allait sortir du salon pour aller voir au souper dans la cuisine, la jeune femme aperçut les lapins en chocolat alignés sur le téléviseur.

— Dis-moi pas que t'as dépensé de l'argent pour ça ! s'exclama-t-elle.

— C'est Pâques après-demain. C'est pour faire plaisir aux enfants. Et la boîte de chocolats au centre est pour toi.

— C'est garrocher notre argent par les fenêtres, lui reprocha-t-elle.

Quand il s'agissait de l'argent de son mari, c'était « notre argent », mais quand il était question de ses propres revenus, elle parlait de « son argent ».

— Tu pourrais peut-être arrêter de calculer pendant une minute, fit-il, agacé. La boîte de chocolats est un cadeau. T'as pas à la payer.

— Tu penses pas que t'aurais pu venir acheter tout ça à la biscuiterie ? Imagine-toi donc que j'en vends, moi aussi, des lapins en chocolat et des boîtes de chocolats.

— Je le sais, mais tu les vends plus cher que chez Greenberg's. Comme tu le dis toi-même, j'ai pas les moyens de garrocher mon argent par les fenêtres, répliqua-t-il d'une voix acide.

Reine haussa les épaules et prit la direction de la cuisine, oubliant de le remercier pour son cadeau.

Pâques ne fut pas une belle journée comme beaucoup de gens l'avaient espéré. Le temps fut maussade sans être totalement mauvais.

Chez les Bélanger, ce jour de fête aurait pu donner lieu à plus de réjouissances si Reine s'était montrée de meilleure humeur. La veille, en début de soirée, Lorenzo avait téléphoné pour les inviter à souper le lendemain soir. Reine avait refusé en prétextant qu'ils étaient déjà invités chez le frère de Jean.

— Pourquoi tu lui as dit ça ? lui demanda Jean, fâché de la voir mentir ouvertement devant les enfants.

— Parce que si on était allés là, il aurait fallu que je les reçoive à mon tour, et ça me tente pas.

— Après ça, tu viendras te plaindre que personne dans ta famille nous reçoit jamais, lui fit-il remarquer. As-tu déjà pensé qu'en treize ans on est allés juste une fois chez ton frère sur la rue De Lorimier ?

— Puis après? C'est juste un petit trois et demie. On étouffe là-dedans, répondit-elle, méprisante.

Durant l'après-midi, toute la petite famille rendit la visite traditionnelle chez les grands-parents, rue Brébeuf. Jean aurait accepté de s'arrêter quelques minutes chez sa belle-mère pour permettre à ses enfants d'embrasser leur grand-mère Talbot, mais Reine l'avait prévenu que Charles Caron devait venir la chercher après la messe pour l'emmener passer la journée à Saint-Lambert.

À l'arrivée de Jean et de sa famille chez ses parents, Claude et Lucie, ainsi que Lorraine, Marcel et leur fille Murielle, étaient déjà sur place. Durant une heure, on discuta de tout et de rien et Amélie permit à ses petits-enfants de s'empiffrer de sucre à la crème et de fondant. Quand elle offrit à tous ses invités de les garder à souper, car elle avait acheté un trop gros jambon pour elle et son mari, Jean s'empressa de refuser avant que sa femme n'accepte.

— Vous êtes ben fine de nous inviter, m'man, mais j'ai rapporté un peu d'ouvrage que je dois finir pour demain matin, mentit-il en faisant signe à ses enfants de se lever pour prendre congé.

Sur le chemin du retour, Reine ne put se retenir de lui demander:

— Pourquoi t'as pas voulu qu'on soupe chez ta mère?

— Parce que je suis fatigué de toujours nous faire recevoir sans jamais inviter personne pour un repas.

— Ça lui aurait fait plaisir qu'on reste.

— Peut-être, mais ça aurait été ambitionner sur le monde. Je commence à trouver ça pas mal gênant. Tout le monde va finir par nous regarder comme des quêteux.

Ils firent quelques pas en silence, précédés par les trois enfants qui se chamaillaient un peu.

— T'as pas trouvé que ta mère avait l'air un peu drôle aujourd'hui ? lui fit remarquer sa femme, qui avait continué à épier sa belle-mère pour s'assurer qu'elle n'entretenait aucun doute à son sujet après la scène à laquelle elle avait assisté à la biscuiterie.

— Pourquoi tu dis ça ? fit Jean, surpris.

— Je sais pas. Il me semble qu'elle parlait presque pas. C'est pas dans ses habitudes.

— Moi, j'ai pas trouvé qu'elle était différente.

Reine n'avait pas été la seule à surveiller Amélie le jour de Pâques. Félicien aussi l'avait guettée du coin de l'œil durant toute la journée. Tout ce qu'il était parvenu à discerner, c'était qu'elle avait l'air de chercher un peu plus souvent ses mots au fur et à mesure que la journée progressait. Quand il s'était mis au lit ce soir-là, il avait retrouvé une certaine quiétude. Il s'était peut-être inquiété trop rapidement pour rien. Finalement, ce n'était pas aussi terrible qu'il l'avait cru. Catherine avait peut-être exagéré la scène lorsqu'elle avait trouvé Amélie perdue dans la rue.

Le lendemain, il prit la décision d'attendre encore quelques jours avant de téléphoner au docteur Bergeron pour prendre un rendez-vous pour sa femme.

— Je pense qu'elle a juste traversé une mauvaise passe, se dit-il à mi-voix en descendant les poubelles à la fin de la soirée.

Au matin, Amélie se leva avant lui et lui prépara son déjeuner habituel avant de déposer un seau et quelques chiffons bien en évidence sur le parquet de la cuisine.

— C'est à matin qu'on commence le grand ménage, lui déclara-t-elle sur un ton qui ne souffrait pas la contradiction.

— Il y a pas de presse, dit-il en cherchant à temporiser.

— Félicien Bélanger, on a dépassé la mi-avril et il y a encore rien de fait. Tu te reposes depuis bien assez longtemps. C'est à matin qu'on commence à se décrotter. Finis ton déjeuner. On va laver d'abord le salon.

Le jeune retraité se retint pour ne pas laisser éclater sa mauvaise humeur. L'attitude de sa femme face au ménage printanier confirmait à ses yeux qu'elle était en pleine forme. Elle n'avait pas perdu ses repères finalement. Mais il avait peut-être gagné sur un point : sa femme semblait avoir oublié son idée de l'obliger à repeindre tout l'appartement.

Chapitre 19

La séduction

Ce matin-là, Reine se leva avant tout le monde, même si elle n'avait trouvé le sommeil que bien après minuit. Une journée exceptionnelle l'attendait et elle avait pris soin de mettre toutes les chances de son côté dès la veille.

Ainsi, elle s'était montrée une amoureuse pleine de bonne volonté lorsque Jean était venu la rejoindre en fin de soirée, de manière à ce qu'il soit d'excellente humeur à son réveil. Les vêtements des enfants étaient prêts. Le congé pascal était terminé et ils allaient retourner à l'école dans quelques heures. Il ne restait plus qu'à prévenir Jean, pensait-elle en dressant la table du déjeuner. Ensuite, elle alla s'habiller avant de réveiller son mari.

Dès que Jean vint s'attabler après avoir fait sa toilette, sa femme lui dit en lui versant une tasse de café :

— À soir, je serai pas là quand tu vas arriver pour souper. Je vais faire manger les enfants un peu plus de bonne heure et je remonterai pas après avoir fermé la biscuiterie.

— Qu'est-ce qui se passe ? s'étonna-t-il.

— C'est la fête de Gina, mentit-elle. Comme elle a personne pour la fêter, je lui ai proposé d'aller souper avec elle au restaurant avant d'aller voir *Les chemins de la haute ville* au Saint-Denis. Simone Signoret a eu un Oscar pour son rôle dans ce film-là et on veut le voir.

— Tu trouves pas que ça aurait été plus normal que tu l'invites à souper ici dedans pour sa fête plutôt qu'au restaurant ? lui demanda son mari, même s'il n'aimait pas l'amie de sa femme.

— Penses-tu que j'ai le temps de préparer un repas de fête avec l'ouvrage que j'ai à faire en bas ? De toute façon, ça te dérangera pas, reprit-elle. Catherine va te faire réchauffer ton souper quand tu vas arriver.

— Si tu veux, je peux aller te conduire au restaurant, lui proposa son mari.

— T'es fin, mais ce sera pas nécessaire. Gina va passer me prendre.

Jean esquissa une grimace ; il avait oublié que l'amie de sa femme conduisait une voiture. Une femme derrière un volant ! Il avait beaucoup de peine à admettre ça. Pour lui, comme pour la plupart des hommes qu'il connaissait, c'était, à n'en pas douter, le signe d'une femme qui cherchait à faire l'homme, à montrer qu'elle était aussi capable. Les manières affranchies de Gina Lalonde ne lui avaient jamais plu et il aurait été très heureux que sa femme cesse de la fréquenter. Mais comment convaincre Reine ? Il lui aurait suffi d'exprimer cette idée pour qu'elle décide de la voir plus souvent.

— T'as pas peur de monter dans son char ? finit-il par demander à sa femme.

— Pantoute, pourquoi j'aurais peur ? Elle conduit bien. Je pense que ça fait trois ans qu'elle a un char et elle a jamais eu d'accident.

— Ouais, fit-il, peu convaincu. Mais combien elle en a causé ? ajouta-t-il comme pour se persuader du bien fondé de son préjugé envers les femmes au volant.

Ne trouvant aucune raison valable de s'opposer à cette sortie, Jean accepta.

Après le départ de son mari, puis de ses enfants, Reine descendit déverrouiller la porte de la biscuiterie et attribuer quelques tâches à Claire Landry avant de remonter à l'appartement pour ranger et repasser les vêtements lavés la veille. À la fin de l'avant-midi, elle cuisina et se coiffa soigneusement avant de retourner quelques instants en bas pour s'assurer que tout était en ordre et surtout voir si les Richer lui avaient bien fait livrer ce qu'elle leur avait commandé le samedi précédent.

Après le dîner et le départ des enfants pour l'école, elle prit un long bain avant de manucurer ses ongles. Elle descendit de nouveau au magasin pour y travailler jusqu'à quatre heures et demie. Quand elle jugea qu'il était assez tard pour que ses enfants soient tous revenus de l'école, elle s'empressa d'aller leur servir à manger.

— Vous trouvez pas qu'il est pas mal de bonne heure pour souper, m'man ? lui demanda Catherine.

— Je sors à soir et j'aurai pas le temps de vous faire souper après avoir fermé en bas.

— Je pourrais servir le souper quand p'pa sera arrivé, proposa l'adolescente.

— Laisse faire, rétorqua sa mère, impatiente. Tu te contenteras de lui faire réchauffer ses patates. Le jambon est déjà tranché.

— Vous, vous mangez pas, m'man ? s'enquit Alain en voyant que sa mère se contentait d'une tasse de thé.

— Non, je mange au restaurant, se contenta-t-elle de lui répondre.

Elle laissa ses enfants finir de manger et alla se réfugier dans sa chambre à coucher pour se maquiller soigneusement et revêtir à nouveau sa petite robe de velours noir, qu'elle considérait toujours comme sa plus belle toilette. Elle passa son tablier par-dessus avant de revenir dans la cuisine et put constater que les enfants avaient fini de manger et que les garçons aidaient déjà leur sœur à laver la vaisselle.

— Bon, je descends, leur dit-elle, son léger manteau de printemps sur le bras. Faites vos devoirs et apprenez vos leçons avant d'aller vous asseoir devant la télévision. De toute façon, votre père devrait y voir quand il va être revenu.

Reine descendit au magasin un peu après cinq heures trente. À son entrée dans le local, Claire finissait de servir une cliente fidèle. Elle se glissa derrière la caisse enregistreuse, déposa son manteau et son sac à main et encaissa l'argent de l'achat de la dame.

— Je t'ai laissée pas mal toute seule aujourd'hui, dit-elle à sa vendeuse dès que la dame fut sortie de la biscuiterie. Tu peux t'en aller, je fermerai moi-même à six heures.

Claire ne se fit pas répéter l'invitation. C'était la première fois depuis qu'elle travaillait à la biscuiterie Talbot que la patronne lui permettait de quitter le magasin avant l'heure de fermeture. Pendant qu'elle allait chercher son manteau dans l'arrière-boutique, Reine s'était installée derrière l'une des vitrines et surveillait les allées et venues dans la rue. Elle guettait le passage de son mari qui rentrait habituellement à la maison une dizaine de minutes avant six heures. Le plus souvent, il stationnait sa voiture dans la rue Brébeuf et signalait son arrivée en frappant une ou deux fois contre la vitrine pour attirer son attention avant de monter à l'appartement.

Claire la salua et quitta les lieux. Reine continua sa faction, de plus en plus exaspérée en ne voyant pas son mari apparaître.

— Qu'est-ce qu'il a à niaiser à soir ? répéta-t-elle plusieurs fois en piaffant d'impatience.

Elle craignait qu'il n'arrive au moment où elle allait rejoindre Ben. Il n'aurait plus manqué qu'ils se croisent, ou encore, qu'il la voie monter à bord de la Cadillac de son amoureux.

À six heures pile, elle éteignit les lumières du magasin, ne laissant allumé que l'éclairage des vitrines. Elle endossa son manteau et s'empara de son sac à main. Elle sortit et verrouilla la porte en tournant la tête dans toutes les directions, s'attendant à voir surgir Jean au coin de la rue.

Elle ne le vit pas. Toujours aussi tendue, elle traversa vers le côté sud de la rue Mont-Royal et se dirigea vers la rue Chambord tout en scrutant les voitures qui passaient. Pas de Plymouth verte en vue.

— Pour moi, il est déjà passé et je l'ai pas vu, se dit-elle au moment où elle aperçut la longue Cadillac noire de Benjamin Taylor stationnée à une trentaine de pieds du coin de la rue.

Le conducteur donna un léger coup d'avertisseur pour la prévenir de sa présence. Elle sourit et s'avança dans sa direction en accélérant le pas. Ben ne se donna pas la peine de descendre de voiture cette fois-ci. Il se pencha sur la banquette avant et actionna la poignée de la portière pour la lui ouvrir. Elle se glissa sur la banquette de cuir et referma. Sans perdre un instant, il l'attira vers lui et l'embrassa doucement sur les lèvres.

— Toujours aussi belle, la complimenta-t-il en se redressant.

— Fais attention, lui dit-elle, la voix chargée de reproches. Quelqu'un qui me connaît pourrait nous voir.

— À soir, c'est notre soirée, lui annonça-t-il en mettant le moteur en marche.

La luxueuse voiture glissa doucement jusqu'au coin de la rue et son conducteur tourna vers l'ouest sur Mont-Royal.

Au moment où le couple passait devant la biscuiterie, Reine aperçut son mari marchant sur le trottoir en direction de leur appartement. Le cœur battant, elle détourna brusquement la tête et se pencha pour éviter d'être vue.

— Qu'est-ce qu'il y a ? lui demanda Benjamin en la voyant faire ce geste brusque.

— C'est mon mari, là, sur le trottoir, dit-elle d'une voix changée qui marquait son insécurité.

— Il t'a pas vue, fit-il pour la rassurer. Je viens de regarder par le rétroviseur, il a même pas tourné la tête vers nous autres.

Elle se redressa et eut besoin d'un peu de temps avant de retrouver son aplomb.

— Ouvre le coffre à gants, lui ordonna le conducteur. Il y a quelque chose pour toi dedans.

Elle obéit et y trouva une belle rose rouge qu'elle prit plaisir à humer. Elle était touchée par une telle attention que Jean n'avait jamais eue à son endroit.

Quelques minutes plus tard, la grande voiture noire s'introduisit dans un garage souterrain, puis Benjamin Taylor l'immobilisa devant un voiturier qui s'empressa d'ouvrir la portière à Reine. Benjamin descendit, contourna sa voiture et lui remit ses clés. Ensuite, l'homme d'affaires tendit son bras à Reine et l'entraîna à l'intérieur de l'hôtel avec l'assurance d'un grand habitué des palaces.

Ils traversèrent un long corridor au parquet recouvert d'une épaisse moquette rouge avant de monter dans un ascenseur richement lambrissé d'acajou. Reine, debout aux côtés de son amoureux, se taisait, apparemment émerveillée par tant de luxe. Sans la moindre hésitation, Benjamin Taylor la pilota jusqu'à l'entrée du restaurant. Il donna son nom au maître d'hôtel debout derrière un lutrin et attendit que ce dernier ait vérifié l'heure de sa réservation.

— T'as l'air de bien connaître l'endroit, lui murmura une Reine incapable de cacher son admiration.

— Je viens manger ici de temps à autre avec des gros clients, admit-il en replaçant sa cravate du bout des doigts.

Un serveur se matérialisa soudain devant eux et les invita à le suivre. Ben se pencha vers l'homme en lui tendant discrètement un billet de banque. Immédiatement, ce dernier bifurqua et les guida vers l'une des tables situées près des baies vitrées. Il tira un fauteuil pour permettre à la jeune femme de s'asseoir avant de s'éclipser.

— Pourquoi tu lui as donné de l'argent? lui demanda Reine dès que l'homme les eut quittés.

— Pour avoir une table devant la baie vitrée. Tu vas pouvoir admirer le coucher de soleil. C'est plus intéressant que d'être au centre de la salle, tu trouves pas?

Elle n'eut pas le temps de répondre. Un sommelier venait de s'arrêter à leur table en tendant à Ben la liste des vins. Ce dernier la consulta à peine. Il commanda une bouteille de champagne sans demander l'avis de son invitée.

— Du champagne! s'exclama Reine qui n'en avait encore jamais bu.

— Oui, il faut ça pour célébrer.

Reine se retint de justesse de dire à son hôte que ça devait être hors de prix. Il était si grand seigneur qu'elle sentit d'instinct que ce genre de remarque serait déplacé. Le sommelier revint avec une grande bouteille de champagne qu'il déboucha et fit goûter à Ben. Quand ce dernier se déclara satisfait, l'homme emplit les deux coupes placées devant eux et déposa la bouteille dans un seau rempli de glaçons.

Ben tendit le bras et posa sa main sur celle de sa compagne. Il leva sa coupe de l'autre main en l'invitant à faire de même.

— On boit à nous deux, dit-il, solennel.

Reine but une gorgée du liquide pétillant dont elle apprécia le goût. Lorsque sa coupe fut vide, son amoureux s'empressa de la lui remplir à nouveau. Le serveur revint à leur table et laissa à chacun un imposant menu relié en cuir. La jeune femme ouvrit de grands yeux devant tant de mets proposés. Elle était d'autant plus embêtée qu'elle ne comprenait pas très bien la plupart des termes utilisés pour les désigner. Elle jeta un coup d'œil à Ben qui avait disparu derrière le sien.

— Qu'est-ce que tu as le goût de manger ? lui demanda-t-il.

— Je sais pas trop, répondit-elle d'une voix embarrassée. Toi, qu'est-ce que tu prends ?

— Je vais me laisser tenter par un carré d'agneau. Mais avant, je vais prendre une entrée de crevettes et une crème aux champignons.

Un seul regard à son invitée lui apprit qu'elle n'avait jamais mangé d'agneau et qu'elle hésitait.

— Tu peux prendre du bœuf ou des fruits de mer, si t'aimes mieux ça, lui proposa-t-il. Mais essaie leur entrée de crevettes et leur crème aux champignons, tu le regretteras pas.

Finalement, Reine décida de choisir le même menu que son hôte. Au moment où le serveur se retirait avec leur commande, un pianiste et un violoniste prirent place sur la petite scène installée à l'extrémité de la salle, près d'une minuscule piste de danse. Dès qu'ils se mirent à jouer des airs à la mode, quelques couples quittèrent leur table et allèrent danser.

— Viens, dit Ben en se levant. On a le temps de danser avant d'être servis.

Un peu réticente, Reine se leva et se rendit compte que le champagne commençait à lui faire de l'effet. Elle sentait ses jambes un peu molles.

— Je me sens un peu étourdie, fit-elle.

Benjamin Taylor, plutôt fier de lui, se contenta de lui prendre la main et de la conduire jusqu'à la piste de danse où il l'enlaça étroitement. Reine se laissa aller dans ses bras. Elle ferma les yeux, profondément troublée par ce contact intime avec le corps de son partenaire.

Le couple dansa durant quelques minutes avant de revenir à sa table où Ben s'empressa de verser une autre coupe de champagne à la jeune femme. Reine regardait par la baie vitrée la ville maintenant illuminée et se laissait bercer par la musique.

— J'en reviens pas comme c'est beau, dit-elle à l'instant où le serveur déposait devant elle une assiette couverte de laitue sur laquelle une demi-douzaine de grosses crevettes attendaient d'être dégustées.

Quand la bouteille de champagne fut vide, Ben commanda du vin qu'ils burent tout en mangeant leur repas. Avant de savourer un gâteau forêt-noire comme dessert, le couple retourna une dernière fois sur la piste de danse.

— Il est juste neuf heures et quart, déclara l'homme d'affaires à son invitée.

— C'est effrayant comme le temps a passé vite, rétorqua Reine en lui adressant son plus charmant sourire.

Après le café, Ben, grand seigneur, demanda du cognac à titre de digestif et il exigea qu'elle en boive en affirmant que cette liqueur l'aiderait à digérer. Quand le serveur déposa l'addition sur le coin de la table, il ne se donna pas la peine d'en vérifier l'exactitude. Il sortit quelques billets de vingt dollars qu'il glissa avec une suprême indifférence sous l'addition avant de se lever.

Reine, étourdie par tout l'alcool ingurgité, se leva à son tour et s'empressa de saisir son bras pour quitter le restaurant. Ils s'arrêtèrent un instant au vestiaire pour prendre leurs manteaux.

— Il est pas mal de bonne heure pour rentrer chez vous, lui dit-il en s'immobilisant devant la porte d'un ascenseur. Ton mari croira jamais que t'es allée voir un film avec ton amie si tu rentres aussi de bonne heure.

— On pourrait marcher un peu dehors. Il me semble qu'un peu d'air frais me ferait du bien, rétorqua sa compagne.

— J'ai mieux que ça à te proposer, fit-il en entrant dans l'ascenseur en sa compagnie. Je vais te montrer ce que ça a l'air une chambre au grand Queen Elizabeth.

— Comment ça ?

— Ça m'arrive de louer une chambre ici quand j'ai pas le goût de retourner à mon appartement, à Longueuil, à la fin de la soirée.

C'était la première fois qu'il lui disait demeurer en appartement à Longueuil.

— T'as pas une maison ? s'étonna-t-elle.

— Ça s'en vient. Je suis en train de m'en faire construire une.

L'ascenseur s'arrêta au dixième étage. Tout était silencieux dans le long couloir à l'épaisse moquette beige. Sans dire un mot, Ben lui prit la main et la conduisit jusque devant une porte qu'il ouvrit avec une clé qu'il venait de sortir de l'une de ses poches. Il poussa la porte et enlaça la taille de sa compagne pour la faire pénétrer dans une grande chambre éclairée par trois lampes. Les rideaux étaient entrouverts et laissaient voir la ville illuminée aussi bien qu'elle avait pu la voir par les baies vitrées du restaurant.

— Je devrais pas être ici dedans, dit Reine en s'arrêtant près de la porte.

— Voyons donc ! fit Ben d'une voix charmeuse en lui prenant son manteau qu'elle portait sur un bras. Je te mangerai pas. Viens voir de quoi a l'air la chambre. L'hôtel est ouvert depuis un peu moins de deux ans et tout est moderne.

Jouant au maître des lieux, il poussa la porte de la salle de bain et alluma le plafonnier pour la lui faire admirer. Ensuite, il la prit par le bras et la conduisit devant la grande fenêtre pour qu'elle puisse voir le panorama.

— Regarde, on voit presque toute la ville.

Elle lui tourna le dos pour contempler le paysage. Debout derrière elle, il se plaqua contre elle en entourant sa taille de l'un de ses bras. Il en profita pour l'embrasser doucement dans le cou. Elle se laissa aller contre lui, incapable de lui résister. Il se mit alors à la caresser doucement par-dessus ses vêtements.

Après un court instant, Reine pivota face à lui. Il l'embrassa passionnément tout en faisant glisser lentement la fermeture éclair de sa robe. Quand elle sentit ses mains sur la peau nue de son dos, elle donna l'impression de vouloir résister durant un bref instant, mais son amoureux était si ardent qu'elle finit par oublier toute retenue. Soudain, il la souleva dans ses bras et la déposa sur le lit. Elle ferma alors les yeux et s'abandonna. Elle sentit qu'il lui retirait un à un tous ses vêtements. Ses mains expertes étaient partout sur son corps. À un certain moment, incapable de demeurer passive plus longtemps, elle se déchaîna à son tour.

Quand tout fut consommé, ils se retrouvèrent tous les deux, à bout de souffle, étendus sur un lit dont ils n'avaient même pas retiré le couvre-lit.

— Quelle heure il est ? demanda-t-elle soudain en embrassant doucement son amant étendu à ses côtés.

Ben leva le bras et consulta sa montre.

— Onze heures dix, répondit-il d'une voix légèrement ensommeillée.

— Onze heures dix ! s'écria-t-elle en se levant précipitamment. Mais ça a pas d'allure ! Il faut absolument que je rentre à la maison. Qu'est-ce que je vais raconter à mon mari ?

— Inquiète-toi pas, fit-il d'une voix rassurante. Tu vas être rentrée chez vous avant minuit, tu finiras pas comme Cendrillon.

Reine ramassa ses vêtements épars et courut à la salle de bain pour s'habiller et remettre de l'ordre dans sa coiffure. Quand elle revint dans la chambre, son amant avait eu le temps de se rhabiller et l'attendait avec son manteau. Il le lui tendit et ouvrit la porte de la chambre sans dire un mot.

Le couple descendit dans le hall et prit la direction du garage intérieur. L'homme d'affaires paya le voiturier et s'installa derrière le volant après avoir ouvert la portière à sa compagne. Durant le court trajet entre l'hôtel et la rue Mont-Royal, il ne chercha pas à briser le silence dans lequel son amoureuse s'était enfermée depuis leur départ du Queen Elizabeth.

Parvenu au coin des rues Chambord et Mont-Royal, le conducteur immobilisa sa voiture près du trottoir et éteignit le moteur avant de se tourner vers sa compagne.

— Qu'est-ce que tu dois penser de moi ? lui demanda Reine, tenaillée par une inquiétude un peu tardive. Une femme mariée qui couche avec n'importe qui.

— Merci pour le n'importe qui, répliqua Ben. Je suis pas n'importe qui. Je suis l'homme qui t'aime.

— Peut-être, mais après ce qu'on vient de faire…

— On vient de faire ce que font les gens qui s'aiment, répliqua-t-il, voulant lui faire oublier ses remords.

— Merci pour le repas, dit-elle, après avoir gardé le silence un court moment. C'est le meilleur que j'ai jamais pris.

— Et pour la soirée ? demanda-t-il pour la taquiner.

— C'était pas mal aussi, reconnut-elle, en rougissant un peu dans l'obscurité.

— Quand est-ce qu'on se revoit ?

— Je le sais pas. Ça va dépendre de bien des choses.

— Écoute, fit-il après un court silence. Je t'ai dit que j'étais en train de me faire construire une maison. Cette maison-là, je la fais construire pour nous deux.

— Mais t'oublies que je suis mariée, protesta-t-elle faiblement.

— Puis après ? Ça empêche rien. Tu serais bien plus heureuse avec moi qu'avec ton mari. Souviens-toi de ce que je t'ai dit l'autre fois. On a juste une vie à vivre et tu mérites ce qu'il y a de mieux. La prochaine fois qu'on va pouvoir sortir ensemble, je vais t'amener voir la belle maison que je suis en train de nous faire construire sur le boulevard Gouin, au bord de la rivière des Prairies. Un vrai petit château dans lequel il manque seulement ma reine.

— Il faut que j'y aille, dit-elle, troublée, en posant la main sur la poignée de la portière.

Ben glissa sur la banquette de cuir et l'enlaça avant qu'elle puisse quitter l'habitacle. Il l'embrassa en laissant sa main s'égarer sur sa poitrine. C'était là un geste de propriétaire qui ne trompa pas sa compagne. Elle lui rendit son baiser, mais repoussa doucement sa main. Elle descendit de voiture et attendit que la Cadillac se soit glissée dans la circulation fluide de la rue Mont-Royal, à cette heure tardive, avant de se mettre en route vers l'appartement familial.

Parvenue en haut de la double volée de marches, elle introduisit sans bruit la clé dans la serrure en priant pour que son mari dorme déjà. Il était près de minuit et elle n'avait aucune envie de lui raconter la soirée fictive vécue avec Gina.

À peine venait-elle de pousser la porte de l'appartement que Reine aperçut son mari debout dans l'entrée du salon.

— T'es pas encore couché ? lui demanda-t-elle, agacée de le trouver debout.

— Non, je t'attendais, répondit-il d'une voix neutre qui semblait cacher quelque chose.

— C'était pas nécessaire, répliqua-t-elle. Je suis pas une petite fille. Je suis capable de rentrer sans que tu m'attendes.

— Gina a téléphoné, reprit Jean.

À ces mots, le cœur de la jeune femme eut un raté. Elle se tourna vers la patère pour y suspendre son manteau et aussi pour cacher son trouble. Elle avait totalement oublié de prévenir son amie qu'elle lui servirait d'alibi pour sa sortie.

— À... à quelle heure ? se borna-t-elle à demander, sur la défensive.

— Juste à l'heure que je suis arrivé. C'est Catherine qui lui a répondu.

Cette explication fournit à la coupable la brèche dans laquelle elle s'empressa de s'engouffrer.

— C'est bien ce qu'elle m'a dit, mentit Reine avec aplomb en s'empressant d'imaginer ce qu'elle pourrait bien raconter à son mari.

— Comment ça se fait qu'elle t'a téléphoné ? insista ce dernier, soupçonneux. Tu m'as pas dit à matin qu'elle devait passer te prendre ?

— C'est ce qu'elle était censée faire, dit Reine en retirant ses souliers à talons hauts. Mais elle a eu du trouble avec son char. Elle a dit qu'elle a d'abord téléphoné au magasin, et quand elle a vu que personne répondait, elle a appelé ici dedans. C'était pour me prévenir qu'elle serait en retard, inventa Reine avec une fausse assurance.

— Et t'étais où pendant ce temps-là ?

— J'étais déjà partie. Si t'étais arrivé à la même heure que d'habitude, t'aurais pu m'amener au restaurant et ça m'aurait évité de prendre l'autobus. Moi, quand j'ai vu qu'elle arrivait pas, j'ai pensé qu'elle avait oublié qu'elle devait venir me prendre en passant et j'ai pris l'autobus, ajouta la femme de Jean, qui retrouvait ainsi le sang-froid auquel elle avait habitué ceux qui la côtoyaient.

— Comment ça se fait qu'elle est même pas venue sonner à la porte ? lui demanda Jean, qui, apparemment, ne la croyait pas trop.

— Gina, c'est Gina, fit Reine en adoptant un ton désabusé. Tout ce que je sais, c'est qu'elle est arrivée avec une bonne demi-heure de retard au restaurant en me disant qu'elle avait appelé ici. On a même failli manquer le commencement du film. Bon, si t'as fini ton enquête, je pourrais peut-être finir de me préparer en paix pour la nuit.

Sur ces mots, elle tourna les talons et alla se réfugier dans la salle de bain pour se laver et mettre sa robe de nuit et échapper en même temps à cette discussion. Quand elle entra dans la chambre quelques minutes plus tard, son mari était déjà au lit, mais il avait encore les yeux ouverts.

— Est-ce que les enfants ont fait tous leurs devoirs ? lui demanda-t-elle pour éviter qu'il se remette à lui poser des questions sur sa soirée.

— Oui.

— C'est correct. Demain matin, je les vérifierai.

— Ce sera pas nécessaire, je l'ai déjà fait.

Elle s'étendit sur le côté, dos à son mari, et attendit avec impatience qu'il arrête de bouger et se mette à respirer régulièrement. Alors, elle revécut la soirée qu'elle venait de connaître avec Ben sans éprouver le moindre remords. Ça, c'était la vraie vie : beaucoup de luxe et surtout un homme passionné prêt à décrocher la lune pour vous faire plaisir. Elle s'endormit, le sourire aux lèvres, en songeant à leur prochaine rencontre.

Chapitre 20

Les décisions

Chez Félicien Bélanger, cette troisième semaine d'avril parut passablement longue. Le retraité dut s'astreindre à laver le plafond et les murs de chacune des pièces de l'appartement pendant que sa femme se chargeait des fenêtres et des garde-robes.

— Voyons donc, bonyeu ! jurait-il chaque jour. Comme si tout le monde était pour venir fourrer son nez dans nos garde-robes ! T'es pas obligée pantoute de tout placer comme ça.

— J'aime ça quand c'est propre, répétait une Amélie têtue.

Dans un sens, cet entêtement de sa femme rassurait encore un peu plus l'ancien facteur sur son état de santé. Il l'avait toujours connue entichée de propreté et portée sur le ménage. Par contre, il lui avait fallu admettre que son caractère était en train de changer. À deux ou trois reprises cette semaine-là, Amélie, habituellement si calme, s'était mise en colère parce qu'elle ne se rappelait pas à quel endroit elle avait rangé un objet.

— Torrieu, c'est pas la fin du monde ! s'était-il écrié, exaspéré. L'appartement est grand comme ma main, on va ben finir par le retrouver.

Puis, le vendredi après-midi, au moment où il croyait en avoir fini avec le ménage, il eut la surprise d'entendre sa femme lui déclarer :

— À cette heure que les plafonds et les murs sont propres, tu vas pouvoir peinturer.

— Comment ça, peinturer ? répliqua celui qui croyait bien que sa femme avait oublié cette tâche. Il en est pas question, Amélie Corbeil ! se révolta-t-il. Là, ça va faire. Le ménage est fait pour cette année et je touche plus à rien.

Il y eut une scène assez pénible entre les deux époux et, finalement, Félicien céda pour la cuisine dont la peinture avait bien besoin d'être rafraîchie.

Quelques minutes plus tard, le vieux couple quitta l'appartement. Félicien laissa sa femme à l'épicerie Drouin.

— Fais livrer la commande à la maison, lui ordonna-t-il. Je vais aller chercher la peinture chez Mayer. Dans dix minutes, je vais être revenu.

— Ce sera pas un drame si t'es pas revenu quand j'aurai fini, lui dit-elle, agacée. Je suis encore capable de revenir toute seule à la maison.

Félicien ne dit rien, mais il ne s'empressa pas moins de se rendre coin Gilford et Garnier à la quincaillerie Mayer pour y acheter l'émail dont il avait besoin pour peindre la cuisine. Depuis qu'Amélie avait été ramenée à la maison par sa petite-fille Catherine, il ne l'avait jamais plus laissée sortir seule de crainte qu'elle ne retrouve pas l'appartement.

Cet après-midi-là, il n'eut aucun mal à revenir à la petite épicerie de quartier avant que sa femme en ait terminé avec l'achat de la nourriture pour la semaine.

— Je pense que je vais essayer le nouveau magasin Dominion, sur Mont-Royal, la semaine prochaine, dit-elle à son mari une fois dehors.

— T'as toujours fait ta commande chez Drouin, lui rappela son mari, surpris.

— Je le sais, fit Amélie. Mais Lucie m'a dit la semaine passée que tout était pas mal moins cher et qu'on avait plus le choix chez Dominion.

— Ils livrent peut-être pas les commandes à cette place-là, lui fit-il remarquer.

— Lucie m'a dit qu'ils livraient.

Le soir même, Claude s'arrêta quelques minutes chez ses parents à la fin de sa journée de travail. Quand son père lui apprit qu'il allait peindre sa cuisine le lendemain, son fils cadet ne dit rien, mais à son retour à la maison, il téléphona à son frère Jean pour lui apprendre la nouvelle.

— Si t'as rien de prévu, demain avant-midi, qu'est-ce que tu dirais si on allait l'aider ? demanda-t-il à son aîné.

— Demain matin, huit heures, offrit Jean sans la moindre hésitation. Tu connais p'pa, il va vouloir se mettre à peinturer de bonne heure.

Le lendemain matin, les deux frères se présentèrent chez leurs parents à l'heure dite, pour le plus grand plaisir de Félicien.

— À trois, ça va aller pas mal vite, vous allez voir, déclara Claude.

— Et moi, je vais… commença Amélie.

— Et vous, m'man, vous allez vous reposer, l'interrompit Jean. Je sais que vous avez l'habitude d'essuyer les taches de peinture avec de la térébenthine, mais on est trois et on n'a pas besoin de vous. On va être capables de s'arranger entre nous.

Pendant que les trois hommes se chargeaient de la peinture, Amélie se réfugia dans le salon où elle entreprit de poursuivre le tricot qu'elle avait commencé et qu'elle destinait au premier enfant de Lucie.

À midi, la cuisine était repeinte, mais l'odeur d'émail était à la limite du supportable. Après avoir nettoyé les pinceaux et rangé les escabeaux, Claude invita ses parents et son frère à le suivre chez lui.

— Vous venez manger chez nous, déclara-t-il sur un ton péremptoire.

— Mais non, protesta Amélie.

— Discutez pas, m'man, Lucie nous attend. Elle a préparé le dîner pour tout le monde. Elle sait que vous pouvez pas manger dans une odeur pareille. Il faut donner le temps à la peinture de sécher.

Félicien et sa femme ne résistèrent pas davantage, mais Jean trouva un prétexte pour rentrer chez lui.

— Tu m'excuseras auprès de ta femme, dit-il à son frère, mais j'ai promis aux enfants de les emmener au parc La Fontaine cet après-midi.

Lorsqu'il passa devant les vitrines de la biscuiterie, il aperçut sa femme en train de discuter avec une cliente pendant que la jeune vendeuse était occupée à ranger dans le comptoir réfrigéré des pâtisseries que les Richer venaient probablement de livrer.

À la vue de Reine soigneusement coiffée et légèrement maquillée, les doutes qui l'avaient assailli le mardi soir précédent revinrent sournoisement le hanter. Mais il se secoua en se disant que c'était impossible. Sa femme travaillait toute la journée et rentrait épuisée à la maison le soir. De plus, il ne parvenait pas à l'imaginer dans les bras d'un autre homme. Elle n'était pas assez portée sur la chose pour chercher à vivre ce genre d'aventure. Non, il était persuadé que seul l'argent l'intéressait vraiment. Pourtant, cette sortie étrange du mardi soir précédent le chicotait assez pour qu'il soit décidé à ouvrir l'œil. Il avait la vague intuition que Gina Lalonde exerçait une influence de plus en plus mauvaise sur sa femme. Et s'il en avait été besoin, la mauvaise humeur qui n'avait pas quitté Reine depuis qu'elle était sortie avec elle aurait suffi à le convaincre qu'il avait raison.

La semaine suivante, Jean ne manqua pas de travail à la salle des nouvelles. Le mandat du gouvernement tirait à sa fin et les rumeurs selon lesquelles Antonio Barrette s'apprêtait à déclencher des élections générales se faisaient de plus en plus persistantes. Il avait à rédiger sans relâche de courts textes à partir d'informations livrées par le fil de presse. Il adorait cette atmosphère fébrile et attendait avec impatience des développements.

En fait, la nouvelle tomba dès le 27 avril. À la fin de la matinée, le premier ministre en exercice annonça la tenue d'élections générales pour le 22 juin suivant. Aussitôt, les pronostics se mirent à aller bon train dans la salle des nouvelles. Si certains affirmaient que le parti de l'Union nationale était appelé à connaître une défaite cuisante, privé d'un chef aussi charismatique que Maurice Duplessis, d'autres se disaient certains de sa victoire parce qu'Antonio Barrette avait tenu les promesses faites par son prédécesseur, Paul Sauvé. D'une manière ou d'une autre, le débat politique s'annonçait intéressant.

Ce soir-là, Jean était occupé à appliquer une cire protectrice sur sa Plymouth stationnée dans la rue Brébeuf quand son père s'arrêta près de lui.

— Vous avez entendu la nouvelle ? lui demanda Jean sans préciser de quoi il parlait.

— C'est sûr, ils parlent juste de ça depuis la fin de l'avant-midi à la radio.

— Vous avez remarqué que Barrette annonce des élections un mercredi, comme le faisait Duplessis. Mais il a pas dit qu'il avait choisi cette journée-là en l'honneur de saint Joseph, comme le faisait Maurice.

— J'avais pas remarqué, reconnut Félicien. Toi, t'as pas assez de ta journée d'ouvrage, on dirait.

— C'est la première fois que j'ai un char qui a de l'allure, rétorqua Jean. J'ai décidé que ça valait la peine de le cirer. Claude m'a dit qu'il valait mieux faire ça quand il y a pas trop de soleil et qu'il fait pas trop chaud non plus.

— Bon, je te laisse continuer ta *job*. Moi, je profite de ce que ta mère a décidé de se coucher une heure pour aller faire une marche dans le parc.

— C'est nouveau, ça, que m'man fasse une sieste après le souper, s'étonna Jean.

— Qu'est-ce que tu veux? Ta mère vieillit comme tout le monde, lui fit remarquer son père. En plus, le ménage l'a pas mal fatiguée.

Il était évident que pour un homme qui avait passé sa vie à marcher du matin au soir pour livrer le courrier, la marche lui manquait. Il aurait bien aimé entraîner Amélie dans de longues promenades dans les rues du quartier, au parc Laurier ou au parc La Fontaine, mais sa femme n'aimait pas beaucoup l'exercice.

Pour sa part, Jean astiqua son automobile jusqu'au coucher du soleil. Quand il monta à l'appartement, ses fils s'apprêtaient à se mettre au lit et Catherine était dans sa chambre, probablement en train de lire.

— J'ai fini d'astiquer la voiture, annonça-t-il à sa femme en se dirigeant vers l'évier pour se laver les mains.

— « Astiquer la voiture », répéta Reine sur un ton sarcastique. T'es pas obligé d'essayer de m'en montrer en parlant avec des beaux termes. On le sait que t'as fait ton cours classique, ajouta-t-elle sur un ton acide.

— OK, répliqua-t-il sèchement. J'ai fini de frotter le char. T'es contente, là ?

Il ne s'était jamais vraiment habitué à utiliser un double langage. Au travail, par la force des choses, il soignait la langue qu'il parlait. À la maison et lors des rencontres familiales, il se devait d'adopter un vocabulaire que chacun comprenait, sous peine de se faire regarder de travers.

Trois jours plus tard, Félicien, occupé à ranger le hangar depuis près d'une heure, fut hélé par sa femme. Il faisait beau et chaud en cette dernière journée du mois d'avril, alors il avait décidé de se débarrasser de cette corvée avant l'arrivée des grandes chaleurs.

— C'est Lucie qui est au téléphone, lui apprit Amélie, debout derrière la porte moustiquaire. Elle a un problème avec le robinet de la cuisine et Claude est pas là.

Félicien sortit du hangar et rentra dans l'appartement. Il prit le téléphone, écouta un instant les explications de sa bru et lui promit d'aller tout de suite chez elle.

— J'en ai pas pour longtemps, promit-il à sa femme en prenant son coffre à outils. Je vais passer par la ruelle, ça va aller plus vite.

Il descendit l'escalier et se dirigea vers la rue De La Roche où demeurait le jeune couple. Lucie vint lui ouvrir dès qu'il eut sonné.

— Viens me montrer ça, lui dit-il dès son arrivée sur le palier. Il manquerait plus que t'inondes ton propriétaire.

La petite femme blonde semblait mal à l'aise et le précéda dans la cuisine.

— Il y a pas de dégât d'eau, monsieur Bélanger, lui avoua-t-elle. Je vous ai téléphoné parce que j'avais besoin de vous parler sans que votre femme m'entende.

— Il y a pas de tuyau qui coule ? s'étonna son beau-père, qui ne comprenait pas très bien ce qui arrivait.

— Non, je voulais juste vous parler de votre femme.

— Qu'est-ce qu'elle a, ma femme ? lui demanda-t-il, intrigué.

— Assoyez-vous, monsieur Bélanger. Je vous ai préparé une tasse de café, lui dit-elle en plaçant une tasse sur la table de la cuisine.

Félicien déposa son coffre à outils par terre et s'assit.

— Qu'est-ce qu'il y a ? demanda-t-il à sa bru.

— Ça devrait être moi qui vous pose cette question-là, beau-père, répondit-elle. Votre femme m'a appelée trois fois en une heure avant-hier. Les trois fois, elle avait l'air perdue et semblait ne pas se rappeler qu'elle venait juste de me téléphoner. Qu'est-ce qu'elle a ?

— Je le sais pas trop, admit Félicien, la gorge serrée.

— Votre femme m'a téléphoné encore deux fois hier après-midi pour me répéter les mêmes affaires. Elle m'inquiète.

— En as-tu parlé à Claude ? lui demanda son beau-père.

— Non, pas encore. J'aimais mieux vous en parler d'abord.

Alors, Félicien ne put faire autrement que de lui raconter tout ce qu'il avait vécu depuis les trois dernières semaines, depuis le jour de la disparition de la marmelade.

— Mon Dieu ! s'exclama Lucie, vraiment peinée. Ça ressemble à ce qu'un voisin de mon père a eu. Qu'est-ce que vous allez faire ?

— Je pense que j'aurai pas le choix. Il va falloir que je la traîne de force chez le docteur, avoua-t-il. Je me demande depuis deux semaines comment je vais y arriver.

Le silence tomba dans la cuisine. Au bout d'un moment, Lucie reprit la parole.

— Écoutez, monsieur Bélanger. J'ai un rendez-vous avec mon docteur lundi prochain. Je pourrais peut-être demander à votre femme de m'accompagner. Une fois rendue là, le docteur pourrait l'examiner. Qu'est-ce que vous en pensez ?

— Tu me soulagerais ben gros si t'arrivais à faire ça, reconnut le retraité.

— On va faire mieux que ça, monsieur Bélanger. Je vais m'entendre avec Claude pour qu'il nous amène et je vais demander ça à votre femme comme un service parce que la visite chez le docteur me fait peur.

— C'est une bonne idée.

Quelques minutes plus tard, Félicien rentra chez lui et apprit à sa femme que tout était rentré dans l'ordre. Pendant qu'elle préparait le dîner, il alla terminer le ménage du hangar.

Ce soir-là, Lucie et Claude allèrent sonner chez Jean sans s'être annoncés un peu avant neuf heures pour éviter d'être entendus par les enfants. Jean leur ouvrit et s'étonna de cette visite tardive. Pour sa part, Reine, assise devant le téléviseur, ne put s'empêcher d'esquisser un geste de mauvaise humeur en reconnaissant la voix des visiteurs dans l'entrée. Elle ne s'en leva pas moins pour aller les accueillir.

— Vous faites vos visites tard, tous les deux, leur dit-elle, le visage fermé.

— On sera pas longtemps, rétorqua Claude pour la rassurer. On arrive de chez Lorraine et on est venus vous apprendre une nouvelle qui est pas trop bonne.

— Vous allez commencer par passer dans la cuisine et vous asseoir, intervint Jean, plus hospitalier que sa femme. Venez boire un café.

Il fit passer son frère et sa belle-sœur devant lui et adressa un regard lourd de reproches à sa femme. Cette dernière servit une tasse de café aux visiteurs sans manifester grand entrain pendant que Lucie expliquait les manifestations de la maladie dont semblait souffrir Amélie.

— Ça, c'est ce que p'pa lui a raconté à matin, conclut Claude.

— Là, il faut trouver un moyen de l'amener chez le docteur, poursuivit Lucie.

— Elle doit bien se rendre compte qu'elle est pas correcte, intervint Reine pour la première fois.

— C'est pas certain, répondit sa belle-sœur.

— En tout cas, Lorraine est tout à l'envers. Elle comprend pas ce qui arrive à m'man, fit Claude.

— Nous autres non plus, prit soin d'ajouter Lucie.

— On va attendre ce que le docteur va diagnostiquer, dit Jean, tout aussi bouleversé que son frère et sa belle-sœur. J'ai l'impression que si c'est grave, mon père va avoir besoin de l'aide de tout le monde. Est-ce que je peux faire quelque chose pour aider tout de suite ? demanda-t-il à Claude et Lucie.

— Je vois pas, répondit sa belle-sœur. On va le savoir lundi si j'arrive à la décider à m'accompagner chez le docteur. En attendant, il reste juste à prier pour que ce soit pas trop grave.

Après le départ de Claude et de Lucie, Reine se contenta de laisser tomber d'une voix acide :

— En tout cas, on peut au moins dire que notre fille est une belle hypocrite.

— Pourquoi tu dis ça ?

— Il y a pas de danger qu'elle nous aurait dit qu'elle avait reconduit ta mère chez vous parce qu'elle était perdue.

— Elle avait promis à mon père de rien dire pour pas inquiéter personne, d'après Lucie.

— Ça fait rien. On est ses parents. Elle aurait dû nous le dire.

En fin de matinée, le lendemain, Benjamin Taylor s'arrêta à la biscuiterie durant quelques minutes. Reine eut toutes les peines du monde à dissimuler son envie de se précipiter dans ses bras lorsqu'elle le vit descendre de sa voiture devant le magasin. Il portait un costume bleu marine et une chemise d'un blanc éblouissant.

Avec l'arrivée du mois de mai, il y avait dans l'air quelque chose qui donnait le goût de chanter et de vivre. Les quelques arbres que la jeune femme pouvait voir de derrière son comptoir portaient maintenant toutes leurs feuilles.

Dès qu'elle aperçut le visiteur, Claire trouva une excuse pour s'éclipser dans l'arrière-boutique. Cette réaction spontanée de la jeune fille inquiéta tout de même un peu sa patronne qui se rendait compte que la jeune fille soupçonnait l'existence de quelque chose entre elle et Ben.

— J'arrête juste une minute, la prévint Benjamin. J'ai un train à prendre pour Toronto.

— Dis-moi pas que tu pars encore pour deux ou trois semaines, ne put-elle s'empêcher de lui dire.

— Non, juste trois ou quatre jours. Je reviens au milieu de la semaine prochaine. Tu me manques, ajouta-t-il, un ton plus bas.

— À moi aussi, reconnut-elle pour la première fois.

— Penses-tu que tu pourrais te libérer jeudi après-midi prochain ? Je tiens absolument à te montrer la maison.

— Ce sera pas facile, dit-elle d'une voix hésitante.

— C'est tout de même important que tu la voies, insista-t-il simplement en s'emparant subrepticement de l'une de ses mains.

— C'est correct, accepta-t-elle, émue par ce simple contact sur sa peau.

— Je passe te prendre vers une heure à la même place que d'habitude ?

— C'est d'accord.

Après lui avoir caressé légèrement la main, il s'éclipsa. Quelques instants plus tard, Claire réapparut dans le magasin.

Le dimanche après-midi, Jean et les siens quittèrent l'appartement dès que la vaisselle du dîner fut lavée et rangée.

— Rappelle-toi qu'on n'est pas censés rester plus qu'une heure chez ton père, dit Reine à son mari.

Elle tenait à se conformer à ce qui avait été entendu par téléphone la veille avec Lorraine et Claude. On avait décidé de ne demeurer qu'une heure ou deux chez les grands-parents pour ne pas fatiguer Amélie.

— Je sais que ça doit te faire bien mal au cœur de pas pouvoir rester plus longtemps, rétorqua Jean, qui sentait à quel point sa femme était indifférente à l'état de santé de sa mère.

Alors que le couple sortait de l'édifice, une Oldsmobile bleue vint se ranger le long du trottoir, presque devant leur porte.

— V'là Estelle et Charles qui arrivent, dit Reine à son mari. J'espère qu'ils s'en venaient pas chez nous.

— Ça me surprendrait, fit Jean, sans préciser que les talents d'hôtesse de sa femme étaient bien connus par sa sœur. Mais on se sauvera pas en sauvages. On va au moins leur dire bonjour, ajouta-t-il en la retenant alors qu'elle s'apprêtait à poursuivre son chemin.

Reine eut une réaction d'agacement, mais ne s'en arrêta pas moins en collant un sourire de bienvenue sur son visage. Le premier à descendre de voiture fut Thomas, le fils unique du couple.

L'adolescent de treize ans avait le front couvert de boutons d'acné et arborait un air morose assez déplaisant. Il aperçut ses cousins, mais ne fit pas un geste pour se porter à leur rencontre.

Sa mère, vêtue d'un chic tailleur gris perle et coiffée d'un large chapeau à la dernière mode, descendit à son tour et vit sa sœur et son beau-frère plantés sur le trottoir, devant l'une des vitrines de la biscuiterie. Elle comprit qu'ils les attendaient. Son mari vint la rejoindre et le couple s'approcha d'eux.

Catherine et ses deux frères revinrent sur leurs pas pour saluer leur tante et leur oncle.

— On dirait que les gens de la Rive-Sud se dévergondent aujourd'hui, plaisanta Jean en serrant la main du dentiste.

— Estelle tenait à venir voir comment allait sa mère, expliqua Charles Caron.

— C'est dommage qu'on soit obligés de partir pour aller chez les parents de Jean qui nous attendent, mentit Reine en prenant un air désolé. Vous auriez pu venir passer l'après-midi avec nous autres.

— On se reprendra une autre fois, fit sa sœur. J'ai pas l'intention de rester bien longtemps. On est attendus chez des amis. Charles et Thomas vont monter juste pour lui dire bonjour. Ils veulent aller se promener dans le parc pendant que je serai chez maman.

— Je vais vous débarrer la porte, offrit Jean en s'avançant pour déverrouiller la porte d'entrée.

Les deux couples se séparèrent en promettant de se revoir bientôt sans faute.

— Maudit qu'il a l'air bête, cet enfant-là ! s'exclama Reine à mi-voix en parlant de son jeune neveu dès que les Caron eurent disparu à l'intérieur. C'est vrai que quand on est laid comme un pou, ça aide pas à avoir un bel air, poursuivit-elle avec méchanceté.

— Il est dans l'âge ingrat, il va changer, lui fit remarquer Jean.

— Je suis pas sûre de ça pantoute, répliqua-t-elle. Pour moi, c'en est un autre à qui le cours classique fait pas, ajouta-t-elle en visant délibérément son mari.

— Pas plus qu'une septième année obtenue par la peau des fesses réussit à certains, répliqua Jean du tac au tac.

Reine piqua un fard et ne trouva rien à répondre.

Cet après-midi-là, les Bélanger permirent à leurs enfants d'aller jouer au parc après être venus saluer leurs grands-parents. À leur arrivée à l'appartement de la rue Brébeuf, ils retrouvèrent Claude, Lucie, Lorraine, Marcel et leur fille entassés dans le salon en compagnie d'Amélie et de Félicien.

— Vous reviendrez directement à la maison, prit la peine de préciser Reine à ses enfants au moment où ils partaient pour le parc avec leur cousine Murielle. On sera pas longtemps chez votre grand-père.

Quelques minutes après le départ des jeunes, Félicien suggéra à ses invités de s'asseoir sur la galerie pour profiter du beau temps. Peu après que tous furent installés, Amélie déclara à la cantonade :

— Je pense que je suis en train de faire du monde avec mon vieux. Vous devinerez jamais. À cette heure, il vient à la récitation du chapelet chaque soir, à l'église. Je pense que c'est la première fois qu'il fait ça au mois… au mois de mai.

— C'est ça ou le réciter avec le cardinal au radio, laissa tomber Félicien. Je trouve que le prie-Dieu à l'église fait moins mal aux genoux que le plancher de cuisine.

— Je pense qu'il vient surtout pour le plaisir de la marche, conclut sa femme avec un fin sourire.

Durant quelques minutes, la conversation dériva sur le travail de chacun, puis Lucie sauta sur l'occasion recherchée quand sa belle-mère lui demanda si sa grossesse se passait bien. On fut alors à même de constater à quel point la future maman pouvait se montrer persuasive.

— Je dois aller chez le docteur Legendre demain après-midi et, je sais pas pourquoi, mais ça me fait toujours peur d'aller le voir.

— Tu devrais peut-être demander à ta mère d'y aller avec toi, suggéra Amélie.

— J'aime autant pas, madame Bélanger. Ma mère est fine, mais des fois elle m'énerve.

— Pourquoi Claude y va pas ?

— Lui ? Il est pire que ma mère. Quand il est venu avec moi chez le docteur la dernière fois, c'était comme si on allait lui arracher une dent.

— Claude, tu devrais avoir honte ! s'écria sa mère, l'air sévère.

— Elle exagère, m'man, se défendit maladroitement son fils cadet. Le problème, c'est que j'aime pas pantoute perdre une demi-journée d'ouvrage pour y aller avec elle.

— Est-ce que ça vous dérangerait bien gros de venir avec moi, madame Bélanger ? Ça devrait pas être bien long et ça me rassurerait de vous savoir avec moi.

— Écoute, je voudrais pas que ta mère pense que je me mêle de ce qui me regarde pas, répondit Amélie, un peu mal à l'aise.

— Elle le saura même pas, madame Bélanger, insista sa bru. Puis, même si elle le savait, ça lui ferait rien. Elle a jamais aimé aller chez le docteur, elle non plus.

— Si c'est comme ça, ça va me faire plaisir d'y aller avec toi, accepta Amélie.

— Merci, madame Bélanger. Vous me soulagez pas mal, mentit Lucie.

Quelques minutes plus tard, Reine signifia discrètement à son mari qu'il était temps de rentrer. Ils prirent congé de leurs hôtes et revinrent à la maison sans se presser.

— Si j'étais à la place de ton frère, je me poserais des questions sur ma femme, déclara Reine.

— Des questions sur quoi ?

— Je sais pas, moi, mais ça a l'air facile pour elle de raconter des menteries, ajouta-t-elle, fielleuse.

— Elle est peut-être pas toute seule à être capable de mentir, répliqua-t-il.

— Qu'est-ce que tu veux dire par là ? s'inquiéta-t-elle, soudain alarmée par cette allusion.

— Rien.

Ils marchèrent l'un à côté de l'autre sans rien dire durant un bref moment.

— On revient pas mal vite à la maison, lui fit observer Jean au moment où ils arrivaient au coin de Brébeuf. T'aurais l'air fine si tu tombais sur ta sœur. Tu serais bien obligée de l'inviter à venir boire un café, ajouta-t-il, sarcastique.

— Elle a dit que des amis les attendaient.

Au moment où ils tournaient le coin, deux adolescents montés sur des bicyclettes passèrent en trombe devant eux, lancés dans une course folle sur le trottoir. Jean allait faire remarquer à sa femme que l'Oldsmobile des Caron était encore stationnée devant l'immeuble quand ils virent

Estelle, debout au milieu du trottoir, faire un saut de carpe pour éviter d'être frappée par les cyclistes qui arrivaient en trombe sur elle.

La grande femme élégante atterrit mal sur ses talons hauts et ne vit pas l'obstacle à sa gauche. Elle heurta de plein fouet le poteau et se retrouva les quatre fers en l'air, assise à plat sur le trottoir, l'air passablement étourdi.

Jean se dirigeait vers sa belle-sœur en même temps que cette dernière jetait des regards éperdus autour d'elle pour s'assurer qu'elle n'avait pas été vue. Un vieil homme fut plus rapide que Jean et vint aider Estelle Caron à se relever.

— Vous êtes-vous fait mal, ma petite dame ? lui demanda l'homme, apparemment un peu inquiet.

— Non, ça va aller, monsieur. Merci beaucoup, répondit-elle alors que son orgueil en avait pris un coup.

L'inconnu se remit en marche et Reine vint rejoindre Jean, près de sa sœur.

— Les maudits innocents ! jura Estelle, ayant perdu dans sa chute son petit accent pointu un peu snob.

— T'es-tu fait mal ? lui demanda sa jeune sœur, qui n'avait pas l'air trop inquiète.

— Non, non, ça va, répondit la femme du dentiste en s'époussetant et en tentant d'évaluer les dommages qu'avait subis sa toilette. Ma jupe est toute sale et j'ai fait des mailles dans mes bas de nylon ! Tu parles de deux beaux imbéciles, ajouta-t-elle, furieuse. Là, je vais être obligée de revenir à Saint-Lambert pour me changer avant d'aller chez nos amis.

Au même moment, Charles Caron traversa la rue Mont-Royal en compagnie de son fils. Estelle s'empressa de lui raconter sa mésaventure.

— Si t'avais été là quand je suis sortie, ce serait pas arrivé cette affaire-là, le blâma-t-elle.

Le dentiste ne dit rien. Il se contenta de déverrouiller les portières de sa voiture et de saluer Reine et Jean avant de s'installer derrière le volant.

— C'est ce qui arrive quand on marche le nez en l'air, se borna à dire Reine en cachant mal sa joie mauvaise dès que l'Oldsmobile eut décollé du trottoir.

Un peu après midi et demi le lendemain, Claude sonna à la porte de l'appartement de ses parents. Son père vint lui ouvrir.

— Barnak ! ça tombe comme des clous, leur annonça le couvreur.

En fait, la petite pluie printanière qui tombait depuis les premières heures de la matinée s'était transformée en une violente averse depuis quelques minutes. La pluie tambourinait sur les toits des véhicules stationnés le long du trottoir. En ce début de lundi après-midi, les piétons semblaient avoir déserté les trottoirs.

— Tu penses pas que t'aurais l'air plus intelligent si tu mettais un imperméable ? le gronda Amélie en saisissant son parapluie, déjà prête à partir.

— Je fondrai pas comme du chocolat, m'man, se défendit le couvreur.

— À part ça, qu'est-ce que tu fais ici ? T'es pas supposé travailler, toi ? reprit-elle.

— Pas avec une pluie comme ça, m'man. Je vais aller vous conduire chez le docteur avec Lucie.

— Si t'es là, ta femme a pas besoin de moi, répliqua sa mère avec une logique certaine.

— Je peux pas entrer dans le bureau du docteur. Je dois retourner sur le chantier au cas où mon *foreman* aurait décidé de nous faire travailler quand même, mentit maladroitement son fils cadet. Venez, m'man, Lucie nous attend dans le char et j'ai pas grand temps pour aller vous conduire.

Claude descendit l'escalier extérieur en compagnie de sa mère et ils s'engouffrèrent tous les deux dans la Chevrolet. Quelques minutes plus tard, il déposa les deux femmes devant le bureau du docteur Edmond Legendre, rue Sherbrooke, près de la rue Papineau.

— Si j'ai une chance, je vais revenir vous chercher, promit-il. Si je suis pas là quand vous en aurez fini, vous aurez juste à prendre un taxi pour rentrer.

Les deux femmes descendirent de voiture, ouvrirent précipitamment leurs parapluies et se dirigèrent rapidement vers la porte de l'immeuble. La secrétaire du médecin les accueillit et apprit à Lucie qu'elle serait la première cliente à être vue par le médecin dès qu'il serait revenu de son dîner.

En ce début d'après-midi, la salle d'attente était vide. Amélie et sa bru venaient à peine de retirer leur imperméable qu'un homme dans la cinquantaine au visage couperosé entra dans le bureau, salua la secrétaire et disparut dans la pièce voisine.

— On est chanceuses, on n'aura pas à attendre. Le docteur vient d'arriver, dit Lucie.

Moins de cinq minutes plus tard, la secrétaire du médecin signifia à la jeune femme que le docteur l'attendait.

— Ça devrait pas être long, madame Bélanger, fit la future maman avant de disparaître dans le bureau du médecin.

Edmond Legendre était un médecin compétent qui savait se montrer humain avec ses patients. Il connaissait bien Lucie puisqu'il avait mis au monde tous les enfants de la famille Paquette. Il examina rapidement la jeune femme de vingt-cinq ans et la rassura en lui disant que tout allait bien. Alors, Lucie lui apprit pourquoi elle s'était fait accompagner par sa belle-mère et à quel point toute la famille de son mari était désemparée parce qu'elle ignorait comment s'y prendre pour la faire examiner par un médecin.

Le docteur garda le silence un bref moment avant de se lever et d'aller ouvrir la porte de son bureau.

— Madame, voulez-vous passer dans mon bureau ? demanda-t-il à Amélie, surprise qu'il s'adresse à elle.

La belle-mère de Lucie se leva et entra dans la pièce. Edmond Legendre referma derrière elle.

— Bonjour madame… ?

— Bélanger, fit Amélie en jetant un coup d'œil interrogateur à sa bru assise devant le bureau.

— Venez vous asseoir un instant, madame Bélanger, l'invita le médecin en lui présentant le siège voisin de celui occupé par Lucie. Votre bru vient de me dire que vous étiez une femme bien serviable, ajouta-t-il en s'assoyant à son tour. Je me demandais si vous accepteriez de me rendre un petit service…

— Si je peux, dit Amélie un peu étonnée, ça me fera plaisir.

— Je mène présentement une étude sur les personnes de soixante ans et plus. Lucie m'a dit que vous veniez d'avoir soixante ans. Est-ce que ça vous dérangerait de répondre à quelques-unes de mes questions ?

— Non.

— Vous êtes vraiment très gentille, dit le médecin avec un large sourire dans le but de la mettre en confiance.

Il tira à lui un bloc-notes et prit un crayon.

— Prenez-vous des médicaments ?

— Aucun.

— C'est merveilleux. Combien avez-vous d'enfants ?

— Trois.

— Voulez-vous me donner leur nom et leur âge ?

— Ma plus vieille, Lorraine, a trente-cinq ans, Jean a trente-quatre ans…

Le médecin attendit un instant, mais la suite ne vint pas.

— Avez-vous des petits-enfants ?

— Oui, quatre.

— Comment s'appellent-ils ?

— Il y a Catherine, Murielle… Là, c'est bête, j'ai un blanc de mémoire, s'excusa Amélie, un peu confuse.

— C'est pas grave, la rassura le docteur Legendre. Quel souvenir avez-vous gardé du matin de vos noces ?

— Est-ce que c'est important ? demanda Amélie, intriguée.

— Pour mon étude, oui, madame.

Amélie se lança dans le récit de la journée de ses noces et fit preuve d'une très grande précision dans les détails de cette journée.

— Enfin, une dernière question, madame Bélanger, fit le praticien toujours souriant. Qu'avez-vous fait exactement depuis que vous êtes debout ce matin ?

La belle-mère de Lucie le regarda un long moment, comme si elle ne comprenait pas le sens de sa question. Puis elle chercha ouvertement dans sa mémoire durant un long moment.

— Savez-vous, ça me gêne pas mal de vous le dire, mais je m'en souviens pas, admit-elle.

— En passant, madame Bélanger, et là, j'aimerais que vous soyez bien franche avec moi, faites-vous des listes de ce que vous devez faire parce que vous avez peur d'oublier quelque chose ?

— Mais…

— Oui ou non, madame ?

— Oui, ça m'arrive, reconnut Amélie, gênée de l'admettre.

— Est-ce que ça vous arrive d'avoir l'impression de plus savoir trop trop où vous êtes ?

— Non, déclara sèchement Amélie.

— Bon, j'irai pas par quatre chemins, madame Bélanger, on se cachera rien. Je pense que vous vous rendez compte que votre mémoire vous joue des tours de plus en plus souvent, pas vrai ?

— Ça arrive, dit-elle d'une toute petite voix.

— Ces pertes de mémoire, il y a peut-être un moyen de les contrôler un peu, mais ça, il y a juste un neurologue qui va vous le dire après vous avoir examinée.

Elle se contenta de hocher la tête.

— Le docteur Brisson est un excellent neurologue et un ami, poursuivit Edmond Legendre. Son bureau est sur le boulevard Saint-Joseph, près de Saint-Denis. Je vous encourage fortement à aller le consulter le plus tôt possible.

— Un neurologue ?

— Oui, un spécialiste du cerveau.

— Merci, docteur, fit Amélie en se levant, le visage soudainement fermé.

— Toi, Lucie, je veux te revoir à la fin du mois d'août, reprit le médecin en feignant d'ignorer la réaction hostile de sa belle-mère. Prends un rendez-vous avec ma secrétaire en sortant. S'il y a la moindre chose anormale qui se passe, tu reviens me voir.

Les deux femmes le remercièrent et quittèrent la pièce. Pendant qu'Amélie allait décrocher les imperméables suspendus à la patère de l'entrée, Lucie prit son prochain rendez-vous. Elles sortirent de l'édifice, le parapluie à la main, prêtes à l'ouvrir en cas de besoin. Ce ne fut pas nécessaire. La pluie s'était transformée en une petite bruine.

— Veux-tu bien me dire quelle sorte de docteur t'as choisi là ? demanda Amélie, furieuse.

— C'est le docteur de notre famille, madame Bélanger, répondit l'épouse de Claude, qui avait perçu la colère de sa belle-mère dès que le médecin avait parlé d'un neurologue.

— Pour moi, il est pas normal, ce docteur-là, déclara abruptement Amélie. Il me prend pour une folle, je crois bien.

— Pourquoi vous dites ça ?

— Il veut m'envoyer voir un docteur qui joue dans la tête du monde… Je te le dis, il me prend pour une folle juste bonne à enfermer.

— Mais non, belle-mère, tenta de l'apaiser sa bru. Il veut pas que vous alliez voir un psychiatre. Il vous conseille de consulter un neurologue pour votre mémoire. Pas plus.

— Il en est pas question ! J'irai pas dépenser le peu d'argent qu'on a pour me faire dire que j'ai moins de mémoire qu'avant. C'est normal d'avoir moins de mémoire en vieillissant.

Là-dessus, la Chevrolet de Claude s'arrêta le long du trottoir et les deux femmes montèrent à bord.

— À ce que je vois, tu travailles pas cet après-midi, se contenta de dire sa mère quand il se fut glissé à nouveau dans la circulation.

— D'après mon *boss*, c'est trop dangereux de monter sur le toit avec la pluie qui est tombée, expliqua Claude en jetant un coup d'œil à sa jeune femme pour tenter de deviner ce qui s'était produit chez le médecin.

Il laissa passer un bon moment avant de se décider à interroger Lucie, sans préciser s'il parlait de son état ou de celui de sa mère :

— Puis ? Qu'est-ce que le docteur a dit ?

— Tout est correct. Il veut me revoir à la fin du mois d'août, se contenta-t-elle de lui répondre.

Il aurait bien voulu qu'elle lui en dise plus, mais il en fut pour ses frais. Lucie garda un visage impénétrable, et il n'osa pas interroger sa mère de crainte qu'elle ne soupçonne un complot pour l'entraîner chez le docteur Legendre.

Quand la voiture s'arrêta rue Brébeuf devant la maison où habitaient les Bélanger, Lucie remercia chaleureusement sa belle-mère de l'avoir accompagnée chez le médecin.

— Tu montes pas boire quelque chose ? demanda Amélie à sa bru.

— Vous êtes bien gentille, madame Bélanger, mais je me sens un peu fatiguée. Je pense que je vais aller m'étendre une heure.

Claude descendit de voiture pour raccompagner sa mère jusqu'à sa porte, au premier étage.

Dès qu'elle eut refermé la porte d'entrée derrière elle, Amélie, les lèvres pincées, retira son imperméable et rangea son parapluie avant de se diriger vers la cuisine où son mari somnolait dans sa chaise berçante.

— Je suis revenue, dit-elle assez fort pour le réveiller.

Le retraité sursauta et chaussa ses lunettes qu'il avait déposées sur l'appui-fenêtre.

— Dis donc, Félicien Bélanger, est-ce que vous me prenez pour une folle, tous autant que vous êtes ? lui demanda-t-elle en se campant devant lui.

— Pourquoi tu me dis ça ?

— Penses-tu que j'ai perdu la tête au point de pas me rendre compte que vous vous êtes organisés pour me faire voir un docteur sans que je m'en doute ?

— Voyons donc ! protesta-t-il faiblement, pris au dépourvu par la colère de sa femme.

— Je vois clair dans ton jeu, Félicien Bélanger. Tu t'es arrangé avec Lucie derrière mon dos, comme si j'étais retombée en enfance. C'est ça, hein ?

— Bon, là, tu vas te calmer les nerfs, t'asseoir et m'écouter, fit son mari d'une voix tranchante en quittant sa chaise berçante.

Momentanément vaincue et au bord des larmes, Amélie se laissa tomber sur une chaise, au bout de la table. Félicien alla faire bouillir de l'eau.

— Je vais te faire une tasse de thé, lui annonça-t-il. Écoute-moi et essaye de comprendre, ajouta-t-il après un court silence. Depuis un mois, tu m'inquiètes, comprends-tu ça ? C'est ben beau tes listes, mais là, quand je t'ai vue te perdre en revenant de l'église…

— C'est jamais arrivé, cette affaire-là ! protesta-t-elle avec force.

— Oui, ça t'est arrivé et c'est Catherine qui a dû te ramener à la maison parce que tu trouvais plus ton chemin, la corrigea-t-il sans chercher à la ménager. Tu lui demanderas pour voir. Pourquoi tu penses que je vais tous les soirs réciter le chapelet à l'église avec toi ?

— Viens pas me dire que c'est pour ça !

— Ben oui. J'en ai pas parlé aux enfants, tu comprends. Mais quand Lucie s'est mise à s'inquiéter parce que tu lui téléphonais jusqu'à trois fois dans la même journée pour lui répéter la même chose, il a bien fallu se décider à faire quelque chose.

— T'aurais pu m'en parler !

— Qu'est-ce que ça aurait donné ? T'aurais jamais voulu aller chez le docteur. C'est pour ça que Lucie a dû faire semblant d'avoir besoin de toi.

Amélie se mit à pleurer doucement et son mari, désarmé devant son chagrin, demeura debout à ses côtés, incapable de trouver les paroles propres à la rassurer.

— Mais qu'est-ce qui va m'arriver ? finit par lui demander sa femme.

— Qu'est-ce que le docteur de Lucie t'a dit ?

— Il veut que j'aille voir un spécialiste.

— On va y aller ensemble, déclara Félicien sur un ton décidé. S'il y a quelque chose à faire, tu serais bien bête de rester les bras croisés à attendre.

Il lui servit une tasse de thé et le silence retomba dans la cuisine. Quelques minutes plus tard, il invita sa femme à aller faire une sieste et s'empressa de téléphoner à sa bru dès que la porte de la chambre à coucher se fut refermée. Quand cette dernière lui eut raconté comment s'était déroulée la consultation et expliqué la recommandation du médecin, Félicien la remercia pour son dévouement.

Dès qu'il eut raccroché, il s'empara de l'annuaire téléphonique et trouva le numéro de téléphone du bureau du docteur Émile Brisson. Il obtint un rendez-vous le 17 mai, à dix heures. Il nota l'adresse et remercia la dame qui lui avait répondu.

Quand Amélie se leva un peu avant l'heure du souper, Félicien constata avec stupeur qu'elle avait totalement oublié sa visite chez le médecin.

Le lendemain après-midi, Reine vit avec surprise son amie Gina Lalonde entrer dans la biscuiterie.

— Sacrifice, il y a quelqu'un qui t'a jetée en bas de ton lit, dit-elle à la jeune femme vêtue d'une petite robe jaune au décolleté plutôt provocant.

À la voir, on comprenait facilement pourquoi Jean n'appréciait pas tellement la barmaid du Mocambo. La blonde pulpeuse au visage trop maquillé se déhanchait outrageusement en avançant sur ses talons hauts. De plus, elle tenait une cigarette allumée entre ses doigts, ce qu'une femme convenable ne faisait pas en public.

— Ben non, protesta Gina en déposant son sac à main sur le comptoir. Je travaillais pas hier soir. Quand je me couche pas à trois heures du matin, je suis capable de me lever avant midi, comme tu peux le voir.

— On va monter chez nous et boire un Coke, proposa Reine. Claire, je vais redescendre tout à l'heure, prévint-elle sa vendeuse avant d'entraîner son amie vers la porte.

Les deux femmes montèrent au deuxième étage.

— Il fait beau. On va s'asseoir sur la galerie, en arrière, annonça Reine après avoir versé deux grands verres de cola.

Elle en tendit un à son invitée et lui ouvrit la porte moustiquaire.

— Toi, tu peux te vanter de m'avoir mise dans le trouble, déclara-t-elle en se penchant légèrement au-dessus du garde-fou pour s'assurer que sa mère n'était pas à l'écoute, assise sur sa galerie, à l'étage inférieur.

— Pourquoi tu me dis ça ? s'étonna sa visiteuse.

— Quand t'as téléphoné la semaine passée, j'étais censée être sortie avec toi. Tu t'imagines un peu que mon mari m'attendait avec une brique et un fanal quand je suis rentrée un peu avant minuit.

— Whow ! Est-ce que je comprends bien ? s'exclama Gina, la mine gourmande. Es-tu en train de me dire que t'as donné un grand coup de couteau dans ton contrat de mariage ?

À mi-voix, Reine se mit à raconter à son unique amie l'aventure qu'elle vivait depuis quelques mois avec Benjamin Taylor.

— Jusqu'à la semaine dernière, il s'était rien passé, prit-elle tout de même soin de préciser.

— C'est vrai, ça ? demanda Gina, incrédule.

— Juré, fit Reine.

— Et là, qu'est-ce qui va arriver ?

— Je le sais pas trop, admit Reine. C'est un gars qui a pas mal d'argent et il fait des affaires un peu partout. Il voudrait que j'aille rester avec lui. En tout cas, ça fait une ou deux fois qu'il en parle. Il est même en train de se faire construire une belle maison au nord de la ville.

— Puis ?

— Puis quoi ?

— Vas-tu laisser passer une affaire comme ça sous ton nez sans sauter dessus ?

— T'oublies que j'ai un mari et des enfants, lui rappela Reine, sur un ton beaucoup plus sérieux.

— Ça en fait une affaire, ça ! affirma la blonde en écartant cette objection d'un geste vague de la main. Ton mari a jamais été capable de te gâter et si je me fie à ce que tu me dis, c'est pas demain la veille que ça va arriver.

— Je sais bien, reconnut Reine. Mais les enfants !

— Si tu pars, tes enfants seront pas en danger de mort. Ils sont même assez vieux pour se débrouiller sans leur mère, non ?

— Je sais pas trop ce que je vais faire, admit Reine.

— Si tu décides de le laisser tomber, j'espère que tu vas me le présenter, ton oiseau rare. Tu vas voir que moi, je vais être capable de profiter de tout ce qu'il va vouloir me donner, ajouta la barmaid avec un rire gras.

Quelques minutes plus tard, au moment où son invitée s'apprêtait à prendre congé, Reine lui demanda tout de même d'être son alibi quand le besoin s'en ferait sentir.

— Aie pas peur, ma chouette. Je suis une vraie amie. Je te laisserai pas tomber, lui promit Gina.

Le surlendemain, Reine quitta la biscuiterie peu avant le retour de l'école de ses enfants pour avoir le temps de se coiffer, de se maquiller et de changer de robe. Après avoir revêtu son tablier, elle confectionna des sandwichs au jambon qu'elle disposa dans une grande assiette au centre de la table, à côté d'un plat rempli de biscuits brisés en provenance du magasin. Elle prépara un pot de Kool-Aid à l'orange et en versa un verre à chacun de ses trois enfants.

Par la fenêtre de la cuisine, elle pouvait voir le ciel gris en ce jeudi midi. Il faisait malgré tout chaud et il n'y avait pas la moindre brise pour rafraîchir l'atmosphère. Elle entendit soudain le martèlement des pieds de ses enfants dans les escaliers.

Lorsqu'ils pénétrèrent dans l'appartement, elle les invita à passer à table immédiatement. Elle s'assit en leur compagnie et mangea un sandwich en regrettant que Ben ne l'ait pas invitée à dîner au restaurant cette fois-ci. Dès la dernière bouchée avalée, la cuisine fut rangée.

— Je descends au magasin, dit-elle aux enfants. Traînez pas. Arrangez-vous pas pour arriver en retard à l'école.

Elle quitta l'appartement et vint reprendre sa place derrière le comptoir.

— Est-ce que ça te dérange de t'occuper des clients pendant ton heure de dîner ? demanda-t-elle à Claire. J'ai des commissions à faire tout à l'heure.

— Non, madame Bélanger. De toute façon, j'avais l'intention de manger en arrière, dit la jeune vendeuse.

— Tu peux y aller tout de suite si tu veux. Je t'avertirai quand je partirai.

Claire disparut dans l'arrière-boutique pendant que sa patronne surveillait par l'une des vitrines la sortie de ses enfants. Évidemment, il n'était pas question qu'ils la voient monter à bord de la voiture de Benjamin Taylor. Gilles et

Alain la saluèrent de la main en passant devant la biscuiterie moins de dix minutes plus tard. Puis, à une heure moins quart, Catherine passa à son tour en compagnie de l'une de ses camarades de classe et adressa un sourire à sa mère.

Reine attendit encore une dizaine de minutes avant de retirer son tablier. Elle avait passé une jolie robe décolletée vert pomme à l'encolure brodée. Sa crinoline la mettait en valeur. À cinq minutes du début de la reprise des classes, elle ne risquait plus guère de rencontrer des enfants du quartier.

— J'y vais, annonça-t-elle à sa vendeuse en suspendant son vêtement de travail dans l'arrière-boutique sans préciser où elle comptait aller. Je devrais être revenue vers trois heures et demie, ajouta-t-elle en se penchant pour vérifier l'état de sa coiffure.

— Avec cette robe-là, madame Bélanger, vous avez l'air encore plus jeune que moi, la complimenta la jeune fille.

— J'ai juste l'air, lui dit sa patronne, tout de même flattée par le compliment. Si ma mère téléphone ou descend au magasin, t'as qu'à lui dire que je suis partie faire des commissions.

— Entendu.

Reine sortit, jeta un coup d'œil vers sa gauche pour vérifier si la voiture de son amant était visible au coin de la rue Chambord. Elle ne la vit pas. Elle se mit en marche. La chaleur semblait monter du trottoir. Les enfants d'âge scolaire avaient disparu. Elle dépassa deux jeunes mères poussant des landaus et traversa la rue Mont-Royal. Lorsqu'elle approcha du coin de la rue Chambord, elle aperçut la Cadillac noire de son amant stationnée un peu plus loin et elle se dirigea vers la voiture, consciente que son conducteur la regardait venir.

Benjamin Taylor, toujours aussi galant, sortit du véhicule et vint lui ouvrir la portière côté passager. De retour dans l'habitacle, avant de remettre le moteur en marche, il se pencha vers elle et l'embrassa.

— Le monde va nous voir, lui dit-elle en le repoussant.

— Les vitres sont teintées, répliqua-t-il en engageant la voiture dans la circulation.

Durant un bon moment, le silence régna dans la luxueuse voiture. Puis, il fit en sorte qu'elle lui raconte ce qui s'était produit dans sa vie depuis leur dernière rencontre. Pendant qu'elle parlait, il avait tourné vers le nord et la Cadillac filait à bonne allure. Reine avait abaissé la glace de la portière et profitait de la brise.

— Où est-ce que tu m'amènes exactement? demanda-t-elle à son compagnon, en cessant de parler de la maladie de sa belle-mère.

— Je t'amène voir notre future maison, comme je te l'ai promis.

— Je trouve que tu vas pas mal vite en affaires, se rebella-t-elle, sans grande conviction cependant. J'ai jamais dit que j'allais vivre avec toi.

— Attends de voir avant de parler, rétorqua-t-il sur un ton enjôleur. Tu vas peut-être changer d'idée.

Parvenu au boulevard Gouin, le conducteur fila vers l'ouest, dépassa le parc Belmont et arrêta la voiture peu après, près de la rue De Salaberry. Reine regarda dans toutes les directions. Ils étaient stationnés devant une magnifique résidence en pierre dotée de deux tourelles et d'un garage double. La pelouse vert émeraude mettait en valeur une très belle rocaille bien entretenue. Beaucoup de bruit provenait du terrain voisin où des ouvriers étaient occupés à construire une maison. À première vue, le solage avait été coulé récemment et quelques charpentiers étaient en train de monter les murs. Une imposante pile de planches voisinait avec des madriers et des colombages sur le sol non encore nivelé.

Taylor descendit de voiture et vint ouvrir la portière de sa passagère.

— Viens voir, l'invita-t-il en lui tendant la main.

Elle sortit de l'automobile et fit quelques pas en sa compagnie avant de s'immobiliser à ses côtés devant la maison aux deux tourelles.

— Qu'est-ce que t'en dis ? lui demanda-t-il.

— Es-tu en train de me dire que c'est ta maison ?

— Non, dit-il en riant, ça va être celle d'à côté, celle qui est en construction. Mais elle va être pareille, même un peu plus belle. Est-ce que tu penses que t'aimerais ça vivre là-dedans ?

Reine ne parvenait pas à se rassasier de la vue d'une si magnifique demeure.

— Je demanderais bien à nos futurs voisins de te laisser visiter leur maison, mais ce serait pas mal gênant, tu penses pas ?

— C'est sûr. Fais pas ça.

— Là, ce que tu vois pas, c'est qu'en arrière je peux faire creuser une piscine et faire installer un grand patio qui va donner sur la rivière des Prairies.

— Es-tu sérieux ?

— Certain. Tu vas voir dans deux ou trois mois, quand le paysagement va être fait, ça va être à couper le souffle. J'aurais aimé ça te montrer la maison plus avancée, mais l'entrepreneur a été retardé par un autre chantier. Il a commencé à s'occuper de ma maison juste depuis quelques semaines.

— Ça fait rien, l'excusa Reine, sous le charme de ce qu'elle voyait de la maison voisine.

— Je t'amènerais bien sur le terrain, mais c'est plein de trous et ça pourrait être dangereux. Mieux vaut rester sur le trottoir.

Il l'incita à faire quelques pas pour mieux admirer sous tous ses angles la maison voisine.

— Ce que tu peux pas voir, c'est qu'il y a trois grandes baies vitrées qui donnent sur la rivière, précisa-t-il.

— T'aurais jamais dû me montrer une affaire comme ça, dit Reine dans un souffle.

— Il fallait bien, si je veux que tu commences à penser comment on va la meubler.

— La meubler ?

— On va la meubler au complet. Je me débarrasse des vieilleries de mon appartement dès que la maison va être prête et on va acheter des meubles neufs.

— Mais ça doit coûter une fortune, une maison comme ça ! ne put-elle s'empêcher de murmurer.

— C'est sûr que c'est pas donné, mais c'est pas important quand on a les moyens de se la payer, laissa-t-il tomber, grand seigneur.

— Et t'as ces moyens-là, toi ?

— Pas de problème, déclara-t-il négligemment. À quoi ça me servirait de travailler comme un fou six jours par semaine si c'était pas pour me payer un peu de luxe et en faire profiter à celle qui va venir vivre avec moi ?

Après quelques minutes, il ramena Reine à la voiture et l'aida à s'installer confortablement.

— Tu vas m'excuser, lui dit-il. J'ai deux mots à dire à mon entrepreneur. J'en ai pas pour longtemps.

Il la laissa seule quelques minutes et revint prendre place derrière le volant peu après, l'air satisfait. Il remit la Cadillac en marche et poursuivit sur le boulevard Gouin jusqu'à une petite rue qui aboutissait à un cul-de-sac assez retiré, face à la rivière. Il arrêta alors la voiture.

— Qu'est-ce qu'on fait ici ? s'étonna Reine en regardant autour.

— Il est seulement deux heures et quart. On s'arrête pour parler un peu, répondit-il en l'attirant doucement à lui.

La jeune femme se laissa faire. Il l'embrassa avec fougue et entreprit de la caresser doucement par-dessus ses vêtements. Incapable de lui résister très longtemps, elle lui rendit ses caresses, tout en s'assurant de temps à autre de n'être pas épiée par un passant.

Après un long moment, tous les deux remirent de l'ordre dans leurs vêtements.

— J'ai hâte qu'on n'ait plus besoin de se cacher, lui dit Ben en regardant dans le rétroviseur si sa cravate était bien placée.

Reine ne dit rien, occupée à remettre du rouge à lèvres en se regardant dans le miroir fixé derrière le pare-soleil.

— Est-ce que tu vas venir vivre avec moi quand la maison va être prête ? reprit Benjamin au moment où elle refermait son sac à main.

— Laisse-moi y penser, répondit-elle, encore secouée par ce qui venait de se passer dans la voiture.

— Tu hésites encore ?

— T'oublies que j'ai un mari et des enfants, lui répéta-t-elle.

— Il y a moi aussi, dit-il en l'embrassant encore une fois.

— Et la biscuiterie ? Je voudrais pas m'être donné autant de mal pour rien…

— Tu m'as dit que t'étais seulement à moitié propriétaire avec ta mère du magasin. Tout ça, c'est des *peanuts* à côté de la belle vie qu'on va avoir. Tu vas voyager partout avec moi. Les avions, les hôtels, les grands restaurants… Tu me diras pas que c'est pas plus intéressant que de travailler du matin au soir derrière un comptoir à attendre les clients.

— Donne-moi au moins un mois ou deux pour me décider, demanda Reine, nettement dépassée par les événements. Ça va trop vite. Je sais pas trop où j'en suis rendue. Quand les enfants vont tomber en vacances, je te promets de te donner ma réponse.

— Tu me déçois pas mal, reconnut-il en démarrant. Je m'attendais à ce que tu me dises oui aujourd'hui, ajouta-t-il, apparemment peiné.

— Si ça peut te rassurer, c'est presque oui, lui dit-elle en imaginant la vie rêvée qu'elle aurait dans cette maison et en posant sa tête sur l'épaule de son amant qui s'était glissé jusqu'au centre de la banquette pour se rapprocher d'elle.

Ils parlèrent peu durant le trajet de retour, plongés tous les deux dans leurs pensées respectives.

— Laisse-moi donc au coin de Garnier, demanda-t-elle à son conducteur. Comme ça, je risquerai moins de tomber sur un de mes enfants.

Ben poursuivit sa route une rue plus à l'est et descendit la rue Garnier sur quelques centaines de pieds avant d'arrêter son véhicule sous un érable centenaire.

— Je sais que je t'ai déjà dit que tu pouvais pas me téléphoner à la maison ou au magasin, dit Reine avant de descendre. Mais moi, je pourrais toujours te téléphoner de la maison quand je suis toute seule, précisa-t-elle.

— Je comprends, fit Ben, mais j'aime autant que tu téléphones pas au bureau pour pas faire jaser mes deux secrétaires.

— Je comprends. Donne-moi juste ton numéro de téléphone à la maison.

— J'ai pas fait installer le téléphone dans mon appartement parce que j'aime pas me faire déranger par des clients.

— À ce moment-là, comment on va faire si on a besoin de se parler ? lui demanda Reine, déçue.

— Inquiète-toi pas. Je trouverai bien le moyen de te parler quand ça va être nécessaire, dit-il d'une voix rassurante.

— En tout cas, fais bien attention que mon mari s'aperçoive de rien. Si c'est lui qui répond si t'as affaire à me téléphoner, raccroche tout de suite, lui ordonna-t-elle sur un ton sévère.

— Si ça peut te rassurer, je te promets de pas te téléphoner, à moins que ce soit vraiment très grave, lui déclara-t-il.

En cet instant, il se rendit compte qu'elle attendait qu'il l'embrasse avant de descendre de voiture. Il s'exécuta sans manifester un grand entrain et lui affirma qu'il allait revenir la voir aussitôt qu'il le pourrait.

Debout sur le trottoir, Reine le vit lui adresser un signe de la main avant de disparaître à bord de la Cadillac.

Elle rentra chez elle, changea de vêtements et sortit du réfrigérateur le bœuf haché qu'elle servirait au souper. Au moment où elle allait descendre au magasin, Catherine rentra de l'école.

— Avant de commencer à faire tes devoirs, épluche-moi donc des patates pour souper et mets-les sur le feu vers cinq heures moins quart.

Ce soir-là, la jeune mère de famille supervisa les travaux scolaires de ses enfants avant d'aller rejoindre son mari installé devant le téléviseur. Depuis une heure, la pluie s'était mise à tomber et le vent s'était levé, apportant un peu de fraîcheur bienvenue après cette journée lourde.

Assise dans son fauteuil, Reine ne prêtait aucune attention à l'émission de chansons folkloriques animée par Hélène Baillargeon. Elle était perdue dans ses pensées. Elle revoyait la magnifique maison au bord de la rivière des Prairies et imaginait la vie extraordinaire que lui offrait son amant. Elle se voyait descendre d'avion à son bras ou sortir d'un hôtel luxueux pour aller s'étendre sur une plage au sable doré… C'était trop beau pour être vrai. Elle avait presque envie de se pincer pour se réveiller. Ben était le prince charmant dont toutes les femmes rêvaient de faire la rencontre un jour. Et c'était à elle que cela arrivait.

— Est-ce que tu dors ? lui demanda Jean, assis dans l'autre fauteuil.

— Hein ! fit-elle en sursautant légèrement.

— Ça fait deux fois que je te demande si t'aimes ce programme-là.

— J'étais dans la lune, admit-elle. Je pense que je vais aller me coucher. Je suis trop fatiguée.

En fait, une seule chose l'intéressait. Revivre son après-midi, rêver et réfléchir à toutes ses implications.

Elle embrassa distraitement son mari sur une joue et alla faire sa toilette. À son entrée dans la chambre à coucher, le vent faisait voleter les rideaux et avait chassé toute l'humidité. Elle se mit au lit.

Une fois étendue, ses pensées prirent une tout autre direction. L'espèce d'euphorie dans laquelle elle baignait depuis son retour fit place à une sourde inquiétude. Son instinct lui disait que son amoureux avait subtilement changé depuis qu'ils avaient fait l'amour à l'hôtel. Intuitivement, elle le sentait moins attentif, moins délicat. Se pourrait-il qu'il la croie déjà conquise au point de cesser de faire tout effort pour la charmer ? Il aurait pu prévoir l'emmener au restaurant avant de lui faire voir la maison… ou lui donner une autre rose rouge. Et le cul-de-sac où il avait stationné l'auto ? Il y était allé sans la moindre hésitation, comme s'il avait pris la peine de le repérer avant leur rencontre ou, pire, comme s'il y était déjà allé, peut-être avec une autre femme.

Reine finit par s'endormir, mais non sans s'être promis de tenir dorénavant la dragée haute à son amoureux.

— S'il s'imagine que je suis une Marie-couche-toi-là, j'ai des nouvelles pour lui, murmura-t-elle dans le noir. À cette heure, tant que je me serai pas décidée à aller vivre avec lui, il va se tenir tranquille. Il fera pas ce qu'il veut de moi.

Chapitre 21

Des occasions manquées

Le mardi suivant, Félicien occupa sa matinée à peindre la galerie arrière parce que le propriétaire lui avait offert gratuitement deux gallons de peinture grise. Peu avant midi, son travail était terminé et il pénétra dans la cuisine en houspillant légèrement Amélie.

— Est-ce que le dîner est prêt ? lui demanda-t-il.

— Il y a rien qui presse. Il est même pas midi, lui répondit sa femme en train de faire son repassage.

— Ben oui, ça presse, reprit-il. On a un rendez-vous chez le docteur Brisson à une heure et demie. Il faut se donner le temps de se rendre.

— C'est qui, ce docteur-là ? s'étonna-t-elle.

— Un neurologue, un spécialiste du cerveau.

— Qu'est-ce que t'as ? Tu m'as pas dit que t'étais malade, reprit-elle, soudain inquiète.

— Voyons, Amélie ! C'est pas pour moi, c'est pour toi qu'on a pris un rendez-vous avec lui la semaine passée.

— Mais je suis pas malade pantoute, moi. J'ai pas d'affaire à aller le voir, s'emporta sa femme. Qu'est-ce que c'est que cette histoire de fou là ? J'ai jamais pris de rendez-vous avec ce docteur-là, moi.

— C'est pas toi, c'est moi qui l'ai pris, lui expliqua-t-il, dépassé par la colère de sa femme.

— Ben, Félicien Bélanger, tu me feras le plaisir de te mêler de tes affaires à l'avenir, rétorqua-t-elle en élevant la voix. Un neurologue ! Est-ce que t'essaierais de me faire passer pour une folle, par hasard ?

— Ben non, se défendit-il. C'est pour tes pertes de mémoire.

— Je perds pas la mémoire, tu sauras. Je sais encore qui je suis et ce que je fais. Ça fait que viens plus m'achaler avec ça. Un neurologue ! J'aurai tout entendu. Dis-le si tu veux absolument te débarrasser de moi !

Découragé, Félicien renonça. Il ne pouvait tout de même pas la traîner de force chez le docteur Brisson. Après le repas, il prévint sa femme que la peinture de la galerie arrière ne serait pas sèche avant le milieu de l'après-midi et il sortit faire une promenade, autant pour profiter du beau temps que pour demander à Lucie d'annuler le rendez-vous au bureau du neurologue.

— Qu'est-ce que vous allez faire, monsieur Bélanger ? lui demanda sa bru, aussi dépassée que lui par la résistance imprévue d'Amélie.

— Je le sais plus, avoua-t-il en se mettant les mains devant les yeux pour cacher son désarroi.

— On va tous y penser, lui promit-elle. On finira bien par trouver un moyen de la faire voir par un spécialiste.

Vaguement encouragé par ces paroles, l'ancien facteur alla se promener dans quelques rues du quartier avant de revenir se reposer chez lui. Il avait besoin de respirer le grand air pour réfléchir à cette situation délicate. Il savait que sa femme devait aller voir le neurologue, mais se sentait incapable de l'y obliger sans blesser sa fierté.

À son entrée dans l'appartement, Amélie l'attendait de fort mauvaise humeur.

— Je sais pas où t'as marché, lui dit-elle sèchement, mais t'as mis de la peinture grise partout sur mon plancher.

— Où ça ? fit-il, surpris.

Elle lui montra plusieurs empreintes de pas laissées sur le linoléum du couloir et de la cuisine.

Félicien se rendit immédiatement à la porte moustiquaire pour jeter un coup d'œil à la galerie peinturée durant l'avant-midi. Quelqu'un avait marché dessus sans se soucier le moins du monde de la peinture fraîche. Il ne put alors contrôler un accès de mauvaise humeur.

— Viens voir, ordonna-t-il à sa femme debout devant l'évier.

— Qu'est-ce qu'il y a ? lui demanda-t-elle, surprise par le ton de sa voix.

— Regarde le balcon que j'ai peinturé à matin. C'est toi qui as marché dessus avant que la peinture soit sèche. Torrieu ! Regarde tes traces de pas.

Amélie fixa durant un bref moment les empreintes et finit par enlever l'une de ses pantoufles. La vue de la semelle portant encore des traces évidentes de peinture lui fit réaliser qu'elle était la fautive.

— Ça t'apprendra la prochaine fois à m'avertir quand tu peintures quelque part, dit-elle avant de retourner à l'évier. À cette heure, prends de la térébenthine et nettoie le plancher. Tout ça, c'est ta faute.

Son mari ne dit rien. Il savait qu'il ne servirait à rien de lui rappeler qu'il l'avait prévenue avant de sortir pour sa promenade. Il ne lui restait plus qu'à recommencer le travail le lendemain.

Ce soir-là, il y eut des échanges d'appels téléphoniques entre les trois enfants du couple. Chacun promit de chercher un moyen pour convaincre leur mère d'aller consulter.

Quelques jours plus tard, Félicien commença à se demander s'il n'avait pas paniqué inutilement. Sa femme semblait avoir retrouvé ses moyens. Elle était peut-être un peu plus silencieuse que dans le passé, mais elle avait perdu cette espèce de fébrilité qui l'avait tant inquiété.

En ce dimanche du début du mois de juin, Jean avait décidé d'aller rendre visite seul à ses parents parce que sa femme avait accepté la demande de sa mère de l'accompagner au parc La Fontaine. Yvonne Talbot n'avait guère retrouvé sa mobilité d'avant son accident et souffrait de plus en plus d'être emprisonnée dans son appartement.

— Le docteur m'a dit que je faisais pas assez d'exercice, avait-elle raconté à sa fille. On dirait qu'il comprend pas que je me sens pas solide sur mes jambes et que mes hanches me font souffrir le martyre.

— Qu'elle aille pas s'imaginer que je vais passer mes journées à jouer à la garde-malade, avait laissé tomber la jeune femme avant de quitter l'appartement, quelques minutes avant son mari. J'ai autre chose à faire le dimanche, moi.

— Comme vous allez être dans le parc, jette donc un coup d'œil aux enfants en passant. Ils sont censés être dans le coin du zoo, lui avait suggéré Jean.

À son arrivée au pied de l'escalier extérieur conduisant à l'appartement de ses parents, il aperçut ces derniers confortablement assis sur la galerie en train de parler à Adrienne Lussier, leur voisine. Jean la salua et, quelques minutes plus tard, la sœur d'Omer monta chez elle.

— Dites-moi pas que vous passez votre dimanche tout seuls ? demanda Jean à ses parents, étonné de constater qu'il était l'unique visiteur.

— C'est vrai que c'est rare, lui dit sa mère.

— Lorraine et Marcel sont partis à Terrebonne passer la journée chez le frère de Marcel, lui expliqua son père. On a vu Claude et Lucie après la messe. Ils avaient dans l'idée d'aller voir un gars qui travaille avec Claude. Il paraît qu'il reste à Saint-Léonard-de-Port-Maurice.

— Lucie nous a dit qu'ils arrêteraient peut-être en revenant s'il était pas trop tard, ajouta Amélie.

— Attends de voir ton frère, tu vas être surpris, dit Félicien avec un sourire narquois.

— Quoi ? Qu'est-ce qu'il a ?

— Laisse faire. Je te laisse la surprise, répondit Félicien en s'allumant une cigarette.

Jean n'insista pas. Il préféra parler de la campagne électorale qui battait son plein et qui l'intéressait autant que son père.

— C'est pas du temps de Duplessis qu'on aurait vu une campagne comme celle-là, dit-il.

— C'est sûr, reconnut le retraité. À cette heure, ça se passe ben plus à la télévision qu'à la radio. Tout le monde sait ben que Duplessis a toujours haï la télévision. Le bonhomme aurait été ben malheureux de faire les élections cette année.

— Vous savez pourquoi il aimait pas la télévision, p'pa ?

— Non, je suppose que c'était parce qu'il voyait pas le monde à qui il parlait.

— Non, c'est pas ça. Il paraît qu'il trouvait qu'à la télévision il avait un trop gros nez.

— Arrête donc ça, toi.

— Je vous le dis.

— En tout cas, je peux te dire qu'il aurait fait une ben meilleure campagne que Barrette avec sa boîte à lunch et sa maudite phrase : « Vers de nouveaux sommets. » Veux-tu ben m'expliquer ce que ça veut dire, ça ? À moi, ça me dit rien.

— Je commence à croire que Lesage a ses chances, affirma Jean. Son slogan, « C'est le temps que ça change ! », a l'air de plaire au monde.

— Il passera jamais, décréta le facteur retraité d'une voix assurée.

— C'est pas l'opinion des journalistes qui travaillent à Radio-Canada, p'pa, le contredit son fils. Eux autres, ils ont l'air de croire que ce qu'on appelle « l'équipe du tonnerre » des libéraux a des bonnes chances d'être élue le 22 juin. Vendredi, j'ai encore entendu Wilfrid Lemoyne dire que Lesage avait été pas mal brillant d'aller chercher des hommes comme René Lévesque, Éric Kierans, Gérard Cournoyer et Paul Gérin-Lajoie, pour ne nommer que ceux-là.

— Tous ces gars-là sont des grandes gueules qui ont pas d'expérience pantoute. Ils arrivent pas à la cheville d'un Bona Arsenault ou d'un Johnny Bourque, par exemple, répliqua son père. Attends le soir des élections, c'est là que tu vas t'apercevoir que la machine de l'Union nationale, c'est quelque chose de fort pour faire sortir le vote. Tous les petits Jos Connaissant avec leurs prédictions vont pouvoir aller se cacher.

— Je le sais pas trop, p'pa. Quand Lesage parle de Révolution « tranquille », les gens ont l'air de l'approuver et de trouver que c'est une bonne idée. J'ai l'impression que le monde est fatigué du parti de Duplessis, qu'ils veulent du changement.

— Ils font mieux de faire attention s'ils élisent les Rouges, répliqua Félicien, toujours aussi conservateur. Il y a peut-être des communistes dans cette gang-là.

À ce moment-là, Félicien tourna la tête vers sa femme et se rendit compte qu'elle somnolait dans sa chaise berçante.

— Pourquoi tu vas pas t'étendre une heure dans la chambre ? lui suggéra-t-il. Tu serais ben mieux. S'il y a du monde qui arrive, j'irai te réveiller.

Amélie ne résista pas et rentra dans l'appartement. Après son départ, Jean baissa la voix et en profita pour demander à son père si son état empirait.

— Non, on dirait qu'elle est presque correcte, affirma Félicien en ne cachant pas son soulagement. Il y a juste le soir, quand elle est ben fatiguée. On dirait à ce moment-là que ta mère cherche plus ses mots.

Peu après, la Chevrolet rouge et blanc de Claude vint s'immobiliser le long du trottoir, devant la maison.

— Tiens, v'là ton frère et sa femme, annonça Félicien qui avait repéré le véhicule de son fils cadet.

Jean regarda en bas et vit Claude et Lucie qui se dirigeaient vers l'escalier qu'ils montèrent sans se presser. Il sursauta en apercevant le visage de son frère. Le couvreur arborait une grosse ecchymose sous l'œil gauche et, pire, sa bouche était ramassée comme s'il n'avait pas de dents.

— Ayoye ! s'exclama-t-il. Es-tu entré dans un mur pour être arrangé comme ça ?

— C'est pas drôle pantoute, déclara Claude d'une voix méconnaissable.

Lucie eut un petit rire et s'assit dans la chaise berçante dans laquelle sa belle-mère se reposait quelques minutes plus tôt.

— Prends la chaise pliante qui est derrière la porte, dit Félicien à son fils cadet.

— Qu'est-ce qui t'est arrivé ? demanda Jean, stupéfait par l'apparence du visage de son frère.

— C'est une malchance.

— Quelle malchance ?

— Il y a deux gars qui ont commencé à se chamailler sur le chantier vendredi après-midi. Tous les deux étaient allés dîner à la taverne et ils étaient revenus un peu chaudasses. Un moment donné, la bataille a poigné pour de bon entre les deux.

— Et ?

— Et il a fallu qu'il aille se mettre le nez là où il avait pas affaire, poursuivit Lucie.

— Ben oui, j'ai voulu séparer les deux gars. Ils étaient en train de s'entretuer et personne faisait rien pour les arrêter. C'est comme ça que j'ai reçu un coup de poing en pleine poire, conclut-il en chuintant.

— Et ça va lui coûter un beau dentier neuf, poursuivit Lucie.

— Mais dis donc, toi, reprit Jean, ça me rappelle la fois où tu t'étais interposé entre deux filles qui se battaient sur la rue quand t'allais à l'école.

— Oui.

— Je pensais que t'avais appris à pas te mettre dans le trouble entre deux personnes qui se battent.

— Il faut croire que j'avais oublié, dit Claude en piquant un fard.

— En tout cas, d'après ce que je peux voir, tu t'es aperçu qu'un homme, ça cogne pas mal plus fort qu'une fille, fit Jean, sarcastique.

— T'es ben comique, mon frère.

— Sais-tu, Claude, dit Lucie, pince-sans-rire, plus je te regarde, plus je trouve que tu ressembles à ta grand-mère Bélanger. Qu'est-ce que vous en pensez, beau-père ? fit la petite femme blonde en lui adressant un clin d'œil de connivence.

— C'est pourtant vrai, jériboire ! Arrangé comme ça, on dirait que tu veux te mordre le nez.

— Je te dis qu'on peut toujours compter sur sa femme pour se faire remonter le moral, déclara Claude en feignant d'être fâché.

— Tu dois trouver ça ennuyant de manger juste du mou, compatit Jean.

— Mercredi prochain, ça va être réglé, dit le couvreur, philosophe. Mon nouveau dentier va être prêt et je vais pouvoir manger comme du monde.

Il tourna la tête vers la porte d'entrée de l'appartement qui venait de s'ouvrir sur sa mère.

— Il me semblait bien aussi avoir reconnu ta voix, dit-elle à Lucie qui venait de se lever précipitamment pour lui laisser sa chaise berçante.

— Non, garde-la, lui dit-elle. Il y a une autre chaise pliante derrière la porte.

Lucie refusa et alla chercher la chaise qu'elle installa près de celle occupée par son mari.

— À cette heure qu'on a fini de rire de moi, dit ce dernier, je pourrai peut-être vous annoncer la nouvelle.

— Quelle nouvelle ? lui demanda son père.

— On arrive de Saint-Léonard, poursuivit le jeune couvreur. C'est pas mal moins la campagne que je le pensais.

— Ah bon, fit Félicien, peu intéressé.

À son avis, tout ce qui se trouvait au nord du boulevard Rosemont était la campagne, ou presque.

— On a monté Pie IX jusqu'à Jarry et on a tourné vers l'est. C'est sûr qu'il y a encore une couple de fermes sur cette rue-là, mais proche de l'église, ils ont construit des bungalows qui ont ben du bon sens, déclara Claude, très sérieux. Après avoir cherché un peu, on a fini par trouver la rue où mon *chum* Champagne reste. C'est pas mal mêlant. Il y a toutes sortes de petites rues qu'ils viennent d'ouvrir dans ce coin-là. Champagne nous a dit que la Coopérative d'habitation de Montréal construit juste des bungalows dans les nouvelles rues.

— C'est pas mal spécial un coin avec toutes des petites maisons neuves et un beau terrain où les enfants peuvent jouer, fit Lucie, enthousiaste.

— Puis ? demanda Jean, un peu impatient.

— Puis, mon *chum* et sa femme nous ont fait visiter leur maison, qu'on a ben aimée. Quand ils nous ont dit que leur voisin était mort il y a un mois et que sa veuve cherchait à vendre, on a décidé d'aller jeter un coup d'œil.

— C'est une maison semblable à celle de son ami, tint à préciser Lucie.

— On a trouvé que ça avait pas mal de bon sens, poursuivit son mari. C'est un bungalow qui est presque neuf. Il a été bâti il y a seulement deux ans et ils l'ont ben entretenu.

— Claude a fait une offre à la voisine, dit la petite femme blonde, le visage rayonnant de joie. Elle l'a acceptée.

— J'ai signé une promesse d'achat, conclut fièrement le fils cadet des Bélanger. On va aller régler ça chez le notaire cette semaine.

— On va être chez nous dans un mois, dit Lucie. On déménage à Saint-Léonard à la fin de juillet.

— Vous déménagez là ? demanda Amélie, apparemment bouleversée par la nouvelle. Vous partez ? Mais vous allez être au bout du monde, ajouta-t-elle.

— Bien non, m'man, Saint-Léonard, c'est pas loin pantoute. D'après mon ami, ils parlent de prolonger le boulevard Métropolitain. La Ville de Montréal a même promis que ses autobus allaient transporter les gens qui restent là.

— J'en reviens pas, laissa tomber Félicien. Il me semble que tu t'es décidé pas mal vite, mon garçon. Quand on achète une maison, c'est du sérieux. As-tu pensé à ce qui va arriver si t'aimes pas ce coin-là ?

— Je vendrais la maison, p'pa.

— C'est toute une dette que tu te mets sur le dos, ajouta Jean, un peu envieux de voir son cadet posséder une maison alors qu'il n'était lui-même que locataire.

— La maison va me coûter un peu plus que dix mille piastres, expliqua Claude. Avec le prix des loyers qui arrêtent pas d'augmenter, ça revient pratiquement au même montant chaque mois et on va être chez nous et dans ben plus grand. Penses-y ben et tu vas voir que j'ai raison.

— En attendant, est-ce que tu viens pas de signer ton bail, toi ? lui demanda Jean.

— Ça me surprendrait que ça me cause des problèmes, répondit son frère cadet, désinvolte. La fille du propriétaire est censée se marier l'automne prochain et son père a hésité avant de nous louer l'appartement parce qu'elle était intéressée à s'installer chez nous. Si j'ai ben compris, il a pas osé nous mettre dehors parce qu'on a toujours été des bons locataires et parce que sa fille était pas encore tout à fait décidée. Au fond, je pense qu'il va être content de nous voir partir.

— Tant mieux pour toi, fit l'employé de Radio-Canada.

— Je te le dis, Jean, si j'ai les moyens d'acheter une maison comme ça, toi aussi, t'en as les moyens. Et tu te sentirais peut-être plus tranquille en pensant que tes enfants vivent dans un quartier neuf.

— Whow, Claude Bélanger ! intervint son père. Arrange-toi pas pour que tout le monde te suive à la campagne et que nous autres, on se retrouve tout seuls.

Cette remarque de son père n'empêcha nullement son fils cadet de parler longuement de sa future maison et des modifications qu'il entendait lui apporter dès qu'il s'y serait installé avec sa femme.

— Si jamais tu veux aller voir de quoi ça a l'air, finit par dire Claude à son frère aîné, c'est l'avant-dernière maison de la rue Girardin. Tu vas voir. Elle est en brique rouge et en pierre et elle est en forme de L.

Jean rentra chez lui à la fin de l'après-midi, l'air songeur. À son retour, Reine était déjà en train de préparer le souper avec l'aide de Catherine, et ses fils s'amusaient à se lancer une balle dans la ruelle avec des amis.

— Est-ce que ça fait longtemps que t'es revenue du parc ? demanda-t-il à sa femme en s'allumant une cigarette.

— Au moins une heure. On a eu de la misère à trouver un banc libre et il y avait tellement de monde que ça fatiguait ma mère.

— C'est dommage que tu sois pas venue me rejoindre chez mon père, poursuivit-il. T'aurais appris une grande nouvelle.

— Quelle nouvelle ? fit-elle en levant le nez du poulet qu'elle était occupée à désosser.

— Claude et Lucie ont décidé de s'acheter une maison.

— T'es pas sérieux ! s'écria-t-elle en cessant son travail.

— C'est pas une farce. Ils ont l'air de s'être entendus avec une veuve pour lui acheter son bungalow presque neuf.

— Où ça ?

— Dans le nord de la ville, à Saint-Léonard-de-Port-Maurice.

— Il t'a dit combien il était pour le payer, son bungalow ?

— Un peu plus que dix mille.

— Ton frère a jamais assez d'argent pour se payer une maison, reprit-elle d'une voix cassante. Il veut jouer au riche avec sainte Lucie et tout ce qui va lui arriver, c'est qu'il va perdre sa chemise.

— J'en ai pas l'impression, la contredit son mari. Si j'ai ben compris ce qu'il m'a expliqué, ça va lui coûter chaque mois presque le même prix que son loyer.

— C'est ce qu'il dit, laissa-t-elle tomber, méprisante.

— J'ai pensé qu'on pourrait aller voir la maison qu'il a achetée après le souper en faisant un tour avec les enfants pour prendre l'air. Qu'est-ce que t'en dis ?

Reine hésita un bref moment avant d'accepter et elle le fit à condition de revenir assez tôt pour que les enfants se couchent à la même heure que d'habitude.

Vers six heures trente, les Bélanger s'entassèrent dans la Plymouth familiale et la voiture prit la direction du nord de la ville. Lorsque Jean tourna dans la rue Jarry ombragée par des arbres centenaires, il eut l'impression de se retrouver sur une route de campagne. Même s'il suivit fidèlement les indications de son frère, il lui fallut plusieurs minutes pour trouver la petite rue Girardin, parallèle au boulevard Lacordaire.

— Veux-tu bien me dire dans quel trou ton frère s'est acheté une maison ? demanda Reine, impatientée par tous les détours que son mari avait dû effectuer pour trouver l'endroit.

Jean ne répondit pas, se bornant à chercher à identifier la maison que son frère se proposait d'acheter. Quand il l'eut trouvée, il arrêta la voiture à courte distance pour mieux la détailler.

— C'est celle-là, dit-il en montrant un bungalow du doigt.

— On descend pas, p'pa ? demanda Alain.

— Non, on n'est pas pour se faire remarquer, s'empressa de répondre sa mère. Déjà que le monde a l'air de nous regarder de travers.

Jean se donna tout de même le temps de bien examiner la maison avant de remettre la Plymouth en marche.

— C'est pas mal comme maison, fit-il remarquer à sa femme.

— Il y a bien mieux, répliqua-t-elle, en songeant à la grande demeure que Ben était en train de faire bâtir sur le boulevard Gouin.

— Mais pour élever une famille, c'est pas mal mieux qu'un appartement, reprit-il.

Il y eut un bref silence dans l'habitacle. Jean dut freiner derrière un autobus jaune qui venait de s'immobiliser au coin de la rue pour laisser descendre une demi-douzaine de passagers.

— Sais-tu ce que je suis en train de me dire ? poursuivit le conducteur en jetant un rapide coup d'œil vers sa femme qui fixait le pare-brise d'un air impassible.

— Non.

— Je me dis qu'on n'est pas plus bêtes que mon frère et qu'on est aussi capables que lui de se payer une maison comme ça. Qu'est-ce que tu dirais si on venait jeter un coup d'œil dans le coin pour voir si on en trouverait pas une qu'on pourrait acheter ?

— Ah oui, ce serait le fun ! s'écria Gilles, assis sur la banquette arrière en compagnie de son frère et de sa sœur. Il y a des champs partout. On pourrait aller jouer là quand on voudrait.

— Toi, mêle-toi pas de la conversation des grandes personnes, le rembarra sèchement sa mère.

Reine garda le silence durant quelques secondes avant de dire à son mari sur un ton définitif :

— Il en est pas question, Jean Bélanger ! Tu m'amèneras jamais vivre dans un coin perdu comme ça. En plus, j'ai pas envie de me priver toute ma vie pour arriver à payer une maison. Non, monsieur ! Si c'est dans les goûts de ton frère, grand bien lui fasse, mais moi, je veux rien savoir de ça et…

— Au lieu de monter tout de suite sur tes grands chevaux, qu'est-ce que tu dirais de te servir un peu de ta tête ? l'interrompit Jean en élevant la voix. Je te comprends pas, calvince ! Toi qui passes ton temps à calculer la moindre cenne, tu vois pas que le loyer qu'on paye chaque mois à ta mère, c'est de l'argent perdu. On pourrait mettre cet argent-là sur une maison à nous autres, et ça nous resterait.

— Non ! Un jour, on va hériter d'une partie de la maison de ma mère et on va rentrer dans notre argent. En plus, t'oublies la biscuiterie.

— Et les enfants…

— Quoi, les enfants ? Ils feront comme nous autres, le coupa-t-elle. On a été élevés dans le coin où on reste et on n'en est pas morts. Ils feront la même chose.

Déçu, Jean se tut. À la réflexion, il pouvait difficilement donner tort à sa femme. Ils payaient un loyer très raisonnable et elle travaillait au rez-de-chaussée. Un déménagement dans le nord de la ville leur aurait singulièrement compliqué la vie. De plus, il y avait ses parents. Ce n'était peut-être pas le bon temps pour songer à s'en éloigner alors que sa mère n'allait pas très bien.

À leur retour à l'appartement, le jeune père de famille s'était déjà fait une raison. S'il devenait propriétaire un jour, ce serait probablement de l'immeuble qu'il habitait depuis son mariage. Ce ne serait pas plus mal puisqu'il continuerait à vivre dans un quartier qu'il connaissait parfaitement et qu'il aimait.

Pour sa part, Reine était soulagée d'avoir convaincu son mari de renoncer à son idée. Qui sait où elle serait dans quelques semaines… En tout cas, une chose était certaine, elle ne serait pas en train de préparer un emménagement dans une petite maison quelconque de Saint-Léonard-de-Port-Maurice.

Chapitre 22

Le début de l'été

Le mois de juin tenait ses promesses. À quelques jours de la Saint-Jean-Baptiste, il n'y avait eu que deux petites journées de pluie. La température était vraiment agréable et l'air charriait peu d'humidité. Maintenant, le soleil se couchait après neuf heures et les ruelles du quartier se remplissaient de cris d'enfants excités dès la fin de l'après-midi.

— Ça sent le lilas à plein nez, se plaignit Reine en fronçant le nez au moment où elle venait s'asseoir sur la galerie arrière.

— C'est comme ça chaque année, lui fit remarquer son mari. Ce sont les lilas de madame Gauthier. Elle en a plein sa cour.

— Et les enfants qui crient.

— On n'a pas fini de les entendre crier, rétorqua-t-il. Ils commencent leurs vacances et ils sont énervés comme des poux.

Comme les élections provinciales allaient se tenir le lendemain, les autorités avaient décidé de mettre fin à l'année scolaire le 21 juin plutôt que le 23. Les écoliers, excités par la nouvelle, étaient rentrés à la maison à l'heure du dîner, porteurs de leur dernier bulletin et des prix qu'ils avaient reçus.

— À ce que je peux voir, vous risquez pas de vous arracher les bras en transportant vos prix, avait dit Reine d'une voix acide en les accueillant à leur retour de l'école, ce midi-là.

— J'en ai eu trois, m'man, lui avait fait remarquer sa fille, toute fière d'avoir remporté le premier prix en français, en mathématiques et en catéchisme.

— Et naturellement, t'as encore pris juste des livres, lui avait reproché sa mère.

— On n'avait pas le choix, m'man. Il y avait juste ça.

— Et moi, j'ai eu un prix pour ne pas avoir manqué une journée de l'année, avait ajouté Gilles en montrant un *Tintin* à sa mère.

— Moi, j'ai rien eu, annonça Alain en arborant un air piteux.

— Si t'avais travaillé plus à l'école, t'aurais reçu quelque chose, répliqua sèchement sa mère.

Reine s'était rapidement désintéressée des prix décrochés par ses enfants pour se pencher sur leurs résultats scolaires. Après avoir consulté le relevé de notes de chacun, elle s'était déclarée satisfaite. Catherine montait en septième année avec d'excellentes notes, et ses frères, malgré des résultats un peu faibles, étaient promus respectivement en troisième et en cinquième année.

— L'été va être long, laissa-t-elle échapper ce soir-là en s'adressant à son mari. Avec les enfants sur les bras du matin au soir, je vais courir comme une folle.

Jean ne trouva rien à dire.

— J'ai pensé à quelque chose, reprit-elle, un instant plus tard. Qu'est-ce que tu dirais si on envoyait les garçons dans un camp de vacances ?

— Tout l'été ?

— Bien non, ça reviendrait bien trop cher ! protesta-t-elle. Un mois. Il me semble que ça leur ferait du bien de respirer un peu l'air de la campagne. En plus, on saurait où ils se trouvent durant la journée. Moi, les voir traîner à cœur de jour dans les ruelles avec leurs *chums*, ça finit par m'inquiéter.

— Et combien ça coûte une affaire comme ça ?

— La semaine passée, une cliente m'a parlé d'un camp pour les jeunes à Val-Morin, expliqua-t-elle. Elle m'a même donné le numéro de téléphone. Elle envoie là son garçon tous les étés depuis trois ans. C'est pas donné, mais c'est pas mal moins cher que je le pensais. Il paraît qu'il reste encore de la place. En plus, on n'a même pas à aller les conduire et à aller les chercher. Il y a un autobus qui vient les prendre au centre Immaculée-Conception.

— Pas mal moins cher, ça veut dire combien ? lui demanda son mari, méfiant.

— Quinze piastres par semaine par enfant. Soixante piastres pour le camp d'un mois.

— Whow ! C'est de l'argent en calvince, s'insurgea-t-il. Si tu multiplies ça par deux, c'est trop cher.

— Attends ! Laisse-moi finir, reprit-elle. J'en ai parlé à ma mère. Elle en paierait la moitié, si on se décidait à les envoyer au camp. Elle m'a dit que ce serait leur cadeau de fête.

Jean fut un peu surpris. Il s'agissait d'une première puisque sa belle-mère n'avait jamais offert de cadeaux aux enfants, sauf à Catherine, sa filleule.

— Et Catherine ? reprit-il.

— Elle, elle m'inquiète pas. Elle a des amies tranquilles. En plus, elle m'aide dans la maison.

— C'est correct, accepta-t-il après un instant de réflexion. Inscris-les demain et on préparera leurs affaires. Comme tu dis, ça va leur faire du bien.

— Je vais me renseigner demain. Je crois que le camp ne commence pas avant le 1er juillet, lui précisa-t-elle en dissimulant sa satisfaction d'être arrivée à ses fins sans avoir dû déployer plus d'effort pour le convaincre.

Jean perçut tout de même le soulagement de sa femme. Tant mieux. Depuis quelque temps, elle lui paraissait particulièrement nerveuse et agressive. Il savait que le début des vacances des enfants n'allait rien arranger, bien au contraire. Par ailleurs, il reconnaissait que cela allait faire du bien à Gilles et à Alain d'échapper au contrôle tatillon de leur mère durant quelques semaines.

Le silence était tombé entre les deux époux. Il n'y avait que Catherine dans l'appartement. L'adolescente était assise devant le téléviseur dans le salon. Jean avait entrepris la lecture d'un article de *La Presse* dans lequel le journaliste analysait les chances de chacun des partis politiques de remporter le scrutin du lendemain.

À ses côtés, Reine se contentait de regarder apparemment sans les voir les voisins installés sur leur galerie, de l'autre côté de la ruelle. La jeune femme était inquiète, très inquiète. Presque un mois s'était écoulé depuis que Ben l'avait emmenée voir le site où il faisait construire « leur future maison », comme il le disait, mais depuis, elle l'avait à peine vu. Leurs rencontres s'étaient bornées à deux courts arrêts de l'homme d'affaires au magasin. À l'entendre, il était toujours pressé par le temps et devait rencontrer un client ou aller à Toronto ou à Kingston.

— S'il est toujours comme une queue de veau, se disait-elle, la vie avec lui va être pas mal plus ennuyante que je le pensais. C'est bien beau la maison et les voyages, mais j'ai pas le goût pantoute de passer ma vie à l'attendre comme une belle niaiseuse.

Son intuition lui disait qu'il se passait quelque chose de grave. Était-il possible que son amoureux soit en train de se détacher d'elle ? Qu'il ne veuille plus vivre avec elle dans sa belle maison ? Si elle pouvait le voir et lui parler en dehors de la présence de Claire, elle pourrait au moins savoir sur quel pied danser… Mais il était comme un courant d'air. Jamais à la même place plus que quelques minutes. Un fait était certain, il ne semblait plus chercher absolument à la caresser, à l'embrasser ou même à l'attirer dans une chambre d'hôtel… Il se conduisait tout à coup comme un mari qui est certain d'obtenir ce qu'il désire quand il le veut. La promesse de se laisser désirer qu'elle s'était faite après leur dernier tête-à-tête ne lui avait coûté aucun effort puisque Ben avait été d'une sagesse un peu trop exemplaire.

Quand elle y pensait, cela lui mettait les nerfs à fleur de peau et la rendait agressive. Elle attendait sa prochaine visite avec une telle impatience qu'elle en aurait hurlé. Elle ne se l'avouait pas ouvertement, mais sa décision n'était pas véritablement prise. Certains jours, elle se levait en se disant qu'elle allait tout quitter pour le suivre, mais avant elle voulait l'entendre lui répéter qu'il l'aimait et qu'il désirait par-dessus tout qu'elle vienne vivre avec lui. D'autres jours, elle se jurait de l'envoyer promener avec pertes et fracas dès qu'il aurait le culot de se présenter au magasin.

Le soleil commençait à baisser et elle tourna la tête pour voir l'heure affichée à l'horloge de la cuisine. Huit heures dix. Elle allait dire à son mari que leurs fils commençaient bien mal leur été en rentrant en retard lorsque la porte de la clôture s'ouvrit brutalement et qu'une galopade se fit entendre dans l'escalier. Elle les entendit souhaiter bonsoir à leur grand-mère assise sur la galerie de l'étage au-dessous avant d'apercevoir Gilles et Alain, essoufflés, poser le pied sur la dernière marche.

— Allez vous laver le visage, leur ordonna-t-elle, et revenez nous voir. Votre père et moi, on a à vous parler.

— Mais on n'est pas en retard, m'man, plaida Gilles. Il est pas encore huit heures et quart.

— Personne a dit ça aussi. Faites ce que je viens de vous dire.

Les deux garçons disparurent à l'intérieur et, moins de deux minutes plus tard, revinrent sur la galerie.

— Votre père a une bonne nouvelle pour vous autres, leur annonça Reine en faisant signe à son mari de cesser la lecture de son journal.

— Qu'est-ce que c'est, p'pa ? lui demanda Alain, les yeux pleins d'une joyeuse attente.

— Qu'est-ce que vous diriez si votre mère et moi, on vous payait un beau camp d'été dans le Nord ? leur demanda Jean.

Les deux gamins se regardèrent, interloqués. En réalité, cette éventualité les prenait de court et ne semblait pas du tout les emballer.

— Mais p'pa, ça va être ennuyant, cette place-là, dit Gilles. Tous nos *chums* restent ici. On vient même de faire des équipes pour jouer au baseball tous les jours.

— C'est vrai, p'pa, intervint Alain. On connaîtra pas personne là-bas.

— Voyons donc, fit leur père en s'efforçant de mettre une joyeuse animation dans sa voix. D'abord, vous partez pas pour tout l'été. C'est juste pour le mois de juillet. Ensuite, vous allez avoir la chance de vous faire de nouveaux amis, de vous baigner tous les jours, de faire du canot, des excursions dans le bois. Moi, à votre âge, je rêvais de pouvoir aller dans un camp comme ça, mais votre grand-père avait pas assez d'argent pour me payer ça.

— Tout un mois ! s'exclama Gilles, l'air catastrophé.

Catherine apparut derrière la porte moustiquaire, mais l'adolescente ne dit rien.

— Et Catherine, elle ? Est-ce qu'elle va aussi dans un camp ? demanda Alain.

— Elle est trop vieille pour ça, mentit son père. Pendant que vous allez vous amuser, votre sœur va être obligée d'aider votre mère.

— J'aimerais mieux travailler et rester, dit Gilles, l'air buté.

— Moi, je vous trouve pas mal ingrats, intervint leur mère pour la première fois. La moitié de l'argent que ça va nous coûter, c'est un beau cadeau que votre grand-mère Talbot vous fait.

— On lui a rien demandé à elle, osa dire Gilles à mi-voix.

— Toi, fais bien attention à ce que tu dis, le mit en garde sa mère, sévère. Votre père vient de vous expliquer que vous allez dans un camp de vacances au mois de juillet, un point c'est tout ! Vous allez pouvoir jouer avec vos amis encore une semaine avant de partir et il vous restera tout le mois d'août pour faire encore la même chose. À cette heure, vous allez descendre en bas remercier votre grand-mère avant d'aller vous coucher.

— Si ça peut vous faire plaisir, dites-vous que vous allez avoir la permission de vous coucher pas mal plus tard au camp, fit leur père dans une dernière tentative de les séduire. Si je me trompe pas, on fait souvent des feux de camp le soir et on fait griller des guimauves.

Jean vit ses deux fils descendre l'escalier en affichant des airs de condamnés et son cœur se serra. Il comprenait un peu leur déception et se promit de leur dorer la pilule le plus possible avant leur départ.

Ce soir-là, au moment de se mettre au lit, Reine lui dit qu'elle allait se charger de régler tous les détails du camp de vacances dès le lendemain avant-midi.

— Il paraît qu'ils remettent une liste de tout ce que les enfants doivent apporter. Je vais m'en occuper.

Le lendemain, pour la première fois depuis bien longtemps, les parents purent prendre leur déjeuner sans les enfants. L'école était terminée et ils allaient maintenant se lever un peu plus tard que durant l'année scolaire.

Au moment de partir, Jean rappela à sa femme qu'il n'allait rentrer qu'en fin de soirée.

— C'est pas pour travailler, lui expliqua-t-il, mais il paraît que c'est une tradition au service des nouvelles. Les soirs d'élections, tous les gars restent jusqu'à ce qu'on sache qui a gagné.

— Ça change quoi ? fit-elle, indifférente.

— Rien, mais j'ai pas l'intention de me faire remarquer en partant avant les autres.

Ce jour-là, Reine téléphona et inscrivit ses deux fils à la colonie de vacances, qui débutait finalement le 30 juin. Catherine alla chercher les listes au centre Immaculée-Conception.

Pendant ce temps, Jean vivait une journée d'intense activité au travail. Dès l'ouverture des bureaux de vote dans la province, le département commença à recevoir des centaines de nouvelles concernant des incidents causés souvent par des fiers-à-bras probablement engagés par des candidats. À plusieurs endroits, on faisait état d'irrégularités flagrantes.

À midi, Jean descendit manger à la cafétéria de Radio-Canada. Il eut l'agréable surprise d'y rencontrer Blanche Comtois qu'il n'avait pas revue depuis plus de deux mois. Durant un court moment, il l'examina tout à loisir. Il la trouvait plus belle encore que dans son souvenir. Après avoir déposé une salade et un café sur son plateau, il se dirigea vers la jeune femme occupée à lire un document devant une tasse de thé. Tout indiquait qu'elle ne l'avait pas vu.

— Est-ce que tu attends quelqu'un ? lui demanda-t-il avec un sourire, planté debout devant elle.

— Oui, toi, répondit-elle en lui montrant la chaise libre placée en face d'elle.

— T'es certaine que je te dérange pas ? insista-t-il.

— Pas du tout, le rassura-t-elle en déposant son document dans son sac à main.

— Ça fait une éternité que je t'ai pas vue, ne put-il s'empêcher de lui dire sur un ton de reproche.

— J'ai passé huit semaines à Vancouver, lui expliqua-t-elle. J'ai été prêtée à la CBC. Ça fait à peine quatre jours que je suis revenue.

— Tu as dû t'ennuyer de tes parents.

— Pas juste d'eux, rétorqua-t-elle en lui adressant un sourire des plus charmants. Mais tu aurais dû voir mon pauvre père. Il était dans tous ses états quand je suis partie. Son bébé s'en allait vivre chez les méchants Anglais à l'autre bout du pays. Juste ses recommandations auraient suffi à remplir un livre.

— Les parents sont souvent comme ça. Ils voient pas vieillir leurs enfants.

— Les tiens sont comme ça aussi ? s'étonna-t-elle.

— Non, les miens m'ont jamais considéré comme un trésor qu'il fallait absolument protéger, dit-il en éclatant de rire.

— Merci pour le trésor, fit-elle avec humour. Je prends peut-être de la valeur en vieillissant.

— C'est vrai que t'es rendue pas mal vieille, plaisanta-t-il. Mais est-ce que la vieille femme d'au moins trente et un ans pense être capable de marcher un peu dehors quand j'aurai fini de dîner ?

— Pourquoi pas ? fit-elle avec entrain.

— La journée va être longue. Avec les élections, ça me surprendrait que je puisse partir avant dix heures, ce soir.

À leur sortie de l'ancien hôtel Ford, ils marchèrent lentement sur le boulevard Dorchester en échangeant des nouvelles. Jean insista pour que sa compagne lui raconte son expérience dans l'Ouest du pays, ce qu'elle fit avec humour et une bonne humeur communicative. Jean profitait pleinement de ce moment, qu'il était heureux de partager avec Blanche. La discussion était si facile avec elle. Elle avait une opinion sur tous les sujets, contrairement à Reine qui ne participait que rarement à des discussions politiques avec lui. De toute façon, elle, elle n'aimait parler que d'argent, et encore, pas quand il était question de le dépenser. Soudain, Blanche jeta un coup d'œil à sa montre.

— Mon Dieu ! s'écria-t-elle, je vais finir par être en retard à mon rendez-vous. Il est presque une heure et demie.

Tous les deux hâtèrent le pas pour retourner dans l'édifice. Jean regrettait que leur tête-à-tête soit déjà terminé. Ils se quittèrent devant l'ascenseur avec la promesse de se revoir bientôt. Tout en retournant à son poste, il ne pouvait s'empêcher de penser à quel point ce serait agréable de vivre aux côtés d'une femme comme Blanche. Il enviait celui qui aurait la chance de l'épouser, regrettant du même coup de ne pas être celui-là.

À la fin de leur journée de travail, les employés du service des nouvelles s'empressèrent de manger quelque chose sur le pouce avant de se rassembler dans le studio où Henri Bergeron et son équipe allaient animer la soirée des élections.

Avant l'entrée en ondes du célèbre animateur, Jean entendit ce dernier aborder certaines thèses avec ceux qui allaient jouer le rôle de spécialistes devant les caméras durant la soirée. Il était moins question de l'autonomie de la province, que les deux partis avaient prônée durant la campagne, que de l'assainissement des mœurs électorales, un des thèmes favoris du Parti libéral. Bergeron parla aussi avec André Laurendeau du tout nouveau rôle joué par la télévision dans la campagne électorale qui venait de prendre fin.

Lorsque les caméras s'allumèrent à huit heures pour dévoiler progressivement les résultats de l'élection, la fébrilité était à son comble et beaucoup pariaient sur les chances d'Antonio Barrette d'être réélu.

— C'est pas Maurice Duplessis, dit Lalande en plastronnant, mais il faut pas oublier qu'il avait toute une machine électorale derrière lui. Les cultivateurs auront pas oublié tout le bien que l'Union nationale leur a fait.

À la plus grande satisfaction de Jean, les comptes rendus en début de soirée firent mentir celui qu'il ne parvenait pas à souffrir. Peu à peu, les résultats entraient au fur et à mesure du dépouillement des urnes. Les premiers coups de tonnerre de la soirée furent les défaites cuisantes des Johnny Bourque, Antoine Rivard et Bona Arsenault, reconnus comme des piliers de l'Union nationale. On aurait juré qu'une digue venait de rompre. En moins d'une heure, les candidats libéraux se mirent à prendre les devants dans des comtés réputés être des chasses gardées du gouvernement de l'Union nationale.

— Allons-nous assister à une victoire convaincante du Parti libéral de Jean Lesage ? finit par demander Henri Bergeron à l'un de ses invités.

— On le dirait bien, répondit un journaliste, un vieux routier de la politique provinciale. De plus, il est important de remarquer que les Québécois ne semblent pas avoir opté pour la demi-mesure puisqu'on a élu des Éric Kierans, des Paul Gérin-Lajoie et des René Lévesque que Jean Lesage est allé chercher pour leurs idées assez révolutionnaires.

Reste à savoir comment il va parvenir à contenter tout ce monde si jamais il prend le pouvoir ce soir.

À la fin de la soirée, il ne faisait pourtant plus aucun doute que le prochain gouvernement de la province serait libéral puisque les libéraux avaient fait élire cinquante et un candidats contre quarante-trois pour leurs adversaires. Un peu après onze heures, Antonio Barrette vint concéder la victoire devant les caméras de Radio-Canada.

Pour sa part, Jean Lesage prit la parole quelques minutes plus tard devant une salle de la ville de Québec remplie de partisans fous de joie. Triomphant, le nouveau premier ministre de la province annonça de sa voix légèrement traînante que ce qu'il appelait la Révolution tranquille était dorénavant en marche et que le Québec venait de choisir la voie du changement, la voie de la modernité.

Jean rentra chez lui un peu après minuit en se demandant comment son père avait accueilli la défaite de son parti favori. Il était certain qu'il la mettrait sur le dos de Barrette qu'il n'avait jamais beaucoup apprécié.

Les jours suivants, le service des nouvelles de Radio-Canada connut une période d'intense activité. Chaque jour apportait son lot de rumeurs sur l'identité des futurs membres du conseil des ministres de Jean Lesage. Par ailleurs, des bruits de plus en plus persistants faisaient état de la grogne à l'encontre d'Antonio Barrette dans les hautes sphères de l'Union nationale. Par conséquent, Jean ne vit pas le temps passer durant la dernière semaine de juin.

Un jeudi soir, à son retour du travail, il découvrit avec surprise le couloir de l'appartement encombré par deux valises.

— Pourquoi est-ce que ces valises-là sont dans nos jambes ? demanda-t-il à sa femme, occupée à retirer un pâté au poulet du fourneau de la cuisinière électrique.

— Au cas où tu l'aurais oublié, c'est demain matin que les enfants partent, répondit-elle sèchement.

Il ne dit rien et vint regarder dans la ruelle par la porte moustiquaire.

— Est-ce qu'ils ont tout ce qui leur faut ?

— J'ai mis dans leurs valises tout ce qui était indiqué sur la liste.

Le père de famille dut reconnaître, encore une fois, que Reine avait fait preuve de son efficacité habituelle. Quand il y avait une tâche à accomplir, elle n'était pas du genre à se plaindre inutilement ou à traîner les pieds. Elle l'effectuait sans tarder. À aucun moment depuis qu'ils avaient décidé d'envoyer leurs fils à la colonie de vacances, elle n'avait fait appel à ses services.

— Je reconnais une valise. C'est la nôtre, dit-il. Mais d'où vient l'autre ?

— Ma mère me l'a prêtée, se contenta de dire sa femme.

— Je me souviens plus à quelle heure ils partent demain matin, ajouta-t-il.

— À huit heures.

— C'est parfait, je vais aller les conduire au centre Immaculée-Conception avant d'aller travailler. Ce sera pas grave si j'arrive un peu en retard à l'ouvrage.

Après le souper, Jean incita Alain et Gilles à aller saluer leurs grands-parents Bélanger pendant que leur mère était occupée au magasin.

— Vous pouvez même aller dire bonsoir à votre oncle Claude si ça vous tente, ajouta-t-il. Quand vous allez revenir du camp, lui et votre tante Lucie resteront plus sur la rue De La Roche.

Tous les deux s'empressèrent d'aller rendre visite à leurs grands-parents ainsi qu'à leur oncle et leur tante, et ne revinrent qu'un peu avant neuf heures. Pour sa part, Jean était satisfait. Ses fils s'étaient rapidement faits à l'idée d'aller passer un mois loin de leurs parents. Dès le lendemain du jour où ils avaient appris la nouvelle, ils n'avaient plus formulé aucune autre récrimination.

— Vous allez prendre un bain avant de vous coucher, leur ordonna leur mère lorsqu'ils rentrèrent. Il est pas question que vous arriviez là-bas sales comme des cochons, sans parler que je ne sais pas quand vous en prendrez un autre là-bas si je ne suis pas à côté pour vous le rappeler.

Gilles et Alain obéirent en protestant mollement qu'ils n'étaient pas si sales que ça.

Le lendemain matin, un petit jour gris accueillit la famille Bélanger quand elle prit place autour de la table pour déjeuner. Exceptionnellement, Reine avait fait cuire des œufs et du bacon.

Durant tout le repas, les parents firent de nombreuses recommandations à leurs fils et leur prêchèrent la prudence et l'obéissance. Quand vint le moment du départ, Reine et Catherine accompagnèrent les garçons jusqu'à la Plymouth. Jean déposa les valises dans le coffre du véhicule. Il y eut des embrassades rapides avant que les deux jeunes prennent place tous les deux sur la banquette avant, aux côtés de leur père qui mit la voiture en marche. Quand ils tournèrent la tête, ils virent leur mère et leur sœur les saluer de la main.

Quelques minutes plus tard, Jean immobilisa la Plymouth derrière un autobus stationné devant le centre Immaculée-Conception. Le chauffeur était occupé à placer des paquets et des valises dans la soute à bagages. Un peu plus loin sur le trottoir, deux responsables étaient cernés par un groupe de parents accompagnés de leurs enfants. Jean laissa les deux valises près du chauffeur et se joignit aux parents. Il lui fallut attendre un bon moment avant que l'un des responsables coche le nom de ses deux fils sur une liste et les invite à monter à bord. Leur père les accompagna jusqu'à la porte de l'autobus d'où émanaient des cris excités.

— Passez des belles vacances et soyez polis avec les moniteurs, leur recommanda-t-il. Si vous avez le temps, essayez de vous laver un peu et de nous écrire un mot de temps en temps. Ça va faire plaisir à votre mère.

Il demeura debout aux côtés de plusieurs parents jusqu'au départ de l'autobus, quelques minutes après huit heures. On entendit des cris assourdissants et des rires en provenance de l'autobus jusqu'à ce qu'il tourne au coin de la rue.

— Il y a un chauffeur d'autobus qui va se coucher à soir avec tout un mal de tête, dit une mère de famille à sa voisine.

Jean ne put s'empêcher de sourire en entendant cette remarque.

Chapitre 23

Des rebondissements

Si Jean avait cru que le départ de ses deux fils pour le camp de vacances allait soulager Reine et la rendre plus agréable, il déchanta rapidement. À la fin de la première semaine de juillet, son humeur n'avait en rien changé. Elle explosait pour un oui ou pour un non et la moindre contrariété la faisait sortir de ses gonds ou plonger dans de longues bouderies. La situation devint telle qu'il perdit lui-même patience le vendredi soir.

Ce soir-là, elle rentra à la maison un peu après neuf heures. Comme tous les vendredis soirs, elle était fatiguée parce qu'elle était au magasin depuis le début de la semaine, plus encore cette semaine, car elle était seule. Elle avait donné sa semaine de vacances annuelles à Claire. Elle déposa sur la table les factures et les rouleaux de la caisse enregistreuse avant de s'armer de son cahier de comptes et d'un crayon, bien décidée à faire le bilan hebdomadaire habituel qu'elle irait ensuite transmettre à sa mère avant d'aller se coucher.

Maintenant, cela faisait deux semaines qu'elle n'avait pas de nouvelles de Ben et elle ne pouvait s'empêcher d'imaginer les pires scénarios. Elle passait ses journées à épier les gens qui passaient devant les vitrines de la biscuiterie dans l'espoir de l'apercevoir. Elle avait les nerfs à vif et avait de plus en plus de mal à se concentrer.

Assis sur la galerie arrière, Jean prenait le frais après une journée particulièrement chaude.

— Viens prendre l'air un peu, l'invita-t-il en tournant la tête vers la porte moustiquaire par laquelle il pouvait la voir penchée sur ses papiers.

— J'ai pas le temps, répondit-elle d'une voix impatiente.

Un peu après neuf heures et demie, Reine sursauta légèrement en entendant la porte d'entrée s'ouvrir. Elle s'étonna de voir Catherine s'avancer dans le couloir alors qu'elle la croyait dans sa chambre à coucher.

— D'où est-ce que tu sors, toi ? lui demanda-t-elle, l'air mauvais.

— De chez Martine Lemay, m'man.

— Depuis quand t'as la permission de rentrer aussi tard ?

— J'ai demandé à p'pa, répondit l'adolescente, immédiatement sur la défensive.

— Moi, je veux pas te voir courailler dehors à cette heure-là, tu m'entends ? s'écria-t-elle.

Catherine ne dit rien et s'empressa de prendre la direction de sa chambre alors que son père rentrait.

— Qu'est-ce que t'as à crier comme une perdue ? Tout le monde autour t'entend.

— Depuis quand tu donnes la permission à ta fille de rentrer aussi tard ?

— Elle était avec la petite Lemay, sur son balcon. Je les voyais d'en arrière.

— C'est pas une raison. Moi, je veux la voir dans la maison pas plus tard que neuf heures.

— Laisse-la donc respirer un peu, lui suggéra-t-il. Elle passe son temps à travailler dans la maison.

— Est-ce que je respire, moi ? demanda Reine d'une voix hystérique. Est-ce qu'il y a quelqu'un qui se demande si j'en ai pas assez, moi ? Non. Moi, je suis une folle juste bonne à travailler du matin au soir…

— Aïe ! Reine Talbot, là, tu vas te calmer les nerfs ! lui ordonna sèchement son mari. Ça va faire ! T'es plus endurable. Si t'as besoin de pilules pour te calmer, on ira t'en acheter. Si c'est le magasin qui t'épuise, ben, t'as juste à le lâcher. Moi, je peux plus t'endurer comme ça ! Calvince ! T'as raison, on dirait que t'es en train de devenir folle !

Reine lui jeta un regard mauvais et allait lui servir une réplique cinglante quand elle réalisa subitement qu'elle n'avait jamais vu son mari aussi exaspéré.

— Laisse-moi tranquille. J'ai pas encore fini, se borna-t-elle à lui répliquer sur un ton beaucoup plus normal en se penchant à nouveau sur ses papiers.

Jean lui tourna alors le dos, n'ajouta aucun commentaire, mais n'en pensait pas moins. Il avait beau être dévoué à sa famille, il n'était pas question d'imposer le caractère déplaisant de sa femme à sa fille. Il y avait bien une limite à tout et comme père de famille il comptait bien rétablir la situation.

Le lendemain matin, Jean se leva très tôt et déjeuna seul au bout de la table de la cuisine. Quand il rentra dans la chambre pour s'habiller, Reine se souleva sur un coude pour lui demander d'une voix endormie :

— Quelle heure il est ?

— Six heures et demie.

— Qu'est-ce que tu fais debout à cette heure-là un samedi matin ?

— Tu t'en rappelles pas ? Je m'en vais passer la journée à peinturer chez Claude, à Saint-Léonard. Je sais pas à quelle heure je vais revenir.

Reine se laissa retomber dans le lit, apparemment bien décidée à dormir encore quelques minutes avant de se préparer à descendre ouvrir le magasin. Un chiffre tournait dans sa tête depuis la veille. Lundi avant-midi, elle irait déposer ses gains de la semaine dans son compte d'épargne qui allait atteindre six mille dollars ! SIX MILLE ! À cette seule pensée, elle en avait le frisson. Elle en aurait même possédé pas mal plus si elle n'avait pas eu à payer sa part du comptoir réfrigéré.

Jean quitta l'appartement après avoir revêtu les vieux vêtements qu'il portait habituellement pour les gros travaux. Il prit un pinceau et un vieil escabeau dans le hangar avant d'aller rejoindre son frère et sa belle-sœur à leur appartement de la rue De La Roche. Quelques jours auparavant, il avait été entendu qu'il allait voyager avec eux. À son arrivée près de la Chevrolet stationnée devant la maison où habitait le couple, il eut la surprise de voir Marcel Meunier appuyé négligemment contre la portière de sa Ford.

— On dirait que Claude manquera pas d'aide aujourd'hui, dit-il à son beau-frère en s'avançant vers lui.

— On sera pas trop, je pense, fit le plâtrier. Lorraine est en dedans avec Murielle. Ils s'en viennent avec Lucie.

À peine venait-il de parler que la porte de l'appartement de Claude livra passage à Lucie, suivie de Lorraine et de sa jeune nièce.

— Calvince ! t'es ben blanche, fit Jean en apercevant sa belle-sœur.

— On dirait que t'as déjà oublié comment était ta femme le matin quand elle attendait un petit, répliqua Lucie avec un pauvre sourire.

— T'es certaine que tu veux venir peinturer ? lui demanda-t-il.

— Tu penses tout de même pas que je vais laisser tout le monde travailler chez nous pendant que je vais me reposer tranquillement à la maison les pieds sur le pouf.

La jeune femme, enceinte de sept mois, monta dans la voiture pendant que Claude déposait une boîte de carton remplie de victuailles et l'escabeau de son frère dans le coffre dont il attacha le couvercle avec une corde.

— Où est la peinture? lui demanda Jean.

— Elle est déjà rendue, lui répondit son frère. J'ai fini de travailler à midi, hier. J'en ai profité pour acheter tout ce qu'il fallait. En plus, je me suis aperçu que la veuve qui nous a vendu la maison était une femme pas mal propre. On n'aura même pas à laver les plafonds et les murs avant de les peinturer. Il y a juste les armoires qu'on va devoir laver. On y va, dit-il, plein d'énergie, en prenant place à bord de sa voiture.

— Va pas trop vite, on va te suivre, lui dit Marcel Meunier en montant à son tour dans son automobile en compagnie de sa femme et de sa fille.

Depuis l'épisode du jour de l'An, Marcel s'était montré beaucoup plus serviable avec ses beaux-frères et semblait plus attentionné envers sa femme. Cela faisait un plaisir certain à Claude et à Jean, heureux de constater que leur intervention à la fois musclée et discrète avait porté fruit. Plus encore, le plâtrier semblait moins porté sur la bouteille, ce qui ne nuisait pas à son couple non plus.

Même s'il était encore très tôt dans la matinée, il faisait déjà chaud quand les deux voitures prirent la direction de Saint-Léonard-de-Port-Maurice. Deux jours auparavant, Annette Ruest, l'ancienne propriétaire du bungalow de la rue Girardin, avait prévenu Claude et sa femme que son déménagement était terminé et qu'ils pouvaient emménager quand ils le voudraient dans leur nouvelle résidence. Le soir même, ils avaient emmené Félicien et Amélie admirer leur maison et pris la décision de faire un grand ménage des lieux avant de s'y installer, à la fin du mois.

En ce samedi matin, on ne perdit pas beaucoup de temps à visiter le bungalow. On ouvrit les fenêtres et on se répartit le travail. On fit en sorte que Lucie se limite à laver les fenêtres et les armoires avec l'aide de sa jeune nièce pendant que tous les autres, armés d'un rouleau ou d'un pinceau, entreprenaient de peindre le salon et les chambres à coucher.

À midi, Lucie ordonna à tous de faire une pause et, avec l'aide de Lorraine, servit les sandwichs préparés le matin même.

— On va arrêter, je crois bien, annonça Claude en finissant de boire sa tasse de café. Il fait pas mal chaud et on a donné un bon avant-midi d'ouvrage.

— Il en est pas question, se récria Jean. Il nous reste seulement la moitié d'une chambre, la salle de bain et la cuisine à peinturer. On va finir la *job*, tant qu'à y être. Qu'est-ce que vous en pensez ?

Lorraine et Marcel approuvèrent bruyamment et les nouveaux propriétaires durent accepter cette offre généreuse. Tout le monde se remit donc au travail. Un peu avant cinq heures, tout était terminé.

Fatigués et couverts de sueur, ils s'arrêtèrent pour boire quelques bières ou des verres de boisson gazeuse avant d'entreprendre de laver les pinceaux et les rouleaux. À la surprise de Claude et de Jean, Marcel avait opté pour un soda, alors qu'eux s'étaient rafraîchis avec de la bière.

— On peut se vanter d'avoir fait une barnak de bonne journée d'ouvrage, déclara Claude, satisfait, en regardant sa maison. Il va me rester juste à vernir les planchers un soir, la semaine prochaine.

— On s'en retourne en ville, fit Lucie, dont le visage trahissait la fatigue. Vous venez tous manger à la maison.

Ils refusèrent en chœur son invitation sous divers prétextes. Claude veilla à laisser des fenêtres entrouvertes pour aérer la maison avant d'aller rejoindre son frère et sa femme déjà assis dans sa voiture.

Ce matin-là, Reine alla ouvrir le magasin vers huit heures trente, persuadée que le livreur des Richer l'attendait déjà devant la porte avec les pâtisseries commandées la veille. Avant de descendre, elle demanda à Catherine de remettre un peu d'ordre dans la maison et d'épousseter.

La jeune femme ne s'était pas trompée de beaucoup. La camionnette du livreur s'arrêta devant la biscuiterie au moment même où elle en déverrouillait la porte. L'employé des Richer la suivit à l'intérieur, les bras chargés de deux grandes boîtes. Il lui laissa six gâteaux, six tartes et huit douzaines de pâtisseries tant à la crème pâtissière qu'à la crème Chantilly. Elle le régla et entreprit de répartir cette commande dans et sur le comptoir réfrigéré. Ensuite, elle se rendit compte que le soleil avait fait augmenter passablement la chaleur dans le magasin et elle mit les deux grands ventilateurs en marche pour remuer un peu l'air chaud.

Vers dix heures et demie, elle était occupée à servir sa vingtième cliente quand Benjamin Taylor pénétra dans la biscuiterie. Reine emballa l'achat de la dame, déposa dans la caisse enregistreuse le montant de son achat et lui remit sa monnaie avec son plus charmant sourire. Aussitôt que la dame eut tourné les talons, c'est un visage aux traits figés qu'elle présenta à son visiteur qui s'était tenu à l'écart tout le temps qu'elle avait été occupée.

Elle était contente de le revoir enfin, mais elle ne voulait surtout pas qu'il s'en aperçoive.

— Est-ce que je peux savoir d'où tu sors ? l'interpella-t-elle avec hargne. Ça fait quinze jours que j'ai pas eu de tes nouvelles.

Elle avait l'impression de répéter la même phrase chaque fois qu'il faisait sa réapparition dans son magasin.

Ben lança un coup d'œil vers l'arrière-boutique, comme pour la prévenir de ne pas parler aussi fort en présence de sa vendeuse.

— Inquiète-toi pas, on est tout seuls. Claire est en vacances.

— Je sors de l'hôpital, répondit-il. Et tu serais fine de m'inviter à m'asseoir quelque part. J'ai encore de la misère à me tenir debout sur mes jambes.

Le visage de Reine prit immédiatement un air alarmé.

— T'as été malade ?

— Oui, pas mal à part ça.

Elle n'hésita qu'un bref instant avant de lui faire signe de la suivre dans l'arrière-boutique. Ben contourna l'un des comptoirs et repoussa le rideau en plastique vert qui avait remplacé le rideau de perles défraîchi le mois précédent. Aussitôt, il attira la jeune femme à lui et l'embrassa avec fougue. Elle se débattit un peu. Il la lâcha et s'assit sur l'une des chaises placées près de la petite table.

— À ce que je vois, t'es pas mourant, dit Reine, sur un ton sarcastique.

— Non et je me suis pas mal ennuyé de toi, répondit Ben en lui adressant son sourire le plus enjôleur.

— Est-ce que je peux savoir ce que t'as eu ? lui demanda-t-elle en cachant mal son inquiétude.

— Les docteurs ont pas l'air à trop bien le savoir, fit-il. J'ai perdu connaissance au bureau. Ma secrétaire a fait venir une ambulance. Ils m'ont transporté à l'hôpital Saint-Luc. Là, il paraît qu'ils ont d'abord cru que je faisais une crise cardiaque. Puis il paraît que c'était juste une grosse baisse de pression. Ça leur a pris pas mal de temps avant de s'apercevoir que c'était de l'arythmie cardiaque et ils ont cherché pourquoi ma pression jouait au yo-yo.

— Et là, es-tu correct ? lui demanda Reine, soulagée d'apprendre qu'il allait mieux et que son absence n'avait rien à voir avec une faute qu'elle aurait pu commettre.

— Je suis comme avant, déclara-t-il avec un large sourire. Tout à l'heure, je suis passé à la maison pour voir si ça avançait.

— Puis ?

— Mon entrepreneur est en retard pour faire poser la brique. Elle a pas encore été livrée. Il paraît que la compagnie est en retard de deux semaines dans ses commandes. J'ai hâte que tu voies cette brique-là. Elle est beige avec des reflets rosés. Il y aura pas une maison aussi belle que la nôtre dans le coin, je te le garantis. En attendant, les menuisiers ne perdent pas de temps, le dedans de la maison avance vite et les fenêtres sont déjà posées.

— Quand penses-tu qu'elle va être prête ? fit-elle.

— D'après mon entrepreneur, ça va aller pas mal vite. Déjà, les joints vont être tirés la semaine prochaine. Le paysagement du terrain devrait même être fini pour…

La clochette de la porte d'entrée du magasin sonna et Reine lui fit signe de se taire.

— M'man ! fit la voix de Catherine.

Le visage de Reine changea et, durant un court moment, elle fut en proie à l'affolement.

— Attends, j'arrive, cria-t-elle à son tour à l'adolescente. Cache-toi dans les toilettes. Fais ça vite ! murmura-t-elle à Ben à voix basse.

Sans perdre un instant, ce dernier s'empressa de se glisser silencieusement dans la petite pièce en laissant la porte entrouverte. Reine repoussa le rideau et entra dans le magasin.

— Qu'est-ce qu'il y a ? demanda-t-elle d'une voix impatiente.

— J'ai fini de faire le ménage en haut et j'ai même eu le temps de laver et de cirer le plancher de cuisine.

— T'étais pas obligée de t'occuper du plancher, lui fit-elle remarquer.

— Je suis descendue pour venir vous aider, reprit Catherine.

— Comme tu peux voir, c'est pas mal tranquille, fit sa mère en s'efforçant de lui sourire. J'ai pas besoin de toi.

Elle garda le silence un court moment avant de trouver le moyen de se débarrasser de la présence encombrante de sa fille.

— Si tu veux vraiment être utile, tu pourrais aller me préparer deux sandwichs au jambon et me les descendre. Comme ça, j'aurais pas besoin de monter dîner.

— Vous êtes sûre que vous voulez pas que je vous aide au magasin ?

— Certaine.

— OK, accepta l'adolescente. Ça me prendra pas grand temps.

— Prépare-moi donc aussi un thermos de thé, lui demanda sa mère pour s'assurer que sa fille mette plus de temps à revenir.

Catherine quitta la biscuiterie et sa mère prit la peine de s'avancer jusqu'à la vitrine pour s'assurer qu'elle était bien remontée à l'appartement avant de revenir précipitamment vers l'arrière-boutique où Ben l'attendait. Après une telle frousse, elle n'avait plus qu'une envie, que son amant lui pose la question qu'elle attendait avec impatience depuis des semaines.

— Bon, il faut que j'y aille. Avec toutes ces journées passées à l'hôpital, tout est à l'envers au bureau et je sais plus trop où j'en suis.

Reine se fit aguichante et vint se coller contre lui. Il l'embrassa à nouveau en laissant ses mains courir sur son corps.

— Est-ce que tu t'es enfin décidée ? finit-il par lui demander dans un souffle.

Elle retint sa réponse quelques secondes, uniquement pour le plaisir de le faire languir un peu.

— Puis ? insista-t-il.

— C'est correct. Aussitôt que la maison sera prête, tu viendras me chercher.

— L'entrepreneur m'a dit que tout devrait être fini à la mi-août. D'après lui, il devrait être capable de me remettre les clés vendredi, le 19, à moins d'un imprévu.

— Ça veut dire encore un mois, fit Reine, déçue.

— Ça va passer vite, dit-il pour lui remonter le moral. Qu'est-ce que tu dirais si je venais te chercher avec tes bagages, par exemple, le lundi matin suivant ?

— On verra. De toute façon ce ne sera pas bien compliqué, je vais apporter deux valises et une ou deux boîtes.

— Parfait. Tu peux déjà commencer à les préparer, lui dit-il en lui donnant un rapide baiser sur le bout du nez.

Il quitta l'arrière-boutique et elle le suivit jusqu'à la porte de la biscuiterie. Debout derrière la vitrine, elle le vit se diriger vers sa Cadillac stationnée un peu plus loin sur Mont-Royal et elle sentit monter en elle une bouffée de joie et de désir. Dans un mois, elle laisserait tout derrière elle et commencerait une vie nouvelle.

Elle n'aurait peut-être pas beaucoup de bagages, mais il lui fallait tout de même prendre certaines mesures. Elle allait faire en sorte que les vêtements des enfants soient prêts pour le début des classes et, surtout, elle allait prévenir sa mère qu'elle entendait laisser tomber la biscuiterie.

La jeune femme réfléchit durant plusieurs jours à la meilleure façon de présenter à sa mère sa décision de cesser de travailler à la biscuiterie. Sa voisine de l'étage du dessous serait sûrement stupéfaite de la voir renoncer à cette source de revenus alors qu'elle n'avait pas cessé de la harceler à ce sujet depuis la mort de son père.

Reine avait bien réfléchi à cette situation et avait fini par considérer que la meilleure chose à faire était de faire croire à sa mère qu'elle était épuisée et que son mari exigeait qu'elle cesse de travailler au magasin pour ne s'occuper que de son foyer. Que sa mère la croie ou pas, somme toute, avait bien peu d'importance puisqu'elle envisageait de tout lâcher deux jours avant de disparaître en compagnie de son amant.

Elle aurait aimé aller apprendre la nouvelle à Yvonne Talbot dès que sa décision avait été prise. Mais elle n'eut la force de caractère d'aborder le sujet avec elle que le vendredi soir, après avoir fait les comptes de la biscuiterie pour la semaine écoulée.

Comme chaque vendredi, elle descendit chez sa mère avec les rouleaux de papier de la caisse enregistreuse et les factures des fournisseurs pour établir le partage des revenus. Les affaires de la semaine avaient été moyennes et ses calculs ne suscitèrent aucune contestation.

Au moment où elle s'apprêtait à apprendre la nouvelle à sa mère, cette dernière aborda un sujet vraiment inattendu.

— On va changer l'enseigne lumineuse, annonça-t-elle à la jeune femme.

— Pourquoi, m'man ? Celle qu'on a est belle, protesta Reine.

— Pour remplacer le mot « biscuiterie » par « pâtisserie », lui expliqua sa mère. À cette heure, on vend plus de pâtisseries qu'autre chose. C'est normal qu'on l'annonce.

— Mais ça va coûter une petite fortune cette affaire-là ! s'exclama sa fille qui devrait, évidemment, prendre sur ses revenus pour payer une partie de cette nouvelle lubie maternelle.

— Penses-y, lui ordonna Yvonne. D'une façon ou d'une autre, il va falloir la changer, notre enseigne.

Reine se dit que si sa mère se montrait aussi entêtée pour l'achat d'une nouvelle enseigne que pour celui du comptoir réfrigéré, elle exigerait de passer rapidement à l'action. Puis elle se calma. Il lui suffirait d'atermoyer encore un mois et l'affaire se ferait sans elle.

Durant un bref moment, elle se demanda si l'instant était bien choisi pour lui apprendre sa décision de quitter la biscuiterie. Puis, elle se persuada rapidement qu'il n'y aurait pas de bon moment et que le mieux était de se débarrasser de cette corvée tout de suite.

— Ah ! m'man, je voulais vous dire que vous allez bientôt être obligée soit de recommencer à descendre à la biscuiterie, soit d'engager une nouvelle gérante.

Yvonne Talbot sursauta légèrement en entendant ces mots.

— Bon, qu'est-ce qui se passe encore ? Est-ce que c'est parce que je veux changer l'enseigne ?

— Pantoute, m'man. Ça a rien à voir avec ça.

— Pour quelle raison veux-tu arrêter ?

— J'arrive plus à faire mon ouvrage à la maison et à m'occuper des enfants en même temps que du magasin.

Jean veut que je lâche la biscuiterie, mentit-elle avec aplomb.

— C'est nouveau, ça. C'est bien la première fois que je te vois faire ce que te dit ton mari sans ruer dans les brancards, lui fit remarquer sa mère sur un ton soupçonneux.

— Oui, mais là, Jean a pas tort. Mais dites-lui pas que je vous en ai déjà parlé. Je voudrais pas qu'il pense que j'ai décidé de faire tout ce qu'il demande.

— T'as l'intention d'arrêter quand ?

— Disons dans presque quatre semaines, répondit Reine après avoir fait semblant de réfléchir. On pourrait dire samedi, le 20 août.

— Est-ce qu'il y a une raison spéciale pour que tu choisisses cette date-là ? fit sa mère, méfiante.

— Oui et non, c'est quinze jours avant que les enfants retournent à l'école. Comme ça, ça va me donner le temps de préparer leurs affaires. En plus, il y a des chances que Jean ait quelques jours de vacances dans ce temps-là et…

— C'est correct, la coupa Yvonne. Je pensais qu'en t'aidant à envoyer tes gars dans un camp d'été, ça te permettrait de souffler un peu et te donnerait le goût de continuer un bon bout de temps à t'occuper du magasin, ajouta sa mère, à la fois surprise et dépitée de la décision de sa fille.

— Allez-vous engager quelqu'un pour me remplacer ? lui demanda Reine, sans se donner la peine de relever la dernière remarque de sa mère.

— Je le sais pas encore, avoua Yvonne Talbot. Il faut que je réfléchisse à tout ça.

À son retour chez elle, la jeune femme eut envie d'apprendre à son mari qu'elle allait abandonner la gérance de la biscuiterie, ce qu'il considérerait sûrement comme une excellente nouvelle. Puis elle y renonça. Elle n'avait pas le goût de se lancer dans des explications qui seraient nécessairement aussi fausses que mensongères. Elle le lui dirait plus tard, quand elle jugerait que le temps serait opportun.

Le mardi suivant, Reine venait à peine de revenir dans la biscuiterie après être allée dîner à l'appartement quand Catherine poussa la porte du magasin en brandissant une enveloppe.

— M'man, j'ai oublié de vous donner la lettre que le facteur a laissée à matin, dit-elle à sa mère après avoir adressé un sourire à Claire Landry, revenue de vacances la veille.

La jeune mère de famille prit l'enveloppe et l'examina brièvement avant de dire :

— Une lettre de tes frères.

Elle l'ouvrit et la lut, nonchalamment adossée au comptoir.

— Qu'est-ce qu'ils racontent, m'man ? demanda l'adolescente, curieuse.

— Ils disent qu'ils ont pas mal de fun, mais qu'ils ont hâte de revenir. Tiens, tu peux la reprendre et la laisser sur la table pour ton père, quand il reviendra de…

Le bruit d'une voiture freinant d'urgence accompagné par un coup de klaxon assourdissant coupa la parole à Reine, qui se tourna vers la vitrine pour voir ce qui se passait.

— Il y a un accident, madame Bélanger, fit Claire, qui s'était précipitée vers la porte de la biscuiterie pour mieux voir. Je pense qu'il y a quelqu'un qui vient de se faire frapper par un char.

— Je vais aller voir, m'man, déclara Catherine en sortant précipitamment avant que sa mère s'oppose à son geste.

La circulation semblait s'être soudain figée au coin de Brébeuf et Mont-Royal. Des portières de voiture claquaient partout. Un attroupement s'était aussitôt formé au centre de la rue. Un autobus venant de la direction ouest était immobilisé au coin de la rue et ses passagers avaient été les premiers à se précipiter sur la scène de l'accident.

— Il y a un homme qui vient d'apporter une couverte, madame Bélanger, dit Claire qui avait ouvert la porte pour tenter de mieux voir ce qui se passait au coin de la rue.

— Surveille le magasin, lui ordonna Reine. Je vais aller voir.

Reine sortit de la biscuiterie, chercha sa fille des yeux et la repéra quelques dizaines de pieds plus loin. La jeune femme joua des coudes pour s'approcher de l'adolescente et, au moment où elle parvenait à la rejoindre, une autopatrouille suivie d'une ambulance arrivait déjà sur les lieux et les secouristes se frayaient un chemin jusqu'à la forme étendue devant une voiture verte.

— C'est une femme, m'man, lui annonça Catherine. Il paraît qu'elle venait juste de descendre de l'autobus. Elle a traversé. Il y en a qui disent qu'elle a pas vu venir le char vert qui est là. C'est lui qui l'a frappée.

— C'est le chauffeur qui est appuyé contre l'autobus, intervint une parfaite inconnue. Il arrête pas de pleureur depuis qu'il est sorti de son char. D'après moi, c'est pas de sa faute. La femme a pas regardé en traversant.

Reine se souleva sur le bout des pieds au moment où les ambulanciers déposaient la dame sur une civière.

— Mais on dirait…

— Quoi, m'man ?

— On dirait la voisine de ta grand-mère Bélanger, poursuivit sa mère. Je pense que c'est Adrienne Lussier, la femme qui travaillait à la biscuiterie avant. J'espère qu'elle…

Reine allait dire qu'elle espérait que c'était pas trop grave quand elle vit l'un des ambulanciers couvrir rapidement la figure de l'accidentée avec la couverture rouge rayée de bandes noires.

— On dirait que la pauvre femme s'en sortira pas, dit l'inconnue debout derrière Reine et sa fille.

Pendant qu'un policier recueillait les déclarations du chauffeur d'autobus et de l'automobiliste impliqué dans l'accident, l'autre repoussait les spectateurs vers les trottoirs pour rétablir la circulation.

— Reste pas là, ordonna Reine à sa fille. Tu voulais pas aller à la bibliothèque municipale ? Vas-y.

Sur ce, elle rentra dans le magasin.

Au retour de Jean à la maison après sa journée de travail, Catherine s'empressa de lui raconter l'accident auquel elle avait assisté.

— M'man pense que c'était la femme qui travaillait à la biscuiterie avant, conclut-elle.

— Madame Lussier ?

— Oui.

— Est-ce que ta mère t'a envoyée prévenir ta grand-mère ?

— Non.

— Calvince ! Il me semble qu'elle aurait pu y penser, ne put-il s'empêcher de grommeler en quittant précipitamment l'appartement.

Jean poussa la porte du magasin, quinze minutes avant la fermeture.

— Catherine vient de me dire qu'Adrienne Lussier s'est fait frapper. Est-ce que t'es ben sûre que c'est elle ?

— Je pense que c'est elle, répondit Reine d'une voix indifférente.

— Ça t'a pas tentée de faire avertir mes parents ?

— Pourquoi ? C'est pas de la parenté, que je sache, fit-elle, soudain agressive.

— Non, mais as-tu pensé à Omer ? Il doit l'attendre, lui, et il doit pas comprendre pourquoi sa sœur arrive pas.

Reine haussa les épaules et son mari quitta la biscuiterie. Il se dirigea à grands pas vers la maison de ses parents, monta l'escalier extérieur et sonna à leur porte. Quand son père vint lui ouvrir, il s'empressa de lui demander :

— Est-ce que vous êtes au courant pour Adrienne Lussier ?

— Oui, la police est passée chercher Omer au milieu de l'après-midi. Je te dis qu'il a fait toute une crise. On l'entendait crier partout dans la rue. Ta mère voulait monter pour aider à le calmer, mais je l'ai empêchée. Ils ont dû faire venir un docteur et une ambulance. Pauvre lui ! Ils l'ont sorti sur une civière. Tout ce que j'ai pu faire, c'est de demander où ils l'amenaient.

— Où est-ce qu'ils l'ont transporté ?

— À Notre-Dame.

— Après le souper, je vais aller voir ce qu'on peut faire pour lui, déclara Jean. Où est m'man ?

— Elle vient d'aller s'étendre. Ça a pas été une bonne journée pour elle, se contenta de dire l'ancien facteur sans donner plus de précisions.

Ce soir-là, Jean s'empressa de souper et annonça qu'il allait à l'hôpital Notre-Dame prendre des nouvelles d'Omer Lussier.

— Tu pourrais te contenter de téléphoner, lui fit remarquer sa femme en entreprenant de remettre de l'ordre dans la cuisine avec l'aide de sa fille.

— Ils me diront rien au téléphone.

Jean rentra à la maison une heure et demie plus tard. Il trouva Reine en train de recoudre un bouton à l'un de ses chemisiers, assise sur la galerie arrière.

— Je te dis qu'il fait pitié, lui dit-il sans préciser qu'il s'agissait d'Omer. Le pauvre bonhomme a l'air d'avoir complètement perdu le peu qu'il avait en apprenant ce qui était arrivé à sa sœur.

— Il était tout seul ?

— Non, il y avait une cousine qui est venue le voir. Elle m'a dit qu'on était pour faire une autopsie d'Adrienne Lussier et qu'elle allait se charger des funérailles parce qu'elle était sa seule famille, à part Omer.

— Bon.

— En plus, s'ils enferment pas Omer à Saint-Jean-de-Dieu, elle va le prendre chez elle. Il reviendra pas rester tout seul dans l'appartement au-dessus de chez mes parents. Je suis arrêté dire ça à mon père et à ma mère. Ma mère est pas mal à l'envers à cause de toute cette histoire-là.

Reine ne sentit pas le besoin de commenter. Elle se borna à lui rappeler la lettre écrite par leurs fils qu'il n'avait pas eu le temps de lire. Jean rentra dans l'appartement et alla la chercher.

Chapitre 24

Nouvelles maisons

Le samedi matin suivant, un temps maussade accueillit les Bélanger à leur lever. Depuis quelques heures, la pluie tombait, et il faisait déjà chaud et humide, même s'il était à peine sept heures.

— Un vrai temps pour des funérailles, dit Jean en prenant place à table pour déjeuner.

— Je vois pas pourquoi Catherine va là, déclara Reine en refermant sa robe de chambre. C'était une pure étrangère.

— C'est vrai, reconnut son mari, mais la pauvre femme avait pas de famille. Il y aura presque personne à l'église. C'est pour ça que j'ai offert à ta mère de l'amener à l'enterrement. Après tout, Adrienne Lussier a travaillé pour elle pendant plus d'une dizaine d'années.

— Ça me surprend que ma mère ait accepté d'y aller. Avec l'humidité qu'il y a à matin, ses hanches doivent lui faire mal et elle doit regretter de t'avoir dit oui.

Jean ne dit rien, mais il avait été lui-même surpris qu'Yvonne Talbot accepte de monter avec lui quand il lui avait offert de la conduire, la veille. C'était la première fois qu'elle lui parlait depuis près d'un mois et demi. Habituellement, quand elle avait quelque chose à lui dire, elle se servait de sa fille comme intermédiaire.

— Je suppose que tous les Bélanger vont être là, reprit Reine en tartinant une rôtie.

— Non, Lucie a proposé de rester avec ma mère. Depuis le commencement de la semaine, elle est pas dans son assiette, d'après mon père. Lui, il va monter avec Claude.

— Et Lorraine ?

— Lorraine est à Joliette pour la semaine avec Marcel et sa fille. Ils sont au chalet de son beau-frère Henri.

— Ça fait tout de même drôle de vous voir tous aller à cet enterrement-là.

— Les Lussier sont des voisins de mes parents depuis plus que trente ans. Nous autres, on les a toujours connus. T'aurais dû voir ça, hier, au salon funéraire. Je pense qu'il est même pas venu une douzaine de personnes. Si on n'avait pas été là, la cousine aurait été presque toute seule avec Omer.

Quand Reine descendit ouvrir la porte de la biscuiterie, Jean envoya sa fille prévenir sa grand-mère Talbot qu'il les attendait toutes les deux dans la voiture. Il avait décidé d'accompagner la disparue au cimetière de l'Est après le service funèbre.

À l'arrivée du corbillard devant l'église Saint-Stanislas-de-Kostka un peu avant neuf heures trente, il pleuvait toujours. Il n'y avait qu'une poignée de voisins et de curieux venus assister aux funérailles de la dame, âgée seulement d'une soixantaine d'années. Comme il s'y attendait, Jean se rendit compte que la cousine n'avait pas jugé bon d'emmener Omer à la cérémonie. Elle avait vaguement évoqué cette possibilité la veille, au salon funéraire, en arguant que la cérémonie risquait de trop le perturber.

Jean avait laissé sa fille s'installer aux côtés de sa grand-mère pour s'asseoir seul dans le banc situé derrière elles. Yvonne Talbot avait à peine desserré les lèvres durant le court trajet qui les avait conduits devant l'église.

À la fin de la cérémonie religieuse, il ramena sa belle-mère et sa fille rue Mont-Royal. Il eut alors droit à un merci de la part de la mère de Reine avant qu'elle referme la portière de la Plymouth.

— C'est pas nécessaire que tu viennes avec moi au cimetière, dit-il à sa fille. Je pense que t'es mieux d'aller demander à ta mère ce qu'elle voudrait manger pour dîner.

À son retour du cimetière, le temps ne s'était guère amélioré et il fut obligé de modifier ses plans pour l'après-midi. Le nettoyage de la Plymouth attendrait la réapparition du soleil.

— Ma sœur a téléphoné cet avant-midi, lui dit Reine en mangeant les spaghettis réchauffés au menu ce midi-là.

— C'est plutôt rare, laissa tomber Jean.

— Elle avait essayé de téléphoner à ma mère, et comme elle répondait pas, elle était inquiète. J'en ai tout de même appris une bonne, ajouta-t-elle, le visage animé par une joie mauvaise.

— Quoi ?

— Son grand tata boutonneux a coulé son année au collège.

— C'est pas la fin du monde, fit Jean. Il est pas le premier jeune à couler ses éléments latins. Il va recommencer.

— Si j'ai bien compris, Charles et elle le souhaitent aussi, mais leur Thomas a pas l'air trop intéressé. En tout cas, pour le punir, ils l'amèneront pas avec eux à Atlantic City la semaine prochaine.

— Ils vont partir seulement tous les deux ? Ils risquent de trouver leurs vacances pas mal ennuyantes, fit-il remarquer à sa femme.

— Ils seront pas tout seuls. Il paraît qu'ils ont offert à Lorenzo et à sa Rachel d'y aller avec eux autres.

— Pourquoi pas.

— Il me semble qu'ils auraient pu penser nous l'offrir d'abord à nous autres, répliqua-t-elle sèchement.

— Je vois pas pourquoi, lui dit son mari. On se tient pas spécialement ensemble. En plus, ta sœur et son mari savent ben que je viens de commencer à travailler à Radio-Canada et que j'aurai pas de vacances. Et toi, tu dois t'occuper de la biscuiterie.

Reine repensa alors à la discussion qu'elle avait eue avec sa mère, à propos de son souhait de quitter prochainement la biscuiterie. Mais il n'était pas question d'aborder le sujet à cet instant avec son mari. Elle se contenta de répliquer à Jean :

— Ça fait rien, ils auraient pu nous l'offrir.

— Nous vois-tu aller là avec les enfants ?

— On aurait pu s'arranger.

— Ta mère, dans tout ça ? lui demanda Jean.

— Inquiète-toi pas. Elle y va, elle aussi, lui apprit-elle.

— Même si Rachel est du voyage ? Là, tu m'étonnes ! Il me semblait qu'elle pouvait pas endurer de voir ton frère avec une séparée, ajouta-t-il en pensant que sa belle-mère aurait bien pu lui apprendre elle-même la nouvelle le matin même, pendant qu'il la conduisait à l'église.

— Il faut croire qu'elle a fini par s'habituer à l'idée, fit-elle, désinvolte.

Elle songea que cette soudaine tolérance de sa mère allait lui être bien utile bientôt quand il s'agirait de lui faire accepter la présence de Ben. Elle ne pourrait pas faire deux poids deux mesures. Elle allait devoir accueillir son amant aussi bien que l'amie de son frère. Elle eut une pensée fugitive pour son père décédé. Le pauvre homme en aurait bien fait une jaunisse s'il avait appris ce qu'elle se préparait à faire.

— Tu sais pas la meilleure, par exemple, poursuivit Reine en se versant une tasse de thé quelques instants plus tard.

— Quoi ?

— Ma chère sœur a eu le front de me demander si je garderais pas son Thomas la semaine prochaine, pendant qu'elle va aller s'étendre sur la plage d'Atlantic City.

— Naturellement, tu as refusé.

— Une folle ! Je lui ai dit que les garçons étaient encore au camp de vacances jusqu'à la fin de la semaine prochaine et que j'avais pas le temps de surveiller son gars. Elle a eu l'air de comprendre. Je pense même que je lui ai donné une idée en parlant de camp. Elle va essayer de l'envoyer là l'été prochain. En attendant, elle va s'en débarrasser en l'envoyant passer la semaine chez son grand-père Caron.

Le lundi avant-midi, Benjamin Taylor réapparut à la biscuiterie. L'homme était bronzé et toujours aussi soigneusement vêtu. Il avait perdu l'air un peu abattu qu'il arborait lors de sa dernière visite. Reine l'accueillit avec un sourire discret alors que sa vendeuse était occupée à servir une cliente à l'autre extrémité du comptoir.

— Essaye de te débarrasser d'elle cinq minutes, lui souffla-t-il. J'ai besoin de te parler.

Elle acquiesça, intriguée. Dès le départ de la cliente, Reine demanda à Claire Landry d'aller acheter six boissons gazeuses à l'épicerie du coin. Même si la demande n'avait rien d'exceptionnel, la jeune fille comprit que sa patronne cherchait à l'éloigner. Dès qu'elle eut franchi la porte, Ben esquissa le geste de vouloir se rendre dans l'arrière-boutique, mais Reine l'arrêta.

— Non, on est mieux de rester dans le magasin. J'ai eu trop peur la dernière fois. Qu'est-ce qui se passe pour que tu me demandes de me débarrasser de Claire ?

— Il faut qu'on se voie un après-midi cette semaine. On a des affaires importantes à discuter. Ça peut pas attendre.

— C'est pas facile, fit-elle, hésitante.

— Tu m'as pas dit que tes gars ne revenaient à la maison qu'en fin de semaine ?

— Oui, mais il y a ma fille.

— Elle est pas obligée de savoir où tu t'en vas. T'as juste à dire que tu vas voir des fournisseurs. Tu dis la même chose à ta vendeuse et c'est réglé.

— C'est correct. Quand est-ce que tu veux venir me chercher ?

— Demain, à une heure. Qu'est-ce que t'en dis ?

— Bon, tu m'attendras sur Chambord, comme d'habitude.

Ben jeta un coup d'œil vers les vitrines pour s'assurer que personne ne le voyait et embrassa rapidement la jeune femme avant de partir.

Ce soir-là, Reine se montra particulièrement de bonne humeur et accepta sans rouspéter d'accompagner son mari chez ses beaux-parents. À leur arrivée, ces derniers étaient déjà assis avec Claude et Lucie sur la galerie avant et ils parlaient du déménagement qui devait avoir lieu le samedi suivant.

— Parlant de déménagement, fit Félicien, demain, les déménageurs sont censés venir vider l'appartement des Lussier. La cousine est venue passer la journée à trier les affaires en haut.

— Monsieur Dubé va devoir se chercher des nouveaux locataires, dit Claude à son père. Ce sera peut-être pas facile d'en trouver en plein cœur de l'été.

— Il va peut-être être obligé de faire un grand ménage avant, supposa Jean. Il faut pas oublier qu'Adrienne était toute seule pour entretenir un grand cinq et demi. Omer devait pas lui être d'une grande utilité.

— Je pleurerai pas sur le sort des Dubé, reprit Claude. Il a toujours été un propriétaire malcommode. Avec lui, il aurait fallu marcher sur la tête. Il passait son temps à se plaindre qu'on faisait du bruit.

Personne ne contredit le cadet des Bélanger. Joseph Dubé et sa femme occupaient le rez-de-chaussée et ils avaient toujours été des propriétaires assez désagréables.

— C'est peut-être nous autres qui allons pleurer, intervint son père. J'ai parlé à Dubé hier après-midi. L'appartement est déjà loué.

— Sacrifice, ça a pas pris de temps ! s'écria Claude.

— Non, mais la mauvaise nouvelle, c'est que c'est toute une tribu qui va venir nous marcher sur la tête à partir de la semaine prochaine, poursuivit Félicien, l'air soucieux.

— Comment ça, une tribu ? monsieur Bélanger, lui demanda Lucie.

— Si j'ai parlé au propriétaire hier, c'est que je l'ai vu arriver avec un homme, une femme, deux vieux et quatre enfants la veille. Il les a amenés visiter l'appartement des Lussier. Quand ils sont passés devant moi, sur le balcon, je les ai entendus parler. Ils cassaient le français.

— Puis ? demanda Claude.

— Ben, je voulais savoir si c'était à eux autres qu'il avait loué l'appartement du troisième. C'est ben ça. Ce sont des Italiens qui s'en viennent rester en haut. Ils vont être huit. Ça va être le fun encore !

— Si ça fait pas votre affaire, p'pa, vous pourrez toujours déménager au mois de mai, l'année prochaine, lui suggéra son fils aîné.

— Parle-moi pas de ça. Déménager, c'est tout un aria ! J'espère qu'on sera pas obligés de faire ça. Ça fait quarante ans qu'on reste ici dedans.

Pendant tout cet échange, Jean regarda sa mère à de nombreuses reprises, et à aucun moment elle ne lui donna l'impression de se sentir concernée par ce qui risquait de troubler sa vie.

Jean et sa femme revinrent à la maison au moment où le soleil se couchait.

— Grand-maman a presque pas parlé, fit remarquer Catherine à ses parents.

— Elle avait peut-être pas grand-chose à dire, laissa tomber sa mère.

— Elle est malade, se contenta de dire Jean, troublé. Elle m'inquiète de plus en plus.

Reine se retint de lui dire que s'il avait su ce qui l'attendait bientôt, il aurait des raisons bien plus sérieuses de s'inquiéter.

Le lendemain avant-midi, la jeune femme profita de ce que sa fille était allée rendre visite à une camarade avant le dîner pour monter faire une toilette soignée. Elle se coiffa, se maquilla modérément et mit une robe légère qu'elle réservait habituellement à ses sorties. Au moment où elle passait son tablier, Catherine revint.

— On va dîner de bonne heure, annonça-t-elle à l'adolescente. Je dois aller voir un fournisseur cet après-midi.

— Voulez-vous que j'y aille avec vous ? lui demanda Catherine.

— Non, j'aimerais mieux que tu me donnes un coup de main en repassant les chemises de ton père.

Après un repas léger, elle laissa le rangement à sa fille et s'empressa de descendre prévenir Claire qu'elle serait absente une partie de l'après-midi, sans plus de précisions. De toute manière, elle ne voyait pas quel problème pouvait se présenter ce jour-là puisque les fournisseurs étaient tous passés durant la matinée et que sa mère était partie avec Estelle et Charles avant même l'ouverture de la biscuiterie.

Elle quitta le magasin, traversa la rue Mont-Royal et disparut dans la rue Chambord avant qu'une connaissance ou sa fille l'aperçoive. Elle vit tout de suite la voiture de Ben et lui fit signe de ne pas en sortir. Elle marcha rapidement vers la Cadillac, en ouvrit la portière du côté passager et s'assit sur la banquette en cuir que le soleil avait rendue brûlante.

Ben se pencha sur elle et l'embrassa.

— Bon, on commence d'abord par aller jeter un coup d'œil à la maison. Je suis passé devant tout à l'heure. On peut pas encore entrer dedans parce qu'il y a des ouvriers qui travaillent, mais tu vas pouvoir voir de quoi elle a l'air de l'extérieur.

La voiture se mit en marche et Reine se glissa au centre de la banquette pour être plus près de son amant. Dès que le véhicule prit un peu de vitesse, le courant d'air la rafraîchit et la décoiffa un peu.

Quelques minutes plus tard, la Cadillac vint s'arrêter devant leur future maison. Le terrain avait maintenant été nivelé et il y avait des rouleaux de tourbe déjà sur place. Des paysagistes s'affairaient à construire une rocaille identique à celle installée devant la maison voisine. Une large allée asphaltée avait même été coulée.

— Descends, tu vas mieux voir, l'invita Ben en sortant lui-même de la voiture.

Reine obtempéra.

— T'as raison, dit-elle. Notre brique est bien plus belle que celle de la maison d'à côté.

— Et c'est rien, ça, fit-il. T'as pas vu le dedans de la maison. Là, on peut pas entrer parce qu'ils sont en train de poser la céramique sur les planchers, mais attends de voir ça. Ça va te couper le souffle.

— J'en reviens pas comme ça avance vite, admit-elle, incapable de dissimuler son admiration.

— Avec de l'argent, ma belle, on finit par tout faire. Tu vas voir que notre maison va être encore plus belle que celles qui sont autour.

Ils firent quelques pas sur le trottoir.

— T'es sûr qu'on peut pas s'approcher pour au moins voir par une des fenêtres ? demanda-t-elle, curieuse.

— Non, les paysagistes vont nous crucifier si on marche sur le terrain qu'ils viennent d'égaliser et l'asphalte est pas encore sec. La prochaine fois, tu vas pouvoir te promener partout en dedans et dehors.

Il l'entraîna ensuite vers la voiture et attendit un long moment avant de démarrer.

— Puis, qu'est-ce que t'en dis ?

— C'est un vrai château, reconnut-elle. Combien cette maison-là va nous coûter ? demanda-t-elle.

Si Taylor remarqua le « nous », il n'en laissa rien paraître.

— Un peu plus que soixante mille, laissa-t-il tomber négligemment.

— Tant que ça ! ne put-elle s'empêcher de s'exclamer. J'ai six mille cinq cents piastres à la banque et je me pensais riche, lui dit-elle, estomaquée par l'ampleur de la somme qu'il venait d'avancer.

— C'est sûr que c'est pas mal cher, fit-il, l'air suffisant, mais on va en avoir pour notre argent. J'espère que t'as commencé à penser comment on va meubler cette grande maison-là. Tu te souviens que j'apporte pas un meuble là-dedans. On va être comme un couple de jeunes mariés, précisa-t-il en remettant la Cadillac en marche.

Reine garda le silence durant de longues minutes pendant que la voiture, après avoir fait demi-tour, s'était mise à rouler vers l'est. Puis le conducteur prit la direction du sud et descendit jusqu'à la rue Sherbrooke.

— Tu me ramènes pas au magasin ? lui demanda Reine en s'apercevant soudain qu'ils roulaient sur la rue Sherbrooke vers l'est.

— Ça fait même pas une heure qu'on est ensemble, lui fit remarquer son compagnon, d'une voix doucereuse. On va tout de même prendre le temps de jaser un peu. Il y a rien qui te presse, non ? Ta vendeuse s'occupe du magasin et ton mari rentre pas avant cinq heures et demie ou six heures chez vous.

Ben aperçut un espace de stationnement dans la rue Cadillac, à quelques dizaines de pieds de la rue Sherbrooke, et il stationna sa voiture.

— Où est-ce qu'on va ? lui demanda Reine en regardant autour d'elle.

— Là, fit Ben avec autorité en lui montrant le bureau d'accueil du motel Cadillac. On n'est tout de même pas pour jaser en plein soleil dans l'auto.

— Si quelqu'un me voyait… commença à dire la jeune femme.

— Qu'est-ce que ça ferait ? Dans moins d'un mois, on va vivre ensemble, la raisonna Ben en la prenant par la taille pour l'entraîner dans le bureau du motel.

Quelques minutes plus tard, ils pénétrèrent tous les deux dans une chambre plutôt miteuse, rafraîchie par un appareil d'air climatisé assez bruyant. Quelques instants suffirent pour que tous les deux se retrouvent, nus, étendus sur un lit au matelas bosselé. Ils n'en avaient cure. Ils firent l'amour avec une telle fougue qu'ils se retrouvèrent rapidement pantelants et à bout de souffle.

Un peu plus tard, après avoir pris une douche et remis leurs vêtements, ils quittèrent l'endroit sans se presser. Durant le trajet de retour, Reine parla de décoration et des meubles qu'il leur faudrait acheter de toute urgence, avant leur installation.

— On n'est pas pour camper dans une aussi belle maison, dit-elle avec un entrain qui ne lui était pas coutumier.

— Je vais te laisser ça entre les mains, lui promit son amant, attentif à la circulation assez dense de cette fin d'après-midi.

Il déposa la jeune femme à l'endroit où il l'avait fait monter, rue Chambord, avant de disparaître. Reine rentra à la biscuiterie et reprit sa place derrière le comptoir sans éprouver le moindre remords. En pensée, elle était déjà dans sa nouvelle maison et elle se promit de consulter des revues pour repérer les meubles à la mode.

Trois jours plus tard, Jean quitta tôt son travail à Radio-Canada pour aller attendre ses deux fils devant le centre Immaculée-Conception. L'autobus devait ramener les jeunes à quatre heures. Déjà, à son arrivée, de nombreux parents encombraient le trottoir, impatients de revoir leur progéniture.

L'autobus s'arrêta devant le centre un peu après quatre heures trente; on ne pouvait ignorer les cris excités et les interpellations de ses passagers entassés devant les fenêtres ouvertes du véhicule. Dès que le chauffeur ouvrit la porte, les jeunes s'élancèrent à l'extérieur en poussant des cris de joie.

Jean accueillit ses deux fils avec un large sourire. Alain et Gilles lui revenaient grandis et bronzés de leur mois de vacances au grand air.

— Vous êtes tout seul, p'pa? lui demanda Gilles en regardant autour.

— Oui, votre mère est au magasin et Catherine est en train de préparer le souper. Je suppose que vous avez faim ?

— Oui, répondit Alain avec enthousiasme.

— Bon, allez chercher vos bagages et on va s'en retourner à la maison.

Ses fils se joignirent au groupe de jeunes surexcités entourant le chauffeur d'autobus qui venait d'entreprendre de vider la soute à bagages de son véhicule. Pendant ce temps, Jean se dirigea vers l'un des moniteurs pour s'informer si Alain et Gilles s'étaient bien conduits. Ce dernier le rassura en lui disant qu'il n'avait rien eu à leur reprocher durant toute la durée du camp.

Pendant le court trajet de retour, Jean dit à ses fils :

— J'espère que vous avez pas oublié que c'est la fête de votre sœur dimanche.

— Non, p'pa, répondit Gilles. Et comme on avait une activité avec du cuir cette semaine au camp, je lui ai fait un beau portefeuille.

— Et moi, je lui ai tressé un beau bracelet, ajouta Alain.

— C'est parfait. Elle va être contente.

À leur arrivée rue Brébeuf, les deux jeunes garçons tinrent à s'arrêter au magasin pour embrasser leur mère.

— Elle vous attend en haut, leur dit Claire Landry, seule dans la boutique.

Ils montèrent devant leur père et s'empressèrent d'aller embrasser leur mère, occupée à préparer une sauce aux œufs. Reine s'extasia sur leur bonne mine et les invita à aller défaire leurs bagages pendant qu'elle finissait de préparer le souper avec Catherine.

— Ça va être pas mal moins calme dans la maison, dit-elle au moment où les garçons entraient dans leur chambre en chahutant.

— C'est normal, ils sont en santé.

— À partir de demain, il va falloir établir des règles claires. J'ai pas l'intention de passer tout le mois d'août à courir après eux autres.

— Ça sera pas pire qu'avant qu'ils partent au camp, lui fit remarquer son mari.

Jean se leva tôt le lendemain matin et déjeuna seul en faisant le moins de bruit possible. Il fit sa toilette rapidement et s'apprêtait à partir quand Reine fit son entrée dans la cuisine.

— À quelle heure tu penses être revenu ? lui demanda-t-elle en bâillant.

— Si rien nous retarde, on devrait en avoir fini au commencement de l'après-midi. Pendant que j'y pense, envoie-nous donc Catherine dans une quinzaine de minutes à peu près. Elle sait ce qu'elle a à faire. Je lui ai demandé de s'occuper de ma mère pendant que mon père va venir nous aider à déménager Claude.

— Pourquoi ta sœur ou Lucie s'occupent pas de ta mère ? Ce serait bien plus à elles de faire ça.

— On a besoin de Lucie pour savoir où placer les meubles dans la maison et Lorraine veut lui ranger sa vaisselle dans ses armoires. À plus de sept mois, elle veut pas qu'elle prenne la chance de forcer. C'est dangereux.

— Sainte Lucie en fait bien des chichis pour rien.

Jean sortit de chez lui et monta dans sa Plymouth pour aller la stationner le plus près possible de l'appartement de son frère de manière à pouvoir transporter quelques boîtes et des objets qui pourraient se briser dans le camion.

À son arrivée, Marcel Meunier et son père étaient déjà sur place et attendaient Claude qui était parti chercher le camion.

— Est-ce que ta Catherine va venir s'occuper de sa grand-mère ? lui demanda Félicien.

— Elle s'en vient, p'pa, dit Jean pour le rassurer. Est-ce que m'man est réveillée ?

— Non, elle dort encore.

Dès que Claude arriva au volant du camion loué, les quatre hommes entreprirent de descendre les gros meubles et de les protéger avec des couvertures, une fois placés dans le camion. Ensuite, ils firent la chaîne pour entasser dans la benne toutes les boîtes de carton empilées autant dans une chambre que dans le salon.

— Calvince ! T'es ben ramasseux, ne put s'empêcher de s'exclamer Jean à la vue du tas de boîtes qui s'accumulaient dans le camion. Si ça continue, il va falloir en mettre dans nos chars.

— Dis ça à ta belle-sœur, répliqua Claude, amusé par la remarque. Avec elle, tout est toujours bon et il faut jamais rien jeter. Dans ces conditions-là, un déménagement ressemble à l'enfer, comme tu peux voir.

Malgré tout, l'appartement de la rue De La Roche fut vidé un peu avant dix heures. Lorraine et Lucie balayèrent chaque pièce et tinrent même à laver le linoléum de la cuisine.

— On n'est pas pour passer pour des malpropres, se défendit la petite femme blonde quand son mari lui reprocha de les retarder.

Quand on se fut assuré de n'avoir rien oublié, Claude descendit remettre les clés de l'appartement au propriétaire avant de se mettre au volant du camion. Jean et Marcel montèrent en voiture et le suivirent jusqu'à Saint-Léonard-de-Port-Maurice où on entreprit alors de vider le camion surchargé.

À deux heures, le travail était terminé. Tous les meubles avaient été placés à l'endroit désiré par les nouveaux propriétaires et le contenu de la plupart des boîtes avait été rangé. On mangea les sandwichs préparés par Lucie et Lorraine, accompagnés de quelques bières. Puis chacun rentra chez soi.

Quand Jean laissa son père devant sa porte, ce dernier déclara :

— Ça va faire drôle en maudit de plus voir ton frère et sa femme dans le coin. J'ai l'impression que Lucie va manquer à ta mère. Elle l'aime pas mal, sa bru.

Jean n'osa pas lui demander si sa mère aimait autant Reine. Il se doutait de la réponse. Ils descendirent de voiture. Jean monta à l'étage autant pour embrasser sa mère que pour prévenir sa fille de rentrer à la maison avec lui. Félicien et son fils trouvèrent l'appartement très paisible. Catherine était seule dans la cuisine, occupée à dessiner.

— Grand-maman est partie se reposer, dit-elle aux deux hommes. Elle était fatiguée.

Après avoir embrassé son grand-père Bélanger, Catherine quitta la maison en compagnie de son père. Sur le chemin du retour, l'adolescente sentit le besoin de préciser à son père qu'elle n'avait pas trouvé sa mère en forme durant la journée.

— Je sais pas ce que grand-maman avait aujourd'hui, mais elle voulait absolument aller dehors. Elle disait qu'elle voulait que je l'amène chez votre grand-mère, p'pa. Elle sait pourtant qu'elle est morte.

— Elle l'a oublié, se contenta de lui dire Jean, qui se rendait compte encore une fois que la maladie prenait de plus en plus d'emprise sur sa mère.

Le dimanche matin, Jean, Reine et leurs enfants rencontrèrent les grands-parents Bélanger à la sortie de l'église, après la messe dominicale. Ils se parlèrent quelques instants sur le trottoir. Félicien et sa femme refusèrent de monter dans la Plymouth quand Jean leur offrit de les laisser chez eux en passant.

— Ça va nous faire du bien de marcher un peu, leur dit le retraité.

Toute la petite famille monta dans la voiture.

— Ta mère a pas l'air si pire que ça, fit remarquer Reine à son mari.

— Je n'en suis pas si sûr, répondit Jean en repensant à la discussion qu'il avait eue avec Catherine la veille. Et puis c'est bien la première fois qu'elle oublie la fête de Catherine. C'est pas un bon signe.

À l'arrière, l'adolescente ne dit rien, mais il était visible que cet oubli lui avait fait de la peine.

Ce midi-là, on fit une petite fête à la jeune fille qui célébrait son treizième anniversaire. La semaine précédente, Jean lui avait acheté des fusains et des tablettes de papier à dessiner après avoir consulté sa femme. Gilles et Alain avaient pris la peine d'envelopper leurs cadeaux qu'ils avaient déposés cérémonieusement sur la table.

— C'est dommage que ta mère soit pas là, dit Jean à sa femme. Après tout, c'est sa filleule.

— Ma mère l'a pas oubliée, rétorqua Reine avant de disparaître un court moment dans leur chambre à coucher.

Elle revint avec une petite boîte qu'elle déposa devant sa fille.

— Ça vient de ta grand-mère, dit-elle à Catherine.

La jeune fille développa la boîte et découvrit un joli collier et des boucles d'oreilles.

— Ça, c'est pas pour mettre quand tu vas à l'école, prit la peine de lui préciser sa mère. C'est juste pour les grandes occasions.

Catherine était ravie du présent et Jean content que sa belle-mère se soit souvenue, elle, de la fête de son aînée.

Au moment du dessert, Reine déposa sur la table un gâteau qu'elle avait pris à la biscuiterie et invita sa fille à en offrir un morceau à chacun, tout en se réservant la plus grosse part.

Chapitre 25

L'emprunt

Le beau temps revint dès le début de la première semaine du mois d'août. Le mercure se maintint autour de 80 °F et le soleil brilla de tous ses feux. Cette belle température combla Reine parce que ses fils pouvaient passer pratiquement toute leur journée à l'extérieur à jouer avec leurs amis retrouvés. Dès les premières heures de la matinée, ils disparaissaient, ne revenant à la maison qu'à l'heure des repas. Si le temps avait été maussade, ils auraient traîné à la maison et elle aurait dû quitter le magasin plusieurs fois par jour pour s'assurer qu'ils ne faisaient pas de bêtises.

Le lundi suivant leur retour de la colonie de vacances, ils avaient tenté de persuader leur mère de leur acheter une bicyclette, même usagée, pour pouvoir sillonner les rues et ruelles du quartier avec des amis.

— Il en est pas question, l'été achève, avait-elle tranché quand elle avait vu son mari hésiter. On a assez dépensé d'argent pour vous autres cet été. En plus, c'est trop dangereux.

À titre de compensation, ils étaient parvenus à lui arracher la permission d'aller se baigner au bain Lévesque lorsqu'ils le désiraient.

Par ailleurs, la jeune mère de famille avait exigé de ses fils qu'ils soient disponibles en tout temps pour rendre service à leur grand-mère Talbot, revenue d'Atlantic City.

— C'est bien le moins que vous pouvez faire pour elle, leur avait-elle dit. Oubliez pas qu'elle a payé la moitié de votre camp d'été.

Le mercredi, un Ben Taylor très agité poussa la porte de la biscuiterie quelques minutes à peine après que Claire Landry fut sortie pour aller s'acheter quelque chose à manger pour son dîner.

— Qu'est-ce qui se passe ? lui demanda Reine, surprise. Un peu plus, tu tombais sur ma vendeuse.

— Je le sais, mais il faut absolument que je te parle, lui dit-il.

— Fais ça vite, lui conseilla-t-elle. Un de mes enfants peut entrer ici dedans n'importe quand.

— Non, je peux pas faire ça vite, répliqua-t-il. Il faut que je t'explique des affaires. Tu peux pas lâcher le magasin une quinzaine de minutes ?

— Non, pas tout de suite, en tout cas. Va m'attendre dans ton char à la même place que d'habitude. Je vais essayer de te rejoindre aussitôt que Claire va être revenue.

— OK, je t'attends, fit-il avant de quitter rapidement les lieux.

Ben n'eut pas à patienter très longtemps. À peine venait-il de s'allumer une cigarette qu'il vit Reine traverser la rue Chambord et se diriger vers sa Cadillac. Cette dernière semblait nerveuse et ne cessait de jeter de rapides coups d'œil à droite et à gauche en s'avançant vers la voiture.

Elle ouvrit la portière et se glissa sur la banquette, légèrement essoufflée.

— J'espère que c'est important, dit-elle, de mauvaise humeur. Ça, c'est des affaires pour être vue par quelqu'un qui me connaît. En tout cas, on est mieux de changer de place, lui suggéra-t-elle, un peu énervée.

Son amant ne discuta pas. Il mit la voiture en marche et il prit la direction de la rue Sherbrooke. Un peu avant d'arriver au coin de Rachel, il immobilisa l'auto près du trottoir. Il éteignit le moteur et se tourna vers Reine.

— J'ai un maudit problème sur les bras, avoua-t-il.

— Qu'est-ce qu'il y a ?

— Il y a que mon contracteur veut saisir notre maison.

— Comment ça ? demanda-t-elle, soudain très inquiète.

— Il dit que je lui dois seize mille piastres et que je suis en retard de deux mois dans mon paiement.

— Seize mille piastres ! s'exclama la jeune femme. Comment ça ?

— D'après notre contrat, j'ai des montants à lui payer selon l'avancement des travaux. C'est vrai que j'aurais dû lui payer ses seize mille piastres, mais c'est mal tombé. J'avais pas assez d'argent en caisse et j'étais occupé à organiser mon bureau de Kingston. Je l'ai fait patienter, mais là, il dit qu'il a besoin de cet argent-là tout de suite.

— Tu peux pas le payer ? s'étonna Reine.

— Il tombe mal en maudit ! avoua Ben. J'ai ramassé dix mille piastres à gauche et à droite que j'ai voulu lui donner en lui demandant de patienter deux semaines de plus pour toucher le reste. Dans deux semaines, tout va être correct. J'ai un contrat qui va me rapporter trente mille piastres dans quinze jours. À ce moment-là, je vais avoir tout l'argent qu'il faut, mais il veut rien savoir, l'écœurant !

— Il peut pas nous arracher notre maison comme ça, protesta Reine, furieuse. Il a pas le droit. Notre maison vaut plus que quatre fois ce que tu lui dois, si je me fie à ce que tu m'as dit.

— Il a le droit de le faire, la contredit sèchement Ben. Il m'a averti à matin qu'il me donnait quarante-huit heures pour le payer, sinon il va la faire saisir, et nous autres on va se ramasser avec le bec à l'eau.

— C'est pas juste pantoute, cette affaire-là, dit Reine, effondrée.

— Remarque que c'est pas la fin du monde. Dans un an ou deux, je pourrai toujours en faire construire une autre pareille, mais elle sera pas aussi bien située…

— Dans un an ou deux ! Mais j'ai pas le goût pantoute d'attendre un an ou deux, moi, protesta-t-elle avec emportement. J'ai déjà prévenu ma mère que je lâchais la biscuiterie le 20 et j'ai même commencé à préparer mes affaires pour m'en aller.

— C'est enrageant quand on pense qu'il me manque juste six mille piastres, poursuivit l'homme d'affaires, comme s'il ne l'avait pas entendue.

— Six mille piastres… Six mille piastres, c'est pas mal d'argent, dit Reine à mi-voix.

— Mais à côté de ce que vaut la maison, c'est pas grand-chose. Notre maison vaut au bas mot soixante et même soixante-dix mille dollars.

— C'est sûr, reconnut-elle en se tordant les mains. Tu peux pas trouver cet argent-là quelque part ?

— Qu'est-ce que tu penses que je fais depuis qu'il m'a averti ? répliqua-t-il. J'ai cogné à toutes les portes…

— Ton char ?

— Mon char vaut pas six mille. En plus, j'en ai besoin.

— Il y a certainement un moyen, fit-elle.

— Si je pouvais trouver quelqu'un prêt à me prêter cette somme pour deux semaines, reprit-il, je lui paierais le double des intérêts qu'une banque exige, dit-il en frappant le volant du poing.

Ben attendit en silence que Reine réagisse à ses dernières paroles. Mais elle ne dit pas un mot. Il se sentit alors obligé de briser le silence :

— Tu me les prêterais pas, toi ? finit-il par lui demander.

— Es-tu sérieux ? fit-elle, décontenancée qu'il ose lui poser cette question.

— Ce serait juste pour deux semaines. Je te signerais un papier et je te paierais des intérêts.

Reine hésita un long moment, déchirée entre son amour de l'argent et la crainte de perdre la maison dont elle rêvait depuis des mois.

— Laisse faire les intérêts, finit-elle par dire. Je vais te prêter l'argent qu'il faut, ajouta-t-elle en ouvrant son sac à main pour en tirer son carnet de chèques.

Un large sourire illumina instantanément le visage de son amant. La jeune femme remplit le chèque et eut une hésitation très évidente avant d'inscrire « six mille dollars. » Elle le signa, la mort dans l'âme, avant de le tendre à son amant.

— Tu me promets que tu vas me rembourser dans deux semaines, hein ? s'inquiéta-t-elle en le regardant empocher cavalièrement la presque totalité de ses économies sans daigner jeter un regard sur le chèque.

— Promis, juré, fit-il sur un ton convaincant.

Elle allait lui demander de lui signer une reconnaissance de dette quand il la devança.

— Pas demain, mais après-demain, je vais arrêter au magasin pour te laisser un papier comme quoi je te dois cet argent-là, à moins que t'aimes mieux que je te laisse les papiers de la maison en garantie.

— Bien non, protesta-t-elle. Juste le papier va faire l'affaire.

Elle aurait préféré avoir cette reconnaissance de dette tout de suite entre les mains, mais comment l'exiger sans lui donner la preuve qu'elle se méfiait de lui ? Elle se rendait compte que ça aurait été passablement offensant. Il l'aimait. Il s'apprêtait à lui offrir un véritable château et une vie de rêve. Pour un homme d'affaires de son envergure, six mille dollars ne représentaient rien. Ce n'était qu'une question de malchance si cette somme lui manquait au moment où l'entrepreneur l'exigeait. D'ailleurs, n'avait-il pas déjà en main dix mille dollars ?

— Je te ramène, lui dit son compagnon en mettant le moteur de la voiture en marche.

Quelques minutes plus tard, il la déposa à l'endroit exact où il l'avait fait monter. Avant qu'elle referme la portière, il la remercia et lui promit qu'elle ne regretterait pas son geste. La Cadillac se glissa ensuite dans la circulation et disparut.

La jeune femme retourna derrière le comptoir de la biscuiterie sans attirer l'attention. Jusqu'à la fermeture du magasin, elle servit des clients. Elle ne monta à l'appartement qu'en une seule occasion pour vérifier si elle avait assez de saucisses et de boudin pour le souper des siens.

Au début de la soirée, Reine était si silencieuse et renfrognée que son mari s'en inquiéta.

— Qu'est-ce que t'as ? On dirait que t'es pas dans ton assiette.

— J'ai mal à la tête, mentit-elle.

— Encore ! Je suis en train de me demander si t'as pas hérité ça de ta mère.

— Exagère pas, j'ai pas mal à la tête si souvent que ça, protesta-t-elle.

— Qu'est-ce que tu dirais de venir prendre l'air ? Il me semble que ça te ferait du bien. On pourrait aller faire un tour chez Claude. T'as même pas encore vu l'intérieur de leur maison.

— Je l'ai vue du dehors, ça me suffit, déclara-t-elle. Non, je vais plutôt aller m'étendre une heure.

En fait, Reine était torturée depuis qu'elle avait vu partir la Cadillac dans la rue Chambord. Elle réalisait peu à peu que si Ben encaissait le chèque, il ne lui resterait plus que quelques centaines de dollars. Six mille cinq cent quinze dollars, c'était toute la somme qu'elle était parvenue à amasser depuis ses quatorze ans. Le montant représentait un nombre incalculable de sacrifices, et tous les petits plaisirs qu'elle avait refusés à elle et aux siens.

Peu à peu, elle en vint à se demander si elle n'avait pas eu tort de prêter cet argent. Elle aurait probablement mieux fait de laisser Ben se débrouiller. Elle était persuadée qu'un homme d'affaires aussi important que lui pouvait aisément trouver à emprunter... Il était allé au plus facile en lui demandant son aide.

— Là, je viens de lui donner un mauvais pli ! murmura-t-elle dans la solitude de sa chambre à coucher. Chaque fois qu'il va être mal pris, c'est moi qu'il va venir voir.

Finalement, elle sombra dans un sommeil rempli de cauchemars. Quand elle se réveilla en sursaut, elle découvrit que son mari était étendu à ses côtés. Se soulevant sur un coude, elle vit que son réveille-matin indiquait une heure et demie. Elle n'avait plus envie de dormir et décida de se lever.

La nuit était chaude et elle alla se réfugier dans l'un des fauteuils du salon sans allumer une lampe. Elle était bien dans le noir. Elle revit en pensée le cauchemar qui l'avait réveillée. Elle avait rêvé qu'elle arrivait à la magnifique maison du boulevard Gouin en compagnie de Ben, mais à la place de la maison à tourelles, il n'y avait qu'un champ labouré. L'entrepreneur hilare s'avançait vers eux en déclarant qu'il avait saisi la maison et l'avait fait transporter dans un lieu qu'ils ne pourraient jamais trouver.

Durant plus d'une heure, elle songea à Ben et surtout à la maison qu'ils allaient bientôt habiter ensemble.

— Il a des bureaux à Montréal, à Toronto et à Kingston. Il a une Cadillac, à part ça, murmura-t-elle dans le noir pour elle-même. Il y a personne qui va arriver à me faire croire qu'il est pas capable de trouver six mille piastres quelque part.

Un peu avant de se laisser de nouveau emporter par le sommeil, elle prit la résolution de se présenter dès la première heure à la Caisse populaire pour faire bloquer le chèque qu'elle lui avait remis. Elle n'aurait qu'à lui dire qu'elle avait oublié avoir payé des fournisseurs et qu'elle n'avait plus suffisamment d'argent dans son compte. Il serait bien obligé de la croire. Rassurée, elle finit par s'endormir dans le fauteuil et c'est là que Jean la découvrit au matin.

Dans la matinée, un peu avant dix heures elle quitta rapidement la biscuiterie, bien décidée à empêcher l'encaissement du chèque. Quand elle se présenta au comptoir de la Caisse populaire, elle tendit d'abord son livret au caissier pour le faire mettre à jour et avant même d'avoir pris connaissance du solde, elle lui déclara vouloir faire obstacle à un chèque de six mille dollars.

— Il y a des frais, madame, lui fit poliment remarquer le jeune homme en jetant un regard sur le solde inscrit dans son livret.

— Je sais, dit-elle.

— Vous m'avez bien dit un chèque de six mille dollars, madame ?

— Oui.

— Je regarde ça tout de suite et je reviens.

Alors que le caissier s'affairait à la tâche un peu plus loin, Reine se félicitait en son for intérieur de sa décision. Une telle somme d'argent représentait des années de dur travail et elle s'en voulait d'avoir si rapidement décidé de prêter cet argent.

Une minute plus tard, le caissier revint au comptoir :

— Je pense qu'il est trop tard. Il a été passé au *clearing* ce matin. Il a dû être encaissé hier dans la journée.

— C'est pas vrai ! s'exclama Reine.

— Oui, madame. Regardez, ajouta l'employé en montrant du doigt une page du livret de la gérante de la biscuiterie.

— Qu'est-ce qu'on peut faire ?

— Rien, madame. Le chèque a bien été encaissé.

Folle de rage autant contre la caisse que contre elle-même, Reine rentra à la biscuiterie. Elle passa le reste de la journée à broyer du noir et à compter les heures qui la séparaient du lendemain, du moment où Benjamin Taylor lui apporterait la reconnaissance de dette.

Malheureusement, son amant ne se manifesta ni le lendemain ni les jours suivants. Plus les heures passaient, plus la jeune femme se faisait un sang d'encre à imaginer toutes sortes de raisons qui empêchaient son amoureux de tenir parole.

— Lui, il va savoir ma façon de penser quand je vais lui voir la face ! se dit-elle mille fois, les dents serrées.

Le pire était qu'elle devait continuer à sourire aux clients et à faire comme si de rien n'était, même si elle était morte d'inquiétude. Si encore elle avait pu se réfugier seule dans une pièce après sa journée de travail… Mais elle devait continuer à s'occuper de son mari et de ses enfants alors qu'elle mourait d'envie de savoir ce qu'il advenait de Ben et de la maison.

— Belle niaiseuse ! Je sais même pas où il reste, se dit-elle pour ajouter à son désarroi.

Quatre jours passèrent sans que Ben Taylor ne se manifeste. Reine était sur des charbons ardents et ne parvenait plus à cacher l'espèce de fébrilité qui l'habitait. Pour tout arranger, cette période coïncida avec la pire canicule que Montréal connut cet été-là. Le mercure se mit résolument à avoisiner les 85 °F et l'humidité était telle qu'on se retrouvait en nage dès qu'on bougeait. Il n'y avait que les enfants qu'une telle chaleur inconfortable ne semblait pas déranger.

Cet après-midi-là, les ventilateurs de la biscuiterie ne parvenaient pas à apporter un peu de fraîcheur dans le local et Reine décida de monter un moment à l'appartement pour se rafraîchir.

— Si jamais quelqu'un me demande, envoie-le sonner à côté, prit-elle la précaution de dire à Claire avant de quitter l'endroit.

Depuis quatre jours, elle évitait de quitter le magasin de crainte de rater la visite de Ben.

Arrivée dans l'appartement, elle découvrit que Catherine lui avait laissé un message sur la table pour l'informer qu'elle était chez une amie et qu'elle serait de retour à trois heures trente pour l'aider à préparer le souper. Quant à ses fils, il n'y avait pas de surprise, ils étaient sûrement au bain Lévesque.

Reine mouilla une serviette avec de l'eau froide et la passa sur son visage.

Puis elle eut une idée qui raviva son optimisme et la fit sourire pour une première fois depuis des jours.

— Mais je suis bien sans-dessein ! s'exclama-t-elle soudain. J'ai juste à lui téléphoner, même s'il m'a dit qu'il voulait pas que je le fasse. Lui, il va m'entendre ! ajouta-t-elle, l'air mauvais. Ça lui apprendra à pas tenir parole !

Elle lâcha sa serviette et se précipita dans l'armoire pour en sortir l'annuaire téléphonique. Elle le feuilleta rapidement jusqu'à la lettre T. Elle trouva une longue colonne de Taylor, mais pas de Benjamin Taylor…

— Voyons donc ! J'ai dû mal lire, dit-elle à haute voix en reprenant sa consultation.

Une seconde lecture ne vint que confirmer ce que lui avait appris la première. Il n'y avait pas de Benjamin Taylor répertorié dans le bottin. Puis, elle se rappela soudain qu'il lui avait dit qu'il n'avait pas le téléphone à son appartement pour ne pas se faire déranger par des clients à la maison.

Elle referma rageusement l'annuaire et alla le ranger dans l'armoire. Alors, la vue de l'annuaire des pages jaunes lui arracha un sourire.

— Il a pas le téléphone chez eux, mais il est bien obligé d'en avoir un au bureau.

Elle s'empara des pages jaunes et les consulta sur la table de cuisine. Le problème était de savoir où chercher.

— Taylor Publishing ! s'écria-t-elle. C'est ça le nom de son affaire.

Fébrile, elle se mit à tourner les pages et finit par tomber sur le numéro de téléphone recherché. Elle le composa et attendit longuement que quelqu'un vienne répondre. Rien.

— Voyons donc, maudit ! Il est même pas deux heures. Personne va me faire croire qu'il y a pas un chat dans ce bureau-là, s'emporta-t-elle en raccrochant violemment l'appareil.

Elle nota le numéro sur un bout de papier avant de ranger l'annuaire et de descendre au magasin, se promettant de rappeler plus tard. Cet après-midi-là, elle fit au moins une douzaine de tentatives sur le téléphone du magasin sans jamais obtenir de réponse.

— Pour moi, la ligne est en dérangement. La compagnie va bien finir par la réparer et lui, il perd rien pour attendre.

Chapitre 26

Les imprévus

On arrivait à la fin de la deuxième semaine du mois d'août et il y avait maintenant dix jours que Reine était sans nouvelles de Benjamin Taylor.

— C'est pas possible, se répétait-elle sans cesse pour se rassurer, il a dû encore arriver quelque chose à son bureau de Toronto ou de Kingston et il est parti arranger ça en oubliant de me prévenir. Ça répond pas à son bureau tout simplement parce que sa secrétaire doit être absente aussi. Attends que je m'en occupe. Ses affaires vont être drôlement mieux organisées que ça, je t'en passe un papier, comme aurait dit mon père.

Pendant la nuit, de violents orages s'étaient produits et l'avaient tenue éveillée durant de longs moments. Des éclairs avaient zébré le ciel de la métropole et le tonnerre avait ébranlé les vitres des fenêtres.

La jeune femme s'était levée en enviant son mari qui dormait paisiblement à ses côtés. Elle était allée se poster devant la fenêtre du salon pour regarder durant plusieurs minutes le déluge qui inondait la rue Mont-Royal, déserte à cette heure de la nuit. Dans un peu plus d'une semaine, elle allait partir… Mais avant de songer à partir, il lui fallait tout de même mettre la main sur Ben Taylor.

— S'il lui est arrivé quelque chose, comme quand il a été hospitalisé au mois de juillet, comment je le saurais ? se demanda-t-elle, angoissée, avant de finalement sombrer dans un sommeil profond.

Au matin, le réveil fut particulièrement agréable après tant de jours de chaleur. L'orage avait nettoyé le ciel et les rideaux de la cuisine, poussés par la brise, voletaient.

— On dirait qu'on va enfin respirer à l'aise aujourd'hui, déclara Jean en finissant de boire sa tasse de café.

Sa femme, assise à l'autre extrémité de la table, ne dit rien, plongée dans ses pensées et encore fatiguée de sa nuit mouvementée. Il se leva, l'embrassa sur une joue et lui souhaita une bonne journée avant de quitter l'appartement. Reine ne descendit au magasin qu'une heure et demie plus tard.

Au milieu de la matinée, la jeune femme eut la surprise de voir sa mère entrer dans la biscuiterie en compagnie d'un gros homme à demi chauve. Yvonne se déplaçait encore à l'aide de sa canne et, de temps à autre, une grimace de souffrance déformait son visage.

— Je vous présente ma fille, Reine, dit Yvonne Talbot à l'homme. Elle est gérante de la biscuiterie.

Reine se limita à un bref salut de la tête.

— Mademoiselle Landry est notre vendeuse, ajouta Yvonne Talbot en lui indiquant Claire, qui adressa un sourire de bienvenue au visiteur.

Reine se taisait, se demandant ce que sa mère faisait en compagnie de l'inconnu. Elle songea soudain à l'enseigne lumineuse qu'elle avait l'intention de changer et se dit qu'il s'agissait probablement du représentant de l'entreprise qui allait se charger de l'installation. Deux clientes entrèrent à ce moment-là et elle se désintéressa complètement de ce que sa mère racontait à l'homme. Du coin de l'œil, elle les vit passer dans l'arrière-boutique et n'en sortir qu'après un moment.

Dix minutes plus tard, Yvonne et son visiteur quittèrent la biscuiterie sans avoir eu l'occasion de lui adresser la parole parce qu'il était entré d'autres clients au moment où ils partaient.

À l'heure du dîner, Reine monta à l'appartement s'occuper du repas des siens. Après avoir mangé, elle décida de s'arrêter un moment chez sa mère avant de retourner au magasin. Elle voulait s'informer, poussée par la curiosité, de ce qu'elle avait décidé à propos de la nouvelle enseigne lumineuse.

— Entre, viens boire une tasse de thé, l'invita sa mère. Je viens d'en faire.

Même si elle aurait préféré une boisson gazeuse fraîche, Reine accepta l'invitation et suivit sa mère dans la cuisine.

— Ça fait du bien aujourd'hui. On respire un peu mieux, déclara Yvonne en lui versant une tasse de thé.

— Oui, c'est moins épuisant, reconnut Reine. Puis, m'man, est-ce que votre gars pour l'enseigne vous fait un bon prix ?

— Quel gars pour l'enseigne ? lui demanda Yvonne, apparemment surprise par la question.

— Je parle de l'homme qui est venu au magasin avec vous à matin, répondit sa fille avec une certaine impatience.

— Ah ! C'est pas un installateur d'enseignes, la corrigea sa mère sur un ton désinvolte, c'est un acheteur potentiel pour la biscuiterie.

— Un acheteur ! Comment ça ? Vous vendez la biscuiterie ? lui demanda-t-elle, sidérée.

— En plein ça, ma fille, admit Yvonne. À cause de ma hanche et de ma jambe faible, je suis pas capable de passer mes journées en arrière d'un comptoir et j'ai pas envie d'engager quelqu'un comme gérant. Ça fait que j'ai décidé de vendre.

— Mais ça a pas d'allure, m'man, protesta la jeune femme.

— Au contraire, c'est la seule chose à faire. Je t'en ai parlé l'hiver passé, mais tu tenais absolument à continuer et, pour te faire plaisir, je t'ai laissée faire. Mais là, j'arrête.

— J'en reviens pas, avoua sa fille, estomaquée.

— Il y a encore rien de décidé, déclara sa mère. Monsieur Laniel est intéressé par le commerce, mais moi, je veux lui vendre la bâtisse au complet.

— Vendre la maison, répéta Reine, abasourdie.

— Oui, si c'est pas lui qui l'achète, ce sera quelqu'un d'autre. Je suis bien décidée à tout vendre et à aller m'installer à Saint-Lambert. Estelle m'a déjà trouvé une petite maison qui ferait bien mon affaire si j'arrive à vendre ici.

— Et nous autres ? demanda Reine en oubliant durant un instant qu'elle n'allait plus être concernée puisqu'elle allait partir dans huit jours.

— Si j'arrive à vendre, le nouveau propriétaire va sûrement vous garder comme locataires. Il peut pas avoir besoin des deux logements.

— J'en reviens pas.

— Tu vois, tu t'énervais avec le changement d'enseigne, lui fit remarquer sa mère, non sans humour. On n'aura pas à en payer une autre. Je vais vendre.

Durant un long moment, le silence régna dans la cuisine. Il était évident que Reine réfléchissait.

— Et qu'est-ce qui m'arrive, à moi ? demanda-t-elle à sa mère.

— Qu'est-ce que tu veux dire par là ? fit Yvonne, surprise par la question.

— Ben, m'man, on est partenaires dans la biscuiterie. Si vous vendez, quelle partie de la vente va me revenir? demanda-t-elle, l'œil allumé par la perspective d'empocher une somme qui pourrait être assez substantielle.

Yvonne eut alors un petit rire sans joie avant de déclarer sur un ton assez sec :

— Tu manques pas d'air, Reine Talbot. Pourquoi il te reviendrait quelque chose? T'es pas propriétaire de la biscuiterie, t'es juste partenaire de l'affaire, le temps que tu travailles. Mais là, samedi de la semaine prochaine, tu t'arrêtes... C'est sûr que la biscuiterie te rapportera plus rien. C'est normal.

— Je trouve pas ça bien juste, m'man, avec tout l'ouvrage que j'ai fait, protesta la jeune femme, outrée.

— C'est certain que ce serait une autre paire de manches si tu avais acheté la biscuiterie de moitié avec moi. Là, j'aurais été obligée de te donner la moitié de l'argent en la vendant. Mais c'est pas ça qui est arrivé. T'as eu la moitié des bénéfices le temps que tu t'es occupée de la biscuiterie, ce qui est tout de même pas mal, non?

— Si on veut, reconnut la jeune femme à contrecœur en se levant. Bon, il faut que je retourne au magasin. Claire doit avoir hâte d'aller dîner.

Reine quitta l'appartement de sa mère, un peu sonnée par la nouvelle. Si elle n'avait pas projeté de tout laisser derrière elle dans quelques jours, elle aurait été dans une rage folle. Mais là, au fond, que sa mère vende ou non n'avait guère d'importance pour elle puisqu'elle serait partie bien avant. Bien sûr, elle aurait aimé avoir droit à un certain pourcentage de la vente, si jamais elle se réalisait, mais elle savait bien qu'aucun document ne lui donnait droit à quoi que ce soit.

« La biscuiterie a jamais autant vendu. Il me semble qu'elle pourrait être un peu plus reconnaissante et me donner quelque chose pour tout ce que j'ai fait», pensa-t-elle, amère. Mais elle aurait l'occasion de revenir sur le sujet et d'essayer de donner, à la limite, mauvaise conscience à sa mère.

Le lundi suivant, à Radio-Canada, Arthur Lapointe réunit les membres de son service et ceux du service des reportages dans l'intention de tracer les grandes lignes du travail qui attendait le département en cette fin d'été et durant l'automne.

À un certain moment, Vincent Lalande, trop heureux de saisir une chance de pérorer, aborda les élections municipales en se donnant l'air d'un fin connaisseur de la politique municipale montréalaise.

— Fournier va probablement être réélu parce qu'il peut encore compter cette fois-ci sur la machine de l'Union nationale, affirma-t-il avec aplomb.

Aucune des personnes présentes autour de la grande table n'osa le contredire. Le directeur de l'information regarda ses employés par-dessus ses lunettes en demi-lune, s'attendant à ce que quelqu'un prenne la parole. Jean, habituellement assez discret dans ce genre de réunion de travail, ne put s'empêcher d'intervenir. Il avait tout de même suivi la politique municipale pendant plus de treize ans et il jugea que cela lui permettait d'émettre son opinion.

— Je ne suis pas d'accord, laissa-t-il tomber.

Les gens tournèrent la tête vers lui.

— Et pourquoi donc, mon cher? lui demanda Lalande, sur ce ton hautain qui avait le don de l'agacer prodigieusement.

— Tout simplement parce que rien ne prouve que l'Union nationale va appuyer cette fois Sarto Fournier. Duplessis n'est plus là pour chercher à se venger de Drapeau.

En plus, Drapeau est allé chercher plusieurs candidats prestigieux comme Saulnier, Sigouin et Hannigan. Il propose des idées qui plaisent à la population comme la lutte contre la pègre et l'embellissement de Montréal.

Durant quelques minutes, il parla des enjeux de cette élection. Ensuite, la discussion devint générale. Lapointe finit par taper sur la table pour ramener un peu d'ordre dans sa réunion.

— La campagne électorale de Montréal n'est que l'un des chats que nous aurons à fouetter, déclara-t-il.

— Il ne faut pas oublier Gary Powers à Moscou, intervint Lalande. Sa condamnation pour espionnage devrait tomber d'un jour à l'autre.

— C'est déjà de l'histoire ancienne, dit le directeur de l'information en réprimant difficilement un geste agacé. Je veux parler de tout le grenouillage qui se passe à l'Union nationale. Il paraît qu'il y a une guerre ouverte entre Barrette, Bégin et Martineau. Il y a aussi la nouvelle session parlementaire qui devrait nous offrir pas mal de surprises.

Ensuite, Arthur Lapointe saisit un document placé devant lui et se mit à répartir les tâches pour la semaine à chacun de ses subordonnés.

Au moment de quitter la réunion, il s'arrêta près de Jean.

— Si tu as une minute, passe me voir dans mon bureau. J'ai quelque chose à te dire.

Vincent Lalande saisit l'aparté et murmura quelques mots à deux de ses partisans en ne quittant pas Jean des yeux.

Moins de dix minutes plus tard, ce dernier alla frapper à la porte de son patron.

— Viens t'asseoir, l'invita Lapointe dès qu'il fut entré.

Jean, intrigué, ferma la porte derrière lui et prit place dans le siège en face de son patron en se demandant ce qu'il avait bien pu faire d'incorrect.

— Je t'ai écouté parler de la campagne électorale de Montréal, dit Arthur Lapointe. Tu as l'air à t'y connaître.

— Je me suis peut-être un peu laissé emporter, s'excusa Jean, confus. Disons que ça vient de ce que j'ai couvert la politique municipale au *Montréal-Matin* pendant treize ans.

— J'aurais dû m'en rappeler, reconnut le directeur. Tu me l'as dit quand je t'ai rencontré la première fois en entrevue. Tout à l'heure, pendant que tu parlais, une idée m'est venue comme ça. J'aurais peut-être une proposition à te faire qui pourrait t'intéresser, poursuivit le quadragénaire.

Jean l'écoutait, soudain très attentif.

— Tu es probablement pas au courant, mais on s'apprête à inviter deux reporters de nos postes affiliés à se joindre à notre service des nouvelles parce qu'on manque de personnel pour couvrir toute l'actualité.

— Je le savais pas, admit Jean, ignorant encore où son patron voulait en venir.

— Bon, qu'est-ce que tu dirais de devenir reporter, au moins jusqu'au début de novembre, pour couvrir la campagne électorale à Montréal ? Avec ton expérience, tu dois avoir des contacts intéressants. Je vois pas pourquoi on mettrait un reporter de Québec ou de Sherbrooke là-dessus quand on en a un ici qui est capable de faire le travail.

— Qu'est-ce qui m'arrivera après les élections, monsieur Lapointe ?

— Dans le pire des cas, tu réintégreras ton poste dans le service.

— J'ai jamais fait de télévision, avança Jean, ouvertement hésitant.

— Puis après ! Il y a rien de sorcier là-dedans, lui dit Lapointe pour le rassurer. Écoute, prends la journée pour y penser et laisse-moi ta réponse avant de partir à cinq heures.

— Merci, monsieur. Je vais y penser, promit Jean avant de quitter les lieux.

Il regagna son bureau, flatté que le directeur ait songé à lui pour ce poste, mais il commençait à peine à être à l'aise dans ses nouvelles fonctions et ne se sentait guère le goût de relever déjà un nouveau défi.

Ce midi-là, il alla dîner à la cafétéria de Radio-Canada en compagnie de Blanche Comtois, comme il avait été entendu la semaine précédente, lors de leur dernière rencontre. C'était la troisième fois qu'ils mangeaient ensemble depuis le début du mois. Ils avaient maintenant retrouvé l'espèce de complicité qu'ils avaient brièvement partagée avant son mariage. Jean était heureux de vivre ces moments

Au dessert, il ne put s'empêcher de parler à Blanche de la proposition qu'Arthur Lapointe lui avait faite à la fin de la matinée. S'il avait cru que Reine aurait montré un peu d'intérêt pour ce qu'il faisait, il n'aurait pas hésité un instant à lui téléphoner pour s'entretenir avec elle de son dilemme. Mais il le savait, elle se serait probablement bornée à lui demander si cette nouvelle tâche s'accompagnait d'une augmentation de salaire.

— Mais c'est merveilleux ! s'exclama Blanche en posant sa main sur la sienne. J'espère que tu as accepté.

— Je le sais pas trop, dit-il.

— Voyons, Jean, c'est une nouvelle carrière qui s'ouvre à toi. Tu devrais saisir ta chance.

— Peut-être, fit-il d'une voix hésitante.

— Tu es bel homme et tu vas bien percer l'écran. En plus, tes reportages vont te faire connaître. Qui sait ce qui va arriver après les élections ?

Les dernières hésitations de Jean tombèrent devant tant d'enthousiasme et il promit à son amie d'accepter le poste proposé.

À la fin de la journée, le jeune père de famille rentra chez lui et ne souffla pas un mot aux siens de la nouvelle orientation de sa carrière. Il désirait leur réserver la surprise. Il avait rendez-vous le lendemain matin avec le cameraman qu'on lui avait attitré pour aller faire un premier reportage avec l'organisateur en chef du Parti civique de Montréal.

Le mercredi soir, la bonne humeur de Jean contrastait étrangement avec la morosité de sa femme.

Reine avait téléphoné une dizaine de fois au bureau de Benjamin Taylor sans obtenir de réponse. Elle allait arrêter de travailler dans trois jours et, le lundi suivant, elle devait tout quitter pour le suivre.

« C'est sûr qu'il lui est arrivé quelque chose de grave ! se répétait-elle, morte d'inquiétude. Où est-ce qu'il est ? Je suis pas pour m'en aller rester toute seule dans la maison pour l'attendre... À part ça, il devrait m'avoir déjà remis mes six mille piastres ! Lui, la tête folle, il va me payer tous les cheveux blancs qu'il me fait faire à l'attendre ! »

Debout devant la cuisinière électrique, elle faisait cuire le bœuf haché qu'elle entendait servir avec des pommes de terre rissolées. Une dispute s'éleva soudain entre Gilles et son frère, déjà assis à table.

— Fermez-vous ! leur hurla-t-elle, au bord de la crise de nerfs. Je suis plus capable de vous endurer.

Alerté par l'éclat, Jean quitta le salon et vint dans la cuisine. Il jeta un coup d'œil inquiet à sa femme.

— Toi, t'es au bout du rouleau pour crier pour rien comme ça, lui dit-il.

— Oui, et j'ai une nouvelle pour toi, répliqua-t-elle sèchement. Je lâche la biscuiterie samedi. C'est fini, je travaille plus. Tu devrais être content, non ? Tu vas avoir ta servante pour toi tout seul.

— Ça va te faire du bien d'arrêter, se contenta-t-il de dire avant de prendre place à table.

Au début de la soirée, il invita ses enfants dans le salon en leur disant qu'il avait une surprise pour eux. Tous les trois se précipitèrent vers la pièce pendant que leur père allait sur la galerie arrière rejoindre sa femme.

— Reine, viens dans le salon. Je veux te montrer quelque chose.

— J'espère que tu me déranges pas pour rien, fit-elle avec humeur. La tête me fend et j'ai pas le goût de niaiser.

À la télévision, le bulletin d'informations lu par Wilfrid Lemoyne commençait.

— J'espère que t'es pas venu me chercher pour écouter les nouvelles, protesta Reine en apercevant le lecteur de nouvelles à l'écran.

— Non, attends, lui ordonna-t-il en faisant signe à ses enfants de se taire.

Quelques minutes plus tard, les Bélanger eurent la surprise de voir leur père, armé d'un micro, interviewer l'organisateur en chef du Parti civique.

— Aïe, c'est p'pa ! s'exclama Alain, excité.

— Comment ça se fait, p'pa, que tu sois à la télévision ? reprit Catherine.

— Qu'est-ce que tu fais là ? lui demanda sa femme, stupéfaite.

— Ma *job*, se contenta-t-il de répondre, pas peu fier de sa performance.

— Ta *job ?*

— Depuis hier, je suis reporter pour Radio-Canada.

— Et tu m'en as même pas parlé ? fit-elle.

— Est-ce que ça t'aurait intéressée ? répliqua-t-il.

Sa femme ne se donna pas la peine de lui répondre. Elle se leva et retourna s'asseoir sur la galerie.

Chapitre 27

La catastrophe

Jean se retourna dans son lit face au mur et remonta sur son épaule la couverture qui avait légèrement glissé. Dans son rêve, une sonnerie n'arrêtait pas de se faire entendre. Soudain, il sentit qu'on le secouait sans ménagement.

— Jean ! Jean ! Réveille-toi ! C'est le téléphone qui sonne, lui dit sa femme, appuyée sur un coude à ses côtés.

— Mais quelle heure il est ? demanda-t-il, les yeux encore fermés.

— Cinq heures cinq, répondit Reine en sortant du lit. Dépêche-toi, lui ordonna-t-elle. Veux-tu bien me dire quel maudit innocent téléphone à cette heure-là chez le monde ?

Jean se leva à son tour en grommelant et la suivit dans la cuisine. Le mari et la femme arrivèrent trop tard. La sonnerie avait aussi réveillé leur fille Catherine qui avait été plus prompte à réagir.

— P'pa, c'est grand-papa, dit-elle à son père en lui tendant le combiné.

— Est-ce qu'il est devenu fou d'appeler à cette heure-là ? fit Reine à mi-voix.

Son mari lui fit signe de se taire.

— Oui, p'pa. Qu'est-ce qui se passe ?

Jean écouta son père durant quelques secondes avant de dire :

— OK, j'arrive.

Il raccrocha.

— Est-ce que je vais finir par savoir pourquoi je me suis fait réveiller en plein milieu de la nuit? demanda Reine, hargneuse.

— Ma mère a disparu, répondit Jean en se dirigeant déjà vers la chambre dans l'intention de s'habiller.

— Comment ça ?

— Elle s'est levée pendant la nuit et elle a pris la porte. Mon père vient de s'en apercevoir. Elle peut pas être allée bien loin. On va la chercher.

— Pourquoi il appelle pas la police ? fit Reine qui l'avait suivi.

— Parce qu'il veut pas lui faire peur.

— J'y vais moi aussi, p'pa, dit Catherine sur un ton décidé. Je vais réveiller Gilles et Alain. Ils vont venir nous aider à trouver grand-maman.

Jean n'osa pas refuser. Reine ne pouvait décemment demeurer à la maison les bras croisés.

— C'est correct, moi aussi, je vais y aller. Je te dis qu'on va avoir l'air fin toute la bande à faire le tour des ruelles du coin, ne put-elle s'empêcher de dire.

Toute la famille s'habilla rapidement et sortit de la maison. Il faisait encore noir et la fraîcheur du petit matin les fit frissonner. Ils se dirigèrent tous les cinq vers l'appartement des parents de Jean.

À leur arrivée au pied de l'escalier, ils virent Félicien sortir de la maison et descendre l'escalier extérieur. Au même instant, la voiture de Marcel Meunier s'arrêta en double file dans la rue Brébeuf. Le conducteur, Lorraine et leur fille en sortirent précipitamment.

— Qu'est-ce qu'on fait, beau-père ? demanda le plâtrier à Félicien. Est-ce que vous voulez que je fasse le tour des rues en char pour essayer de la trouver ou on est mieux de tous y aller à pied ?

— Je sais pas trop, admit le postier à la retraite, qui donnait l'impression d'être totalement dépassé par la situation.

— Pour moi, Marcel, je pense que t'es mieux de faire le tour avec ton char, lui conseilla Jean. On sait pas à quelle heure elle est sortie. Elle peut être rendue pas mal loin. Nous autres, on va se répartir les rues et les ruelles autour. Ça devrait pas prendre beaucoup de temps pour la trouver si personne l'a ramassée.

— On ferait peut-être aussi ben de laisser quelqu'un à la maison au cas où elle reviendrait, fit Félicien, hésitant.

— Je vais rester, moi, se proposa Reine en posant déjà un pied sur la première marche de l'escalier, prête à monter à l'appartement de ses beaux-parents.

— C'est correct, accepta son beau-père.

— Les garçons, vous allez monter Brébeuf jusqu'à Saint-Joseph, intervint Jean. Moi, je vais m'occuper des ruelles. P'pa, vous pourriez monter De La Roche, Lorraine s'occupera de Mont-Royal jusqu'à Papineau, alors que Murielle et Catherine, vous monterez Chambord.

— Bon, moi, je vais faire toutes les rues du coin entre Mont-Royal et Rachel, décida Marcel en ouvrant déjà la portière de sa voiture.

— Ah ! pendant que j'y pense. On est à la veille de voir du monde sur les trottoirs, fit Félicien, comme s'il venait d'avoir l'idée. Si vous en rencontrez, demandez-leur s'ils ont pas vu une femme en robe de chambre.

— Elle s'est pas habillée ? s'étonna Lorraine.

— Non, se contenta de lui répondre son père. Et oubliez pas de regarder derrière les escaliers. On sait jamais, ajouta le facteur retraité.

Tous les chercheurs s'éparpillèrent rapidement et entreprirent de sillonner les rues du quartier. Le ciel commençait déjà à s'éclairer à l'est. Pendant plus d'une heure, ils cherchèrent soigneusement sans parvenir à découvrir Amélie. Un peu avant sept heures, Jean croisa son père en sortant de la dernière ruelle qu'il venait d'explorer.

— Je pense que ça sert à rien de continuer à chercher comme ça, p'pa, lui dit-il. Si ça se trouve, m'man a pris le bord du parc La Fontaine et on peut la chercher longtemps sans la trouver si elle est là. Si vous êtes d'accord, on va revenir à la maison et appeler la police.

Félicien ne répondit rien. Il se borna à hocher la tête en se mettant en marche à côté de son fils.

— Qu'est-ce qui lui a pris de partir comme ça ? lui demanda Jean. Elle avait pourtant l'air pas si mal depuis un bout de temps.

— Ça dépendait des jours, avoua Félicien. Ta mère oublie de plus en plus des affaires et elle se fâche quand elle arrive pas à se souvenir. Il faut que je la surveille pas mal tout le temps. La preuve…

Soudain, la voiture de Marcel Meunier ralentit à leur hauteur.

— J'ai rien vu, leur annonça-t-il. J'ai demandé à deux trois passants s'ils l'avaient vue. Rien.

— On va aller appeler la police, lui déclara Félicien. Je pense qu'on est aussi ben d'arrêter de chercher pour rien.

— Dans ce cas-là, je vais aller ramasser Lorraine et les enfants et les ramener.

— C'est parfait, l'approuva Jean en se remettant en marche.

À leur arrivée à la maison, Reine leur prépara une tasse de café. Félicien appela la police. On lui promit d'envoyer une auto-patrouille incessamment. Les policiers ne sonnèrent à l'appartement qu'une dizaine de minutes après le retour des enfants et de Lorraine.

Félicien leur expliqua brièvement que sa femme avait disparu au cours de la nuit sans qu'il s'en aperçoive et qu'il l'avait cherchée partout dans le quartier avec ses enfants et petits-enfants.

— Vous auriez dû nous appeler tout de suite, monsieur, lui dit poliment l'aîné des policiers. C'est nous-mêmes qui avons retrouvé votre femme vers quatre heures du matin sur la rue Mont-Royal. Quand vous avez appelé au poste, vous êtes probablement tombé sur le responsable du quart de jour et il était pas au courant. Comme votre femme était pas capable de nous dire son nom et où elle restait, on l'a conduite à l'hôpital Notre-Dame.

— Est-ce qu'elle est blessée ? lui demanda Lorraine, alarmée.

— Non, madame, mais comme elle avait pas l'air dans son état normal, l'hôpital a préféré la garder.

Félicien remercia les policiers, qui se retirèrent.

— Je vais aller vous conduire à l'hôpital avec Lorraine, beau-père, proposa Marcel Meunier. Je travaille pas aujourd'hui. On va juste laisser Murielle à la maison en passant.

— Moi, j'irai la voir en revenant de l'ouvrage, promit Jean. Si j'ai une chance d'y aller à midi, je vais y aller. Est-ce que vous avez averti Claude et Lucie ?

— Non, ça servait à rien de les énerver avec ça, lui répondit son père. Ils étaient trop loin pour venir nous aider. Je vais attendre d'en savoir plus avant de leur téléphoner.

Jean se retira avec sa femme et ses enfants. De retour à la maison, Reine obligea ses enfants à retourner se mettre au lit.

— Vous vous êtes levés trop de bonne heure à matin, leur dit-elle. Vous serez pas endurables aujourd'hui si vous allez pas vous recoucher une heure ou deux.

— Laisse-les déjeuner avant d'aller se coucher, lui suggéra son mari. Comme ça, ce sera pas la faim qui va les tenir réveillés.

Reine accepta qu'ils mangent quelques rôties avant de retourner se mettre au lit.

— J'ai bien l'impression que ton père va être obligé de faire quelque chose avec ta mère, dit Reine en finissant de boire sa tasse de café au moment où Jean, fraîchement rasé, venait l'embrasser sur une joue avant de partir au travail.

— Qu'est-ce que tu veux qu'il fasse ?

— Il aura pas le choix, reprit-elle d'une voix indifférente. Il va être obligé de la placer.

— Voyons donc, répliqua-t-il, la gorge nouée par l'émotion. Il doit y avoir autre chose à faire. Penses-tu vraiment qu'elle est rendue là ? ajouta Jean qui ne voulait pas y croire.

Mais, force était de constater que Reine, aussi préoccupée fût-elle dans cette période, n'avait sans doute pas complètement tort.

Après le départ de son mari, Reine décida de descendre immédiatement au magasin, même si elle n'ouvrait qu'une heure plus tard. Elle avait besoin de téléphoner loin des oreilles indiscrètes de ses enfants.

Pendant tout le temps où elle avait attendu le retour des chercheurs chez son beau-père, elle avait mûri une décision. À la veille de cesser son travail à la biscuiterie, c'était aujourd'hui qu'elle allait tirer au clair la disparition de Benjamin Taylor. Il n'était plus question d'attendre. Elle allait le trouver et savoir exactement ce qui se passait.

Après une longue hésitation, elle avait décidé d'avoir recours à l'aide de son unique confidente, Gina Lalonde. Elle avait besoin d'elle et surtout de sa voiture pour la conduire au bureau de Taylor Publishing, rue Sainte-Catherine. Elle avait bien songé durant un instant à utiliser l'autobus, mais elle s'était dit que s'il lui fallait aller jusqu'à la maison, boulevard Gouin, elle perdrait énormément de temps dans les transports en commun.

Elle verrouilla la porte du magasin derrière elle et se rendit au téléphone mural dans l'arrière-boutique.

— J'espère qu'elle a pas travaillé au club jusqu'à trois heures du matin, dit-elle à mi-voix en songeant à son amie. Si elle s'est couchée tard, elle va être d'une humeur de chien et voudra pas m'aider.

Elle composa le numéro de Gina Lalonde et laissa sonner longtemps.

— Dis-moi pas qu'elle est pas à la maison, fit-elle en pianotant nerveusement sur le mur, près de l'appareil.

Quelqu'un finit par décrocher et une voix ensommeillée demanda qui parlait.

— C'est Reine, Gina. Je dois te réveiller, pas vrai ? Je m'excuse, mais je pouvais pas faire autrement, ajouta-t-elle, d'une voix apparemment contrite.

— Ça fait pas trois heures que je suis couchée, lui signala la barmaid d'une voix rendue rauque par la fumée de cigarette.

— J'aurais bien besoin que tu m'aides, fit Reine.

— Écoute, là, j'ai pas les idées claires pantoute. Je vais aller me faire un café pour me les remettre en place. Rappelle-moi dans quinze minutes.

Reine, dépitée, raccrocha et se mit à surveiller l'horloge murale suspendue au-dessus de la table en pin. Pendant cette courte attente, elle décida de ne pas mentionner l'emprunt de Ben pour ne pas ternir l'image de prince charmant qu'elle en avait donnée à Gina. Quinze minutes plus tard, elle téléphona à nouveau et Gina Lalonde décrocha immédiatement.

— Qu'est-ce qu'il y a ? lui demanda son amie d'une voix un peu plus ferme.

— Il y a que je suis supposée partir de la maison lundi, dans trois jours, et j'aurais besoin que tu m'aides.

— Quoi ? Tu t'es enfin décidée ? s'étonna Gina. Tu pars avec ton *chum* riche ?

— Oui, j'attendais juste que notre maison neuve soit prête.

— Où est le problème ?

— Ça fait plus que deux semaines que je l'ai pas vu et je me demande s'il lui est arrivé quelque chose, expliqua Reine, incapable de cacher son inquiétude.

— T'as pas appelé chez lui ?

— Il a pas le téléphone à son appartement parce qu'il veut pas se faire déranger par des clients. J'ai essayé à son bureau, mais ça répond pas.

— Bon, tu veux que j'aille voir où il est, c'est ça ?

— Non, j'aimerais mieux que tu viennes me chercher pour m'amener à son bureau. C'est sur Sainte-Catherine.

Gina poussa un soupir que son interlocutrice interpréta comme un soupir d'exaspération.

— À quelle heure tu veux aller là ?

— Qu'est-ce que tu dirais vers neuf heures et quart ?

— Si vite que ça ?

— Je me dis que je suis aussi bien de m'organiser pour le voir au commencement de la journée, avant qu'il parte voir des clients.

— C'est correct, accepta la barmaid sans le moindre enthousiasme. Dans une demi-heure, je suis devant chez vous.

Reine monta à son appartement pour se maquiller et se coiffer rapidement. Elle passa l'une de ses plus belles robes et rédigea un court billet à l'intention de Catherine pour la prévenir qu'elle devait aller faire des achats avec son amie Gina durant l'avant-midi et qu'elle n'était pas certaine d'être revenue pour le dîner. Elle descendit ensuite à temps pour ouvrir la porte de la biscuiterie à Claire Landry, un peu avant neuf heures.

— Je te laisse toute seule une heure ou deux, lui annonça-t-elle tandis que la jeune fille enfilait son tablier de travail. Je dois aller faire une commission avec une amie. Quand le livreur de chez Viau passera, vérifie bien qu'il te laisse tout ce que j'ai marqué sur ce papier, ajouta-t-elle en lui tendant une feuille.

Elle vérifia ensuite le contenu de la caisse enregistreuse et au moment où elle allait se retirer dans l'arrière-boutique, elle vit la vieille Dodge Regent grise de Gina Lalonde s'arrêter devant la biscuiterie.

— Bon, j'y vais. Je devrais pas être longtemps partie, dit-elle à son employée en posant la main sur la poignée de la porte.

Claire Landry vit sa patronne se glisser sur la banquette avant de la voiture, qui disparut rapidement vers l'ouest.

— Bon, où est le bureau de ton beau Brummell ? demanda Gina en immobilisant son véhicule derrière un autobus au premier feu rouge.

— Sur Sainte-Catherine. Au 2336, Sainte-Catherine.

— Dans l'est ou dans l'ouest ?

— J'ai complètement oublié de regarder ça, admit Reine, énervée.

— C'est pas grave, la rassura Gina. On va s'arrêter à la première boîte téléphonique qu'on va voir et tu vérifieras.

Les deux femmes en repérèrent une près d'un restaurant, au coin de Rachel et Saint-Hubert. Reine descendit précipitamment du véhicule et alla consulter l'annuaire suspendu au bout d'une chaînette dans la cabine.

— Est, dit-elle à son amie en reprenant place à ses côtés.

— Le 2336, Sainte-Catherine Est, c'est dans le coin du Mocambo, pas bien loin de Frontenac, lui fit remarquer la barmaid. Je veux pas trop rien dire, mais ton *chum* doit pas avoir un bureau trop chic parce que, dans ce coin-là, c'est plutôt miteux.

Reine ne dit rien, se contentant de regarder la circulation par le pare-brise sans la voir. Elle songeait à ce qu'elle allait dire à son amant quand elle le verrait dans quelques instants.

La Dodge s'arrêta bientôt le long du trottoir et la conductrice éteignit le moteur.

— On est rendues, annonça-t-elle à sa passagère.

Reine sursauta légèrement en entendant sa voix et tourna la tête dans toutes les directions, comme si elle cherchait à se repérer.

— L'adresse que tu m'as donnée est de l'autre côté de la rue, lui précisa la barmaid en lui indiquant un vieil immeuble décrépit dont le rez-de-chaussée était occupé par ce qui semblait être une petite épicerie.

— T'es sûre de ça ? lui demanda la jeune femme, surprise.

— C'est là, le 2336, Sainte-Catherine Est. Pour moi, t'es mieux d'aller voir, lui conseilla-t-elle. Ça ressemble pas bien gros à un bureau, cette place-là.

Reine quitta la voiture, traversa la rue et poussa la porte de ce qui était bien une épicerie. Une grosse dame aux cheveux frisottés trônait derrière le comptoir.

— Excusez-moi, madame, je cherche Taylor Publishing, fit Reine en prenant sa voix la plus aimable. L'adresse qu'on m'a donnée est ici.

— Ça me dit rien pantoute, lui dit la caissière, après avoir cherché durant un court moment dans sa mémoire.

— Moi, je me souviens, fit une voix masculine, dans le dos de Reine, en provenance du fond de l'épicerie. Ça fait au moins un an que c'est parti, cette affaire-là. C'était au deuxième étage.

Un homme dans la cinquantaine, moustachu, s'avança vers Reine. Il portait une caisse de tomates qu'il prit soin de déposer sur le comptoir devant celle qui semblait être sa femme.

— Un an ? s'étonna Reine.

— Ouais, le gars qui s'occupait de ça avait pas l'air à trouver la place assez belle pour lui. Si je me souviens ben, il a gardé son bureau ouvert deux ou trois mois avant de sacrer son camp.

— Vous sauriez pas où il est allé ?

— Ça, ma petite dame, je pourrais pas vous le dire, admit l'épicier. Tout ce que je sais, c'est que le propriétaire voudrait ben lui mettre la main dessus pour lui faire payer son loyer. D'après ce qu'il m'a dit, le gars est parti en oubliant de le payer.

— Je vous remercie beaucoup, monsieur, dit Reine en se retirant.

Le cœur étreint par un étrange pressentiment, elle retourna s'asseoir dans la Dodge où l'attendait patiemment Gina.

— Puis ? demanda cette dernière.

— Il paraît que son bureau a été là seulement deux ou trois mois. Après, il a dû aller s'installer dans une place plus chic, dans l'ouest, ajouta-t-elle pour ne pas ternir la réputation de celui avec qui elle se préparait à aller vivre.

— Et il t'a pas donné le numéro de téléphone de son nouveau bureau ? s'étonna Gina, ouvertement intriguée.

— Il voulait pas que je l'appelle là pour que ses secrétaires se mêlent pas de sa vie privée.

— C'est tout de même pas mal étrange que tu puisses pas le rejoindre, lui fit remarquer la jeune femme avec un bon sens certain. Est-ce qu'il est marié, ton gars ?

— Non, en tout cas, pas à ce que je sache.

— À ce moment-là, veux-tu bien me dire en quoi les commérages de ses secrétaires pouvaient tant le déranger ?

Reine s'en voulut de ne pas avoir pensé elle-même à ça avant son amie.

— J'ai pas à m'en faire. C'est certain que je peux toujours le rejoindre chez nous, à notre nouvelle maison, affirma-t-elle en tentant de s'en persuader elle-même.

— Tu m'as bien dit que c'était sur le boulevard Gouin ?

— Oui.

— Bon, on dirait qu'on n'a pas le choix. Comme tu veux absolument parler à ce monsieur courant d'air, il va falloir aller là, dit la barmaid en embrayant.

— Écoute, je voudrais pas t'obliger à traverser toute la ville pour m'aider à le trouver.

— C'est pas grave, fit cette dernière d'une voix rassurante. Une fois réveillée, je peux pas me rendormir. Dans ce cas-là, aussi bien aller jusqu'au bout. En échange, tu me feras visiter ton fameux château.

— C'est promis, dit Reine en retrouvant sa bonne humeur. Mais je t'avertis, on l'a pas encore meublé.

La vieille voiture mit près de quarante minutes pour traverser la ville et se rendre boulevard Gouin en cette fin de matinée du mois d'août. Il faisait un peu plus frais que les jours précédents. Le ciel s'était couvert de nuages et le temps devenait maussade.

— Tu me préviendras quand on sera rendues, dit Gina Lalonde à son amie en roulant assez lentement sur le boulevard qui longeait la rivière des Prairies.

Reine regardait attentivement du côté de la rivière pendant que la voiture avançait.

— C'est ici, dit-elle soudain à la conductrice.

Gina immobilisa sa voiture devant une magnifique maison à deux tourelles dont les briques beiges formaient un heureux contraste avec la toiture brun foncé. À l'avant, la pelouse soigneusement tondue servait d'écrin à une rocaille en forme de demi-lune.

Pendant un long moment, les deux femmes demeurèrent silencieuses dans la voiture, occupées à admirer ce qu'elles voyaient. La conductrice fut la première à retrouver la parole.

— Eh bien ! s'exclama-t-elle. Tu t'en viens pas rester dans une cabane du bas de la ville, à ce que je vois ! Sacrifice ! Tu m'as pas conté d'histoire. Ton bonhomme est riche pour se payer une maison comme ça. J'espère qu'il va avoir aussi les moyens de te payer une ou deux servantes pour l'entretenir, sinon tu vas passer ta vie à frotter.

— Inquiète-toi pas, dit Reine, fière de faire admirer son prochain chez-soi. Je m'en viens pas jouer les servantes dans cette maison-là.

— En tout cas, je pense que t'es pas venue pour rien, fit son amie qui avait continué à scruter la façade de l'imposante résidence. Je viens de voir quelqu'un passer devant une fenêtre.

— Bon, c'est parfait, déclara Reine en ouvrant la portière de la voiture. Laisse-moi quelques minutes pour tirer les affaires au clair et je viens te chercher pour te faire visiter.

Sur ces mots, elle sortit de la voiture, referma la portière et se dirigea vers la maison en empruntant l'élégant trottoir qui conduisait à la porte principale. Elle sonna et un beau carillon se fit entendre dans la maison.

— C'est la première et la dernière fois que je suis obligée de sonner pour entrer dans ma maison, se dit-elle à mi-voix.

Elle entendit des pas et la lourde porte en chêne s'ouvrit devant elle.

— Oui, madame ? lui demanda une femme plus âgée qu'elle à la mise soignée qui l'examinait à travers ses lunettes à fine monture dorée.

— Bonjour, fit Reine, surprise de découvrir cette femme dans sa maison. Est-ce que je pourrais parler à monsieur Taylor, s'il vous plaît ?

— Monsieur Taylor ? demanda la dame, apparemment intriguée. Il n'y a pas de monsieur Taylor ici.

— Voyons donc, madame, s'entêta Reine. Je suis bien chez Benjamin Taylor. C'est sa maison. Je suis venue la voir avec lui pas plus tard que le mois passé…

Elle dut paraître si perturbée que la dame l'invita à entrer et referma la porte derrière elle.

— Vous me dites que vous êtes venue ici le mois passé ? demanda-t-elle à Reine.

— Oui.

— Vous êtes entrée ici ? insista-t-elle.

— Non, on est restés sur le trottoir parce qu'elle était en construction. On doit venir rester dedans la semaine prochaine.

— Ce serait pas mal étonnant, madame, répliqua la quinquagénaire sur un ton un peu plus sec. Mon mari et moi avons emménagé ici il y a dix jours et…

— Dites-moi pas que monsieur Taylor vous l'a vendue ? s'écria Reine, qui n'y comprenait plus rien.

— Je ne vois vraiment pas ce que votre monsieur Taylor vient faire là-dedans, s'impatienta la dame. Mon mari possédait ce terrain depuis vingt ans. Nous avons décidé de faire construire cette maison, à côté de celle de mon frère, l'hiver dernier. La construction a commencé ce printemps et, comme je viens de vous le dire, nous venons juste d'emménager.

Le visage de Reine était devenu soudainement blafard et ses jambes avaient du mal à la supporter. Son interlocutrice dut s'en rendre compte parce qu'elle lui offrit un verre d'eau froide pour se remettre. Reine l'accepta avec reconnaissance et dut faire un effort extraordinaire pour ne pas se mettre à pleurer bêtement devant cette étrangère.

— J'ignore qui est votre monsieur Taylor, madame, reprit la propriétaire en lui ouvrant la porte, mais j'ai la nette impression qu'il vous a fait une plaisanterie de bien mauvais goût en vous laissant croire que cette maison était à lui.

— Merci, madame, fit Reine d'une toute petite voix avant de se diriger d'un pas incertain vers la voiture de Gina.

Il lui fallait inventer quelque chose de toute urgence pour expliquer à son amie pourquoi elle ne pouvait l'inviter à visiter sa future maison. Mais le temps et le courage lui manquèrent. Elle ouvrit la portière et se laissa tomber sur la banquette avant, le visage décomposé.

— Veux-tu bien me dire ce qui t'arrive ? s'inquiéta la barmaid. T'as l'air d'une vraie morte. Qu'est-ce qui se passe ?

— Je le sais pas... Je le sais plus, avoua-t-elle en se mettant subitement à pleurer à chaudes larmes.

— Qu'est-ce qu'il t'a fait ?

— Rien.

— C'était qui la femme qui est venue t'ouvrir la porte ?

Il y eut un long silence avant que Reine se décide à répondre d'une voix tremblante :

— C'est la propriétaire.

— Comment ça, la propriétaire ? C'est pas la maison de ton *chum* ? Je comprends plus rien dans ton affaire...

— Moi non plus, avoua Reine en hoquetant.

Puis, sans plus réfléchir, elle raconta tout à Gina Lalonde qui l'écouta, bouche bée, comme si elle était incapable de comprendre que son amie avait pu se laisser manipuler aussi facilement par un homme.

— J'en reviens pas ! s'exclama-t-elle sans manifester une grande compassion pour Reine. Il a eu le front de t'amener ici deux fois pour te faire croire que ce serait votre maison. Il t'a fait croire que vous alliez vivre ensemble à partir de la semaine prochaine. Il t'a même emprunté presque tout ton argent avant de disparaître. Mais ce gars-là, c'est un vrai chien !

— Je le sais pas... Je le sais plus, fit Reine en s'essuyant les yeux. Il a pas arrêté de me dire qu'il m'aimait. Je suis sûre qu'il m'aime. Il a dû lui arriver quelque chose. Quand on va se revoir, tout va s'expliquer.

— Reine Talbot, bonyeu ! Ouvre-toi les yeux ! s'emporta Gina, renversée par tant de naïveté. Ton Ben t'a monté un bateau et il a sacré son camp avec ton argent. Si ça se trouve, il est déjà en train d'emberlificoter une autre fille. Je serais pas surprise pantoute qu'il vive seulement avec l'argent qu'il arrive à prendre aux femmes qui le croient.

— J'ai de la misère à croire ça, fit Reine.

— Aïe ! Reine, réveille-toi ! lui ordonna sèchement son amie. C'est fini, ton rêve. Il t'a eue, un point, c'est tout. Oublie-le. Fais une croix sur l'argent que tu lui as prêté. Pour lui, t'étais juste une vache à lait. Tu peux plus rien lui rapporter. Tu peux être certaine qu'il t'a déjà oubliée et que tu le reverras plus.

Gina Lalonde remit sa Dodge en route. Durant tout le trajet, la conductrice garda le silence, laissant sa passagère se tamponner les yeux. Peu à peu, les traits du visage de Reine se crispèrent et sa bouche se durcit. Son chagrin fit progressivement place à une rage froide qui la faisait presque trembler. Quand la Dodge s'arrêta près de la biscuiterie, la femme de Jean Bélanger semblait avoir retrouvé presque tous ses moyens.

— Merci, Gina, dit-elle à la barmaid. Je te revaudrai ça.

— Suis mon conseil, oublie-le tout de suite, répéta Gina avant de se remettre en route.

Reine demeura un bon moment au coin de la rue, comme si elle hésitait à traverser. Elle se promit qu'elle n'oublierait jamais Benjamin Taylor. Si jamais elle le revoyait, elle lui ferait payer au centuple ce qu'il lui avait fait.

— Un maudit voleur! Un maudit menteur! murmura-t-elle assez fort pour qu'un passant tourne la tête vers elle en l'entendant.

Il était près de midi et elle décida de monter à l'appartement voir comment les enfants se débrouillaient avec le repas. Elle n'avait pas faim. Une migraine terrible la taraudait. Elle entra chez elle et découvrit ses trois enfants en train de manger.

— J'ai ouvert une grosse boîte de binnes pour dîner, m'man, lui dit sa fille. Il en reste si vous en voulez.

— Non, j'ai mal à la tête. Je mangerai pas. Après le dîner, Gilles, tu iras avertir Claire que je suis revenue et que je vais descendre vers deux heures.

Sur ces mots, elle s'engouffra dans sa chambre à coucher et referma la porte. Elle fouilla frénétiquement dans l'un des tiroirs de son bureau et parvint à trouver le petit cœur en argent et la chaînette du même métal qu'il lui avait offerts. Elle les avait dissimulés sous sa lingerie. Elle empoigna la chaînette à pleines mains et la brisa en plusieurs morceaux avant de l'enfouir avec le cœur dans l'une des poches de sa robe. Elle allait jeter le tout dans la poubelle du magasin lorsqu'elle descendrait. Ensuite, elle se laissa tomber sur son lit sans prendre la peine de retirer sa robe.

Durant de longues minutes, elle repassa dans sa tête le calvaire qu'elle venait d'endurer. C'en était fini de ses rêves d'évasion et du roman d'amour qu'elle s'apprêtait à vivre avec son amant. Il avait disparu avec presque toutes ses économies, sans un mot, rien. Il ne lui restait plus que ses yeux pour pleurer. Elle allait être condamnée à passer sa vie derrière un comptoir à vendre des biscuits et des pâtisseries et à être la servante de trois enfants et d'un homme sans ambition.

Puis, son orgueil eut un sursaut. Qu'est-ce que Gina allait penser d'elle ?

— Elle doit me prendre pour une belle dinde, murmura-t-elle. Je suis la niaiseuse qui a tout donné à un gars et qui a cru tout ce qu'il me disait…

Elle se promit d'espacer ses contacts avec la barmaid. Il n'était pas dit que tout le monde allait rire d'elle.

Épuisée autant par toutes ces émotions que par la nuit assez courte qu'elle avait connue, elle finit par s'assoupir. Elle se réveilla dix minutes après deux heures. Elle eut une grimace en apercevant sa robe chiffonnée qu'elle retira pour la remplacer par une « robe de semaine », comme elle disait. Elle descendit ensuite au magasin reprendre sa place derrière le comptoir. Elle n'eut pas un mot d'explication ou d'excuse pour sa vendeuse.

Lorsqu'elle monta vers six heures pour s'occuper du souper des siens, Jean venait de rentrer. Elle dut faire un effort considérable pour oublier durant quelques instants le drame qu'elle vivait afin de demander des nouvelles de sa belle-mère.

— As-tu eu le temps d'aller voir ta mère à midi ? lui demanda-t-elle en préparant le mélange à crêpes.

— Oui, mais elle dormait et mon père venait juste de partir, répondit Jean en s'assoyant à table. J'ai parlé à une garde-malade. Il paraît qu'un spécialiste devait venir la voir cet après-midi et mon père devait passer à l'hôpital pour le rencontrer.

— Bon, se contenta-t-elle de dire en déposant une poêle à frire sur le feu. Catherine, mets la table, dit-elle à l'adolescente, et avertis tes frères qu'on soupe dans deux minutes.

— Après le souper, je vais aller voir mon père pour savoir ce qui en est, poursuivit Jean avant d'aller se laver les mains dans la salle de bain.

Reine cuisina des crêpes, et le souper se prit dans un silence relatif. Quelques minutes plus tard, la pluie commença à tomber, ce qui mit Gilles et Alain de mauvaise humeur. Ils avaient prévu d'aller jouer à la balle dans la ruelle avec des copains.

À la fin du repas, la mère de famille laissa à Catherine et aux garçons le soin de ranger la cuisine avant de descendre à la biscuiterie. Même si la pluie parfois forte avait chassé un bon nombre de badauds en cette soirée de vendredi, plusieurs clients n'en vinrent pas moins faire leurs achats ce soir-là. Claire Landry était particulièrement silencieuse depuis le retour de sa patronne au milieu de l'après-midi. Elle avait senti intuitivement sa mauvaise humeur et avait fait en sorte de ne mériter aucun reproche.

Chapitre 28

L'inévitable

Ce soir-là, Jean quitta la maison quelques minutes après sa femme en prévenant ses enfants qu'il ne serait pas longtemps chez leur grand-père.

À son arrivée, il rencontra Claude et Lucie qui s'apprêtaient à monter l'escalier.

— Je suis passé à Notre-Dame ce midi, leur dit-il en s'assoyant sur les marches, mais j'ai pas pu avoir des nouvelles de m'man. Le spécialiste l'avait pas encore examinée.

— Moi, j'ai téléphoné, mais la garde a rien voulu me dire, intervint Lucie à son tour.

Les trois gravirent alors les marches qui les séparaient de l'appartement familial. À leur entrée, ils trouvèrent Lorraine et Marcel installés dans la cuisine en compagnie de Félicien.

— J'ai des bonnes nouvelles, dit Félicien à son fils aîné. Lorraine et Marcel sont venus avec moi à l'hôpital cet après-midi. Votre mère va pas trop mal. On lui a parlé.

— C'est vrai, approuva Lorraine. Elle nous a reconnus et nous a même demandé ce qu'elle faisait là.

— Puis ?

— Puis on a parlé au docteur Comeau. C'est le spécialiste qui l'a examinée. Elle souffre d'Alzheimer, d'après lui.

— On s'en doutait tout de même un peu, pas vrai, monsieur Bélanger, lui dit doucement sa bru.

— Oui, reconnut le sexagénaire, mais c'est pas comme se le faire dire en pleine face par un spécialiste.

— Est-ce qu'ils peuvent faire quelque chose pour elle ? demanda Claude.

— D'après le docteur, c'est déjà pas mal avancé. Il m'a décrit ce qu'il appelle tous les stades de cette maudite maladie-là. Votre mère en a déjà passé quelques-uns, d'après lui.

— Qu'est-ce qu'on peut faire, p'pa ? lui demanda Jean, la gorge étreinte par l'émotion.

— Pas grand-chose. Il va lui prescrire des pilules, mais il dit que ça fera pas des miracles. D'après lui, je serais mieux de commencer tout de suite à chercher une place où ils pourraient prendre soin de ta mère.

En entendant cette remarque, Jean se rappela la conversation qu'il avait eue avec Reine. Finalement, c'était peut-être elle qui avait vu juste avec son caractère pourtant si détaché.

— Et… voulut commencer à dire Claude.

— Et il en est pas question ! s'insurgea le retraité. Elle a juste soixante ans et je veux pas pantoute la placer. Elle est pas folle. Elle sait encore ce qu'elle fait. Elle nous reconnaît. C'est pas parce qu'elle perd un peu la mémoire qu'elle est folle à enfermer.

Ses enfants se regardèrent brièvement et aucun n'osa le contredire.

— Qu'est-ce que vous avez l'intention de faire, p'pa ? lui demanda Claude.

— Cette affaire ! Demain matin, je vais aller la sortir de là et la ramener ici dedans. Sa place est dans sa maison.

— Mais vous vous rendez bien compte, monsieur Bélanger, que vous allez être obligé de surveiller votre femme vingt-quatre heures sur vingt-quatre, lui dit Lucie d'une voix douce.

— Ça tombe ben, j'ai rien d'autre à faire, répondit-il d'une voix décidée.

— Si vous faites ça, p'pa, intervint Lorraine, qui avait été particulièrement silencieuse depuis le début de la rencontre, je vais venir vous soulager de temps en temps pour la surveiller pendant que vous irez faire vos commissions ou prendre une marche.

— On peut tous faire quelque chose, reprit Jean.

— On va être là pour vous donner un coup de main, p'pa, confirma Claude.

De retour à la maison un peu plus tard, Jean retrouva sa femme en train de terminer les comptes de la biscuiterie, comme tous les vendredis soirs. Ses sourcils froncés et sa bouche dure lui apprirent immédiatement que quelque chose ne faisait pas son affaire. Au moment où il allait lui demander ce qui n'allait pas, il se rappela soudain qu'elle s'apprêtait à abandonner ce travail le lendemain soir et que cela la perturbait probablement. La maladie de sa mère l'avait tant préoccupé ce jour-là qu'il n'avait plus pensé à ça. Alors, il fit comme s'il n'avait rien remarqué.

— Je me fais une tasse de café, en veux-tu une ? lui offrit-il en s'approchant de l'armoire pour en sortir une tasse.

— Non, j'ai pas le temps. Je dois descendre chez ma mère, répondit-elle avec une certaine brusquerie.

— J'ai eu des nouvelles de ma mère.

— Ah oui, fit-elle sur un ton indifférent.

— Le spécialiste a dit qu'elle souffre d'Alzheimer et que mon père devrait penser à la placer.

— Il y a pas autre chose à faire, confirma-t-elle en roulant le ruban de la caisse enregistreuse après avoir rassemblé les factures devant elle.

— Mon père veut pas. Il va la garder à la maison. Nous autres, on a promis de l'aider, ajouta-t-il, espérant susciter un commentaire de sa femme.

— …

— Ç'a l'air de t'intéresser sans bon sens ce que je te raconte là ! ne put-il s'empêcher de lui dire.

— C'est ta mère, pas la mienne, laissa-t-elle tomber sans émotion apparente. Bon, je descends. Je devrais pas en avoir pour plus que dix minutes.

Il lui tourna le dos et se préoccupa de préparer sa tasse de café. Quand il se retourna, la porte d'entrée venait de se refermer sur sa femme.

Reine frappa à la porte de sa mère. Cette dernière vint lui ouvrir et la fit passer dans la cuisine, comme chaque vendredi soir, quand l'heure de faire les comptes arrivait. Quelques minutes suffirent pour que tout soit réglé.

— On dirait que tu es épuisée, ne put s'empêcher de dire Yvonne en regardant sa fille. Je pense qu'il est vraiment temps que tu lâches la biscuiterie.

— Je traverse juste une mauvaise passe, répliqua la jeune femme en s'efforçant de mettre un peu d'animation dans sa voix. Je dors mal la nuit, sentit-elle le besoin d'ajouter pour susciter un peu de compassion chez sa mère.

— L'important, c'est que tu tombes pas malade, dit cette dernière.

— Il y a pas de danger. À propos, m'man, je voulais vous dire qu'il y a pas de presse pour vendre la biscuiterie. Je pense que je la lâcherai pas demain, comme je vous l'avais annoncé. J'ai bien pensé à mon affaire et je me suis dit que je finirais par m'ennuyer, toute seule, à rien faire, en haut, quand les enfants vont être retournés à l'école dans quinze jours.

— Et qu'est-ce que ton mari va dire de ça ?

— Il dira ce qu'il voudra, répondit sèchement la jeune femme.

— Claire Landry t'a rien dit ? lui demanda sa mère, légèrement étonnée.

— Qu'est-ce qu'elle aurait dû me dire ? fit Reine.

— Antoine Laniel est revenu me voir cet avant-midi. Cette fois il était accompagné de sa femme. Ils ont voulu examiner encore le magasin. Je les ai envoyés en bas te voir pour que tu leur montres tout ce qu'il y avait à voir. C'est Claire qui a dû s'en charger parce qu'il paraît que t'étais partie faire des commissions avec ton amie Gina. J'ai cru que ta vendeuse t'avait mise au courant.

— Elle m'a rien dit.

— Remarque que c'est pas bien important que tu aies été là ou pas. Les Laniel sont remontés me voir après et ils m'ont fait une offre qui a pas mal de bon sens.

— Dites-moi pas que vous avez vendu ! s'exclama sa fille.

— Non, mais c'est tout comme. Ils doivent revenir demain signer les papiers. Ils aimeraient me laisser jusqu'à la fin du mois de septembre pour déménager parce qu'ils veulent avoir mon appartement. Par contre, et ça, ça fait mon affaire, ils sont prêts à prendre la biscuiterie en main dès lundi matin.

Reine était assommée par cette nouvelle. Tout allait trop rapidement pour elle. Elle prit une grande inspiration avant de demander à sa mère :

— Et nous autres dans tout ça, m'man ?

— Quoi, vous autres ?

— Vous avez pas pensé, m'man, que je pourrais être intéressée, moi, à vous acheter la biscuiterie ?

Yvonne Talbot, stupéfaite, regarda sa fille cadette.

— Pas une seconde, ma fille. Tu m'as dit pas plus tard qu'il y a un mois que t'en pouvais plus et que Jean voulait que tu t'occupes de ton ménage et de tes enfants. J'ai jamais pensé que ça t'intéressait.

— Bien oui, m'man, ça m'intéresse, s'entêta Reine.

— T'as une idée du prix que valent la maison et le commerce ? lui demanda sa mère.

— Combien ?

— Laniel a accepté de payer trente mille dollars pour la maison et vingt-cinq mille pour la biscuiterie. Si tu sais compter, ça…

— Je sais, m'man, la coupa sa fille. Ça fait cinquante-cinq mille.

— Je pense pas que t'aies autant d'argent que ça, non ?

— Mais vous auriez pu m'avancer…

— Écoute, Reine, fit sa mère sur un ton patient, même si tu es ma fille, je peux pas faire de miracle. Tout d'abord, j'ai besoin d'argent pour acheter la petite maison que Charles et Estelle m'ont trouvée à Saint-Lambert. J'ai un peu d'argent à la banque, mais pas suffisamment. Il faut aussi que j'en aie assez pour vivre. Je dis pas que je me laisserais pas tenter si tu me disais que tu as six ou sept mille piastres à me donner en acompte. Dans ces conditions-là, on aurait peut-être pu s'entendre. Mais là, je parle pour rien. Je pense pas que tu aies autant d'argent que ça.

— Voyons, m'man, il y a sûrement un moyen d'arranger ça, protesta Reine en voyant sa dernière chance d'entrer en possession de la biscuiterie familiale disparaître définitivement. Vous oubliez que la biscuiterie a toujours appartenu aux Talbot. Vous pouvez pas la laisser aller comme ça.

— Tu sais, c'est pas le temps de se laisser attendrir par le passé, fit sa mère, pas du tout impressionnée par l'argument.

— Vous pourriez vendre juste la maison aux Laniel, s'ils y tiennent tant que ça, et me laisser le commerce. Je leur paierais un loyer et tout le monde serait content.

— T'as pas compris, fit sa mère avec une certaine impatience. C'est la biscuiterie qui les intéresse, pas la maison. S'ils achètent la maison, c'est parce que j'ai refusé de leur vendre seulement le commerce.

Reine garda le silence un long moment, abattue par la nouvelle que sa mère venait de lui apprendre. Si Ben Taylor ne lui avait pas volé son argent, elle aurait pu acheter le commerce et la maison de sa mère… En plus de tout le reste, il l'avait privée d'une occasion unique…

— Si je comprends bien, c'est avec eux autres que je dois faire affaire pour continuer à travailler au magasin, dit-elle à sa mère en se levant, dépitée au-delà de toute expression.

— Non, je pense pas que ce soit possible, répliqua Yvonne en la suivant dans le couloir. Ça me surprendrait pas mal qu'ils aient besoin de toi. Leur fille reste avec eux et elle va travailler à la biscuiterie. Si j'ai bien compris madame Laniel, ils ont l'intention de garder Claire une journée ou deux avant de s'en débarrasser.

— Est-ce qu'elle est au courant ?

— Non, tu serais fine de le lui dire.

— Je vais laisser cet ouvrage-là aux Laniel, rétorqua-t-elle avant de déposer machinalement un baiser sur une joue de sa mère et de quitter l'appartement.

Elle rentra chez elle en claquant violemment la porte. Jean sursauta et vint à sa rencontre.

— Cherches-tu absolument à réveiller les enfants ? lui demanda-t-il.

— J'ai jamais vécu une maudite journée comme ça ! explosa-t-elle en se laissant tomber dans l'un des vieux fauteuils du salon.

— Qu'est-ce qu'il y a encore ? demanda-t-il avec impatience.

— Il y a que ma mère a vendu la maison et la biscuiterie sans même nous en parler, dit-elle, incapable de réfréner sa rage plus longtemps.

— Ça aurait changé quoi qu'elle nous en parle ? fit-il, étonné.

— On aurait pu lui faire une offre ! répondit-elle, en oubliant un instant le piteux état de ses finances.

— Avec quel argent ? Ça prend tout pour arriver à payer les comptes, lui rappela-t-il. À moins que t'aies pas mal d'argent caché dans ton compte de banque, je vois pas ce qu'on aurait pu lui offrir.

— J'en ai pas d'argent ! s'écria-t-elle.

— T'en as tout de même pas mal plus que moi, la contredit-il sèchement. Tu travailles depuis des mois au magasin et je t'ai pas vue dépenser une cenne.

— Ah ! Laisse faire, répliqua-t-elle, exaspérée. L'important, c'est que les nouveaux propriétaires viennent rester en dessous de chez nous. Ma mère s'achète une maison à Saint-Lambert, pas loin de chez ma sœur. Nous autres, on va être poignés pour rester dans notre vieil appartement du troisième étage.

— Je t'ai offert au commencement de l'été d'acheter une maison proche de celle de Claude et de Lucie, lui rappela-t-il. Tu m'as répondu que tu voulais pas aller rester à la campagne. On peut toujours essayer d'en trouver une pas trop cher, si t'as changé d'idée.

— On n'a pas plus les moyens là qu'on les avait au mois de juin, déclara-t-elle, tranchante. Bon, je m'en vais prendre un bain.

Elle se leva, passa par sa chambre à coucher pour y prendre ses vêtements de nuit et alla s'enfermer dans la salle de bain. Puis elle se déshabilla et se glissa dans la baignoire quand elle fut à demi remplie d'eau tiède. Elle espérait que les minutes qu'elle se proposait de passer là allaient atténuer toutes les frustrations accumulées durant la journée.

À n'en pas douter, c'était la pire journée de sa vie. Son orgueil et son compte en banque en avaient pris un coup. Elle s'était cru aimée par Ben alors qu'elle ne représentait apparemment à ses yeux qu'une imbécile dont il s'était joué à volonté durant des mois. Elle en grinçait des dents quand elle se rappelait qu'il avait tout obtenu d'elle avec uniquement des belles paroles et des sourires enjôleurs. Il avait dû bien rire quand elle lui avait cédé en échange d'un repas à l'hôtel. Mais le plus drôle avait dû être l'histoire de la maison. Il s'était contenté de s'arrêter devant un chantier pour lui faire croire qu'on construisait là le château sur lequel elle régnerait.

— Maudite niaiseuse ! Que je m'haïs donc ! chuchota-t-elle pour elle-même. Et tout ça pour partir avec mes six mille piastres, l'écœurant !

Depuis qu'elle pensait à ses économies envolées, elle avait tout de même fini par se donner l'absolution de n'avoir pas exigé une reconnaissance de dette, pour la simple raison que le papier aurait été absolument sans valeur.

Non, il avait bouleversé sa vie et l'avait abandonnée comme si elle n'était qu'un vieux torchon inutile. Le pire était qu'elle ne retrouverait pas sa vie d'antan partagée entre le magasin et les siens. À compter du lendemain soir, elle allait se retrouver prisonnière de son appartement et condamnée à grappiller quelques sous ici et là dans l'argent du ménage pour tenter de refaire son bas de laine.

Elle pleura amèrement sur ses illusions perdues.

— Il y a pas de justice ! murmura-t-elle. Il a fallu que je tombe sur ce salaud-là.

À aucun moment elle ne regretta d'avoir été infidèle à son mari. Non, ce qu'elle ne se pardonnerait jamais c'était qu'on avait abusé d'elle. Son égoïsme l'empêchait de voir la situation sous un autre angle.

Elle finit par quitter la baignoire et entreprit de se sécher avec une serviette épaisse. Elle se promit de ne plus jamais se laisser exploiter par quelqu'un. Si une autre occasion se présentait un jour de refaire sa vie ailleurs, elle allait prendre ses précautions cette fois-là.

Chapitre 29

Le prix à payer

Jean sortit de l'église Saint-Stanislas-de-Kostka en compagnie de ses trois enfants. On avait beau n'être que le second dimanche d'octobre, la température frisait le point de congélation. Montréal connaissait un automne précoce. Déjà, les érables bordant la rue Brébeuf avaient perdu pratiquement toutes leurs feuilles, qui jonchaient maintenant les trottoirs et s'accumulaient contre le moindre obstacle.

— Alain, attache ton manteau, ordonna le père de famille à son fils cadet.

Ce dernier s'exécuta sans protester, non sans toutefois jeter un coup d'œil à son frère Gilles pour vérifier si le manteau de ce dernier était bien boutonné.

À la fin de l'été, Jean avait décidé que la famille irait dorénavant à la messe à pied quand le temps le permettrait plutôt que d'utiliser la Plymouth. Depuis que sa femme avait renoncé à fréquenter l'église, c'était plus facile à réaliser. En effet, Reine, qui vivait une période difficile depuis la fin août, s'était isolée plus encore qu'à son habitude. Elle avait ainsi brusquement cessé de pratiquer à la fin du mois d'août sans lui donner plus d'explication.

— Pourquoi tu fais ça ? lui avait-il demandé. As-tu pensé à l'exemple que tu donnes aux enfants ?

— Ça te regarde pas, s'était-elle contentée de rétorquer, l'air mauvais. Ça me tente plus et je mets plus les pieds là. Un point, c'est tout.

On avait beau parler de Révolution tranquille depuis la dernière élection, Reine avait chassé l'Église de sa vie un peu plus rapidement que le reste de la population québécoise, qui allait mettre quelques décennies à faire de même.

Jean avait fini par se dire que ce n'était qu'une passade et qu'elle finirait bien par revenir à de meilleurs sentiments. Elle ne faisait probablement que profiter du départ de sa mère du quartier et de la maladie de sa belle-mère pour se laisser aller. Si Amélie Bélanger avait encore eu toute sa tête, elle lui aurait passé tout un savon et sa bru aurait su ce qu'elle pensait d'une mère de famille incapable de donner l'exemple à ses enfants.

En passant devant la maison où habitaient ses parents, Jean eut une pensée pour eux. Cet après-midi, tous les Bélanger allaient se retrouver chez Claude pour célébrer le baptême de la petite Sylvie, née au début du mois. Jean s'était proposé pour les emmener à Saint-Léonard-de-Port-Maurice, mais Lorraine avait été plus rapide et ils avaient déjà accepté son offre.

La petite famille tourna au coin de Brébeuf. Pendant que Catherine précédait ses deux frères dans les escaliers intérieurs conduisant à leur appartement, leur père poursuivit sa route jusqu'au coin de De La Roche pour prendre un document dans la Plymouth qu'il y avait stationnée. En passant devant la biscuiterie, il jeta un regard indifférent aux vitrines dont la présentation n'avait guère changé depuis que les Laniel exploitaient le commerce. Au demeurant, Jean ne pouvait se plaindre des nouveaux propriétaires, à peine plus bruyants que sa belle-mère ne l'était.

Yvonne Talbot avait déménagé quatre semaines auparavant. Fidèle à son image, elle avait déclaré à son gendre venu lui offrir, un peu à contrecœur, ses services pour transporter des boîtes :

— Merci, mon garçon, mais ce sera pas nécessaire. J'ai engagé des déménageurs qui vont tout empaqueter et transporter à Saint-Lambert.

Forte de cette information, Reine s'était bien gardée d'aller offrir son aide à sa mère. Rancunière, elle ne lui avait pas pardonné d'avoir vendu la biscuiterie à des étrangers sans lui avoir donné la chance d'en devenir l'unique propriétaire un jour.

— Elle aurait pu emprunter à Charles ou à Lorenzo l'argent qui lui manquait pour acheter sa maudite maison de Saint-Lambert, avait-elle répété plusieurs fois à son mari depuis son départ, avec amertume. Mais non, elle voulait pas me donner la chance d'acheter le magasin. Pourquoi la malchance me tombe toujours dessus ? Veux-tu bien me le dire, toi ? Quand il y a des bonnes affaires, c'est toujours pour Estelle ou pour Lorenzo, jamais pour moi !

Jean en était venu à ne plus écouter ses récriminations. Par ailleurs, quand Yvonne Talbot avait téléphoné pour les inviter à sa pendaison de crémaillère, deux semaines auparavant, sa fille s'était empressée de lui répondre qu'elle souffrait de la grippe et qu'elle ne pourrait assister à la petite fête.

— As-tu dit non parce que ça te tentait pas ou bien parce qu'il aurait fallu acheter un cadeau ? lui avait demandé Jean, narquois.

— Pour les deux.

— Après ça, viens pas te plaindre que ta famille nous invite jamais, lui avait-il fait remarquer encore une fois.

— Ça me fait pas un pli, avait-elle laissé tomber.

— À voir ton air, moi je pense que ça te fait quelque chose, avait répliqué Jean pour clore la discussion.

À son retour à la maison, Jean s'installa dans le salon pendant que sa femme préparait le dîner. Fait un peu inusité, il devait aller interviewer l'entraîneur du club de hockey Canadien le lendemain avant-midi, à propos de la décision de Maurice Richard de prendre sa retraite. Le capitaine du Canadien avait été blessé plus souvent qu'à son tour les deux dernières années, ce qui l'avait considérablement ralenti. La présence de son frère Henri l'avait sans doute amené à continuer une saison de plus, mais à la fin du camp d'entraînement, le 15 septembre, il avait annoncé son retrait de la compétition.

Après le repas, Jean houspilla ses enfants pour qu'ils se préparent rapidement.

— Grouillez-vous, leur ordonna-t-il. Le baptême est à deux heures et demie.

— Ça me tente pas d'aller là, lui dit sa femme en déposant le linge qui lui avait servi à essuyer la nappe plastifiée sur laquelle ils avaient mangé.

— Tu peux pas faire cette insulte-là à mon frère et à sa femme. Eux autres, ils sont venus au baptême de Gilles et d'Alain. En plus, t'as acheté un ensemble pour le bébé.

— Moi, les affaires de famille, dit-elle d'une voix éteinte.

— Envoye ! Secoue-toi un peu, s'impatienta-t-il. Ça fait deux mois que je te vois te traîner comme si t'étais malade. Ça peut pas durer, cette histoire-là. Allez viens, ça va te redonner un peu d'énergie.

Reine sembla réaliser soudainement que son mari était à bout de patience et qu'il était à la veille d'éclater. Elle avait bien assez de problèmes sans en ajouter un autre. Elle se fit violence et disparut dans la chambre pour mettre une robe plus convenable. Elle s'arrêta quelques instants dans la salle de bain pour se maquiller et se peigner. Finalement, elle fut prête en même temps que toute sa famille.

— J'espère qu'on passera pas toute la journée là, dit-elle de mauvaise humeur en boutonnant son manteau.

— C'est juste un baptême, lui dit Jean pour la rassurer. Claude m'a dit que sa femme s'est donné du mal pour préparer une petite réception, ajouta-t-il en lui ouvrant la porte. Inquiète-toi pas, on va être revenus à l'heure du souper.

— Qu'est-ce qu'on fait ? lui demanda-t-elle. Est-ce qu'on s'en va chez eux ou bien on va les attendre à l'église ?

— À l'heure qu'il est, on est aussi bien d'aller directement à l'église. À part ça, c'est bien beau Saint-Léonard, mais chaque fois que je vais là, je me perds dans toutes ces petites rues. Là, après le baptême, on aura juste à suivre Claude et Marcel.

Le trajet ne prit que quelques minutes en ce froid dimanche d'octobre. Le ciel était totalement dégagé, mais le soleil ne réchauffait guère. Les Bélanger stationnèrent leur voiture dans la rue Jarry, à proximité de la vieille église en pierre de Saint-Léonard-de-Port-Maurice. Ils s'apprêtaient à pénétrer dans le temple quand ils virent quatre voitures arriver et s'immobiliser près de la leur.

— Tiens, v'là la mère modèle qui arrive, laissa tomber Reine à mi-voix.

— Pourquoi tu dis ça ? lui demanda Jean en faisant signe à ses enfants d'entrer dans l'église.

— T'as juste à l'écouter parler, rétorqua sa femme. À l'entendre, elle est la première femme à avoir eu un enfant. Et cet enfant-là, ça va être une merveille. Je suppose qu'il salira pas ses couches comme tous les enfants.

— Arrête donc de chialer, lui ordonna Jean, agacé. On dirait que t'as déjà oublié comment tu étais, toi, quand t'as accouché de Catherine.

— J'étais pas comme sainte Lucie, certain, fit-elle en retenant la porte pour pénétrer dans les lieux à la suite de ses enfants.

Jean la suivit et attendit l'arrivée des autres invités au baptême, debout à l'arrière. Les premiers à entrer furent son père et sa mère. Il leur sourit. Il eut un pincement au cœur en s'apercevant que sa mère le regardait avec un air perdu, comme si elle se demandait ce qu'elle faisait là. Les parents de Lucie, parrain et marraine de la petite Sylvie, entrèrent à leur tour, suivis de près par Claude et sa femme portant le bébé. Le frère aîné de Lucie et sa femme précédaient de peu Lorraine, Marcel et leur fille.

Il y eut des échanges de sourires et des salutations chuchotées. Tous demeurèrent debout à l'arrière, attendant la venue du prêtre qui allait officier. Les manteaux furent enlevés et déposés sur un banc et la future baptisée, vêtue de ses plus beaux atours, fut confiée à Catherine.

Il avait été convenu que l'adolescente serait la porteuse lors de la cérémonie. Pour ne pas créer de jalousie entre les cousines, Lucie avait promis à Murielle qu'elle serait porteuse du prochain bébé qu'elle aurait.

Enfin, le curé Delorme apparut dans le chœur, vêtu d'une aube et d'une étole. Il traversa l'église et s'arrêta près des fonts baptismaux. Il prit la peine de saluer les personnes présentes avant d'inviter la porteuse, le parrain et la marraine à s'avancer. La cérémonie ne dura que quelques minutes.

Après la signature des registres paroissiaux, chacun endossa son manteau et Lucie reprit son bébé qui venait de s'endormir paisiblement dans les bras de Catherine.

— On vous attend tous à la maison, dit Claude aux personnes présentes.

Quelques minutes plus tard, toutes les voitures vinrent s'immobiliser dans la rue Girardin, devant la maison des heureux parents. Les hôtes avaient tout préparé avant leur départ pour l'église. La table était déjà dressée et ils avaient pris la peine de disposer des chaises autant dans le salon que dans la cuisine.

Dès leur entrée dans la maison, les invités furent délestés de leur manteau et dirigés vers le salon. Le bébé, toujours endormi, fut déposé dans son lit. Les invités choisirent ce moment pour remettre des boîtes soigneusement enrubannées renfermant un cadeau destiné à la fille des heureux parents. Lucie s'empressa d'ouvrir chaque cadeau en s'émerveillant de son contenu. Il y eut alors, comme il se devait, des échanges de « Voyons donc, c'était pas nécessaire ! » et des « Ça nous fait plaisir ! »

Les adultes préférèrent demeurer dans le salon pendant que l'hôtesse entraînait ses neveux et nièces dans la cuisine pour leur servir des verres de boisson gazeuse et des chips. Son mari disparut quelques instants avant de revenir au salon avec de la bière et du vin pour chacun des invités.

— Ça, c'est pour vous ouvrir un peu l'appétit, prévint-il en passant de l'un à l'autre. Je vous avertis tout de suite. Lucie a préparé une tonne de sandwichs et de petits gâteaux et vous êtes mieux d'en manger parce que j'ai pas l'intention d'avoir ça dans mes lunchs pendant des semaines.

— Inquiète-toi pas avec ça, lui dit le frère de sa femme, un gros homme bien en chair. Nous autres, les Paquette, on est du monde ben de service. On te laissera pas avec tout ça sur les bras. Pas vrai, p'pa ?

— On va faire notre gros possible, confirma le père de Lucie, un petit homme souriant, complètement chauve et bien en chair.

Les femmes s'étaient regroupées à une extrémité de la pièce. À voir de quelle façon madame Paquette s'adressait à sa mère, Jean comprit que sa belle-sœur avait prévenu sa famille de sa maladie.

Durant un bon moment, il accorda toute son attention à sa mère. À son comportement, il constatait qu'elle n'était pas dans l'un de ses bons jours. Elle répondait par monosyllabes quand on s'adressait à elle et semblait chercher continuellement son mari des yeux.

Il n'en revenait pas de constater à quel point la maladie progressait rapidement. Même si son père ne se plaignait jamais d'être sur le qui-vive jour et nuit pour la surveiller, il se rendait bien compte de la lourdeur de la tâche qu'il s'était mise sur les épaules, même si chacun de ses enfants tentait, selon ses disponibilités, de lui accorder quelques moments de répit chaque semaine. De plus, la nouvelle agressivité soudaine de sa mère, qu'il avait toujours connue si douce, le déstabilisait. Bien sûr, elle reconnaissait encore tous les siens, même si elle hésitait parfois à le faire, mais elle cherchait de plus en plus ses mots et paraissait s'enfoncer progressivement dans un monde auquel personne n'avait accès.

Aucun des enfants de Félicien n'osait le dire ouvertement, mais le temps n'était peut-être pas bien loin où il faudrait envisager de trouver à la malade un endroit où des gens plus qualifiés pourraient prendre soin d'elle.

— Je t'ai vu à la télévision, il y a pas longtemps, dit Jérôme Paquette au journaliste.

Jean mit une seconde ou deux à réaliser que c'était à lui que s'adressait le père de Lucie.

— T'interviewais quelqu'un à propos de l'élection d'Yves Prévost comme chef de l'Union nationale, si je me souviens bien.

— Oh, seulement comme chef intérimaire, monsieur Paquette, tint-il à préciser.

— J'espère juste qu'il restera pas chef du parti, intervint Félicien, toujours prêt à donner son opinion à titre de partisan de l'Union nationale. J'ai jamais aimé Barrette, mais j'aime encore moins Prévost.

— Vous êtes pas le seul, p'pa, dit Jean. Je pense qu'on a nommé Prévost parce qu'on savait que le gouvernement se préparait à demander au juge Salvas d'enquêter sur l'administration de l'Union nationale. Il y en a qui ont pensé que c'était le meilleur homme pour faire face à la musique avant que le parti se choisisse un vrai chef.

— Regarde ben ce qui va arriver, prédit Félicien en affichant un air dégoûté. Avec cette maudite enquête-là, ils vont en profiter pour salir Maurice Duplessis. Ça va être facile, le bonhomme est plus là pour se défendre.

Durant plusieurs minutes, on parla abondamment de politique provinciale et, évidemment, la conversation dériva vers les élections municipales qui devaient se tenir la semaine suivante à Montréal.

— J'ai ben l'impression que pour Sarto Fournier, son chien est mort, avança Claude en servant une seconde tournée à ses invités.

— Je pense la même chose que toi, fit son frère. On n'est plus en 1957 où il est entré comme une balle à la mairie grâce aux organisateurs de l'Union nationale.

Soudain, les hommes se rendirent compte que les femmes les avaient laissés seuls dans le salon pour aller aider l'hôtesse dans les derniers préparatifs du goûter. Peu après, la fille de Lorraine vint d'ailleurs les inviter à venir se servir.

Jean eut la surprise de voir sa mère en train de rire d'une plaisanterie de son fils Gilles. Il avait l'impression de ne pas l'avoir entendue rire depuis des mois. Un peu à l'écart, il vit Reine écouter Lorraine en train de raconter à la mère de Lucie l'une de ses mésaventures survenues chez Dominion la semaine précédente. Comme d'habitude dans ces situations, sa femme avait l'air de s'ennuyer prodigieusement.

— Attendez pas, ordonna Lucie à ses invités. Servez-vous.

L'épouse du frère de Lucie s'employa à voir à ce que les enfants prennent place, comme les adultes, dans la file.

— Mes petits snoreaux, vous autres, vous vous bourrerez pas juste avec des chips, leur dit-elle en riant. Il y a plein de bonnes affaires sur la table, allez vous servir.

Les invités, armés d'une assiette en carton et d'ustensiles en plastique, firent la queue et se servirent abondamment de marinades, de salades de chou et de pâtes ainsi que de sandwichs aux œufs, au jambon et au poulet.

— Qu'est-ce qu'on fait quand on n'a plus de place dans notre assiette ? demanda le frère de Lucie pour plaisanter.

— On va manger ce qu'il y a dedans, mon gros, répondit sa mère, et on essaye d'en laisser aux autres.

— Non, il faut que tu reviennes te servir, intervint Claude en riant. À part ça, oubliez pas tout le monde qu'il y a du dessert et du café chaud qui vous attendent.

— Mais c'est un vrai repas que vous avez préparé, dit Marcel à son beau-frère Claude.

— C'est normal, on fait pas baptiser tous les ans. Pendant que j'y pense, quand est-ce qu'on va aller au baptême de ton prochain ? plaisanta le cadet des Bélanger.

— Tu risques pas d'engraisser demain si t'attends un repas de baptême chez nous, répondit le plâtrier. On a décidé de s'arrêter à un. On est rendus trop vieux.

— Et toi, Jean ? Ton dernier va avoir neuf ans.

— Nous autres aussi, c'est fini, s'empressa d'intervenir Reine qui venait d'apparaître aux côtés de son mari. On en a trois, il me semble qu'on a fait notre part.

— Et toi, Pierre, qu'est-ce que t'attends ? demanda Claude au frère de sa femme.

— Aïe ! Mets pas d'idée dans la tête de ma femme, toi, se récria en plaisantant le gros homme. On en a cinq. C'est rendu qu'on n'a même plus assez de place dans le char pour les amener quelque part. Il faut demander à notre plus vieille de garder chaque fois qu'on a à sortir.

— En tout cas, tu vas leur apporter des sandwichs et du gâteau, déclara Lucie sur un ton sans appel. Moi, j'aurais bien aimé que tu les amènes cet après-midi.

Quand tout le monde fut rassasié, les hommes se retirèrent dans le salon pendant que les femmes rangeaient la nourriture dans la cuisine.

— Je peux vous gager n'importe quoi qu'ils parlent de politique ou de hockey, dit Lorraine aux autres femmes en riant. À part ces deux sujets-là, ils savent pas de quoi parler.

— Je vais aller espionner, m'man, offrit Murielle, qui se dirigea vers le salon sans attendre la permission maternelle.

L'adolescente revint un instant plus tard.

— Puis ? lui demanda sa mère.

— Vous vous êtes pas trompée, m'man, confirma Murielle. Ils parlent du Canadien, de Toe Blake, de Jean Béliveau et de Boum Boum Geoffrion.

— Mon mari a jamais aimé le hockey, révéla la mère de Lucie.

— Vous connaissez pas votre chance, vous, lui fit remarquer Lorraine. Pas vrai, m'man ?

Amélie, armée d'un linge à vaisselle, était occupée à essuyer des coupes. Elle se borna à hocher la tête.

Vers cinq heures, Reine fit comprendre discrètement à son mari qu'elle désirait partir. Jean se leva, alla chercher ses enfants réfugiés dans la cuisine avec leur cousine et les invita à venir remercier et saluer leur oncle et leur tante.

Les préparatifs de départ de la petite famille Bélanger incitèrent les autres invités à réaliser qu'il commençait à se faire tard et que le moment de partir était venu. Il y eut des échanges de salutations et des promesses de se revoir bientôt.

Toute la famille monta dans la Plymouth au moment où le soleil déclinait déjà à l'ouest. La voiture prit la direction du boulevard Lacordaire et tourna dans la rue Jarry.

— Je pense qu'avec tout ce qu'on a mangé, t'auras pas besoin de nous faire à souper, déclara Jean à sa femme.

Reine ne dit rien, se contentant de regarder par le pare-brise le paysage qui défilait devant elle.

— Je me demande comment ils font pour vivre dans un coin pareil, finit-elle par dire après un long silence.

— C'est pas si pire que ça, fit Jean.

— Il y a rien autour. Moi, je mourrais d'ennui si j'étais poignée pour vivre dans une place comme celle-là.

Ce fut au tour de Jean de ne rien trouver à dire. Le reste du trajet se fit dans un silence qui ne fut troublé que lorsque Alain se plaignit, encore une fois, d'être obligé de voyager assis au centre de la banquette plutôt que près d'une fenêtre.

Dès leur arrivée à la maison, Reine alluma la radio, qui diffusait *Hound Dog* d'Elvis Presley. Elle s'empara du roman-photos dont elle avait commencé la lecture deux jours auparavant et s'assit au bout de la table. Depuis la mi-septembre, elle s'était découvert une passion pour les grandes sagas romantiques, au plus grand étonnement de Jean qui ne l'avait jamais vue lire auparavant. Il lui avait alors fait remarquer que la bibliothèque offrait de bien meilleurs romans que ce qu'elle lisait.

— On n'a pas tous fait le cours classique, tu sauras, avait-elle répliqué d'une voix acerbe. J'haïs ça, des livres qui ont pas d'images.

Jean avait retiré son veston et sa cravate avant d'aller s'installer confortablement dans le salon et de replonger dans le livre qu'il avait emprunté à la bibliothèque la veille : *Les Insolences du Frère Untel*, un ouvrage qui connaissait un vif succès et qui ne demandait pas plus un cours classique pour l'apprécier. Pendant ce temps, les enfants s'étaient assis devant le téléviseur et écoutaient les émissions de Radio-Canada.

À huit heures, Reine ordonna à ses deux fils de se mettre au lit après leur avoir permis de manger quelques biscuits à titre de collation, alors que Jean prenait place devant le téléviseur, bien décidé à regarder *Un simple soldat*, une pièce de Marcel Dubé que Radio-Canada avait déjà présentée quelque temps auparavant.

Une heure plus tard, Catherine vint embrasser son père et sa mère avant d'aller se coucher. Reine venait de rejoindre son mari dans le salon en croyant qu'il regardait un film. Après quelques minutes occupées à chercher à comprendre l'intrigue de la pièce commencée depuis une heure, elle renonça.

— Je vais aller prendre un bain et me coucher, annonça-t-elle en quittant son fauteuil.

Jean hocha la tête pour lui signifier qu'il l'avait entendue et resta concentré sur la pièce de théâtre.

Il éteignit le téléviseur un peu après onze heures. Tout était maintenant silencieux dans la maison. Pendant qu'il enfilait son pyjama dans l'obscurité de la chambre à coucher, il eut une pensée pour les Laniel. Il ne les avait pas entendus de la soirée, c'était vraiment des gens tranquilles. Quand il se glissa dans le lit, Reine bougea et lui tourna le dos en marmonnant quelque chose. Une fois étendu à ses côtés, il se demanda pendant un court moment à quoi elle pouvait bien rêver. Il finit par s'endormir en s'imaginant en train de passer une journée avec Blanche Comtois...

Reine ouvrit les yeux. Il faisait noir et froid dans la chambre. Elle jeta un coup d'œil vers le réveille-matin : cinq heures trente-cinq... Qu'est-ce qui l'avait réveillée ? Elle n'en savait rien. Tout était silencieux. À une heure aussi matinale, il n'y avait pratiquement pas de circulation dans la rue Mont-Royal sur laquelle donnait la fenêtre de la pièce. Elle allait se tourner sur le côté gauche quand un haut-le-cœur soudain l'obligea à s'asseoir brusquement dans le lit. Elle mit la main devant sa bouche et repoussa précipitamment les couvertures. Jean grogna et tira ces dernières sur son épaule découverte.

Elle se leva, glissa rapidement ses pieds dans ses pantoufles et sortit de la chambre sans faire de bruit. Elle se précipita vers la salle de bain dont elle referma la porte derrière elle. Pliée en deux au-dessus de la cuvette, elle rendit le contenu de son estomac. Quand les spasmes se calmèrent, elle rinça sa bouche amère et se regarda dans le miroir fixé au-dessus du lavabo. Elle vit une jeune femme aux traits tirés et aux cheveux noirs emmêlés qui la regardait de ses grands yeux gris un peu cernés.

— Veux-tu bien me dire ce que j'ai pu manger hier que j'ai pas digéré ? murmura-t-elle pour elle-même.

Elle s'efforça de réfléchir à ce qu'elle avait avalé chez Claude et Lucie.

— Mais j'ai presque rien mangé. À peine un petit sandwich aux œufs et un morceau de gâteau, poursuivit-elle d'une voix hésitante. Et si c'était à cause de ça, j'aurais été malade bien avant ce matin...

Les mains crispées sur le bord du lavabo, elle chercha dans sa mémoire ce qu'elle avait pu absorber d'indigeste en soirée et elle ne trouva rien... Rien !

— Ah non ! Pas ça ! s'exclama-t-elle d'une voix étouffée. C'est pas vrai !

Elle réalisa soudain que les légers malaises qu'elle avait ressentis ces derniers jours ajoutés à cette nausée matinale ne pouvaient avoir qu'une signification : elle était enceinte ! Elle qui affirmait pas plus tard qu'hier encore à son beau-frère qu'il n'était plus question d'agrandir la famille…

Puis, elle s'interrogea. Elle savait que son mari et elle prenaient tous les moyens depuis huit ans pour éviter qu'elle ne retombe en famille, sans parler que les rapprochements avaient été bien peu nombreux depuis quelques mois.

À cette pensée, elle fut prise de panique. Une bouffée de chaleur aussi soudaine que brusque la fit transpirer instantanément.

Elle était donc enceinte de Benjamin Taylor…

Il n'y avait aucune autre explication.

Elle se revit au motel en train de faire l'amour avec son amant…

Elle en aurait pleuré si elle n'avait pas été si en colère.

— Mais qu'est-ce que je vais faire de cet enfant-là ? murmura-t-elle. Je vais pas recommencer l'enfer que j'ai déjà vécu.

Elle n'était plus la jeune fille de vingt ans acculée au mur par une grossesse non désirée. Non, elle était une femme mariée, une femme mûre, qui n'avait plus à se soucier de la colère de ses parents et des qu'en-dira-t-on. Elle devait aujourd'hui se sortir seule de cette impasse, qui n'était pas sans lui rappeler la situation qui avait imposé un mariage rapide avec Jean Bélanger treize ans auparavant.

Elle prit une serviette, la mouilla et la passa sur son visage. Elle s'assit ensuite sur la cuvette et se prit la tête entre les mains pour mieux réfléchir.

Si elle avait eu les moyens financiers et les contacts nécessaires, elle n'aurait pas hésité une seconde à se faire avorter, malgré tous les risques que cette solution comportait. Mais elle ne possédait ni les uns ni les autres. Alors, il ne s'offrait aucun choix à elle. Elle allait devoir garder cet enfant-là, à moins qu'un accident ne survienne, comme lors de sa première grossesse.

Une minute plus tard, Reine se ressaisit. Sa décision était prise. Elle garderait cet enfant si sa grossesse se rendait à terme, elle ne ferait rien pour provoquer un accident. Elle avait déjà créé assez de tort, elle ne voulait pas en rajouter. Pour une fois, elle se rendait compte de la chance qu'elle avait d'avoir un mari au grand cœur. Jean était compréhensif et prenait ses responsabilités de père et de mari. Jamais, lui, il ne lui aurait fait subir ce que Ben venait de lui faire.

Mais comment allait-elle expliquer tout ça à Jean ? Et comment réagiraient les enfants ? Et les familles Talbot et Bélanger ?

Jean était tellement naïf qu'il serait facile de lui faire croire qu'il en était le père. Il serait même peut-être heureux de la nouvelle. De toute façon, il ne faisait nul doute dans son esprit qu'elle aurait besoin de tout son soutien encore une fois pour passer à travers cette épreuve qui se dessinait.

À ce moment, Jean, qui avait été réveillé par le bruit des pas de sa femme quittant la chambre, cogna à la porte de la salle de bain :

— Est-ce que ça va, Reine ? T'es debout ben de bonne heure à matin, lui dit-il au travers de la porte.

— Oui, oui, ça va, ne t'inquiète pas. J'ai fait un cauchemar et j'étais plus capable de me rendormir, lui dit-elle avec une voix pleine de tendresse, en même temps qu'elle séchait ses larmes.

— Bon, ben moi, si ça te fait rien, je vais retourner me coucher un peu, j'ai une grosse journée qui m'attend aujourd'hui.

— Vas-y. Moi je m'arrange les cheveux et je vais préparer le déjeuner pour toute la famille.

FIN DE LA SAGA

février 2009
Sainte-Brigitte-des-Saults

Postface

Chers lecteurs,

Cette œuvre est la dernière des sagas historiques de Michel David. Mon mari adorait écrire. Il aimait raconter le Québec d'autrefois, autant à travers l'univers pittoresque d'un petit village de campagne que dans le cadre d'intrigues qu'il situait à Montréal.

Tous les matins, dès six heures et demie, il s'installait à son bureau et commençait à écrire. Il ne connaissait pas le syndrome de la page blanche. Il a écrit de nombreux livres dont certains n'ont jamais été publiés. Il lui arrivait même de se lever en pleine nuit pour prendre en note des détails qu'il incorporerait le matin venu à son roman en cours d'écriture !

Mon mari aimait créer des personnages hauts en couleur… Qui ne se souvient pas de Maurice Dionne, dans *La Poussière du temps*, ou de Laurent Boisvert, le mari détestable d'*Un bonheur si fragile* ? Sans parler des curés qui, dans ses sagas, en mènent toujours large et ne sont jamais faciles à vivre !

Ensemble, nous faisions souvent des promenades dans le village où nous avons déménagé à sa retraite de l'enseignement. Nous en profitions pour discuter des personnages et des intrigues de ses romans.

Michel était un homme réservé qui n'aimait pas tellement les rencontres sociales. Mais quand il a commencé à donner des conférences sur ses romans aux quatre coins du Québec, tout a changé. Il adorait rencontrer ses lecteurs et échanger avec eux, dans les bibliothèques, les librairies ou encore à l'occasion des salons du livre. Ces contacts avec son public lui insufflaient de l'énergie et gardaient bien vivant son désir d'écrire.

Partout où je vais, je rencontre encore beaucoup de lecteurs qui me parlent des livres de Michel, qui me disent tout le plaisir que leur a procuré et leur procure encore la lecture de ses romans historiques. Michel est disparu, mais grâce à vous, lecteurs, ses livres resteront à jamais dans notre mémoire. Merci à vous tous de votre fidélité.

Louise David
février 2014

MENSONGES SUR LE PLATEAU MONT-ROYAL

A.J.